D1705417

Tyron Tailor

Die geworfene Münze

Historischer Roman

Tyron Tailor

Die geworfene Münze

Historischer Roman

Bibliografische Information der Deutschen Nationalbibliothek:
Die Deutsche Nationalbibliothek verzeichnet diese Publikation
in der Deutschen Nationalbibliografie; detaillierte bibliografische
Daten sind im Internet über dnb.dnb.de abrufbar.

Redaktion und Satz:
Bücherschmiede / Sarah Schemske / http://buecherschmiede.net
Umschlaggestaltung:
Buchcoverdesign.de / Chris Gilcher / http://buchcoverdesign.de
Bildmaterialien:
Medieval knight with lady on the sunset background / stock.adobe.com/de / 237647282 / Diter
Caravan of camels in Sahara desert, Morocco / stock.adobe.com / 222919367 /de / Frenta
Old medieval nautical Europe map / stock.adobe.com/de / 234410804 / Andrey Kuzmin
Freepik / designed by Freepik.com / Titel 7

Herstellung und Verlag:
BoD – Books on Demand
In de Tarpen 42
22848 Norderstedt

ISBN: 9783749481934

Inhalt

Prolog

Herzogtum Schwaben

Frühjahr 1202

Der Morgen war kühl und die Luft feucht. Unterhalb der Burg in einer von Wäldern umsäumten Talsenke des Schwarzwaldes lag das Dorf Wartenbach. Das gleichnamige Rinnsal, das es durchfloss, teilte es in zwei Hälften. Nebel hüllte die Hütten der Bauern in einen milchigen Schleier, den die Strahlen der aufgehenden Sonne nicht zu durchdringen vermochten.

Eilig stieg die sechzehnjährige Isabeau von Lunéville mit geschürztem Gewand die Stufen des Bergfrieds der Burg empor. Wirre Gedanken gingen ihr durch den Kopf. Erst vor wenigen Tagen hatte sie Graf Lothar das Jawort gegeben. Sein engster Freund, *Robert von Cléry*, hatte sie zum Altar geführt, weil ihr Vater nicht mehr lebte. Eine zärtliche Berührung oder ein Kuss Lothars waren ihr bisher versagt geblieben. Hatte er es aus Liebe getan oder nur Mitleid gezeigt? Andererseits, wer nahm eine mittellose Edelfrau zur Gemahlin? Zeit, ihn näher kennenzulernen, blieb ihr nicht, da er zu einer langen Reise aufbrach und sie in der Obhut seines Bruders zurückließ. Lothar hatte ihr am gestrigen Abend erklärt, er folge dem Appell des Papstes, der zum Kreuzzug gegen die Heiden aufgerufen hatte, um Jerusalem zurückzuerobern.

Sie hielt kurz inne, um zu verschnaufen. Seine merkwürdigen Worte kamen ihr wieder in den Sinn. Nun werde ein neues Heer die Sarazenen das Fürchten lehren. Als ein Teil dieses Heers wolle er im Heiligen Land die Gabe Gottes finden und um Vergebung einer alten Schuld bitten. Die Gabe Gottes? Eine Schuld begleichen? Was meinte er damit? Robert von Cléry war schon am Vortag losgeritten, um seine fränkischen Ritter zu sammeln. In Ulm würden sie sich treffen und gemeinsam nach Osten aufbrechen.

Sie setzte ihren Aufstieg fort. Mit gemischten Gefühlen dachte sie an den Abschied zurück. Eine flüchtige Umarmung nach dem Morgenmahl. Das war alles gewesen. Dann entschwand er ihren Blicken. Das Herz verkrampfte sich in ihrer Brust, da sie nicht wusste, was allein aus ihr werden sollte. Falls er nicht im Kampf fiele oder an einer Seuche stürbe, war seine Rückkehr erst in mehreren Jahren zu erwarten. Obwohl Bertram von Olm, einer seiner Vertrauten, ihr geschworen hatte, nicht ohne ihn zurückzukehren, tröstete sie das wenig, denn mit Mitte dreißig stand Lothar bereits im Herbst des Lebens.

Endlich war sie oben auf den Zinnen angekommen. Wehmütig schaute sie hinunter ins Tal. Doch ihren Gemahl entdeckte sie nicht. Er war mit seinem Schildknappen Arno von Rain und einer Handvoll ergebener Gefolgsleute schon im Dunst verschwunden. Dieser hatte die Reiterschar förmlich verschluckt und gab sie nicht mehr frei.

Für Isabeau blieb die Zukunft ungewiss. Sie war undurchschaubar wie der Nebel unten im Tal.

Kapitel 1

Genesis

Herbst 1203

Kampflärm und Geschrei drangen in die Schmiede des jungen Matthias, die sich am Rande Wartenbachs befand. Er ahnte, dass Waffenknechte *Otto von Braumschweigs* das Dorf überfallen hatten, der in Fehde mit *Philipp von Schwaben* stand. Beide stritten um den Thron, nachdem Kaiser *Heinrich*, der sechste seines Namens, bereits Jahre zuvor verstorben war. Schon einmal waren die Bauern von Ottos Plünderern heimgesucht worden. Doch heute schienen sie Widerstand zu leisten.

Mit einer glühenden Eisenstange bewaffnet, die er aus dem Kohlefeuer gezogen hatte, rannte er ins Freie. Seine Augen sahen brennende Hütten und das entstellte Gesicht seines erschlagenen Nachbarn. Beherzt stellte er sich einem Reiter entgegen, der eine alte Frau bedrängte. Der holte mit der Streitaxt aus und rief: »Nimm dies, schwäbischer Bauernlümmel!« Doch Matthias wich dem Hieb aus. Entschlossen stieß er dem Pferd den heißen Stahl in die Flanke. Das Tier bäumte sich auf, stellte sich auf die Hinterfüße und warf den Ritter ab. Durch die schwere Rüstung kam er nicht wieder auf die Beine. Er wälzte sich am Boden wie ein hilfloser Käfer, der auf den Rücken gefallen war. Während der Schmied dessen Gezappel reglos zuschaute, rammte ihm ein wütender Bauer die Spitzen einer Mistgabel durch den Sehschlitz des Helms. Der Todeskampf währte nur kurz, dann blieb er regungslos im Schmutz liegen.

Matthias blickte sich um. Überall herrschte Chaos. Die Dorfbewohner kämpften nicht nur um ihr Hab und Gut, sondern auch um ihr Leben. Ihre Gegenwehr stachelte die Mordlust der Angreifer weiter an. Lange würden sie ihnen nicht mehr standhalten können, denn deren Schwertern und Bögen hatten sie nur Sensen und Sicheln entgegenzusetzen. Pfeile flogen durch die Luft. Er hörte ihr Pfeifen in den Ohren, als sie ihn verfehlten. Ein Bauer, der neben ihm stand, hatte weniger Glück. Ihn traf es in die Brust und den Hals. Blutströme liefen ihm aus dem Mund, als er seinen Schmerz hinausschrie und zusammenbrach. Der neuerliche Anblick des Sterbens, des am Boden liegenden Mannes, entsetzte Matthias. Schnell suchte er Schutz hinter einem Bretterverschlag, in dem die Schweine seines toten Nachbarn quiekten. Als er nach einer Weile vorsichtig um die Ecke lugte, bemerkte er, dass sich die Dorfbewohner in den nahen Wald zurückzogen. Die Waffenknechte folgten ihnen. Zurück blieb ein gebrandschatztes Dorf mit vielen abgeschlachteten Menschen. Eine trügerische Stille trat ein. Plötzlich schoss ihm ein beängstigender Gedanke durch den Kopf: Agnes.

Seine sechsjährige Tochter war kurz vor dem Überfall zum Bach in der Mitte des Ortes gelaufen, um frisches Wasser zu schöpfen. Er begann, sie zu suchen, vorbei an lodernden Gehöften und Heuschobern. Als er sie nicht fand, wurde er von einer namenlosen Angst gepackt. Das Mädchen war alles, was ihm nach dem frühen Tod seiner Frau und seines Sohnes geblieben war.

Sein Blick fiel zum Bachufer. Ihm stockte der Atem. Unter einer alten Weide sah er Agnes liegen. Sie rührte sich nicht. Schlimmes ahnend rannte er zu ihr. Sie atmete noch, aber der Stachel des Todes hatte sie verletzt. Der Bolzen einer Armbrust steckte in ihrem Rücken. Matthias befürchtete, nun auch das Letzte, was er liebte, für immer zu verlieren. »Allmächtiger, womit habe ich das verdient?«, wehklagte er und blickte zum Himmel.

Er hob das Mädchen vom Boden auf und trug sie zu seiner Hütte gleich neben der Schmiede. Beide waren wie durch ein Wunder von den Flammen verschont geblieben. Behutsam legte er sie wegen der Wunde seitlich auf ihre Liegestatt. Für einen Moment öffnete sie die Augen. Furcht und Schmerz standen in ihnen geschrieben. »Es wird alles gut, mein Herzblut. Es wird alles gut«, sprach er beruhigend auf sie ein, worauf sie erneut in Ohnmacht fiel.

Bevor sie wieder erwachte, musste er die Zeit nutzen, um ihr den Bolzen aus dem Rücken zu entfernen. Vorsichtig streifte er ihr zerrissenes Kleidchen ab. Dann nahm er ein Messer in die Hand und vergrößerte mit zwei Schnitten die Eintrittswunde. Seinen Widerwillen und die Angst überwindend, zog er den Schaft samt Spitze heraus. Obwohl sie nicht bei Sinnen war, krümmte sich ihr kleiner Leib unter der Qual. Ein erbarmungswürdiger Anblick, der Matthias das Herz einschnürte. Um die Blutung zu stillen, umwickelte er die verletzte Stelle mit einem Tuch aus Leinen. Da er nichts weiter für sie tun konnte, beschloss er, Hilfe zu holen. Allein auf Gott wollte er nicht vertrauen. An wen sollte er sich wenden?

»Geht es ihr schlecht?«, fragte eine Stimme an der Tür.

Matthias wandte sich um. Es war Andreas, der Besenbinder des Dorfes – sein Freund und Beschützer, seit er im Kindesalter Vater und Mutter unter rätselhaften Umständen verloren hatte. Er musste sich vor den Waffenknechten versteckt haben.

»Sie benötigt dringend die Hilfe einer Heilerin, sonst wird sie sterben. Ein Bolzen hat sie getroffen.«

Andreas erfasste die Situation mit einem Blick und reagierte sofort. »Lauf hinauf zur Burg. Im Dienst der Gräfin steht eine kundige Kräuterfrau.«

»Ich habe kein Geld! Womit soll ich sie bezahlen?«, rief Matthias verzweifelt.

»Ich hörte, sie sei sehr freigiebig und helfe auch ohne Lohn. Nun geh schon zu ihr. Ich wache solange am Krankenbett deiner Tochter.«

»Das kann ich dir niemals vergelten.« Dankbar umarmte er seinen Freund, dann machte er sich auf den Weg, nicht ohne noch einen sorgenvollen Blick auf seine kleine Tochter zu werfen. Die Hoffnung, seiner Tochter womöglich das Leben retten zu können, beschleunigte seine Schritte.

Nach einer Weile erreichte er das Burgtor, vor dem ein Wachposten stand. Mit Helm, Harnisch und Lanze bewehrt musterte er Matthias mit misstrauischem Blick. Drohend streckte er ihm die Spitze seiner Waffe entgegen.

»Was willst du, Schmied? Burgvogt Rudolf hat dich nicht rufen lassen.«

»Habt ihr nicht erfahren, dass eine bewaffnete Reiterschar unser Dorf überfallen hat? Hütten brennen. Viele Bewohner erlitten den Tod. Meine Tochter ist schwer verletzt. Sie benötigt dringend die Hilfe der Heilerin, sonst stirbt sie«, flehte er den Wächter an.

»Was geht's mich an? Scher dich fort«, erwiderte er teilnahmslos.

»Graf Lothar ist unser Grundherr. Doch er ist in die Fremde gezogen. Ist seine Gemahlin nicht verpflichtet, für den Schutz des Dorfes zu sorgen? Weshalb bezahlen wir sonst so hohe Steuern?«

»Willst du mich etwa belehren, Höriger? Sei froh, dass ihr die Äcker bearbeiten und auf Lothars Land frei leben dürft. Oder willst du lieber zum Kriegsdienst herangezogen werden?«

»Lügner! Wir zahlen Abgaben und müssen Frondienste leisten. Nicht einmal heiraten dürfen wir ohne Erlaubnis. Das soll Freiheit sein?«, erwiderte Matthias aufgebracht.

»Es ist die gottgewollte Ordnung. Finde dich damit ab. Verschwinde und kehre erst zurück, wenn du gebraucht wirst.« Grob stieß er dem Schmied das untere Ende der Lanze vor die Brust, sodass er taumelnd zurück wankte.

»Und meine Tochter? Sie wird sterben!«, rief Matthias verzweifelt.

»Denkst du, die Herrschaft hat nichts Wichtigeres zu tun? Graf Lothar kämpft im Heiligen Land gegen die Heiden und solange verwaltet sein Bruder Rudolf die Besitztümer. Bete zum Heiland. Vielleicht erhört er dich und lässt deine Tochter wieder gesunden. Jetzt geh mir aus den Augen oder ich ramme dir das spitze Ende ins Gedärm.«

Gepeinigt von Wut und Kummer um das Schicksal von Agnes sprang Matthias dem Gegner an die Gurgel, rang ihn zu Boden und rannte durch das offene Tor in den Burghof.

»Elender Hundsfott!«, brüllte ihm der überrumpelte Wächter hinterher, rappelte sich auf und blies in ein Signalhorn.

Binnen Sekunden sah sich Matthias von mehreren Waffenknechten umzingelt. »Ich will euch nichts Böses tun!«, schrie er seinen Seelenschmerz aus sich heraus. »Ich suche die Heilerin! Meine Tochter liegt im Sterben!«

Ein Mann im edlen Gewand und mit hochmütig blickenden Augen näherte sich dem Schmied. »Ich hatte gehofft, die Strauchdiebe des Braunschweigers würden dir den Garaus machen. Leider ist das nicht geschehen. Egal, ein Strick, der dich ins Jenseits befördert, lässt sich allemal finden«, sagte er höhnisch und schlug ihm einen hölzernen Streitkolben über den Kopf. Ohnmächtig sank Matthias zu Boden.

Es war früher Morgen. Von draußen drangen laute Rufe in Isabeaus Gemach. Verschlafen rieb sie sich die Augen, erhob sich von ihrer Schlafstatt und blickte aus dem geöffneten Fenster. Der Himmel war wolkenverhangen. Kalter Wind strich ihr über das Gesicht und ließ sie frösteln. Unten im Burghof tanzten die ersten von den Bäumen gefallenen Blätter über den mit Pfützen bedeckten Boden. Mehrere Wachmänner hatten sich um einen Gefangenen geschart. Sie stellten ihn auf ein Holzfass und legten ihm ein Seil um den Hals, dessen Ende an einem Balken über dem Torweg festgeknüpft war. Isabeau stutzte. Von einer Hinrichtung war ihr nichts bekannt. Diese entspräche auch nicht dem geltenden Recht. Eilends, bevor die Hinrichtung vollstreckt werden konnte, zog sie ein Gewand über und lief die Stufen zum Hof hinunter.

»Was tut Ihr, haltet ein!«, rief die junge Frau aufgebracht.

»Wir hängen einen Hörigen aus dem Dorf. Er schlich sich unbemerkt herein, um zu stehlen. Das Urteil hat der Burgvogt bereits gestern gefällt«, erwiderte der alte Konrad, der die Wache anführte. »Kehrt lieber in Eure warme Kemenate zurück. Es ist kühl heute. Außerdem ist der Anblick des Hängens nichts für eine junge Gräfin.«

»Ein solches Urteil auszusprechen ist Rudolf nicht befugt!«, entgegnete sie energisch. »Die Blutgerichtsbarkeit untersteht allein dem Herzog von Schwaben. Daher befehle ich, ihm den Strick abzunehmen. Und bei Gott, holt ihn endlich von dem Fass herunter. Ich möchte mit ihm sprechen.«

Ihr entschlossenes Auftreten zeigte Wirkung. Gehorsam zogen sie den jungen Mann vom Fass herunter. Vor ihren Füßen zwangen sie ihn auf die Knie.

»Erhebe dich! Sprich, weshalb wolltest du mich bestehlen?«, fragte Isabeau streng. Neugierig wartete sie auf seine Antwort.

Der Gefangene, dem die Furcht vor dem nahen Tod noch ins Gesicht geschrieben stand, erzählte mit gesenkten Augen eine andere Geschichte. »Ich bin kein Dieb, Herrin. Ich bin der Schmied aus dem Dorf. Erst letzte Woche habe ich für Euch am Torhaus neue Gitter angebracht. Die alten waren durchgerostet. Mein Name lautet Matthias und ich kam hierher, um Hilfe zu erbitten. Gestern haben bewaffnete Reiter Wartenbach überfallen. Mordend und brennend sind sie durchs Dorf gezogen. Meine Tochter traf ein Bolzen in den Rücken. Sie liegt im Sterben. Die Heilerin wollte ich aufsuchen, doch die Torwache ließ mich nicht zu ihr. Da verlor ich die Geduld und betrat ohne Erlaubnis die Burg. Bitte verzeiht mir meinen Ungehorsam, aber meine kleine Agnes ist alles, was mir von meiner Familie geblieben ist.«

»Schau mir ins Gesicht«, befahl Isabeau. Sie blickte den Schmied mit den verschlissenen Kleidern durchdringend an. In den blauen Augen des jungen Mannes zeigte sich keine Tücke. Seine kurzen, dunklen Haare waren wirr und mit Blut verklebt. Offenbar hatte Rudolf bei dessen Ergreifung nicht mit Schlägen gespart. »Ich glaube dir. Du darfst nach Hause gehen und dich um deine Tochter kümmern. Die Heilerin wird dich begleiten. Sie wird ihr Möglichstes tun, um dem kranken Mädchen zu helfen. Ruft Melisande!«

»Das wird Rudolf nicht gutheißen, wenn er aus Göppingen zurückkehrt«, warnte Konrad, der hinter ihr stand. »Er hat den Tod des Schmieds ausdrücklich befohlen, weil er es wagte, mit Gewalt in die Burg einzudringen. Ein solcher Verstoß darf nicht ungesühnt bleiben. Andere könnten es ihm gleichtun.«

»Was treibt meinen Schwager nach Göppingen?«

Konrad, dem nachgesagt wurde, er wäre beinahe siebzig, wand sich um eine Antwort. »Er wollte der Burg Hohenstaufen einen Besuch abstatten. König Philipp hält dort Hof. Es geht um einen Handel. Genaues hat er mir nicht darüber erzählt.«

Isabeau spürte, dass er nur die halbe Wahrheit preisgab. »Eigenartig, er hat mir gegenüber sein Ansinnen mit keinem Wort erwähnt. Wie dem auch sei, auch er muss sich an die geltenden Gesetze halten. Er hätte den Schmied zu zehn Hieben mit der Knute verurteilen können. Damit wäre dessen Dreistigkeit genüge getan worden. Seit mein Gemahl ins Heilige Land auszog, gebärdet er sich, als sei er der Graf von Wartenstein.«

Als Melisande mit einem Weidenkorb auf der Schulter bei ihnen eintraf, berichtete ihr Isabeau von dem Unglück, das der Tochter des Schmieds widerfahren war. Sie nickte verstehend. Matthias senkte dankbar sein Haupt, bevor er mit der Heilerin die Burg verließ. War er eben dem Tode noch nahe gewesen, spürte Isabeau in dem jungen Mann wieder Hoffnung aufkeimen.

Isabeau wandte sich ab und kehrte in ihre Gemächer zurück. Dabei streifte ihr Blick die Männer der Burgwache. Der Ausdruck in ihren Mienen war vieldeutig. Eine Mischung aus Erstaunen, Widerspruch und sogar Feindseligkeit. Was ging in ihnen vor? Ein beunruhigendes Gefühl überkam sie.

Die ärmliche Hütte, die er und seine Tochter teilten, schreckte die Heilerin nicht ab. Auch der beißende Geruch des aufsteigenden Rauchs über der Feuerstelle störte sie nicht. Matthias vermutete, dass der weißhaarigen, betagten Frau der Anblick von Elend nicht unbekannt war.

Andreas begrüßte beide mit großer Erleichterung. »Über Nacht hat Agnes Fieber bekommen. Ich wusste nicht, was ich tun sollte«, sprach er.

Melisande eilte zu der mit Blutflecken übersäten Schlafstatt des Kindes, die aus einem einfachen Brettergestell und mit Stroh gefüllten Säcken bestand. Die Brust der Kleinen hob und senkte sich in rascher Folge, doch sie atmete nur flach. Gesicht und Leib bedeckten unzählige Schweißperlen. Die Heilerin legte die Hand auf Agnes' Stirn. Sorgenfalten zogen sich um ihren Mund. »Die Kleine ist glühend heiß«, stellte sie fest und begann das Mädchen näher zu untersuchen. Als sie die Wunde in ihrem Rücken betrachtete, legte sich ein Schatten über ihr Antlitz.

Augenblicklich erfasste Matthias große Angst. »Wird sie wieder gesund?«, fragte er. Seine bangen Worte schnürten ihm beinahe die Kehle zu, als hinge noch immer der Galgenstrick um seinen Hals.

Melisande schüttelte traurig den Kopf. »Leider vermag ich ihr nicht zu helfen. Es tut mir leid für dich, aber sie wird den neuen Tag nicht erleben.«

»Herrgott im Himmel erbarme dich! Wieso muss sie sterben? Ich sah schon schlimmere Wunden als diese. Sie verheilten und alles war wieder gut«, rief er ungläubig. Verzweifelt hoffte er, sie würde sagen: »Ich habe mich geirrt. Schon in einer Woche wird sie wieder mit anderen Kindern um die Wette über den Bach springen.«

»Der Bolzen hat ihren schmächtigen Leib inwendig tief verletzt«, versuchte Melisande ihm behutsam zu erklären. »Nach jedem Atemzug tritt Blut vermischt mit Luft schäumend aus dem Wundmal aus. Sie wird langsam ersticken. Wenn Gott gnädig ist, setzt zuvor ihr Herz aus.«

Mein Zicklein wird sterben. Mich allein lassen in einer ungerechten Welt. Was ist mein Leben ohne sie noch wert, dachte Matthias. Vor Kummer brach er zusammen. Andreas musste ihn stützen, sonst wäre er zu Boden gefallen.

Die Heilerin richtete Agnes auf. Dann griff sie in ihren Korb und brachte eine gläserne Phiole mit einer wässrigen Lösung zum Vorschein, die sie dem Kind in den Mund träufelte. Agnes schluckte sie hinunter, ohne die Augen zu öffnen.

»Was war in dem Fläschchen? Wasser?«, fragte Andreas, der die Prozedur mit offenem Mund verfolgt hatte.

»Nein. Es handelt sich um ein Elixier, das Schmerzen lindert. Es besteht aus Wein und einem Saft, der aus den Blüten des Schlafmohns gewonnen wird. Ein Kaufmann aus Konstantinopel hat es mir verkauft. Jener wiederum erwarb es von einem Händler aus Persien, wo diese Pflanze wächst.«

»Persien? Den Namen habe ich noch nie gehört. Wo liegt dieses Land?«

»Am anderen Ende der Welt«, erwiderte sie und ließ das Mädchen wieder zurück auf die Lagerstatt sinken. Dann wandte sie sich an Matthias. »Sei getrost, deine Tochter wird keinen Schmerz verspüren, wenn der Herr sie zu sich ruft. Wo ist ihre Mutter?«

»Sie starb vor Jahren zusammen mit meinem Sohn bei dessen Geburt, weil ich kein Geld besaß, um den Medikus bezahlen zu können. Er musste diese Welt verlassen, bevor er imstande war, die Augen zu öffnen. Ich begreife nicht, warum ich all diese Strafen erdulden muss. Ich bin ein gottesfürchtiger Mensch«, seufzte Matthias und begann zu weinen.

»Keiner, der auf Erden wandelt, kann sagen, warum der Allmächtige dem einen das Glück des Reichtums beschert und dem anderen die Bürde der Armut auferlegt«, tröstete ihn Melisande. »Niemandem wird die Kenntnis zuteil, warum ein alter Mann viele Jahre an einem Gebrechen siechen muss, obwohl er lieber sterben würde, und dagegen ein neugeborenes Kind nicht einmal den ersten Tag überlebt. Gottes Willen zu deuten vermögen wir nicht. Aber sei dir gewiss, dass deine Frau und dein Sohn zu dessen Seite sitzen. Der Himmel hat sie aufgenommen. Ihre Seelen sind befreit von ihren irdischen Hüllen. Auch deine Tochter wird bald unter ihnen weilen. Das sollte dir in deiner schweren Stunde ein Trost sein.«

Mit tränengeröteten Augen blickte er auf. »Hab Dank für deine Hilfe, auch wenn du sie nicht zu retten vermagst. Dass sie in ihren letzten Stunden kein Leid ertragen muss, schmälert meinen Kummer. Trotzdem verliert mit ihrem Tod mein Leben seinen Sinn. Vielleicht sollte ich ihr nachfolgen, um mich von den Gedanken, die mich quälen, zu befreien.«

Andreas blickte ihn entsetzt an. »Bist du von Sinnen? Versündige dich nicht. Du wirst sonst auf ewig in der Hölle schmoren«, warnte er.

»Erlebe ich nicht schon die Hölle auf Erden? Wieso sollte ich dann Angst vor ihr haben?«, fragte Matthias trotzig.

»Hör auf deinen Freund. Bring den Mut und die Kraft auf, dich der Trauer zu stellen, dann wird die Zeit alle Wunden heilen.« Mitfühlend drückte sie ihm die Hand. Im Glanz ihrer Augen vereinten sich Güte und ein wacher Geist. »Das Leben ist wie eine geworfene Münze, sagt ein altes Sprichwort. Solange sie fällt, ist das Schicksal unbestimmt. Du bist jung. Eines Tages läuft dir das Glück vielleicht noch über den Weg«, gab Melisande dem verzweifelten Mann zu bedenken und verließ die Hütte.

»Lass mich mit meiner Tochter allein«, sagte Matthias tonlos. Als sein Freund sich nicht rührte, fügte er hinzu: »Du musst keine

Angst um mich haben. Ich werde mir nichts antun, obwohl mein Schmerz unerträglich sein wird, wenn Agnes mich verlässt«, versprach Matthias und legte sich neben sein Kind.

Als Andreas die Hütte verlassen hatte, kamen dem Schmied leise die alten Weisen über die Lippen, mit denen er seine Tochter oft in den Schlaf gesungen hatte.

Mit schnellen Schritten kam jemand die Stufen zu Isabeaus Gemächern heraufgestiegen und riss unaufgefordert die Tür auf. Erschrocken sah sie von ihrer Stickereiarbeit auf. Es war Rudolf von Wartenstein. Die Haare ihres fünfunddreißigjährigen Schwagers waren zerzaust und ungepflegt. Schmutz bedeckte sein Gesicht von der Stirn bis zum spitzen Kinn. Er musste stundenlang geritten sein, da ihr der Schweißgeruch seines Pferdes in die Nase stieg.

Drohend baute er sich vor ihr auf. »Wagt es nicht noch einmal, meine Befehle zu widerrufen. Ihr könntet es bitter bereuen«, warnte er sie mit finsterem Blick, bei dem ihr beinahe das Herz stehen blieb.

»Was maßt Ihr Euch an, Rudolf! Ich bin die Herrin auf Burg Wartenstein. Ich bestimme, ob jemand bestraft wird oder nicht.«

Ihr Schwager lachte höhnisch. »Ab heute nicht mehr, meine Liebe.«

»Ich bin nicht Eure Liebe. Was soll dieses unflätige Benehmen? Besitzt Ihr keinen Anstand mehr? Ich bin die Gemahlin Eures Bruders, der Euer Herr ist. Er trägt den Grafentitel, nicht Ihr!«, rief Isabeau zornig.

»Nicht mehr lange«, erwiderte er grinsend. Derb ergriff er ihre Arme und zog ihren Leib an den seinen. Der Schmerz ließ sie aufschreien, was ihn aber nicht dazu bewegte, sie loszulassen. Seine Augen bohrten sich stechend in die ihren, während seinem Mund bei jedem Atemzug der Geruch abgestandenen Weines entströmte. Angeekelt wandte sie den Kopf zur Seite.

»Wir sind unter uns. Lassen wir die Förmlichkeiten. Sieh mich an, du kleines Hurenstück, und höre!«, hallten seine Worte durch die Kemenate. »Graf Lothar, mein geliebter Bruder, ist in der Fremde gestorben!«

Die junge Frau erschauerte. »Das ist eine Lüge. Es kann nur eine Lüge sein. Wer hat sie dir eingeflüstert und warum?«

»Die Vögel haben es mir von den Bäumen gezwitschert«, behauptete er und verfiel in schallendes Gelächter. Plötzlich hielt er inne und meinte todernst: »Unser König, Philipp von Schwaben, hat meinen Bruder für tot erklärt, da er seit achtzehn Monaten kein Lebenszeichen von sich gegeben hat. Die Aufsicht über die Grafschaft hat er mir übertragen. Zum Dank legte ich vor ihm den Treueeid ab. Otto von Braunschweig ist von nun an mein Feind. Nach einer kurzen Zeit der Trauer nehme ich dich zur Frau und der Grafentitel geht auf mich über. Du wirst mir kräftige und gesunde Nachkommen schenken, um die Erbfolge für mein Geschlecht zu sichern.«

Isabeau glaubte, einen Albtraum zu erleben. Aber der Schmerz in ihren Armen, die Rudolf fest umklammert hielt, ließ sie fühlen, dass sie hellwach war. »Niemals werde ich Eure Frau. Eher springe ich vom Bergfried in den Abgrund«, entgegnete sie verächtlich.

»Oh, das werde ich zu verhindern wissen, mein Liebchen«, erwiderte er und versuchte sie zu küssen.

Verzweifelt begann sie sich zu wehren. »Haltet gefälligst Abstand von mir. Ich bin keine Dirne«, rief sie empört und versuchte, sich von ihm loszureißen, um seinen wollüstigen Berührungen zu entgehen.

Ihr Widerstand erregte den Lüstling noch mehr. Ungezügelt griff er ihr unter die Tunika.

Plötzlich gab Isabeau ihren Widerstand auf. Hass stand ihr ins Gesicht geschrieben. »Wenn Ihr mich nicht sofort loslasst, wird alle Welt von Eurem ehrlosen Verhalten erfahren. Das schwöre ich. Eine Edelfrau zu schänden wird Euch bei König Philipp keinen Vorteil bringen. Er könnte seine Entscheidung überdenken«, drohte sie.

»Wer würde dir schon glauben«, sagte Rudolf abfällig und gab sie frei. »Du bist die letzte Überlebende des Hauses Lunéville, einer Dynastie von Verrätern, Todgeweihten und Hungerleidern. Ich könnte dich sofort nehmen und mir gefügig machen, wenn ich es wollte. Niemand würde dir zu Hilfe eilen. Die Burgwache ist mir treu ergeben. Willige in die Ehe ein und du wirst in Wohlstand leben, als Gräfin an meiner Seite. Andernfalls nehme ich dein Angebot dankbar an und stoße dich höchstselbst vom Bergfried in die Tiefe. Das wäre ein bedauerlicher Unfall. König Philipp würde dann von mir verlangen, eine andere Edelfrau zu heiraten. Entscheide dich also. Die Gelegenheit gebe ich dir. Konrad!«, rief er aus dem Fenster hinunter in den Burghof.

Kurz darauf erschien der Anführer der Burgwache in der Tür. »Ihr habt mich gerufen, Herr.«

»Wirf sie in den Kerker, wo es am feuchtesten und kältesten ist. Dort bleibt sie, ohne Essen und ohne Wasser, bis sie sich eines Besseren besinnt.«

»Ja, Herr. Alles wird geschehen, wie Ihr es befohlen habt«, erwiderte er und nahm die sprachlose Isabeau in Gewahrsam. Dann führte er die sich Sträubende hinunter ins Verlies.

Die Sonne schickte ihre ersten Strahlen über das Dorf. Matthias lag neben seiner Tochter auf der Schlafstatt und hielt ihre kleinen Hände in den seinen umschlossen. Die vergangene Nacht hatte er neben ihr gewacht, gebetet und auf ein Wunder gehofft. Aber ihr schmächtiger Leib war dem hohen Fieber nicht gewachsen und in den letzten Stunden immer schwächer geworden. Er ahnte, was bald kommen würde. Vor dem Augenblick des Abschieds hatte er große Furcht.

Die Bilder glücklicher Tage ihres kurzen Lebens liefen in seinem Kopf an ihm vorüber: Der Tag, an dem sie geboren wurde und der Tag, an dem sie ihre ersten Schritte tat. Zusammen mit ihrer Mutter am Wartenbach, um Krebse zu fangen. Fröhliches Gekreische, wenn sie mit ihren Scheren zukniffen. Freude am Herumtollen und Schabernack treiben. Auch leidvolle Erinnerungen drangen in sein Bewusstsein. Der Tod ihrer Mutter und ihres neugeborenen Bruders in derselben Stunde war ein Ereignis gewesen, das Agnes niemals überwunden hatte. Damals erstarb ihr unbeschwertes Lachen. Ihre kindliche Seele musste früh den Ernst des Lebens kennenlernen. Das erfahrene Leid und die bittere Armut, in der sie beide lebten, hatten ihren Preis gefordert.

»Vater, mir fröstelt. Ist der Winter schon nahe?«, hauchte Agnes plötzlich mit schwacher Stimme und öffnete die Augen. Sie blickten Matthias glasig an. Ihre Pupillen waren riesengroß. Wahrscheinlich durchlebte sie einen Wachtraum und wusste nicht, wo sie sich befand.

»Wir sind in unserer Hütte, mein Kätzchen. Es ist nicht kalt. Draußen scheint die Sonne. Die Bäume wiegen sich sanft im Wind und die Vögel auf den Zweigen singen für dich ein liebliches Lied«, hauchte er leise.

»Wo sind sie, die Vögel? Ich kann sie nicht sehen. Es wird so dunkel ...«

Abrupt erstarb ihre Stimme. Sie hatte aufgehört zu atmen. Erschrocken legte Matthias den Kopf auf ihre Brust, um zu lauschen, ob ihr kleines Herz noch schlug. Stille umfing ihn. Da wusste er, dass Agnes heimgegangen war, und die Trauer über den Verlust seines Kindes brach aus ihm heraus.

Drei Tage später begrub Matthias im Beisein von Andreas seine Tochter auf dem Gottesacker am Rande der Siedlung. Sie fand unter einer alten Eiche neben ihrer Mutter und ihrem Bruder die letzte Ruhe. Ihr Körper war in ein grobes Leinentuch eingehüllt und mit Herbstblumen geschmückt, als er ihn der Erde übergab. Hartwig, ein betagter Mönch, der in einer Hütte nahe dem Gräberfeld lebte, und sich der Armut verschrieben hatte, sprach ein Gebet und flehte den Allmächtigen um den Schutz ihrer unschuldigen Seele an.

In die Schmiede zurückgekehrt, klagte Matthias über sein Leid und schlug wie ein Besessener mit dem Hammer auf den Amboss, bis ihm die Kräfte versagten. Die Wut und die Trauer in seinem Inneren bahnten sich ihren Weg nach außen.

Am Abend kam Andreas zu Besuch, um ihm ein wenig Halt zu geben. »Eine Magd der Wartensteiner hat heute ausposaunt, der Burgvogt hätte die junge Gräfin ins Verlies sperren lassen«, berichtete er.

Erstaunt hob Matthias seinen gramgebeugten Kopf. »Ist die Welt verrückt geworden? Sie ist die Herrin und er der Diener.«

»Die Spatzen pfeifen von den Zinnen der Burg, du wärst der Grund dafür.«

»Ich bin bloß ein Höriger. Was kann ich mit ihr zu schaffen haben?«

Sein Freund kratzte sich nachdenklich am Kinn. »Nun ja, sie hat dich vor dem Galgen bewahrt. Du hast es mir selbst erzählt. Rudolf soll erzürnt gewesen sein, dass sie dich laufen ließ. Außerdem weigert sie sich, ihn zu heiraten.«

»Ihn heiraten? So ein Unsinn. Warum sollte sie das tun? Sie ist bereits mit Graf Lothar die Ehe eingegangen. Mit beiden Wartensteinern kann sie schlecht das Bett teilen. Das ist gottlos«, meinte Matthias kopfschüttelnd.

»Angeblich soll Lothar tot sein. Der Burgvogt will mit seiner Schwägerin die Ehe eingehen, um den Grafentitel zu erben. Bis jetzt beißt er bei ihr auf Stein, weshalb er sie im Kerker schmachten lässt.«

Matthias war über die Kenntnisse des Freundes verblüfft. »Sag mal, woher weißt du das alles?«

»Von der Heilerin Melisande. Sie kam mit der Magd ins Dorf und hat mir ihr Leid geklagt.«

»Einerlei, die Händel der Wartensteiner gehen uns nichts an«, erwiderte Matthias gleichgültig. »Wir sind Hörige und sollten uns aus ihren Streitigkeiten heraushalten. Das bringt nur Unglück über uns einfache Menschen.«

»Und die Gräfin? Ohne sie wärst du nicht mehr am Leben. Du stehst bei ihr in der Schuld.«

»Für diese Gnade bin ich ihr keinen Dank schuldig. Sie ist mir eine Last, die mein Dasein zur Qual macht. Ich wäre lieber tot als lebendig«, antwortete er mit tränenerstickter Stimme.

Der Besenbinder legte ihm tröstend den Arm um die Schulter. »So darfst du nicht reden, Matthias. Du musst Demut zeigen. Bei allem erfahrenen Leid hatte deine Tochter zumindest das Glück, in deinen Armen sterben zu dürfen, statt allein und ohne väterlichen Beistand. Das war ihr gewiss ein Trost. Nun wandelt sie im Paradies bei deinen anderen Lieben. Aber die Zeit, Agnes dorthin zu folgen, ist für dich noch nicht gekommen. Du bist noch keine fünfundzwanzig und musst nach vorn schauen. Überdies solltest du dich vor dem Burgvogt in Acht nehmen. Wenn er deiner wieder habhaft wird, kann dir niemand mehr helfen. Denk in Ruhe über alles nach. Du wirst sicherlich das Richtige tun«, sprach er ihm ins Gewissen. Doch Matthias schwieg nur und starrte die Wand an. Für einen Moment verharrte Andreas grübelnd, dann verließ er seufzend die Hütte.

Am nächsten Morgen, als Matthias die Augen aufschlug, fiel sein Blick zuerst auf die leere Schlafstatt seiner Tochter. Sofort nagte wieder die Trauer an seiner Seele. Getrieben von tiefer Sehnsucht besuchte er ihr Grab, wo er sich niederließ und seine Erinnerungen wachrief. Dann zog es ihn zur Hütte zurück. Er griff nach einem Ziegenbalg, füllte ihn am Bach mit Wasser und klaubte das wenige Essbare zusammen, das er besaß. Aus der Schmiede holte er einen Hammer, eine Feile und eine Schere und packte sie mit der Wegzehrung in einen Beutel. Werkzeuge, die er in der Not als Waffe nutzen konnte. Ein unerklärliches Gefühl lockte ihn hinauf zur Burg, wo die Gräfin im Kerker schmachtete.

Um die Mittagsstunde erreichte er sein Ziel. Er verließ den Pfad, der zum Torhaus führte, und schritt die nördliche Außenmauer ab. Nach einer Weile hörte er nicht weit entfernt einen markerschütternden Schrei und den harten Aufschlag eines Körpers. Mit Herzklopfen bahnte er sich einen Weg durch die dicht gewachsenen Büsche. Entsetzen erfasste ihn. Unterhalb des Bergfrieds lag der zerschmetterte Leib einer alten Frau. Schnell rannte Matthias zu ihr – es war Melisande. Sie lebte noch, war allerdings nicht in der Lage, sich zu bewegen.

»Was ist geschehen?«, fragte Matthias erschüttert.

»Es war der Burgvogt. Er stieß mich von den Zinnen««, hauchte sie unter Schmerzen, während ihr Blut aus Nase und Mund rann.

»Ich hörte, Lothar sei verstorben und Rudolf wolle die Gräfin zur Frau nehmen, um dessen Erbe anzutreten. Hast du diesem gottlosen Strolch im Weg gestanden? Ich würde dir gern helfen, aber ich bin kein Medikus. Was kann ich tun?«

»Nichts. Für mich ist es zu spät«, antwortete sie mit schwacher Stimme. »Doch nicht für Isabeau … Lothar ist nicht tot. Das ist eine Lüge. Isabeau sitzt im Verlies, weil sie Rudolf verabscheut.«

»Das Schicksal ist oft grausam«, erwiderte Matthias karg. Da ihn ihre Worte nicht berührten, wurde ihm bewusst, wie wenig ihn Isabeaus Unglück kümmerte. Eigentlich entsprach das nicht seinem Wesen, denn für die Leidgeprüften hatte er stets ein offenes Herz gehabt. Unterdrückte die tiefe Trauer über den Verlust seiner Tochter seine Fähigkeit, Mitgefühl für andere zu empfinden? Warum hatte er sich dann auf den Weg zur Burg gemacht? Eine Frage, auf die er keine Antwort fand.

»Rette und beschütze sie mit deinem Leben. Du bist es … ihr schuldig, denn sie bewahrte dich vor dem Galgen«, forderte Melisande mit letzter Kraft.

»Mein Leben? Agnes, meine Tochter, ist heimgegangen zu ihrem Bruder und ihrer Mutter. Meine gesamte Familie habe ich verloren. Ich fühle nur Leere in mir. Was für ein Dasein soll das sein? Kaum eines, wofür ich der Gräfin dankbar bin.«

Die Heilerin krallte verzweifelt ihre Hände in sein Wams. »Ich bitte dich in Gottes Namen, lass mein Lämmchen nicht zugrunde gehen. Ich holte sie auf die Welt und stand ihr immer zur Seite. Jetzt, da ich sterbe, bleibt sie schutzlos allein auf dieser Welt … Du bist ein guter Mensch. Steh ihr bei. Gegenüber … auf der anderen Seite der Burg … klafft verborgen hinter Büschen ein enges Loch in der Mauer. Es dient zum Entwässern und führt hinunter zum Verlies.« Erschöpft hielt sie inne. Ihr Atem ging schwer.

Matthias ahnte, dass Melisande dem Tode nahe war. Sollte er ihrer Bitte entsprechen und die Gräfin aus Rudolfs Krallen entreißen? Wenn er es tat, dann aus Mitleid um ihr bitteres Los, nicht aus Dankbarkeit. Die empfand er nicht.

»Schwöre es mir«, flehte die Heilerin.

»Also gut. Ich schwöre es.«

»Beeide es beim Seelenheil deiner verstorbenen Tochter«, flüsterte sie kaum hörbar.

»Ich schwöre es beim Seelenheil meiner Tochter«, willigte er ein.

Der qualvolle Ausdruck in Melisandes Antlitz löste sich. Zufriedenheit lag auf ihrem Gesicht, als ihre Seele die zerstörte Hülle verließ.

Matthias, der für sie ein Gebet murmelte, vernahm einen schallenden Ruf. »Sucht weiter! Hier in der Nähe muss sie liegen!«

Die Stimme gehörte Rudolf von Wartenstein. Eilends verschwand Matthias geduckt zwischen den Büschen und schlich zur gegenüberliegenden Seite der Burg, zu der Stelle, die ihm die Heilerin beschrieben hatte.

Nach einer Weile hatte er die Öffnung in der Mauer, die in die Tiefe führen sollte, entdeckt. Um hineinzugelangen, musste er ein Hindernis überwinden. Zwei Gitterstäbe versperrten ihm den Zugang. Allerdings nagte seit Langem der Rost an ihnen. Er nahm den Hammer zur Hand und schlug auf sie ein, worauf sie in kleine Stücke zerbröselten. Rotbrauner Staub lag in der Luft, den er bitter auf der Zunge schmeckte. Nachdem dieser sich verzogen hatte, steckte er den Hammer zurück in den Beutel und schlüpfte hinein in die Dunkelheit.

Der Stollen war schmal. Ein Mann seiner Statur passte auf allen vieren kriechend gerade so hindurch. Sich über feuchtes Gestein tastend, fand er sich wenig später in einem mit Pechfackeln beleuchteten Gewölbe wieder, das er sofort wiedererkannte – es war das Verlies. Hier hatte ihn der Burgvogt erst vor wenigen Tagen eingesperrt. Gewöhnlich war es den Bauern vorbehalten, die mit ihren Abgaben im Rückstand lagen. Nun erlitt an dem düsteren Ort eine Gräfin ihre Not: Melisandes Lämmchen. Matthias erinnerte sich an Isabeaus Aussehen nur vage. Während ihrer ersten Begegnung vor wenigen Tagen hatte er sie kurz angeschaut, nachdem sie es ihm befohlen hatte. Ansonsten hatte ein Höriger die Augen vor seiner Herrin untertänig zu senken. Diesmal, nahm er sich vor, würde er genauer hinsehen.

Wachen bemerkte er nicht. Die vergitterten Zellen, an denen er vorüberging, waren sämtlich leer. Erst die letzte beherbergte die Edelfrau. Ihm zeigte sich ein Bild des Elends. Es berührte sein Herz, von dem er zuvor noch geglaubt hatte, es habe sich in Stein verwandelt. Erleichtert, das Gefühl des Mitleids nicht ganz verloren zu haben, nahm er sie näher in Augenschein. Sie war blutjung, beinahe noch ein Mädchen. Obwohl ihr Gesicht Ruß und Schmutz bedeckten, gab es eine anmutige Schönheit preis, mit hellblauen Augen und langen blonden Haaren, die allerdings, wie ihr ganzer Leib, eines dringenden Bades bedurften. Während ihrer Begegnung im Burghof hatte seine

Gedanken allein der nahe Tod beherrscht. Er war wie ein undurchdringlicher Nebel zwischen sie getreten. Nun offenbarte sich ihm ihre Gestalt, trotz der Entbehrungen im Kerker liebreizend und elfengleich.

Isabeau, die seine Gegenwart nicht bemerkte, kniete auf den kalten Boden, als er sie ansprach. »Herrin!«

Erschrocken blickte sie ihn an und wich zurück. Wie ein scheues Reh drückte sie ihren schmalen Leib an die Mauer hinter ihrem Rücken. »Wer bist du? Was willst du von mir?«, fragte sie ängstlich.

»Erkennt Ihr mich nicht? Ich bin es, Matthias, der Schmied aus dem Dorf. Ich komme, um Euch zu befreien«, erwiderte er.

»Du willst mich befreien? Wieso?«

»Habt Ihr es vergessen? Eure Gnade hat mich vor dem Galgen bewahrt. Ihr habt mir das Leben geschenkt. Außerdem schwor ich, Euch zu beschützen.«

»Ihr habt einen Eid abgelegt, mir beizustehen?«

Er spürte ihre Verwirrung. Vermutlich verstand sie nicht, weshalb ein Höriger aus freien Stücken so etwas auf sich nahm.

»Ich versprach Melisande beim Seelenheil meiner verstorbenen Tochter, Euch zu retten und mit meinem Leben für Euer Wohl einzustehen. Verstoße ich dagegen, versündige ich mich.«

»Melisande? Wo befindet sie sich? Bring mich zu ihr!«, forderte sie.

Schmerzvoll nahm er zur Kenntnis, dass sie über den Tod seiner Tochter einfach hinweggegangen war. Andererseits, wer war er schon in ihren Augen. Ein Höriger, der vor ihr den Nacken beugen musste. »Sie kann Euch nicht mehr zu Diensten sein, Herrin. Burgvogt Rudolf hat sie von den Zinnen des Bergfrieds gestoßen. Ich fand sie am Fuß der Burgmauer in ihrem Blut liegen. Mit letzter Kraft rang sie mir das Versprechen ab, Euch nicht allein zu lassen. Sie starb in meinen Armen«, eröffnete er ihr.

Die junge Frau begann zu weinen.

Matthias fühlte sich hilflos. Sollte er sie trösten? Stand ihm das überhaupt zu? Tränen rannen ihr über die Wangen und benetzten das löchrige Büßerhemd, das man ihr übergestreift hatte. Die standesgemäßen Gewänder hatte ihr der Burgvogt sicherlich entrissen, um sie zu demütigen. Als Isabeau sich von ihm abwandte und ihr Gesicht verzweifelt in den Händen vergrub, fiel ihm ein langer Riss in ihrem Kleid auf. Er verriet, dass ihr Rücken mit Wundmalen bedeckt war, die von Rutenschlägen herrührten. Offenbar wurde sie gezüchtigt, um sie gefügig zu machen.

Während Isabeau ihr Schicksal beweinte, holte Matthias die Feile aus dem Beutel und versuchte, eine Gitterstrebe durchzutrennen. Zuweilen hielt er inne und horchte, ob ein Wächter sich näherte. Aber er blieb ungestört. Keiner ließ sich im Kerker blicken. Nach einer Weile hatte er es geschafft und drückte mit seinen kräftigen Händen das lose Ende zur Seite. Die entstandene Lücke war zum Durchschlüpfen breit genug. »Kommt mit mir, Herrin! Ich zeige Euch den Weg aus der Burg«, versprach er.

Sie wandte sich um und schüttelte den Kopf. »Wozu fliehen? Melisande ist tot und mein Gemahl ebenso. Ich habe alles verloren. Lieber will ich sterben.«

»Das darf ich nicht zulassen. Ihr müsst weiterleben. Das Seelenheil meiner Tochter steht auf dem Spiel. Vergesst nicht, ich habe einen Eid abgelegt. Folgt mir also, sonst muss ich Euch mit Gewalt aus dem Loch zerren«, forderte er und war über seine Entschlossenheit selber erstaunt.

Widerwillig zwängte sich Isabeau durch das Gitter und folgte dem Schmied in den Stollen, der in die Freiheit führte. Erstaunlicherweise zeigte sie keine Furcht. Bedingt durch die Enge kam sie nur langsam vorwärts, hielt aber tapfer durch. Als sie endlich dem Loch entstiegen waren, fiel sie erschöpft zu Boden. Matthias griff ihr unter die Arme und schleppte sie hinter die dichten Büsche, die unweit der Burgmauer wucherten. Hier legten sie eine Rast ein.

Er zog den Stöpsel vom Ziegenbalg und hielt ihn an ihre spröden Lippen. Sie umklammerte ihn wie eine Besessene und trank das Wasser in großen Zügen, als wäre sie gerade der Wüste entronnen. Kein Wunder, hatte sie doch tagelang dürsten müssen. Schließlich verschluckte sie sich und erlitt einen Hustenanfall. Besorgt maßregelte er ihre Unvernunft. »Ihr müsst in kleinen Schlucken trinken und nicht alles auf einmal, sonst wird Euch schlecht. Hier, esst, das bindet das Wasser in Eurem Gedärm.« Er drückte ihr ein Stück Brot in die Hand, welches sie sich sogleich in den Mund stopfte. Sie war ausgehungert wie ein Wolf und Matthias fragte sich, ob sie zum ersten Mal in ihrem Leben das Gefühl der Leere im Magen verspürte. Ein Zustand, dem arme Menschen oft ausgesetzt waren.

Nach dem Essen fühlte sie sich anscheinend besser und griff erneut zum Ziegenbalg. Jetzt trank sie mit Bedacht. Dann blickte sie ihn vielsagend an. »Hab Dank für die Befreiung und das Wasser. Ich stehe in deiner Schuld. Dem ungeachtet merke dir: Wage es nicht noch einmal, in dieser Tonart mit mir zu sprechen. Behandle mich nicht wie deinesgleichen. Du hast mir nichts zu befehlen. Ich bin eine Frau von edler Geburt und du nur ein Höriger«, machte sie ihm unmissverständlich deutlich.

»Ihr seid mir nichts schuldig, Herrin«, antwortete Matthias gekränkt. »Ich erfülle lediglich mein Versprechen.« Es ärgerte ihn sehr, dass Isabeau die stolze Gräfin herauskehrte. Etwas mehr Anerkennung für seine Hilfe hatte er insgeheim schon erhofft.

»Du sagtest, deine Tochter sei gestorben. Melisande hat ihr demzufolge nicht helfen können. Das tut mir leid für dich. Denke also nicht von mir, ich wäre ein gefühlloser Mensch«, bekundete Isabeau unerwartet ihr Mitgefühl.

»Ich weiß es zu schätzen, Herrin«, erwiderte er. »Auch ich möchte Euch für den Verlust von Melisande mein Beileid bekunden. Sie war eine anständige Frau.«

Wieder traten ihr Tränen in die Augen. »Sie war meine gute Seele. Sie zog mich aus dem Mutterleib, war meine Amme und Beschützerin. Sie hat die Welt bereist und lehrte mich viel über die Heilkunst. Ich vermisse sie. Dass sie dich in ihrer letzten Stunde auserkoren hat, ihren Platz einzunehmen, ist wundersam. Ein Ritter, ein Mann von meinem Stand, das hätte ich verstanden. Aber ein Schmied aus dem Dorf?« Sie warf ihm einen verwirrten Blick zu. »Das ist unbegreiflich. Trotzdem will ich ihr nicht unrecht tun und vertraue auf ihr Gespür. Etwas an dir muss sie beeindruckt haben.«

»Die Antwort ist einfach. Sie hatte keine andere Wahl. Wen sonst hätte sie bestimmen können? Nur ich war bei ihr, als sie verschied. Eine Stimme in mir hatte mich zuvor hierhergetrieben. Ohne ihren Ruf wäre ich in meiner Hütte geblieben und Ihr würdet noch immer im Kerker sitzen.« Während er sprach, war Matthias immer nachdenklicher geworden.

»Eine Stimme hat dich zu Melisande befohlen? Zeitlebens steckte sie voller Rätsel. Ich glaube, sie selbst drang in deine Gedanken ein, um deine Hilfe zu erbitten.« Ihre Augen leuchteten ob dieser Wendung auf.

»Ein Ruf von den Burgzinnen bis hinunter ins Dorf? Das ist Teufelswerk«, rief er betroffen und bekreuzigte sich.

»Beruhige dich, du hast nichts zu befürchten.« Isabeau hielt Matthias an den Schultern fest, der drauf und dran war, aufzuspringen. »Der Antichrist, so wie du ihn vom Hörensagen kennst, lebt nur in deiner Fantasie. Das Bild des gehörnten, bocksbeinigen Scheusals hat sich die Kirche ausgedacht, um Angst zu schüren. Es mehrt ihre Macht über die gläubigen Menschen. Irgendwann werde ich es dir näher erklären. Bis dahin vertrau mir.«

Er erhob sich, wenig überzeugt von ihren Worten. »Lasst uns verschwinden, ehe uns der Burgvogt aufgreift«, mahnte er.

Sie willigte ein und folgte ihm auf dem Fuß. Ihr Weg führte durch das dichte Gestrüpp des Burghügels bis hinunter ins Tal.

Eine Stunde später lagerten sie am Rand eines breiten Weges. Zahlreiche Wagenräder hatten im feuchten Boden tiefe Furchen hinterlassen. Hier, mitten im Wald, verlief die Handelsstraße von Ulm nach Speyer und Metz. Beide hofften auf einen vorbeifahrenden Kaufmann, der bereit war, sie mitzunehmen. Da Isabeau aus Oberlothringen stammte, wäre Metz ein naheliegendes Ziel, doch Ulm sollte ihnen ebenso recht sein. Hauptsache weit weg von Wartenstein.

»Kurz bevor sie starb, berichtete mir Melisande, Euer Ehemann sei noch am Leben. Angeblich hätte der Burgvogt gelogen, um sich die Grafschaft und die Burg zu sichern«, sagte Matthias.

Isabeau sah ihn traurig an. »Davon weiß ich bereits. Das Schlimme ist, Lothars Lehnsherr, Philipp von Schwaben, glaubte ihm. Rudolf hat meinen Gemahl für tot erklären lassen. Jetzt bin ich auf mich allein gestellt. Die Hilfe einer Familie in der Not bleibt mir verwehrt, da ich die Letzte meines Geschlechts bin. Die Lunévilles sterben mit mir aus, sollte ich kein Kind gebären. Nach Oberlothringen kann ich nicht zurück. Dort erwartet mich die Armut.« Sie atmete tief durch.

»Es gibt für mich nur einen Ausweg, um Lothars Anspruch auf die Grafschaft zu sichern. Ich muss ihm ins Heilige Land folgen und ihm die Intrige seines Bruders offenlegen. Er allein kann ihm die Gier nach Land und Titel austreiben.«

Sie krümmte ihren Leib und verzog das Gesicht. Matthias war unterwegs aufgefallen, dass ihr die Wunden am Rücken Schmerzen bereiteten. Dennoch hatte sie durchgehalten und er sie nicht darauf angesprochen. Wer weiß, wie die stolze Gräfin reagiert hätte? Plötzlich stutzte er. Erst jetzt erfasste sein Verstand, was sie eben verlautbart hatte. Er fühlte, wie sich seine Nackenhaare sträubten. »Wohin wollt Ihr reisen? Ins Heilige Land? Wisst Ihr, was das bedeutet? Ich hörte, dass viele Monate vergehen, ehe ein Pilger in seine Nähe gelangt. Es liegt weit weg von Schwaben. Ach, was sag ich, weit jenseits von Wien.«

Sie lächelte über seine Unwissenheit. »Du besitzt nicht die leiseste Ahnung über die wahre Größe von Gottes Schöpfung. Das Heilige Land liegt entfernter als Konstantinopel. Es erstreckt sich an der Grenze der uns bekannten Welt.«

Zweifelnd zog er die Stirn kraus. »Selbst, wenn es stimmt, was Ihr sagt, werden wir niemals dorthin gelangen. Das Büßerkleid, das Ihr tragt, verrät Euch als entflohene Gefangene. Ihr benötigt dringend ein neues Gewand. Um es kaufen zu können, brauchen wir Geld. Doch damit allein ist es nicht getan. Was werden wir unterwegs essen? Brot und Eier liegen nicht am Wegesrand und gebratene Hühner fliegen uns nicht von allein in den Mund. Ich nenne lediglich drei Pfennige mein Eigen. Mit ihnen kann ich den Händler bezahlen, der so freundlich ist, uns mitzunehmen. Andererseits besteht auch die Gefahr, dass er uns zum Teufel jagt, weil er uns für Diebesgesindel hält. Ihr seht also, viel weiter als bis Ulm werden wir kaum kommen. Es sei denn, wir verdienen uns das Geld zum Leben während unserer Reise.« Matthias verstummte.

Abermals hatte er mit der Gräfin wie mit seinesgleichen gesprochen. Hinzu kam, dass ihn auf einmal die Neugier packte. Ihn, einen armen, unbedeutenden Schmied, dessen weitester Marsch vor Jahren in die Nähe von Tübingen geführt hatte, um seine frisch angetraute Frau ins heimische Wartenbach heimzuholen. Das Heilige Land lockte mit unzähligen Geschichten, von denen Händler und Sänger zu berichten wussten. Von Mysterien, die Wanderprediger kundtaten und das Seelenheil versprachen. Ein Mönch hatte behauptet, Jesus Christus sei den Menschen nirgendwo näher als in Jerusalem. Deshalb würden die Pilger an dem Ort seiner Kreuzigung mancherlei Habseligkeiten ihrer verstorbenen Angehörigen vergraben, um den Gottessohn zu bitten, ihnen das Tor zum Paradies zu öffnen. Seine Agnes kam ihm in den Sinn. Um den Hals trug er ein einfaches bronzefarbenes Medaillon, das eine Strähne ihres Haares barg. Er hatte sie dem Mädchen vor der Grablegung abgeschnitten, um es am Herzen zu tragen. Sollte er jemals die Heilige Stadt erreichen, würde er die Locke der Erde übergeben, wo der Heiland einst ans Kreuz geschlagen wurde. Was konnte ein Vater mehr tun für das Seelenheil seiner toten Tochter?

Isabeaus beleidigtes Mienenspiel riss ihn aus seinen Gedanken. Über seine ehrlich vorgetragenen Bedenken verzog sie empört die Mundwinkel. »Eine Frau von edler Geburt mit einer Diebin zu vergleichen, ist unverschämt. Zu anderer Zeit und an einem anderen Ort hättest du dir für dein anmaßendes Verhalten zehn Schläge mit der Rute eingehandelt. Und bei Gott, wie kommst du auf die Idee, ich müsse arbeiten gehen? Das ziemt sich nicht für mich.«

»Keine Sorge, Herrin. Ihr müsst Euch die Hände nicht schmutzig machen. Ich werde, wie ich Melisande schwor, für Euch sorgen und das Geld verdienen, das uns nach Jerusalem bringt«, beruhigte er die entrüstete Frau. »Jetzt lasst uns den Weg verlassen und hinter den Bäumen und Sträuchern Schutz suchen. Wer weiß, womöglich hat der Burgvogt Eure Flucht schon bemerkt und sucht nach Euch. Es gibt in der Nähe einen Bach, an dem Ihr Euch waschen könnt. Dort warten wir, bis sich ein Kaufmann mit einem Fuhrwerk nähert. Ich hoffe, er ist hilfsbereit und nimmt uns mit nach Ulm.«

»Sei dir gewiss, dass dich Graf Lothar für deine Treue reich belohnen wird, sobald er mich in Jerusalem lebend in die Arme schließt«, stellte ihm Isabeau in Aussicht und folgte ihm ins Unterholz.

Matthias schritt voraus. Ihm kam Melisandes Vergleich des Lebens mit einer geworfenen Münze in den Sinn. Wohin würde sie ihn führen und auf welche Weise sein Schicksal sich erfüllen? Allein die Zukunft wusste eine Antwort darauf.

Kapitel 2

Die Reise nach Ulm

Matthias öffnete die Augen und richtete sich auf. Durch die Baumkronen und den morgendlichen Nebel strahlte die aufgehende Sonne. Er glaubte, etwas gehört zu haben. Isabeau, die noch tief schlummerte und unverständliche Worte murmelte, weckte er mit einem sanften Stups auf die Schulter aus ihren Träumen. Beide waren in ihrem Versteck eingeschlafen, nachdem am vergangenen Tag kein Händler vorbeigekommen war. Für gewöhnlich rasteten diese nachts, weil eine Weiterreise in der Dunkelheit mit Gefahren verbunden war. Durch den Wald hallten Rufe und das Knallen einer Peitsche. Sie gaben ihnen die Hoffnung, die Grafschaft schnell hinter sich zu lassen.

Sie hatten Glück. Der Händler befand sich auf dem Weg nach Ulm. Ihn plagte allerdings ein Missgeschick. Der Ochsenkarren war mit einem Hinterrad in ein Schlammloch gerutscht und bewegte sich keinen Fuß mehr. Auch seine Peitsche und sein lautes Schimpfen über die widerspenstigen Tiere halfen wenig. Matthias sah darin einen Wink des Allmächtigen. Hier waren die kräftigen Arme eines Schmiedes gefragt.

»Kann ich helfen?«, rief er dem Fuhrmann zu.

»Welch ein Glück!«, rief der freudig. »Dich muss der Herrgott geschickt haben. Greife in die Speichen des Rades und drücke mit aller Kraft.«

Die Ochsen schienen auf den unerwarteten Beistand nur gewartet zu haben. Gehorsam setzten sich beide in Bewegung. Rasch war das Fuhrwerk aus dem Morast befreit.

Der Kaufmann stand bereits im Herbst seines Lebens. Dichte graue Haare sprossen ihm auf dem Haupt. Sein Gesicht durchzogen tiefe Falten, die an die Furchen eines frisch gepflügten Ackers erinnerten. »Hab vielen Dank. Wie kann ich mich für deinen Beistand erkenntlich zeigen?«, fragte er freundlich.

»Meine Gemahlin und ich sind auf dem Weg nach Ulm. Wenn es dir keine Umstände bereitet, würden wir dich gern begleiten«, erwiderte Matthias, worauf ihn Isabeau entgeistert anblickte.

»Soso, ihr wollt nach Ulm? Ihr könnt mir gern Gesellschaft leisten. In fünf Tagen treffen wir dort ein, sofern wir nicht einer Räuberbande zum Opfer fallen oder von einem Rudel Wölfe aufgefressen werden«, meinte er grinsend.

Wieder schaute Isabeau beunruhigt drein. Diesmal lag die Angst vor dem Ungewissen in ihren Augen, weshalb er die im Scherz dahingesagten Worte des Kaufmanns beschwichtigte. »Hab keine Furcht. Er will uns nur verulken. Von Räubern im Schwarzwald hörte ich seit Langem nichts mehr. Die Ritter Ottos von Braunschweig, die plündernd durch das schwäbische Land ziehen, sind die größere Bedrohung für uns. Und was die Wölfe betrifft, so halten sie sich von den Menschen fern, solange sie keinen Hunger leiden. Den letzten sah ich mit eigenen Augen im vergangenen Winter.«

»Es stimmt, was dein Ehemann sagt. Ich mache hin und wieder meine Späßchen. Mach dir keine Sorgen. Auf dem Ochsenkarren bist du sicher. Steig auf, damit wir losfahren können«, wandte sich der Kaufmann an die junge Frau. »Ich heiße übrigens Addo. Ich kaufe Schafwolle auf und vertreibe Stoffe. Einmal im Monat bin ich zwischen Speyer und Ulm unterwegs, um Handel zu treiben. Wie lauten eure Namen?«

»Ich bin Matthias der Schmied. Mein Weib wird Isabeau gerufen.« Ärgerlich biss er sich auf die Lippen. Er hatte ihre wahren Namen preisgegeben. Wie einfältig von ihm. Er nahm neben der Frau und dem Händler auf dem Kutschbock Platz. Im Stillen machte er sich Vorwürfe.

Addo schwang die Peitsche und das Fuhrwerk setzte sich in Bewegung. »Aha, Matthias und Isabeau?«, murmelte er nachdenklich. »Ein recht ungewöhnlicher Name für das Eheweib eines Schmiedes in Schwaben. Er ist in Frankreich sehr geläufig. Allerdings hörte ich ihn auch in Lothringen. Wieso redet sie kein Wort? Ist sie stumm?«, fragte er lauernd und musterte sie von oben bis unten mit einem Grinsen im Gesicht.

»Sie ist schüchtern und spricht in fremder Gesellschaft nur, wenn sie gefragt wird. Ursprünglich stammt sie aus Metz und ist seit zwei Jahren mit mir vermählt. Dort ist der Name sehr verbreitet«, log Matthias in seiner Not und hoffte, der Kaufmann würde die Sache damit auf sich beruhen lassen. Doch weit gefehlt.

»Das kann ich nicht in Abrede stellen. Andererseits ist Isabeau ein schöner Name. Auch deine Frau ist schön. Ich sehe ihr an, dass du sie gut behandelst. Offenbar nimmst du ihr sämtliche Arbeit ab und bewirtschaftest Haus und Hof allein«, deutete er an.

Beide blickten sich ratlos in die Augen, worauf Addo schallend lachte. »Mich kannst du nicht täuschen. Die Mär, ihr zwei wärt Mann und Frau, glaube ich dir nicht.«

»Wieso? Was spricht dagegen?« Matthias wurde argwöhnisch und fühlte mit den Fingern nach dem Hammer in seinem Beutel.

»Das Weib passt nicht zu dir. Ihre zierliche Gestalt, der Stolz, den sie zur Schau trägt, und natürlich ihre Hände strafen dich Lügen. Nichts sagt mehr über das Wesen und den Stand einer Frau aus. Fällt dir das nicht auf?«, fragte er.

Matthias begann zu ahnen, was er meinte.

»Hast du's endlich begriffen? Sie musste noch niemals im Schweiße ihres Angesichts schuften. Ihre Nägel sind sauber und geschnitten. Und die hellen Abdrücke auf der Haut rühren von Ringen her, die sich nur eine Edelfrau leisten kann. Außerdem trägt sie das Gewand einer Sünderin auf dem Leib. Das macht sie in meinen Augen verdächtig und erinnert mich an einen Vorfall, der gestern geschah.«

Verdammt, warf sich Matthias insgeheim vor. Das Büßerhemd hatte er völlig aus den Gedanken verloren. Kein Wunder, dass ihm der andere so schnell auf die Schliche gekommen war.

»Ich rastete in einem Dorf nicht weit von hier«, fuhr Addo fort. »Dort kam mir zu Ohren, der Burgvogt des Grafen von Wartenstein hätte dessen Gemahlin eingekerkert, weil sie mit einem Schmied Ehebruch begangen habe. Später floh sie aus dem Verlies. Dass für ihre Befreiung der Schmied verantwortlich war, prügelte die Burgwache aus einem ansässigen Besenbinder heraus, bevor dieser an seinen Wunden verstarb.«

Des Ehebruchs beschuldigt zu werden, verschlug Isabeau die Sprache.

Auch Matthias war erschüttert. Andreas, die gute Seele des Dorfes, sein Vaterersatz und bester Freund, lebte nicht mehr. Ermordet auf Rudolfs Geheiß. Er vernahm noch dessen Worte im Ohr. »Du musst ihr beistehen«, hatte er am Abend vor Agnes' Tod beteuert. Er war überzeugt gewesen, Matthias hätte bei Isabeau eine Schuld abzutragen.

Da Addo die Wahrheit über sie kannte, entschloss er sich, einen Schritt nach vorn zu wagen. »Wir geben uns deinem Scharfsinn geschlagen. Du hast uns durchschaut. Isabeau ist die rechtmäßige Gräfin von Wartenstein. Und der Vorwurf von Burgvogt Rudolf, sie habe Ehebruch begangen, ist eine Lüge. Ich habe sie aus den Fängen ihres bösartigen Schwagers befreit, weil sie in Gefahr ist. Er will nach dem Grafentitel greifen und dabei ist ihm jedes Mittel recht. Wir sind auf dem Weg ins Heilige Land, wo ihr Gemahl gegen die Heiden kämpft, um ihn zu warnen und seinem Bruder Einhalt zu gebieten. Was wollt Ihr nun tun? Uns verraten?«

»Sorgt euch nicht um eure Sicherheit. Ihr habt von mir nichts zu befürchten. Nimm also die Hand von der Waffe, die sich in deinem Beutel befindet«, meinte der Händler beruhigend.

»Gott möge dich beschützen, guter Mann. Leider kann ich dir dein redliches Handeln nicht vergelten. Ich bin zwar von Adel, aber derzeit mittellos«, bedankte sich Isabeau für dessen Offenheit.

»Nenn mich einfach Addo und ich sage Isabeau zu dir. Das macht vieles einfacher.«

»Wir sollen uns beim Namen rufen? Du bist ein einfacher Krämer und ich eine Gräfin. Das ziemt sich nicht«, entgegnete Isabeau. Sie verteidigte vehement ihren hohen Stand.

»Tu es bitte, um unserer Sicherheit willen. Verzichte auf höfisches Gehabe. Keiner, dem wir auf der Reise nach Ulm unterwegs begegnen, darf in dir eine Edelfrau erkennen. Eine Adlige, die auf dem Fuhrwerk eines Wollhändlers reist, spricht sich herum. Schneller, als uns lieb sein kann, haben wir deinen verruchten Schwager am Hals. Das möchte ich nicht riskieren«, stellte er unmissverständlich klar.

Der Sinn seiner Forderung erschloss sich Isabeau. »Für deinen Stand besitzt du eine ziemlich vorlaute Zunge. Trotzdem verstehe ich deine Bedenken und willige ein.«

Addo warf ihr einen stolzen Blick zu. »Ich bin ein Bürger der Reichsstadt Ulm und kein Höriger. Ich bin ein freier Mann. Unabhängig von der Knute des Adels und der Kirche unterstehe ich allein dem König, auch wenn ich nicht einzuschätzen vermag, ob Philipp oder Otto der Richtige ist.« Lächelnd fügte er hinzu: »Nun seid meine Gäste.«

Am Abend bei Sonnenuntergang rasteten sie am Rande einer Lichtung. Hier, so entschieden sie, würden sie die Nacht verbringen. Um wilde Tiere vom Lager fernzuhalten, hatten Addo und Matthias reichlich Holz gesammelt und ein Feuer entfacht. Die Wegzehrung des Schmieds war längst zur Neige gegangen. Freigiebig teilte der Wollhändler seine Vorräte mit ihnen, die aus Hirsebrei, einem Brotlaib, Käse, Trockenfrüchten und Dünnbier bestanden. Es war die Speise des einfachen Volkes.

Isabeau langte ungehemmt zu. Fleisch, Pasteten, süßes Gebäck und Wein vermisste sie nicht. Das Hungergefühl, das sie bereits seit Stunden quälte, war so immens, dass sie den Hirsebrei hinunterschlang, als sei er ein Festmahl.

Addo konnte sich ein Schmunzeln nicht verkneifen.

»Warum lachst du über mich?«, fragte sie irritiert.

»Ich sah noch niemals eine Frau mit solcher Inbrunst Brei löffeln, wie du es gerade tust. Wann hast du zum letzten Mal gegessen?«

»Gestern. Es war das wenige, das Matthias bei sich trug.«

»Erst gestern?« Er überlegte. »Das ist nicht lange her. Aber es ist ein Vorgeschmack auf das, was dich auf der Reise in den Osten über lange Zeit erwarten kann, wenn du nicht über ausreichend Geldmittel verfügst. Die christliche Nächstenliebe lässt bei vielen Menschen zu wünschen übrig. Über die Heiden, die ihr auf dem Weg ins Heilige Land treffen werdet, kann ich mir kein Urteil erlauben. Dessen ungeachtet ist eins gewiss: Geld ist der Schlüssel für Wegzehrung, Unterkunft und Transportkosten auf Fuhrwerken und Schiffen. Ohne Bezahlung werden dich nur wenige speisen oder mitnehmen. Du bist es gewohnt, bevorzugt behandelt zu werden. Als einfache Frau zu reisen, wird dir schwere Prüfungen auferlegen, denen du gewachsen sein musst. Solltest du Schwäche zeigen, wird dein Unterfangen enden, bevor es begonnen hat.«

»Habe keine Sorge. Ich werde das Nötige mit meinen Händen unterwegs verdienen. Und um Isabeaus Wohlergehen werde ich mich kümmern. Ich habe es Melisande versprochen, bevor sie starb«, erwiderte Matthias selbstbewusst und erntete für seine Worte einen dankbaren Blick von ihr.

»Wer auch immer sie war, sie tat das Richtige. Sie hätte für Isabeau keinen besseren Beschützer finden können. Dass du ehrlich und aufrecht bist, wusste ich bereits heute Morgen, als wir uns zum ersten Mal begegneten. Ich wünsche von Herzen, dass ihr das Heilige Land erreicht. Deshalb gebe ich euch ein paar Ratschläge mit auf den Weg.« Er nahm ein paar Äste und warf sie ins Feuer. Dann blickte er zum Himmel. Die Dämmerung wich allmählich der Nacht und die ersten Sterne begannen am Firmament zu flackern. »Der Lauf der Gestirne ist jeden Tag vorbestimmt. Eurer aber ist ungewiss. Es lauern viele Gefahren auf dem Pfad nach Jerusalem. Haltet euch von den Fehden des Welfen- und Stauferkönigs fern. Eine Edelfrau kann schnell als Geisel enden, um deren Gemahl als Mitstreiter zu binden. Beide halten seit dem Tode König Heinrichs an ihrem Thronanspruch fest. Jeder beruft sich auf die Zustimmung der mit ihm verbündeten Bischöfe und Fürsten. Verlierer in diesem Streit sind die einfachen Menschen. Folgt dem Lauf der Donau nach Osten. Es ist der sicherste Weg.«

»Wir werden deine Hinweise befolgen. Obwohl du nur ein Händler bist, zeigst du mit deiner selbstlosen Hilfe eine ritterliche Tugend«, würdigte Isabeau seinen Beistand.

Das unverhoffte Lob stimmte ihn sichtlich froh. »Gott vergelte dir deine wohlgesinnten Worte. Jetzt müssen wir uns aber zur Ruhe legen, da wir in aller Frühe die Reise fortsetzen. Übermorgen erreichen wir die Schwabenalp. Für die Überquerung der Berge benötigen wir zwei weitere Tage. Bis Ulm ist es danach nicht mehr weit«, versicherte er, bevor er sich in eine Decke hüllte und kurze Zeit später zu schnarchen begann.

Auch Isabeau und Matthias schlummerten im Schein des Lagerfeuers rasch ein. Die Erlebnisse des letzten Tages hatten an ihren Kräften gezehrt.

Der Ochsenkarren quälte sich seit Stunden den steilen Weg zur Hochebene der Schwabenalp hinauf, die mit dichten Wäldern bewachsen war. Voraus erhob sich der Lemberg, die mächtigste Erhebung des Gebirges. In der Nachmittagszeit legten sie neben einem Bächlein eine Rast ein, um die Tiere zu tränken. Der beschwerliche Aufstieg forderte seinen Tribut.

Addo blickte zurück ins Tal und stutzte. Eine Schar Reiter ritt die Anhöhe hinauf. Sie gaben den Pferden die Sporen zu kosten, als wäre der Teufel hinter ihnen her. In ihm keimte ein Verdacht auf, der ihn zutiefst beunruhigte. »Schnell, verschwindet und versteckt euch im Unterholz, bis ich euch rufe. Bewaffnete Männer nähern sich. Womöglich ist es der Burgvogt mit seinen Spießgesellen«, warnte er Isabeau und Matthias.

Beide erfassten die brenzlige Lage und rannten ins Dickicht, so rasch ihre Beine sie trugen.

Derweil hatten die Reiter das Fuhrwerk erreicht. Sie umzingelten Addo und saßen von ihren Pferden ab. Seine Vermutung bestätigte sich. Ihr Anführer war Rudolf von Wartenstein. Herrisch stellte er den Wollhändler zur Rede.

»Ich bin auf der Suche nach einem entflohenen Mädchen. Sie ist eine Diebin. Ein junger Schmied aus Wartenbach begleitet sie. Sind sie dir über den Weg gelaufen?«

»In der Tat, hoher Herr. Vor zwei Tagen traf ich die beiden. Sie fragten mich nach dem Weg nach Straßburg. Ich glaube, sie wollten von dort nach Lothringen wandern. Das Mädchen war nicht ganz gesund im Kopf. Sie behauptete allen Ernstes, sie sei eine Edelfrau. Nahe dem Dorf bestiegen sie das Fuhrwerk eines Weinhändlers, der ins Elsässische unterwegs war«, log Addo gelassen.

»Ohne Zweifel, das sind die zwei. Und du sprichst die Wahrheit?«

»Gott ist mein Zeuge.«

Rudolf schaute ihn durchdringend an. »Ich glaube dir. Wir werden das Hurenstück finden und am nächsten Ast aufknüpfen. Den Schmied ebenfalls. Ich lasse beide am Strick tanzen, bis sie ihre Seelen aushauchen. Niemand widersetzt sich meinem Willen.« Sein Gesicht verzog sich zu einer widerwärtigen Fratze, als er die zornigen Worte von sich gab.

Addo lief es kalt den Rücken herunter. Das Gebaren des Burgvogts zeugte von tiefem Hass gegen Isabeau und Matthias, der mit Willkür und Grausamkeit einherging. In der Hoffnung, er würde mit seinen Reitern der falschen Fährte auf den Leim gehen, verbeugte er sich vor ihm. »Ich wünsche Euch Erfolg bei der Suche und einen gesegneten Tag, hoher Herr«, verabschiedete er sich untertänig.

Das Gesicht Rudolfs versteinerte. »Was maßt du dir an? Ich habe dich noch nicht entlassen, elende Krämerseele«, rief er vergrämt. Offensichtlich kochte die verletzte Eitelkeit in ihm. Streitsüchtig zog er sein Schwert aus der Scheide.

Schnell bemerkte der Kaufmann, dass er einen Fehler begangen hatte, der ihm den Tod bringen konnte. Dem hochnäsigen Burgvogt war das Leben einfacher Menschen bedeutungslos. »Ich habe Euch alles preisgegeben, was ich weiß, hoher Herr. Lasst mich weiterziehen«, beschwor er ihn.

»Deine Dreistigkeit darf nicht ungesühnt bleiben. Sie hat ihren Preis. Was hast du auf dem Fuhrwerk geladen? Seidene Gewänder, Gewürze oder Wein?«, fragte Rudolf boshaft.

»Derartige Waren vertreibe ich nicht«, versicherte Addo. »Ich handle mit Schafwolle und den Stoffen, die aus ihr gewoben werden. Aber die Ladefläche ist leer, da ich in Speyer alles verkauft habe.«

»Konrad! Spring auf das Gefährt und durchsuche seine Sachen. Irgendwo muss er für den Kram einen Beutel mit Münzen versteckt haben«, befahl er dem Anführer der Burgwache.

Gehorsam sprang dieser auf den Wagen und warf alles herunter, was ihm in die Hände fiel. Geld entdeckte er nicht. »Es ist nichts zu finden. Offenbar trägt er die Silberlinge unter seinem Wams versteckt.«

»Das glaube ich nicht«, erwiderte er. »Es wäre dumm. Wegelagerer würden dort zuerst suchen. Rück heraus, was du auf dem Wagen versteckt hast, du Wurm, und ich vergesse dein ungehöriges Benehmen.«

»Ich besitze keinen Pfennig mehr. Räuber überfielen mich im Schwarzwald und haben es mir gestohlen«, versicherte Addo niedergeschlagen.

»Du lügst. Rück dein Geld raus oder ich steche dich ab wie ein Schwein«, drohte Rudolf.

Weinerlich jammerte er sein Elend hervor: »Wie soll ich mit meiner Familie über den Winter kommen, wenn Ihr mir alles nehmt? Wir werden verhungern.«

»Was kümmert es mich, du Made? Her damit!«

»Edler Herr, ich bitte Euch untertänigst ...«

Plötzlich stach Rudolf zu und traf ihn mit der Klinge in den Oberschenkel. »Der nächste Stoß trifft dich ins Gedärm, wenn du nicht endlich gehorchst. An den kommenden Winter musst du dann keinen Gedanken mehr verschwenden.«

Der Wollhändler fiel stöhnend zu Boden und hob abwehrend einen Arm nach oben. »Haltet ein! Ich will euch geben, was ich besitze. Die Münzen sind unter einem losen Brett im Kutschbock verborgen.«

»Na also. Warum erst so störrisch? Hättest du mir gleich gegeben, wonach mir verlangt, würdest du jetzt nicht in deinem Blut liegen.«

Konrad rüttelte an dem Brett und hob es an. Unter ihm kam ein kleiner Beutel aus Leinen zum Vorschein, den er Rudolf übergab.

Neugierig schüttete er die Börse aus. Dann zählte er das Geld in seiner Hand und verzog enttäuscht das Gesicht. »Was? Bloß fünf *Silberpfennige*? Willst du mich verhöhnen?«

»Das ist alles, was ich mit meiner letzten Fuhre verdient habe. Der Wollpreis ist tief gefallen, seitdem englische Händler in Speyer ihre Ware feilbieten dürfen. Der Markt ist übersättigt mit ihr, was ein Unglück für mich ist«, versuchte Addo, seine missliche Lage zu erklären.

Grollend über die magere Beute befahl Rudolf seinen Männern aufzusitzen. »König *Johanns* hintertriebene Schaftreiber mögen im

Höllenfeuer schmoren«, fluchte er und ritt mit seinen Männern zurück ins Tal.

Panisch hatten Matthias und Isabeau vor den Reitern das Weite gesucht. Der Tag neigte sich bereits dem Ende, als sie mit klopfenden Herzen zum Fuhrwerk zurückkehrten. Was sie sahen, erschreckte sie, denn Addo lag auf dem Boden und drückte mit den Händen einen Lappen auf sein Bein. Er war blutdurchtränkt. Besorgt liefen sie zu ihm.

»Was ist passiert? Wer waren die Männer?«, fragte Isabeau und untersuchte die Wunde, während Matthias dem Verletzten stützte.

»Es war der Burgvogt mit seinen Waffenknechten. Er suchte nach euch«, erwiderte er stöhnend. »Ein Glück, dass ihr beide weggerannt seid, sonst wärt ihr jetzt seine Gefangenen. Ich habe ihm glaubhaft gemacht, ihr befändet euch auf dem Weg nach Straßburg. Er hat mir die Lüge abgekauft. Schließlich stieß er mir sein Schwert in den Oberschenkel und raubte mir einen Teil meines Geldes.« Trotz seiner Schmerzen zwinkerte er Isabeau für einen kurzen Moment verschmitzt zu. »Dein Schwager ist nicht mit Schläue gesegnet und ließ sich leicht täuschen. Kein Kaufmann versteckt alle Gewinne aus seinen Geschäften an derselben Stelle. Woher sollte er das auch wissen? Ich bin in seinen Augen ein Niedriger, für dessen Geschick ein Edelmann keine Beachtung schenkt.«

»Wie lange liegst du schon hier?« Isabeau sah ihm prüfend in die Augen.

»Seitdem ihr geflohen seid.«

»Um Gottes willen, das ist ja Stunden her. Wir müssen sofort etwas tun, um Schlimmeres zu verhindern«, sagte sie.

Sie legten den Verletzten auf einen Strohsack, um die Wunde zu versorgen. Nun konnte Isabeau beweisen, was sie bei Melisande gelernt hatte. Während Matthias ein Lagerfeuer entfachte, riss sie das blutige Beinteil von Addos Hose auseinander, welches Rudolfs Schwert samt Oberschenkel durchstoßen hatte.

»Die Wunde ist klein, jedoch sehr tief. Wir müssen sie ausbrennen, damit du kein Fieber oder die brandige Fäule bekommst. Du könntest daran sterben«, betonte sie mit sorgenvollem Blick. »Greif dir ein Messer und mache es glühend heiß. Inzwischen suche ich ein paar heilende Kräuter für den Wundverband«, trug sie Matthias auf und schritt den Waldrand ab.

Der Schmied folgte ihrem Ansinnen und legte es zwischen die brennenden Äste. Isabeau, die ab und zu stehen blieb und niederkniete, verlor er unterdessen nicht aus dem Blickfeld. Als sie zu ihm zurückkehrte, hielt sie Büschel eines aromatisch riechenden Krauts mit weißgelben Blüten in den Händen.

»Lass uns in einem Kessel mit klarem Wasser einen heißen Sud aus ihnen brauen. Er darf nicht kochen. Wir erwärmen ihn nur, bis Dunst aufsteigt, dann nehmen wir ihn vom Feuer.«

»Was ist das für eine Pflanze?«, fragte Matthias.

»Melisande nannte sie *Mutterkraut*! Sie hilft gegen die Leiden nach einer Niederkunft und fördert die Heilung offener Wunden«, erklärte Isabeau.

Nach einer Weile stieg Dampf aus dem Kessel. Der Sud, in dem die Blüten schwammen, hatte eine gelbliche Farbe angenommen und roch angenehm blumig. Sie nahm das Gefäß aus der Glut und setzte es auf den Boden. Nach einer Weile war es handwarm heruntergekühlt. »Auf dem Wagen habe ich eine Schere und den Rest eines Stoffballens gesehen. Hole beides und schneide eine lange Binde zurecht. Danach tauchst du sie in den Kessel mit dem Sud«, befahl sie.

Der Schmied gehorchte und stieg auf das Gefährt. Bald hielt er beides in den Händen und sprang wieder vom Wagen. Wie aufgetragen begann er das Tuch zu teilen und tunkte es in den Sud.

Inzwischen leuchtete die Klinge des Messers glühend rot. Isabeau schob Addo ein Stück Holz zwischen die Zähne. »Beiß fest darauf. Es wird sehr weh tun«, riet sie ihm.

Die ganze Zeit hatte er mit schmerzverzogenem Gesicht ihr Tun verfolgt und schon geahnt, was ihn erwartete. Dennoch zeigte er Mut und beschwerte sich nicht.

»Halte ihn mit aller Kraft fest, damit ich ihn nicht aufs Neue verletze. Er wird sich wehren und Bärenkräfte entwickeln, um den Qualen zu entfliehen«, warnte sie Matthias.

Wortlos nickte er und umschlang von hinten mit beiden Armen den Leib des Kaufmanns. Derweil schürzte Isabeau ihr Büßerhemd, setzte sich auf Addos Knie und schob ihre Füße unter seine Glieder. Zuletzt zog sie das Messer aus dem Feuer und schob die Klinge in die Wunde hinein.

Der arme Mann schrie vor Schmerzen und bäumte sich auf. Dennoch hielt der kräftige Schmied dessen Arme fest umschlossen. Auch sein Versuch, wild mit den Beinen zu strampeln, schlug fehl. Sie waren unter Isabeaus Leib gefangen wie in einer Fußfessel. Der Geruch verbrannten Fleisches lag in der Luft und vermischte sich mit dem Wehklagen des verletzten Mannes.

»So muss es in der Hölle riechen, wenn die Seelen der Sündigen dem Fegefeuer übereignet werden«, kam es Matthias unversehens über die Lippen. Ihn schauderte vor Addos Leid und er kämpfte dagegen an, nicht selbst Reißaus zu nehmen.

Wenig später zog Isabeau das Messer aus der Wunde. Sie begutachtete ihr Werk und nickte zufrieden. Der Schmied bewunderte die junge Gräfin. Trotz ihrer zierlichen Natur hatte sie ungewöhnliche Stärke gezeigt. Er gestand sich ein, dass er an ihrer Stelle das glühende Messer nicht so geübt gehandhabt hätte. Allein Addos Geschrei hatte ihn schon aus der Fassung gebracht. Der hatte sich inzwischen beruhigt. Nur ein leises Stöhnen verriet, dass er noch Schmerzen verspürte.

»Reich mir die Leinenbinde, damit ich die Wunde abdecken kann«, sagte sie zu Matthias.

Mit den Fingerspitzen entnahm er sie dem Kessel und legte sie in Isabeaus Hände. Die junge Frau wrang den überschüssigen Teil des Suds aus ihr heraus und umwickelte Addos Oberschenkel.

Matthias, der neugierig zusah, merkte, dass die Prozedur dem Wollhändler guttat. Sein Stöhnen ließ bald nach und kurze Zeit später fiel er erschöpft in den Schlaf.

»Er braucht Ruhe. Wenn sich die Wunde nicht entzündet, wird er schnell wieder gesund«, sagte Isabeau überzeugt.

Nach den Aufregungen des Tages bereitete Matthias das Abendessen zu. Während des Mahls wechselten sie nur wenige Worte. Dann fielen auch ihnen die Augen zu.

Den vergangenen Tag hatten sie benötigt, um die Wälder der Hochebene zu durchqueren. Wie eine Schlange hatte sich die Handelsstraße durch die alten Wälder der Schwabenalp gewunden. Bären oder Wölfe waren ihnen unterwegs nicht vor die Augen gekommen. Auch Diebesgesindel hatte sich ferngehalten. Als die Bäume sich allmählich lichteten, war es früher Nachmittag und der Pfad begann, abschüssig zu werden. Ein untrügliches Zeichen, dass sie das Gebirge bald überwunden hatten.

»Rück zur Seite!«, sagte Addo zu Matthias und nahm ihm die Peitsche aus der Hand, bevor er sich zwischen ihn und Isabeau auf den Kutschbock zwängte. Die Ruhe des vergangenen Tages war ihm bekommen. Das verletzte Bein hatte sich nicht entzündet und verheilte zusehends. Er war bei guter Laune und wieder bei Kräften. »Vielen Dank für deine Hilfe, Isabeau. Ich habe Gevatter Tod ins Maul geschaut. Ohne dich hätte er mich verschlungen. Dennoch, deine Kenntnisse über die Heilkunde sind für eine Edelfrau recht ungewöhnlich. Woher weißt du, dass glühender Stahl gegen die brandige Fäule hilft?«

»Meine Amme Melisande stammte aus Bingen am Rhein. In jungen Jahren war sie im Kloster Rupertsberg eine Novizin, bevor sie dem geistlichen Leben entsagte, um auf Reisen zu gehen. Damit folgte sie dem Rat ihrer Äbtissin *Hildegard*, von der sie viel über Kräuter, Beeren und Wurzeln gelernt hatte. Diese hatte vorausgesehen, dass Melisande ein anderes Schicksal bestimmt war als das einer Geistlichen, und schickte sie in die Ferne, um die Heilkunst des Ostens kennenzulernen. In ihre erworbenen Erkenntnisse weihte sie mich früh ein.«

In ihren Worten lag der Stolz, schon mit jungen Jahren einem Kreis von Wissenden anzugehören, der nur wenigen Menschen offenstand. »So lehrte sie mich, dass Feuer Gifte verzehrt, die Wunden innewohnen, die von Tierbissen, Pfeilen oder Schwertern herrühren. Sie lösen Fieber und Krämpfe aus und lassen das Fleisch am Leibe verfaulen, sodass dem Verletzten ein grausamer Tod bevorsteht. Von ihr erfuhr ich auch, dass sich im Sud des Mutterkrauts ein Öl sammelt, das die betroffene Haut schützend umhüllt und deren Gesundung fördert. Der Allmächtige hat für jedes Gebrechen ein Kraut wachsen lassen. Man muss es nur kennen und wissen, wo es zu finden und wie es anzuwenden ist.«

»War Melisande jemals im Heiligen Land?«, fragte Matthias.

»Davon hat sie mir nichts berichtet. Ich weiß es nicht. Doch Konstantinopel sah sie mit eigenen Augen. Dort lernte sie Heilpraktiken kennen, die selbst der klugen Hildegard unbekannt waren«, erwiderte Isabeau schwärmend. »Sie berichtete mir, die Stadt läge an einem Meer, welches das Abendland vom Morgenland trenne, und beherberge mehr Menschen als das ganze Herzogtum Schwaben. Sie sei der Nabel der Welt. Alles, was Gottes Kreatur je erdacht oder erschaffen hat, findet sich dort wieder. Wissen, Macht, Reichtum und eine Kirche mit der mächtigsten Kuppel der Welt schmücken ihr Antlitz. Wer vor diesem Bauwerk steht, fällt demütig auf die Knie, denn er fühlt die Hand des Allmächtigen, welche die Baumeister befähigte, so großartige Dinge zu vollbringen.«

Plötzlich tat sich das Ende des Waldes auf und gab den Blick nach Südwesten frei, wo sich ein Fluss kurvenreich auf der weitläufigen Ebene abzeichnete. Am linken Ufer des breiten Stroms lag eine Stadt.

»Ulm!«, rief Addo freudig und wies mit dem Arm hinunter ins Tal. »Heute Abend essen wir gemeinsam in meinem Haus. Meine Frau ist eine gute Köchin. Nach dem Genuss ihrer Kohlsuppe leckst du dir alle zehn Finger.«

Den Ort erreichten sie am frühen Abend. Addo wusste zu berichten, dass er von *Heinrich dem Stolzen*, einem Herzog aus Bayern, 1134 zerstört worden war. Der Welfe hatte in Fehde mit den Staufern gelegen. Letzteren waren die Bürger der Stadt zugetan gewesen und hatten ihre Treue mit der Brandschatzung ihres Hab und Guts bezahlt. Doch Ulm, seit über 350 Jahren Königspfalz, erhob sein Haupt und blühte erneut auf, bis Kaiser Friedrich, vom einfachen Volk *Rotbart* genannt, es zur freien Reichstadt erklärte. Ein Umstand, der den Bewohnern viele Privilegien gewährte. Heute unterstand Ulm allein König Philipp von Schwaben, musste für ihn keine Heerfolge leisten, war frei von Steuern und besaß eine eigene Gerichtsbarkeit.

Das Fuhrwerk näherte sich dem Ziel. In einer Gasse, nahe dem Marktplatz gelegen, blieben die Tiere ohne Addos Zutun einfach stehen. Sie wussten, dass sie zu Hause angekommen waren.

Freia, seine Gattin, umarmte und küsste ihren Mann. Die Verletzung am Bein blieb ihr nicht unbemerkt, worauf er ihr erklärte, was geschehen war. Die Reisen nach Speyer waren nicht ungefährlich. Für sie war das kein Geheimnis, weshalb sie jedes Mal die Angst ausstand, ihn nie wiederzusehen. Auch Isabeau und Matthias begrüßte sie herzlich und führte sie durch das ganze Haus. Das zweistöckige, im Fachwerkstil erbaute Gebäude sah von außen gewöhnlich aus. Erst im Inneren offenbarte es den Gästen, dass es der Wollhändler mit seinem Weib zu bescheidenem Reichtum gebracht hatte.

Erstaunt bemerkte Matthias, dass der Fußboden nicht aus festgestampftem Lehm, sondern aus Holzbohlen bestand und die Küche einen gemauerten Kamin besaß. Er nannte in seiner Hütte und in der Schmiede nur offene Feuerstellen sein Eigen, wo der Rauch durch ein Loch im Dach entwich. Zahlreiche Schränke standen in den Räumen sowie ein großer Tisch und Stühle mit Lehnen. Diese waren viel bequemer als Matthias' dreibeinige Schemel, die er selbst angefertigt hatte. Dicke Kerzen erhellten die Räume und verströmten nicht den stechenden Rauch brennender Öllampen, welche die Augen tränen ließen.

Später nahmen sie am Tisch Platz und ließen sich schmecken, was die Hausherrin auftrug. Frisch gebackenes Brot, geräucherter Schinken, harter salziger Käse aus Schafsmilch, kalter Braten und Schweinefett ergaben ein deftiges Mahl. Natürlich fehlte auch nicht die von Addo viel gepriesene Kohlsuppe. Dazu reichte Freia würziges Starkbier, das ihnen schnell die Zungen lockerte.

»Folgt dem Lauf der Donau. Auf einem Kahn oder Floß könnt ihr ohne längere Rast in zwei Wochen Wien erreichen. Viele Händler nutzen den Fluss, um ihre Waren in die großen Städte zu verschiffen, welche die Ufer säumen. Von Wien gelangt ihr südwärts nach Venedig. Es ist das Tor zum Orient, nachdem der Weg durch die Reiche der Ungarn und Bulgaren zu unsicher geworden ist«, schlug ihnen Addo mit vollem Mund kauend vor.

»Venedig? Melisande hat mir von dieser Stadt erzählt. Sie behauptete, sie läge im Meer und ihre Häuser und Straßen würden sich über eine Vielzahl von Inseln erstrecken, zwischen denen die Bewohner mit Ruderkähnen verkehren. Ihr Anblick soll märchenhaft sein und Sehnsüchte wecken«, sagte Isabeau begeistert mit leuchtenden Augen.

»Sehnsüchte wecken? Sie bringt wohl eher Nasen zum Rümpfen. Ein Vetter von mir war einmal dort. Nach seinen Worten treiben Unrat und die Notdurft der Bewohner in den Kanälen, in denen sich das Wasser nur unstet bewegt. Das ist nichts für zarte Gemüter. Doch eins stimmt. Die Stadt zieht die Menschen magisch an, da sie reich ist und mit ihren Schiffen das Meer beherrscht. Viele suchen dort ihr Glück. Doch nur wenige finden es«, wusste Addo zu berichten.

Isabeau horchte auf. »Du sprachst eben von Schiffen. Segeln die Venezianer auch nach Konstantinopel?«

»Ich hörte, sogar noch weiter. Bis ins Heilige Land und in ein Meer, welches das Schwarze genannt wird«, verriet er.

Matthias suchte Isabeaus Blick. »Wir sollten auf seinen Rat hören und dem Pfad nach Süden folgen. Als Schmied finde ich in Venedig bestimmt eine Arbeit. Wenn ich genügend verdient habe, suchen wir uns ein Schiff und bezahlen mit dem Geld unsere Überfahrt nach Konstantinopel oder ins Heilige Land.«

Sie nickte nachdenklich.

Addo holte aus einer Truhe einen kleinen Lederbeutel und legte ihn auf den Tisch. »Ihr werdet Geld brauchen, sonst kommt ihr nicht einmal bis Regensburg. Das sind fünfzig Silberpfennige. Sie werden euch eine Weile über Wasser halten und eurem Ziel näherbringen. Außerdem erhält Isabeau von meiner Frau ein anderes Gewand. Nicht wahr, Freia?«

Sie nickte zustimmend. »In ein Büßerhemd gekleidet kann sie nicht auf Reisen gehen. Es würde sie in Gefahr bringen.«

Entgeistert schauten sich ihre Gäste in die Augen. Mit dem Geschenk eröffneten sich ihnen ungeahnte Möglichkeiten. Freude und Erleichterung spiegelten sich in ihren Gesichtern wider. »Womit haben wir das verdient?«, fragte Isabeau.

»Ihr habt meinem Gemahl das Leben gerettet, da oben in den Wäldern der Alb. Dafür möchten wir uns dankbar zeigen. Eine gute Tat muss mit Gutem vergolten werden«, antwortete Freia lächelnd auf ihre Frage und umarmte die zwei innig. »Morgen wird euch Addo zum Hafen bringen und bei der Suche nach einem Boot helfen, das flussabwärts fährt. Er hat ein gutes Auge für Menschen und wird aufpassen, dass ihr keinem Betrüger auf den Leim geht.«

»Habt Dank für die Hilfe. Der Herrgott möge euch segnen«, sagte Matthias und drückte den Hausherrn an seine Brust.

Die Nacht brach herein. Nur eine Kerze erhellte dürftig den Raum. Isabeau lag wach auf ihrer Schlafstatt. Matthias, der neben ihr auf dem Boden ruhte, schien zu träumen. Murmelnde Wortfetzen, die sie nicht verstand, kamen ihm über die Lippen. Einmal glaubte sie, den Namen Agnes zu hören. Offenbar weilte der Schmied in Gedanken bei seiner verstorbenen Tochter. Einem unbestimmten Gefühl folgend, strich sie ihm sanft die Haarsträhnen aus der Stirn. Wirre Gedanken gingen ihr durch den Kopf.

Noch vor einer Woche wäre es für sie unvorstellbar gewesen, mit einem Schmied durchs Land zu ziehen oder im Haus eines Wollhändlers zu nächtigen. Seitdem hatte sich manches geändert. Jetzt spürte sie die Sorgen und Nöte der einfachen Menschen ganz aus der Nähe und war von deren Mitgefühl für ihre eigene missliche Lage beschämt. Es zeugte von ehrlicher Anteilnahme, welche sie in dem Maße für den niederen Stand bisher nicht aufgebracht hatte. Addo kam ihr in den Sinn. Ja, sie hatte ihm, einem gemeinen Mann, wahrscheinlich das Leben gerettet. Was hatte sie dazu angetrieben? Nächstenliebe? Sie war sich nicht sicher. Oder nur schierer Eigennutz, weil sie dessen Hilfe benötigte? Nein, bestimmt nicht. Sie erinnerte sich an Agnes, zu der sie Melisande geschickt hatte, um ihre Wunde behandeln zu lassen. Das verzweifelte Flehen eines Vaters, seiner sterbenden Tochter zu helfen, hatte ihr Herz berührt. Ohne zu zaudern hatte sie ihr Möglichstes getan. Und dies, ohne selbstsüchtige Absichten zu verfolgen. So handelte gewiss kein schlechter Mensch. Der Tod des kleinen Mädchens war tragisch gewesen und der Kummer über ihren Verlust bei Matthias unbeschreiblich. Er bedurfte ihres Beistands ebenso wie sie des seinen. Ehrlich gestand sie sich ein, dass sie das Unwägbare einer langen Reise ängstigte. Zu Anfang hatte sie alle Bedenken einfach wegegewischt und gedacht, es würde sich schon alles fügen. Mittlerweile kamen ihr erste Zweifel. War sie den Gefahren, die an den Rändern der Straßen und Flüsse lauerten, wirklich gewachsen? Nicht umsonst hatte Addo auf dem Weg durch die Alp berechtigte Bedenken geäußert. Andererseits hatte Matthias ihm entgegnet, er würde sich um sie kümmern und für sie sorgen. Ein beruhigendes Gefühl, das sie endlich einschlafen ließ.

Kapitel 3

Auf dem Fluss ohne Wiederkehr

Im Donauhafen von Ulm herrschte geschäftiges Treiben, als Addo, Isabeau und Matthias eintrafen. Es war kühl und die Luft war vom Gestank des benachbarten Fischmarktes durchdrungen. An der Uferstraße reihten sich Schiffe und Flöße wie an einer Perlenschnur auf. Auf ihnen stapelte sich Ware unterschiedlichster Art. Gepökeltes Fleisch, Weinfässer, Honigtöpfe und Mehlsäcke befanden sich ebenso darunter wie Holzkohle und lebendes Federvieh in Käfigen. Letzteres gab auf den schaukelnden Planken ein lautes Gezeter von sich.

Sie hörten das Feilschen der Händler und das Schreien der Bootsführer, die ihre Leute zur Arbeit antrieben. Hinzu kamen Gerüche unbekannter Spezereien, die aus den Lagerhäusern strömten und sogar den Geruch der toten Fische überdeckten. Alles zusammen versprühte einen Zauber, der Matthias nicht mehr losließ.

Addo, dem das anscheinend nicht entging, lächelte ihm zu. Trotz der Stichwunde am Bein schritt er mit ihnen zügig an den großen Lastkähnen vorüber, deren Besitzern er keinen Blick zollte. Matthias war enttäuscht, hatte er doch gehofft, auf einem von ihnen Aufnahme zu finden. Der Wollhändler lief weiter, vorbei an kleineren Booten und machte schließlich vor einem Floß halt, dessen Größe so immens war, dass ein Haus bequem auf ihm Platz fände.

»Grüß Gott Reimar! Welch ein Glück, dass du noch nicht abgelegt hast! Wohin geht die Reise?«, rief er dem Bootsführer zu.

»Addo! Schön dich zu sehen. Es ist meine letzte Fahrt vor dem Winter. Sie führt mich nach Melk. Was bringt dich zu mir, alter Schuft?«

»Ich möchte dich mit Matthias und Isabeau bekannt machen. Sie haben mir in den Wäldern der Schwabenalp das Leben gerettet. Ich stehe tief in ihrer Schuld und möchte dich bitten, sie mitzunehmen. Er ist Schmied und sie ist eine heilkundige Frau. Beide könnten dir auf der Reise nützlich sein. Und wenn nicht, bezahlen sie die Mitfahrt.«

Reimar war ein groß gewachsener, hagerer Mann mittleren Alters mit grauen Haarstoppeln. »Ein Mann mit zwei kräftigen Händen und eine Frau, die kochen kann, sind uns willkommen. Wenn sie unterwegs mit anpacken, kostet es nichts«, meinte er entgegenkommend, worauf Addo ihn dankbar umarmte.

Bevor er Matthias und Isabeau Lebewohl sagte, gab er ihnen einen Rat mit auf den Weg. »Ihr könnt Reimar vertrauen. Er ist der Gemahl meiner Schwester. Haltet euch auf dem Floß an seine Regeln, dann wird er euch sicher nach Melk bringen. Von dort sind es nur wenige Tage bis Wien. Viel Glück.«

Zum Abschied drückten sie Addo die Hand. »Deine Hilfe werden wir niemals vergessen. Kein Ritter hätte mehr für uns tun können«, versicherte ihm Isabeau.

Als die beiden an Bord gegangen waren, raunte Reimar Addo verwirrt zu: »Ritter? Wie hat sie das gemeint?«

»Du musst ihren Worten keine Bedeutung schenken. Das Mädchen redet manchmal wirres Zeug. Aber im Heilen von Verletzungen ist sie besser als ein Medikus. Und der Schmied an ihrer Seite ist ein guter Mensch, der sich schützend vor sie stellt. Gott allein weiß, welches Schicksal sie erwartet«, antwortete er rätselhaft. »Lebe wohl und grüß meine Schwester von mir.« Und damit verschwand er unter den vielen Menschen.

Zwei Stunden später hatten sie Ulm hinter sich gelassen. Gemächlich trieb das Floß flussabwärts. Das Ungetüm aus dicken Baumstämmen, das von eisernen Klammern und dicken Hanfseilen zusammengehalten wurde, war dreißig *Fuß* lang und zwanzig Fuß breit. In der Mitte befand sich ein Unterstand aus geflochtenem Schilfrohr, der Schutz vor Regen und Wind bot. Um ihn gruppierten sich gleichmäßig verteilt diverse Waren, die Reimar mit Gewinn in Melk weiterverkaufen wollte. Dabei handelte es sich um Holzkisten und Fässer, die vorwiegend Töpferwaren und Salz enthielten. Seine Besatzung bestand aus vier kräftigen Männern. Mit langen Ruderblättern lotsten sie das Gefährt durch die Wellen. Er selbst stand meistens am Steuer, das sich am Floßende befand.

Gedankenversunken hockte Isabeau auf einer Kiste. Gleichmäßig zog die Uferlandschaft an ihr vorüber, die nur von wenigen Bäumen gesäumt wurde. Sie sah Bauern, die ihre Äcker bestellten, und Viehherden auf den Wiesen im Sonnenschein des zu Ende gehenden Herbstes. Noch wenige Generationen zuvor hatten die Wälder bis an den Flusslauf herangereicht, bevor die Menschen sie rodeten, um auf dem neu gewonnenen Land Rüben und Getreide anzubauen.

In diesem Augenblick der Ruhe, nach Tagen, die von Furcht und Hast erfüllt gewesen waren, wurde ihr bewusst, dass sie alles verloren hatte – ihre enge Vertraute Melisande, die Burg und das Pferd, den Schmuck und ihre Gewänder. Auch die Macht, Gefolgsleuten Befehle zu erteilen, hatte sie verspielt. Sie war gezwungen, ihre adlige Herkunft zu verleugnen. Zumindest solange sie sich im Machtbereich des Herzogs von Schwaben aufhielt. Was fehlte ihr am meisten? Sie musste nicht lange nachsinnen. Die treue Heilerin, die sie auf die Welt gebracht und ein Leben lang beschützt hatte, war ihr schwerster Verlust. Allem anderen konnte sie zur Not entsagen, bis zu dem Tag, an dem ihr Gemahl Rudolfs Hinterlist Einhalt gebieten und ihn bestrafen würde.

Andererseits war ihr auch viel Gutes widerfahren. Matthias, der gutmütige Schmied, stand ihr ergeben zur Seite, obwohl ihn das Schicksal ebenfalls schwer getroffen hatte. Ohne zu klagen, tat er alles, um Leid von ihr abzuwenden, trotz ihres bisweilen aufbrausenden Gebarens. Ob ihn wirklich allein sein Schwur dazu beseelte? Zudem hatte sich Addo hilfreich gezeigt und sich nicht gescheut, sein Leben für sie in Gefahr zu bringen. Das Gleiche galt für die offenherzige Freia, die ihr sogar ein Kleid geschenkt hatte. Und so betete sie zu Gott, er möge ihnen die Freundlichkeiten lohnen, da sie nicht in der Lage war, es selbst zu tun.

Gegen Abend legte das Floß am Ufer an und Reimars Männer sammelten Brennholz. Dann entzündeten sie ein Lagerfeuer. Über die Kochstelle hängten sie einen verrußten Kessel, der an einem eisernen dreibeinigen Gestell befestigt war. Das Gefäß nahm auf, was sie an Essbarem mit sich führten – geschnittene Zwiebeln und Lauchstangen, Möhren, Kohlrüben und fettes, gesalzenes Hammelfleisch. Nach dem Anbraten der Zutaten füllten sie reichlich Wasser auf. Als das Ganze zu kochen begann, brachen sie Fladenbrote in kleine Stücke, tunkten sie in den Sud und schöpften mit Holzlöffeln die Fleisch- und Gemüsestücke heraus.

Auch Reimar und Matthias griffen herzhaft zu. Nur Isabeau hielt sich anfangs zurück. Es befremdete sie, dass alle aus einem Gefäß aßen. Die fetttriefenden Münder der Männer behagten ihr nicht. Der Hunger war letztendlich stärker. Sie überwand ihre Abneigung und kostete von dem Mahl. Ihr Gesicht verzog sich. Es schmeckte fade. Addos Kochkunst war bekömmlicher gewesen. Sie erhob sich und suchte auf der Wiese im letzten Tageslicht nach Kräutern. Schließlich kehrte sie zurück und warf ein grünes Sträußchen in den Kessel. Nach einer Weile prüfte sie den Geschmack und zeigte sich zufrieden.

Die Männer lobten ihr Tun und bestätigten, dass es nun besser munde.

»Deine tägliche Arbeit ist nicht leicht getan, geschätzter Reimar«, äußerte Matthias anerkennend. »Jeden Tag den Launen des Wetters und des Flusses ausgesetzt zu sein, stelle ich mir nicht einfach vor.«

»In der Tat. Jahr für Jahr fahre ich mit dem Floß mehrere Male flussabwärts, um meine Waren zu veräußern. Meistens bis Passau, gelegentlich sogar bis Wien. Jetzt ist Melk mein Ziel. Dort finde ich die Käufer für mein Salz und die Eisenbarren, die wir in Regensburg noch zuladen werden. Die Mühen nehme ich auf mich. Es ist ein einträgliches Geschäft. Außerdem komme ich weit herum und erfahre Dinge, die sesshaften Menschen verschlossen bleiben.«

»Hast du keine Furcht, dein Hab und Gut könnte in den Wellen versinken, wenn das Floß auseinanderbricht?«

Er nickte zustimmend. »Du kannst es mir glauben, Matthias. Das ist mir bereits widerfahren. Im Frühling 1199 stieß ich vor Krems mit einem Lastenkahn zusammen. Der Bootsführer war stockbetrunken.

Ein Gericht verurteilte ihn, mich für meine Verluste zu entschädigen. Hätten die Richter damals anders entschieden, würde ich heute am Bettelstab gehen. Aber Trinker sind nicht die einzige Gefahr auf der Donau«, fuhr er fort. »An den Stellen, wo der Wald bis ans Ufer heranreicht, lauern Räuberbanden, die über die rastenden Schiffsleute herfallen und sie ausrauben. Deshalb übernachten wir nur an Orten, die freie Sicht gewähren, so wie hier. Trotzdem bleibt es nachts bedrohlich, weswegen einer von uns immer Wache hält.«

»Den Landfrieden entlang des Flusses zu sichern ist Aufgabe der Grafen und Grundherren. Weshalb gehen sie gegen das Gesindel nicht vor?«

Reimar grinste. »Womöglich, weil sie mit den Halsabschneidern unter einer Decke stecken?«

Isabeau schaute ihn ungläubig an.

»Du kannst es mir glauben. Viele Adlige leben von Raub und Plünderung, seit im Reich zwei gekrönte Könige um den Thron streiten. Im letzten Jahr hat ein Graf im Schwäbischen einen ganzen Geleitzug von Schiffen aufgehalten und Lösegeld für sämtliche Waren verlangt. In Bayern erhob ein anderer Zollgebühren. Ich hoffe, mir bleibt so etwas erspart.«

Sie war entsetzt, denn es rückte den Adel in ein schlechtes Licht, da er die Wehrlosen eigentlich beschützen sollte, statt sie zu bestehlen. Ihr Schwager kam ihr in den Sinn, der stets die Hände in den Schoß legte, wenn ein Dorf in der Grafschaft überfallen wurde. So abwegig schienen Reimars Schilderungen nicht zu sein.

»Wie kehrt ihr nach Hause zurück? Die Donau aufwärts wird das Floß kaum treiben«, scherzte Matthias, um Isabeau von ihren trüben Gedanken zu befreien. Er spürte, dass sie sich für ihre Standesgenossen schämte.

Reimar lachte über den Witz. »Mit dem Floß? Überhaupt nicht. Wenn ich meine Waren abgesetzt habe, nehme ich es mit meinen Männern auseinander und verkaufe das Holz. Für die Händler auf den Lastenkähnen ist das natürlich nicht möglich. Sie treideln die Boote zurück nach Ulm.«

»Treideln? Davon habe ich noch nie gehört. Was ist das?«, fragte Isabeau wissbegierig.

Reimar warf einige Äste ins Feuer, worauf zahllose Funken zum Himmel aufstoben, und erklärte ihr den Vorgang. »Pferde an langen Seilen ziehen die Schiffe entlang befestigter Uferwege den Fluss hinauf. Das ist sehr aufwendig, allerdings günstiger, als das Gefährt mit Verlust feilzubieten und daheim teuer neu zu erwerben.«

»Der Pfad von Melk nach Ulm ist lang. Ihr werdet euch unterwegs Blasen laufen«, flachste Matthias.

Lachend schüttelte Reimar den Kopf. »Ich muss dich leider enttäuschen. Wir gehen nicht zu Fuß zurück, sondern fahren mit einem Ochsengespann, das ich in Melk zu kaufen gedenke. In Ulm veräußere ich das Gefährt samt Tieren wieder. So spare ich mir die Kosten für einen Stall und das Futter für den Winter. Danach zahle ich meine Männer aus und alle sind zufrieden, bis wir im Frühjahr aufs Neue losziehen.«

»An welchen Städten fahren wir vorüber?«, wollte Isabeau wissen.

»Zuerst passieren wir Neuburg, dann folgt Ingolstadt. Hinter dem Kloster Weltenburg treffen wir auf den Donaudurchbruch. Das ist eine Engstelle, wo beide Ufer des Flusses hohe Felsen säumen. Mich ereilt an der Stelle immer das Gefühl, sie könnten auf mich herabstürzen und mich zerschmettern.«

»Was folgt danach?«, fragte Isabeau neugierig. Sie war von seinen Worten beeindruckt. Sie zeugten von Wissen über die Welt, das sie nicht besaß. Das Leben der einfachen Menschen erschien ihr von Unwägbarkeiten und Gefahren geprägt. Andererseits auch spannend und nicht so eintönig wie zu Hause auf Wartenstein.

»Regensburg«, antwortete er. »Dort lade ich mein Eisen zu. Straubing, Passau und Linz sind die letzten Städte, bevor die Donau in die Mark *Ostarrîchi* weiterfließt. Hier herrschen die *Babenberger*. Ein Geschlecht, das Bayern nicht wohlgesonnen ist, da es früher zu ihrem Besitz gehört hatte, bevor der Rotbart es ihnen wegnahm und dem welfischen *Löwen Heinrich* übergab. Als dieser beim Kaiser in Ungnade fiel, verlor er das Lehen an die *Wittelsbacher*. Doch die Zeit unter Herzog *Ludwig* ist nicht besser geworden«, wusste er zu berichten. »Ihr stellt viele Fragen und ich bin ins Schwatzen gekommen«, fuhr er fort. »Nehmt es mir nicht übel. So sehr ich die

Gelegenheit schätze, euch von meiner Arbeit zu erzählen, ich muss mich jetzt wieder um den Kurs des Floßes kümmern. Der Fluss ist tückisch. Er verzeiht keine Fehler.«

»Deine Arbeit ist entbehrungsreich, aber auch abenteuerlich. Ich hoffe, Gottes Segen bleibt dir auf deinen weiteren Fahrten erhalten«, wünschte ihm Matthias.

Später legten sich alle zur Ruhe. In der Nacht blieb es still, bis die ersten Sonnenstrahlen sie weckten.

Vier Tage waren sie unterwegs und hatten Neuburg und Ingolstadt hinter sich gelassen. Auch die felsige Flussenge in der Nähe des Klosters Weltenburg hatten sie passiert. Vor ihren Augen breitete sich am Flussufer die Reichsstadt Regensburg aus. Eine lange steinerne Brücke mit vielen Bögen verband sie mit dem anderen Flussufer. Ein solches Bauwerk hatte selbst Isabeau noch nicht zu Gesicht bekommen. Um die Mittagsstunde legten sie im Hafen an.

Reimar fluchte laut, als er erfuhr, dass sich die Lieferung seiner Eisenbarren verspätete. Angefordert hatte er diese für den heutigen Tag über einen Mittelsmann der Bergmannsgilde in Amberg. Dort wurde das Erz in einer Mine abgebaut und verhüttet. Mit einem Zwischenhändler weniger verbuchte er so einen ordentlichen Zugewinn. Allerdings nur, wenn die Ware rechtzeitig eintraf. Nun sollte das Eisen, das mit einem Kahn über die Flüsse Vils und Naab nach Regensburg transportiert wurde, erst am kommenden Vormittag übergeben werden. Das war ärgerlich, weil er dadurch eine Nacht länger in Regensburg verweilen musste, was seine Ankunft in Melk hinauszögerte.

Es bereitete Reimar sichtlich Mühe, seinen Groll hinunterzuschlucken. »Wenn ihr euch die Stadt anschauen wollt, könnt ihr das gern tun«, bot er ihnen an. »Zeit ist genügend vorhanden. Die Abfahrt verschiebt sich auf morgen Mittag. Meine Männer und ich bleiben zur Vorsicht auf dem Floß zurück, um ein Auge auf unsere Ladung zu haben. Ich gebe euch noch einen Rat mit auf den Weg, den ihr beherzigen solltet. Sucht mit den Regensburgern keinen Händel.

Die Richter in der Stadt verhängen selbst für kleinste Vergehen strenge Strafen.«

Sie nahmen den Vorschlag an, stiegen beide vom Floß und betraten durch das Hafentor die Stadt. Sie liefen an zahllosen Menschen vorüber bis zum Marktplatz, dessen Mittelpunkt ein mächtiger Dom bildete. Das Gestein, aus dem er bestand, wies auffällige dunkle Verfärbungen auf. Ein untrügliches Zeichen, dass er in seiner Geschichte mehrfach Feuer gefangen hatte.

Neugierig blieben sie vor den Auslagen der Kaufleute stehen und bestaunten deren Waren. Neben einheimischen Gütern aus den umliegenden Dörfern, wie Fleisch, Mehl und Gemüse, waren auch Dinge zu entdecken, die von weither kamen. Dazu zählten Salz, vielerlei Gewürze und buntes Glas. Es stammte aus Venedig und hatte den Weg bis nach Regensburg gefunden. Selbst seidene Stoffe, so hauchzart gewoben, dass ein Lichtstrahl hindurchdrang, gab es zu bewundern. Diese kamen aus einem Land fern im Osten und waren nur für reiche Kunden erschwinglich.

Am Stand eines Honighändlers erwarb Matthias ein Stück Bienenwabe. Mit Heißhunger biss Isabeau hinein und ließ sich die süße Leckerei schmecken. Natürlich nicht, ohne ihm ein Stück abzugeben. Genüsslich kauend standen sie vor dem Portal des Doms und blickten mit Ehrfurcht zu den Türmen hinauf. Plötzlich vernahmen sie das laute Geschrei aufgebrachter Bürger. Sie bemerkten einen hölzernen Pranger gleich neben dem Richtplatz – einen Schandpfahl, an dessen Spitze Abbilder entsetzlicher Strafen dargestellt waren. Darunter das *Stäupen*, das Augenausstechen und Ohrenabschneiden. Auch das Abtrennen von Gliedern zählte dazu. Über alldem prangten die Zeichen der Waage und des Schwertes – die Symbole der Gerechtigkeit.

An dem Pranger war ein halb verhungertes Mädchen, wohl um die zehn Jahre alt, mit einer Kette festgebunden. Zahllose Gaffer beschimpften sie und bewarfen sie mit Unrat.

»Was hat die Kleine verbrochen, dass ihr so böse mitgespielt wird?«, fragte Isabeau einen der zornigen Bürger.

»Die hinterlistige Diebin sühnt für ihre Missetaten«, erwiderte er ohne Mitleid und warf ihr eine faulige Rübe an den Kopf.

Das Mädchen stöhnte kurz und fiel wieder in Schweigen.

»Wo ist ihre Mutter?«, fragte Matthias.

Der Mann schaute ihn entgeistert an. »Was, das weißt du nicht? Sie war eine Hexe und hatte den bösen Blick. Letzten Sommer wurde sie unter der steinernen Brücke ersäuft. Jetzt schmort sie in der Hölle neben ihrem Gemahl. Er ist ein elender Räuber gewesen, der schon vor Jahren gehenkt wurde. Und wenn seine Tochter das Stehlen nicht lässt, wird sie ihnen bald folgen«, fauchte er hasserfüllt und erhob abermals die Hand zum Wurf.

Matthias fiel ihm in den Arm und zischte drohend: »Es ist genug.«

»Noch nicht ganz«, erwiderte der andere höhnisch.

Beide begriffen nicht, was er andeuten wollte, bis der Gerichtsdiener mit dem Scharfrichter und dessen Knecht in der Menge auftauchte und ein Urteil verlas.

»... wird Marie Hölzer für den Diebstahl eines Brotlaibes gemäß dem Richterspruch mit dem Verlust der linken Hand bestraft. Der Herrgott sei ihr gnädig!«, rief er in die johlende Menge, worauf der Knecht sie vom Pranger befreite und zum Richtblock zerrte. Dort knotete er ein Seil um ihren Unterarm und zog ihn über die Schlagfläche, damit sie ihn nicht zurückziehen konnte.

Alles verlief schnell. Die Kleine wehrte sich nicht. Wahrscheinlich hatte sie den Ernst der Lage nicht begriffen. Willig kauerte sie neben dem Schafott, als der Scharfrichter mit der Axt zuschlug. Kein Laut kam über ihre Lippen. Verwundert starrte sie auf das am Boden liegende, abgetrennte Gliedmaß. Erst der Anblick ihres vergossenen Blutes weckte sie aus der Starre und ließ sie in Ohnmacht fallen. Zufrieden jubelte der Mob.

Aus Isabeaus Kehle drang ein gellender Schrei. Ihr ganzer Körper zitterte.

Behutsam nahm Matthias sie schützend in die Arme und spürte, wie sich ihre Fingernägel schmerzhaft in seine Schultern gruben.

Ein Bader, der sich die ganze Zeit im Hintergrund gehalten hatte, trat vor. Er umwickelte Maries Armstumpf stümperhaft mit grobem Leinen und band den Blutfluss mit einem Hanfseil ab. Nach dem getanen Werk drückte ihm der Gerichtsdiener eine Münze in die Hand, worauf er zufrieden wieder in der Menge verschwand.

Das Spektakel war vorüber. Keiner der Gaffer schenkte dem Mädchen, das regungslos neben dem Richtblock lag, noch Beachtung. Sie wandten sich ab und gingen ihrer Wege.

Mitfühlend kniete Isabeau neben Marie. Sie strich ihr sanft über den Kopf und sprach sie an. »Alles wird gut. Glaube mir, Gott erbarmt sich der Wehrlosen.« Doch das Kind war noch immer bewusstlos. »Sie braucht dringend Hilfe! Zeigt doch Erbarmen!«, flehte sie die vorbeigehenden Leute an. Aber keiner fühlte sich angesprochen.

Matthias war über den Stumpfsinn der Menschen entsetzt.

Besorgt prüfte Isabeau den Verband und schüttelte den Kopf. »Der Bader ist ein Trottel. Er versteht sein Handwerk nicht. Die Wunde ist schlecht versorgt. Im Moment ist die Blutung gestillt Aber ich habe Angst, dass die brandige Fäule ausbricht. Wenn wir nichts dagegen tun, bekommt das Kind hohes Fieber und stirbt.«

»Brenne die Wunde aus, so wie du es bei Addo getan hast«, schlug Matthias vor.

»Das habe ich vor. Allerdings nicht hier. An diesem Ort herrschen nur Hass und Dummheit. Lass uns einen Medikus aufsuchen.« Ihr Blick wanderte suchend über den Marktplatz.

Im selben Augenblick erwachte das Mädchen. Es schlug die Augen auf, ohne Wehklagen, und verfiel in eine befremdliche Starre.

Mit Bedacht nahm sich Matthias ihrer an und hob sie vom Boden auf. Er trug sie in den Armen. Das bereitete ihm keine Mühe, denn sie war leicht wie eine Feder. Von einem Händler erfuhren sie, dass sich in der Nähe des Doms die Abtei des heiligen *Emmeram* befände. Dort gäbe es heilkundige Mönche. Sie folgten dem beschriebenen Weg, bis sie vor dem Portal einer Kirche standen, die zum Kloster gehörte. Da es verschlossen war, benutzten sie mehrmals den Türklopfer. Laut schlug der Schlegel auf das harte Eichenholz.

Nach einer Weile wurde ein Riegel zurückgezogen. Das Tor öffnete sich. Ein junger Benediktinermönch schaute sie verwundert an. »Was ist euer Begehr?«, fragte er.

»Wir benötigen Hilfe. Das Kind hat eine Hand verloren. Wir befürchten, dass es an der Wunde stirbt«, flehte Isabeau, in der Hoffnung, dessen Herz zu rühren.

»Wie ist das geschehen?«, fragte er besorgt und führte sie ins Innere der Kirche.

»Es war ein dummer Unfall, der beim Holzschlagen geschah«, log Matthias mit klopfendem Herzen. Es war nicht sicher, wie sich der andere verhalten würde, wenn er erführe, sie sei eine verurteilte Diebin. Die Nächstenliebe, so hatte er gelernt, geriet gerade bei denen, die sie von der Kanzel herab priesen, am häufigsten in Vergessenheit.

»Großer Gott! Folgt mir!«, rief der Mönch und schüttelte sich vor Grauen. »Ähnliches widerfuhr im letzten Jahr einem meiner Brüder. Er schlug sich eine Hacke ins Bein und erlitt einen Knochenbruch, der schlecht verheilte. Seitdem hinkt er beim Gehen. Zumindest ist bei ihm noch alles dran.«

Sie ließen die Kirche hinter sich und betraten die Küche des *Refektoriums*, in dessen Kamin unter einem riesigen Kochkessel die Asche eines verlöschenden Feuers glühte. Der Raum grenzte an einen kleinen Garten, der von einer hohen Mauer umgeben war, die den Lärm der Stadt zurückhielt. Hier betteten sie Marie auf einen Tisch, der normalerweise zum Anrichten der Speisen diente.

»Wartet hier auf mich. Ich sage dem ehrwürdigen Vater Bescheid«, sagte der Mönch und schritt zum Ausgang.

Als er in dessen Begleitung zurückkehrte, wirkte er beschämt und sprach kein Wort. Der Vorsteher des Klosters war ein Mann mittleren Alters. Erste graue Haarsträhnen umschlossen seine *Tonsur*. Neugierig musterte er Isabeau und Matthias, bevor er das Kind in Augenschein nahm. »Mein Name lautet *Eberhard*. Ich bin der Abt des Klosters, welches dem heiligen Emmeram geweiht ist. Mein *Cellerar*, der für unsere Vorräte verantwortlich ist, besuchte heute den Marktplatz. Bei seiner Wiederkehr berichtete er mir, auf dem Richtblock sei eine Diebin bestraft worden. Der Henker habe ihr die linke Hand abgeschlagen, weil sie einen Laib Brot stahl. Kurz darauf kommt ihr mit einem Mädchen daher, dem ebenfalls eine Hand fehlt. Zudem die linke. Ein Zufall? Wohl kaum. Ich glaube nicht an einen Unfall beim Holzhacken. Tischt mir also keine Lüge auf. Sprecht die Wahrheit«, befahl er stirnrunzelnd.

»Verzeiht uns bitte, ehrwürdiger Abt. Wir hatten nicht im Sinn, Euch zu beleidigen.« Isabeau senkte beschämt den Blick. »Sie ist noch ein Kind. Marie Hölzer heißt sie und an ihr wurde ein schreckliches Exempel vollzogen. Wir glaubten, Eure Brüder würden uns am Tor abweisen, wenn sie die Wahrheit erführen.«

»Gott lehrt uns, barmherzig zu sein und zu vergeben. Wir öffnen jedem die Pforte unserer Kirche, der seine Sünden aufrichtig bereut. Leider können wir ihr nur wenig Hilfe leisten. Mehr als die Blutung am Arm zu stillen, kann keiner für sie tun. Dem Heiligen Emmeram erging es ähnlich. Er trug während seines Martyriums sogar mehrere Wundmale davon. Einer seiner Widersacher, der in ihm den Liebhaber seiner Schwester vermutete, die in guter Hoffnung war, ließ ihm sämtliche Körperteile abhacken«, sagte er und bekreuzigte sich. »Aber der Herr in seiner Weisheit nahm sich Emmerams an, weil er unschuldig war. Auf einer Leiter stieg dessen Seele zum Himmel empor. Dem Mädchen fehlt bloß ein Gliedmaß. Das lässt hoffen. Ob sie gesundet oder das Zeitliche segnet, weiß Gott allein.«

»Allein auf Gott zu vertrauen ist müßig. Er hilft denen, die sich selbst helfen. Ich weiß, was zu tun ist«, erwiderte Isabeau entschlossen. »Ich benötige eine ausgeglühte Nadel und Fäden aus Rosshaar. Gewährt mir außerdem Zugang zu Eurem Garten. Dort finde ich sicher, was ich benötige, um das Wundmal zu reinigen und zu versorgen.«

Der Abt runzelte ablehnend die Stirn. »Dir wird bereits mehr zugestanden, als unsere Ordensregeln erlauben, denn Frauen ist der Zutritt zum Kloster streng untersagt. Dafür, dass Bruder Gerulf dich hereingelassen har, erhielt er von mir eine Rüge.« Doch dann schien er sich anders zu besinnen, als hätte Gott ihm ins Gewissen geflüstert. »Gleichwohl will ich diesmal Nachsicht üben, des verletzten Kindes wegen. Geh also und suche die Kräuter, die du benötigst«, stimmte er ihrer Bitte zu.

Im selben Augenblick stöhnte Marie leise. Ihre Augen starrten bewegungslos zur Decke.

»Ihr Verstand hat noch nicht ins Gleichmaß gefunden. Schnell, schür das Feuer, Matthias, und lege den Dolch in die Glut. Ich komme gleich zurück.« Eilends lief sie in den Garten, in dem die Mönche Obst und Gemüse anbauten. Sicher wuchs hier auch ein heilendes Kraut.

Rasch warf er mehrere Holzscheite auf die glimmende Asche und schob die Schneide der Waffe dazwischen.

Der Abt und Bruder Gerulf zogen die Augenbrauen nach oben.

Als Isabeau wiederkehrte, braute sie einen heißen Sud aus den gesammelten Kräutern. Dann säuberte sie die Wunde und brannte sie aus. Betroffen hielt sie inne, als Marie ihren Schmerz hinausschrie. Ein wacher Moment ihres Geistes, der kurz zurückgefunden hatte, bevor sie eine neue Ohnmacht vor weiteren Qualen bewahrte. Sie nahm die Arbeit wieder auf. Beidseitig zog sie das Muskelfleisch mit der Haut über den knöchernen Stumpf und vernähte sie mit dem Rosshaar. Schließlich betupfte sie die Naht mit dem Sud und legte einen Verband an.

»War das wirklich nötig? Die verletzte Stelle blutete kaum noch«, fragte der Abt zweifelnd.

»Glühendes Eisen und Kräutertinkturen wirken entgiftend und das Vernähen der Haut lässt die Verletzung besser vernarben«, erklärte sie.

Ihre Worte waren noch nicht verklungen, da erwachte Marie und begann zu weinen. Ihre Schmerzen mussten fürchterlich sein. Tränen rannen aus ihren weit geöffneten Augen, während die anderen mitfühlend auf sie herabschauten. Ihr zerlumptes Kleid, ihr Gesicht und das Haar waren verklebt vom Unrat, mit dem die zahlreichen Gaffer sie beworfen hatten. Halb verhungert und blutverkrustet bot sie einen Anblick des Elends. Selbst der strenge Abt zeigte Mitgefühl.

»Die Nacht könnt ihr hier in der Küche verbringen. Aber morgen früh müsst ihr das Kloster verlassen.« Leise vor sich hin murmelnd verließ er die Küche.

Isabeau streichelte Maries Wange. »Hör mir zu. Hab keine Furcht. Keiner wird dir ein Leid zufügen. Du befindest dich an einem sicheren Ort. So leid es mir tut, die Schmerzen musst du ertragen. Ich kann sie dir nicht abnehmen. Mit der Zeit werden sie schwächer werden.« Mit einem feuchten Tuch begann sie, das Gesicht des Mädchens zu säubern. Ob es die Worte begriffen hatte, blieb ungewiss, denn außer lautem Stöhnen kam kein weiterer Ton über seine Lippen.

»Wir müssen das Kind mit auf die Reise nehmen«, sagte Matthias unvermittelt. »Allein geht es in dieser Stadt zugrunde.«

Erstaunt über seine klaren Worte nickte Isabeau zustimmend. Sie wollte ihn schon eher fragen, aber er war ihr zuvorgekommen, denn er empfand die Lage Maries als genauso aussichtslos. Sie fühlte sich mit dem Schmied verbunden, denn er zeigte ein großes Herz. Die Sache war beschlossen, weitere Worte nicht nötig.

Der Cellarius, der Bruder Küchenmeister, welcher dem Cellerar des Klosters unterstand, tischte ihnen am Abend ein einfaches Mahl aus Brot, Käse und Bier auf. Hungrig griffen sie zu. Auch die kleine Marie, die sich inzwischen beruhigt hatte, vergaßen sie nicht. Immer wieder schoben sie ihr kleine Bissen in den Mund. Ihre satten Mägen ließen sie bei Eintritt der Nacht sorglos einschlafen. Einmal erwachte Isabeau durch einen wehklagenden Ruf des Mädchens. Hatte sie noch Schmerzen oder war ihr im Traum die Mutter erschienen? Besorgt erhob sie sich von ihrem Lager, um nach ihr zu schauen. Doch sie schlief. Gleichmäßig hob und senkte sich ihre Brust. Sie legte sich neben die Kleine. War es Zufall, als Marie ihre Hand ergriff? Mit einem mütterlichen Gefühl schlummerte Isabeau wieder ein.

Die Sonne stand hoch am Himmel, als sie sich auf dem Floß einfanden. Sie wurden von Reimar empfangen, der die Stirn runzelte. »Wer ist das Mädchen? Warum begleitet es euch?«

Matthias, der das Kind in den Armen trug, erinnerte sich an die mahnenden Worte des Abtes und fasste den Entschluss, lieber die Wahrheit auszusprechen. »Die Kleine heißt Marie Hölzer. Sie hat gestohlen, weshalb ihr der Henker eine Hand abschlug. Isabeau hat ihre Wunde versorgt. Da ihre Eltern tot sind, haben wir beschlossen, sie auf die Reise mitzunehmen.«

»Eine Diebin auf meinem Floß? Das gefällt mir nicht. Wer sagt euch, dass sie sich nicht an meinen Waren vergreift? Außerdem warten auf dem Fluss viele Gefahren. Wenn sie von Bord fällt, ist es um sie geschehen. Sie bleibt hier. Das ist mein letztes Wort.« Reimars Gesicht wurde puterrot.

»Wenn sie in Regensburg zurückbleibt, stirbt sie ebenso«, hielt ihm Isabeau entgegen. »Ich werde mich um sie kümmern. Mach dir um deine Ware also keine Gedanken. Sie wird nichts anrühren. Dafür verbürge ich mich.«

»Diebesgesindel darf man nicht trauen. Es ist voller Arglist«, knurrte Reimar unnachgiebig.

»Sie hat ein Brot entwendet, weil sie der Hunger quälte. Wie viel Arglist wohnt einem solchen Vergehen inne, wenn ihr der Tod droht? Den Sündern zu vergeben ist ein Gebot. So lauten die Worte des Heilands. Er wird es dir lohnen, wenn du dereinst ins Himmelreich einziehst. Da bin ich mir gewiss.«

Ihr Aufruf an seine christliche Nächstenliebe verfehlte nicht sein Ziel. »Deine Worte in Gottes Ohr«, brummte er. »Sollte sie etwas anfassen, werfe ich sie vom Floß.«

Wie ernst Reimar seine Drohung meinte, konnte sie nicht ermessen. Aber sie war froh, dass es ihr gelungen war, ihn umzustimmen.

Nachdem sie vom Hafen abgelegt hatten, bettete Isabeau das Mädchen auf ein Lager aus Stroh im Unterstand. Anschließend drückte sie ihm das restliche Stück Honigwabe in die verbliebene Hand.

Zur selben Zeit stand Reimar am Ruder, das er mit sicherer Hand führte, um den Untiefen des Flusses ausweichen zu können.

»Wie ich hörte, hast du dein Eisen bekommen«, sagte Matthias.

Der Streit um Marie schien vergessen zu sein, da er ihm freundlich zunickte. »Fünf Kisten mit Barren, aus denen du viele nützliche Dinge schmieden könntest. Ich werde sie zusammen mit den anderen Sachen dem Kloster in Melk anbieten. Dort ist besonders das Meersalz beliebt. Es schmeckt würziger als das aus der Erde. Ich erwarb es von einem Händler aus *Aquitanien*. Die Mönche sind zahlungskräftig und feilschen den Preis nicht bis an den Rand des Ruins herunter«, verriet er zufrieden.

Nachdenklich führte Matthias das Gespräch zurück auf Marie und rieb sich das Kinn. »Wenn das Mädchen den Ablauf eurer Arbeit stört oder das Essen knapp wird, sind Isabeau und ich bereit, für sein Auskommen zu bezahlen.«

Reimar schüttelte den Kopf und klopfte ihm auf die Schulter. »Verzeih mein grobes Benehmen vorhin. Es war nicht böse gemeint.

Aber mein Leben ist die Summe meiner Erfahrungen, die ich unter den Menschen gesammelt habe. Und diese waren allzu oft enttäuschend. Addo hat euch vertraut. Also werde ich es gleichfalls tun. Isabeaus Worte über das Gebot der Nächstenliebe haben an meinem Gewissen genagt. Bezahlen müsst ihr nichts. Spart das Geld für eure weitere Reise. Ihr werdet es sicher benötigen.«

Matthias dankte ihm und setzte sich neben Isabeau, die aus dem Unterstand gekommen war. Mit dem Rücken an eine Kiste gelehnt, schien sie mit ihren Gedanken weit weg zu sein.

Sie wandte ihm den Kopf zu und sprach: »Noch niemals habe ich mich für einen Menschen so eingesetzt, wie ich es für Marie tu. Es ist nicht allein Mitleid, das ich ihr entgegenbringe. Da ist noch etwas anderes. Ihr Schicksal erinnert mich an jemanden. An ein Kind, das längst zur Frau gereift ist: an mich.«

»An dich selbst? Ich weiß sehr wenig über dich, außer dass du meine Herrin bist. Die Gemahlin von Graf Lothar, die jetzt wie meinesgleichen leben muss, um nicht erkannt zu werden. Dich beim Namen nennen zu dürfen, ist eine Gunst, die ich nur ungern zurückgebe. Was geschah Schreckliches in deiner Kindheit, dass du in Marie dein Ebenbild erkennst?«

Sie überlegte, ob sie dem Schmied ihre Lebensgeschichte erzählen sollte. Ihr Blick streifte sein inzwischen vertrautes Antlitz. In ihm lagen Güte und ebenso Trauer. Seine Augen blickten sie fragend an. »Als kleines Mädchen verlor ich, wie Marie, meine Eltern und zudem meine Brüder. Sie dienten *Herzog Simon von Oberlothringen*, der sie des Hochverrats bezichtigte. Er warf ihnen vor, im Auftrag seines Bruders *Friedrich* einen Mordanschlag auf ihn geplant zu haben.«

Ihr Gesicht versteinerte. Tröstend legte Matthias seine Hand auf ihren Arm. Er ahnte, was als Nächstes kommen würde.

»Du musst wissen, dass beide Krieg um das Land geführt hatten«, erzählte sie weiter. »Auch nach einem Friedensvertrag änderte sich ihre Feindschaft nicht. Misstrauen und Verleumdungen beherrschten den Fürstenhof, was Unschuldigen oft das Leben kostete. So auch meiner Familie.« Sie schluckte. Es fiel ihr schwer, davon zu berichten. »Im November 1197 wurden alle auf dem Marktplatz von Lunéville enthauptet.«

»Wie schrecklich, das als Kind erfahren zu müssen. Das tut mir unendlich leid für dich«, sagte Matthias. »Der Verlust der Familie ist immer schmerzvoll. Man fühlt sich auf einmal einsam und verloren.«

»Es ist gut, jemanden an der Seite zu haben, der einen versteht«, erwiderte sie mit Wehmut in der Stimme. »Das Schicksal meiner Familie lag tief in meiner Seele vergraben. Maries Unglück brachte es in mein Bewusstsein zurück. Danach steckten sie mich in ein Kloster. Nur Melisande, meine Amme und Beschützerin, begleitete mich.«

»Dort bist du nicht lange geblieben, sonst hätte es dich nicht nach Schwaben verschlagen«, meinte Matthias. »Sicherlich bist du mit Melisandes Hilfe über die Mauer geklettert und ausgerissen?«

»Du hast recht. Vier Jahre später floh ich mit ihr, da ich kein Gelübde ablegen wollte. Ein Leben als Nonne war für mich undenkbar. Nach ein paar Tagen griffen uns Simons Häscher auf. Zum Glück weilte Graf Lothar an seinem Hof. Er fand Gefallen an mir, da seine erste Frau verstorben war, ohne ihm ein Kind geboren zu haben. Er nahm mich zu seiner Gemahlin, obwohl ich keine Besitztümer in die Ehe einbringen konnte. Simon hatte alles eingezogen. Auf der Burg Wartenstein fühlte ich mich geborgen, bis zu dem Tag, an dem Rudolf mich in den Kerker warf und Melisande ermordete.«

»Du warst gefangen, doch nie verloren«, hielt er ihr vor Augen.

Sie lächelte und streichelte Matthias die bärtige Wange. »Und dann bist du in mein Leben getreten. Der Geist meiner treuen Melisande hat dich zu mir geschickt, um mich aus dem Gefängnis zu befreien. Und das, obwohl ich manchmal widerwärtig bin. Womit habe ich das verdient?«

»Womit?«, fragte er kopfschüttelnd. »Du bist ein guter Mensch. Nur weißt du es noch nicht.«

Das Wetter meinte es gut mit den Flößern. Für die Jahreszeit war es noch mild. Nur der morgendliche Nebel und die bunten Blätter an den Bäumen erinnerten daran, dass es später Herbst war. Sie fuhren an Straubing und kleinen Dörfern vorüber. Kinder winkten ihnen vom Ufer aus zu.

Zum wiederholten Male wechselte Isabeau bei Marie den Verband. Die Haut an der Wunde war gerötet und der Grind auf der Naht weich. Er sonderte keinen Eiter ab. Ein gutes Zeichen, das hoffen ließ.

Das Mädchen hatte Vertrauen zu ihr gefunden. »Warum hast du mich verbunden, mir Essen gegeben und mit auf deine Reise genommen? Ich bin eine Fremde für dich, eine Diebin, die andere mit Unrat bewerfen«, fragte sie. Den Schock über den Verlust ihrer Hand schien sie verarbeitet zu haben.

Zuerst wusste Isabeau nicht, was sie ihr antworten sollte. »Du erinnerst mich an jemanden. An mich selbst. Das macht uns zu Verbündeten und die müssen zusammenhalten«, erwiderte sie nach reiflichem Überlegen. Ein Kinderlächeln war ihr Dank.

Nach drei Tagen erreichten sie Passau. Hier legten sie einen Tag Rast ein, um die zu Ende gehenden Nahrungsmittel zu ergänzen.

Da Reimar ihnen bis zum Morgengrauen einen Landgang genehmigt hatte, erkundeten Matthias und Isabeau neugierig die Stadt. Sie breitete sich inmitten eines von Hügeln umsäumten Tals aus. Mit dem Inn, der Ilz und der Donau vereinigten sich an diesem Ort drei Flüsse zu einem gewaltigen Strom.

Bereits von Weitem erblickten sie die Türme der Klosterkirche. Sie wurde Zum Heiligen Kreuz genannt und gehörte zum Besitz des Bischofs. Insgesamt hatte Passau für Besucher weit weniger zu bieten als Regensburg. Eine steinerne Brücke über die Donau suchte man hier vergebens.

Matthias verspürte in dem Gotteshaus das Bedürfnis, ein Gebet zu sprechen. Demütig durchschritt er mit Isabeau das Portal. Sie setzten sich in eine der hinteren Bankreihen, die den einfachen Leuten vorbehalten waren. Während er um das Seelenheil seiner Tochter bat, schaute sie sich aufmerksam um. Der Raum, geprägt von aufstrebenden Pfeilern und Rundbögen, wies kein schmückendes Beiwerk auf. Trotzdem strahlte die Schlichtheit etwas Erhabenes aus. Das üppig ausgestattete Grab der seligen *Gisela von Bayern*, die zwei Jahrhunderte zuvor Königin von Ungarn gewesen war, blieb der einzige bemerkenswerte Blickpunkt.

Völlig unverhofft erschien Reimar hinter ihnen. Ganz außer Atem schlug er mehrmals ein Kreuz über Brust und Stirn. »Ein Glück, dass ich euch gefunden habe. Ihr müsst mir auf der Stelle folgen.« Sein Gebaren verriet, dass die Lage ernst war. Sie erhoben sich und folgten ihm.

»Was ist passiert?«, fragte ihn Matthias unterwegs.

»Ein Weinhändler, der gerade aus Linz zurückkehrte, erzählte, bewaffnete Häscher des Herzogs von Bayern lägen an den Ufern des Flusses auf Lauer. Sie würden vorbeifahrende Schiffe stoppen und mit Zöllen belegen.«

»Stoppen? Die Donau ist viel zu breit. Wer würde sich von ihnen aufhalten lassen?«, wunderte sich Isabeau.

»Diejenigen, die ihrem Aufruf anzulegen nicht nachkommen, erwarte ein Pfeilhagel. So mancher, der glaubte, der Steuer entrinnen zu können, sei jetzt tot und treibe in den Wellen ins Babenbergische Land, berichtete er mir.«

Nachdenklich rieb sich Matthias das Kinn. »Dann wirst du wohl bezahlen müssen, wenn du die Leute auf deinem Floss nicht in Gefahr bringen willst. Wir steuern unseren Teil natürlich bei.«

Unnachgiebig schüttelte Reimar den Kopf. »Das kommt nicht infrage. Ich weigere mich, mein hart verdientes Geld dem gierigen Ludwig in den Rachen zu schmeißen.«

Sein Widerspruch verdeutlichte Isabeau, dass er etwas Ungewöhnliches im Sinn hatte. »Sprich, was hast du vor?«, wollte sie wissen.

»Noch heute Nacht fahren wir im Schutze der Dunkelheit an dem gierigen Pack vorüber.« Seine Augen schauten grimmig und seine Stimme wirkte entschlossen, sich dem Übel zu stellen. »Deshalb habe ich nach euch gesucht. Andernfalls hätte ich euch in Passau zurücklassen müssen. Aber ich und meine Mannschaft wären für Marie keine Hilfe. Sie braucht euch«, fügte er hinzu.

»Unser Schicksal dem nächtlichen Fluss zu überlassen ist tollkühn«, gab Matthias zu bedenken.

»Fürwahr, das ist es. Andererseits bin ich seit vielen Jahren auf der Donau unterwegs. Ich kenne die Stellen, die ich meiden muss, um keinen Schiffbruch zu erleiden. Vertraut mir also«, widersprach er selbstbewusst.

Nach Sonnenuntergang setzte schnell die Dunkelheit ein. Die ersten Sterne zeigten sich am Himmel. Sie verließen den Hafen von Passau. Reimar steuerte das Floß in die Mitte des Stroms. Von beiden Ufern, welche geschätzte fünfhundert Fuß voneinander trennten, waren nur vage Umrisse zu erkennen. An ihnen orientiere er sich, versicherte er Matthias und Isabeau.

Die zwei vertrauten ihm und legten sich zu Marie in den Unterstand. Zu schlafen war ihnen nicht möglich. Zu aufregend war das Geschehen um sie herum. Sie hörten, wie Reimar leise seine Befehle an die Männer weitergab. Einmal plumpste etwas ins Wasser. Isabeau schreckte hoch und Matthias nahm sie beruhigend in die Arme. Jemand zischte mit unterdrückter Stimme: »Mensch, pass doch auf.« Von all dem bekam Marie nichts mit. Sie schlummerte seelenruhig. Vielleicht war es auch gut so. Gegen Mitternacht nahmen sie links und rechts der Donau zahlreiche Feuerstellen wahr.

»Es ist so weit. Haltet absolute Ruhe und rudert mit aller Kraft gegen die Abdrift. Sie kann uns bedrohlich nahe zum Ufer ziehen. Vor uns lauern abseits der Flussmitte gefährliche Untiefen. Sollten wir auf eine von ihnen auflaufen, sind wir für die Häscher des Herzogs leichte Beute und enden als Wasserleichen«, gab Reimar seinen Männern letzte Anweisungen.

Nicht lange und sie hörten voraus lautes Geschrei. Kaufleute auf einem Lastenkahn, die wie sie die Dunkelheit nutzten, um der Steuer zu entgehen, steckten auf einer Sandbank fest. Die Gefolgsleute des Herzogs schossen Brandpfeile ab. Sie bahnten sich einen Weg über das Wasser und trafen das Schiff. Es fing Feuer und brannte rasch lichterloh. Womöglich hatte es Fässer mit Öl geladen, von denen eins leckgeschlagen war und das Deck überflutet hatte.

Entsetzt mussten sie zuschauen, wie die Mannschaft, menschlichen Fackeln gleich, ihr Heil mit einem Sprung ins Wasser suchte. Nur einer tauchte wieder auf und schwamm mühsam auf sie zu. Offensichtlich hatte er schwere Wunden davongetragen. Die anderen blieben verschwunden und waren vermutlich in einem Strudel ertrunken. Matthias stürzte aus dem Unterstand, um ihn aus dem Fluss zu ziehen. Aber bevor er dessen Hand ergreifen konnte, versank dieser in den Fluten und teilte das Verhängnis seiner Gefährten.

Allmählich entfernten sie sich von dem brennenden Kahn. Schon wähnten sie sich alle in Sicherheit, als ein lauter Ruf vom Ufer ertönte. »Dort drüben treibt ein Floß vorüber! Schießt auf die Bastarde!«

Der Schrecken fuhr allen in die Glieder. Matthias kehrte rasch zu Isabeau und Marie zurück und warf sich über sie. Er fühlte den Atem der jungen Frau an seiner Wange. So deutlich war er sich ihrer Nähe noch nie bewusst gewesen. Die dünnen Wände aus Schilf boten kaum Schutz. Das wusste er, doch es war ihm egal, ob er getroffen wurde. Er hätte ewig so liegen bleiben können.

Währenddessen liefen die Männer schreiend über das Floß und suchten nach Deckung. Nur Reimar blieb zurück. Wie ein Fels stand er am Steuer und gab es nicht aus der Hand. Ein Pfeilhagel stieg am Ufer auf. Immer näher kam das bedrohliche Flammenmeer. Mit sicherer Hand änderte er den Kurs. Die todbringenden Stachel verfehlten das Floß um Haaresbreite. Zischend versanken sie im Wasser. Die Männer jubelten und ließen Reimar hochleben. Doch er dämpfte ihre Freude und mahnte zu Ruhe und Vorsicht. Niemand konnte sagen, ob die Sache ausgestanden war. Der Lichterschein am Ufer wurde immer schwächer. Schon bald verloren sie ihn aus den Augen. Eine Stunde später verließen sie die Flussmitte und suchten nach einer passenden Anlegestelle, um den Rest der Nacht an Land zu verbringen. Müde ließen sie sich ins Gras fallen. Ein Feuer entfachten sie nicht. Es hätte Aufmerksamkeit erregt.

Als der Morgen graute, war Reimar der Erste, der wieder auf den Beinen war. Er weckte seine Männer, die sofort begannen, das Lager abzubrechen. Matthias, der mit Isabeau und Marie im Unterstand geschlafen hatte, schaute ihnen zu. Plötzlich blieb Reimar wie angewurzelt stehen. Sein Gesicht erstarrte. »Verdammt! Die Häscher des Herzogs! Flieht auf das Floß und macht die Leinen los«, rief er bestürzt.

Aber es war bereits zu spät. Drei bewaffnete Reiter näherten sich und erreichten das Ufer, bevor sie ablegen konnten.

Unter Isabeaus und Maries bangem Blick nahm Matthias ein Messer in die Hand, schlüpfte aus dem Unterstand und ließ seinen

Leib in den Fluss hinabgleiten. Für einen Moment glaubte er, zu Eis zu erstarren, so bitterkalt war das Wasser. Von den Zöllnern unbemerkt schwamm er zum hinteren Rand des Floßes und erreichte eine Stelle, die dicht mit Schilf bewachsen war. Mit Händen und Füßen kroch er an Land und versteckte sich im hohen Gras.

Sie bemerkten ihn nicht, als er sich von hinten anschlich. Ahnungslos hielten sie mit ihren Armbrüsten die Flößer im Schach.

»Ihr dachtet, ihr könntet euch der Steuer entziehen? Dafür werdet ihr alle hängen!«, kläffte einer der Häscher.

In diesem Moment wurde Matthias bewusst, dass er nicht länger zögern durfte. Rasch verließ er seine Deckung und rammte sein Messer in das Hinterteil des Pferdes, das ihm am nächsten stand. Das Tier bäumte sich auf und warf den Reiter aus dem Sattel. Als der versuchte, sich aufzurappeln, griff ihn Matthias blitzschnell an. Er schlang seinen linken Arm um dessen Brust und drückte ihm mit der rechten Hand das Messer an die Kehle. Seine Leibeskraft und die Teilnahme an den Ringkämpfen der jährlichen Dorffeste machten sich bezahlt.

Der Angriff aus dem Hinterhalt überraschte die Halunken. Übereilt schossen sie auf Matthias und trafen den eigenen Mann. Stöhnend sackte er zusammen und starb. Noch ehe sie in der Lage waren, ihre Armbrüste neu zu spannen, hatten Reimars Gefährten sie von den Pferden heruntergezogen und mit Fausthieben niedergeschlagen.

»Wir sollten die Strauchdiebe aufschlitzen, ihre Leiber mit Steinen füllen und im Fluss versenken«, schlug Reimar vor. Seine Mannschaft nickte zustimmend.

Die zwei Gefangenen sahen einander verängstigt an.

»Haltet ein! Es ist genug Blut geflossen! Sie sind besiegt!«, forderte Isabeau.

»Warum setzt du dich für sie ein? Vergiss nicht, sie wollten uns aufknüpfen. Sie hätten uns auch kein Mitleid gezeigt. Warum sollten wir ihnen selbiges zukommen lassen?«, erwiderte Reimar entschieden.

Mit Marie an der Hand verließ sie das Floß und trat zu ihm. »Warum fragst du mich?« Sie schaute ihn vorwurfsvoll an. »Vor ein paar Tagen haben wir schon einmal darüber gestritten. Hast du es schon wieder vergessen? Weil Gott gebietet, den Sündern zu vergeben und sich ihrer zu erbarmen. Um unser selbst willen müssen wir so handeln. Andernfalls wären wir nicht besser als sie. Ihr Tod nützt keinem. Wir stillen lediglich unsere Rachegelüste. Was bleibt, ist allein die Trauer der Hinterbliebenen. Das kann ich mit meinem Gewissen nicht vereinbaren. Lasst sie gefesselt hier zurück. Wenn sie von ihrem Herrn gefunden werden, befinden wir uns längst im Babenberger Land.«

Die Flößer waren von ihrem Auftreten beeindruckt und billigten ihr Ansinnen. Auch Reimar stimmte zu, wenn auch mit Widerwillen. »Das ist euer Glückstag. Ihr könnt euch bei dem jungen Weib bedanken. Wenn es nach mir ginge, wärt ihr jetzt Fischfutter«, meinte er spöttisch zu den beiden Gefangenen, die mit Bangen den Verlauf des Streitgesprächs verfolgt hatten.

»Es spricht für das Gute in dir, dass du dem Hass, den du gegen sie hegst, nicht nachgibst«, lobte ihn Isabeau wohlwollend. »Er ist ein Übel, das die Seele zugrunde richtet, sagte mein Vater einmal zu mir.«

»Manchmal hält dich der Hass auch am Leben und gibt diesem einen Sinn, wenn du durch die Willkür eines Fürsten alles verloren hast. Noch vor drei Jahren betrieb ich das Geschäft zusammen mit meinem Bruder Ullrich. Eines Tages traf ihn der Pfeil eines bayrischen Häschers, unweit der Grenze nach Ostarrîchi. Ich stand am Steuer und konnte ihm nicht helfen. Er stürzte sterbend in die Donau. Ein christliches Begräbnis blieb ihm versagt. Trotzdem wünsche ich mir jeden Tag, seine Seele möge den Frieden gefunden haben, den ich mit seinem Tod verlor. Kannst du meinen Groll auf die Wegelagerer wenigstens nachempfinden?« Offenbar hoffte Reimar auf ihr Verständnis.

»Mehr als du glaubst«, versicherte ihm Isabeau, die der Vorfall an den Verlust ihrer eigenen Familie erinnerte.

Sie fesselten die Gefangenen an einen Baum und legten den Leichnam vor ihre Füße. Den Pferden gaben sie einen Klaps, die daraufhin das Weite suchten. Ihre Reiter würden bald gefunden werden.

Schnell stießen sie vom Ufer ab. Der Fluss nahm sie auf und trieb sie unaufhaltsam dem Herzogtum Ostarrîchi entgegen.

Bewaldete Berge prägten die Landschaft links und rechts der Donau, seit sie Passau verlassen hatten und zwei Tage später an der Stadt Linz vorüberfuhren. Die Grenze zwischen Bayern und Ostarrîchi passierten sie ohne Zwischenfall. Schließlich nahte das Ziel ihrer Reise: Melk.

Die kleine Marie wurde immer offenherziger. Die verheilende Wunde und die nachlassenden Schmerzen machten sie mutiger. Immer öfter spazierte sie über das Floß und beobachtete die Männer bei ihrer Arbeit. Anfangs nur Isabeau zugetan, suchte sie nun auch die Nähe von Matthias.

Beide saßen zusammen am Rande des Floßes und ließen die Beine im kalten Wasser baumeln. »Wie alt bist du eigentlich?«, fragte er, als Marie sich neben ihnen niederließ.

»Das weiß ich nicht«, erwiderte sie. »Meine Mutter erzählte mir einmal, im Jahr meiner Geburt hätte sich der König von England aus der Gefangenschaft des Kaisers Heinrich freigekauft.«

»Es muss sich um *Richard Löwenherz* handeln«, vermutete Isabeau. »Ich kenne die viel besungene Geschichte um dessen Schicksal. Der Herzog von Ostarrîchi ließ ihn auf der Heimreise vom dritten Kreuzzug gefangen nehmen und an den Kaiser ausliefern. Der forderte ein hohes Lösegeld. Unmengen an Silber wechselten den Besitzer, worauf Richard wieder auf freien Fuß kam. Das geschah im Februar 1194. Demnach bist du neun Jahre alt.«

»Was weißt du über deine Eltern?«, wollte Matthias wissen.

»Meinen Vater kenne ich nicht. Er starb vor meiner Geburt am Galgen, weil er in Regensburg einen Diakon des Bischofs überfallen und beraubt haben soll«, erzählte sie mit erstickter Stimme. »Und meine Mutter verurteilte ein Gericht zum Tode wegen Hexerei.« Nun konnte sie ein Schluchzen nicht länger unterdrücken. »Angeblich hätte sie das Vieh unserer Nachbarn verflucht, nachdem deren Kuh ein Kälbchen mit zwei Köpfen zur Welt brachte. Dabei war das alles erlogen. Der Scharfrichter steckte sie in einen Sack und warf sie von der steinernen Brücke in die Donau, in der sie ertrank.« Schließlich brach sie in Tränen aus und hielt sich die Hand vors Gesicht. »Ich war seitdem so allein und der Hunger quälte mich, als ich nach dem Brot griff. Christus hat mich verlassen. Für ihn bin ich bloß Unrat.«

Isabeau drückte die Kleine an ihre Brust. »Mach dir keine Sorgen. Du bist kein Schmutz, sonst hätte Gott nicht gewollt, dass wir dir über den Weg laufen. Du gehörst jetzt zu uns. Matthias und ich haben bereits darüber gesprochen. Fortan werden wir für dich Vater und Mutter sein. Natürlich bin ich nur ein paar Jahre älter als du. Trotzdem will ich versuchen, dir alles zu geben, was ein Kind zum Leben braucht. Und Matthias ist ein mutiger Mann, der dich zu beschützen weiß.«

Er nickte. »Vor kurzem starb meine Tochter. Womöglich war es der Wille des Herrn, der dich zu mir führte, um meinen Schmerz zu mildern. Ich werde immer für dich da sein. Zweifle niemals daran.«

Dankbar schlang Marie die Arme um Isabeau. Dasselbe tat sie mit Matthias. Sie lächelte und ihre Augen begannen zu leuchten. Allein der Stumpf am linken Arm erinnerte an das grausame Ungemach, das ihre kindliche Seele erlitten hatte.

»Schaut, dort oben auf dem Hügel! Wir haben es geschafft!«, rief Reimar am Ruder voller Freude.

Das Kloster Melk erschien voraus. Wie ein Adlerhorst thronte es am Ufer der Donau über einer Siedlung, die eher an ein Dorf erinnerte, als an einen Ort mit Rang und Namen. Einen richtigen Hafen suchten sie hier vergebens. Nur einige Bootsstege waren vorhanden, an denen wenige Kähne angelegt hatten. Es war spät im Jahr.

Reimar und seine Mannen sahen das Fehlen einer Anlegemauer, wie es sie in Regensburg oder Passau gab, sehr gelassen. Sie suchten sich den sichersten Steg aus und vertäuten das Floß. Sofort begannen sie, die Waren zu entladen und an Land zu tragen. Matthias half ihnen dabei. Am Ende zogen sie ihr Gefährt mit vereinten Kräften ans Ufer und lösten die Hanfseile und Eisenklammern, welche die Holzbohlen zusammenhielten.

Am Abend kehrten sie in ein Wirtshaus ein, um ihren Erfolg zu feiern, denn Reimar hatte sein Handelsgut mit hohem Gewinn an die Mönche des Klosters verkauft und ein Fuhrwerk mit zwei Ochsen erstanden. Am kommenden Morgen würde er mit seinen Getreuen nach Ulm zurückkehren.

Der Abschied von ihnen fiel besonders Matthias schwer. Er hatte Gefallen an der Floßfahrt gefunden. Aber er hatte einen Eid geschworen, den er zu erfüllen gedachte.

Auch Isabeau und Marie sagten Reimar Lebewohl. »Hab Dank für die Güte, uns mitzunehmen, und umarme Addo und Freia für uns, falls du ihnen begegnest. Das Glück möge auf deiner Heimreise dein ständiger Begleiter sein. Wir werden für dein Wohlergehen beten«, sagten sie zu ihm.

Er drückte beide an sich. »Das werde ich tun. Es war schön, euch kennengelernt zu haben. Ich werde euch in guter Erinnerung behalten. Möge der Herr euch sicher bis ans Ziel geleiten.« Ein letztes Mal hob er an der Tür grüßend die Hand, dann verließ er mit seinen Männern die Schenke.

Für zwei Silberpfennige verkaufte der Wirt Matthias, Isabeau und Marie winterfeste Gewänder und Schuhe. Sie waren zwar gebraucht, würden allerdings ihren Zweck erfüllen. Immerhin stand der Winter bald vor der Tür. Die Nacht verbrachten sie im angrenzenden Stall. Sie schliefen im duftenden Stroh so tief wie Bären im Winter. Als sie erwachten, stand die Sonne bereits am Himmel.

Kapitel 4

Der Mönch, der Bischof und der fahrende Sänger

Der Pfad hinauf zum Kloster Melk war breit und ausgetreten. Radspuren von zahlreichen Fuhrwerken zeugten von einem regen Handelsverkehr. Ohne Zweifel befanden sich Reimars Waren längst in den Speichern der Abtei.

Vor ihnen lief gemächlichen Schrittes ein Mönch. Am Leib trug er die dunkle Kutte der Benediktiner und abgewetzte Riemenschuhe an den Füßen. Ein Schuhwerk, um das sie ihn nicht beneideten. Zwar schien die Sonne lau auf ihre Häupter, doch der Wind wehte kalt. Die Gräser am Wegesrand trugen den ersten Raureif an den Blattspitzen. Da machte sich ihre Winterkleidung bezahlt.

»Grüß Gott! Wohin des Wegs?«, fragte Matthias, als sie ihn eingeholt hatten.

Erstaunt wandte der Mönch sich um. Er war jung, wohl um die zwanzig Jahre alt, und von kräftiger Statur. »Ihr kommt vermutlich aus der Fremde, sonst wüsstet ihr, dass der Weg zum Kloster führt«, antwortete er beinahe vorwurfsvoll.

»Das ist wahr«, entgegnete Isabeau unbeeindruckt. »Eure Abtei ist weithin bekannt. Gibt es unter deinen Brüdern einen heilkundigen Mann? Wir benötigen seine Hilfe«, sagte sie und wies auf Marie.

Der Mönch runzelte die Stirn. »Wieso, was ist mit ihr?«

Wortlos streckte ihm Marie ihren verbundenen Armstumpf entgegen, den sie zuvor unter ihrem Gewand verborgen gehalten hatte.

Er strich ihr mitfühlend über das Haar. »Was hast du getan, dass du so arg bestraft wurdest?«

»Ich habe ein Brot gestohlen, da ich am Verhungern war«, erwiderte Marie unerschrocken.

»Dann sieh dich bloß vor! Auch bei uns gehen die Gerichte mit Dieben nicht zimperlich um, was nicht heißen soll, dass ich diese Form der Sühne gutheiße. Besonders nicht bei einem Kind.«

Die Anteilnahme des Mönchs für das erlittene Martyrium des Mädchens ließ Isabeau auf Beistand hoffen. »Es ist an der Zeit, die Wunde zu säubern. Leider habe ich keine Binde mehr. Die alte möchte ich lieber nicht wiederverwenden. Sie ist mit Wundwasser vollgesogen und riecht übel.«

»Ihr habt Glück. Unsere Gemeinschaft betreibt ein kleines Spital, in dem wir unsere Kranken pflegen. Auch bedürftige Bürger aus Melk und Bauern aus den umliegenden Dörfern finden hier Fürsorge. Mein Name lautet übrigens *Walther*. Kommt mit mir«, sagte er und ging voraus.

Sie folgten ihm und erreichten nach einer Weile das von einer hohen Mauer umschlossene Kloster. Es beherbergte etliche Wohn- und Wirtschaftsgebäude im Inneren. Außerhalb des Anwesens, gleich neben dem Eingangsportal der Kirche gelegen, schloss sich das Spital an. Einstöckig und klein gebaut war es mit den geräumigen Krankensälen anderer Klöster nicht vergleichbar. Offenbar erfüllte es dennoch seinen Zweck.

Drinnen herrschte durch die großflächigen Fenster angenehme Tageshelle. Frische Luft durchflutete den Siechensaal. In ihm standen vier Reihen mit je acht Betten, von denen die meisten nicht belegt waren. Vorhänge gewährten zudem Schutz vor neugierigen Blicken.

Im Spital lagen zwei erkrankte Menschen, die gepflegt wurden. Der eine, ein alter schmächtiger Mann mit weißen Haaren und tief liegenden Augäpfeln in einem hageren Gesicht, litt an schweren Hustenanfällen. Ein Stofffetzen, den er sich vor den Mund hielt, war blutdurchtränkt. Er hatte nicht mehr lange zu leben, da der Tod ihm bereits ins bleiche Antlitz geschrieben stand.

Der andere, ein kräftiger Junge, dem der erste Flaum unter der Nase wuchs, hatte eine frisch verheilte rosafarbene Narbe am Arm. Sie rührte augenscheinlich von einer tiefen Schnittwunde her. Ob er sich diese bei einer Rauferei oder bei der Arbeit zugezogen hatte, blieb zunächst ungewiss.

»Gehen wir nach nebenan in den Altarraum. Dort finden wir Bruder Anselmo. Er ist der *Hospitalarius* unseres Ordens.« Walther wies ihnen den Weg.

Sie durchquerten den Siechensaal und betraten durch eine offene Tür einen Nebenraum, der früher einmal als Kapelle gedient hatte. Wandmalereien, an denen die Farben längst verblasst waren, zeugten von dieser Zeit. Jetzt lagerten hier Heilmittel, Wundverbände und Tinkturen, welche die heilkundigen Mönche zur Behandlung der Kranken einsetzten.

Anselmo war von kleiner Statur, um die fünfzig und leicht untersetzt. An den Stellen, die seine Mönchskutte nicht verdeckte, zeigte seine Haut eine bräunliche Tönung. Neugierig musterte er die Ankömmlinge.

»Er kam vor vielen Jahren als junger Mann zu uns nach Melk. Davor nannte er das Kloster *Monte Cassino* seine Heimstatt«, wusste Walther über ihn zu berichten.

Der Zungenschlag Anselmos verriet, dass er aus Italien stammte. »In der Tat. Mein Bruder spricht die Wahrheit. Ich überwarf mich dazumal mit dem Abt Dominicus, weil er die Ordensregeln Benedikts von Nursia strenger auslegte, als der Heilige es selbst getan hatte. Er vertrat die These, allein der Glaube an Gott fördere die Tilgung aller leiblichen Übel und nicht die heilenden Kräfte, die der Natur innewohnen. Doch auch diese sind eine Schöpfung des Herrn. Deshalb verstand ich die Wahrheit in der Vereinigung beider Ansichten. Das entzweite uns. Aber das ist lange her.« Er schaute sie erwartungsvoll an. »Wie kann ich euch behilflich sein?«, fragte er.

»Wir benötigen für die Wunde des Mädchens einen frischen Verband«, sagte Matthias und deutete auf ihren Armstumpf.

»Wie ist das geschehen?«

Matthias und Isabeau suchten nach den richtigen Worten.

»Ist schon gut. Ihr müsst nicht nach Ausflüchten suchen«, winkte Anselmo lächelnd ab. Offenbar ahnte er, was Marie widerfahren war, und begann die Wunde freizulegen, was sie tapfer über sich ergehen ließ. »Die Naht ist akkurat gesetzt und der Heilverlauf zufriedenstellend. Eine vorbildliche Arbeit. Wie lange liegt der Vorfall zurück?«

»Über eine Woche«, antwortete Isabeau.

»In vierzehn Tagen kannst du den Faden ziehen«, riet er ihr und strich die Narbe dick mit einer Salbe aus Ringelblume und Mandelöl ein. Dann umwickelte er den Stumpf mit einer neuen Binde. »Das Kind wird bald wieder gesund sein«, prophezeite er. »Ein glücklicher Umstand, der dem alten Marinus nebenan nicht beschieden ist. Ich vermute, er leidet an der Weißen Pest. Sie zerfrisst ihm den Leib von innen.«

»Ist das nicht gefährlich?«, fragte Matthias.

»Wir wissen nicht, wohin mit ihm. Siechenhäuser sind rar in dieser Gegend. Wir können ihn doch zum Sterben nicht am Wegesrand liegen lassen.« Anselmo seufzte. »Für den jungen Elmar sieht es günstiger aus. Ein Messer hätte ihn bei einer Keilerei im Wirtshaus beinahe ins Herz getroffen, wenn er nicht geistesgegenwärtig seine Arme abwehrend erhoben hätte. So trug er lediglich eine Schnittwunde davon. Was das Mädchen betrifft, wird sie lernen müssen, sich mit einer Hand zu behelfen. Ich gebe euch noch drei Ersatzbinden mit auf den Weg. Sie sollten reichen. Was kann ich sonst noch für euch tun?«

»Eine Sache bereitet uns Kopfzerbrechen«, verriet Matthias. »Wir pilgern gemeinsam ins Heilige Land. Leider kennen wir keine sichere Wegstrecke dorthin.«

»Gefahrlose Pfade gibt es meines Wissens nicht. Die menschliche Bosheit lauert hinter jeder Biegung. Außerdem bin ich ein schlechter Berater. Mein Weggang von Monte Cassino liegt drei Jahrzehnte zurück. Seit meiner Ankunft in Melk habe ich das Kloster nie mehr verlassen. Jeder Landstreicher könnte euch bessere Ratschläge geben als ich.«

Sie verließen das Spital und folgten Walther zur Klosterkirche, die auch für Fremde zugänglich war. Vor dem Altar lag ein Toter aufgebahrt. Vier brennende Leuchter flankierten den erstarrten Leib. Das flackernde Kerzenlicht gab dem leblosen Gesicht des Verstorbenen ein gespenstisches Aussehen. Sein prächtiges Ordensgewand wies ihn als wichtiges Mitglied der Bruderschaft aus.

»War er ein hoher Kirchenherr?«, fragte Matthias.

Walther nickte. »Der Abt unseres Klosters. Sein Name lautete *Konrad*, wie der seines Vorgängers. Doch anders als dieser stand er nur zwei Monate unserer Bruderschaft vor«, erklärte er. »Er litt an einer unheilbaren Krankheit, die seinem Körper und seinem Geist die Kräfte entzog. Dennoch war sein plötzliches Ableben mysteriös. Ein Umstand, den wir uns nicht erklären können. Wie dem auch sei, ich spreche mit Bruder *Reginald* über euren weiteren Reiseverlauf. Er ist Bibliothekar und wird wissen, welcher Weg ins Heilige Land der sicherste ist. Aufgrund seiner umfassenden Kenntnisse in religiösen und weltlichen Belangen besitzt er gute Aussichten, zu unserem neuen Oberhaupt gewählt zu werden. Nehmt es mir nicht übel, aber ihr müsst jetzt leider gehen. Meine Brüder werden sich gleich versammeln, um für den Abt die Totenmesse auszurichten. Manche sind Fremden gegenüber nicht so aufgeschlossen. Sie mögen deren Anwesenheit während der Zeremonie nicht. Kommt heute Abend zurück, dann reden wir weiter.«

Nachdenklich gingen Isabeau, Matthias und Marie aus der Kirche. Vor dem Eingangsportal hielten sie inne.

»Der tote Abt macht mir Angst. Walther sagte, es wären Dinge geschehen, die nicht zu erklären sind. Was meinte er damit?« Marie schaute bange zu ihnen auf.

»Ich weiß es nicht zu sagen«, erwiderte Isabeau schulterzuckend. »Wenn wir ihn wiedertreffen, erfahren wir vielleicht mehr. Bis dahin mach dir keine Sorgen.«

Schließlich folgten sie dem Pfad ins Tal. Er führte zurück nach Melk zum Gasthaus. Bis zum Abend war noch reichlich Zeit. Sie würden diese nutzen, um zu essen und ein wenig zu ruhen.

Es war bereits dunkel, als sie die Kirche betraten, und die Totenmesse längst vorüber. Ein Mönch kniete zu Füßen des toten Abtes und huldigte ihm ein letztes Mal. Es war Walther.

»Ihr kommt zur rechten Zeit«, begrüßte er sie, als er ihrer gewahr wurde. »Ich habe mit Bruder Reginald gesprochen. Er rät euch, der Donau bis Wien zu folgen. Meidet das Land der Ungarn und Bulgaren. Wendet euch stattdessen nach Süden und durchquert die Herzogtümer Steiermark und Kärnten, bis ihr Venedig erreicht. Die Stadt ist unermesslich reich und die größte Seemacht am Mittelmeer. Fragt dort nach einem Schiff, das euch ins Heilige Land mitnimmt.«

»Wie lange dauert die Reise nach Venedig?«, fragte Matthias zögerlich.

»Das ist schwer zu beurteilen. Ein Monat könnte schon vergehen. Ihr solltet dort auf jeden Fall noch vor Wintereinbruch eintreffen.«

»Hab Dank für die Zeit, die du uns geschenkt hast«, sagte Isabeau. »Können wir über Nacht hierbleiben? Der Weg nach Melk in der Finsternis ist nicht ohne Gefahren.«

Walther nickte zustimmend. »Ihr dürft heute gern in der Kirche nächtigen. Sie ist ein sicherer Ort«, erwiderte er und entschwand ihren Blicken.

Erleichtert legten sie sich neben dem Taufbecken zur Ruhe. Trotz des harten Bodens fielen ihnen rasch die Augen zu.

Kurz nach Mitternacht schreckte sie der empörte Ruf Walthers aus dem Schlaf. »Unerhörtes ist geschehen!«, rief er ihnen entgegen. In seinem Gesicht stand der Schrecken geschrieben, als wäre ihm der Teufel begegnet.

»*Kolomans* Sarkophag wurde entweiht. Ich stieß zufällig darauf, nachdem ich eine Gestalt aus der Krypta der Babenberger Fürsten kommen sah. Lautlos wie ein Geist schlich sie an mir vorüber, ohne mich zu bemerken. Ich dachte, es wäre eine verlorene Seele, die keine Ruhe findet. Als ich meine Furcht überwunden hatte, betrat ich das Innere der Grabkammer, wo mir der Frevel in die Augen stach.« Er musste innehalten und rang nach Atem.

»Wie gruselig. Was ist mit dem Sarkophag geschehen?«, fragte Marie.

»Jemand hat ihn geöffnet.«

»Igitt!« Sie schüttelte sich. »Und wer ist Koloman?«

Der Mönch zog die Augenbrauen nach oben. »Das weißt du nicht, mein Kind? Er ist ein Märtyrer und weithin bekannt und zudem der Schutzpatron der Mark Ostarrîchi«, erklärte er.

»Vielleicht hat der tote Abt etwas mit der Spukgestalt zu tun«, kam Marie plötzlich über die Lippen.

»Für dein Alter bist du äußerst scharfsinnig. Das kann gut möglich sein, mein Kind«, stimmte ihr Walther zu. »Wir entdeckten Konrad vor drei Tagen. Sein Leichnam lag auf dem Grab des *Markgrafen Ernst* ausgestreckt, nur unweit von Kolomans Ruhestätte entfernt. Vielleicht suchte er bei dem Märtyrer seelischen Beistand für sein Gebrechen und fiel in Ohnmacht. Da der Abt an der *Fallsucht* litt, ist dies naheliegend. Am Hinterkopf trug er ein blutiges Wundmal davon. Vermutlich infolge des Sturzes. Dennoch bleiben Zweifel. Er könnte ebenso gut erschlagen worden sein. Aber von wem und aus welchem Grund? Und als ob das nicht genug Rätsel wären, kommt nun noch Kolomans entweihter Sarkophag hinzu. Ich muss unverzüglich Bruder Reginald über den Vorfall informieren.«

»Können wir dich begleiten? Wir würden uns den Ort des Geschehens gern anschauen«, bat Matthias.

Er überlegte kurz. Bei dem Gedanken war ihm wahrscheinlich nicht ganz wohl. »Einverstanden, auch wenn ich Ärger bekommen kann. Du darfst mir folgen, allerdings müssen deine Gefährtinnen zurückbleiben. Für Frauen und Mädchen ist der Zutritt zum Kloster streng verboten«, verkündete Walther entschieden.

Isabeau nahm Marie an die Hand und setzte sich mit ihr auf eine der vielen Holzbänke. »Geh ruhig mit ihm. Später erzählst du uns alles«, willigte sie auf Matthias' ratsuchenden Blick hin ein.

Er folgte Walther durch das Seitenschiff der Kirche bis in einen rechteckigen Hof, den ein Kreuzgang mit zahllosen Säulen umgab. Um ihn herum schlossen sich zahlreiche Gebäude an.

»Das ist der Speisesaal, auch Refektorium genannt«, erklärte ihm der Mönch. »Dahinter folgt der Kapitelsaal.«

»Welchen Zweck hat der Kapitelsaal?«, fragte Matthias unterwegs.

»Es ist unser Versammlungsraum. Dort finden wir Reginald. Er bereitet gerade die Mette, das Nachtgebet vor«, sagte er und zog ihn am Ärmel mit durch den Eingang.

Als Walther Reginald die Gegenwart von Matthias erklärte, nickte er und meinte knurrig: »Darüber reden wir noch.« Über das

Geschehen in der Krypta zeigte er sich entsetzt. Eiligen Schrittes machten sie sich auf den Weg. Sie kehrten auf den Kreuzgang zurück. Hinter der nächsten Ecke erblickten sie ein mächtiges Bauwerk.

»Das ist der Palas. Im Inneren befindet sich das Dormitorium mit unseren Schlafräumen«, sagte Reginald. »Das Gebäude gehört zur ältesten Liegenschaft des Klosters Melk und war früher Teil einer Burg. Tief unter seinem Schoss verborgen liegt die Krypta des Babenberger Adelsgeschlechts mit der Ruhestätte des Koloman. Wir ruhen sozusagen über unserem Schutzheiligen.«

Gleich hinter dem Eingangsportal stießen sie auf eine Steintreppe. Über grob behauene Stufen stiegen sie immer weiter abwärts. Ein Gewölbe tat sich vor ihnen auf, dessen Decke in der Mitte von Säulen getragen wurde. Die Fackeln an den Wänden beleuchteten die Monumente der verstorbenen Fürsten und Grafen nur dürftig. An diese schloss sich der Steinsarg des Heiligen an. Die Abdeckplatte war zur Seite geschoben worden und gab den Blick ins Innere frei.

Matthias war über den Anblick des Leichnams enttäuscht, da dieser nicht dem entsprach, was er erwartet hatte. Das Wunder, das Kolomans unbeschadeten Leib pries, war vollkommen übertrieben. Er sah ein dürres Gerippe, das mit einer dunkelbraunen, lederartigen Haut überzogen war. Am Kopf fanden sich Reste von Haaren, die einen rötlichen Schimmer besaßen. Kein Fleisch, kein Blut, nur Knochen. Dennoch stimmte etwas nicht. »Schaut doch! Dem Schädel fehlt der Unterkiefer!«, rief er verblüfft.

»In der Tat. So eine Niedertracht. Ich Dummkopf lasse mich von einer Geistererscheinung blenden, dabei ist ein Dieb in die Krypta eingedrungen. Sicher will er ihn als Reliquie verkaufen.« Walther ärgerte sich.

Reginald, ein Mann im besten Alter mit einem schütteren Haarkranz, der am Rande seiner Tonsur zu ergrauen begann, hegte einen anderen Verdacht. »Das glaube ich nicht. Derjenige, der den Unterkiefer zum Kauf anbieten will, muss befürchten, als Betrüger ergriffen zu werden. Jeder in der Mark Ostarrîchi weiß, dass die Gebeine Kolomans in unserem Kloster ruhen. Und zwar vollständig bis ins letzte Fingerglied.« Plötzlich erstarrte er. Dann hob er den

Finger. »Für den Raub muss es eine andere Erklärung geben. Folgt mir ins Spital. Vielleicht klärt sich das Mysterium dort auf.«

Sie folgten dem Weg durch den Kreuzgang und kehrten in die Kirche zurück. Eilig schritten sie an den Bankreihen vorüber zum Portal. Isabeau und Marie, die sich nicht von der Stelle gerührt hatten, beobachteten die an ihnen vorbeihastenden Männer verwundert. Der auffordernden Geste von Matthias folgend, erhoben sie sich und schlossen sich der Gruppe an. Kurz darauf betraten sie das Spital. Es lag nahezu in Finsternis. Lediglich kleine Öllämpchen spendeten im Siechensaal ein spärliches Licht.

Sie durchquerten den Raum, bis sie das Krankenlager des alten Marinus vor Augen hatten. Reginald, der sich seiner Sache sicher war, zog die Decke vom Leib des alten Mannes. Leise Ausrufe des Erstaunens folgten, denn auf dessen Brust, die sich, begleitet von röchelnden Atemgeräuschen, in rascher Folge hob und senkte, lag der verschollene Unterkiefer. Fröstelnd legte der Schlafende die Arme um den Körper, als wolle er das Gebein schützend umschlingen.

»Mir ist völlig unverständlich, wie der Greis die schwere Grabplatte bewegt haben soll. Er ist viel zu schwach«, flüsterte Walther verblüfft.

»Er hat es nicht getan, sondern der junge Elmar«, raunte Reginald.

Alle wandten sich erstaunt um. Dessen Schlafstatt stand gleich nebenan. Das Kind hatte sich die Decke über den Kopf gezogen und rührte kein Glied.

»Schön und gut! Aber was war der Grund für sein Handeln?«, fragte Matthias stirnrunzelnd.

»Es mag verwirrend klingen, aber er tat es aus Nächstenliebe«, antwortete Reginald mit verhaltener Stimme. Trotz des schlimmen Vergehens klangen seine Worte milde.

»Das Grabmal unseres Schutzpatrons aus Nächstenliebe zu entweihen, geht über meinen Verstand«, bemerkte Walther und schüttelte ratlos den Kopf.

»Das Rätsel ist einfach zu lösen. In der vergangenen Woche habe ich Elmar die Geschichte des Heiligen Koloman erzählt. Sie dürfte der Auslöser für sein Vorhaben gewesen sein. Leiht mir euer Ohr und ihr werdet alles verstehen: Es begab sich im Jahre des Herrn 1012 in Stockerau vor Wien, dass eines Abends ein Reisender das Gasthaus des Dorfes betrat. Dem Wirt und den Gästen war sein Gebaren fremd und ebenso sein Aussehen, was ihren Argwohn weckte. Sie vermuteten in ihm einen Spion der Ungarn. Wilde heidnische Reiterhorden, die sich der Macht des christlichen Königs *Stephan* nicht unterordneten. Heimatlose Strauchdiebe, die immer wieder in die Mark Ostarrîchi einfielen, um zu plündern und zu brandschatzen. Deshalb legten sie Hand an ihn und zerrten ihn vor den Richter, der ihn einkerkern ließ.

Am nächsten Tag wurde der Fremde verhört. Er beteuerte dem Tribunal, er käme von einer Insel namens Irland, sei königlichen Geblüts und befände sich auf einer Pilgerreise ins Heilige Land. Leider glaubte niemand seinen Worten. Die Menschenmenge, die sich vor der Amtsstube des Richters versammelte, grölte, er sei ein Lügner, und forderte, ihn zu geißeln und den Krähen zum Fraß vorzuwerfen.

Um Aufruhr zu vermeiden, verurteilte der Richter den Angeklagten nach qualvollen Martern zum Tode. Sie führten ihn in einen Auenwald am Rande der Siedlung und henkten ihn zwischen zwei Dieben an einem verdorrten Holunderstrauch.

Doch zum Erstaunen der Stockerauer verweste Koloman nicht. Während die Diebe längst verfaulten und Wölfe speisten, behielt dessen Leib monatelang eine frische Farbe, als ob er lebendig sei.« Reginald, der für seinen haarsträubenden Bericht von Matthias nur verstörte Blicke erntete, fuhr sich mit der Hand durch sein wirres Haar, bevor er weitersprach. »Befremden erfasste die Einheimischen, als ein Bauer des Dorfes behauptete, der dürre Baum, an dem der Tote hinge, würde wieder grünen und Knospen treiben. Ein anderer berichtete, dass dem Leichnam die Nägel an den Fingern, der Bart im Gesicht und die Haare auf dem Haupt weiterwüchsen. Ein Dritter gab gar von sich, dem toten Manne entströme unablässig Blut, seitdem er ihm Fleisch aus der Lende schnitt. Den Fetzen habe er seinem kranken Sohn auf die Brust gelegt, der daraufhin auf wundersame Weise genas.

Bald quälten die Stockerauer Schuldgefühle. Tief betrübt über ihr sündiges Handeln durchtrennten sie den Galgenstrick und setzten Koloman neben dem Holunderstrauch bei.

Beinahe zwei Jahre vergingen. Keiner erinnerte sich mehr an die Grabstelle im Auenwald. Eines Tages trat die Donau über die Ufer und überschwemmte weite Gebiete des Stockerauer Umlandes. Die Menschen erlitten große Not, da das Hochwasser ihre Äcker und Weiden zerstörte. Allein vor einer Stelle hielten sich die Fluten zurück: Kolomans Ruhestätte, die sie wie eine Insel umschlossen.

Von dem Mysterium hörte der Babenberger Markgraf *Heinrich*, der Wundern aufgeschlossen und gottesfürchtig war. Er ordnete umgehend an, den Leichnam wieder auszugraben. Der war noch immer nicht verwest und verströmte den Duft wohlriechender Myrrhe. Er überführte die Gebeine auf seinen Stammsitz in Melk und bestattete ihn in der Krypta seiner Ahnen mit allen Würden. Im Jahr der Gründung unserer Bruderschaft, 1089, wurde die Burg ein Teil unseres Klosters. Seitdem befindet sich der Sarkophag mit Kolomans Leib in unserer Obhut«, endete Reginald in seiner Rede.

Während die anderen noch über Reginalds letzte Worte nachsannen, hatte Isabeau bereits ihre Schlüsse gezogen. »Elmar folgte der Logik von Kolomans Schicksal und schlich in guter Absicht in die Krypta. Er nahm den Unterkiefer an sich, um Marinus von seinem Leiden zu erlösen. Das nenne ich wahre Nächstenliebe. Auch wenn die sündhaften Vergehen des Raubes und der Grabschändung nicht von der Hand zu weisen sind, solltet ihr mit ihm nicht zu streng ins Gericht gehen«, sagte sie zu den Mönchen.

»In der Tat«, stimmte Walther zu. »Sein Handeln entsprang dem Bedürfnis, einem alten Mann in der Not beizustehen. Das ist eines guten Christen würdig.«

»Allerdings klärt dies nicht den rätselhaften Tod unseres Abtes Konrad auf!«, gab Reginald zu bedenken und wandte sich Elmars Krankenbett zu. »Kriech unter der Decke hervor, mein Sohn. Ich weiß, dass du nicht schläfst. Du musst uns einige Fragen beantworten.«

Zum Erstaunen der anderen hatte sich der Mönch nicht geirrt. Elmar lag wach und hatte ihr Gespräch belauscht. Beschämt zog er die Decke vom Kopf. Auch Marinus regte sich kurz, doch seine Augen blieben fest geschlossen.

»Ich habe dem Abt nichts angetan«, wimmerte der Junge ängstlich.

Isabeau setze sich auf sein Lager. »Dann verrate uns, was geschehen ist. Wenn dich keine Schuld trifft, brauchst du keine Furcht haben«, redete sie ihm vertrauensvoll zu.

Die anderen nickten ihm wohlwollend zu.

Elmar richtete sich auf und begann zu schildern, was er gesehen hatte. »Es stimmt. Vor drei Tagen habe ich bei Anbruch der Nacht die Krypta aufgesucht. Ein Bruchstück von Kolomans wundertätigem Leib wollte ich holen, um Marinus von seinem blutigen Husten zu befreien. Als ich das Gewölbe betrat, bemerkte ich, dass ich nicht allein war. Jemand anderes hatte Ähnliches im Sinn: Es war der Abt. Er stammelte am Grabmal des Heiligen wirre Worte. ›Hilf mir in meiner Pein. Ich will nicht sterben‹, flehte er ihn an und ächzte, als er versuchte, den Deckel des Grabes beiseitezuschieben.«

»Rede weiter«, forderte Isabeau, als Elmar ins Stocken geriet. Sie war begierig, die Wahrheit zu erfahren.

»Plötzlich stöhnte er vor Schmerzen. Er richtete sich mühsam auf und griff sich an die Brust«, fuhr er fort. »Wankend trat er einen Schritt zurück und geriet ins Stolpern. Dann stützte er zu Boden und schlug mit dem Kopf auf ein Grab, das sich hinter ihm befand. Furcht ergriff mich, als ich ihn regungslos in seinem Blut liegen sah. Ich fragte mich, ob er Kolomans Rache zum Opfer gefallen war, weil er dessen Ruhe gestört hatte, und ob mir dasselbe drohte. Schaudernd rannte ich zum Spital und verkroch mich in meinem Bett. Später erinnerte ich mich an Bruder Reginalds Worte, wonach Kolomans Leichnam den Menschen nur Gutes geschenkt hatte, und fasste neuen Mut. Ich kehrte in die Krypta zurück und öffnete sein Grab. Er hat mir nichts zuleide getan, als ich ein Stück seines Schädels entnahm. Schließlich eilte ich mit dem Gebein zu Marinus und legte es ihm auf die Brust.« Am Ende seiner Beichte angekommen, blickte er bange in die Gesichter seiner Zuhörer.

Nachdenklich rieb sich Reginald das Kinn. »Konrad predigte den Tod immer als Erlösung von allen irdischen Übeln. Offensichtlich sah er dies für sich selbst anders. Dass er Koloman um sein Leben anbettelte, hätte ich nicht erwartet. Demzufolge war er ein Heuchler. Das ominöse Geschehen in der Krypta ist somit aufgeklärt: Der Abt starb durch einen Unfall. Kehren wir ins Kloster zurück. Die Nachtmette beginnt bald.«

Für Elmar ging die Sache glimpflich aus. Beruhigt verkroch er sich wieder unter seiner Decke.

»Was ist mit dem Unterkiefer?«, fragte Walther.

»Lassen wir ihn noch für ein paar Stunden bei dem armen Marinus. Gottes Wege sind unergründlich. Wer weiß, vielleicht geschieht wirklich ein Wunder.«

Ruhe kehrte im Spital ein. Die beiden Mönche begaben sich zum Gebet in den Kapitelsaal. Isabeau, Matthias und Marie folgten ihnen bis zur Kirche, wo sie sich zur Ruhe legten.

»Stellt euch vor, der kranke Mann würde wirklich gesund werden«, mutmaßte Marie und gähnte.

»Was wäre dann?«, wollte Matthias wissen.

»Dann würde ich zu Koloman gehen und ihn um eine neue Hand bitten«, erwiderte sie allen Ernstes.

»Kleines Zicklein, was denkst du dir bloß? Die Berichte über seine Heilkräfte sind gewiss nur ein Märchen«, mutmaßte Isabeau und streichelte ihr zärtlich über den Haarschopf.

»Ja, aber ein wunderschönes ...«, hauchte Marie und schlief ein.

Früh morgens erschien Walther und weckte die Schlafgäste. Er hatte frisches Brot, Käse und Milch dabei. Sie setzen sich auf die Stufe des Portals und ließen sich die Gaben schmecken. Für den Tag gestärkt rüsteten sie sich zum Aufbruch. Sie wollten beizeiten weiterziehen, denn Wien war zum Greifen nahe.

»Lebe wohl, Walther. Du bist ein guter Mensch«, bedankte sich Matthias.

»Wer weiß, vielleicht wirst du später einmal zum Abt deines Klosters erwählt. Du wärst der Richtige, weil du Nächstenliebe nicht von anderen forderst, ohne sie selbst zu geben«, rühmte Isabeau dessen Großmut.

Walther winkte verlegen ab. »Mein Leben als Mönch begann in einer kleinen unbedeutenden Abtei im Nirgendwo. In Melk dem Herrn dienen zu dürfen, ist mehr, als ich erwarten durfte. Folgt dem Pfad entlang des Flusses, dann werdet ihr Wien in wenigen Tagen erreichen. Gott beschütze euch«, wünschte er ihnen zum Abschied und schritt durch das Portal zurück in die Kirche.

Im Gasthof lernten sie einen Krämer kennen, der mit einem Pferdegespann nach Wien unterwegs war. Für ein angemessenes Entgelt erklärte er sich bereit, sie mitzunehmen. Übertrieben zählte ihm Matthias jede Münze aus der Reisekasse einzeln in die Hand, um ihm die Redlichkeit seiner neuen Begleiter vor Augen zu halten und Vertrauen zu schaffen.

Zwei Tage später, die Städte Krems und Tulln lagen längst hinter ihnen, rasteten sie abends am Donauufer.

»Ihr könntet etwas Holz sammeln gehen, für ein wärmendes Feuer. Derweil kümmere ich mich ums Essen«, sagte der Händler, der sich Utz nannte. Sie willigten ein und gingen in den Wald, um Reisig zu holen. Als sie zum Lager zurückkehrten, fielen ihnen die Äste fassungslos aus den Händen. Das Gespann war verschwunden. Utz ebenso.

»Dieser Nichtsnutz«, fauchte Matthias wütend. »Er hat sich klammheimlich davongemacht. Wenigstens hat er unsere Sachen dagelassen.« Er kontrollierte, ob sie vollständig waren, und erstarrte vor Schreck. »Verdammt! Unser Geld ist weg.« Unsicher durchsuchte er ihre Habseligkeiten noch einmal. Das Ergebnis war das gleiche. »Dieser Spitzbube hat uns 30 Silberpfennige gestohlen. Warum habe ich sie nicht an mich genommen, bevor wir in den Wald losgezogen sind? Wie dumm ich doch bin«, schimpfte er über seine Sorglosigkeit.

»Dass er ein schlechter Mensch ist, konntest du nicht ahnen. Auch ich hatte keinen Verdacht geschöpft«, versuchte Isabeau ihn zu beruhigen.

»Ich hätte es wissen müssen, als ich ihm in Melk die Münzen in die Hand drückte. Seine Augen gierten nach ihnen. Der Sabber lief ihm schon aus dem Mund. Zwei Silberpfennige trage ich noch am Leib. Wenn wir sie ausgegeben haben, sind wir mittellos. Ich könnte mich ohrfeigen. Ach, hätte ich doch auf Addo gehört und die Münzen nicht an einem Ort aufbewahrt«, klagte er.

»Heute Morgen sagte Utz zu mir, wir träfen am Abend auf die Siedlung *Zeizemûre*. Möglicherweise befindet sie sich schon in der Nähe und wir sollten weiterziehen, bis wir auf sie stoßen?«, schlug Marie unvermittelt vor.

Matthias stemmte wütend die Arme in die Hüfte. »Demnach wäre die Rast gar nicht nötig gewesen. Er hat uns getäuscht, damit er uns bestehlen kann. Die Kleine hat recht. Wir brechen sofort auf. Das Tageslicht reicht noch für eine gute Stunde Weg, bevor es dunkel wird«, entschied er und wetterte: »Wenn ich den Langfinger erwische, breche ich ihm sämtliche Knochen.«

Sie packten ihre Sachen zusammen und machten sich auf den Weg. Die Stunde war noch nicht vorüber, als vor ihnen der besagte Ort auftauchte. Er war kleiner als Krems oder Tulln, besaß allerdings eine steinerne Kirche und gleich daneben ein Gasthaus. Als sie eintraten, drang der lärmende Gesang der Gäste an ihre Ohren. Die Luft, durchdrungen vom Geruch gebratenen Fleisches, frisch gebackenen Brotes und würzigen Bieres, betörte ihre Sinne. Sofort meldete sich der Hunger in ihren leeren Mägen. Das fröhliche Gelächter der Zecher auf den Bänken zeugte von einer illustren Gesellschaft, die zu feiern wusste. Schweigend nahmen sie an einem Tisch Platz, der noch frei war. Der Schankwirt musterte sie mit argwöhnischen Augen. »Könnt ihr bezahlen?«, fragte er knurrig.

Matthias nickte und warf einen Silberpfennig auf den Tisch.

»Hm, dafür gibt es bloß Dünnbier und eine Schüssel Suppe«, nörgelte er und verzog das Gesicht.

»Einverstanden«, erwiderte Matthias, vorauf der andere die Münze einstrich und in der Küche verschwand.

Kurz darauf brachte er drei bis unter den Rand gefüllte Humpen. Seine Frau, deren grinsender Mund nur zwei Zähne aufwies, stellte eine irdene Schüssel mit Suppe auf den Tisch und drückte jedem einen Holzlöffel in die Hand.

Hungrig fielen sie über das Essen her. Die Suppe schmeckte und das dünne Bier löschte den Durst. Schnell stellte sich bei ihnen ein wohliges Gefühl ein. Sie begannen neugierig, das Geschehen in der Schenke zu verfolgen. Eine Gruppe angetrunkener Zecher stimmte ein zotiges Lied an, in das andere johlend einstimmten.

Als die letzte Strophe geendet hatte, sprang ein etwa sechzigjähriger Mann auf, der das Gewand eines kirchlichen Würdenträgers trug, und prostete den Sängern lachend zu. Er war leicht untersetzt und trug einen violetten Pileolus auf dem Kopf – ein Scheitelkäppchen, welches ihn als Bischof auswies. »Wohl euch, ihr heißeren Schnepfen und krächzenden Raben. Euer Geträller erheitert mir das Gemüt, schmerzt jedoch entsetzlich in den Ohren. Setzt euch alle und lasst die Nachtigall singen«, rief er frohgemut und wies auf seinen Banknachbarn.

Isabeau durchfuhr der Schreck und zog den Kopf ein.

»Was hast du? Ist dir die Suppe nicht bekommen?«, fragte Mattias besorgt.

Sie schüttelte den Kopf. »Der Kirchenmann, der uns schräg gegenübersitzt, ist *Wolfger von Erla*, der Bischof von Passau.«

»Na und? Was hast du mit ihm zu schaffen?«

»Wir sind uns schon einmal begegnet. Kurz bevor sich mein Gemahl dem Kreuzzug angeschlossen hat, hielt er sich mehrere Tage bei uns auf. Er kam aus Burgund und befand sich auf der Durchreise zur Burg Hohenstaufen, um sich dort mit Philipp von Schwaben zu treffen. Das ist lange her, doch falls er mich erkennt, besteht die Gefahr, dass er mich an Rudolf ausliefert.«

Marie schaute Matthias betroffen an.

»Keine Sorge. Niemand wird uns Isabeau wegnehmen«, beruhigte er sie und ballte die Fäuste.

Währenddessen gingen die Bitten der Gäste an den Mann, den der Bischof als Nachtigall gerühmt hatte, unablässig weiter. Sein edles Gewand und sein Schwert verrieten, dass er kein gemeiner Bediensteter war. Mit etwa dreißig Jahren stand er im besten Mannesalter und besaß ein bartloses, ebenmäßiges Antlitz mit gutmütigen Augen. Endlich gab er sich geschlagen und nahm eine Laute in die Hand, um seine Gesangskünste zu beweisen. Der lieblichen Melodie, die er auf dem Instrument anstimmte, folgte seine samtweiche Stimme, die ein Lied voller Leidenschaft und Sinnlichkeit vortrug:

»Welch wundervoll geschaff'nes Weib, oh, würde mir noch einst ihr Dank!
Ich singe ihrem süßen Leib ein Lob in meinem Hochgesang.
Gern dien' ich allen auch mit Preis; doch diese bleibt mir auserseh'n.
Wenn einer eine andre weiß, so rühm' er sie, es mag gescheh'n!
Und hätt' er Weis' und Wort mit mir gemein: ich preise hier, er preise dort.

Ihr Haupt, das ist so wonnereich, als ob's mein Himmel wollte sein.
Wem wär' es auch wohl anders gleich? Hat's doch so himmlisch klaren Schein.
Da leuchten mir zwei Sterne dran. Oh, könnt' ich mich darin noch seh'n,
wenn sie sie nah' mir hält heran! Dann möcht' ein Wunder wohl gescheh'n:
Jung würd' ich wieder sein und würde wieder frei von zehr'nder Liebespein.

Gott schuf ihr Wänglein recht mit Fleiß, die er mit teuern Farben strich,
mit reinstem Rot und reinstem Weiß, her lilienfarb, dort rosiglich.
Und wenn's nicht sündlich ist, fürwahr, ich sehe sie stets lieber noch
als Himmel und der Sterne Schar. Doch weh, wie thöricht lob' ich doch!
Denn preis' ich sie zu sehr, macht meines Mundes Lob vielleicht mir's Herz noch schwer.

Sie hat ein Kissen, das ist rot: Könnt' ich drauf legen meinen Mund,
so ständ' ich auf von meiner Not und wär' auf immer wohl gesund.
Wem sie das an sein Wänglein legt, der schmiegt sich gerne nahebei,
es duftet süß, wenn man's bewegt, als ob's voll lauter Balsam sei.
Oh, liehe sie's doch mir! So oft sie's wieder will, so geb' ich's gerne ihr.

Ihr Hals, die Hände, jeder Fuß, das alles ist nach Wunsche schön.
Wenn ich noch andres loben muss, nun ja, ich hab' noch mehr geseh'n.
Ich hätt' ungern: Bedecke dich! Gerufen, als ich nackt sie sah.
Ihr Pfeil traf im Verstecke mich und schmerzt noch heut', wie's dort geschah.
Doch preis' ich hoch den Pfad, den reinen, wo die Süße aus dem Bade trat.«[1]

Frenetisch jubelte die Meute und schlug im Takt mit den Bierhumpen auf die Tische, dass es krachte.

»Sprecht, wer ist die Angebetete? Eure geheime Herzdame?«, rief einer der Zecher überschwänglich.

»Nein! Venus selbst huldigt er! Wo sonst könnte Schönheit so vollkommen sein, wenn nicht im Himmel!«, brüllte ein anderer.

»Und wenn ihm der Himmel verschlossen bleibt? Wer erlöst ihn dann von seiner Liebespein?«, fragte ein Dritter.

»In dem Fall wird er wohl mit der Frau des Wirtes vorliebnehmen müssen«, meinte Wolfger von Erla mit spitzer Zunge und erntete für seinen Witz tobenden Beifall. »Ein Hoch auf den begnadetsten Sänger zwischen Rhein und Donau! Ein Hoch auf *Walther von der Vogelweide*!«, forderte er begeistert und alle stimmten ein. »Schaut nicht beleidigt drein, Bruder Schankmeister. Es war nur ein Spaß. Tragt auf, was die Küche zu bieten hat und lasst uns fröhlich sein«, rief er dem Wirt ausgelassen zu, worauf sich dessen verdrossene Miene sogleich wieder aufhellte.

Speisen jedweder Art wurden kredenzt, die Matthias, Isabeau und Marie das Wasser im Munde zusammenlaufen ließen.

Unerwartet trat ein Mann an ihren Tisch. »Verzeiht mir, edle Frau! Der Bischof von Passau bittet Euch und Eure Begleiter an seine Tafel. Er glaubt, Euch zu kennen, und würde mit Euch gern ein paar Worte wechseln«, bat er höflich.

Bestürzt und mit hochrotem Kopf wies Isabeau auf ihr einfaches Gewand. »Der Bischof muss sich irren. Seht ihr nicht, dass ich ein einfaches Weib bin?«

Wieder ballte Matthias die Fäuste und war versucht, sich auf den Mann zu stürzen, um sie mit allen Mitteln zu verteidigen.

»Edle Frau, der Bischof liebt drei Dinge: Gesang, Speise und Trank. Er ist ein friedfertiger Mensch. Ihr müsst ihn nicht fürchten. Außerdem besitzt er ein hervorragendes Gedächtnis. Was das Gesicht eines Menschen betrifft, irrt er sich niemals«, erwiderte er vielsagend.

Widerwillig folgen sie der Bitte. Nicht ganz zufällig rutschten drei Gefolgsleute Wolfger von Erlas auf der Bank zur Seite, sodass sie gezwungen waren, neben ihm Platz zu nehmen.

Marie quollen die Augen über. So viel Essen auf einem Tisch hatte sie noch nie zu sehen bekommen. Verschüchtert schaute sie zum Bischof. »Greif zu, Mädchen. Lass es dir schmecken«, ermutigte er sie und brüllte vor Vergnügen, als sie ihren Mund vollstopfte, bis sie nicht mehr kauen konnte.

»Vielen Dank, hochwürdigster Bischof, dass Ihr mich und die Meinen an Eurer Tafel speist«, sagte Isabeau und senkte ergeben das Haupt. »Wir sind einfache Leute. Womit haben wir diese Ehre verdient?«

»Ihr könnt mich nicht täuschen, mein Kind. Euer Gesicht ist mir bekannt. Ihr seid Isabeau, die Gräfin von Wartenstein«, sagte er mit einem hintergründigen Schmunzeln.

Ihr Innerstes erstarrte. Sie befürchtete, ergriffen zu werden. Während Marie verblüfft die Bissen aus dem Mund fielen, umklammerte Matthias den Griff eines Fleischmessers, das auf dem Tisch lag, und erhob sich von der Bank. Er war auf das Schlimmste gefasst.

»Habt keine Angst. Wolfger von Erla ist eine freimütige Seele. Redliche Menschen haben nichts von ihm zu befürchten. Ich kenne ihn seit Jahren und habe mehr als einmal Witze über ihn gerissen. Und schaut: Ich lebe noch«, meldete sich Walther von der Vogelweide verschmitzt zu Wort und biss in eine Fasanenkeule.

»In der Tat!«, rief einer aus der Meute. »Für seine Spötteleien bekam er heute vom Bischof sogar fünf *Goldsolidi* geschenkt, damit er sich für den bevorstehenden Winter einen wärmenden Pelzmantel zulegen kann. Ja, ist das denn zu fassen?«

Herzhaftes Gelächter folgte und der Ruf an den Wirt: »Unsere Becher sind leer, hol uns noch mehr!«

Eben noch heiter nahm die Stimme des Bischofs einen besonnenen Ton an. »Besucht mich morgen um die Mittagszeit in der hiesigen Kirche, Gräfin. Sie gehört zu meinem Bistum. Ich lege in Zeizemûre immer eine Rast ein, wenn ich die Mark Ostarrîchi bereise. Vertraut Euch mir an. Wie Walther sagte, Ihr müsst nichts befürchten. Möglicherweise kann ich Euch sogar helfen. Doch jetzt esst und trinkt und lasst uns lustig sein.«

Verschämt legte Matthias das Messer aus der Hand. Er hatte sich in Wolfger von Erla geirrt. Hätte er mit der Klinge um sich gestochen, wären ihre Leben verwirkt gewesen. Dabei hatte er nur Isabeau beschützen wollen, wie er es geschworen hatte. Sich selbst rügend nahm er sich vor, in Zukunft besonnener zu handeln.

Der Abend wurde lang und unterhaltsam. Erst nach Mitternacht verließen die letzten Zecher das Gasthaus. Matthias fand mit seinen Schutzbefohlenen einen Schlafplatz in der benachbarten Scheune, wo es im Stroh angenehm warm war und herrlich duftete.

Marie hatte etwas auf dem Herzen und wirkte unsicher. »Ich wusste nicht, dass du eine Edelfrau bist. Muss ich dich ab heute mit deinem Titel ansprechen, so wie der Bischof es tat?«, fragte sie.

»Mitnichten, mein Sonnenschein. Für dich bleibe ich immer eine Freundin«, flüsterte Isabeau leise und schilderte ihr das Unrecht, das ihr widerfahren war. Dann schlummerten sie eng umarmt ein.

Der Gefolgsmann, der sie am vergangenen Abend an den Tisch des Bischofs gebeten hatte, führte Matthias, Isabeau und Marie in die Sakristei. Hier trafen sie wieder auf Wolfger von Erla und Walther von der Vogelweide.

Das geräumige Nebengelass besaß ein großes Fenster ohne Verglasung, dessen gerundeter Sturz in der Mitte von einer schmalen Säule getragen wurde. Da die hölzerne Lade zum Verschließen weit offenstand, flutete das Licht der Mittagssonne herein. Bunte Wandteppiche, auf denen Kolomans Martyrium zu bestaunen war, schmückten die Wände. Neben der Eingangstür stand ein kleiner Altar mit einem gekreuzigten Christus. Den Mittelpunkt des Raums bildete ein wuchtiger Tisch aus Eichenholz, um den sich mehrere Schemel gruppierten. Hier ließen sich die Ankömmlinge nieder. Walther nahm neben dem Bischof Platz, der es sich auf einem klobigen Lehnstuhl an der Stirnseite bequem gemacht hatte.

Detailreich schilderte Isabeau ihre Flucht von der Burg Wartenstein und die erlittene Schmach durch ihren Schwager Rudolf. Besonders hob sie die mutige Hilfe von Matthias hervor, ohne den sie noch immer im Kerker sitzen würde.

Geduldig lieh Wolfger von Erla ihr sein Ohr und meinte mitfühlend: »Dass Philipp von Schwaben auf die Hinterlist Eures Schwagers hereinfiel, ist bedenklich. Er ist zu vertrauensselig. Ein Makel, der an Einfalt grenzt, und ihm hoffentlich nicht eines Tages zum Verhängnis wird. Was Euch betrifft, erscheint die Lage schwierig. Zurück nach Schwaben könnt Ihr nicht und auf dem Weg zu Eurem Gemahl ins Heilige Land lauern ungeahnte Gefahren. Ich kann Euch meinen Schutz anbieten. Zumindest auf einem Teil Eurer Reise. Auf Philipp kann ich nicht einwirken, da ich in eigener Mission unterwegs bin und, so Gott will, nie nach Passau zurückkehre. Der Patriarch von Aquileia, *Pilgrim von Dornberg*, liegt im Sterben. Ich habe die Absicht, dessen Amt zu übernehmen. Allerdings bin ich nicht der einzige Bewerber. Da es eine Abstimmung für das Amt geben wird, muss ich vor Ort präsent sein, um meine Interessen zu wahren. Meine Leibwache und einige Ordensbrüder stehen mir zur Seite. Auch mein Sohn Ottokar begleitet mich.« Er wies auf den Mann, der sie zuvor empfangen hatte.

»Ihr habt einen Sohn?«, fragte Isabeau verwirrt, da sich dies mit dem Zölibat nicht vereinbarte.

Wolfger lachte verständnisvoll. »Ich war nicht immer ein Diener der Kirche. Im Frühling meines Lebens nahm ich ein anmutiges Mädchen zur Frau. Ottokar ist das Zeichen der tiefen Liebe, die wir füreinander empfunden haben. Erst als Gott sie zu sich berief, wählte ich das Leben eines Mönches. Nun bin ich Bischof und er ist mein Protonotar, der mich berät und meine Geschäfte regelt. Auch die Kosten meiner Reisen behält er stets im Auge. Jeden ausgegebenen *Solidus* trägt er gewissenhaft in sein Büchlein ein.«

»Demzufolge bin ich für das gestrige Geldgeschenk nicht nur Euch zum Dank verpflichtet, sondern noch viel mehr Eurem Sohn«, stellte Walther augenzwinkernd fest.

Wolfger runzelte verwirrt die Stirn. »Wieso?«

»Ein Ritter von niederem Geblüt, wie ich es bin, darf kaum erwarten, in die Annalen der Geschichte einzugehen. Mein Name wird nach meinem Tod rasch vergessen sein. Jetzt tauche ich wenigstens als fahrender Sänger in einer Eurer Rechnungen auf.«

»Haha«, lachte Wolfger und schlug sich auf die Schenkel. »Ein Schelm, der das spricht. Macht Euch nicht kleiner, als Ihr seid, mein Freund. Euer niederer Adelsstand tut nichts zur Sache. Mit Euren Liedern seid Ihr bereits zu Lebzeiten eine Legende.«

»Ihr preist mit Euren Reimen ritterliche Tugenden, so hörte ich …«, sagte Isabeau zu Walther.

»Oh nein!«, fiel ihr Wolfger ins Wort und schmunzelte. »Offenbar habt Ihr seinen Gesang im Wirtshaus nicht richtig verstanden. Von ritterlichen Tugenden war da keine Rede. Eher von sündhaftem Treiben.«

Isabeau errötete und ärgerte sich über ihre vorschnellen Worte.

»Meine Verse handeln nicht vom höfischen Gehabe eines Ritters zu einem Edelfräulein. Ich bin nicht *Reinmar von Hagenau*, bei dem ich einst in die Lehre ging. Ich singe über die wahren Gefühle im Leben: Begehren, Sehnsucht und Leidenschaft. Lodernde Feuer, die gleichermaßen in der Seele von Mann und Weib brennen«, versuchte Walther richtigzustellen.

»Leider ist er ein unverstandener Künstler. Seit er am Hof der Babenberger in Wien wegen seiner freizügigen Reime und anderer Unbotmäßigkeiten in Ungnade fiel, zieht er durch das Land. Ich habe ihm vorgeschlagen, mit mir nach Aquileia zu reisen, aber er hat abgelehnt«, erklärte Wolfger die Lage Walthers.

»Unbotmäßigkeiten? Was meint Ihr damit?«, fragte Isabeau irritiert.

»Er will andeuten, dass ich mich zu viel mit Politik beschäftige«, gab Walther freimütig zu.

Wolfger nickte zustimmend. »So ist es. Er wettert viel über die gewalttätigen Zeiten und tadelt Fürsten und Könige für ihr kriegerisches Handeln. Selbst der Papst in Rom und die Kreuzzügler bleiben von ihm nicht verschont. Er preist die Herrlichkeit des Heiligen Landes und fordert Nachsicht gegenüber den Juden und Heiden, die dort ebenfalls die Wurzeln ihrer Religionen sehen. Außerdem fordert er Philipp von Schwaben öffentlich auf, die Kaiserkrone aufzusetzen. Das gefällt selbstredend nicht jedem Fürstenhaus.«

»Ihr solltet das Angebot annehmen und den Bischof nach Aquileia begleiten. Hier seid Ihr nicht sicher«, versuchte Isabeau Walther umzustimmen. Er war ein Freigeist und die lebten bekanntlich gefährlich in einer Welt abgesteckter Grenzen und Freiheit raubender Regeln. »Es würde mich traurig stimmen, wenn mir zu Ohren käme, Euch wäre Schlimmes widerfahren. Ich liebe Euren Gesang und Eure feinsinnigen Texte.«

Er lächelte gequält. »Selbstverständlich ist seine Einladung verlockend. Über mein Murren und Schelten sieht er beflissen hinweg, weil er in vielen Dingen die Welt begreift, wie ich es tu. Trotzdem zieht es mich nicht nach Süden. Bis Wien folge ich dem Tross, dann trennen sich unsere Wege.«

Wolfger von Erla bedauerte die Entscheidung seines Freundes offensichtlich. »Er hat in den vergangenen fünf Jahren Frankreich und Italien bereist. Jetzt plagt ihn das Heimweh. Dagegen ist kein Kraut gewachsen. Trotzdem geht das Leben weiter. Morgen früh bei Sonnenaufgang brechen wir auf. Wenn Ihr mitkommen wollt, findet Euch mit Euren Gefährten pünktlich vor dem Portal der Kirche ein.«

Plötzlich sprang Matthias wie von der Tarantel gestochen auf. Irgendetwas hatte sein Augenmerk erregt. Die ganze Zeit über hatte er wortlos die Gespräche der anderen verfolgt. Nun entsprang seiner Kehle eine gellende Schimpftirade, die alle erschrocken zusammenzucken ließ. »Hinterlistiger Mistkerl! Hundsfott, elendiger! Jetzt erwische ich dich endlich!«, rief er erbost und zwängte sich durch das Fenster ins Freie.

»Hat ihn die Tollheit gepackt?«, fragte Wolfger verblüfft.

Ein Blick hinaus brachte Isabeau rasch die Antwort. »Er hat Utz gestellt. Das ist der Dieb, der uns gestern unseres Geldes beraubt hat.« Sie verließ die Sakristei und eilte nach draußen.

Matthias hatte den Schuft bereits vom Bock des Fuhrwerks heruntergerissen – irgendwo in der Siedlung musste er genächtigt haben. Nun wälzte er sich mit ihm keuchend am Boden und rang um die Oberhand. »Rück sofort unsere dreißig Silberpfennige heraus, Spitzbube, oder ich breche dir das Genick«, drohte er.

Als Antwort erhielt er einen Hieb auf die Nase, die sogleich zu bluten begann. Wütend ballte er die Hand zur Faust und schlug zurück. Dabei traf er den Mund des diebischen Händlers, der aufjaulte und einen Zahn ausspuckte.

So mutig und kämpferisch hatte Isabeau Matthias nur gegen die bayerischen Zöllner erlebt. Der sonst mit einem sanften Wesen beseelte Schmied zeigte sich als unerbittlicher Streiter, um das von Utz gestohlene Eigentum zurückzufordern. Erst in diesem Augenblick begriff ihr Verstand, dass der Schmied sie niemals ihrem Schicksal allein überlassen würde. Eine Erkenntnis, die ihr Herz schneller schlagen ließ.

»Schluss mit der Keilerei! Ihr steht vor dem Haus Gottes!«, rief Wolfger von Erla, der als Letzter zu ihnen gestoßen war. »Erkläre dich, Fuhrmann. Hast du sie ihres Geldes beraubt?«

Utz rappelte sich vom Boden auf und stammelte bloß unverständliche Worte.

»Rede endlich! Du stehst vor dem Bischof von Passau! Und wage es nicht zu lügen, sonst hängst du noch vor Sonnenuntergang an der Linde, unter der wir stehen«, herrschte ihn Ottokar stimmgewaltig an.

Das zeigte Wirkung. Utz fiel vor Wolfger auf die Knie, kramte unter seinem Wams den stibitzten Beutel mit den Münzen hervor und legte ihn vor dessen Füße. »Es ist wahr, was er spricht. Ich bin schuldig und bitte um Gnade, hochwürdigster Bischof«, bettelte er weinerlich.

»Auf Räuberei steht der Tod am Galgen. Durch deine Missetat hast du das Leben der Bestohlenen in Gefahr gebracht. Wenn du also um Gnade winselst, tu es nicht bei mir, sondern bei ihnen«, erwiderte Wolfger abweisend.

»Bitte tötet mich nicht. Ich stahl zum ersten Male und schwöre bei Gott, nie wieder anderen Menschen Schaden zuzufügen«, versicherte er. Tränen liefen ihm über das blutverschmierte Gesicht. Mit schlotternden Knien erwartete er die Antwort seiner Richter. Matthias strich sich mit der Hand über die schmerzende Nase und suchte unentschlossen Isabeaus Augen. Ihre Blicke trafen sich. Der jungen Frau stockte der Atem. Bestürzt wurde ihr bewusst, dass sie über Leben oder Tod des Mannes entscheiden sollte. Ob er weiter atmen durfte oder an einem Strick hängend qualvoll sein Ende fand. Ihr Innerstes sträubte sich dagegen. Sie hasste Hinrichtungen. In ihrer Erinnerung hatten sie nur weiteres Leid hervorgebracht.

So war es Marie, die mit einfachen Worten ihre kindliche Seele sprechen ließ und ein Urteil fällte. »Ein Richter in Regensburg ließ mir vom Henker eine Hand abschlagen, weil ich einem Bäcker Brot aus den Händen riss, ohne zu bezahlen. Trotzdem hat der Herrgott mich nicht verstoßen und mir sogar eine neue Familie geschenkt. Wenn er mir verziehen hat, kann ich es auch tun.«

»Beherzt gesprochen, kleines Mädchen«, sagte Wolfger von Erla erstaunt und wandte sich an den Fuhrmann. »Du hast es gehört. Zieh deiner Wege und stiehl hinfort nicht mehr. Aber spute dich, sonst überlege ich es mir vielleicht anders.«

Sichtlich erleichtert stieg Utz auf den Kutschbock seines Pferdewagens. »Hab Dank, dass du dich meiner erbarmt hast. Christus möge dich beschützen«, sagte er beschämt zu Marie. Dann knallte er mit der Peitsche und die Pferde setzten sich in Bewegung. Kurze Zeit später war er verschwunden.

Kapitel 5
Unterwegs nach Venedig

Wien, die Residenzstadt der Babenberger, empfing Wolfger von Erla nicht mit offenen Armen. Nur aus Gründen des Anstands bat er bei *Herzog Leopold* um eine Audienz, doch der ließ sich als unpässlich entschuldigen. Es war für Isabeau ein offenes Geheimnis, dass sich beide aufgrund ihrer politischen Gegensätze nicht mochten. Ihre Gespräche endeten immer im Streit. Der Bischof hatte ihr davon erzählt. Deshalb wunderte es sie auch nicht, dass ihn die Absage nicht berührte. Sicher war er froh, sich nicht mit ihm unterhalten zu müssen.

Das aufstrebende Wien wurde durch die Kreuz- und Pilgerzüge ins Heilige Land von Jahr zu Jahr wohlhabender. Insbesondere der Dom, vor einem halben Jahrhundert dem heiligen Stephan geweiht, zeugte von der Bedeutung der Stadt. Gern hätte Isabeau dem mächtigen Bauwerk, das die umliegenden Häuser winzig erscheinen ließ, einen Besuch abgestattet und ein Gebet gesprochen. Leider hatte es Wolfger sehr eilig. Ihn trieb es nach Aquileia. Deshalb gab er die Order aus, ohne weiteren Zeitverlust nach Semmering aufzubrechen.

Sie ließen das Wiener Umland hinter sich und zogen durch eine von Hügeln geprägte Landschaft. Am dritten Tag wuchsen diese auf die Größe von Bergen an. Der Tross überquerte steile Pässe, auf denen zuweilen schon Schnee lag. Seine Spitze und die Nachhut bildete stets die gepanzerte Leibwache des Bischofs. Zwischen ihnen fuhr geschützt dessen vierspännige Kutsche, gefolgt von den Maultieren einiger Bediensteter. Auch Isabeau und Matthias, denen Wolfger zwei Tiere überlassen hatte, befanden sich unter ihnen. Marie, die hinter

Isabeau saß und sich an ihr festklammerte, fand Gefallen daran. Zu reisen, ohne sich die Füße blutig zu laufen, war für sie eine neue, wunderbare Erfahrung.

Wolfger suchte das Gespräch mit Isabeau, die zur Kutsche aufgeschlossen hatte. »Euer Gemahl vertrat mir gegenüber nie die Ansicht, einen Glaubenskrieg führen zu müssen. Blutvergießen war ihm zuwider. Umso mehr erstaunte mich seine Entscheidung, am Kreuzzug gegen die Sarazenen teilzunehmen. Seid Ihr imstande, diesen Widerspruch aufzuklären?«

»Das Tragische ist, dass mir zu wenig Zeit blieb, tiefer in seine Seele zu blicken. Wenige Tage nach meinem Jawort brach er ins Heilige Land auf, um die Gabe Gottes zu finden und eine alte Schuld zu tilgen. Bis heute ist es mir ein Rätsel geblieben, welche Bewandtnis es mit seinen Worten hat. Mehr hat er mir nicht offenbart. Seinen Entschluss musste ich akzeptieren.«

»Er begab sich auf die Suche nach der Gabe Gottes? Das verstehe ich nicht. Zweifelte er, ein guter Christ zu sein? Andererseits gibt es keinen heiligeren Ort als Jerusalem, um mit sich selbst ins Reine zu kommen.«

»Wisst Ihr vielleicht, was sich hinter seiner Absicht verbirgt, höchstwürdiger Bischof?«

»Euer Gemahl ist ein zwiespältiger Mann. Das weiß ich aus den Disputen, die wir miteinander geführt haben. Vermutlich lässt ihn das Mitleidlose und Grausame in der Welt alle Hoffnung verlieren«, antwortete Wolfger.

»Welche Hoffnung?« Isabeau verstand kein Wort von dem, was der Bischof ihr zu erklären versuchte.

»Die Zuversicht, am Tag des Jüngsten Gerichts ins Paradies aufzusteigen. Um die Prüfung bestehen zu können, bedarf es der Gabe des Allmächtigen, welche die Menschen erkennen und sich zu Eigen machen müssen«, erwiderte er. »*Denn aus Gnade seid ihr durch den Glauben gerettet, nicht aus eigener Kraft. Gott hat es geschenkt, nicht aufgrund eurer Werke, damit keiner sich rühmen kann*«, zitierte er aus dem Neuen Testament.

Diese Sichtweise befremdete Isabeau noch mehr. »Also sucht er nach dem Sinn des Glaubens?«

»Möglicherweise. Gegebenenfalls auch nach der Errettung seiner Seele oder der eines nahestehenden Menschen vor den Höllenqualen. Schließlich sprach er von einer Schuld, die zu tilgen sei. Über die Auslegung der Worte des Apostels Paulus in seinem Brief an die *Epheser* streiten die Kleriker seit tausend Jahren«, erklärte ihr Wolfger. »Ihr werdet ihn fragen müssen, wenn Ihr im Heiligen Land auf ihn trefft.«

Am Abend legten sie im Hospiz von Semmering inmitten der Steirischen Mark eine Rast ein. Im Jahr 1160 gegründet und von Mönchen verwaltet, diente es als Unterkunft für Pilger und Reisende sowie dem Schutz vor Räubern, die in den umliegenden Wäldern angeblich zahlreiche Schlupfwinkel besaßen.

Nach dem Morgenmahl zogen sie weiter. Wegelagerer lauerten ihnen nicht auf. Wohl wegen der gepanzerten Leibwache, die ihnen den Garaus gemacht hätte. Nach drei Tagen erreichten sie ohne einen nennenswerten Vorfall den Ort Judenburg, dessen Name auf einen jüdischen Handelsposten zurückging.

In einer Herberge fanden sie Unterkünfte für die Nacht. Der Wirt witterte ein gutes Geschäft und stellte zum Abendmahl den zartesten Braten und den besten Wein auf den Tisch. Unter den Gästen befanden sich auch zahlreiche Juden, die über ihre Geschäfte debattierten. Für Wolfger von Erla ein Grund, sich früher zur Ruhe zu begeben. Da er ihr Volk für die Kreuzigung des Heilands verantwortlich machte, legte er keinen großen Wert auf ihre Gesellschaft.

Anders Isabeau und Matthias. Sie suchten deren Nähe. Nachdem sie Marie in den Schlaf gesungen hatten, kehrten sie in die Schenke zurück, um mit einem von ihnen ins Gespräch zu kommen. Sie hofften, Einzelheiten über das Heilige Land zu erfahren. An einem Tisch in einer Ecke saß ein älterer Mann mit einem langen Bart. Er trug einen dunklen Mantel und einen breiten Schlapphut auf dem Kopf. Genüsslich nippte er an einem Weinkelch.

»Verzeih, dass wir dich stören. Dürfen wir dir Gesellschaft leisten?«, fragte Matthias höflich.

Der Alte musterte beide und nickte zustimmend. »Mein Name ist David und ich verdiene mein Geld durch den Handel mit *Speik*. Möchtet ihr welches erwerben?«, sagte er freiheraus.

»Als Kaufmann bist du sicherlich oft unterwegs«, mutmaßte Isabeau und setzte sich ungezwungen neben ihn. Auch Matthias nahm Platz.

»In der Tat«, erwiderte er leichthin.

»Dann bist du der Richtige für unser Anliegen«, bekundete sie ihr Interesse an seinen Erfahrungen.

»Womit kann ich euch sonst dienen, wenn ihr kein Speik wollt?«

»Mein Name ist Isabeau«, stellte sie sich vor. »Mein Begleiter Matthias und ich sind auf dem Weg nach Venedig und beabsichtigen, über das Meer ins Heilige Land zu reisen. Die Seefahrerei ist für uns ein Buch mit sieben Siegeln. Welches Schiff müssen wir wählen, damit wir unser Ziel erreichen?«

David lächelte hintergründig. »Ich hätte schwören können, er sei dein Gatte.«

Isabeau errötete. »Mein Ehemann? Wie kommst du darauf?«

»Es sind die Blicke, die er dir schenkt«, antwortete er tiefsinnig. »Sie verraten mir vieles.«

Irritiert schaute sie zu Matthias, doch der zuckte bloß mit den Schultern. »Ich weiß nicht, was er damit andeuten will«, sagte er. In Wahrheit war er über die Worte des Juden bestürzt. Der hatte tief in sein Innerstes geschaut und etwas entdeckt, was ihn selbst in der Seele entzweite. Seit der Nacht auf dem Floß, als er sich über Isabeau und Marie geworfen hatte, um sie mit seinem Leib vor dem Pfeilhagel zu beschützen, wuchs in seinem Herzen ein Gefühl, das ihn zuweilen betrübte und ebenso beglückte. Jeden Tag zog es ihn mehr hin zu der Frau an seiner Seite, obwohl sie verheiratet und von adligem Geblüt war. Das stand ihm überhaupt nicht zu, was seinen inwendigen Kampf weiter nährte. Sie durfte nichts davon wissen. Die Furcht, von ihr verlacht zu werden, war groß. Sie einfach nur glücklich zu sehen, war ihm Lohn genug.

»Ich wollte euch nicht kränken. Manchmal schlagen meine Worte über die Stränge«, entschuldigte sich David. »Was eure Frage angeht, so sucht euch ein Segelschiff, dessen Ziel Konstantinopel heißt. Dort angekommen folgt der Handelsstraße nach Anatolien und weiter zur Stadt Antiochia bis nach Jerusalem.

Meidet Boote, deren Kurs auf geradem Weg ins Heilige Land führt. Das Meer ist entlang der kilikischen Küste und der Insel Zypern mit räuberischem Gesindel verpestet. Sie überfallen und plündern vorbeiziehende Schiffe, töten die Männer und verkaufen die Frauen als Sklavinnen an die Sarazenen.«

Isabeaus Gesicht wurde blass. Falten gruben sich in ihre Stirn. Der Gedanke, Piraten und Sklavenhändlern in die Hände zu fallen, schien ihr nicht zu gefallen. »Wir sind dir zu Dank verpflichtet und werden deine Hinweise beherzigen«, versprach sie.

»Trinkt ein Gläschen Wein mit mir. Er ist koscher und erheitert das Gemüt. Vielleicht möchtet ihr ja doch ein Fläschchen Speik kaufen.«

»Der Begriff ist mir gänzlich unbekannt. Was hat es damit auf sich?«, fragte Matthias. Auch Isabeau war der Name nicht geläufig.

David hob verwundert die Augenbrauen. »Ihr müsst von weit her kommen, dass ihr ihn nicht kennt. Speik ist ein wohltuendes Öl. Es wird aus den Wurzeln des norischen Baldrians gewonnen. Er wächst auf den Wiesen hoch oben in den umliegenden Bergen. Könige, Sultane, ja selbst euer Erlöser, Jesus Christus, wurden mit ihm gesalbt. Er heilt Wunden, kräftigt den Leib, wirkt beruhigend auf den Geist und mindert Ängste«, behauptete er.

Isabeau staunte. »Er belebt Leib und Seele? Was kostet das Öl?«

Aus seiner Manteltasche brachte David eine zierliche Phiole mit braunem Inhalt zum Vorschein. »Für einen Silberpfennig gehört es dir. Verkaufst du es in Palästina, erhältst du das Fünfundzwanzigfache dafür. Es ist als Medizin bei den Mächtigen des Ostens hochbegehrt.«

Die bereitwilligen Auskünfte und das offene Wesen des Mannes gefielen Isabeau. »Ein Silberpfennig ist viel Geld für einen Fingerhut voll Öl«, erwiderte sie. »Gleichwohl vertraue ich dir. Wenn es wirkt, wie du sagst, kann es auf unserer Reise hilfreich sein. Gib ihm das Geld, Matthias.«

Die Ware wechselte den Besitzer und verschwand im Beutel des Schmieds.

In der folgenden Nacht schliefen sie tief und friedlich. Wohl eine Laune des Weins, den sie zusammen mit David getrunken hatten.

Der Tross zog weiter und durchquerte Kärnten, das in den Händen des Herzogs Bernhard von Spanheim lag. Zwei Tage später gelangten sie nach Friesach, welches aufgrund der umliegenden Silberminen eine der bedeutendsten Münzstätten betrieb. Nach einer nächtlichen Rast in den Wäldern trafen sie in Villach ein. Die Stadt, umgeben von Bergen, Seen und Flüssen, unterstand dem Bistum Bamberg. Eine bischöfliche Insel umgeben von Spanheimer Land.

Der örtliche Gasthof war sauber und das Essen genießbar. Wolfger von Erla ließ mit seinen Männern in der Schankstube wieder Wein und Gesang hochleben. Das Gejohle und laute Gelächter heißerer Kehlen drangen bis unters Dach, wo Matthias, Isabeau und Marie ihre Schlafstatt gefunden hatten.

Über zwei Wochen waren seit ihrem Aufbruch aus Melk vergangen. Maries Armstumpf hatten sie unterwegs mehrmals mit frischen Leinenbinden umwickelt. Nun war es an der Zeit, den Verband endgültig zu entfernen. Die Vernarbung wies keinen Eiter auf, zeigte eine hellrosa Farbe, und fühlte sich weich an. Um die Naht löste sich überall der Grind. Vorsichtig entfernte Isabeau den dünnen Faden aus Rosshaar. Noch war die Stelle empfindlich. Als Marie sie mit den Fingern betastete, kam ihr ein kurzer Schmerzensschrei über die Lippen. Vorausschauend hatte Matthias aus einem Hasenfell einen Handschuh ohne Fingerlinge angefertigt, der mit weichen Daunen gefüllt war. Er würde ihr in den kommenden Wochen Schutz vor schmerzhaften Stößen und winterlicher Kälte bieten.

Sie weihte das neue Kleidungsstück gleich ein und drückte danach Isabeau und Matthias fest an ihre Brust. »Ich möchte euch beiden danken. Ohne euch wäre ich sicher gestorben. Und ich preise Gott, dass er euch zu mir geschickt hat. Ich werde die Güte, die ihr mir geschenkt habt, niemals vergessen und hoffe, sie euch eines Tages zu vergelten.«

Am nächsten Morgen wandte sich die bischöfliche Karawane nach Süden. Vor Einbruch der Nacht traf sie in Tarvisio ein. Der Ort im *Friaul*, gegründet zu Zeiten der alten Römer, gehörte heute, wie Villach, zum Bistum Bamberg.

Nach vier weiteren Tagen standen die Reisenden vor der wehrhaften Mauer Aquileias. Hinter ihr erhob sich weithin sichtbar die

Basilika Santa Maria Assunta. Die Luft war frisch und salzig. Das Mittelmeer war greifbar nahe. Mit Wolfger von Erlas Kutsche an der Spitze zogen sie in die Stadt ein.

Die Nacht verbrachten sie in einer Herberge. Dort erreichte sie die Nachricht, dass der Patriarch bettlägerig sei und im Spital gepflegt werde. Wolfger von Erla atmete erleichtert auf, hatte er doch befürchtet, zu spät zu kommen. Noch am Vormittag ersuchte er mit Ottokar und Isabeau um eine Audienz, die der Patriarch ihnen gewährte. Leisen Schrittes betraten sie die Kammer des Kranken und blickten in dessen bleiches Antlitz.

Pilgrim von Dornberg öffnete mühsam die Augen. »Ihr seid es, geschätzter Wolfger. Mein Brief hat euch also rechtzeitig erreicht«, grüßte ihn der alte Mann mit schwacher Stimme von seinem Lager.

»Höchstwürdigster Patriarch, ich eilte hierher, so schnell es meine Pferde zuließen, um dem Wunsch eines Treffens nachzukommen. Ich bin froh, Euch am Leben zu sehen, da die Nachricht mich Gegenteiliges befürchten ließ«, erwiderte der Bischof.

»Ihr lasst Euch von einem Trugbild täuschen, weil Ihr das Schlimmste erwartet habt. Seid gewiss, der Tod wird mich von meinem Amt bald abberufen. Mein Medikus behauptet zwar, ich könne mit etwas Glück den nächsten Frühling erleben, trotzdem verlangt es mich nicht danach. Die Erlösung von meiner Pein wäre mir heute lieber als morgen.«

Ein Bediensteter, ein junger Mönch, der dem Patriarchen am Krankenbett zur Seite stand, entfernte auf einen Wink Pilgrims hin die wärmende Decke.

Wolfger von Erla, Ottokar und Isabeau erschauerten vor dem Anblick. Pilgrims Glieder verfaulten bei lebendigem Leibe. An Händen wie Füßen fehlten zahlreiche Finger und Zehen. Die wenigen, die verblieben waren, zerfraß eine Seuche und färbte sie rabenschwarz. Isabeau, die sich im Hintergrund hielt, hatte Ähnliches bereits in Lothringen gesehen. Sie ereilte ein Verdacht, um welche Krankheit es sich handeln könnte und erschrak bei dem Gedanken bis ins Mark. Doch sie lag falsch.

»Habt keine Angst und tretet näher, es ist nicht der Aussatz, an dem ich leide. In mir brennt das *Antoniusfeuer*«, sagte er. »Dieses Jahr wütet es besonders schlimm. Viele Bewohner der Stadt *Cividale*, in der ich mich lange aufgehalten habe, sind bereits gestorben. Man munkelt, der Roggen der letzten Ernte sei verdorben. Mein Medikus rät mir, in der Nähe der Küste zu bleiben. Die Meeresluft täte meinem siechen Leib gut. Daher bin ich für die Zeit, die mir noch bleibt, nach Aquileia zurückgekehrt. Ich hadere nicht mit meinem Schicksal, da ich schon lange auf dieser Welt wandle. Mein Leben hat sich erfüllt. Wenn Gott mich zu sich ruft, werde ich ihm in Freude folgen.«

»Derartige Gebrechen begegnen mir zuweilen auch in Bayern. Der Gedanke, die Ursache sei in vergiftetem Roggenmehl zu suchen, finde ich interessant. Ich ziehe sie der Meinung mancher Kleriker, das Übel sei ein Werk des Teufels, vor«, sprach Wolfger.

»Ihr seid ein gemäßigter Mann, der für den Glauben streitet und nicht in religiösen Wahn verfällt, ganz wie ich vermutet hatte. Ich würde Euch gern als meinen Nachfolger sehen.« Seine Worte klangen belegt. Offensichtlich klebte ihm die Zunge am Gaumen.

Unaufgefordert hob ihm der junge Mönch einen Kelch mit Wasser an die Lippen.

»Einst gründeten die Römer diese Stadt«, fuhr er hüstelnd fort. »Ihre erste Blüte erlebte sie vor über tausend Jahren, bis die heidnischen Hunnen kamen und sie niederbrannten. Es folgten Jahrhunderte des Niedergangs. Seitdem schmolz die Zahl der Einwohner wie der Schnee im Frühling und ist mit dreitausend Seelen noch immer ein Schatten ihrer selbst. Andererseits war das Patriarchat von Aquileia in der Zeit des Verfalls immer eine inspirierende Quelle.« Er begann zu husten. Auswurf lief ihm aus dem Mund, den der Mönch mit einem Tuch entfernte. »Eine Quelle, die das Wort Gottes in die Länder des Nordens und Ostens trug und verbreitete. Heute wirkt der Einfluss meines Amtes in Politik und Handel weit über seine Grenzen hinaus. Selbst in Rom und Konstantinopel genießt es hohes Ansehen. Manchmal müssen große Dinge erst Schiffbruch erleiden, um später, mächtiger denn je, aufzuerstehen. Den Anfang habe ich bereitet. Jetzt liegt es an Euch, geschätzter Freund, meine Mission fortzusetzen. Führt Aquileia zu neuer Blüte, nachdem die Wahl entschieden ist.« Seine tief in den Höhlen versunkenen Augen blickten den Bischof bedeutsam an. »Seid frohen Mutes. Die Mitglieder meines Domkapitels sind Euch zugetan und werden ihre Hilfe nicht versagen. Alles andere liegt in Gottes Hand.«

»Ich werde Euch nicht enttäuschen. Wenn das Los mich trifft, setze ich Euer Werk fort«, versprach Wolfger.

Pilgrim, der erst jetzt bemerkte, dass ein dritter Gast anwesend war, reckte mühsam den Kopf nach oben. »Sprecht, wer ist die junge Frau an Eurer Seite?«, fragte er. »In ihrem Antlitz liegt die Erhabenheit eines Engels, die mir das Herz rührt.«

»Es ist die Gräfin von Wartenstein aus dem Herzogtum Schwaben. Sie reist zu ihrem Gemahl ins Heilige Land, wo er für Gott gegen die Sarazenen kämpft«, verriet ihm Wolfger.

»Dass sie ihrem Mann in den Glaubenskrieg folgt, ist ungewöhnlich. Offenbar ist es ein Zeichen tiefer Treue. Sie soll sich nach *Grado* begeben. Es liegt nur drei Wegstunden entfernt. Dort findet sie im Hafen schnell ein Schiff, das sie nach Venedig bringt. Doch es ist spät im Jahr ...« Ermattet brach seine Stimme ab.

»Ihr müsst nun gehen. Der Patriarch ist geschwächt«, bat der junge Mönch um Verständnis.

Grübelnd verließen sie das Spital. Der Bischof von Passau hatte den Segen für das angestrebte Amt erhalten, worüber sein Sohn erleichtert war, und Isabeau einen wichtigen Hinweis für ihre Weiterreise bekommen. Was Pilgrims letzte Worte betraf – es sei spät im Jahr –, wussten sie diese nicht zu deuten.

Der Abschied von Wolfger und seinem Sohn Ottokar war herzlich. Gönnerhaft überließ Wolfger Isabeau zwei Maultiere und fünf Goldsolidi, um in Venedig Fuß zu fassen. Sie bedankte sich, kniete nieder und küsste den Bischofsring an seiner Hand – das Insigne des kirchlichen Amtes, das er innehatte. Dann zog sie mit Matthias und Marie zum Stadttor hinaus.

Den Hafen von Grado erreichten sie am späten Nachmittag. Fischerboote und Lastenkähne lagen in Reih und Glied neben den Anlegestegen. Erst nach längerem Fragen fand sich ein Mann bereit, für einen angemessenen Obolus Venedig anzulaufen. Er weigerte sich, die Maultiere mitzunehmen, da sie zu schwer seien. Ihr Verkauf an einen Händler ging schnell vonstatten, da sie ihm einen guten Preis anboten. Vor Sonnenuntergang verließ das Schiff den Hafen. Die Fahrt würde einen Tag in Anspruch nehmen. Ein kräftiger Nordwind blähte das große Dreieckssegel auf und trieb sie an der Küste entlang nach Südwesten, ihrem Ziel entgegen.

Der Schiffseigner stand am Ruder und hieß Girolamo. Er war ein sehniger Kerl mit einem von Wetterunbilden gegerbten Gesicht. Nach seinen Worten war er jede Woche zwischen Venedig und Trieste unterwegs. Mit welchen Waren er handelte, verriet er nicht. Aber er lamentierte, die Republik Venedig hätte Trieste kürzlich erobert. Seine Geschäfte brächten ihm seitdem keinen Gewinn mehr. Es lag die Vermutung nahe, dass er ein Schmuggler war.

»Warum segeln wir nachts? Ist das nicht gefährlich, so nah an der Küste?«, fragte Matthias.

»Hier treibt sich viel Raubgesindel herum. Der Landstrich um Grado besitzt viele Lagunen und Buchten, in denen sich Seeräuber verstecken. Sie tarnen sich als Fischer. Von ihren Booten bist du rasch umzingelt. Im Dunkeln ist es gefahrloser, das Gebiet zu durchfahren. Legt euch zur Ruhe und macht euch keine Sorgen. Ich kenne hier jede Klippe, die das Meerwasser umspült«, erklärte er seelenruhig.

Als der Morgen zu grauen begann, schreckte Matthias aus seinen Träumen. Ein Geräusch hatte ihn geweckt. Überrascht bemerkte er das eingeholte Dreieckssegel und schaute landwärts. In der Ferne loderte ein grelles Feuer. Ein Zeichen? Für wen? Entgeistert blickte er zum Heck. Doch da war niemand. Nur eine Schiffslaterne schaukelte an der Ruderstange und spendete einen hellen Schein. Unvermittelt fiel ihm am Bug eine Gestalt ins Auge: Es war Girolamo. Im Dämmerlicht beugte er sich über Isabeau und Marie, die beide unbekümmert schliefen. Matthias wurde hellwach. Er roch regelrecht die Gefahr. Sie stank gegen den Wind. »Nimm die Hände von ihnen«, drohte er lauthals. Er sprang auf die Füße, lief auf ihn zu und baute sich drohend vor ihm auf.

Erschrocken hielt der andere inne und zog ein Messer aus seinem Wams. »Spring über Bord oder ich steche dich ab wie eine Sau«, erwiderte er. Sein Gesicht verzog sich zu einer Grimasse. Er schien der Teufel in Person zu sein.

Isabeau und Marie, die der heftige Wortwechsel aus dem Schlummer gerissen hatte, erhoben sich besorgt. Sie hatten sofort begriffen, dass sie in großer Gefahr schwebten. Ängstlich klammerten sie sich aneinander. »Was will er von uns? Wir haben ihm nichts Böses getan«, rief die Kleine verzweifelt und drückte ihren Kopf an die Brust der Frau.

Zu ihrem Glück hatte der Angreifer die Rechnung ohne den Schmied gemacht. Matthias geriet eine Ahle zwischen die Finger – ein spitz zulaufender, dünner Metallstift, mit dem man Löcher ins Segeltuch stach, um schadhafte Stellen zu vernähen. Mit dem Werkzeug in der Hand stürzte er sich mutig auf den Feind. Die beiden kämpften, den Schlägen und Stichen des jeweils anderen ausweichend, bis sie erschöpft am Boden lagen. Keuchend ließen sie kurz voneinander ab, um wieder zu Kräften zu kommen. Abermals war es Matthias, der zuerst auf den Gegner einstürmte. Im selben Augenblick schnellte Girolamos Messer nach vorn und drang in den Leib des Schmieds ein, wo es stecken blieb. Er stöhnte leise und fasste sich verwundert an die Brust, als könne er nicht verstehen, was gerade geschehen war. Dann ließ er die Ahle fallen und torkelte rücklings zur Bordwand. Sein letzter Blick galt Isabeau und Marie, dann verlor er den Boden unter den Füßen und fiel rücklings ins Meer.

Fassungslos hatten beide den Zweikampf verfolgt. Plötzlich sprang Marie auf und schlug mit der Faust verzweifelt auf den Verbrecher ein. »Mörder!«, schrie sie. »Du willst mir alles nehmen, alles zerstören, was mich aus meinem Elend befreit hat! Ich hasse dich!« Mit dem verzweifelten Mut des Mädchens hatte er nicht gerechnet. Es gelang ihm, sie am Arm zu ergreifen und ihr eine wuchtige Ohrfeige zu versetzen. Von der Wucht des Schlages sank sie auf die Knie und stieß laute Flüche gegen ihn aus, bis sie zu weinen begann.

»Hör auf zu jammern, Kröte, sonst werfe ich dich in die See«, drohte er und wandte sich an Isabeau. »Rück all dein Geld heraus. Sicherlich nennst du mehr dein Eigen als die Handvoll Münzen, die du für die zwei Maultiere erhalten hast«, forderte er grinsend.

In Isabeau breitete sich gähnende Leere aus. Matthias trieb tot in der See. Ihr treuer Freund, der sie aus den Klauen Rudolfs befreit hatte. In ihrem Kopf schwirrten die Gedanken durcheinander wie ein aufgescheuchter Vogelschwarm. Was sollte jetzt werden? Furcht überfiel sie und das Gefühl, einen geliebten Menschen verloren zu haben. Noch immer schüttelte sie ungläubig den Kopf und brachte kein Wort heraus, als ob ihr jemand die Kehle zuschnürte. Endlich fand sie ihre Stimme wieder. »Du kannst alles haben, was wir besitzen, wenn du uns laufen lässt.«

»Warum sollte ich euch freilassen? Seht ihr das Feuer? Meine Leute warten bereits am Stand auf uns. Ich würde ihren Zorn auf mich ziehen, wenn ich euch wieder gehen ließe. Sie haben enorme Kosten zu beklagen. Das Boot war nicht billig. Auch der bestochene Hafenmeister in Grado erwartet seinen Anteil. Und natürlich will auch ich auf meine Kosten kommen.« Er lachte spöttisch. »Wie dumm ihr doch wart, in meinen Kahn zu steigen. Aber tröste dich. Ihr wart nicht die Ersten und werdet nicht die Letzten sein.«

Isabeau ahnte, was mit all den Unglücklichen geschehen war. »Was hast du mit uns vor?«

»Die einhändige Missgestalt verkaufen wir an ein Dirnenhaus und dich an einen sarazenischen Händler. Er wird uns eine beträchtliche Summe auszahlen. Weiber deiner Sorte sind im Osten gefragt.«

»Du elender Sklavenhändler. Sei verflucht!«

»Es ist ein einträgliches Geschäft.«

»Was maßt du dir an? Ich bin von edlem Geblüt. Du wirst dein Leben am Galgen beenden«, rief Isabeau verzweifelt, in der Hoffnung, er würde von seinem Vorhaben ablassen.

Das Enthüllen ihres Standes stellte sich als schwerer Fehler heraus. »Du bist von Adel?« Er stutzte. Zudringlich umfasste er ihren Leib und zog sie zu sich heran. »Noch nie habe ich die nackten Brüste eines Edelfräuleins sehen dürfen. Man munkelt, sie würden nach Pfirsich duften. Die Mägde in Grado riechen nach Ziegenstall und die

Huren in *San Polo* nach Knoblauch und Fisch. Dass du etwas Besonderes bist, habe ich sofort gespürt, als du an Bord kamst. Deine Haut ist rein und dein langes Haar glänzt wie Seide. Außerdem trägst du ein sauberes Gewand ohne Löcher und Risse. Ich will sehen, was es vor mir verbirgt.« Lüstern fiel er über Isabeau her. Sie wehrte sich mit aller Kraft, als er versuchte, ihr das Kleid vom Leib zu reißen.

Marie, die ihr zu Hilfe eilte, umklammerte Girolamo am Hals. Er schüttelte sie ohne Mühe ab und stieß sie brutal zur Seite. »Wage das kein zweites Mal, sonst ersäufe ich dich im Meer wie eine Ratte«, schnaubte er. Von Wollust getrieben versuchte er, seine Lenden zwischen Isabeaus Beine zu zwängen. Verzweifelt vergrub sie die Fingernägel in seinem Gesicht und rief: »Schau weg, Marie. Schau weg!«

Er schrie vor Schmerz. Aber die blutigen Kratzer auf den Wangen hielten ihn nicht ab, sein unwürdiges Tun fortzusetzen. Er drückte ihre Arme unter seine Schenkel und begann, sie wie von Sinnen zu würgen. Röchelnd rang Isabeau nach Luft und hörte ein lautes Pochen und Rauschen in den Ohren. Vor ihren Augen zogen die Bilder ihres jungen Lebens vorüber. Ihre Eltern und Brüder, Melisande, die Tage auf der Burg ... Matthias.

Leise lief Marie übers Deck und hob die Ahle auf. Dann schlich sie zu dem Unhold. Hinter seinem Rücken holte sie zum entscheidenden Stich aus. Plötzlich hielt sie inne und erstarrte. Etwas Unglaubliches geschah. Zwei Hände umklammerten die Bordwand. Zwischen ihnen erschien ein Kopf, der ein Messer zwischen den Zähnen hielt. Nach Luft schnappend kletterte Matthias aus dem Wasser und fiel unsanft ins Boot. Ächzend erhob er sich und lief schwankend zu Girolamo, der im Wahn von alldem nichts merkte, und hieb ihm die Klinge in den Rücken. Jene Waffe, mit der er Matthias zuvor verletzt hatte. Sie durchdrang das Herz des Verbrechers. Ohne einen Laut von sich zu geben, kippte er zur Seite, schlug auf die Bootsplanken und rührte sich nicht mehr.

Isabeau, die dem Ersticken nahe gewesen war, überkam ein heftiger Hustenanfall. Zumindest konnte sie wieder atmen. Schnell hob und senkte sich ihre Brust. Erst als Matthias geschwächt vor ihren Füßen lag, erkannte sie ihren Retter. Weinend schloss sie ihn in die Arme und bedeckte ihn mit Küssen.

Auch Marie schmiegte sich an seinen Leib. »Zu Anfang dachte ich, du wärst ein rächender Geist, der aus dem Reich der Toten zurückgekehrt ist, um uns in der Not beizustehen«, offenbarte sie ihm mit feuchten Augen.

»Ein Geist? Fürwahr, das wäre ich jetzt sicher, wenn mich das kalte Wasser nicht zur Besinnung gebracht hätte«, gab er mit brüchiger Stimme preis. »Da ich nicht schwimmen kann, wähnte ich mich schon auf dem Grund des Meeres. Zum Glück gelang es mir, mich am Ruderblatt festzuhalten und die Klinge aus meiner Brust zu ziehen.« Er zitterte vor Kälte.

Besorgt untersuchte Isabeau die Wunde. Der Einstich lag unterhalb des Schlüsselbeins und hatte das Herz von Matthias nur knapp verfehlt. Sie stillte die Blutung, so gut sie konnte, und verband die Stelle notdürftig.

»Musst du seine Wunde behandeln, wie du es bei mir getan hast?«, fragte Marie besorgt.

»Ja, mein Schäfchen, ich muss sie ausbrennen. Aber jetzt ist ein schlechter Zeitpunkt dafür. Wir müssen schnell von hier verschwinden, bevor Girolamos Spießgesellen Verdacht schöpfen und in ihre Boote steigen«, mahnte sie zur Vorsicht.

»Bis Venedig ist es bestimmt nicht mehr weit. Aber wer soll das Schiff steuern?«, gab Marie zu bedenken.

»Lasst uns zunächst das Segel aufrichten, damit wir wieder Fahrt aufnehmen. Anschließend setze ich mich ans Ruder und versuche, einen sicheren Abstand von den Klippen zu halten. Du kümmerst dich unterdessen um Matthias. Sorge dafür, dass er seine nassen Kleider auszieht und in die Gewänder dieses Widerlings schlüpft. Dann wird ihm wieder warm werden. Schenken wir Girolamos Worten Glauben, müssten wir Venedig gegen Abend erreichen. Sobald wir uns der Stadt nähern, steuere ich auf die Küste zu.«

Marie schaute zweifelnd zu ihr auf. »Können wir das wirklich schaffen?«

»Unser Schicksal liegt in unseren eigenen Händen. Ich glaube fest daran, dass es uns gelingt. Vertrau mir.« Ganz bewusst gab sich Isabeau zuversichtlich, um dem Kind Sicherheit zu geben. Ihre eigenen Ängste unterdrückte es nicht.

Über die Seele von Matthias, der ihnen nicht beistehen konnte, legte sich ein Schatten. Würden die beiden Erfolg haben oder sie alle am Meeresgrund enden? Er verfolgte, wie beide mühsam die Rah nach oben zogen. Bald wölbte sich das Segel im Wind. Er vertraute darauf, dass sie das Richtige tun würden, und lehnte sich mit dem Rücken an die Bordwand. So spürte er die Schmerzen in der Brust weniger. Die Schwäche machte ihn müde. Dass Marie begann, den Leichnam zu entkleiden, nahm er bloß schemenhaft wahr. Als sie die unschöne Arbeit beendet hatte, legte Isabeau kurz das Ruder aus der Hand. Gemeinsam übergaben sie den Toten der See. Während Marie Matthias die klammen Sachen vom Leib zog, drückte Isabeau seinen Kopf an ihre Brust. Dann bedeckte sie seine Wangen und die Stirn mit Küssen. »Habe ich dich wieder, mein guter Geist«, hörte er sie murmeln. Zu schön, um wahr zu sein. Sicher ein Trugbild? Erschöpft fielen ihm die Augen zu.

Als er wieder erwachte, kauerte Marie schlafend neben ihm. Isabeau saß am Steuerruder. Die Handgriffe, die sie vollführte, waren geschickt. Vermutlich hatte sie genau beobachtet, wie Girolamo den Kurs gehalten hatte. Das Boot legte sich leicht in den Wind und trieb dem Sonnenstand zufolge nach Südwesten. Als der Abend kam, segelten sie an einer langen und schmalen Landmasse vorüber, die nach einer Weile den Blick auf eine riesige Lagune freigab. In ihr lag verteilt auf zahlreichen Inseln eine märchenhafte Stadt. Fortuna meinte es gut mit ihnen. Die kleine Gemeinschaft hatte das Unwägbare vollbracht.

Kapitel 6

Gläserne Löwen und fliegende Schweine

Die rätselhaften Worte Pilgrim von Dornbergs – es sei spät im Jahr – offenbarten in Venedig ihren Sinn. Sie saßen fest, da im Winter nur wenige Kapitäne es wagten mit ihren Schiffen ins östliche Mittelmeer auszulaufen. Schuld war der Boreas, ein eisiger Nordwind, der über das Meer fegte und für Seemänner die Fahrt zu einem Wagnis werden ließ. So viel Gold, um dieses aufzuwiegen, besaßen sie nicht. Erst Ende März, wenn der Zephir, ein milder Westwind, wieder einsetzte, war der Weg ins Heilige Land sicherer.

Seit über zwei Wochen bewohnten sie die Dachkammer eines Hauses im Stadtviertel *Cannaregio*. Ihr freundlicher Gastgeber, Nicolo Spiro, der in einem Nebengelass eine Schmiede betrieb, gewährte ihnen für ein angemessenes Entgelt ein Obdach. Und Fabiola, seine Gattin, versorgte sie mit Speise und Trank. Es war ein Glücksfall gewesen, dass sie bei ihrer Ankunft auf die beiden warmherzigen Menschen gestoßen waren. Sie hatten die Bürde, die Isabeau und Marie mit dem Verletzten trugen, gleich erkannt und ihre Hilfe angeboten.

Anfangs ging es Matthias sehr schlecht. Die Wunde in seiner Brust entzündete sich und sonderte eitrige Säfte ab, obwohl Isabeau sie ausgebrannt und verbunden hatte. Girolamos Messerstich zehrte an seiner Lebenskraft. Vom Fieber geschüttelt fiel er in einen todesähnlichen Schlaf. Tagelang wich sie nicht von seiner Seite, wusch und fütterte ihn und sprach ihm in den wenigen wachen Augenblicken Mut zu. Einige Male hörte sie Matthias ihren Namen aussprechen. Undeutliche Sätze verließen seine Lippen, deren Sinn ihr verschlossen blieb. Die stetige Sorge um Matthias hatte auch bei ihr Spuren hinterlassen. Sie war blass im Gesicht, aß kaum etwas und war dünn wie ein Federstrich. Marie hatte daher eine noch schwerere Last zu tragen. Sie musste um beide bangen.

Eines Tages kehrte Isabeau mit Marie vom Marktplatz zurück und schaute als Erstes nach dem Kranken. Mit einem Lappen, den sie in eine mit Wasser gefüllte Tonschale getaucht hatte, befeuchtete sie seine Lippen. Plötzlich schlug er die Augen auf und sagte nur ein Wort: »Danke.«

Überrascht ließ sie das Gefäß fallen. Als es krachend auf den Boden schlug, zersprang es in Dutzende Scherben. »Marie!«, rief sie. »Er ist wach.«

Das Mädchen eilte hinzu und legte ihre Hand auf Matthias' Stirn. »Das Fieber ist verschwunden.«

Glücklich nahmen ihn beide in die Arme. In den Tagen darauf ging es ihm von Mal zu Mal besser. Sie spürten, wie er zu alter Stärke und Frohsinn zurückfand, wenn er zusammen mit ihnen Witze riss oder lustige Lieder sang. Nur in den stillen Momenten wirkte er schweigsam und nachdenklich. Er war dem Todesengel entronnen. Gott hatte ihm demzufolge noch eine Aufgabe zugedacht.

Tage später trug ihm Isabeau eine Bitte vor. »Ich möchte die Kathedrale San Marco besuchen und am Gottesdienst teilnehmen.«

»Warum gerade heute?«, fragte er.

»Es ist Weihnachten, Matthias. Venedig feiert Christi Geburt.«

Das Jahr 1203 neigte sich dem Ende entgegen. Für beide hatte es nur Unbill bereitgehalten. Ängste, Verluste und tiefe Trauer hatten es bestimmt. Nur Marie hatte sich als Glücksfall erwiesen. Er teilte ihr Ansinnen. Den Allmächtigen für das neue Jahr um Nachsicht und Schutz zu bitten, war auch für ihn ein Bedürfnis.

»Dann lass uns aufbrechen. Ich muss Buße tun«, erwiderte er.

»Welche Sünde willst du begangen haben?«, fragte Isabeau erstaunt.

»Ich habe gegen die Gebote verstoßen und Girolamo getötet«, antwortete er und raufte sich die Haare. Es war offensichtlich, dass er sehr darunter litt.

Marie, die neben ihm auf der Schlafstatt kauerte, sah dies in einem anderen Licht. »Du irrst dich. Das war eine gute Tat.«

»Ich muss ihr beipflichten. Was geht in deinem Kopf vor? Gott verwehrt dem gerechten Manne nicht, sich seines Lebens zu erwehren, wenn er und seine Familie vom Bösen bedroht sind. Und Girolamo war von ihm besessen. Hättest du ihn nicht aufgehalten, wäre ich tot und Marie eine Sklavin. Sag bloß, das wäre dir lieber gewesen?« Aufgewühlt suchte sie seine Nähe.

Er schaute sie betroffen an und umklammerte ihre Hände. »Wie kannst du so etwas von mir denken? Lieber schmore ich in der Hölle, als euch zu verlieren«, versicherte er. »Aber bitte verstehe. Was auf dem Boot geschah, ängstigt mich vor mir selbst. Als ich ihm das Messer in den Leib stieß, fühlte ich nichts außer Hass. Dass er dir und Marie wehtat, tötete alles Menschliche in mir. Für einen Moment verlor ich meine Seele. Mein Erwachen war umso bestürzender. Nie zuvor habe ich mich von Gott verlassener gefühlt.« Ihm kamen die Tränen, die er mit den Händen wegwischte.

Sie drückte ihren Kopf an seine Brust und sprach beruhigend auf ihn ein. »Verscheuch deine Gewissensbisse. Du hast das Richtige getan. Der Schmerz in deiner Seele wird heilen. Und jetzt lasst uns aufbrechen.«

In einem flachen, lang gestreckten Boot, Scola genannt, fuhren sie auf dem *Großen Kanal* bis zu einer Holzbrücke, welche die Stadtteile San Polo und San Marco trennte. Sie war die Einzige ihrer Art in der auf vielen Inseln erbauten Stadt. Hinter ihr zweigte ein schmaler Wasserlauf ab. Er führte bis in die Nähe des Markusplatzes. Sie bezahlten den Fährmann und gingen den Rest des Weges zu Fuß.

Der Platz zwischen dem Dogenpalast, dem großen Glockenturm und dem Markusdom war weiträumig. Sie sahen mächtige Bauwerke, die von Reichtum und Einfluss zeugten.

Der Grundriss des Doms bildete, wie bei den meisten Kirchen, ein Kreuz und war von beträchtlichem Umfang. Allerdings war seine Höhe geringer bemessen als die der Kathedrale in Wien. Dafür zierten ihn zahlreiche Kuppeln und Türmchen. Im Inneren bedeckten farbenprächtige Malereien die Wände, welche Geschichten aus dem Neuen Testament schilderten. Edelsteine und Gold schmückten das Allerheiligste.

Der festlich gestimmte Gottesdienst dauerte eine Stunde. Später besuchten sie den Palast des Dogen, vor dem Gaukler den Kirchgängern für einige Münzen Kunststücke vorführten. Besonders Marie erfreute sich an ihren Späßen. Als der Lärm der Wanderkünstler zunahm, marschierte eine Schar Bewaffneter auf und trieb sie auseinander.

Ein Seiltänzer machte seinem Unmut Luft. »Die Wache des Dogen nimmt sich sehr wichtig, obwohl sich der hundertjährige, blinde Gierschlund nicht in der Stadt aufhält. Seit wann ist fröhlich sein am Geburtstag des Herrn sündhaft?«, meckerte er, doch die Ordnungshüter würdigten ihn keines Wortes.

Matthias, von Neugier erfasst, fragte den Erbosten nach dem Verbleib von Venedigs Oberhaupt. »Ist er auf Reisen?«

Er lachte herzlich über das Unwissen des Schmieds. »*Enrico Dandolo* auf Reisen? So würde ich es nicht nennen. Bekannterweise befindet er sich auf dem Kreuzzug nach Ägypten, zusammen mit dem Heer des Markgrafen *Bonifatius von Montferrat.* ›Den Arsch werde ich den Sarazenen verbläuen und das Land von ihnen tilgen‹, hatte er großspurig von der Balustrade seines Palastes den Bürgern Venedigs verkündet. Danach wollte er mit seinem Heer nach Jerusalem weiterziehen, um der Brut den Garaus zu machen. Das ist jetzt über ein Jahr her. Wer's glaubt, wird selig.«

»Wieso? Entsprechen seine Worte nicht der Wahrheit?«, fragte Isabeau, die sofort an ihren Gemahl dachte, der ebenfalls nach Jerusalem aufgebrochen war.

Der Gaukler grinste. »Gewiss ist, dass die zweihundert Galeeren des Dogen den Kurs geändert haben und nach Konstantinopel gesegelt sind, statt nach Ägypten. Die Kreuzfahrer liefen die Stadt bereits im vergangenen Juni an. Andere Heere kamen über Land. Sie umschlossen ihre wehrhaften Mauern und lieferten sich mit den Byzantinern blutige Gefechte. Nach einem Monat Belagerung fiel die Perle des Ostens in Dandolos und Montferrats Hände. Kaiser *Alexios Komnenos* floh. Der Doge und der Markgraf setzten dessen Bruder, den geblendeten *Isaak,* auf den Thron, der seitdem im Sinne Venedigs regiert. Christen haben Christen gemeuchelt und zwei Blinde sind Nutznießer davon. Die Heiden in Ägypten und Jerusalem sind längst vergessen«, raunte er hinter vorgehaltener Hand. »Wüsste ich es nicht besser, würde ich glauben, der Satan hätte seine Klauen im Spiel. Aber das ist ein Trugschluss. Menschliche Schwächen tragen Schuld an dem Blutvergießen. Ein Schelm, der Böses dabei denkt.«

»Demzufolge geht es dem Dogen nicht um Glaubensdinge, sondern allein um Besitztümer und Macht«, stellte Isabeau fest.

Abermals grinste der Gaukler. »In der Tat. Er hat nie ein anderes Ziel verfolgt. Kriege haben Venedig über die Jahrhunderte unabhängig und reich gemacht. Davor waren wir stets ein Zankapfel zwischen den Päpsten, Königen und Kaisern. Das änderte sich erst mit der Ankunft der Gebeine des Evangelisten Markus. Beinahe vierhundert Jahre ist das nun her.«

Isabeau verzog ratlos das Gesicht. »Was haben die Knochen des Heiligen in Venedig ausgelöst?«

»Vieles«, verriet er. »Auf sein Grab bauten die Dogen den Markusdom und unsere Fahne ziert seither der Löwe. Er ist das Sinnbild für Stärke und Stolz. Und Venedig wuchs und wurde stärker mit jedem Sieg über seine Feinde. Nur die Genuesen und Pisaner trotzen uns noch. Doch mit Dandolos Hilfe werden wir auch diese Städte irgendwann niederbrennen. Es stellt sich bloß die Frage, ob das alles im Sinne des Heiligen Markus geschieht.«

»Wenn alles stimmt, was du sagtest, halten sich die Kreuzfahrer noch immer in Konstantinopel auf.« Matthias kamen Zweifel, ob alles stimmte.

»Ich bin mit meinen Gefährten weit in der Welt herumgekommen. Auch in Byzanz. Glaubt mir, die Dinge verhalten sich so, wie ich euch sagte«, versicherte er und verschwand in der Menge.

»Möglicherweise müssen wir gar nicht ins Heilige Land reisen. Sollte sich Graf Lothar in Konstantinopel aufhalten, sind wir ihm näher als gedacht«, meinte Matthias zu Isabeau.

»Das ist jetzt nicht von Nutzen.« Isabeau ärgerte sich. »Die verlorene Zeit hängt uns wie ein Klotz am Bein. Erst im Frühjahr segeln wieder Schiffe nach Osten. Wenn Byzanz die Gier des Dogen nicht stillen kann, befürchte ich, dass die Kreuzzügler bis dahin nach Ägypten oder Jerusalem weitergezogen sind. Dessen ungeachtet müssen wir Konstantinopel einen Besuch abstatten. Ich brauche Gewissheit.«

Matthias nickte zustimmend. Er nahm Isabeau und Marie an die Hand, um sie im Gedränge der Menschen nicht zu verlieren und den Heimweg anzutreten.

Der Monat Januar 1204 war fast vorüber. In Nicolo Spiros Werkstatt brannte das Schmiedefeuer. Hell stoben die Funken, wenn Matthias den Blasebalg betätigte. Er half dem Meister bei der Arbeit und hatte seit Langem wieder das Gefühl, etwas Nützliches zu tun.

Zum wiederholten Male zog Nicolo mit einer Zange den glühenden Stahl aus den Kohlen und platzierte ihn auf dem Amboss. Unter den Hammerschlägen des kräftigen, schwarzhaarigen Mannes formte er sich zu einer dünnen Messerklinge. Am Ende tauchte er sein Werk in ein Wasserbecken, um es zu härten. Zischend verdampfte die Hitze im aufsteigenden Nebel.

»Du bist ein Meister in der Schmiedekunst. Ich kann das beurteilen, weil ich zu Hause in Schwaben den Stahl in derselben Weise bearbeite, wie du es tust«, stellte Matthias befriedigt fest.

»Das mag sein. Doch es gibt Völker, die weit bessere Fertigkeiten in diesem Handwerk erworben haben als wir«, behauptete Nicolo und kramte aus einer Ecke ein kleines Stoffbündel hervor. Nachdem er es auseinandergewickelt hatte, kam ein rechteckiger Klotz aus glänzendem Metall zum Vorschein. Er war nicht länger als ein Handteller sowie zwei Finger hoch und breit.

Matthias untersuchte ihn und wog ihn in der Hand. Sein Gewicht schätzte er auf zweieinhalb *Pfund.* »Das ist kein normales Eisen. Es weist keine Spur von Rost auf. Die Art, wie es in Form geschlagen wurde, sah ich niemals zuvor«, sagte er staunend. »Außerdem ist ein merkwürdiges Zeichen eingestanzt. Wer macht so etwas?«

»Ein Kaufmann aus Konstantinopel hat mir das Ding verkauft. Das ist viele Jahre her. Er nannte es Jadestahl und versicherte, es käme aus dem Land der aufgehenden Sonne, wo Schwerter wie Götter verehrt werden. Das Zeichen, das dir in die Augen fiel, verrate den Namen des Schmieds, der ihn hergestellt habe. Natürlich nur dem, der es zu lesen vermag.« Er hielt das merkwürdige Ding ins helle

Licht. »Schau! Seine Reinheit ist unvergleichlich und seine Farbe schimmert in verschiedenen Grautönen. Diese würden die harte und weiche Seele des Stahls symbolisieren und ihn federleicht und unzerbrechlich machen. Zumindest, wenn man dem beredten Händler Glauben schenkt, der ihn mir aufgeschwatzt hat. Nach seinen Worten stellt das Ding ein echtes Wunder dar«, erklärte er und schmunzelte.

»Von diesem Land habe ich noch nie gehört. Wo ist es zu finden?«

»Ach, Matthias, was weiß denn ich. Am Rande der Welt, wo immer das sein mag.«

»Warum hast du aus dem Klotz nichts hergestellt?«

Nachdenklich strich sich Nicolo den Schweiß von der Stirn. »Vermutlich, weil mir die handwerklichen Fähigkeiten fehlen, die notwendig sind, um die Vorzüge des Jadestahls freisetzen zu können. Der Kaufmann tischte mir ernsthaft auf, um ihn richtig zu härten, müsse er mit Lehm umhüllt in frisches Pferdeblut getaucht werden. Weißt du, was ein Pferd kostet?«

»Äußerst mysteriös. Vielleicht hat sich der Mann einen Spaß mit dir erlaubt«, vermutete Matthias.

»Schon möglich. Wie dem auch sei, wir sind für heute fertig. Das war das letzte Stück. Am Nachmittag liefere ich die Bestellung aus und kehre erst morgen zurück. Du kannst mich gern begleiten, wenn du möchtest«, bot Nicolo an. »Zu zweit ist die Fahrt sicherer.«

»Wohin geht es?«

»Auf die Insel Murano. Sie liegt nicht weit von hier.«

Er war begeistert. »Zu den Glasbläsern? Natürlich komme ich mit. Das muss ich unbedingt sehen. Ich sage schnell Isabeau und Marie Bescheid, damit sie sich keine Sorgen machen«, verkündete er im Freudentaumel und rannte die Stufen zur Dachkammer hinauf. In ihren Gesichtern las er berechtigte Zweifel.

»Ist der Ausflug nicht gefährlich?«, fragte Isabeau.

»Keine Sorge. Nicolo passt auf mich auf«, erwiderte er, um ihr die Sorge von den Schultern zu nehmen.

Marie standen die Tränen in den Augen. Das Mädchen war es gewohnt, sie beide immer um sich zu haben. Nun brach er zu einem Abenteuer auf. Und das ohne sie und Isabeau. »Komm ja zurück«, sagte sie und umarmte ihn.

Nach dem Mittagsmahl brachen sie auf. Nicolo besaß eine eigene Scola. Er ruderte das Boot aus dem Kanal nach Nordosten in die offene Lagune hinaus. Die Kiste mit der Ware für die Glasbläser hatte er im Bug verstaut. Bald passierten sie die kleine Insel San Michele, auf der sich ein Kloster der Kamaldulenser befand. Die Mönche lebten dort völlig abgeschieden in einer Welt der Mäßigung und Frömmigkeit.

Binnen Kurzem erreichten sie ihr Ziel – den großen Kanal von Murano, an dessen Ufern sich die Werkstätten der Glasbläser wie Perlen auf einer Kette aufreihten. Wohin sie auch schauten, überall stieg Rauch aus den Kaminen der Glasöfen empor, der über die Insel einen dunklen Schleier legte und das Atmen erschwerte.

Nicolo band das Boot an einem der vielen Anlegestege fest und entlud es mit Matthias' Hilfe. Der Lärm, den sie verursachten, lockte einen hageren Mann mit schneeweißem Haarschopf und rußgeschwärzten Wangen zu ihnen.

»Da bist du ja endlich. Ich dachte schon, du lässt dich gar nicht mehr blicken. Hast du bei dir, was ich benötige?«, begrüßte er Nicolo und nickte Matthias freundlich zu. Dann umarmten sich beide wie alte Freunde.

»Keine Sorge, Ferruccio, es ist alles fertig«, versicherte Nicolo. Dann trugen sie die Kiste in die naheliegende Werkstatt und ließen sich an einem Tisch nieder.

An den Scheren, Messern und Zangen fand der Glasbläser nach gründlicher Prüfung Gefallen und zahlte Nicolo die vereinbarte Summe. »Wie immer eine ausgezeichnete Arbeit«, lobte er und wandte sich um. »Gino!«, rief er nach seinem Gesellen.

»Ja, Meister?«

»Bring uns einen Krug Wein. Wir müssen auf das gute Geschäft anstoßen.«

Gino verschwand im Nebengelass und kam bald mit dem Wein zurück. Er schmeckte süß und machte die Zungen locker.

»Hast du schon gehört? Gestern trieb wieder eine Leiche im Großen Kanal. Es ist die fünfte seit Jahresbeginn. Alle waren Glasbläser und wurden erdrosselt oder erstochen aus dem Wasser gefischt. Mittlerweile traut sich nachts niemand mehr allein vor die Tür. Mit den Mordfällen haben auch die Diebstähle in unseren Lagern zugenommen. Ich weiß von meinen Nachbarn, dass sie ihre Waren nicht mehr aus den Augen lassen und Wachen aufstellen, wenn es dunkel wird. Gott sei Dank blieb ich von Räubereien bisher verschont. Gerade habe ich einen Auftrag für den Bischof von Castello fertiggestellt. Nicht auszudenken, das kostbare Gut käme abhanden. Ich sollte es wohl besser für mich behalten, aber ein solches Meisterstück ist mir noch nie gelungen. Alter Freund, glaube mir: Was ich erschaffen habe, hast du im Leben noch nicht erblickt ...«

»Sicherlich hängen die toten Glasbläser mit den nächtlichen Beutezügen der Diebe zusammen. Doch verrate mir, welches edle Gefäß hat sich der Bischof von dir gewünscht, dass du so in Sorge bist?«, fragte Nicolo.

»Eigentlich sollte ich ... ach, wen kümmert's, ich vertraue dir und deinem Begleiter. Ihr werdet Augen machen! Folgt mir.«

Sein Lager war erfüllt von Glas in den verschiedensten Formen und Farben – Bestellungen, die auf ihre Auslieferung warteten oder noch nicht bezahlt waren. Ferruccio öffnete eine Kiste, die zum großen Teil mit Stroh gefüllt war. Vorsichtig entnahm er ihr zwei geflügelte Löwen mit weit aufgerissenen Mäulern und stellte sie vor eine brennende Kerze.

Matthias konnte sein Erstaunen nicht zurückhalten. »Farbloses Glas, das vom Licht durchdrungen wird wie ein Bergkristall. Einfach wundervoll! Wie ist dir das gelungen?«

»Das ist mein Geheimnis«, sagte er schmunzelnd, dann wurde er unvermittelt ernst. Es könnte dich und mich das Leben kosten, wenn du das Wissen an andere weitergibst«, warnte er.

»Das Leben? Wieso?« Matthias betrachtete wie gebannt das Meisterwerk.

»Die Werkstätten stehen unter strenger Kontrolle der Zunft«, erklärte Nicolo. »Keine andere Stadt am Mittelmeer ist imstande, Glas in der Güte zu erzeugen, wie wir es tun. Ein großer Teil von Venedigs Reichtum stammt aus dem Handel mit ihm. Es vergeht kein Jahr, ohne dass auf dem Markusplatz Köpfe in den Staub fallen. Nicht nur die Häupter von Dieben, sondern auch die von Spionen, die versuchten, sich des Geheimnisses seiner Erzeugung zu bemächtigen.«

Ferruccio nickte beipflichtend. »Das gilt besonders für Spitzel aus Genua, das uns feindlich gesinnt ist. Ihre Bewohner sind neidisch auf die Macht und den Reichtum unserer Republik. Es wird nicht mehr lange dauern, bis auch die letzte Glasbläserei nach Murano verlegt wird. Zum einen, weil die kleine Insel leichter zu bewachen ist, und zum anderen, um die Brandgefahr in den anderen Stadtteilen zu senken. Allein in Cannaregio und San Polo kam es in diesem Jahr zu fünf Feuersbrünsten. Glas herzustellen, es wieder zu schmelzen und ihm Form zu verleihen ist ein gefährliches Unterfangen und bedarf langer Erfahrung. Nur ein Meister mit seinen Gesellen darf das Handwerk ausführen.«

»Die Löwen sind deine Glanzstücke. Händler aus nah und fern werden dir das neue Glas aus den Händen reißen. Viel frisches Geld wird in die Kasse des Dogen fließen, aber nur wenig in deine eigene«, prophezeite Nicolo.

»Das ist der Preis, den ich bezahlen muss, wie du übrigens auch. Die oben verprassen, was wir unten erschaffen. Es ist die gottgewollte Ordnung, wenn es nach dem Herrn auf dem Markusplatz geht. Steuern sind schlimmer als die Pest. Du wirst sie niemals los.«

»Wem willst du die geheime Mixtur später hinterlassen? Ist einer deiner Gesellen vertrauenswürdig?«

»Ach Nicolo, das hat noch Zeit. Zuerst muss ich meine Erfindung der Gilde vorstellen und einschreiben lassen. Ich werde sie Kristallglas nennen, weil es so durchscheinend und klar ist wie ein Diamant«, erwiderte Ferruccio und packte die Löwen zurück in die Kiste.

Zwei Krüge Wein machten anschließend die Runde. Als die Nacht einsetzte und der Mond aufging, legten sie sich zur Ruhe. Nur Gino musste wach bleiben und draußen Wache halten. Meister Ferruccio ließ Vorsicht walten.

Gegen Mitternacht stand der Geselle nicht mehr auf den Füßen. Mit dem Rücken lehnte er zusammengesunken an der Tür des Warenlagers. Einmal schrak er aus dem Schlaf. Er glaubte, ein verdächtiges Geräusch zu hören, und horchte in die Finsternis. Alles blieb still. Beruhigt schlummerte er wieder ein.

Unerwartet weckte ihn ein stechendes Schmerzgefühl. Er wollte schreien, doch nur ein leises Röcheln kam über seine Lippen. Er konnte nicht mehr atmen. Jemand hatte ihm eine Schlinge um den Hals gelegt und mit einem kräftigen Ruck zugezogen, während zwei andere ihn an den Armen festhielten. Panisch strampelte er mit den Füßen, aber die Angreifer waren auf der Hut und wichen den Tritten aus. Sein Aufbegehren erstarb und sein Leib erschlaffte, als sein Herz aufhörte zu schlagen. Der Tod nahm ihn gefangen.

Beunruhigt erhob sich Ferruccio von seiner Schlafstatt und öffnete die Haustür. »Gino!«, rief er in die dunkle Nacht, aber der Geselle blieb die Antwort schuldig. Ein beklemmendes Gefühl beschlich ihn. Er entfachte eine Öllampe und lenkte seine Schritte zum Lager.

Derweil waren auch die anderen wach geworden und folgten ihm. Vor dem aufgebrochenen Tor entdeckten sie Ginos Leichnam.

»Der arme Junge. Welch grauenvolles Ende«, stellte Matthias fassungslos fest und blickte entsetzt um sich. Womöglich lauerten die Verbrecher noch in der Nähe. Ein Glück, dass Isabeau und Marie nicht hier waren. Er fühlte, dass er aus Sorge um sie wieder bis zum Äußersten gehen könnte. Davor fürchtete er sich.

»Gottlose Mörderbrut!«, fluchte Ferruccio zornig und lief ins Innere, um nach den Glaswaren zu schauen. »Oh Gott, welch ein Unglück! Die Kiste mit den Löwen fehlt«, wehklagte er und raufte sich die Haare. »Der Bischof wird mich lebendig häuten lassen.« Er rannte zum Ufer des Großen Kanals und spähte über die Wasseroberfläche, auf der sich der Lichtschein des Mondes widerspiegelte. Plötzlich wies er mit der Hand nach Süden. »Seht, eine Gondel mit drei Männern. Sie fliehen. So einfach kommt mir das Pack nicht davon.« Schnell rannte er zum Ufer. Unterwegs hörten sie, wie er weitere zornige Verwünschungen hinterherschrie.

Ehe sich Matthias versah, hatte Ferruccio schon Nicolos Scola geentert und das Ruder in die Hand genommen.

»Was gafft ihr so? Steigt ein!«, rief er.

Zeit zum Nachdenken blieb ihnen nicht. Rasch sprangen sie ins Boot, da der Alte sonst allein losgefahren wäre. Erst hinterher wurde ihnen mulmig im Bauch. Matthias machte sich Vorwürfe. Er dachte an Isabeau und Marie. Was würde aus ihnen, wenn mit ihm etwas Schlimmes passierte?

Der Vorsprung der Diebe war überschaubar. Deutlich erkannten sie im hellen Mondlicht die Gondel. Sie schaukelte auf den Wellen. Unmittelbar danach tauchte vor ihnen San Michele auf und das Boot verschwand aus ihrem Blickfeld.

»Ich wette, sie sind an Land gegangen. Sicherlich haben sie auf der Insel einen Schlupfwinkel«, argwöhnte Ferruccio. Er steuerte zum Ufer und schwor: »Ich bringe sie um.«

In einer kleinen Bucht sprangen sie ins flache Wasser. Während Nicolo sein Boot ins dichte Schilf zog, damit es nicht wegtrieb, warteten die anderen am Ufer. Er wollte gerade zu ihnen stoßen, als ein lauter Schrei die Nacht durchdrang. Mit Entsetzen beobachtete er keine fünfzig Fuß entfernt, wie Meister Ferruccio von einem Pfeil in die Brust getroffen zu Boden sank. Kurz darauf fielen ein halbes Dutzend Gestalten aus dem Hinterhalt über Matthias her und rangen ihn nieder. Ohne Gegenwehr ließ der Schmied es geschehen. Er hätte auch nichts dagegen tun können. Es war eine Falle und sie waren in der Überzahl.

Nicolo zog sich ins sichere Schilf zurück. Er konnte seinen Gefährten nicht helfen, ohne selbst in Gefahr zu geraten. Die Diebesbande schleppte ihre Gefangenen zum Kloster der Kamaldulenser, hinter deren Mauern sie verschwanden. Machten die Mönche mit ihnen gemeinsame Sache? Das wäre ungeheuerlich. Der Frage wollte Nicolo nicht allein auf den Grund gehen.

Es war stockdunkel. Der Keller, in den die Diebe Matthias gesteckt hatten, roch nach Moder und fauligem Stroh. Bei jedem Atemzug empfand er Ekel. Er bildete sich sogar ein, der Gestank dringe durch seine Haut. Als ob sie ihn einsaugte wie ein Schwamm. Nicolo fehlte. *Was wohl aus ihm geworden ist?* Das wollte er sich gar nicht vorstellen. Er stutzte und hob den Kopf. In der Finsternis hörte er jemanden ein Gebet raunen. »Wer bist du? Gib dich zu erkennen!«, rief er. Die Anwesenheit eines Unbekannten beunruhigte ihn.

»Sei still. Halte deine Zunge im Zaum, sonst kehren die gottlosen Strolche zurück und verprügeln uns. Ich habe es bereits einmal schmerzhaft erfahren müssen«, erhielt er flüsternd zur Antwort.

»Bist du ein Mönch?«, fragte Matthias.

»In der Tat. Ich heiße Augustino und bin der Abt des Klosters.«

»Weshalb bist du in die Fänge dieser Verbrecher geraten? Kennst du die Geheimnisse des Glases?«

»Das war Pech. Ich bin in eine Falle getappt«, erwiderte er vage.

Er wusste nicht recht, ob er dem anderen vertrauen konnte. »Verrate mir, was mit deinem Kloster geschehen ist. Wie kam es in die Gewalt dieses Gesindels?«

»Am Neujahrstag kamen sechs Männer in unser Kloster. Sie gaben sich als Kaufleute aus und fragten nach mancherlei Dingen. Besonders für Murano und den Glashandel zeigten sie Interesse. Sie wollten alles darüber wissen. Schon damals hegte ich Misstrauen. Ich könnte mich selbst ohrfeigen. Wenn ich der Stadtwache meinen Verdacht gleich mitgeteilt hätte, wäre das alles nicht passiert.

Einen Tag später kehrten sie mit gestohlenen Vasen und Pokalen ins Kloster zurück. Unverhohlen prahlten sie, einem Glasbläser den Garaus gemacht zu haben, weil er nichts über deren Herstellungsweise verraten hatte. Es stellte sich heraus, dass es sich nicht um gewöhnliche Räuber, sondern um Spione aus Genua handelte. Sie hatten den Auftrag erhalten, das Geheimnis der venezianischen Glaskunst zu enträtseln. Da der Handwerker standhaft geblieben war, hatten sie ihn erstochen und ins Wasser geworfen. Mich nahmen sie als Geisel und sperrten mich ein. Sie drohten, mich umzubringen, wenn meine Brüder den Mund nicht halten würden. Seither dient ihnen das Kloster als Versteck«, berichtete er zerknirscht.

Aus den Worten des Abts ging hervor, dass seine Lage ernst war. Matthias sah in Gedanken die Gesichter von Isabeau und Marie vor sich. Was wird aus ihnen, wenn ich auf San Michele den Tod finde, fragte er sich. Er lehnte sich an die kalte Wand. Die beiden fehlten ihm. Er fühlte sich unendlich einsam. So, als ob ein Stück von ihm fehle. Abgeschlagen, wie die Hand des Mädchens. »Was geschah weiter?«, fragte er Augustino, um sich von den schmerzenden Bildern abzulenken.

»Ich habe sie verdammt und ihnen die ewige Hölle gewünscht. Seit Wochen halten sie mich gefangen. Meine Bruderschaft muss ihnen zu Willen sein. Die Raubzüge häufen sich und auch die gestohlenen Güter. Unsere Kapelle ist vom Portal bis zum Altar mit ihnen angefüllt. Allein die Auflösung des Rätsels über die Glasherstellung blieb ihnen versagt. Das macht sie wütend und mordlüstern«, antwortete Augustino.

»Dem muss ich leider zustimmen. Erst diese Nacht fielen ihnen ein Meister und sein Geselle zum Opfer. Mich schlugen sie nieder. Wahrscheinlich hat mein Freund Nicolo ebenfalls den Tod gefunden. Ich flehe zu Gott, es möge anders sein«, erwiderte Matthias und faltete die Hände zum Gebet.

Schritte waren zuhören. Im Schloss drehte sich ein Schlüssel und die Tür öffnete sich. Ein bewaffneter Mann mit einem vernarbten Gesicht betrat den Raum in Begleitung eines hageren Kerls mit stechenden Augen und wandte sich an Matthias. »Steh auf! Du begleitest uns. Und mach keine Mätzchen, sonst schlag ich dir sämtliche Knochen kaputt«, drohte er.

Dass die Worte ernst gemeint waren, bezweifelte er nicht. Er hatte unten in der Bucht bei seiner Gefangennahme erlebt, wozu die Genuesen fähig waren. In seinem Gesicht zuckte es. Eins nahm er sich vor: Sollten sie ihn ermorden wollen, würde er einen von den Strolchen ins Jenseits mitnehmen. Wenn das bekannt würde, wüssten Isabeau und Marie wenigstens, dass er im Kampf gestorben war und nicht als Feigling.

Sie führten ihn in die Kapelle. Augustino hatte nicht übertrieben. Überall lagerte Diebesgut. Vorrangig Glaswaren aus den Lagerhäusern von Murano. Darunter auch die beiden Kristalllöwen sowie Gold- und Silbergefäße, die vermutlich aus dem Besitz des Klosters stammten. Hinter dem Altar hielten sich zwei weitere Männer auf. Ein Dritter saß gefesselt auf einem Stuhl – es war, oh Wunder, Ferruccio. Blut rann ihm aus dem Mund. Der Pfeil, der ihn getroffen hatte, steckte noch immer in seiner Brust.

»Wenn du am Leben bleiben willst, bring deinen Meister zum Reden, wie er die Löwen erschuf. Sie sind ungetrübt, durchsichtig und unvergleichlich«, forderte einer der beiden von Matthias, worauf der Glasbläser höhnisch lachte und sich beinahe am eigenen Blut verschluckte. »Eure Mühe ist umsonst, genuesisches Räuberpack. Meine Lippen bleiben versiegelt. Das Geheimnis ihres Wesens werdet ihr niemals erfahren. Und den jungen Mann sehe ich zum ersten Mal. Wir haben nichts miteinander zu tun«, röchelte er.

»Er spricht die Wahrheit. Ich kenne ihn nicht und kam auf die Insel, um bei Pater Augustino die Beichte abzulegen«, log Matthias ungeniert.

»Beichten? Mitten in der Nacht?« Der Narbige lachte. »Ich habe schon bessere Ausreden gehört.«

»Schluss mit dem Palaver. Wir haben bereits zu viel Zeit verloren. Sprich, oder du wirst unsagbare Schmerzen erleiden«, setzte der Hagere Ferruccio unter Druck.

Der schüttelte bloß den Kopf.

Matthias wurde siedend heiß. Schweiß trat ihm auf die Stirn, als er merkte, wie sich der Narbige mit einem Hammer in der Hand dem Glasbläser näherte. »Ich flehe dich an. Verrate ihnen, was sie wissen wollen, sonst erschlagen sie dich!«, rief er entsetzt.

»Es ist besser, meinen Mördern die Stirn zu bieten, statt auf dem Markusplatz als Verräter hingerichtet zu werden«, antwortete Ferruccio entschlossen.

Krachend zerschmetterte der Hammer die rechte Hand des Glasbläsers. Der bäumte sich auf und schrie wie am Spieß. Trotzdem gab er nichts preis. Da hieb ihm der Narbige auch die andere Hand entzwei. Knochensplitter und Blut spritzten durch die Luft. Matthias spürte sie in seinem Gesicht.

Ein dritter und ein vierter Schlag zertrümmerten dem Alten die Knie. Rote Rinnsale liefen ihm die Beine herunter bis auf den Boden. Unbeugsam hielt er der Folter stand. Lediglich Schreie drangen aus seiner Kehle. Die Qualen mussten unermesslich sein.

Den Anblick des Leides konnte Matthias nicht länger ertragen. Er musste sich übergeben. Er wischte sich mit der Hand über den Mund und dachte an Isabeau und Marie. Was sie wohl fühlen würden, wenn er nicht mehr zu ihnen zurückkäme? Er musste überleben. Irgendwie. *Die beiden sind ohne mich verloren.* Vielleicht fänden sie ja Aufnahme bei Fabiola. Das wäre ihm zumindest ein Trost.

Derweil sackte der Gepeinigte in sich zusammen.

Wütend ergriff der Hagere den Schaft des Pfeils und riss ihn dem alten Mann aus dem Leib. Ein Schwall Blut ergoss sich aus dessen Brust. Sich in Krämpfen krümmend, hüstelte er heiser und suchte den Blick von Matthias. Mit letzter Kraft rief er ihm zu: »Zerschlage sie ... bei Gott ... zerschlage sie ...« Dann senkte sich sein Kopf. Er war tot.

Aufgeschreckt hoben Matthias und Augustino die Köpfe aus dem Stroh. Von draußen drangen durch das winzige vergitterte Fenster der Schein der aufgehenden Sonne und das Keuchen kämpfender Männer herein. Kurz darauf war das Hauen und Stechen auch im Inneren des Klosters zu hören. Die Schreie Sterbender erfüllten ihre Sinne. Kurze Stille trat ein, bis die Sieger ein Jubelgeschrei anstimmten. Schnelle Schritte näherten sich ihrem Kerker. Jemand steckte einen Schlüssel ins Schloss und drehte ihn einmal um. Quietschend schob sich der Riegel zurück und die Tür öffnete sich: Es war Nicolo. »Genug geschlafen. Aufgestanden du Faulpelz«, rief er überschwänglich und fiel Matthias freudig in die Arme. Er hatte es geschafft, zu fliehen und die Stadtwache von San Marco zu alarmieren. Von Matthias fiel eine Riesenlast. Jetzt würde er Isabeau und Marie wiedersehen. »Hab Dank dafür«, sagte er zu ihm.

»Was ist mit Meister Ferruccio? Lebt er noch?«, fragte er.

»Für ihn kommt jede Hilfe zu spät. Die genuesischen Spione haben ihn vor meinen Augen gefoltert und ermordet. Seine letzten Worte galten den gläsernen Löwen. Bevor er starb, rief er mir zu, ich solle sie zerschlagen, damit sie nicht im Besitz der Mörder bleiben. Leider blieb es mir versagt, seinen letzten Willen in die Tat umzusetzen. Zum Glück hat sich alles zum Guten gewendet und das Diebesgut wird an seine Besitzer zurückgegeben. Den Bischof von Castello wird es freuen.«

Nicolo schüttelte den Kopf. »Einer der Spitzbuben nahm die Löwen an sich und versuchte mit einem Boot von der Insel zu flüchten. Doch er kam nicht weit. Ein Bogenschütze der Stadtwache machte ihm zielsicher den Garaus. Sein Pfeil durchbohrte dessen sündigen Leib«, schilderte er bildhaft das Geschehen. »Ich hoffe, er schmort in der Hölle«, fügte er hinzu.

»Und was ist aus den Löwen geworden?«

»Dummerweise kenterte das Boot, als er ins Wasser fiel. Mit ihm versanken auch Ferruccios gläserne Wunderwerke. Sie ruhen auf dem Grunde der Lagune und sind für immer verloren. Aber der Verlust meines Freundes schmerzt mich viel mehr«, sagte er betrübt.

»Ein Unglück im doppelten Sinne«, urteilte Matthias bedauernd. »Mit seinem Tod bleibt die Mixtur des Kristallglases ein Mysterium. Es könnten viele Jahre vergehen, bis ein anderer die Rezeptur wiederentdeckt.«

»Wenigstens sind wir mit dem Leben davongekommen«, munterte Augustino ihn auf. »Wir sollten dem Allmächtigen danken, dass sich unser Schicksal zum Guten gewendet hat.«

»Der Abt spricht die Wahrheit«, pflichtete ihm Matthias bei. »Kehren wir nach Cannaregio zurück. Isabeau und Marie fehlen mir. Und nach dieser Nacht mehr denn je.«

Auf dem Weg zur Kapelle begegneten sie dem Narbigen wieder. Er war der einzige Genuese, der den Kampf gegen die Stadtwache überlebt hatte. Gefesselt hockte er auf dem Boden, flankiert von einem Wachposten, und wagte nicht aufzusehen.

»Was wird mit ihm geschehen?«, fragte Matthias den Wächter.

»Üblich ist es, Spione gegen venezianische Gefangene auszutauschen, die in genuesischen Kerkern sitzen. Bei ihm liegt der Fall anders. An seinen Händen klebt das Blut unschuldiger Bürger. Er kommt vor Gericht und wird zur Sühne für seine Verbrechen auf dem Markusplatz hingerichtet. Sein Kopf, und ebenso die der anderen Mörder, werden zur Warnung nach Genua geschickt«, erwiderte er.

Die Worte des Wächters stimmten Matthias nachdenklich. Sie ließen den Schluss zu, dass auch Venedig ein Netz von Zuträgern unterhielt, die in Genua ihr Unwesen trieben. Vermutlich waren auch sie nicht zimperlich, wenn es darum ging, an geheime Informationen zu gelangen. Dass er versuchte, den Eindruck zu erwecken, mit der Enthauptung des Narbigen würde den Opfern Genugtuung widerfahren, war scheinheilig. Hier ging es einzig und allein um das Ausüben von Macht und das Abschrecken von Nachahmern.

Nicolo, dem die zwiespältige Miene von Matthias nicht entgangen war, legte ihm die Hand auf die Schulter. »Gott möge ihm seine grausame Tat verzeihen, die Bürger von Venedig können es nicht«, bemerkte er um Verständnis bittend.

Sie sagten Augustino Lebewohl. Dann folgten sie dem Weg zum Ufer, wo sie das Boot bestiegen und nach Cannaregio zurückruderten.

In Nicolos Haus angekommen, fiel Matthias erleichtert in Isabeaus und Maries Arme. Tränen standen ihm in den Augen.

»Was ist dir widerfahren? Du warst nur einen Tag von uns getrennt und weinst, als wäre eine Woche vergangen«, meinte Isabeau mit einem Lächeln um die Mundwinkel. »Hast du uns so sehr vermisst?«

»Eine Woche? Mir kam es wie ein Monat vor«, entgegnete er und drückte beide noch einmal fest an seine Brust. »Und ja, ihr habt mir sehr gefehlt. Es fühlte sich an, als hätte ich einen Teil meiner Seele verloren«, gestand er ihnen. Mit bildhaften Worten schilderte er ihnen die Abenteuer der vergangenen Nacht.

»Für dieses Mal ist es glücklich ausgegangen. Darum lass uns das Schicksal nicht zu oft herausfordern und in Zukunft lieber zusammenbleiben«, sagte Isabeau mit klopfendem Herzen. Sie hatte ja von all dem keine Ahnung gehabt. Sie hätte Todesängste ausgestanden, wenn sie davon gewusst hätte. Einmal mehr gestand sie sich ein, wie wichtig ihr Matthias war und wie gern sie ihn hatte.

Er stimmte ihr zu. Später hörte sie ihn die Stufen zur Schmiede hinuntersteigen, in der hell klingende Hammerschläge ertönten. Nicolo hatte vermutlich begonnen, einen neuen Auftrag fertigzustellen. Bestimmt wollte er ihm helfen. Gut so, dachte sie. Die Arbeit würde ihm helfen, die trüben Gedanken aus seinem Kopf zu verscheuchen.

Inzwischen waren mehrere Wochen seit den Ereignissen auf Murano und San Michele vergangen. In Venedig begann eine Zeit der ausgelassenen Lebensfreude, die kurz vor Aschermittwoch in einer hemmungslosen Prasserei und sündhaftem Treiben gipfelte.

Matthias blickte aus dem Fenster der Schmiedewerksatt und beobachtete die vorbeiziehenden Leute auf der Straße. »Was ist bloß in die Menschen gefahren?«, fragte er und griff sich an den Kopf. »Bereits am helllichten Tag torkeln angetrunkene Männer durch die Gassen und die Mädchen, die über den Markusplatz lustwandeln, machen jedem Jüngling schöne Augen. Und werden sie von ihnen angesprochen, rennen sie kichernd davon. Andere tragen Masken auf dem Gesicht, die Dämonen oder Tiere darstellen und versuchen mit ihnen, Kinder zu erschrecken. Ihr Venezianer seid ein eigenartiges Völkchen.«

Nicolo lachte. »Heute findet einer der Höhepunkte des Karnevals statt. Wir feiern den *Giovedi Grasso*, den schmotzigen Donnerstag, an dem die Metzger zum letzten Mal schlachten und Fleisch verkaufen, bevor nach Aschermittwoch die Fastenzeit beginnt. Ein Grund, weshalb alle so vergnügt sind. Lasst uns zum Campanile gehen, dem großen Glockenturm neben dem Markusdom. Dort wird vor Sonnenuntergang ein Spektakel geboten, das Unkundigen die Haare zu Berge stehen lässt«, erklärte er und gab sich geheimnisvoll.

Matthias packte sofort die Neugier und willigte ein. Auch Marie, Isabeau und Fabiola schlossen sich an.

Als sie sich am Nachmittag auf dem Markusplatz einfanden, standen die Leute schon eng gedrängt um zahlreiche Jahrmarktsbuden, in denen Bader Zähne zogen, Quacksalber Heilmittel feilboten und Astrologen die Zukunft weissagten. Bunt gekleidete Gaukler spielten Musik und machten ihre Späßchen. Jungen und Mädchen lachten, sangen und tanzten. Marie fand ihre Freude daran und bewegte ihre Füße im gleichen Takt. Nebenan kletterten Akrobaten auf die Schultern anderer und bauten turmhohe menschliche Pyramiden. Eng beieinanderstehend und sich an den Händen haltend, bestaunten Isabeau und Matthias deren Künste. Frohsinn beherrschte ihre Sinne und der Wille, unbeschwert das Leben zu genießen. In Käfigen gab es fremdländische Tiere zu bestaunen, deren Besitzer die Kreaturen für einige Münzen gegeneinander kämpfen ließen. Nicolo hätte sich eins der Schauspiele gern länger angeschaut, aber Fabiola und die anderen zogen ihn weiter. Unterwegs wurde Maries Hunger auf Süßes geweckt, denn an jeder Ecke wurden Spezereien und Zuckerwerk verkauft. Der Wein floss in Strömen und die Fleischerzunft wetzte ihre Messer für das Schauspiel, das bald kommen sollte.

Schon neigte sich die Sonne dem Untergang zu. Gespannt verfolgten sie die Grußrede des Obersten Rates, die ein Bote auf der Empore des Dogenpalastes der Menge verkündete. Leider verstanden Matthias, Isabeau und Marie nicht viel von dem, was er vorlas. »Was bedeuten seine Worte?«, wollte Marie von Fabiola wissen.

»Er teilte mit, dass der Doge das Fest der Verhöhnung nicht selbst eröffnen kann, weil er im Osten gegen die Heiden kämpft«, erklärte sie.

»Und ich habe geglaubt, Konstantinopel sei christlich. Wie einfältig von mir«, bemerkte Isabeau mit bissigem Spott.

In Nicolos Miene erstarb das Lächeln. »Es ist eins von vielen Lügenmärchen, die den Bürgern von Venedig weisgemacht werden. Die Mächtigen in Venedig nennen die Schwindeleien höhere Politik. Viele Bürger durchschauen sie nicht. Denen kann der gierige Doge alles Mögliche vorgaukeln. Sie nehmen es für bare Münze.«

»Welche Bedeutung hat das Verhöhnungsfest?«, wollte Matthias wissen.

»Sein Ursprung geht auf einen Krieg im Jahr 1162 zurück«, erklärte Fabiola. »Dazumal lag Venedig mit dem Patriarchen *Ulrich von Aquileia* in erbitterter Fehde. Der Grund war ein Zerwürfnis zwischen *Papst Alexander* und Kaiser Friedrich. Ulrich stand auf Seiten des Kaisers und Venedig hielt treu zum Papst in Rom. Der Doge entsendete eine schlagkräftige Flotte nach Grado, als Ulrich sich im Auftrag des Kaisers anschickte, die Stadt und die ihr vorgelagerte Insel zu besetzen. Die Schlacht, die folgte, war blutig und endete zu unseren Gunsten. Der Patriarch und zwölf seiner Gefolgsmänner wurden gefangen genommen und im Gefängnis des Dogenpalastes eingekerkert.«

»Nach Ulrichs Einwilligung, einen jährlichen Tribut zu entrichten, erhielten die Gefangenen wieder die Freiheit«, fügte Nicolo hinzu. »In dem schmachvollen Vertrag verpflichtete er sich, an jedem schmotzigen Donnerstag der Republik Venedig einen

Ochsen und zwölf fette Schweine zu übereignen – die Sinnbilder für den unterlegenen Patriarchen und seine zwölf Knechte. Zum Hohn und Spott für deren Niederlage werden die Schweine vom Campanile zu Tode gestürzt und der Ochse enthauptet. Das geschieht bis zum heutigen Tag, obwohl Aquileia schon lange keine Tiere mehr schickt. Traditionen sind eben wie alte Bäume. Sie wurzeln tief.«

Die Türmer scheuchten die Schweinerotte ins Innere des Campanile und begannen, sie über die Wendeltreppe nach oben zu treiben. Sie schienen bei ihrer Arbeit nicht zimperlich vorzugehen. Aufgeregtes Grunzen drang gut hörbar aus den Schallfenstern des Glockengestühls. Begleitet von lautem Gelächter stießen die Männer das erste Schwein über die Brüstung. Ängstlich quiekend fiel es in den Abgrund und schlug tödlich auf dem Boden auf. Sein Leib zerbarst regelrecht. Knochen splitterten. Blut und Gekröse flogen durch die Luft und beschmutzten die Gesichter und Kleider der Zuschauer, die sich zu nah an das Geschehen herangewagt hatten. Johlender Applaus war der Lohn für die Metzger in luftiger Höhe. Marie und Isabeau waren entsetzt. Selbst Matthias zeigte Befremden. Die Worte von Nicolo hatten zwar angedeutet, was mit den Tieren geschehen würde, dennoch waren die erlebten Bilder, die sie vor Augen hatten, um ein Vielfaches scheußlicher.

Das zweite Schwein ahnte, was ihm bevorstand und wehrte sich störrisch gegen das unvermeidliche Schicksal. Aber auch dieses endete im freien Fall vor den Füßen der frenetisch jubelnden Gaffer. Nachdem auch das Letzte der Tod ereilt hatte, eilten die Fleischer herbei. Sie deckten die Tiere ab, entfernten die Gedärme und brieten sie auf langen Spießen über dem Feuer. Rasch verbreitete sich der würzige Geruch gerösteten Fleisches über den Markusplatz.

Schließlich wurde der Ochse zur Schlachtbank geführt. Er machte weniger Sperenzien und schaute unbeeindruckt in die Menge.

»Ulrich von Aquileia, nimm dein Urteil hin!«, grölte die Menge begeistert. Mit zwei schnellen, gezielten Axthieben trennte der Zunftmeister den Kopf vom Rumpf. Die Glieder des Tieres knickten ein und der schwere Leib kippte zur Seite. Eine Weile zuckte er noch und schlug gefährlich mit den Hufen aus, als wolle er seinen Mörder zertrampeln. Endlich erstarrte der Fleischberg. Bevor die Schlächter ihn zerteilten, pflanzten sie das Ochsenhaupt, dem die Zunge zum blutigen Maul heraushing, auf eine Lanze. Abermals johlte das Volk und feierte einen Sieg, der bereits über vier Jahrzehnte zurücklag.

»Die armen Tiere. Wie konnte Gott so etwas zulassen«, schimpfte Marie. Zwar war das Schlachten von Vieh ihr nicht neu, gehörte es doch zum Alltag. Der Schrecken indes, der in den toten Augen der Schweine und des Ochsen geschrieben stand, weckte ihre Empörung.

Auch Isabeau stieß das Gemetzel ab, wollte jedoch die Traditionen Venedigs vor Nicolo und Fabiola nicht verpönen, da auch zu Hause in Schwaben Bräuche herrschten, die ihr fragwürdig erschienen. »Sei nicht verzagt. Schau, welche Späße die Gaukler treiben«, versuchte sie, Marie aufzuheitern.

»Lasst uns lustig sein und die trüben Gedanken vertreiben. Heute feiern wir Maries Geburtstag. Es ist Februar. Der Monat, in dem sie vor zehn Jahren geboren wurde«, schlug Matthias vor und zauberte ein Lächeln auf das Gesicht der Kleinen.

Sie tauchten ein in den Frohsinn der Venezianer, aßen, tranken und tanzten nach Herzenslust. Stunden, die ihnen das Gefühl vermittelten, frei zu sein von allen Ängsten und Bedrohungen. Erst im Morgengrauen kehrten sie Hand in Hand zum Großen Kanal zurück, wo Nicolos Scola auf sie wartete.

Plötzlich hielt Isabeau kurz inne. Einige Blätter wirbelten über den Weg.

»Was ist mit dir?«, fragte Matthias besorgt.

»Ein kalter Windhauch ließ mich frösteln. Wie von Geisterhand geführt strich er über meine Schultern«, erwiderte sie.

Matthias streifte fürsorglich seine Jacke über ihre Schultern.

»Wenn die Schwärze der Nacht über Venedig fällt, spüren empfindsame Menschen die Gegenwart der Toten, deren Seelen ruhelos umherwandeln, weissagt ein altes Sprichwort.« Nicolo, der die Worte gesagt hatte, blickte ernst in ihre verdutzten Gesichter. Dann lachte er aus vollem Halse. »Nehmt mein Mundwerk nicht zu ernst. Ich habe nur Spaß gemacht. Es war der eisige Boreas, der dich zittern ließ«, meinte er beruhigend zu Isabeau und alle lachten. Dann stiegen sie ins Boot und ruderten nach Cannaregio zurück.

Isabeau hatte sich in den Kopf gesetzt, Matthias und Marie das Lesen und Schreiben beizubringen. Das Mädchen zeigte während des Unterrichts großen Eifer und lernte schnell hinzu. Matthias fiel es schwerer, er bemühte sich jedoch, seine Schulmeisterin nicht zu enttäuschen. Mit Stolz zeigte ihm Marie auf der Wachstafel ihre Fortschritte. Neidlos erkannte er an, dass sie begabter war als er. Umso mehr stachelte es ihn an, es ihr gleichzutun. Obwohl es ihn lieber in Nicolos Schmiede gezogen hätte, übte er emsig jeden Tag und seine Handschrift wurde von Mal zu Mal gefälliger. Nach einem Monat war er in der Lage, es Marie gleichzutun.

An einem milden Tag, dem letzten des Monats März, rief Isabeau die zwei zu sich und sprach: »Heute will ich schauen, welch schreibkundige Menschen aus euch geworden sind.« Sie zitierte mehrere Verse aus einem Lied, die beide auf ihren Wachstafeln niederschreiben und anschließend vorlesen mussten. Beide gaben den Text stockend, aber wortgetreu wieder. Nur im Schriftsatz stieß sie auf einige Fehler, die sie bemängelte. Dennoch war sie für die Kürze der Zeit mit dem Ergebnis zufrieden. Es würde sich mit der Zeit und viel Übung weiter verbessern.

Seit dem Tag, als Matthias weinend und glücklich aus Murano zurückgekehrt war, hatte sie darüber nachgedacht, es ihnen beizubringen, und auch gezweifelt, ob sie überhaupt in der Lage war, anderen ihr Wissen zu vermitteln. Noch dazu, wenn es sich um einen Mann und ein Kind aus dem einfachen Volk handelte, dem Adel und Kirche nachsagten, es wäre strohdumm und einfältig. In ihrem alten Leben wäre sie niemals auf diese Idee gekommen. Zu weit war es von Matthias und Marie entfernt gewesen. Heute wusste sie, der Einsatz hatte sich gelohnt. Matthias und Marie waren der beste Beweis dafür. Beide zeigen nicht weniger Fleiß und Können als Edelleute. Kein Mensch wurde dumm geboren. Selbst Edle konnten, oft aus Faulheit, nicht lesen und schreiben. Sie bemäntelten ihr Unwissen mit den Worten, die Feder zu schwingen sei Sache der Schreiber. Ihre Aufgabe sei es, dass Schwert zu erheben. Gott hatte Talent und Unvermögen gleichermaßen verteilt. Isabeau fühlte sich bestätigt. Als Lehrerin hatte sie keine schlechte Figur gemacht und war stolz auf sich.

Am Abend besuchte Matthias seinen Gastgeber in der Schmiede, um ihm etwas Wichtiges mitzuteilen.

»Ich weiß, ihr beabsichtigt, Venedig bald zu verlassen«, kam Nicolo ihm zuvor. »Du hast in der letzten Woche Ausschau nach einem Schiff gehalten, das nach Konstantinopel segelt. Isabeau erzählte mir davon. Hattest du Glück auf deiner Suche?«

»Ja und nein«, erwiderte er. »Ursprünglich wollte ich mit ihr und Marie auf einem Handelsschiff reisen. Für die Menge Geldes, über die wir verfügen, war kein Schiffseigner bereit, uns mitzunehmen. Die Preise, die sie forderten, waren unerschwinglich. Deswegen habe ich mich auf einer Kriegsgaleere als Schmied verdingt, was mir gestattet, die beiden mit an Bord zu nehmen. Dafür muss ich auf die Hälfte meines Lohns verzichten, weil ich für ihre Unkosten aufkommen muss. Das Schiff läuft übermorgen aus und hält Kurs auf Konstantinopel, wo es das Heer des Dogen im Kampf gegen seine Feinde unterstützen soll.«

»Fabiola und ich hätten euch gern bei uns behalten, weil ihr gute Menschen seid. Außerdem bist du ein geschickter Handwerker. Das Herz wird mir schwer, wenn ich an eure Abreise denke, doch ihr müsst eurer Bestimmung folgen. Möge Gott euch auf der Fahrt in den Osten beistehen. Gefahren lauern zur Genüge. Zum Abschied möchte ich dir etwas schenken. Greif zu, er gehört dir«, sprach Nicolo mit einer Träne in den Augen.

»Unmöglich. Er ist zu kostbar.« Entgegen seiner aufflammenden Begierde weigerte er sich, die Gabe anzunehmen, denn für ihn war sie ein unvergleichliches Stück.

»Für einen Schmied ist nur von Wert, was er bearbeiten kann. Mein Können reicht nicht aus, um die Vorzüge, die ihm innewohnen, freizulegen. Nimm ihn an dich. Womöglich lernst du in der Ferne einen Meister kennen, der dessen fähig ist.«

Matthias nickte zustimmend und schob das Geschenk unter sein Wams. Es war der Klotz aus Jadestahl. Er glaubte, auf der Haut genau zu spüren, wie dessen Geheimnisse in sein Innerstes drangen.

»Eine Sache liegt mir noch am Herzen«, deutete Nicolo lächelnd an. »Solltet ihr irgendwann nach Venedig zurückkehren, so wisse: In meinem Haus wird stets ein wärmendes Feuer auf euch warten.«

Dankbar umarmte Matthias den Mann, der zu einem Freund geworden war.

Kapitel 7

Die Galeere der Verdammten

Über das Deck wehte der Zephir und blähte das große Dreieckssegel auf. Auf den Wellen spiegelte sich funkelnd die Mittagssonne, als die Galeere San Marco den Hafen in Richtung Süden verließ. Die milde Frühlingsluft schmeckte nach der salzigen Gischt, die der Bug mit dem mächtigen Rammsporn über das Wasser wirbelte.

»Für die Fahrt nach Konstantinopel hätte das Wetter nicht schöner sein können. Ein Omen, das uns hoffentlich eine vergnügliche Reise verspricht«, sagte Matthias zu Isabeau.

»Die Zukunft wird zeigen, ob dein Omen ein Trugschluss war. Die Männer an Bord sind unzufrieden. Ihre Arbeit ist ihnen zuwider. Das merkt man und kann Ärger bedeuten«, erwiderte sie.

Mit gemischten Gefühlen verfolgten sie und Marie, wie sich die Ruderer im Takt des Trommelschlags in die Riemen legten. Die gleichförmigen Bewegungen ihrer Leiber gingen mit dem Geschrei der beiden Antreiber einher, die dafür nur Flüche und mürrische Gesichter ernteten.

Marie lief zum Vorschiff, wo der Kochherd stand, um beim Zubereiten des Essens zu helfen. Eine tägliche Pflicht, die sie auf Befehl des Kapitäns Jacopo Ziani verrichtete. Der grauhaarige, streng blickende Schiffsführer duldete keinen Müßiggang an Bord, weshalb ihm Isabeau versprochen hatte, sich um Kranke und Verletzte zu kümmern, wenn dies erforderlich wäre.

Nachdenklich beobachtete Matthias den Horizont. »Ich hoffe, es kommt kein Sturm auf. Die Schaukelei macht mir ziemlich zu schaffen. Ich schwanke wie ein Betrunkener über die Planken und hangele mich wie ein Affe die Treppen rauf und runter. Letztes Jahr sah ich solch ein Tier auf dem Fuhrwerk eines vorbeiziehenden Händlers. Die Floßfahrt auf der Donau war dagegen harmlos«, sagte er abwägend.

Den Vergleich mit dem Affen fand Isabeau lustig. Dann kam ihr ein Gedanke. »Wie viel ist von unserem Reisegeld übrig geblieben?«, fragte sie.

»Venedig hatte seinen Preis. Zwei Goldmünzen habe ich Fabiola und Nicolo gezahlt, für das Nachtlager und die Verpflegung. Dazu kommen fünf Silberpfennige, die wir während des Karnevals ausgegeben haben. Unterm Strich sind uns drei Goldsolidi und fünfundzwanzig Silberpfennige geblieben«, sagte er bedauernd.

»Nur zwei Goldsolidi für Kost und Bett? Warum warst du so knauserig zu den beiden?«, schalt sie ihn.

Die Stirn runzelnd schaute er sie an. »Knauserig? Ich bin also ein Geizhals in deinen Augen? Du irrst dich. Wie vereinbart wollte ich ihnen vier Solidi überlassen, aber Nicolo hat das abgelehnt und gesagt, zwei wären mehr als genug. Meine Hilfe bei der Arbeit in der Schmiede sei das Doppelte wert gewesen und eigentlich wären er und Fabiola uns etwas schuldig. Das fand ich natürlich übertrieben, daher beließen wir es bei der Summe.«

In ihrem Gesicht zeigte sich Bedauern. »Verzeih mir, Matthias. Meine Worte waren unbedacht. Ich weiß, dass du ein freigiebiger Mensch bist und für andere das Letzte hergibst.«

»Du musst dich nicht entschuldigen. Ich habe ein dickes Fell. Schau! Nicolo hat mir zum Abschied sogar ein Geschenk gemacht.« Er griff unter sein Wams und brachte das Bündel mit dem Jadestahl zum Vorschein.

Neugierig hielt Isabeau den Klotz in der Hand. »Das Metall steckt voller Geheimnisse. Ich kann es fühlen. Eines Tages wirst du etwas Unvergleichliches daraus schmieden«, prophezeite sie.

Plötzlich drang das wüste Gezeter der Antreiber an ihre Ohren. Einer von ihnen, Pietro mit Namen, schlug mit der Peitsche auf einen Mann in den besten Jahren ein, dessen Füße an die Ruderbank gekettet waren. Seine Haut war dunkler als die seiner Leidensgefährten. Sein langes rabenschwarzes Haar reichte ihm bis zu den Schultern. Stolz blickte er seinem Peiniger in die Augen, ohne einen Laut von sich zu geben.

»Weshalb ist er angebunden? Ich glaubte, alle Ruderer wären freiwillig an Bord gekommen«, rief Matthias einem vorbeigehenden Seemann zu.

»Freiwillig? Wohl kaum. Es sind Strafgefangene. Arme Teufel, die zwischen der Galeere und dem Kerker wählen durften. Die meisten von ihnen sind Schuldner und Diebe. Sogar Mörder befinden sich unter ihnen. Auf sie hätte das Schafott gewartet. Jetzt verbüßen sie ihre Sünden auf der Ruderbank, bis sie eines Tages sterben oder begnadigt werden.«

»Warum ist er als Einziger in Ketten gelegt? Was unterscheidet ihn von den anderen?«, fragte Isabeau, die das Schicksal des Mannes berührte.

»Er ist etwas Schlimmeres als diese Beutelschneider: ein gottloser Sarazene. Ihn zu züchtigen ist Christenpflicht«, tönte der Seemann mitleidlos und verschwand im Unterdeck.

Plötzlich fiel Pietro zu Boden und brüllte wie am Spieß. Die Faust des Heiden hatte ihn mitten ins Gesicht getroffen. Auf allen vieren kriechend suchte er die Deckplanken ab. Ein ausgeschlagener Zahn geriet ihm in die Hände. »Elender Hurensohn!«, rief er erbost und rannte mit dem Beweisstück zum Achterdeck, um sich beim Kapitän zu beschweren.

Die Strafe, die Ziani verhängte, war hart. »Verpass ihm fünfundzwanzig vor der versammelten Mannschaft. Aber bring ihn nicht um, sonst musst du selbst die Hände an den Riemen legen. Ich habe vom Dogen den Befehl erhalten, in acht Tagen den Hafen von Konstantinopel anzulaufen. Die Stadt befindet sich in blutigem Aufruhr. Da die Zeit drängt, kann ich nicht allein auf den Wind im Segel vertrauen«, rief er erbost.

Was folgte, war grauenhaft. Der Sarazene wurde am Mast festgebunden und sein Oberkörper entblößt. Bei jedem Peitschenhieb zuckten Isabeau und Matthias zusammen, als würden sie die Schmerzen auf der eigenen Haut spüren. Marie, die hinter ihnen stand, liefen die Tränen übers Gesicht und sie betete: »Oh Herr, warum hilfst du ihm nicht? Lass ihn nicht allein in seiner Not. Ich ertrage das nicht.« Als

Gott auf ihr Flehen nicht erschien, wandte sie sich schluchzend ab. Das brutale Schauspiel war zu viel für ihre kindliche Seele.

Der Verurteilte biss die Zähne zusammen. Kein Schrei kam über seine Lippen, was Pietro erzürnte und veranlasste, stärker zuzuschlagen. Außer Atem setzte er zum letzten Hieb an. Abermals klatschte die Peitsche auf den mit blutigen Striemen gezeichneten Leib. Diesmal entrang er ihm wenigstens ein Stöhnen. Befriedigt löste er das Seil, das den gedemütigten Mann an den Mast fesselte. Dann stieß er ihn zurück auf die Ruderbank und legte ihn wieder in Ketten.

Nach Sonnenuntergang durften sich die Männer auf den Ruderbänken von der Mühsal des Tages erholen. Einige fielen, über die Ruderstangen gebeugt, sogleich in den Schlaf. Allein das große Lateinersegel brachte sie jetzt dem Ziel näher. Kapitän Ziani sah es an der Zeit, die Wunden des Delinquenten versorgen zu lassen. Er schickte Isabeau zu ihm, damit der heidnische Strolch, wie er sich verächtlich ausdrückte, nicht zu früh wegsterbe. Eine Order, der sie rasch Folge leistete. Für sie war er einfach nur ein Mensch, der Hilfe benötigte.

Darauf bedacht, kein lautes Geräusch zu verursachen, schritt sie die Reihen der Schlummernden ab. Neben dem Sarazenen machte sie Halt. »Kannst du mich verstehen? Wie lautet dein Name?«, flüsterte sie, nachdem sie ihn sanft an der Schulter berührt hatte.

»Die Sprache der *Franken* und Venezianer ist mir geläufig. Ich heiße Tariq«, erwiderte er, verblüfft über ihre Gegenwart.

»Hör, Tariq, und hab Vertrauen! Ich werde die Verletzungen auf deinem Rücken versorgen. Aber ich muss dich warnen. Es wird schmerzvoll sein.«

»Schmerzen bin ich gewöhnt. Sie begleiten mich täglich seit langer Zeit. Beginne ruhig mit deiner Arbeit«, erwiderte er gleichmütig.

Vorsichtig begann Isabeau mit einem feuchten Tuch die blutigen Striemen zu reinigen, welche die Peitschenhiebe auf seiner Haut hinterlassen hatten. »Wo liegt deine Heimat?«, versuchte sie, ihn abzulenken, als er vor Schmerz stöhnte.

»Fern im Osten. Der Ort, in dem meine Familie lebt, befindet sich nahe Jerusalem. Meine Frau und meine zwei Töchter warten dort seit über drei Jahren auf mich«, sagte er wehmütig.

»Was ist geschehen?«

»Fränkische Ritter aus *Akkon* zogen plündernd durch unser Dorf. Wir wehrten uns gegen die Eindringlinge. Doch ohne Erfolg. Viele meiner Nachbarn mit ihren Frauen und Kindern fielen ihnen zum Opfer. Meine Familie konnte zwar fliehen, doch mich nahmen sie gefangen und verkauften mich an einen Sklavenhändler. Der wiederum verschacherte mich an die Republik Venedig. Seitdem werde ich als Rudersklave gefangen gehalten.« Er haderte mit seinem Schicksal. Wer wollte es ihm verdenken? »Das kann nicht der Wille Allahs sein. Ich hoffe, er schickt mir einen rettenden Engel, denn so will ich nicht enden.«

Sein Schicksal berührte sie. »Wie viel Unrecht es doch auf der Welt gibt. Ich hoffe von ganzem Herzen, dein Wunsch möge sich erfüllen.« Mit dem Säubern war sie fertig. Nun nahm sie das Fläschchen Speik zur Hand, das ihr der Händler David in Judenheim verkauft hatte. Vorsichtig strich sie einen Teil der kostbaren Essenz in die aufgeplatzte Haut.

Diesmal stöhnte Tariq nicht, sondern hob die Nase in die Höhe. »Welch wundersamer Duft«, sprach er mit Wohlbehagen.

»Er entströmt der Medizin, mit der ich deinen Rücken behandelt habe. Sie nennt sich Speik. Es ist ein Öl, das aus Pflanzen gewonnen wird, die hoch oben in den Bergen wachsen. Es hilft gegen vielerlei Gebrechen. Leider nicht gegen den Frevel, der dir und deinen Nachbarn angetan wurde«, seufzte sie, da sie sich gewiss war, dass Lothar sich niemals an wehrlosen Frauen und Kindern vergriffen hätte. »Du hast deine Familie und dein Hab und Gut verteidigt. Es war dein Recht, dich zu wehren.«

»Es hat mir nichts genützt. Ich werde auf der Galeere sterben und ein Grab auf dem Meeresgrund finden. Einen rettenden Engel gibt es nur im Märchen«, sagte er traurig.

»Verzage nicht, Tariq. Mein Reisegefährte ist Schmied. Er wird bestimmt einen Weg finden, um dich zu befreien, wenn die Zeit reif ist. Mit etwas Glück siehst du die Deinen bald wieder«, sprach sie ihm Mut zu. Dann wandte sie sich ab, um nach Matthias Ausschau zu halten.

»Warte. Wie lautet dein Name?«, wollte er wissen.

»Isabeau.«

»Warum hilfst du mir? Ich bin Mohammedaner und du eine Christin. Unsere Religionen machen uns zu Feinden.«

»Ich bin niemandes Feind, solange mich der andere als ein Geschöpf Gottes respektiert«, antwortete sie und verließ den staunenden Sarazenen.

Über eine Leiter kletterte sie auf den Laufsteg, der vom Bug mittschiffs bis zum Achterdeck verlief. Die Galeere war etwa hundertsechzig Fuß lang und fünfundzwanzig Fuß breit. Unter ihr erstreckte sich je eine Riemenreihe links und rechts der Bordwand. Beide zählten zweiundzwanzig Ruderbänke, die jeweils drei Plätze boten und somit hundertzweiunddreißig Männer aufnahmen.

Sie lenkte ihre Schritte zum Vorschiff, wo neben der Kochstelle zwei drehbare Katapulte verankert waren. Mit ihnen konnten die Schützen tönerne Krüge, die mit *Griechischem Feuer* gefüllt waren, auf gegnerische Schiffe schleudern. Nur wenig entfernt führte eine Leiter ins Unterdeck. Bedächtig stieg sie die Sprossen nach unten. Hier fand sie Matthias und Marie, die sich in einer Ecke zur Ruhe gelegt hatten, denn auf dem Schiff gab es keine abgetrennten Räume. Der Kapitän war der einzige, dem eine gesonderte Schlafstatt auf dem Achterdeck zur Verfügung stand.

Grübelnd kehrte Isabeau unter Deck zurück und wandte sich an Marie, die sich inzwischen wieder beruhigt hatte. »Es ist an der Zeit. Sprich bitte dein Abendgebet und leg dich schlafen.«

»Ich bete heute nicht«, antwortete sie trotzig. »Gott hört nicht auf mich.« Dann kroch sie auf ihre Schlafstatt und rührte sich nicht mehr.

Sie wusste nicht, ob sie über das Gebaren des Mädchens lachen sollte, denn eigentlich war es traurig, dass sie an der Liebe Gottes für die Menschen zweifelte. Schließlich berichtete sie Matthias von Tariqs traurigem Schicksal, das ihn bis auf die San Marco geführt hatte, wo er wie ein Hund leben musste. Das ließ ihr keine Ruhe. »Wir sollten ihm am Ende der Reise zur Flucht verhelfen. Es wäre eine gute Tat. Kein Mensch sollte auf einem Schiff angekettet wie ein Tier gehalten werden.«

Matthias verhielt sich sehr zurückhaltend. »Ich verstehe deine Beweggründe. Er tut mir auch leid. Dennoch, dein Ansinnen ist gefährlich. Sollte es schieflaufen, enden wir am Mast und die Peitsche tanzt auf unseren Rücken. Das Risiko ist mir zu groß. Wenn wir etwas tun, muss es gut überlegt sein. Keine Spur darf zu uns führen.«

Seine Befürchtungen waren nicht unbegründet. Das sah sie ein. Zusammen suchten sie nach einer Lösung, bis ihnen die Augen zufielen.

Am folgenden Morgen segelten sie an der Stadt Zara vorüber. Viele Häuser waren niedergebrannt und die Schäden an der Stadtmauer beträchtlich.

»Ein beängstigender Anblick. Hat es hier Krieg gegeben?«, fragte Isabeau, die zusammen mit Matthias neben dem Steuermann Vico stand.

»In der Tat. Letztes Jahr im Herbst hat ein Kreuzfahrerheer die Stadt belagert und eingenommen, bevor es nach Osten weiterzog«, erwiderte der alte Seebär, in dessen Gesicht sich Sonne und Sturm tief eingegraben hatten.

Die Antwort verwirrte Matthias. »Was hat die Ritter bewogen, sie anzugreifen? Sind ihre Bewohner keine Christen?«

»Das sind sie zwar, doch vor dreißig Jahren unterwarfen sie sich dem König von Ungarn, um der Gier Venedigs zu entgehen. Das haben ihnen die Dogen nie verziehen. Aus Rache stachelte Dandolo die Ritter an, die Stadt zu plündern. Ein schlauer Schachzug von ihm. Das versetzte sie in die Lage, Venedig einen Teil der Schiffe zu bezahlen, die das Heer nach Ägypten bringen sollte.«

»Meines Wissens kam die Flotte bisher nicht in Ägypten an. Wie passt das zusammen?«, fragte Isabeau zweifelnd.

»Das ist leicht zu erklären. Nach dem Fall Zaras schlugen die Ritter vor der Stadt ihr Winterlager auf. Wochen später stieß Philipp von Schwaben mit seinem byzantinischen Schwager *Alexios Angelos* zu ihnen. Der junge Prinz, Sohn des gestürzten Kaisers Isaak, schlug Enrico Dandolo und dem Markgrafen Bonifatius von Montferrat vor, Konstantinopel zu erobern, um seinen verhassten Onkel, den Thronräuber Alexios Komnenos, abzusetzen. Dem Dogen versprach er als Lohn unermesslichen Reichtum und Montferrat stellte er die Insel Kreta als Lehen in Aussicht.« Er lachte schalkhaft. »Natürlich schlugen sie das Angebot nicht aus. Was folgte, ist allseits bekannt.«

Matthias schüttelte missbilligend den Kopf. »Solche Machenschaften lassen mir die Haare zu Berge stehen. Diese Kaiserfamilie ist ja das reinste Krähennest. So handeln keine Christenmenschen. Wohin schaut Gott bloß, dass er das Unrecht nicht bemerkt?«, schimpfte er.

Der Steuermann zuckte erschrocken zusammen. »Sprich nicht so laut. Wenn deine Worte dem Kapitän zu Ohren kommen, lässt er dich am Mast festbinden und auspeitschen. Er ist ein Urenkel des verstorbenen Dogen *Sebastiano Ziani* und ein Vertrauter Enrico Dandolos. Kritik am Kreuzzug toleriert er nicht.«

»Eines muss ich wissen«, überging Isabeau Vicos Warnung. »Der Kapitän ließ gestern verlauten, er müsse in acht Tagen Konstantinopel erreichen, weil in der Stadt blutige Unruhen ausgebrochen seien. Was bedeutet das?«

Vico sah sie beunruhigt an. »Wieso willst du das wissen?«

Sie ahnte, was er dachte. »Nur aus Interesse, um die Zusammenhänge besser zu verstehen.

»Manchmal ist es besser, von nichts zu wissen«, antwortete er. Er sah nicht glücklich aus. Sicherlich reute es ihn, davon angefangen zu haben.

Damit machte er Isabeau nur neugieriger. Sie gab nicht nach. »Jetzt sag schon. Glaubst du etwa, wir wären Spione aus Genua? Wir kommen von jenseits der Alpen. Wir sind mit Marie in Venedig an Bord gekommen und werden mit ihr in Konstantinopel das Schiff wieder verlassen. Wir werden uns niemals wiedersehen. Außerdem verbreite ich hinterher nicht auf Deck, dass du ein großes Klatschmaul bist.«

Er musste über ihre Worte lauthals lachen. »Bei Gott, eine Frau wie du ist mir im ganzen Leben noch nicht untergekommen. Also schön, deine Ausdauer soll belohnt werden.« Leise zog er sie und Matthias ins Vertrauen. »Gerüchte besagen, es habe im Januar einen Umsturz gegeben. Der Schwiegersohn des vor den Kreuzzüglern geflohenen Kaisers Komnenos, *Alexios Murtzuphlos*, habe den von ihnen als Herrscher eingesetzten Isaak vergiften und dessen Sohn Alexios Angelos erdrosseln lassen. Danach habe er sich selbst die Kaiserkrone aufgesetzt.

»Murtzuphlos? Welch eigenartiger Name«, sagte Isabeau.

»Ja, das ist lustig. Daran ist sein komisches Aussehen schuld. Die ihm schon einmal gegenüberstanden, behaupten, seine Augenbrauen wären riesengroß und über der Nase zusammengewachsen. Aber das täuscht nicht darüber hinweg, dass er keinen Spaß versteht, wenn es um die Macht geht. Jetzt regiere er über das Byzantinische Reich und verweigere die ausstehende Bezahlung an Dandolo und Montferrat, die der erwürgte Prinz noch zwei Jahre zuvor mit ihnen in Zara ausgehandelt hatte. Die Tore Konstantinopels hätte er alle geschlossen und das Heer Christi von den Zinnen der Wehrmauer verhöhnt.«

»Noch ein Alexios? Das nimmt ja kein Ende. Vor dieser Familie graut es mir. Aber weshalb ist Ziani so in Eile?«, rätselte Matthias.

»Ich vermute, Dandolo und Montferrat haben eine erneute Belagerung der Stadt im Sinn. Die San Marco ist vom Kiel bis zum Deck mit Griechischem Feuer beladen. Es stammt von einem byzantinischen Schiff, das Venedig vor Jahren in die Hände gefallen ist. Woraus die klebrige Masse besteht, wissen wir bis heute nicht. Eins ist sicher: Das gefährliche Zeug ist bestimmt nicht zum Reisig anzünden gedacht«, verriet er ihnen.

»Steuermann! ... Wo steckt der Kerl schon wieder? Scher dich hierher, sonst lasse ich dich mit einer Schlinge um den Hals in der Sonne dörren!«, brüllte der Kapitän auf dem Achterdeck.

»Ich muss los. Mit ihm ist nicht zu spaßen.« Vico verzog genervt das Gesicht und verschwand.

Zara entschwand bald ihren Blicken. Isabeau ordnete derweil ihre Gedanken. Wenn es stimmte, was er erzählt hatte, stand Konstantinopel der nächste Krieg bevor und ihr Gatte Lothar befand sich womöglich mittendrin. Ich hoffe, Gott hält schützend seine Hand über ihn, dann werde ich ihn in wenigen Tagen umarmen und zur Heimreise bewegen, dachte sie. Was aus Matthias und Marie werden würde, wenn dies einträfe, war ungewiss und bereitete ihr Sorgen. Sie hoffte auf Lothars Verständnis.

Von den Ruderbänken drang Gezänk an ihre Ohren. Der Schlag einer Peitsche war zu hören. Anhand der schmerzverzerrten Gesichter erkannte sie, dass Tariq diesmal nicht darin verstrickt war.

Die Küste, an der sie entlang segelten, war steil und felsig. Gleichmäßig folgte Ruderschlag auf Ruderschlag und führte sie an unzähligen Inseln vorüber, die gefährliche Klippen umsäumten. Es war klug, ihnen nicht zu nahe zu kommen. Als sich der Tag dem Ende neigte, suchten sie ihre Schlafstatt auf. Marie fielen sofort die Augen zu. Sie war dem Koch den ganzen Tag zur Hand gegangen.

Spät in der Nacht weckten Matthias verdächtige Geräusche. Er hörte dumpfes Getrappel auf dem Deck. Kurz danach fiel etwas ins Wasser. Hatte jemand Unrat über Bord geworfen? Viel Zeit, darüber nachzudenken, blieb ihm nicht. Die Müdigkeit nahm ihn rasch wieder gefangen.

Der nächste Tag hielt neue Aufregungen bereit. Einer der Antreiber war spurlos verschwunden. Es war Pietro, derjenige, der Tariq ausgepeitscht hatte. Vico, der Steuermann, schritt durch die Riemenreihen und befragte die Ruderer, doch keiner konnte dessen Fehlen erklären. Auch die Mannschaft wusste von nichts.

Matthias berichtete ihm, dass er in der Nacht gehört hatte, wie irgendetwas ins Wasser fiel. »Ich habe mir nichts dabei gedacht und schlief wieder ein«, sagte er entschuldigend.

Nachdenklich nahm der Steuermann den Hinweis zur Kenntnis und durchstöberte den Schlafplatz des Vermissten. Unter einer von Motten zerfressenen Decke kamen zwei leere Weinflaschen zum Vorschein. »Denkst du, was ich denke?«, fragte er.

Zustimmend nickte Matthias. »Er hat sich volllaufen lassen.«

»Stimmt. Anschließend ist er beim Pinkeln über Bord gefallen und ersoffen«, hielt er fest. »Das Rätsel ist gelöst. Ich sage dem Kapitän Bescheid. Um Pietro ist es nicht schade. Er war ein schmieriger, brutaler Speichellecker, der nichts Besseres verdient hat«, urteilte er mitleidlos und ging zum Achterdeck.

Am Abend fuhren sie an der Stadt Dyrrhachium vorüber, die im Dämmerlicht einen kurzen Blick auf ihre wehrhaften Mauern gewährte. »In ihrer langen Geschichte ist sie oft ein Zankapfel zwischen den Mächten des Ostens und des Westens gewesen«, erklärte Vico. »Erst dem Byzantinischen Reich zugehörig, eroberten sie die Bulgaren, bis sie wieder an Ersteres zurückfiel. Auch die Normannen hatten die Finger nach ihr ausgestreckt, herrschten aber nur wenige Jahre. Seit Neuestem zeigt auch Venedig Interesse an der Stadt.«

»An einem Ort, an dem immer Krieg herrscht, könnte ich nicht leben. Es wäre für mich die Hölle«, sagte Isabeau freiheraus und strich sich die Haare über die Schultern, die ihr der neckische Zephir vor die Augen geweht hatte.

»Selbst an den Krieg kann sich ein Mensch gewöhnen. Er begleitet mich, seit ich ein Seemann bin«, entgegnete Vico und lief nach achtern. Der Wechsel des Rudergängers stand bevor.

In Matthias rief ein Gedanke eine Erinnerung wach. »Du erwähntest gerade die Hölle. Ich muss dich etwas fragen.«

»Nur zu, was hast du auf dem Herzen?«, ermunterte ihn Isabeau.

»An dem Tag, an dem ich dich aus dem Kerker befreit habe, sagtest du zu mir, ich solle keine Angst vor dem Teufel haben. Das gehörnte, bockbeinige Scheusal hätten die Pfaffen bloß erfunden, um die Gläubigen in Schrecken zu versetzen und ihnen gefügig zu sein. Ist es nicht blasphemisch, die Lehren der Kirche infrage zu stellen?«

»Ich sehe Zweifel in deinen Augen, was ich nachempfinden kann. Ich selbst fühlte nicht anders, als mir Melisande vor Jahren vom Schicksal des Gefallenen Engels erzählt hat, der sich zum Herrn der Hölle verwandelte«, bekannte sie.

»Der Teufel soll ein Engel sein? Ein Abbild sündenloser Reinheit? Unmöglich.«

»Er war es, bis sich der Allmächtige über ihn erzürnte und ihn aus dem Paradies verstieß.«

»Verstoßen? ... So wie Adam und Eva? Welche Schuld traf ihn?«

»Einst war er der Lieblingsengel des Herrn, der Vollkommenste unter den himmlischen Heerscharen. Als Gott aber die Menschen erschuf und von ihm verlangte, ihnen zu dienen, begehrte er dagegen auf. Für ihn waren Adam und Eva nur minderwertige Tiere. Sein

Stolz wurde ihm zum Verhängnis. Er fiel vom Himmel auf die Erde herab, wo er seitdem über die Unterwelt herrscht.« Abermals richtete sie sich das Haar, welches der Wind aufs Neue zerzaust hatte. »Das Bild, das die Prediger heute über ihn verbreiten, beschreibt ihn als bösen, missgestalteten Unhold«, fuhr sie fort. »Melisande kam auf ihren Reisen weit in der Welt herum. Sie versicherte mir glaubhaft, es gäbe in den ältesten Kirchen der Christenheit Wandmalereien, auf denen der Gefallene Engel als zartblaues, wunderschönes Wesen anzuschauen sei.«

Matthias fiel schwer, zu glauben, was er hörte. »Und worin liegt der Sinn deiner Geschichte? Was soll ich aus ihr lernen?«, fragte er.

»Du sollst verstehen, dass uns der Gefallene Engel in vielem gleicht. Nicht im körperlichen Sinne, wohl aber im geistigen. Er wurde getrieben von Gefühlen wie Zorn und Hass, die uns allen zutiefst eigen sind. Der Teufel ähnelt uns mehr, als du denkst. Ersterer ist nach meinen Erfahrungen das geringere Übel. Es sind die Menschen, vor denen du dich in Acht nehmen und genau abwägen musst, wem du vertrauen kannst und wem nicht«, gab sie zu bedenken.

Er dachte über ihre Worte nach und kam zu dem Schluss, dass sie recht hatte. In seinem Leben und dem von Agnes hatten ihnen stets Heere und Räuber Leid zugefügt. Sollte es den Teufel geben, wie ihn die Kirche beschrieb, konnte er nur das gestaltgewordene Böse im Menschen sein.

Auf dem Deck kam plötzlich Unruhe auf. Lautes Murren war zu vernehmen. Es riss Matthias aus seinen Gedanken und richtete seine Aufmerksamkeit auf die Ruderbänke. »Beweg dich schneller, du Galgenstrick. Noch ist der Tag nicht zu Ende«, hörte er den verbliebenen Antreiber brüllen, der den Namen Maurus trug. Dann knallte dessen Peitsche auf den Rücken eines Mannes, gefolgt von einem Schmerzensschrei. Sofort entlud sich die Wut des Gepeinigten über den brutalen Hieb. »Ich bin ein freier Mann und kein Sarazene. Du hast nicht das Recht, mich zu schlagen«, ereiferte er sich.

Maurus lachte höhnisch. »Ach herrje, Salvo, hast du es schon vergessen? Der Kapitän hat dich aus dem Schuldenturm freigekauft.

Du bist verdammt, ihm zu dienen. Und solange dein Fell ihm gehört, gerbe ich es, solange es mir gefällt.«

Der Geschmähte funkelte Maurus böse an. »Bevor diese Reise zu Ende geht, breche ich dir das Genick. Das schwöre ich«, prophezeite er unheilvoll.

Als Antwort erhielt er einen weiteren Hieb.

Auf der San Marco breitete sich eine bedrohliche Stimmung aus, die sich noch verstärkte, nachdem der Gleichklang der Trommel verstummt war. Matthias legte sich neben Isabeau und Marie, die schon eingenickt waren. Mitten in der Nacht vernahm er im Halbschlaf ein dumpfes Geräusch. Irgendetwas schien auf Deck zu Boden gefallen zu sein. Oder war es nur ein Traum gewesen, der ihn aufgeschreckt hatte? Zu müde, sich darüber Gedanken zu machen, schlummerte er wieder ein.

Lautes Geschrei, das nicht enden wollte, riss sie früh morgens aus ihren Träumen. Beunruhigt betraten sie das Mittelschiff. Es war Zianis wütende Stimme, die über die Planken donnerte und nicht mit Schimpfwörtern sparte. Was den Kapitän so wütend machte, stach ihnen rasch ins Auge. Maurus lag, die Arme und Beine weit von sich gestreckt, tot auf dem Vorderschiff, zwischen den beiden Katapulten.

»Diesmal kommt ein Unfall sicherlich nicht infrage«, vermutete Matthias.

Isabeau hatte genug gesehen. Sie nahm Marie an die Hand und stieg mit ihr wieder unter Deck.

»Mord und Totschlag dulde ich nicht an Bord des Schiffes. Wer ist für diese Sauerei verantwortlich?«, brüllte Ziani abermals. Eine Antwort erhielt er nicht. »Steuermann! Finde den Hundesohn, der ihn auf dem Kerbholz hat. Er soll dafür hängen. Hoch oben an der Rah wird er seine Seele aushauchen, nachdem die Peitsche auf seinem Rücken getanzt hat.«

Gehorsam begann Vico den Toten näher zu untersuchen. Matthias trat zu ihm und bot ihm seine Hilfe an, welche er dankend annahm. »Schau! Der Kopf liegt unnatürlich zur Seite verkrümmt an der Schulter«, bemerkte Vico.

»Jemand hat Maurus das Genick gebrochen. Der Antreiber war ein kräftiger Mann. Demzufolge kann der Täter unmöglich allein gehandelt haben«, mutmaßte Matthias.

Argwöhnisch musterten sie die Gesichter der Männer an den Riemen, die im Takt der Trommel die Ruderblätter durchs Wasser zogen. Jeder von ihnen käme infrage. Aber wer?

Plötzlich kam Vico ein Gedanke. »Ich erinnere mich, dass Maurus gestern Abend mit Salvo in Streit geriet und ihm ein paar Hiebe verabreichte. Er hätte einen Grund gehabt, ihm übel mitzuspielen. Wir sollten ihn zur Rede stellen. Ich bin gespannt, ob er sich vom Verdacht befreien kann.«

Sie verließen das Vorschiff und schritten die Ruderbänke ab.

»Stopp!«, rief Vico.

Salvo und die zwei Männer, die neben ihm auf der Bank saßen, hoben das Ruderblatt aus dem Wasser und hielten inne.

»Was kannst du mir über den Tod von Maurus erzählen?«, fragte Vico. Er verfolgte einen listigen Plan, sie alle zum Sprechen zu bringen.

»Nichts. Ich habe geschlafen«, erwiderte Salvo gelassen.

»Das ist gut für dich. Allerdings nicht für deine Banknachbarn Donato und Muzio«, erwiderte er.

Die beiden schauten einander verwundert an.

»Was jetzt mit euch geschieht, habt ihr ihm zu verdanken. Ich lass euch an den Mast ketten und auspeitschen, bis euch die Fetzen von den Knochen fliegen«, kündigte Vico drohend an.

Muzio, der Mann, der an der Bordwand saß, wurde blass im Gesicht. Die bildhafte Beschreibung der angekündigten Foltermethode lockerte seine Zunge. »Es war Salvo. Er hat Maurus hinterrücks niedergeschlagen und ihm das Genick gebrochen, weil er ihn gezüchtigt hatte. Auch Pietro trägt er auf dem Gewissen«, rückte er mit den Antworten heraus. »Ein Messer hat er ihm ins Gedärm gestoßen und ihn anschließend ins Meer geworfen. Donato hat ihm dabei geholfen. Ich wasche die Hände in Unschuld. An den Mordtaten war ich nicht beteiligt. Das schwöre ich. Gott ist mein Zeuge«, stieß er schweißgebadet hervor.

Donato, der zwischen beiden seine Ruderarbeit versah, erstarrte vor Schreck. »Das ist gelogen. Salvo hat es allein getan. Mit Maurus und Pietro hatte ich keine Händel auszutragen«, wies er die Vorwürfe von sich.

»Trotzdem hast du eben behauptet, von nichts zu wissen. Wer einmal lügt, dem glaubt man nicht, so sagt man. Obwohl?« Vico rieb sich grübelnd am Kinn. »Ebenso können die anderen gelogen haben. Ich frag mal den Kapitän, was er davon hält.« Zusammen mit Matthias lief er zum Achterdeck, um Ziani davon zu unterrichten.

Der nahm den Bericht des Steuermanns mit versteinerter Miene auf. »Die drei Spitzbuben werden morgen vor versammelter Mannschaft ausgepeitscht und hingerichtet. Der Schmied soll ihnen Fußeisen anlegen«, fällte er sein Urteil ohne eine Regung.

»Sollten wir nicht wenigstens Muzio am Leben lassen? Uns würde ein ganzer Riemen ausfallen«, gab Vico zu bedenken.

»Darüber bin ich mir bewusst, Steuermann. Leider sehe ich mich gezwungen, ein Exempel zu statuieren. Glaubst du etwa, du wüsstest es besser als ich? Wenn ich die Disziplin unter den Männern vernachlässige, riskiere ich eine Meuterei. Nein, deine Nachsicht würde nur unseren Auftrag gefährden. Unser Auftrag ist von großer Wichtigkeit. Nachsicht wäre der falsche Weg. Lieber in Konstantinopel später ankommen als gar nicht«, versetzte Ziani unnachgiebig.

»Wie Ihr befehlt, Kapitän. Ich werde alles in die Wege leiten«, erwiderte Vico und verließ mit Matthias das Achterdeck. Zurück auf dem Mittelschiff wies er an, die Missetäter in Eisen zu legen und danach unter Deck zu bringen.

Zuerst nahmen sie Salvo in Gewahrsam und fesselten ihm die Hände hinter dem Rücken, was er willenlos über sich ergehen ließ. Anschließend kam Donato an die Reihe. »Was geschieht mit uns?«, fragte er bange.

Die Seemänner antworteten nicht und zeigten mit den Fingern hinauf zur Rah.

Entsetzt erhob sich Muzio von der Ruderbank. Blitzschnell, noch bevor sie ihn ergreifen konnten, sprang er über das Schanzkleid und stürzte sich kopfüber in die See. Schwimmend versuchte er, die Küste zu erreichen, die weit entfernt zu erkennen war. Ein sinnloses Vorhaben, das seine Verzweiflung ausdrückte.

Ein Bogenschütze auf dem Vorderdeck schien auf diesen Fluchtversuch nur gewartet zu haben. Zielsicher traf ihn sein Pfeil in den Rücken. Muzio reckte die Hände nach oben. Dann versank er in der Tiefe des Meeres.

Matthias war entsetzt. Er wünschte, er hätte mit Isabeau und Marie das Schiff nie betreten. Die Rohheit, die hier herrschte, war ihm zuwider. Da Ziani ihm befohlen hatte, den Gefangenen Ketten anzulegen, wurde er sogar Teil des brutalen Geschehens. Der Befehl des Kapitäns war Gesetz. Er musste ihm Folge leisten. Mit Hammer, Zange und zwei Bolzen, die er im Schmiedefeuer zum Glühen brachte, begann er im Beisein bewaffneter Seeleute die Fußeisen zu verschließen.

Mit ausdruckslosen Mienen verfolgten sie seine Arbeit. Ob die Männer das aus Neugier oder aus Misstrauen taten, blieb ihm verschlossen. Nach der Prozedur schleiften sie Salvo und Donato ins Unterdeck.

Kurz nach Sonnenuntergang stiegen Isabeau und Marie an Deck und rieben Tariqs Wunden mit dem Rest des Speiköls ein, das ihnen verblieben war. Obwohl er den Riemen von früh bis spät nicht aus den Händen legte, verheilten sie zufriedenstellend. Anschließend gesellten sie sich zu Matthias, der zum Vorschiff zurückgekehrt war, um das Schmiedefeuer zu löschen.

»Wir haben gehört, was heute passiert ist«, sagte Isabeau besorgt. »Das Schiff macht uns Angst. Der Hauch des Todes füllt sein Segel. Seit der Abreise aus Venedig ist er unser Begleiter. Ich spüre, dass etwas Schlimmes geschehen wird, je länger wir hier verweilen. Hoffentlich erreichen wir bald unser Ziel«, fügte sie sehnlichst hinzu.

»Der Steuermann behauptet, die Reise dauere noch fünf bis sechs Tage. Ich bete jeden Tag, Gott möge uns vor allen Übeln bewahren«, erwiderte Matthias, der erkannte, dass Isabeau und Marie ähnlich bedrückende Gedanken plagten.

Ruhe breitete sich wieder auf dem Schiff aus. Doch sie fühlte sich für Matthias trügerisch an. Irgendwas zwischen Mast und Kiel war am Kochen. Ob der Topf überlief, schien bloß eine Frage der Zeit zu sein. In dieser Nacht störte nichts ihren Schlaf.

Zwei Sonnenaufgänge später fuhr die San Marco durch die Bucht von Messenien am südlichsten Zipfel des Peloponnes. Die Stadt Koron zog an ihnen vorbei. Sie wurde von einer wehrhaften Burg überragt, die sich auf einer Landspitze mit steil abfallenden Klippen erhob. Von da an verlief die Reise in östliche Richtung.

»Warum halten wir uns so fern von der Küste?«, fragte Matthias den Steuermann.

»Koron ist ein berüchtigtes Piratennest. Der genuesische Seeräuber Leo Vetrano hat die Stadt vor einigen Jahren erobert und hält dort Hof. Wer dem Land zu nahe kommt, endet schnell im Verderben. Dieser Stachel steckt Enrico Dandolo schon lange im Hintern. Allerdings ist ihm der Machtkampf in Konstantinopel derzeit wichtiger«, wisperte Vico hinter vorgehaltener Hand und schmunzelte.

Matthias blickte hoch zur Rah. Dort schaukelten Salvos und Donatos tote Leiber im Wind. Ihre zugeschnürten Hälse hatten ihre Augen hervortreten lassen. Glanzlos starrten sie auf ihn herab. Ihre in Fetzen herabhängenden Kleider waren von getrocknetem Blut dunkel gefärbt. Den gestrigen Tag würde er nie vergessen. Auf Order Kapitän Zianis hatten alle wieder der Hinrichtung beiwohnen müssen. Angewidert hatten sie weggeschaut, als die Verurteilten mit der Peitsche geschlagen und anschließend gehenkt wurden. Marie war kaum fähig gewesen, sich auf den Beinen zu halten, und hatte unablässig Tränen vergossen. Selbst Matthias, der in seinem Dorf Erschütterndes erlebt und seine Agnes auf schmerzvollste Weise verloren hatte, war über das Geschehen an Deck schockiert gewesen.

Vico klopfte ihm mitfühlend auf die Schulter. »Verscheuch deine Betrübnis. Bald erreichen wir Konstantinopel. Dort wirst du auf andere Gedanken kommen.«

»Der Kapitän sollte ihnen wenigstens ein christliches Begräbnis gewähren«, erwiderte Matthias, in dem sich Mitleid regte.

»Er hat es verboten. Sie werden an der Rah hängen bleiben, bis wir am Ziel sind. Es soll ein mahnendes Zeichen sein, nicht gegen die geltenden Regeln an Bord zu verstoßen. Ohne diese würde auf dem Schiff Chaos herrschen«, erklärte er das rigorose Vorgehen Zianis.

»Gefahr! ... Gefahr! ... Von der Küste nähern sich zwei Galeeren!«, rief jemand auf dem Achterdeck.

Misstrauisch beobachtete Ziani die Landseite. »Verdammt. Vetrano hat uns erspäht und schickt uns seine Mörderbrut. Steuermann! Lass die Schlagzahl auf Rammgeschwindigkeit erhöhen! Wir müssen fliehen, andernfalls ist unser Leben verwirkt. Ich habe keine Lust, zu sterben oder auf dem Sklavenmarkt verkauft zu werden. Da wäre das Erstere sogar das bessere Los«, verkündete er.

»Ich persönlich würde den Tod gleichfalls vorziehen«, raunte Vico Matthias zu. Dann gab er dem Trommler ein Zeichen.

»Rammgeschwindigkeit!«, brüllte dieser und schlug den Takt so schnell, als sei der Teufel hinter ihnen her.

Die neuen Antreiber, zwei kraftstrotzende Seemänner, liefen schreiend durch die Reihen der Ruderer. Die Schlagzahl nahm zu. Unter dem Rammsporn spritzte hoch die Gischt empor, während die Männer bei ihrer Arbeit ächzten und stöhnten. Trotzdem kamen die feindlichen Galeeren immer näher.

Matthias stieg ins Unterdeck, um Isabeau und Marie über die gefährliche Lage aufzuklären. Die Neugier trieb ihn jedoch, trotz Isabeaus Einwand, rasch wieder an Deck.

Inzwischen war zu erkennen, dass die Piratenschiffe über eine größere Riemenanzahl und damit über mehr Ruderer verfügten. Möglicherweise waren sie sogar Sklaven, die man mit der Peitsche antrieb, was die schnellere Fahrt erklären würde.

»Füllt die Katapulte mit Griechischem Feuer und spannt die Federn! Zielt auf die Ruderbänke und das Segel!«, befahl Kapitän Ziani kaltblütig, als sich eines der feindlichen Schiffe bis auf drei Längen genähert hatte.

Die Schützen legten bauchige Tonkrüge mit einer brennenden Lunte auf die Wurfarme, die am oberen Ende die Form eines Löffels besaßen, und warteten auf das Zeichen des Kapitäns.

»Feuer frei!«, schrie dieser aus voller Kehle, worauf die Wurfarme nach oben schnellten und die Geschosse wenig später auf dem Piratenschiff einschlugen. Was folgte, war ein verheerender Brand, der das gesamte Deck erfasste. Chaos übernahm das Steuer. Befehle blieben ungehört angesichts zahlloser brennender Menschen, deren Schmerzensschreie unüberhörbar an ihre Ohren drangen. Viele sprangen ins Meer, was ihnen nicht half, da die klebrige, feurige Masse sich nicht löschen ließ. Während die Flammen die getroffene Galeere allmählich verzehrten, schickte ihre Begleiterin als Antwort einen dichten Pfeilhagel auf die San Marco. Sechs Ruderer fielen tödlich getroffen auf die Planken. Weitere neun trugen schwerste Verwundungen davon.

Die Schützen der San Marco hatten unterdessen ihre Katapulte neu geladen und schütteten die tödliche Fracht über dem neuen Gegner aus. Diesmal traf nur ein Tonkrug ins Ziel. Die zerstörerische Wirkung war allerdings enorm, da er auf dem Achterdeck einschlug. Mit ihm ging das große Steuerruder in Flammen auf und lieferte die Galeere den Wellen hilflos aus. Eine finstere Rauchsäule stieg von ihr zum Himmel empor.

Mit Glück entkam die San Marco den Piraten und hielt Kurs auf die offene See. Weg von der Küste, die neue Gefahren hervorbringen konnte. Dem Kapitän war jedes Mittel recht, um den gefährlichen Ort schnellstmöglich verlassen zu können. Trotz des Murrens der Ruderer ließ er die Gefallenen ohne Totenmesse einfach ins Wasser werfen. Die Krone des Übels aber war, dass er den Schwerverletzten dasselbe Schicksal angedeihen ließ. Ein unbarmherziges Vorgehen, das Matthias entsetzte und seine Verachtung gegenüber Ziani innerlich zum Schäumen brachte.

Selbst Vico zeigte sich empört. »Welch ein Frevel. Dafür wird Gott uns bitter bestrafen.«

Die prophetischen Worte blieben Matthias im Gedächtnis haften. Was, wenn sie wahr würden, der Himmel sich verdunkelte und sie mit Hagel und Sturm überzog?

Drei Tage waren vergangen. Sie hatten das Ägäische Meer durchfahren, die Stadt Callipolis am Eingang der *Dardanellen* hinter sich gelassen und ruderten nun durch den *Propontis*. Die Befürchtung von Matthias trat ein. Wenn auch in anderer Weise: Während der ganzen Zeit hatte auf der Galeere eine bedrohliche Stille geherrscht. Dazu bewegte sich kein Lüftchen. Schlaff hing das Segel an der Rah. Die Windstille war für diese Jahreszeit ungewöhnlich und für den Kapitän ein Ärgernis. Sein Zeitplan geriet durcheinander, was ihn veranlasste, die Männer an den Riemen noch mehr zu fordern. Schon war wieder das Knallen der Peitschen zu hören. Als die Sonne gegen Mittag wanderte, lief das Fass des Unmuts über. Kampflärm und Schreie ertönten auf dem Deck.

Marie, die sich gerade auf dem Weg zum Kochherd befand, lief zurück ins Unterdeck, in Matthias' und Isabeaus Arme. »Die Ruderer meutern und bringen alle um«, schrie sie. Angst stand ihr ins Gesicht geschrieben.

Er überlegte kurz. Dann nahm er eine Zange in die Hand und sagte zu Isabeau: »Jetzt ist der richtige Zeitpunkt. Ich gehe nach oben und vollende, was getan werden muss.« Er streichelte beiden die Wange. »Bleibt hier und wartet, bis ich zurückkehre«, legte er ihnen ans Herz und rannte los.

»Sei bitte vorsichtig bei dem, was du tust«, rief ihm Isabeau besorgt hinterher. Sie ahnte, was er im Sinn hatte.

Oben erwartete ihn das Chaos. Die neuen Antreiber lagen erdrosselt auf dem Deck, die Hälse umschlungen von den Peitschenschnüren. Auch die meuternden Ruderer beklagten Verluste. Blutbesudelte Leichen bedeckten den Schiffsboden. Die Gefolgsleute des Kapitäns hatten sich zurückgezogen und um ihn geschart. Sie kämpften mit Schwertern und Lanzen verbissen gegen die Aufständischen und streckten einige nieder. Doch diese waren rasend vor Wut und in der Überzahl. Matthias beobachtete das Hauen und Stechen aus sicherer Entfernung. Einmal torkelte ein Mann getroffen in seine Nähe und stürzte auf die Planken. Ihm beim langsamen Sterben zusehen zu müssen, ließ sein Herz stocken.

Schließlich war Ziani gezwungen, sich mit seinen Mannen auf die Steuerbrücke am Heck zurückziehen. Ihr Tod schien unausweichlich. Schon drang die wilde Horde die Treppe nach oben. Verzweifelt warf einer der Katapultschützen Griechisches Feuer in die rachsüchtige Menge. Erschrocken verließ Matthias sein Versteck, um der Hölle zu entgehen. Die hell auflodernden Flammen, die der berstende Tontopf freigab, erfassten ein Dutzend Menschen. Schreiend rannten sie kreuz und quer über das Deck, um den unerträglichen Schmerzen zu entfliehen. Ihre brennenden Leiber waren der Beginn eines Infernos. Dunkle Rauchschwaden vernebelten das ganze Heck und Teile des Mittelschiffs.

Matthias, der das Ende voraussah, rannte zu Tariq und zog mit der Zange den Splint aus dem Scharnier der Fußfessel, welche ihn an die Ruderbank kettete. »Du bist frei. Schwimm um dein Leben, wenn du es kannst. Die Küste ist nicht weit entfernt.«

Der Sarazene schaut ihn verblüfft an. »Das werde ich dir nicht vergessen. Allah steh dir bei«, erwiderte er dankbar. Kopfüber tauchte er ins Wasser.

Wieder unter Deck griff Matthias Isabeau und Marie bei den Händen und rief: »Lasst alles liegen. Wir müssen zum Vorschiff. Woanders können wir nicht mehr hin. Das Schiff brennt.« Blind darauf vertrauend, dass er das Richtige tat, folgten sie ihm, ohne eine Frage zu stellen. Unterwegs mussten sie über Leichen steigen. Der Gestank des Todes lag in der Luft. Einmal bedrängte sie ein blutbeschmierter Seemann mit einem Knüppel in der Hand. Matthias wehrte dessen Angriff ab und traf ihn mit der Faust mitten ins Gesicht. Der Schlag war heftig, denn er sackte zusammen und fiel zu Boden.

Am Bug des Schiffes angekommen, warf er entschlossen eine leere Kiste über Bord, in der die Schützen die gefährlichen Geschosse für die Katapulte gelagert hatten. Schließlich sprangen sie gemeinsam ins Meer und klammerten sich an den hölzernen Rettungsanker. Um sich nicht an den harten Schalen der Muscheln zu verletzen, die an der Bordwand hafteten, begannen sie mit den Füßen zu strampeln. Bald hatten sie einen sicheren Abstand gewonnen.

Kurz darauf stieg eine Feuersbrunst bis zur Rah empor und verbrannte Mast und Segel. Ein gewaltiger Glutschwall, der aus dem Unterdeck drang, vernichtete das Schiff gänzlich. Offensichtlich hatte sich der gesamte Vorrat des Griechischen Feuers entzündet und das Verhängnis beschleunigt. Diejenigen, die sich jetzt noch lebend auf der Galeere befunden hatten, waren grausam umgekommen.

Immer weiter entfernten sie sich von dem Unglücksschiff. Eine dicke schwarze Rauchsäule verdunkelte den Himmel. Dann löste sie sich allmählich auf. Die San Marco war gesunken und mit ihr die Hölle auf Erden. Die Frage, ob der alte Vico die Galeere noch rechtzeitig verlassen hatte, blieb unbeantwortet. Und so beteten sie für sein Seelenheil. Mehr konnten sie nicht tun.

Eine günstige Strömung trieb sie nach Norden zur Küste. Nicht lange und die Wellen spülten sie mitsamt der Kiste an Land. Als sie den feinen Sand des Strandes unter den Füßen spürten, überfiel sie ein Gefühl der Erleichterung. Erst später rückte ihnen ins Bewusstsein, dass sie jetzt völlig mittellos waren. Der Verlust der Schmiedewerkzeuge war zu verschmerzen. Auch die Kleidungsstücke, die sie auf der San Marco hatten zurücklassen müssen, blieben entbehrlich. Die verloren gegangenen Münzen allerdings konnten das Ende ihrer Reise bedeuten. Wovon sollten sie Nahrung kaufen? Wer würde sie ohne Entgelt auf einem Gespann mitnehmen? Die Sachen, die sie am Leib trugen, waren alles, was ihnen blieb.

Matthias kam erschrocken das Bronzemedaillon in den Sinn, das eine Locke von Agnes Haar enthielt. Erleichtert fühlte er es auf seiner Brust ruhen – das Wertvollste war noch in seinem Besitz. Etwas drückte ihn am Leib. Nachdenklich suchte er sein Wams ab und brachte ein Bündel aus Stoff zum Vorschein. Es war der Jadestahl, den Nicolo ihm in Venedig zum Geschenk gemacht hatte. Im Wirrwarr während des Schiffsuntergangs war er ihm trotz seiner Schwere gänzlich aus dem Sinn gerückt. »Das ist ein Zeichen«, sagte er hoffnungsvoll. »Wenn wir ihn verkaufen, können wir von dem Erlös eine Fahrgelegenheit bezahlen.«

Zuversichtlich lenkten sie ihre Schritte landeinwärts und stießen auf eine alte Römerstraße. Aber keiner der Händler, die mit ihren Gespannen vorüberfuhren, zeigte Interesse an dem Metallklotz. Enttäuscht waren sie gezwungen, zu Fuß weiterzuziehen, der *Via Egnatia* nach Osten folgend. Hungernd, durstend und am Ende ihrer Kräfte erblickten sie zwei Tage später im Schein der untergehenden Sonne die mächtigen Mauern Konstantinopels. Es war der 12. April 1204 und der Anblick der Stadt erfüllte sie mit Schrecken.

Kapitel 8

Divide et impera

Von einem Hügel aus beobachteten Isabeau, Matthias und Marie ein Geschehen, das ihnen vor Entsetzen den Atem raubte. Ein Inferno sondergleichen, das am Jüngsten Tag nicht hätte grausamer sein können.

Die Via Egnatia endete vor dem Goldenen Tor, dem prächtigsten der opulenten Stadt. Es lag an der östlichen Landseite, nahe dem Ufer des Propontis. Die riesigen mit Eisen beschlagenen Flügeltüren waren geschlossen. Tausende Kämpfer des Kreuzritterheeres versuchten mit Leitern und Belagerungstürmen das Bollwerk zu erklimmen. Ein Dutzend Wurfmaschinen schleuderte schwere Steine auf die Verteidiger. Diese wehrten sich mit einem Hagel von Pfeilen und siedendem Öl, das sie auf die Angreifer herabregnen ließen. Die Schreie Sterbender erfüllten die mit dunklen Rauchschwaden verpestete Luft. Isabeau betete, dass Lothar nicht zu ihnen gehörte. Als die Sonne hinter dem Horizont versunken war, kam die Schlacht zum Erliegen. Ferner Kriegslärm verkündete jedoch, dass an anderen Abschnitten der Wehrmauer noch immer gekämpft wurde.

Die ersten Nachtfeuer brannten bereits, als sie ins Heerlager einzogen, in das sich die Kreuzritter zurückgezogen hatten. Argwöhnische Blicke begleiteten sie auf ihrem Weg, vorbei an zahllosem Fußvolk und vielen Verletzten. Jene mussten die Nacht im Freien verbringen, da nur die Herzöge, Grafen und ihre Ritter ein Zelt ihr Eigen nannten. Fieberhaft hielt Isabeau Ausschau nach Lothars Banner mit dem Wappen der Wartensteiner, welches einen Bären und einen Adler im grünen und roten Feld zeigte.

»Verschwindet, elendes Gesindel. Hier gibt es keine Leichen zu fleddern«, rief ihnen ein stämmiger Mann verächtlich entgegen. »Wenn ihr plündern wollt, so tut es am Goldenen Tor, falls ihr den Mut besitzt, dem Tod ins Auge zu blicken.« Breitbeinig versperrte er ihnen den Weg und zog sein Schwert aus der Scheide. Drohend hielt er es Matthias vor die Brust.

»Halte ein! Wir bestehlen keine Toten. Mein Name ist Isabeau von Lunéville, Gräfin von Wartenstein. Ich suche meinen Gemahl Graf Lothar«, rief sie ihm energisch entgegen.

Für einen Moment fehlten dem verdutzten Mann die Worte. Er musterte ihre Erscheinung von oben bis unten. Dann prustete es lauthals aus ihm heraus. »Haha, ich lach mich krumm. Wenn du eine Gräfin bist, bin ich der König von Frankreich. Du bist von Sinnen, Weib. Nur eine Närrin gibt sich als Edelfrau aus.«

Auch die müden Krieger, die sich am Nachtfeuer wärmten, stimmten in sein Gelächter ein.

Derweil ergriff er Isabeau grob am Arm und riss sie an sich. »Du bist zwar wirr im Kopf, trotzdem kann ich meinen Spaß mit dir haben. Komm und versüße mir die Nacht, edles Fräulein im Bettlergewand«, raunte er lüstern und versuchte, sie zu küssen.

Als sie angewidert das Gesicht abwandte, erhielt er eine derbe Ohrfeige. Doch nicht sie hatte zugeschlagen, sondern Matthias. Der ertrug es nicht, die Frau, zu der er sich zutiefst hingezogen fühlte, in den Armen eines Wüstlings zu sehen. Außerdem hatte er geschworen, sie zu beschützen. Dem war er ohne zu zögern nachgekommen.

Wieder stimmten die Waffenknechte ihr Gelächter an. »Gottfried von Reims lässt sich von einem Bauernlümmel verbläuen. Euer Schild wird in Zukunft keinen brüllenden Löwen mehr zieren, sondern einen ängstlichen Hasen«, lästerte einer von ihnen. Seinen Worten folgte das schadenfrohe Grölen der anderen.

Erbost über die spitze Zunge seines Mitstreiters stieß Gottfried Isabeau zur Seite, die unsanft zu Boden fiel.

Marie, kreidebleich, eilte zu ihr, um ihr aufzuhelfen.

Wütend fiel er jetzt über Matthias her, der sich mit allen Kräften gegen ihn wehrte.

Der Lärm lockte einen Ritter aus seinem Zelt, der um die dreißig Jahre alt war. Sein schmales Gesicht besaß wache Augen und wurde von langem schwarzen Haar umrahmt. Er trug keinen Harnisch, sondern ein einfaches Gewand und lief baren Fußes, was sich für einen Edelmann nicht ziemte. Offensichtlich hatte er nicht an den Kämpfen am Goldenen Tor teilgenommen. Seine Schritte waren schwerfällig, sein Gesicht von Schmerzen gezeichnet. »Was soll der Aufruhr, Gottfried? Ihr stört mit Eurem Geplänkel meinen Schlaf«, rief er empört.

»Verzeiht mir, Graf *Ludwig*, aber dieser Landstreicher hat die Hand gegen mich erhoben. Das ist ein Sakrileg gegen meinen Stand«, rechtfertigte er sich.

»Dann lasst ihn hängen und gebt endlich Frieden. Das Leiden, das mich seit Monaten quält, wird langsam unerträglich. Lautes Geschrei ist Gift für mich, spricht der Quacksalber, der meinen Geldbeutel schröpft«, beklagte er sich und wandte sich verärgert ab, um in sein Zelt zurückzukehren.

Matthias wurde ergriffen und unter einen Baum gestellt. Jemand brachte einen langen Strick und erklärte: »Der stammt von meinem toten Maultier. Es braucht ihn nicht mehr.« Gottfried höchstselbst legte ihn zynisch lächelnd dem Schmied um den Hals und befahl: »Zieht ihn hoch und lasst ihn tanzen.«

»Um Gottes willen nein!«, rief Isabeau verzweifelt und fiel vor dem Grafen auf die Knie. »Lasst Gnade walten, mein Herr. Er wollte mich nur beschützen«, flehte sie.

»Du willst für ihn bitten? Nun denn, erkläre dich«, erwiderte Ludwig.

»Ein Eid bindet ihn an mich. Das Versprechen, mich vor Unbill zu bewahren. Wenn ihr ihn hängen wollt, so hängt mich gleich neben ihm. Doch lasst mich eines kundtun: Mein Gemahl, Graf Lothar von Wartenstein, wird Euch dies mit seinem Schwert vergelten.«

Verblüfft hielt er inne und musterte ihr anmutiges, vom Staub der Straßen gezeichnetes Antlitz. »Deine Worte sind mutig gesprochen. Sie beweisen allerdings nicht deine edle Herkunft, da ich Graf Lothar nicht kenne. Wer kann für dich zeugen, außer dem Bauernburschen und dem verkrüppelten Mädchen?«

»Robert von Cléry. Er ist ein Ritter aus der Picardie. Er war bei unserer Trauung anwesend und ist ein Freund meines Gemahls. Vor nahezu zwei Jahren haben sich beide dem Kreuzzug angeschlossen.«

Ludwig zog überrascht die Augenbrauen nach oben. »Erhebe dich. Der Name ist mir geläufig. Er ist ein Gefolgsmann *Peter von Amiens*. Beide gehören zu unserem Heer. Allerdings kämpfen sie an der östlichen Seemauer, am *Goldenen Horn*. Sollte Robert deine Aussage bestätigen, werde ich dich um Verzeihung bitten müssen. Wie lautet dein Name?«

»Isabeau von Lunéville.«

»Nun Isabeau, tritt mit deinen Gefährten in mein Zelt und lass uns plaudern«, schlug er ihr wohlwollend vor.

Nur widerwillig nahm Gottfried seinem Gefangenen den Strick vom Hals. »Lauf mir ja nicht wieder über den Weg«, zischte er Matthias drohend hinterher, bevor dieser mit Marie und Isabeau im Zelt verschwand.

Stöhnend ließ sich der Graf auf seiner Schlafstatt nieder. »Ich bin Ludwig, der Herr von Blois, Chartres und Châteaudun und verflucht zum Nichtstun«, stellte er sich missmutig vor.

»Dann seid Ihr der Enkel König *Ludwigs* von Frankreich und *Eleonores von Aquitanien*, der Mutter Johanns von England!«, rief sie überrascht.

»In der Tat. Aber diese Dinge sind allseits bekannt. Was weißt du noch über meine Familie?«

»Die Ehe Eurer Großeltern stand unter keinem guten Stern. Nach der Geburt zweier Mädchen wurde sie von der Kirche nach fünfzehn Jahren annulliert. Angeblich habe eine zu enge Blutsverwandtschaft vorgelegen. Mein Gemahl meinte einmal zu mir, der wahre Grund für die Trennung sei das Ausbleiben eines männlichen Erben gewesen. Euer Großvater fürchtete demnach um den Fortbestand seiner Dynastie«, wusste Isabeau zu berichten.

Matthias und Marie, die schweigend zugehört hatten, blickten sich bange an. In ihren Augen redete sich Isabeau um Kopf und Kragen. Doch ihre Besorgnis war unbegründet.

»Wohlan. Nun habt Ihr mich ganz überzeugt, weil Ihr Dinge sagtet, die gemeine Menschen nicht wissen können. Seid mein Gast,

Gräfin von Wartenstein, und leistet mir mit Euren Gefährten Gesellschaft beim Nachtmahl.« Mit einem Lächeln lud sie der hohe Herr an die reich gedeckte Tafel ein, die neben seiner Schlafstatt stand.

»Weshalb seid Ihr zum Nichtstun verurteilt? Plagt Euch eine Krankheit?«, fragte Isabeau und nahm ein Stück Brot und einen gebratenen Hühnerschenkel in die Hand. Der betörende Bratengeruch machte ihr bewusst, wie ausgehungert sie war. Auch Matthias und Marie hielten sich nicht zurück und griffen beherzt zu.

Ludwig seufzte. »In der Tat. Meine Füße schmerzen bei jedem Schritt. Und das schon seit Monaten«, erklärte er und legte sich ein fettes Stück Schweinefleisch auf den Teller.

Isabeau warf einen heimlichen Blick unter den Tisch. Seine Zehen waren dick angeschwollen. »Ihr solltet weniger Fleisch essen und dafür mehr Eier, Käse und Gemüse zu Euch nehmen. Und haltet Abstand von übermäßigem Weingenuss. Ihr werdet sehen, innerhalb weniger Wochen geht es Euch besser.«

»Offensichtlich kennt Ihr Euch bestens mit Krankheiten aus. Ich sollte Euch als Medikus anstellen und meinen venezianischen Quacksalber zum Teufel jagen. Ich werde Euren Ratschlag beherzigen«, erwiderte er schmunzelnd und griff sich stattdessen ein gekochtes Hühnerei. »Doch sagt, was führt Euch nach Konstantinopel? Weshalb seid Ihr auf der Suche nach Eurem Ehegatten?«

Sie ließ den Hühnerschenkel auf den Teller sinken. »Der Bruder meines Gatten will sich seines Grafentitels bemächtigen. Er hat Lothar für tot erklären lassen und wollte mich zwingen, ihn zu heiraten. Mein Wegbegleiter, Matthias, befreite mich aus dem Kerker und rettete mir das Leben. Als Ausweg blieb uns nur die Flucht.«

»Ihr seid eine starke Frau und zudem mit treuen Gefährten gesegnet. Graf Lothar kann sich glücklich schätzen. Ich dagegen bin von Menschen umgeben, die immer nur an sich denken und versuchen, mich auszunutzen. Verzeiht, dass ich in Betracht zog, Euren Freund hängen zu lassen. Meine Schmerzen lassen mich zuweilen unüberlegt handeln. Sie trüben meine Sinne.« Fast schien es, als beneide er sie um ihre kleine verschworene Gemeinschaft.

Für die Nacht stellte er ihnen das Zelt eines Ritters zur Verfügung. Nicht von ungefähr traf seine Wahl auf Gottfried von Reims, der zähneknirschend mit einem Platz am Lagerfeuer vorliebnehmen musste. Sein Groll drang deutlich von draußen durch die Zeltwand herein. »Elendes Lumpenpack, Hungerleider. Die Frau hat Ludwig verhext. Wie sonst konnte er ihr auf den Leim gehen«, hörten sie ihn zetern.

»Jetzt haltet endlich Ruhe. Ich will schlafen«, schimpfte jemand anderes. Dann wurde es still.

»Was du heute für mich gewagt hast, war sehr mutig, aber auch töricht. Zum zweiten Mal standst du vor mir, mit einem Strick um den Hals«, tadelte Isabeau, nachdem Marie eingeschlafen war.

»Und wieder hast du mir das Leben gerettet. Ich bin gern bereit, es für dich hinzugeben. Aber nicht, weil du meine Herrin bist. Sondern weil ... Nun ja ... Ich dich ... Allmächtiger ... Ich war wütend, dass er es gewagt hatte, dich ungebührlich anzufassen«, stotterte er mit einem leidenschaftlichen Blick, der verriet, was sein Innerstes bewegte.

Sein Geständnis kam für Isabeau nicht unerwartet. Sie lächelte gequält. Obwohl sie das Glück durchströmte, fühlte sie auch Traurigkeit. So rührend seine tollpatschige Liebeserklärung war, sie machte ihr weiteres Zusammenleben nicht einfacher. »Du warst eifersüchtig auf den Ritter und hättest es nicht ertragen, wenn er mich vor deinen Augen geschändet hätte. Ach Matthias, ich weiß, was du für mich empfindest. Ich habe Augen, ich habe Ohren. Auch ich hege Gefühle für dich, die viel mehr sind als nur Freundschaft. So etwas bleibt auf einer langen Wanderschaft manchmal nicht aus. Gemeinsam haben wir vielen Gefahren getrotzt. Doch bitte bedenke: Vor Gott bin ich bereits vermählt. Hinzu kommt, dass ich eine Frau von Adel bin und du ein Schmied. In welcher Welt könnten wir im gleichen Haus leben, ohne verachtet zu werden? Sei mir nicht böse. Es liegt mir fern, dich zu kränken, aber manche Dinge lassen sich nicht ändern«, versuchte sie ihn zu trösten.

Er nickte einsichtig, wenn auch betrübt. »Ich bedränge dich nicht. Ich bin schon glücklich, wenn ich bloß bei dir sein darf. Sollte dich der fränkische Unhold allerdings noch einmal unsittlich berühren, hacke ich ihm die Hand ab«, prophezeite er grimmig.

Ein Lächeln huschte über Isabeaus Gesicht. Sie gab ihm einen Kuss auf die Wange. Sie fand, ihr unnachgiebiger Beschützer hatte ihn verdient.

In den frühen Morgenstunden drang ein überschwänglicher Ruf durchs Lager der Kreuzritter. »Sieg! ... Sieg! ... Konstantinopel ist unser!« Dann hielt ein Reiter vor Ludwigs Zelt und stürmte ins Innere, wo dieser gerade mit Isabeau und ihren Gefährten das morgendliche Brot brach.

»*Hugo von St. Pol!* Was ist geschehen?«, fragte Ludwig verblüfft und erhob sich.

Der Ritter nahm den Helm ab. Graues strähniges Haar kam zum Vorschein. Seine Augen leuchteten wie zwei blaue Saphire und machten die unansehnliche Hakennase und den schmallippigen Mund schnell vergessen. »Peter von Amiens und den Brüdern Cléry ist es letzte Nacht gelungen, mit einem kühnen Handstreich zwei Türme der Seemauer zu besetzen. Sie legten ein Sperrfeuer und öffneten ein Portal. Unser Heer kam über die Byzantiner wie eine biblische Plage und schlug die kaiserliche Wache in die Flucht. Der Thronräuber Murtzuphlos, so pfeifen die Spatzen von den Zinnen, hätte sich aus dem Staub gemacht. Konstantinopel ist in unserer Hand. Das Goldene Tor steht offen«, verkündete er begeistert.

»Dann lasst uns das Lager abbrechen«, jubelte Ludwig von Blois. »Ziehen wir in die Stadt ein und suchen uns neue Quartiere. Der *Bukoleonpalast* wäre ein angemessener Ort für uns.«

»Ich muss Euch leider enttäuschen, aber den Bukoleon hat bereits Bonifatius von Montferrat als Residenz auserkoren. Er befindet sich schon auf dem Weg dorthin und schlachtet jeden Mann ab, der versucht, ihn daran zu hindern«, wandte Hugo ein und nahm ihm den Wind aus den Segeln. »Ich halte mit meinem Gefolge *Balduin von Flandern und Hennegau* die Treue. Er scheint mir der tugendhaftere Anführer zu sein. Wenn es zur Kaiserwahl kommt, hat er meine Stimme«, fügte er hinzu und verließ das Zelt.

Nachdenklich nahm Ludwig wieder Platz. »Ich kann mir denken, warum er den Bukoleonpalast besetzen will. Er hat sich in den Kopf gesetzt, von der Milch die Sahne abzuschöpfen«, stellte er zerknirscht fest. Sein anfänglicher Jubel erstarb.

»Von der Milch die Sahne abschöpfen? Was wollt Ihr damit andeuten?«, fragte Isabeau.

»Der Bukoleon ist eine Schatztruhe. Ich weiß es aus zuverlässiger Quelle.«

Marie hielt mit dem Kauen inne. »Dieser Bonifatius will nicht teilen und alles für sich behalten«, merkte sie naseweis mit vollem Mund an.

»Das Kind hat völlig recht. Obwohl er nur ein Palast unter vielen ist, birgt er Dinge, die unvergleichlich sind«, gab Ludwig zerknirscht zu.

»Und welche?«, fragte Isabeau wissbegierig.

»Ich selbst war nie dort. Dafür aber Graf Hugo von St. Pol. Während des letzten Kreuzzuges vor vierzehn Jahren gehörte er dem Gefolge *Philipps von Flandern* an, der im Bukoleon mit Kaiser Isaak Verhandlungen geführt hatte. Der Prachtbau soll nahe am Ufer des Propontis liegen, südlich des Hippodroms, einer riesigen Arena, in der Wettkämpfe mit vierspännigen Streitwagen stattfinden. Hugo erzählte mir von sagenhaften Kostbarkeiten. Gold, Silber und Edelsteine, die den Palast im Inneren schmücken, seien nicht zu zählen. Er sprach auch über eine Kapelle, die sich im Bukoleon befindet. Sie soll nach seinen Worten die heiligsten Reliquien der Christenheit beherbergen. Angeblich ist auf dem Altar sogar der Schädel eines Märtyrers aufgebahrt.« Ludwigs Stimme hatte einen schwärmerischen Ton angenommen.

»Unglaublich! An diesem Ort würde ich gern zu Gott beten«, sagte Matthias beeindruckt.

»Folgt meinem Rat, Gräfin, und begebt Euch zum Bukoleonpalast. Peter von Amiens und Robert von Cléry sind Bonifatius von Montferrat verpflichtet. Ihre Schwerter streiten für dessen Interessen. Wenn Euer Gemahl ein Vertrauter von Ritter Robert ist, so findet Ihr ihn dort. *Theodoros Branas*, ein Byzantiner aus edlem Geschlecht, ist ein Verbündeter von mir und kennt sich in Konstantinopel bestens aus. Er wird Euch mit seinen Reitern begleiten und für Eure Sicherheit garantieren. Habt keine Sorge, niemand wird Euch belästigen. Sie tragen mein Banner auf dem Schild und Branas ist ein tugendhafter Mann«, schlug ihr Ludwig vor. »Der Arme schmachtet schon seit Tagen vor der Stadtmauer, weil er um das Wohl einer Frau besorgt ist.« Er schmunzelte.

Isabeau nahm das Angebot nur allzu gern an und bedachte ihren Gastgeber mit dankbaren Worten.

Gegen Mittag verließen sie das Lager. Konstantinopel lockte mit all seinem Zauber, fremden Gerüchen und geheimen Mysterien. Theodoros, dem die Freude über seinen Auftrag im Gesicht abzulesen war, überließ Isabeau sein Pferd und lief neben ihr zu Fuß. Zur Sicherheit behielt er die Zügel in der Hand. Er war ein redseliger Mensch, den die Aussicht, bald vor der Frau seines Herzens stehen zu können, sichtlich beflügelte.

Vom Anblick überwältigt, durchschritt die kleine Schar das Goldene Tor der *Theodosianischen Mauer*, der gewaltigsten Festungsanlage des Abendlandes. Die Flügel waren weit geöffnet und die byzantinische Wache längst geflohen, so wie es Hugo von St. Pol berichtet hatte. Vermutlich nach Adrianopel, einem Ort, der an der Grenze zum Bulgarenreich lag. Hinter der Mauer sahen sie anfangs schwere Zerstörungen. Die angrenzenden Wehrgänge und Häuser brannten zum Teil durch Griechisches Feuer. Überall lagen Leichen und die Straßen waren bedeckt mit den Steinkugeln der Wurfmaschinen. Ludwigs Streitmacht hatte ganze Arbeit geleistet. Dann, nach dreihundert Fuß des Chaos, traten sie in eine unvergleichliche Welt ein. Hier waren die Gebäude und Plätze alle unversehrt.

Unterwegs begegneten ihnen mehrere Suchtrupps von Kreuzzüglern, die schon letzte Nacht über die östliche Seemauer in die Stadt eingedrungen waren. Sie durchkämmten jedes Viertel nach zerstreuten kaisertreuen Soldaten, die sich möglicherweise versteckt hielten.

Links und rechts einer breiten Prozessionsstraße entfaltete sich eine Fülle von Gebäuden und Plätzen. Feigen- und Granatapfelbäume, Palmen und Zypressen schmückten das Antlitz der Stadt und spendeten Schatten auf den gepflasterten Foren. Farbenfroh blühende Sträucher schmiegten sich liebkosend an Kirchen, Häuserfluchten und Säulenarkaden. Sie vermittelten dem Beschauer ein Gefühl von Harmonie, das anhielt, solange die fränkischen Spürhunde fernblieben.

»Wie Rom ist Konstantinopel auf sieben Hügeln erbaut, weshalb unser Weg nicht ebenerdig verläuft. Im Süden seht ihr den Propontis«, erklärte Theodoros schnaufend. Ohne Pferd zu Fuß bergan zu gehen, bereite ihm unüberhörbar Mühe. Das war der edle Byzantiner nicht gewohnt. Umso mehr ehrte es ihn, sein Tier an Isabeau abgetreten zu haben.

»Venedig ist im Vergleich ein Dorf«, erwiderte Isabeau entrückt.

Das Stadtgebiet Psamatheia, durch welches sie der Byzantiner führte, prägten weiße Villen mit grünen Parkanlagen. Bauwerke, die den Reichtum ihrer Besitzer kundtaten. Die zum Meer sanft abfallenden Hänge waren mit ihnen regelrecht übersät. Nach einer halben Stunde erreichten sie das Viertel Aurelianae. Hier reihten sich die Häuser bereits Wand an Wand. Viele kleine Kapellen drückten dem Stadtteil ihren Stempel auf. An dessen Ende folgte die noch ältere *Konstantinische Mauer*. Auch sie besaß ein Portal, das man als golden bezeichnete.

»Hinter dem Tor liegt die Region Xerolophos. Mit ihr betreten wir die Altstadt Konstantinopels«, erklärte Theodoros.

Sie ritten weiter. Der Weg führte stetig bergauf. Südöstlich, weit unten im Tal, nahmen sie hinter der Seemauer, die sich als dunkles Gebilde deutlich vom blauen Meer abhob, den Hafen des *Theodosius* wahr. Er war erfüllt von den Galeeren der Kreuzzügler.

Nur wenig später mündete der Prozessionsweg in einem weitläufigen Forum. Umschlossen von prächtigen Kolonnaden markierte eine Säule dessen Mittelpunkt. Das Monument selbst war ein Wunder der Baukunst. Sie schätzten seine Höhe auf hundertzwanzig Fuß. Ein fortlaufendes Relief, welches sich wie eine Schlange um sie wand, erzählte eine Geschichte aus alter Zeit. Ihr Gewicht ruhte auf einem viereckigen Sockel, der haushoch und begehbar war. Eine Wendeltreppe führte im Inneren nach oben zu einem Aussichtspunkt, auf dessen Spitze eine riesige Statue stand.

»Wer ist das?«, fragte Isabeau.

»Kaiser *Arkadius*. Er hat das Denkmal vor vielen Jahrhunderten aus Anlass seines Sieges gegen die Goten errichten lassen«, wusste Theodoros zu berichten.

Als sie das Stadtviertel Vlanga durchquerten, verdunkelten im Osten dunkle Rauchschwaden den Himmel. Offensichtlich rührten sie von den gelegten Bränden während der Belagerung her, über die Hugo von St. Pol berichtet hatte.

Trockenen Fußes überquerten sie den Lycus, nachdem ihr Führer ihnen mitgeteilt hatte, dass der Fluss durch einen Tunnel in den Hafen einmündete. Es folgten die Foren der Kaiser Theodosius und *Konstantin*, deren Säulen eine ähnliche Höhe aufwiesen wie die des Arkadius. Der Rauch wurde zunehmend dichter und nahm ihnen den Atem. Als Theodoros fränkische Reiter nach einem gefahrlosen Weg zum Bukoleon fragte, wiesen diese zum Hafen des Kaisers *Julian* und meinten, sie sollten der Seemauer nach Osten folgen. Das sei sicherer, da Teile der Stadt in Flammen ständen und mancherorts noch immer gekämpft werde.

Sie nahmen den Rat der Kreuzzügler ernst und folgten dem Weg hinunter zur befestigten Küste. Entlang der *Severischen Mauer* führte eine Straße vorbei am Hippodrom und dem Turm des *Belisarius*. Am Ende des Wegs lag ihr Ziel – der Bukoleon.

Dessen Ausmaße mit seinen Parks und verschiedenen Nebengelassen war beeindruckend und doch um ein Vielfaches kleiner als der angrenzende *Große Palast* mit der *Hagia Sophia* und der *Basilikazisterne*. Fassaden, Säulen und Treppen bestanden sämtlich aus weißem und blauem Marmor. Die Größe der Anlage mit all ihren Gebäuden, Kirchen und Plätzen konnten sie bloß erahnen, ja überforderte ihren Verstand, was Theodoros ein stolzes Lächeln abrang. Sie kamen sich so klein und unbedeutend vor wie die Ameisen auf einem Hügel. Fassungslos über den Größenwahn der byzantinischen Kaiser erreichten sie das Eingangsportal des Bukoleon. Das zahlreiche Gefolge der Kreuzritter, das am Fuß der Treppe lagerte, beobachtete die Neuankömmlinge mit argwöhnischen Blicken.

Als Isabeau ihren Fuß auf die erste Stufe setzte, geiferte ein Wachposten sie verächtlich an: »Scher dich fort oder ich schlitze dich auf vom Nabel bis zur Kehle!« Demonstrativ zog er das Schwert aus der Scheide, um seiner Warnung Nachdruck zu verleihen.

»Halte ein!«, gebot Theodoros Branas dem Mann und hielt Matthias an der Schulter fest, der sich anschickte, einen Streit vom Zaun zu brechen. »Ich stehe in den Diensten des Grafen Ludwig von Blois, Chartres und Châteaudun. In seinem Auftrag geleite ich diese Frau mit ihren Getreuen zu ihrem Gemahl. Er hält sich im Bukoleon auf«, sprach er mit fester Stimme.

»Wie lautet der Name ihres Gatten?«, fragte der Wachposten.

»Graf Lothar von Wartenstein.«

»Graf wer? ... Kenne ich nicht.«

»Er ist ein Verbündeter von Robert von Cléry«, fügte der Byzantiner hinzu.

»Ach so. Sag das doch gleich. Dann gehört er zu Peter von Amiens Streitern und untersteht dem Grafen von Montferrat. Folgt mir in den Palast, Herrin, und vergebt mir mein ungebührliches Benehmen. Wir müssen achtsam sein. Auf den Straßen treiben sich Diebe und anderes Gesindel herum, das seinen Schnitt machen will.« Er machte eine leichte Verbeugung. Sein Gesicht drückte Zweifel aus. Eine Edelfrau in schmutzigen, zerlumpten Kleidern war ihm anscheinend noch nie unter die Augen gekommen.

Theodoros schickte die Reiter zurück in Ludwigs Lager und folgte mit seinen Schutzbefohlenen dem Wachposten. Ihr Weg führte durch zahlreiche Räume, die sich an Pracht gegenseitig überboten. Die Baumeister hatten für sie die edelsten Materialien verwendet und stilvoll verarbeitet. Hier vereinten sich die Schätze der Erde mit der Schöpferkraft des Menschen. Säulen aus purpurnem Porphyr strebten zu Decken aus blutrot geädertem Marmor empor. Die Fußböden zierten nahtlos verlegte Platten aus zartgrünem Jaspis. Grazile Gefäße aus Gold und Silber, die mit leuchtenden Rubinen, Smaragden und Topasen besetzt waren, schmückten das kostbare Inventar. Statuen aus Bronze zeugten vom Können altgriechischer Bildhauer und die Wände, überzogen mit feinster Seide, von Handelsbeziehungen bis zum Ende der Welt.

Hinter prunkvoll verzierten Türen schlossen sich die nächsten Gemächer an. Sie waren nicht weniger verschwenderisch gestaltet.

Der Anblick der Fußböden war ein Augenschmaus. Sie bedeckten kunstvolle Mosaike, die von den Martyrien Kirchenheiliger und den Ruhmestaten früherer Kaiser berichteten. Bilder, zusammengesetzt aus Abertausenden farbigen Steinchen, Bruchstücken aus Ton und Glas mit aufgeschmolzenem Gold. Edelgesteine wie Jade, Lapislazuli, Türkis, Amethyst und Malachit vervollständigten die Wunderwerke der Baumeister. Ihre Fantasie hatte keine Grenzen gekannt.

Hingerissen von all dem Glanz betraten sie schließlich einen weitläufigen Saal. Hier hatte sich ein Teil der Führer des Kreuzritterheeres zusammengefunden und beratschlagte, wie das Beutegut im Bukoleon unter ihnen aufgeteilt werden sollte. Auch Robert von Cléry war zugegen. Er stand neben einem Mönch, seinem jüngeren Bruder Alleaume. Sogar zwei Frauen waren unter den Anwesenden. Aber sie gehörten nicht zum Gefolge der Ritter. Ihre edlen Gewänder verrieten sie als Angehörige des byzantinischen Adels, die mit allen Ehren behandelt wurden. Als eine von ihnen Theodoros Branas wahrnahm, hellten sich ihre Gesichtszüge auf. Auch ihm, erfreut über ihre Gegenwart, schien das Herz in der Brust zu hüpfen. Isabeau wusste, er hatte seine Liebste gefunden.

Auf einer Empore stand ein pompöser Thron, der eines Kaisers würdig war. Auf ihm saß ein verdrießlich blickender Mann von etwa fünfzig Jahren. Ein grauer Bart bedeckte seine Wangen. Als der Unmut über die unterschiedlichen Ansichten das erträgliche Maß überschritt und in Tumult ausuferte, ergriff er verärgert das Wort. »Meine Herren, ich muss doch sehr bitten! Wir haben mit Enrico Dandolo einen Vertrag abgeschlossen. Er bekommt das erbeutete Gold und Silber und wir die Reliquien zugesprochen. Niemandem ist es erlaubt, auf eigene Rechnung Beute zu machen. Der Doge ist zwar blind, aber nicht dumm. Wenn es um Geld geht, sind seine Augen allsehend. Venedig stehen 75.000 *Mark* in Silber zu. Die beglaubigte Summe für die bereitgestellten Galeeren aus den Werften von San Marco. Eine Rechnung, die wir begleichen müssen, wenn wir uns nicht entzweien wollen.«

»Edler Graf von Montferrat. Wir können doch nicht alles Gold den Venezianern überlassen. Das wäre töricht«, warnte Peter von Amiens.

»Auch wir haben Schulden zu begleichen. Aufgenommen für den Kreuzzug gegen die Heiden. Wir wollen nicht auf ihnen sitzen bleiben, während sich Dandolo im Reichtum suhlt«, erboste sich *Gottfried von Villehardouin*, dem alle Ritter lautstark zustimmten.

Bonifatius hob beschwörend die Hände. »In Christi Namen, hebt Euren Zorn für unsere Feinde auf. Ein kühler Kopf ist jetzt gefragt. Natürlich legen wir dem Dogen nicht alle Schätze zu Füßen. Was der Bukoleonpalast birgt, gehört uns allein. Um die 75.000 aufzubringen, schicken wir Suchtrupps durch die Stadt, die in jedem Haus das Unterste nach oben kehren. Und sollte einer aus dem Fußvolk es wagen, sich die eigenen Taschen zu füllen, lasst ihn hängen, als abschreckendes Beispiel für die anderen«, besänftigte er die erhitzten Gemüter.

Die Ritter hießen den Vorschlag gut und schickten mehrere Boten aus, um ihren Gefolgsleuten den Befehl zu überbringen, Konstantinopel zu plündern.

Während Theodoros die Nähe seiner Angebeteten suchte, nutzte der Wachposten die eingetretene Ruhe, um Isabeau, Marie und Matthias zu Robert von Cléry zu führen. Dann verschwand er auf der Stelle. Vermutlich, um sich den Plünderern anzuschließen.

Der Mann war Mitte dreißig, sah allerdings aus wie Mitte zwanzig. Bart und Haare waren kurz gestutzt und kastanienbraun wie seine Augen. Er wurde Isabeau erst gewahr, als sie ihn ansprach. »Gott mit Euch, Robert von Cléry, strahlender Held aus der Picardie. Dass Byzanz vor Euch auf die Knie geht, spricht für Eure Kühnheit«, sagte sie und spielte damit auf seine mutige Tat in der letzten Nacht an.

Zur Salzsäule erstarrt stand er vor ihr. Die Worte, die ihm über die Lippen kamen, spiegelten seine Überraschung wider. »Seid Ihr es wirklich oder nur eine Traumerscheinung? ... Ich kann es nicht glauben. Isabeau von Lunéville? ... Wie kommt Ihr an diesen Ort?«, stammelte er unbeholfen und deutete eine Verbeugung an. Auch sein Bruder Alleaume begrüßte sie freundlich.

»Das ist eine lange Geschichte, die ich Euch später gern erzählen werde. Jetzt gibt es Wichtigeres zu tun. Wo finde ich meinen Gemahl? Ich muss mit ihm reden«, antwortete sie mit einem Lächeln. Doch das erstarb sogleich, nachdem sie Roberts betroffenes Gesicht wahrgenommen hatte.

»Graf Lothar gehört nicht unserem Heerzug an. Ich glaubte bis eben, er habe es sich anders überlegt und sei in Schwaben geblieben«, erwiderte er beunruhigt.

Isabeau wurde schwarz vor Augen. Taumelnd fand sie Halt bei ihm. »Vor zwei Jahren reiste er nach Ulm, um Euch dort zu treffen. Seitdem habe ich ihn niemals wiedergesehen oder etwas von ihm gehört«, enthüllte sie mit bebender Stimme.

»Mein Lehnsherr Peter von Amiens, Alleaume und ich haben eine Woche lang in Ulm auf ihn gewartet. Aus einem mir unerfindlichen Grund erschien er nicht am vereinbarten Treffpunkt, weshalb wir ohne ihn weitergezogen sind«, erklärte er bestürzt.

»Als sie aufbrachen, waren sie sieben. Lothar, sein Knappe Arno von Rain, Bertram von Olm und vier treue Gefolgsmänner. Hoffentlich ist ihnen nichts Schlimmes widerfahren?« Isabeau beschlich eine dunkle Vorahnung. Sie konnte ihre Tränen nicht mehr zurückhalten und klärte Robert über den Grund ihrer Reise auf.

»Die Widerwärtigkeiten Eures Schwagers Rudolf haben mich schon immer abgestoßen. Lothar den Grafentitel zu entreißen, ist allerdings ein Schurkenstück, das ich ihm nicht zugetraut hätte. Gleichwohl scheint mir nicht alles verloren zu sein«, erwiderte er und fasste sie an den Armen.

»Worauf wollt Ihr hinaus?«, fragte Isabeau mit einem Hoffnungsschimmer in den Augen.

»Nun ja, sieben wackere Männer verschwinden nicht einfach aus dem Leben, ohne dass es jemand bemerkt. Wer weiß, was sie in Schwaben aufgehalten hat. Als sie uns in Ulm nicht mehr antrafen, wählten sie womöglich einen anderen Weg zum Mittelmeer und stießen unterwegs auf *Simon von Montford.*«

Sie fuhr sich nervös durch die Haare. »Wer ist Simon von Montford?«

»Er ist der Graf von Leicester.« Roberts Miene wurde ernst. »Ihr wisst selbst, Lothar ist ein gottesfürchtiger Mensch. Seine Ziele sind Ägypten und das Heilige Land. Was in der Stadt Zara geschah, hätte er, ebenso wie Simon es tat, niemals gebilligt. Er würde auch verurteilen, was jetzt in Konstantinopel geschieht. Simon hat sich vor der Belagerung Zaras von unserem Heer getrennt und ist mit seinen Gefolgsleuten ins Königreich Ungarn geritten. Er plante, an der Küste des Schwarzen Meeres ein Schiff anzumieten und nach Asien überzusetzen. Als Ziel nannte er Antiochia. Haltet mich für verrückt, aber ich glaube, dass Lothar sich ihm angeschlossen hat. Nein, ich bin vielmehr fest davon überzeugt«, versicherte er.

Allmählich gewann Isabeau ihre Fassung zurück. »Dann bin ich gezwungen, Konstantinopel sofort zu verlassen, um nach Antiochia zu gehen«, verkündete sie nicht nur zu Roberts Erstaunen.

»Wir sind eben erst angekommen. Du solltest nichts überstürzen. Einige Tage der Ruhe würden uns guttun. Besonders dir«, gab Matthias zu bedenken.

Robert von Cléry erstaunte der vertrauliche Umgang der beiden. »Euer Diener besitzt eine vorlaute Zunge. Ihr dürft ihm nicht gestatten, so mit Euch zu sprechen. Er könnte vergessen, wer seine Herrin ist. Zehn Hiebe mit der Rute brächten ihn zur Vernunft«, schlug er vor.

»Matthias ist nicht mein Diener. Er ist ein Freund, eine treue Seele. Ohne seine Hilfe wäre ich längst tot und begraben«, sagte sie, um sein Verhältnis zu ihr richtigzustellen.

»Ich erlag einem Irrtum, Gräfin. Es lag nicht in meiner Absicht, Euch und Euren Begleiter zu beleidigen«, entschuldigte er sich. »Trotzdem möchte ich Euch bitten, die Weiterreise zu verschieben. Der Weg nach Antiochia birgt in den heißen Monaten ernsthafte Gefahren. Bithynien mit seinen waldreichen Bergen und fruchtbaren Tälern ist einladend. Anatolien dagegen ist dem Wanderer feindlich gesinnt. Wie ich hörte, gibt es zwar viele Seen und Quellen, aber diese sollen oft weit voneinander entfernt liegen. Der Mangel an Wasser und die Hitze könnten Euch das Leben kosten. Wartet lieber bis November, dann ist die Zeit günstiger. Ich werde mich darum kümmern, dass Ihr ein angemessenes Quartier erhaltet und keine Not leiden müsst«, schlug er vor.

Nachdenklich wog sie das Angebot ab. Von diesen Misslichkeiten hatte der Speikhändler in Judenburg nichts verlauten lassen. Möglicherweise hatte er davon nichts gewusst.

Neugierig fiel der Blick des Grafen von Montferrat auf Isabeau. »Wer ist die junge Frau?«, fragte Bonifatius. »Ihr verschlissenes Gewand lässt mich auf eine Magd schließen. Allerdings verheißt ihr stolz erhobenes Haupt anderes.«

»Sie ist die Gräfin von Wartenstein aus dem Herzogtum Schwaben. Ihr Name lautet Isabeau. Sie reist zu ihrem Gemahl nach Antiochia und legt in Konstantinopel eine Rast ein«, erklärte Robert.

Bonifatius zeigte sich erfreut. »Soso. Eine treue Untertanin von Herzog Philipp. Seid mir willkommen. Nach Eurem Kleid zu urteilen, müsst Ihr unterwegs viel Unbill erlitten haben. Natürlich werdet Ihr hier in meinem Palast Hof halten. Zwei gekrönte Häupter werden Euch gern Gesellschaft leisten, wenn Ihr es wünscht.« Er erhob sich vom Thron, um Isabeau den beiden byzantinischen Edelfrauen vorzustellen. »Das ist *Margarethe*. Sie ist die Schwester des Königs von Ungarn und die Witwe des ermordeten Kaisers Isaak. Neben ihr steht *Agnes von Frankreich*, die allerdings in Konstantinopel Anna gerufen wird. Sie ist die Witwe des verstorbenen Kaisers Andronikos und die zukünftige Gemahlin unseres Verbündeten Theodoros Branas, den Ihr bereits zu kennen scheint.«

Huldvoll zollte ihnen Isabeau Respekt, da sie wusste, dass diese im Rang weit über ihr standen, auch wenn sie zur Verliererseite gehörten.

Die beiden Frauen zählten etwa dreißig Jahre. Der Jugend bereits entrückt und doch dem Alter fern. Die Ungarin war anmutig, ihre Gesichtszüge ebenmäßig und ihre dunklen Haare unter einem funkelnden Diadem kunstvoll geflochten. Schmale geschwungene Brauen, Mondsicheln gleich, zogen sich über ihre mandelförmigen Augen.

Auch Agnes von Frankreich war eine anziehende Erscheinung. Doch zeigten sich auf ihrer Stirn schon erste Sorgenfalten. Ihr lockiges Haar fiel ihr lang über die Schultern. Eine goldene Krone, die mit Perlen und zahllosen Rubinen besetzt war, bedeckte ihr Haupt. Strahlend blaue Augen und ein fein gezeichneter Mund gaben ihrem Antlitz einen Hauch von Sinnlichkeit.

Mit einem Mal fühlte sich Isabeau unbedeutend und hässlich. Beschämt senkte sie den Kopf. Die Pracht der Gewänder und das makellose Äußere der Kaiserinnen erzeugten in ihr das Gefühl, minderwertig zu sein.

»Für mich bist du die Schönste und wirst es immer bleiben. Auch ohne samtenes Kleid und goldene Krone«, hörte sie Matthias hinter sich flüstern. Sie spürte, dass er in ihr Innerstes geblickt hatte. Und er hatte vollkommen recht. Sie musste sich nicht verstecken. Sie war durch die halbe Welt gereist, hatte zahlreiche Abenteuer erlebt und Gefahren getrotzt. Dagegen waren die zwei Byzantinerinnen vermutlich niemals aus ihrem goldenen Käfig ausgebrochen.

Bonifatius ergriff ihre Hand. »Mögt Ihr Geheimnisse?«, fragte er. »Es ist an der Zeit, eins zu lüften. Ihr seid gern dazu eingeladen.« Als sie wortlos nickte, wandte er sich an die Ritter und die Vertreter des Klerus. »Nun denn, meine tapferen Streiter, ein Mysterium wartet auf seine Auflösung: die Kapelle des Palastes. Die Kaiserinnen und ihr Beichtvater haben mir von angehäuften Schätzen berichtet, die sie beherbergt. Reliquien, die in ihrer Heiligkeit mit nichts zu vergleichen sind. Folgt dem Priester. Er wird uns führen!«

Niemand ließ sich lange bitten. Alle waren begierig darauf. Auch Matthias und Marie schlossen sich an. Nur Agnes und Theodoros blieben zurück. Vermutlich hatte sich das Liebespaar viel zu erzählen.

Sie folgten einen endlos erscheinenden Säulengang und betraten den Ostflügel des Bukoleon. Hier befand sich der legendenumwitterte Ort, den eine mit Silber beschlagene Tür verriegelte. Der Priester holte einen Schlüssel unter seiner Kutte hervor und beschwor die Männer, ja nichts anzufassen und die Kapelle nicht zu entweihen. Er erntete bloß Gelächter für seine Worte.

Bonifatius von Montferrat war des Zauderns überdrüssig. »Her damit«, rief er ungeduldig, riss ihm den Schlüssel aus der Hand und öffnete die Tür.

Die Kapelle erstrahlte in weißem Marmor. Fenster, verkleidet mit buntem Glas, verbreiteten einen magischen Schein. Die Besonderheit des Ortes wurde durch die Kostbarkeiten, welche die Kaiser über die Jahrhunderte angesammelt hatten, noch verstärkt. Goldene Leuchter mit armdicken Kerzen spendeten Licht für den Altar, auf dem rituelle, mit Edelsteinen geschmückte Schalen und Kelche standen. Ein Kästchen mit einem menschlichen Schädel und eine Phiole aus Glas bildeten den Mittelpunkt. Die Wände schmückten wertvolle Ikonen mit den Abbildern heiliger Männer und Frauen. Zwischen den Säulen aus Porphyr, die das Gewölbe trugen, standen Schreine aus edlen Hölzern, die Dinge enthielten, die auf den ersten Blick nicht zu deuten waren.

Während die Ritter allein für das Gold und Silber Interesse zeigten, schlug die Kleriker mehr der Inhalt der Schreine in den Bann. Die Brüder Cléry zogen es vor, am Eingangsportal abzuwarten. Auch Isabeau, Matthias und Marie hielten sich im Hintergrund, obwohl ihre Neugier groß war.

»Was enthält das Kästchen auf dem Altar?«, fragte Bonifatius den Beichtvater der Kaiserinnen.

»Den Schädel *Johannes des Täufers*. Bereits vor Jahrhunderten fand er den Weg in diese Kapelle«, erwiderte er.

Isabeau stockte der Atem, als sie die Worte hörte.

Bonifatius staunte. »Und was birgt das Glasfläschchen?«

»Die heiligste Reliquie, die Konstantinopel besitzt. Das Blut Jesu, welches er bei seiner Kreuzigung auf dem *Kalvarienberg* vor den Toren Jerusalems für die Menschen vergoss«, behauptete der Priester.

»Das Blut Christi? Eine Kirche, die dieses Juwel ihr Eigen nennt, würde jedes Jahr Tausende Pilger anziehen. Sie wäre eine sprudelnde Geldquelle«, frohlockte Bonifatius.

Isabeau lief ein Schauer über den Rücken. Inmitten der Heiligtümer zu stehen, weckte in ihr ein Gefühl der Demut. Matthias und Marie schien es nicht sonderlich zu beeindrucken. Wahrscheinlich hörten sie von Johannes dem Täufer das erste Mal. Überraschend wäre es nicht, da in den Gottesdiensten Lateinisch gesprochen wurde.

»Öffne die Laden, ich will schauen, was sie verbergen«, befahl Bonifatius dem Priester.

Nur widerwillig entfernte er die Deckel von den Kästen. Ein Gewand kam zum Vorschein, das Jesus getragen haben sollte. Des Weiteren die Lanze des römischen Legionärs Longinus, mit der er dem Heiland in den Leib stach. Zu guter Letzt zwei Holzsplitter vom Kreuz Christi, drei Kreuzigungsnägel und die Dornenkrone.

Andächtig ging Bonifatius vor dem Altar auf die Knie. »Oh Herrgott, ich danke dir für diese Reliquien, die Zeugnisse deiner Macht und Größe. Unergründlich ist deine Weisheit. Sie führte mich in diese Stadt. Schon seit tausend Jahren ruhen sie hier. Jetzt unterliegen sie meiner Obhut. Die Kirchen meines Landes werde ich mit ihnen schmücken und so den wahren Glauben stärken«, betete er.

Der Priester erschrak über die Worte. Er ahnte, was nun folgen würde. »Wenn Ihr die Kapelle entweiht, indem Ihr sie ausplündert, seid Ihr nicht besser als ein Straßenräuber. Das ist eines Edelmannes nicht würdig«, empörte er sich.

Bonifatius stand auf, wandte sich um und zog spöttisch die Augenbrauen nach oben. »Willst du mir einreden, ihr Byzantiner hättet all die wunderbaren Dinge geschenkt bekommen? Gestohlen habt ihr sie in unzähligen Kriegen«, erhob er vorwurfsvoll seine Stimme. »Geraubt aus dem Heiligen Land. Gemordet habt ihr dafür. Wirf mir also nicht vor, ein Dieb zu sein, denn deine Vorväter waren weit Schlimmeres. Alles, was in der Kapelle von Wert ist, geht Konstantinopel verloren. Das gilt übrigens für sämtliche Räume im Palast. Gott will es so.« Er wandte sich an *Alleaume von Cléry*. »Stell mir eine Liste über die Schätze zusammen und lasse sie in den Thronsaal bringen. Dort entscheiden wir, wie sie unter uns aufgeteilt werden«, ordnete er an.

»Sehr wohl, edler Graf. Ich fange sofort an«, erwiderte der Mönch untertänig.

Hatte Isabeau in der Kapelle das Gefühl des Unmuts noch unterdrückt, kochte es nun nach deren Verlassen in ihr hoch wie heiße Milch. Was hier geschah, war Unrecht. Bonifatius von Montferrat verhielt sich nicht ritterlich gegenüber dem unterlegenen Feind. Der Priester hatte recht mit seinem Vorwurf. Ein Räuber war er, getrieben von der Gier. »Gott will es? Welch ein Frevel, für Gott zu sprechen. Der Blitz soll diesen Aasgeier treffen«, hörte sie hinter sich Matthias murmeln.

Abseits von den anderen stellte sie Robert von Cléry zur Rede. »Der Befehl des Grafen ist eine Schande und widerspricht den Regeln der Ritterlichkeit. Euer Kreuzzug verkommt zu einem Raubüberfall. Die halbe Stadt brennt lichterloh und wie ich hörte, haben die Stadtbewohner viele Tote zu beklagen. Ich erkenne Euch nicht wieder. Weshalb beteiligt Ihr Euch an diesem sündhaften Treiben?«

Er blickte beunruhigt um sich. »Sprecht nicht so laut. Ich verstehe Euren Unmut, aber die Welt ist nicht so einfach gestrickt, wie Ihr glaubt. Es gibt nicht nur Schwarz und Weiß, sondern auch viel Grau«, flüsterte er.

»Damit könnt Ihr das Morden in der Stadt nicht rechtfertigen«, erwiderte sie mit gedämpfter Stimme.

»Glaubt mir, vieles von dem, was ich tun muss, widert mich an. Es macht mich nicht glücklich, zu sehen, wie christliche Ritter zu Heuchlern werden, weil sie ihre Habgier mit dem Willen Gottes bemänteln. Gleichwohl bin ich verdammt, ihnen zu dienen.«

»Dann sagt Euch von ihnen los«, forderte Isabeau.

Er sah sie traurig an. »Das kann ich nicht. Mein Lehnsherr ist Peter von Amiens. Ich habe ihm in Frankreich die Treue geschworen und er die seine dem Grafen von Montferrat, bevor ich zu Euch nach Wartenstein kam. Nur mein Tod entbindet mich von dem Fluch. Und manchmal denke ich, dass er nicht mehr lange auf sich warten lässt. Ich hoffe nur, mir wird Vergebung zuteil, wenn ich vor meinen Schöpfer treten muss.«

»Robert, seid mir nicht böse. Es lag nicht in meiner Absicht, Euch zu kränken. Versprecht mir, auf Euer Wohl zu achten. Ich habe wenige Freunde hier«, leistete sie für ihren Vorwurf Abbitte. »Sprecht, was wird mit Byzanz geschehen? Was wird aus dieser wundervollen Stadt?«

Seine Miene versprach nichts Gutes. »Divide et impera«, äußerte er lapidar.

»Divide et impera? Was soll das bedeuten?«, rätselte sie.

»Ganz einfach: teile und herrsche. Der Doge von Venedig und die Anführer des Kreuzfahrerheeres haben einen Vertrag geschlossen, der die Zerschlagung des Byzantinischen Reiches zur Folge hat. Er sieht vor, das Land zwischen ihnen aufzuteilen. Mit dem Untergang des Erzrivalen übt Venedig die alleinige Macht über das Mittelmeer und den Handel im Osten aus. Es ist Dandolos Lebensziel. Ich befürchte jedoch, dass sie sich hinterher wieder in die Haare kriegen und das Morden weitergeht. Die Gier unserer Anführer ist stärker als ihre Vernunft«, kritisierte er unverhohlen.

»Oh Gott, in was für Zeiten leben wir? Wenn Ihr mir nicht

abgeraten hättet, würde ich morgen schnellstens weiterziehen«, seufzte sie.

»Bleibt in der Stadt, bis die Blätter fallen. Platz gibt es im Bukoleon genug. Ein Gemach ist rasch gefunden. Die Bediensteten werden Euch auftafeln. Badet, esst und ruht Euch einige Tage aus. Wenn Ihr wieder bei Kräften seid, statten wir dem Großen Palast mit dem Hippodrom und der Hagia Sophia einen Besuch ab: Es sind die wunderbarsten Bauwerke, die Menschen je erschaffen haben«, versprach er und führte Isabeau, Matthias und Marie aus dem Saal.

Kapitel 9

Im Olymp der sterblichen Götter

Die gierigen Scharen der Kreuzzügler hatten auf der Suche nach Reichtümern Kirchen ausgeraubt, Menschen aus ihren Häusern getrieben, sie ermordet oder in der Hoffnung auf Lösegeld eingekerkert. Bis zum Bukoleon waren die gottlosen Umtriebe der Plünderer und das Wehgeschrei geschändeter Frauen zu hören gewesen.

Doch die Tage des Grauens waren vorüber. Graf Bonifatius von Montferrat lächelte vor sich hin. Im großen Saal stapelten sich die Kostbarkeiten bis zur Decke. Schätzer sprachen von 600.000 Mark Silber, erkauft mit dem Niedergang einer außergewöhnlichen Stadt.

Robert von Cléry betrat den Raum. Er wirkte angespannt. Aus seinem Munde erfuhren Isabeau, Marie und Matthias, dass Balduins Truppen nicht minder abscheulich vorgegangen waren. Der zügellose flandrische Graf hatte nach blutigen Scharmützeln den *Blachernenpalast* eingenommen. Das ehemalige Domizil der Herrscherhäuser Komnenos und Angelos lag im Norden der Stadt, nahe dem Adrianopeltor und dem Goldenen Horn.

»Balduin, so hat sein Herold mir berichtet, habe unvergleichliche Schätze erbeutet. Gold und Silber zu Hauf und Berge von Edelsteinen. Das ist aber nicht alles.« Er trat näher zu ihnen heran. »In der Kirche Sankt Maria von Blachernae, nur unweit vom Palast entfernt, stieß er angeblich auf eine unglaubliche Reliquiensammlung. Zu ihr gehöre ein Schrein aus Ebenholz, der das Maphorion der Jungfrau Maria verwahre.«

Isabeau schaute ihn fragend an. »Davon habe ich noch nie gehört. Was hat es damit auf sich?«

»Das ist der Schleier, der ihr Haar und ihre Schultern bedeckte, als ihr Sohn am Kreuz sein Leben für die Erlösung der Menschen hingab«, erwiderte er. »Eine andere Truhe beherberge ihr Grabgewand und ein Bildnis von ihr, das der Evangelist Lucas gemalt haben soll. Und schließlich befinde sich ein Acheiropoieton unter all den Wundern.«

»Was immer das ist, ich kenne es nicht.« Isabeau fühlte sich beschämt. Sie wusste so wenig von der Welt, wenn sie die Heilkunde ausklammerte.

»Es handelt sich um ein Schweißtuch mit dem Abbild von Jesus Christus. Der Allmächtige selbst soll es erschaffen haben. Niemals seit Menschengedenken sei in einer Stadt vergleichbare Beute gemacht worden, prahlte der Herold.«

Matthias schüttelte den Kopf. »So viele Reichtümer an einem Ort ziehen Räuber an. Das Schicksal der Stadt war lange besiegelt.« Sein Gesicht schaute so finster aus, dass Isabeau ein Schauer über den Rücken lief. Aus ihm sprachen Abscheu und auch Scham. Sie wusste, er hatte sein Urteil über die Kreuzzügler längst gefällt. Für ihn waren sie keine Christenmenschen, sondern nur Mörder und Räuber. Dieselbe nutzlose Brut, die sein Dorf überfallen hatte, um sich an ihrem Hab und Gut zu bereichern.

»Es musste so kommen«, gab Robert ihm recht und gesellte sich zu Bonifatius von Montferrat. Wortgetreu übermittelte er ihm die Botschaft des Heroldes, die von Balduins erfolgreichem Raubzug kündete. Das Lächeln verschwand aus seinem Gesicht.

Isabeau glaubte zu spüren, was im Inneren des Grafen vor sich ging. Die starre Fratze, die er aufgesetzt hatte, ließ den Neid und die Missgunst erahnen, die von ihm Besitz nahm. Vermutlich befürchtete er, sein Konkurrent im Wettlauf um den Thron könne mehr Schätze zusammengerafft haben als er selbst.

Robert räusperte sich. »Zudem lässt der Graf von Flandern und Hennegau Euch ausrichten, der neu gewählte Kaiser müsse im Blachernenpalast residieren.«

»Unerhört!«, schrie Bonifatius. »Das ist eine Kampfansage. Der neue Kaiser regiert im Bukoleon und nirgendwo anders.«

Isabeau wurde des lauten Gezeters überdrüssig. »Warum wird der Mensch nie müde, sich zu streiten?«

»Weil die Habgier ihre Seelen krank macht«, meinte Marie.

»Bonifatius und Balduin sind beide Diebe, die über Leichen gehen«, sagte Matthias. »Sie bereichern sich am Eigentum der wehrlosen Stadtbewohner und bekommen ihre Hälse nicht voll. Ritter ihres Schlages tragen die Schuld an den zahllosen Kriegen, unter denen wir einfachen Menschen leiden müssen.«

Im Stillen gab Isabeau ihm recht. Seine freimütigen Worte offenbarten die bittere Wahrheit. Enttäuscht von den Kreuzrittern nahm sie beide an die Hand und verließ mit ihnen den Raum.

Schon den ganzen Vormittag liefen Isabeau und Robert von Cléry zu Fuß durch die Altstadt. Wie versprochen führte er sie durch das riesige Areal des *Palatium Magnum*, des Großen Palastes. Matthias und Marie hatten es vorgezogen, sich unterwegs von ihnen zu trennen. Der in der Nähe befindliche Handwerkerbezirk zog sie mehr in den Bann als das Zentrum vergangener byzantinischer Macht.

Robert besichtigte mit Isabeau das Hippodrom. Sie erfuhr, dass die Anhänger der Pferderennen sich in eine grüne und eine blaue Partei aufspalteten und ihre jeweiligen Unterstützer politische und religiöse Rivalitäten austrugen, die oftmals im Aufruhr endeten. Die Kampfbahn war vierzehnhundert Fuß lang und vierhundert Fuß breit und bot 100.000 Zuschauern Platz.

Außer ihnen war nur eine Schar Venezianer zugegen. Sie machten sich über der Kaiserloge an einer bronzenen Quadriga zu schaffen. Die Skulptur bestand aus einem zweirädrigen Streitwagen und vier nebeneinandergehenden Pferden. Schnell wurde offensichtlich, was sie im Sinne hatten. Während die fränkischen Ritter der Stadt das Gold und die Reliquien stahlen, beraubte sie Enrico Dandolo ihrer Kunstwerke.

Der Große Palast, den sie anschließend besuchten, verteilte sich auf einem Hügel mit großflächigen Grünanlagen und künstlich angelegten Teichen auf sechs Terrassen bis hinunter zum Propontis. Eine eigene Stadt mit Kirchen und Kapellen, Empfangssälen und Wohnräumen. Auch eine Arena für sportliche Wettkämpfe fehlte nicht. Hinzu kamen Handwerksstätten verschiedener Art und Garküchen für die alltägliche Versorgung des Kaisers und seiner Günstlinge, die längst die Flucht ergriffen hatten. Auch die byzantinische Wache war geflohen. Jetzt lagerten hier die Truppen der Venezianer. Robert und Isabeau vermieden es, ihnen zu nahe zu kommen, da die Spannungen zwischen den Heerführern des Kreuzzuges von Tag zu Tag zunahmen.

»*Oft, wenn leicht sich ein Mann aus meinem Fenster hinauslehnt, jauchzt ihm trunken das Herz, rundum dies alles zu sehen: Bäume und Häuser und Schiffe, See, Stadt und Lande und Himmel*«, sprach Robert verträumt. [2]

»Welch friedvolle Verse. Ich ahnte nicht, dass Ihr unter die Dichter gegangen seid«, sagte Isabeau verblüfft über die einfühlsamen Worte eines Mannes, der es ansonsten gewohnt war, ein Schwert in der Hand zu führen.

»Oh nein, sie stammen nicht von mir. Ich las sie auf einem Stein am Löwentor nahe dem Bukoleon gelegen. Sie sind meines Wissens viele Jahrhunderte alt. Schon damals hat Konstantinopel die Menschen im Geist beflügelt. Und was tu ich? Ich besiegele dessen Untergang«, meinte er zerknirscht und wies auf die dunklen Rauchwolken, die im Norden zum Himmel aufstiegen.

Sie versuchte, ihn zu trösten. »Ich hörte, die Brände seien eingedämmt. Somit fällt nicht die ganze Stadt der Vernichtung anheim. Wichtig ist, dass die Sieger den Unterlegenen Gnade erweisen und das Zerstörte neu aufbauen.«

Auf der untersten Terrasse angekommen, stieg der Weg nach Osten steil an und führte zu einer weiteren Anhöhe. Auf ihr thronte ein gewaltiges Bauwerk mit einer breiten Kuppel. »Ein weiterer Palast?«, fragte Isabeau.

Er schüttelte den Kopf. »Es ist die größte Kirche der Christenheit: die Hagia Sophia.«

Vom Scheitel des Hügels aus empfand Isabeau deren Ausmaße als unbegreiflich. »Wie waren die Menschen in der Lage, derart Vollkommenes zu errichten, oder legte der Allmächtige selbst Hand an?«

»Nur der Glaube an den Erlöser kann die Erbauer befähigt haben, die Wände turmhoch aufzurichten und mit einer himmelsgleichen Kuppel zu bedecken«, untermalte Robert seine Eindrücke.

Isabeau, die auf ihrer Reise viel erlebt hatte, stimmte ihm zu. »So muss es sein. Nirgendwo sah ich Vergleichbares«, raunte sie ergriffen.

Beide durchquerten die Vorhalle und betraten den kolossalen Innenraum. Wieder erfasste sie ein Gefühl, das ihr Dasein unbedeutend erscheinen ließ. All die Schönheit, die sie umgab, war so erdrückend, dass sie vor Ehrfurcht auf die Knie sank. Robert erging es ebenso, da er sich neben ihr niederließ und demütig sein Haupt beugte.

Fugenlos bedeckten Platten aus rötlichem Porphyr und weißem Marmor den Boden und die Wände bis hinauf zum Gewölbeansatz. Säulen aus Basalt und Granit stützten die einzelnen Kirchenschiffe. Die Weite der Kuppel war nicht zu ermessen und schwebte, dem Firmament gleich, über ihren Köpfen. In ihrem Zenit pries ein Bild von Jesus Christus den Gottessohn als alleinigen Weltenherrscher. Ornamentreiche Mosaike und Figuren von Engeln und Heiligen schmückten die Seitenräume und die Empore. Der Fußboden und die Säulen hinterließen bei Isabeau den größten Eindruck. Sie glaubte, in all den Farben und Mustern die blühende Natur wiederzufinden. Oder war es nur ein Trugbild, das ihre staunenden Augen ihr vorgaukelten?

Plötzlich waren sie nicht mehr allein. Eine Gruppe von Rittern betrat den Raum. Einer von ihnen, ein Greis mit umgeschnalltem Harnisch und aufgesetztem Helm, war offensichtlich mit Blindheit geschlagen. Seine Begleiter schilderten ihm in allen Details, welcherart Kostbarkeiten ihn umgaben. Ein Schreiber notierte diese Dinge geflissentlich auf ein Blatt Pergament.

»Wer ist hier?«, rief der Alte, als sie sich erhoben, um die Kirche wieder zu verlassen. Im Gegensatz zu seinen Augen schienen seine Ohren umso schärfer zu sein.

»Robert von Cléry, verehrungswürdigster Doge. Mein Lehnsherr ist Peter von Amiens.«

»Demnach gehört Ihr dem Gefolge des Grafen von Montferrat an«, stellte er fest. »Lasst Euch von uns im Gebet nicht stören. Mein Notarius vervollständigt nur eine Liste von Gegenständen, die künstlerischen Wert besitzen und in den Besitz Venedigs übergehen.«

Der dies aussprach, war Enrico Dandolo. Sein Äußeres zeugte von einem nahezu biblischen Alter. Schon der zornige Seiltänzer in Venedig hatte behauptet, er sei über hundert Jahre alt, erinnerte sich Isabeau. Es war nicht übertrieben und mochte aberwitzig klingen, aber Gott musste ihm drei Leben geschenkt haben. *Oder hat ihn der Hass auf die Byzantiner am Leben erhalten?* Robert hatte ihr berichtet, eine Legende besage, er sei von ihnen vor vielen Jahren mit einem glühenden Schwert geblendet worden. Kopfschüttelnd hatte Gottfried von Villehardouin darauf entgegnet, der Blindheit läge eine Wunde am Kopf zugrunde. Was auch immer mit ihm geschehen war, sein Gesicht zeigte keine einzige Narbe.

Ein befremdlicher Gedanke überfiel Isabeau. Seine Augen wirkten auf sie lebendig und nicht erloschen, wie bei anderen blinden Menschen, denen sie begegnet war. *Ich fühle aus ihnen List und Tücke dringen.* Die Erkenntnis behagte ihr nicht.

Als sie die Hagia Sophia verlassen hatten, konnte Isabeau nicht an sich halten. »Dieser Mensch ist nicht das, was er vorgibt, zu sein. Er ist ein Lügner, der nur den Anschein erwecken will, blind zu sein. Er täuscht seinen Beratern Schwäche vor, vermutlich, um Verrätern zuvorzukommen. Haltet Euch fern von ihm.«

»Das könnte die Giftmorde in seinem Umfeld erklären. Aber habt keine Sorge um mich. Dem Dogen bin ich nicht verpflichtet, solange mein Lehnsherr für den Grafen von Montferrat streitet. Und der ist weiß Gott kein Freund der Venezianer. Er ist sein Widersacher in einem Ränkespiel, das sie über kurz oder lang entzweien wird«, erwiderte er und führte Isabeau zum Bukoleonpalast zurück.

Neugierig durchstöberten Matthias und Marie die kaiserlichen Pferdeställe neben dem Großen Palast, auf die nun die Venezianer Anspruch erhoben. Es stellte sich heraus, dass die Tiere, anders als in der Heimat, wo deren Leiber gedrungener waren, hier feingliedriger ausschauten. Dafür besaßen sie ein ungestümes Gemüt, wenn man es wagte, ihnen zu nahe zu kommen. Alleaume von Cléry, der auf Order des Grafen von Montferrat eine Beuteliste erstellen musste, hatte geschätzt, dass den Kreuzrittern in Konstantinopel Tausende Pferde in die Hände gefallen waren. Seiner Zählung nach allein fünfhundert im Bukoleonpalast. Ein Reichtum, der sich in Geld kaum ermessen ließ.

Hinter den Stallungen schloss sich der Handwerkerbezirk an. Vorbei an Tischlern, Töpfern und Tuchwebern, die früher dem geflüchteten Kaiser und seiner Familie zu Diensten gestanden hatten und nun hofften, für die neuen Machthaber arbeiten zu dürfen. Nach einer Weile erreichten sie eine Schmiede, die Matthias seit Tagen in ihren Bann zog. Schon mehrmals war er allein hier gewesen und hatte deren Besitzer aus der Ferne bei seiner Arbeit beobachtet. Auch heute stand die Pforte weit offen. Diesmal gab er sich einen Ruck und trat näher. Ein älterer Mann bearbeitete auf dem Amboss einen Rohling, der ohne Zweifel ein Türriegel werden sollte. Matthias spürte ein Kribbeln in den Fingern. Der Klang der Hammerschläge lag ihm wie Musik in den Ohren. Sie versetzte ihn in Gedanken nach Wartenbach, wo er in seiner Werkstatt stand und die Glut entfachte, um das Eisen zum Glühen zu bringen. Gleich würde Agnes wie ein Fohlen um die Ecke springen und ihn mit zwei Händen voll Wasser bespritzen, welches sich in einem Holztrog befand und zum Abschrecken des heißen Metalls diente. Jemand zog ihn grob an der Hand und verscheuchte seinen Tagtraum – es war Marie.

»Was gibt es hier zu sehen?«, rief sie und zog die Nase kraus.

Der Schmied wurde auf sie aufmerksam und winkte ihnen zu. »Tretet ruhig näher. Ihr dürft gern zuschauen«, rief er und tauchte den fertigen Riegel ins kalte Wasser. Zischend stiegen Dampfschwaden empor.

Matthias war verblüfft. »Ihr versteht unsere Sprache?«

»Sie ist mir geläufig. Bis zum Ausbruch des Krieges trafen sich hier Kaufleute aus aller Welt.«

Erwartungsvoll betraten sie die Werkstatt. Anders als zu Hause bei Matthias war die Ausstattung vortrefflich. Trotz der mit viel Schmutz verbundenen Arbeit wirkte alles hell, sauber und geordnet. Die gemauerte Feuerstelle, der lederne Blasebalg, der Amboss und das Abschreckbecken, das nicht aus einem schlichten Holzbottich bestand, sondern aus rotem Granit, zeugten von Sachkenntnis und bescheidenem Wohlstand. Manche Werkzeuge gaben Matthias Rätsel auf. Das größte war der Schmied selbst. Der Mann stand mit etwa vierzig Lebensjahren bereits im Herbst des Lebens. Fremd anmutende Gesichtszüge verrieten, dass seine Wiege nicht im christlichen Byzanz gestanden hatte. Auch ein Mohammedaner konnte er nicht sein, da er mit dem Ruderklaven Tariq von der Galeere San Marco nichts gemein hatte. Mit einer gelblichen Haut und kleinen Augen ohne Lidfalten passte er zu keinem Volk, das sie kannten. Der lange Bart, den er am Kinn trug, war so grau wie seine Haare. Letztere hatte er zu einem kurzen Zopf gebunden.

»Ihr staunt, als hättet ihr noch niemals eine Schmiede von innen gesehen«, sagte er. »Mein Name ist Akito, das bedeutet Teufelchen«, erklärte er und zwinkerte Marie schalkhaft zu. »Bis vor wenigen Tagen war ich noch kaiserlicher Hofschmied. Jetzt arbeite ich für den neuen Hausherrn im Bukoleonpalast. Leider verlangt er keine Brustpanzer und Schwerter von mir. Er ist mit Riegeln zufrieden, die seine erbeuteten Schätze verschließen.«

»Verzeih, ich wollte nicht aufdringlich sein, aber das Hämmern lockte mich vor deine Tür, weil es mich an mein früheres Leben erinnert. Auch ich übte vor einiger Zeit das Handwerk des Schmiedens aus, wenngleich ich es mit deinen Künsten vermutlich nicht aufnehmen kann. Doch sag, aus welchem Land stammst du? Deinesgleichen ist mir im Leben bisher niemals begegnet«, gestand Matthias und reichte ihm die Hand.

Marie, die sich nach vorn drängte und sofort Vertrauen zu ihm gefasst hatte, musterte ihn abschätzend. »Ein Teufel bist du jedenfalls nicht, auch wenn du dich selbst so nennst«, meinte sie mit vorlauter Zunge.

Akito lachte schallend. »Das Kind hat das Herz am rechten Fleck«, prustete er. »Den Namen gab mir meine Mutter. Sicherlich, weil sie wusste, dass ein Quälgeist aus mir werden würde. Meine Heimat heißt *Hinomoto* und liegt auf der anderen Seite der Welt, wo die Sonne zuerst aufgeht. Sie besteht aus vielen Inseln, die sich im Meer östlich der Küste des *Sòngcháoreiches* erstrecken«, erklärte er und fügte hinzu: »Auch ihr seid keine Byzantiner. Aus welchem Teil der Welt hat es euch hierher verschlagen?«

Die Worte Akitos glichen einem undurchdringlichen Nebel, der das Rätsel über seine Herkunft nicht preisgab. Die Länder, die er erwähnt hatte, waren ihnen völlig unbekannt.

»Mein Name ist Matthias und der des Mädchens Marie. Zu uns gehört noch eine junge Frau namens Isabeau. Unsere Heimat liegt nördlich der Alpen. Ein Gebirge, welches sich in Richtung der untergehenden Sonne erhebt. Wir waren gezwungen, von dort fliehen, um der Mordlust eines widerwärtigen Burgvogts zu entkommen. Sechs Monate sind wir bereits unterwegs«, berichtete er.

»Ein Schmied auf der Flucht vor der Willkür? Das Schicksal muss dich und das Kind in meine Werkstatt geführt haben. Vor langer Zeit verließ auch ich mein Land, weil mir der Tod drohte. Mehr als zwei Jahre, zu Land und zu Wasser, bin ich bis hierher unterwegs gewesen«, murmelte er nachdenklich.

»Eine halbe Ewigkeit«, gestand Matthias ein. »Ist die Welt wirklich so groß, dass ich Jahre benötigen würde, um sie zu durchwandern?«

»Und ob«, meinte Akito nickend. »Du magst vielleicht denken, meine Heimat liegt an deren Ende. So ist es aber nicht. Östlich von ihr erstreckt sich ein riesiges Meer. Nach monatelanger Segelfahrt stößt man auf eine weitere Landmasse. Das berichten die Chroniken meiner Vorfahren.«

»Und wenn die Seeleute den Rand der Welt erreicht haben, fallen sie dann alle herunter?«, entschlüpfte es Maries Zunge.

»Fallen? Wohin denn?«, fragte Akito schmunzelnd.

Ihre ratlosen Augen wussten keine Antwort.

»Keine Sorge, meine Kleine, wir stehen sicher auf dem Boden. Er zieht uns alle an, sonst würden wir schweben. Arabische Gelehrte behaupten sogar, die Welt sei rund wie eine Kugel. Sie wissen es angeblich aus den Büchern griechischer Gelehrter«, versicherte er.

»Woran ist die Welt aufgehängt, wenn sie eine Kugel ist?«, wollte sie wissen.

»Obwohl ich in vielen Dingen bewandert bin, weiß ich darüber nichts zu sagen. Ich vertraue auf die göttliche Ordnung, dass alles am richtigen Platz ist«, antwortete er.

Matthias beschlich das Gefühl, der Mann könne in einer anderen Sache Licht ins Dunkel bringen. Er kramte den Metallklotz unter dem Wams hervor, welchen Nicolo Spiro ihm überlassen hatte, und sprach: »Ist dir derartiges schon einmal zu Gesicht gekommen?«

Akito nahm ihn in die Hand und zog verblüfft die Stirn kraus. »Das ist Jadestahl und er trägt mein Zeichen. Wie gelangte er in deinen Besitz?« Fassungslos gab er ihn Matthias zurück.

Ihm blieb vor Erstaunen der Mund offen stehen. »Ein Schmied aus Venedig schenkte ihn mir. Er hat ihn von einem fahrenden Händler erstanden. Das ist lange Zeit her«, erklärte er schließlich.

»Ist das noch Zufall oder Bestimmung? Ein Kreis schließt sich, der in meinen jungen Jahren seinen Anfang nahm. Der Kaufmann, den du erwähnt hast, erhielt den Stahl aus meinen Händen. Das Geld, das er mir zahlte, war mir von großem Nutzen. Mit ihm konnte ich in Konstantinopel Fuß fassen. Jetzt hat das edle Stück den Weg zu mir zurückgefunden.« Akito griff sich an den Kopf und musste sich erst einmal setzen.

»Was kann man daraus schmieden?«, fragte Matthias, begierig auf die Lösung des Rätsels.

»Das vortrefflichste Schwert, das ein Ritter in meiner Heimat besitzen kann: ein *Tachi*. Es besitzt besondere Merkmale, die gegenüber anderen Waffen von Vorteil sind. Die Klinge ist nahezu drei Fuß lang und gertenschlank. Ihre Krümmung verläuft harmonisch und die Härte, entlang der Schneide bis zur Spitze, weist das richtige Verhältnis zur Weichheit des Stahls auf. Leicht gebogen liegt der Griff ausgewogen in den Händen. Er verleiht dem Manne, der das Tachi führt, ungeahnte Stärke durch tödliche Hiebe und Stiche. In der Provinz *Yamato*, der ich entstamme, besagt eine Legende, das Wesen der Schmiede würde sich auf deren Klingen übertragen. So können sie aufbrausend und kriegslüstern oder sanft und friedenstiftend sein wie ein Mensch«, schwärmte er.

Matthias zog Akitos Worte nicht in Zweifel. Dass die Menschen Schwertern Zauberkräfte zusprachen, war nichts Ungewöhnliches. Rittergeschichten über Kämpfe gegen Dämonen und Drachen zeugten davon.

»Ein solches Schwert würde ich gern besitzen. Kannst du mich lehren, es in der richtigen Weise zu schmieden? In Venedig hörte ich, Jadestahl müsse mit Lehm umhüllt in frisches Pferdeblut getaucht werden, um ihm die richtige Härte zu verleihen«, beschrieb Matthias sein weniges Wissen darüber.

Akito konnte nicht an sich halten und lachte schallend. »Die Sache mit dem Pferdeblut ist natürlich Unsinn. Was den Lehm betrifft, entspricht zumindest das der Wahrheit. Dich die Kunst des Schmiedens in der Yamatotradition zu lehren, würde viele Jahre dauern. Hast du so viel Zeit übrig?«

Matthias schüttelte den Kopf. »Im Herbst ziehen wir weiter nach Antiochia«, meinte er enttäuscht.

Er legte ihm die Hand auf die Schulter. »Ich habe dich schon mehrere Male vor meiner Schmiede gesehen. Du hast mich bei meiner Arbeit beobachtet. Dabei leuchteten deine Augen heller als mein Schmiedefeuer. Ich fühle, dass in dir eine verwandte Seele steckt. Daher mache ich dir einen Vorschlag. Ich fertige dir das Schwert an und lehre dich, es richtig zu führen, um deine Feinde das Fürchten zu lehren. Im Gegenzug hilfst du mir bis zu eurer Abreise in der Werkstatt aus. Da meine zwei Gesellen vor den Franken und Venezianern Reißaus genommen haben, wachsen mir die Aufträge des Grafen von Montferrat über den Kopf. Im Gegenzug berechne ich dir keinen Kaufpreis. Bist du einverstanden?« Er hielt ihm die Hand entgegen, in die Matthias freudig einschlug.

»Und was kann ich tun?«, fragte Marie und zwängte sich zwischen die beiden Männer.

Nachdenklich blickte Akito auf ihren verstümmelten Arm und meinte gutmütig: »Hab Dank, dass du mit anpacken willst. Du kannst uns, während wir arbeiten, das Essen zubereiten und frisches Wasser zum Trinken reichen. Zum Lohn schmiede ich dir ein *Tantō* und zeige dir, wie du es wirksam anwenden kannst, an den Teilen des menschlichen Leibes, die am empfindlichsten sind.«

»Was ist das für ein Ding?«, fragte sie wissbegierig.

»Lass dich überraschen. Es wird dir gefallen«, versprach er und wandte sich an Matthias: »Kommt morgen wieder, dann habe ich mehr Zeit für euch.«

Er nahm die Offerte an. Akito hatte großen Eindruck auf ihn gemacht. Bei Marie nicht weniger, die sich den Kopf zerbrach, was ein Tantō sein könnte.

»Langsam kehrt das Leben auf die Straßen und Plätze Konstantinopels zurück. Ich hörte, im Hafen des Theodosius ankere seit

Monaten wieder ein Handelsschiff und lösche seine Ladung. Auf den Märkten sehe ich frische Waren im Angebot. Die Dankgottesdienste in den Kirchen für das Endes des Krieges sind also nicht umsonst gewesen«, sagte Isabeau gut gelaunt.

»Der Olymp der sterblichen Götter beginnt wieder zu strahlen, wenngleich er nur ein Abklatsch dessen ist, was vorher war«, sagte Akito über die augenblickliche Lage. Gemeinsam mit Matthias, Isabeau und Marie streifte er über die Foren, um einige Dinge zu kaufen, die er benötigte, um das Tachi herzustellen.

»Haben die byzantinischen Kaiser die Stadt und sich selbst so verstanden?«, fragte Isabeau.

»Davon bin ich überzeugt. Sie herrschten gottgleich, schwelgten im Reichtum und ließen sich vom Volk preisen. Bevor das Unheil hereinbrach, welches mit den Kreuzfahrern einherging, gab es keinen größeren und prächtigeren Ort auf dem Erdenkreis als diese Stadt«, behauptete er und lenkte seine Schritte zu einem Händler, der Steingut anbot.

»Was darf es sein? Ein Krug, ein Topf oder ein Teller?« Der Mann witterte offenkundig ein gutes Geschäft.

»Nein, Meister der Töpferscheibe. Ich möchte Ton kaufen. Er darf ruhig etwas sandig sein«, erwiderte Akito.

Für zwei Münzen von geringem Wert überließ ihm der Händler eine blassgelbe Kugel von der Größe eines Kohlkopfs. »Nehmt ihn. Ich könnte nur Backsteine aus ihm formen. Für feines Geschirr ist er zu lehmig«, meinte er.

Ihr Weg führte zu weiteren Ständen, an denen Akito merkwürdige Sachen erstand, die keiner von ihnen mit dem Schmieden eines Schwertes in Verbindung brachte. Darunter einen langen, geschwungenen Stab aus Nussbaum, schwarze Seidenkordeln und sogar die gegerbte Haut eines Stachelrochens. Der ehemalige Hofschmied, empfand Isabeau, war eine freimütige Seele. Ganz anders als die alteingesessenen Byzantiner, die immer ein wenig von Fremden abrückten, weil sie in ihnen primitive Barbaren vermuteten. Er war stets freundlich und begegnete anderen mit Respekt. Schon während ihrer ersten Begegnung hatte sie ihn ins Herz geschlossen.

»Bis vor zwei Jahren, bevor das Kreuzritterheer Einzug hielt, blühte der Handel mit den umliegenden Regionen. Die Bewohner Thrakiens und Bithyniens, die mit Weinbergen und Obstgärten gesegnet sind, verkauften auf den hiesigen Märkten ihre üppigen Ernten. Der Propontis lieferte uns eine unerschöpfliche Auswahl an Fischen und anderem Getier. In Konstantinopel trafen die Reichtümer des Nordens und des Südens auf die des Schwarzen- und des Mittelmeeres. Die Winde führten zahllose Schiffe in unsere Häfen, beladen mit Spezereien und Edelsteinen aus Indien, Korn aus Ägypten und Seidenstoffen aus dem fernen Sòngcháoreich. Langsam wagen sich die Händler in die Stadt zurück, um ihre Geschäfte wieder aufzunehmen«, wusste Akito zu berichten.

Am späten Nachmittag kehrten sie zur Schmiede zurück. Unterwegs kamen sie an einer Kirche vorbei. Vor dem Eingangsportal stand ein Fuhrwerk mit zwei Pferden. Ein junger Mönch hielt die Zügel in der Hand und betete inbrünstig um die Vergebung seiner Sünden und die eines Abtes namens *Martin von Pairis*. Plötzlich ertönte aus dem Inneren des Gotteshauses wildes Geschrei. Verwundert blieben sie stehen.

»Was geschieht hier?«, fragte Matthias den Mönch beunruhigt.

»Die Habsucht beherrscht meine Brüder. Ein sterbender Byzantiner hat ihnen unlängst zugeflüstert, wo die schönsten und wertvollsten Reliquien zu finden seien. Seitdem plündern sie eine Kapelle nach der anderen. Dabei gehen sie nicht zimperlich vor und bedrohen die Priester sogar mit dem Tod. Seit zwei Jahren folgen wir dem Heer Christi. Gott wollten wir dienen und sein Wort ins Heilige Land zurücktragen. Schaut, was aus uns geworden ist: Diebe und Mörder. Wir werden alle in der Hölle schmoren«, jammerte er und wies auf die zahlreichen Truhen und Schreine, die sich auf dem Wagen bereits stapelten. Nach seinen Worten bargen sie Schätze oder enthielten die Gebeine von heiligen Frauen und Männern.

»Warum sagst du dich nicht von ihm los und kehrst in dein Kloster zurück?« Isabeau konnte sein Handeln nicht begreifen.

»Ein Gelübde bindet mich an sie«, erwiderte er resignierend. »Mir bleibt nur die Hoffnung auf Vergebung.«

Aus der Kirche drangen eilige Schritte beschlagener Schuhe. Der Abt und drei Mönche traten aus dem Dunkel des Portals. Sie trugen sakrale

Gegenstände in ihren geschürzten Kutten, die sie auf das Fuhrwerk luden. Hinter ihnen folgten drei Waffenträger, welche die Plünderer bei ihrem frevelhaften Treiben unterstützten. Misstrauisch starrten sie auf die Augenzeugen ihrer Verbrechen. »Schert euch weg«, brüllte einer von ihnen und erhob sein Schwert. Sie zogen es vor, sich nicht mit ihm einzulassen, und liefen weiter. Als sie nach einer Weile zurückblickten, war die Räuberbande samt ihrem Fuhrwerk verschwunden. Nur der Priester der entweihten Kirche war zu sehen. Er hockte zu Füßen des Eingangs und hob klagend die Arme zum Himmel empor. Vermutlich jammerte er bitterlich über den Verlust der Kostbarkeiten.

»Wenn das nicht aufhört, wird der Keim des Aufschwungs wieder verdorren. Dann werden viele Bewohner Konstantinopel verlassen«, hielt Akito bitter fest. »Am Ende muss ich mir zum zweiten Male eine neue Heimat suchen.«

Seine Worte waren von Wehmut getragen. Isabeau spürte die Zweifel, die er hegte, ob dieser Ort noch eine Zukunft besaß.

Zurück in der Werkstatt stellten sie die Einkäufe in einer Ecke ab. Akito nahm ein Messer in die Hand. »Hört und schaut mir genau zu. Ihr müsst wissen, ein Ritter mit angelegtem Harnisch ist schwerfällig. Sollte euch einer mit erhobenem Schwert angreifen, gibt es einen einfachen Trick, ihn schwer zu verwunden.« Er bewegte sich sanft, beinahe schwebend über den Boden. Einen vermeintlichen Hieb erwartend, duckte er sich plötzlich und machte einen weiten Schritt nach vorn. Gleichzeitig stieß er von unten die Klinge nach oben und sagte: »Stecht sie ihm in die Achsel, wenn ihr könnt. An der Stelle schützt ihn sein Harnisch nicht.« Sie drückten ihm ihre Bewunderung aus und Marie meinte: »Es schaute fast aus wie ein Tanz.«

Anschließend holte Akito einen Krug Wein. Bis auf Maries Becher, den er zu Hälfte mit Wasser versetzte, goss er allen randvoll ein. »Morgen beginnen wir, das Tachi zu schmieden. Ich freue mich auf die Arbeit, weil ich schon seit einer Ewigkeit kein Schwert in der Yamatotradition angefertigt habe. Das lässt mich meine Heimat ganz nah fühlen.«

»Warum hast du sie verlassen?«, wollte Isabeau wissen.

Seine Augen blickten starr durch sie hindurch, als würde er sein Land weit in der Ferne erspähen. »Die Fehde zwei mächtiger

Fürstenhäuser zwang mich dazu. Sie endete vor zwanzig Jahren in einer blutigen Seeschlacht und mit dem Tod des kindlichen Kaisers *Antoku*. Die Kriegspartei, die ihn auf den Thron gesetzt hatte und der ich als Schwertschmied zu dienen gezwungen war, endete im Untergang. Die Sieger gingen erbarmungslos gegen die Unterlegenen vor. Mein Haus brannte bis auf den Boden nieder und meine Familie erlitt einen entsetzlichen Tod. Um ihm zu entgehen, ließ ich alles hinter mir zurück und flüchtete. Auf einem Handelsschiff fand ich Arbeit und die Hoffnung auf ein neues Leben.«

Sein Gesicht wirkte im Kerzenschein versteinert. Vermutlich hatte ihre Frage alte Wunden aufgerissen. »Verzeih, Erinnerungen können grausam sein. Ich wollte dir nicht wehtun«, entschuldigte sie sich.

Er lächelte gequält. »Keine Sorge, ich bin dir nicht böse. Ich trage die Seelen meiner Lieben in meinem Herzen. Manchmal reden sie im Schlaf mit mir. Dann erinnere ich mich an das Leid, das sie ertrugen. Ich bin mir gewiss, eines fernen Tages werde ich sie im Jenseits wiedersehen. Das gibt mir die Kraft, weiterzuleben.«

Matthias, in dessen Armen Marie inzwischen eingeschlummert war, fühlte sich an sein eigenes Schicksal erinnert. Auch er hatte alles verloren, was ihm lieb und teuer war, und versuchte aus seinen Erinnerungen stets Mut für den nächsten Tag zu schöpfen. Er versuchte Akito auf andere Gedanken zu bringen. »Du musst viel gesehen haben auf deiner Reise. Wie ist es dir unterwegs ergangen?«

»Auf dem Schiff habe ich mich als Schmied nützlich gemacht. Der Wert meiner Arbeit fand Achtung und ich verdiente gutes Geld. Ein ganzes Jahr verbrachte ich auf See. Wir durchfuhren Meere, die ich nicht kannte, und ankerten vor Inseln, von denen ich nie zuvor hörte. Einmal erreichten wir ein Land, das die Bewohner *Hindi* nannten. Ungezählte Tempel ragten dort zum Himmel empor und seltsames Getier prägte seine Natur. Die Menschen jedoch erschreckten mich. Sie überzogen sich gegenseitig mit blutigen Kriegen aufgrund unterschiedlichen Glaubens. Bestimmt hätten sie auch mich erschlagen, wenn ich bei ihnen geblieben wäre«, vermutete er und setzte seinen Weinbecher an die Lippen.

Isabeau hatte gebannt zugehört. Akitos Worte riefen in ihrer Fantasie Bilder wach, die ihr märchenhaft erschienen. »Und was geschah weiter? Wohin hast du dich danach gewandt?«, fragte sie ungeduldig.

»Ich schloss mich einer Karawane an. Die Kaufleute handelten mit Gewürzen und nahmen mich bereitwillig auf. Wir durchquerten die Wüste von Belutschistan und erreichten nach langem Marsch Persien. In der Stadt Isfahan hörte ich zum ersten Mal von Konstantinopel. Die sagenhaften Beschreibungen eines Reisenden führten mich zu dem Entschluss, diesen Ort aufzusuchen. Zusammen mit einem Salzhändler zog ich westwärts und begleitete ihn bis Antiochia, wo ich den Winter über blieb.« Er hielt kurz inne und trank einen Schluck Wein, bevor er weitersprach. »Im Frühling wanderte ich zur nahe liegenden Küste und vertraute mich abermals dem Schutz einer Karawane an. Unser Weg kreuzte die Städte Tarsos, Iconium und Nicaea. Nach vier Wochen Reise durch die staubigen Ebenen Anatoliens und die bithynischen Wälder stand ich vor den Toren Konstantinopels und fand eine neue Heimat. Über zwei Jahre waren seit meiner Flucht aus Hinomoto vergangen. Schnell machte ich mir einen Namen als geschickter Handwerker und stieg unter Kaiser Isaak zum Hofschmied auf. Nach dem Einfall der Franken und Venezianer mit ihrer zerstörerischen Wut befürchte ich, dass die Tage des Ruhms und des Glanzes gezählt sind«, endete er wehmütig seine Rede.

Seine Worte verwunderten Matthias nicht. Er ahnte, was sie bedeuteten. »Erwägst du, die Stadt zu verlassen?«, fragte er.

»Schon möglich.«

Jäh erwachte Marie aus ihrem Dämmerschlaf und blickte blinzelnd um sich.

»Du hast dir so viel aufgebaut und würdest alles verlieren«, gab Matthias ihm zu bedenken.

»Wenn bis zum Jahresende nicht wieder Recht und Ordnung einziehen, sehe ich hier keine Zukunft mehr für mich. Bis dahin bleibt genügend Zeit, andere Dinge zu regeln.«

»Dann komm doch mit uns«, meinte Marie glückstrahlend, nachdem sie begriffen hatte, worüber die Männer sprachen. »Isabeau wird es freuen und mich auch.« Akito strich ihr sanft über das Haar. »Ein Stückchen vielleicht, mein Kind. Nun kehrt nach Hause zurück und findet euch morgen früh wieder ein. Auf uns wartet viel Arbeit«, erwiderte er vage.

Zurück im Bukoleonpalast suchten sie ihre Unterkunft auf. Die weichen Betten, die auf sie warteten, wollte keiner missen. Robert von Cléry hatte ihnen ein Zimmer im Seitenflügel überlassen, eine nicht unbedeutende Summe Geldes zugesteckt und neue Kleidung besorgt. Sie war unscheinbar und einfach gehalten, so wie von Isabeau erbeten. Die monatelange, entbehrungsvolle Reise hatte sie bescheiden gemacht. Der süße rote Wein, den Akito aufgetischt hatte, tat sein Übriges. Schnell fielen alle in den Schlaf.

Wie besessen begannen Akito und Matthias an der Fertigstellung des Tachis zu arbeiten. Matthias lernte das Schmiedehandwerk in einer neuen Art und Weise kennen. Es stellte sein bisheriges Wissen über Metall und die Kunst, es zu formen, in den Schatten.

Der Jadestahl war Akitos Ansicht nach zu Beginn noch jungfräulich. Die wenigen hellen und dunklen Streifen verdeutlichten dies. Um ihm die nötige Härte und Spannkraft zu verleihen, musste er noch mindestes zehn Mal gefaltet werden. Schritt für Schritt brachte Akito ihn zum Glühen, wälzte ihn in Holzkohle, streckte ihn mit dem Hammer und spaltete ihn, um ihn anschließend an der Bruchkante umzuschlagen und erneut auszuschmieden. Am Schluss bestand er aus zahllosen Schichten.

Jetzt durfte Matthias mit Hand anlegen. Stundenlang wechselten er und Akito sich ab, den Stahl in die richtige Form zu hämmern, hernach mit einem Schaber abzuziehen und zu glätten. Das Aussehen des Rohlings kam einer Klinge bereits sehr nahe.

Am nächsten Tag folgte ein wichtiger Prozess, den auch Marie mit Spannung verfolgte. Das Stählen erforderte reichlich Geschick und Gespür. Akito ummantelte die Klinge mit feuchtem Ton und drückte mit einem Holzspatel ein Muster hinein, das an eine Fischgräte erinnerte. Dabei gab er acht, dass die Schicht an Schneide und Spitze dünner ausfiel, was beiden während des Abkühlens eine höhere Härte verlieh als dem Kern und dem Rücken der Klinge. Deren Weiche wiederum verlieh dem Schwert als Ganzes eine Geschmeidigkeit, die im richtigen Verhältnis stand. Nach dem Trocknen des Tons schob er den Rohling ins Holzkohlefeuer. Matthias musste den Blasebalg bedienen, um die nötige Hitze zu erreichen. Schweißperlen rannen ihm von der Stirn, die Marie mit einem Tuch wegwischte, damit sie ihm nicht in die Augen liefen. Als das Metall strahlend glühte, gab Akito das Zeichen, die Luftzufuhr zu drosseln. Nun wartete der erfahrene Waffenschmied auf den richtigen Moment, den ihm die Röte des Stahls verraten würde.

Plötzlich zog er die Klinge aus dem Feuer und tauchte sie in das Wasser des Granitbeckens. Dämpfe stiegen auf, verbunden mit zischenden Geräuschen, die etwas Magisches symbolisierten. Die Tonschicht zeigte nach dem Abschrecken Risse und ließ sich leicht entfernen. Sichtbar wurde ein neugeborenes Schwert, das allerdings noch ausgiebiger Pflege bedurfte.

»Unsere Arbeit ist für heute getan. In den kommenden Tagen widme ich mich dem Überschleifen der Klinge und versehe sie mit meinem Zeichen. Später folgt das Schärfen der Schneide. Beides sind langwierige Vorgänge, die ihr Anmut und Charakter verleihen. Danach fertige ich den Griff, die Scheide und das Gehänge an. Letzteres trägt die Waffe und verbindet sie mit dem Gürtel, den du um den Leib trägst. Zum Schluss verziere ich die Klinge mit dem Bild zweier Drachen. Sie symbolisieren Mut und Stärke, von denen du reichlich brauchen wirst auf deiner weiteren Reise«, versprach Akito mit einem verschmitzten Lächeln.

»Wie lange dauert es, bis wir Antiochia erreichen?«, fragte Matthias.

»Mit dem Schiff ohne Zwischenstopp und günstigem Wind eine Woche. Aber das ist zurzeit nicht ratsam, weil die See im Osten von Piraten unsicher gemacht wird. Von Nicomedia aus über Land ist es sicherer, dafür umso beschwerlicher und es erfordert mehr Zeit. Besorgt euch Kamele, denn die staubigen, menschenarmen Ebenen Anatoliens sind im Winter zu Fuß mühselig zu durchwandern. Folgt den Flussläufen, sofern sie Wasser führen, und wendet euch stetig nach Südosten, bis am Horizont ein hohes Gebirge auftaucht. Überwindet es und marschiert bis zur kilikischen Küste. Von dort wandert in

Richtung der aufgehenden Sonne, bis sich das Ufer des Meeres gen Süden wendet. Sind die Götter euch wohlgesinnt, werdet ihr in vier Wochen in Antiochia sein«, riet Akito ihnen.

Als Matthias und Marie sich von ihm verabschiedeten, brach über die Stadt bereits die Dunkelheit herein. Um Isabeau keine Sorgen zu bereiten, nahmen sie den kürzesten Weg zum Bukoleonpalast.

Heimwärts gingen Matthias viele Dinge durch den Kopf. Akitos Ratschläge ließen erahnen, dass ihre Weiterreise bis ins Heilige Land nicht einfach werden würde. Wahrscheinlich standen ihnen die schwersten Prüfungen erst noch bevor. Einsame, wasserarme Landstriche mit einer brennenden Sonne am Tag und Kälte in der Nacht waren zu erwarten. Das Vorhaben musste gut geplant werden, sollte es nicht verhängnisvoll enden.

»Jemand verfolgt uns«, flüsterte Marie.

Er schreckte aus seinen Gedanken, blieb stehen und blickte sich argwöhnisch um. »Ich kann keine Menschenseele entdecken. Wer weiß, was dir deine Sinne vorgaukeln«, erwiderte er ratlos.

»Glaube mir. Seit wir die Schmiede verlassen haben, höre ich Schritte hinter uns«, versicherte sie und hob einen Stein vom Boden auf. »Jetzt ist es still geworden. Vermutlich, weil derjenige stehen geblieben ist, so wie wir, und sich versteckt.«

Mit einem bangen Gefühl liefen sie weiter und lauschten in die Finsternis. Zur Vorsicht holte Matthias sein Messer unter dem Wams hervor und verbarg es griffbereit im Hemdsärmel. Wieder vernahmen sie Geräusche. Sie erinnerten an eisenbeschlagene Stiefel, die aufs Pflaster hämmerten. Instinktiv wurden ihre Schritte schneller. Unterwegs klopfte ihnen das Herz bis zum Hals. Sie bogen in eine schmale Gasse ein. Diese verband die Basilikazisterne, einen weitläufigen unterirdischen Wasserspeicher aus der Zeit Kaiser Justinians, mit der Hagia Sophia und war menschenleer. Das große Forum, mit den Bädern des Zeuxippos, in denen die Kaiser Seidenraupen gezüchtet hatten, lag zum Greifen nahe.

Plötzlich stellte sich ihnen eine dunkle Gestalt entgegen. Beide erschraken und wichen zurück. Weit kamen sie nicht. Von der anderen Seite tauchte, wie aus dem Nichts, ihr unbekannter Verfolger auf. Sie waren in eine Falle getappt. Als für einen Moment die Wolken aufrissen, erkannte Matthias im Mondenschein, mit wem er es zu tun hatte. Es war Gottfried von Reims mit einem seiner Spießgesellen.

»Dummer Bauernlümmel! Habe ich dich endlich in den Fingern. Lange musste ich mich in Geduld üben, weil sich ständig einer von Montferrats Vasallen in deiner Nähe aufhielt«, fauchte er hasserfüllt.

»Geht Eures Weges. Ich habe keine Händel mit Euch!«, rief Matthias laut ins Dunkel und hoffte, jemand anderes würde ihn hören und zu Hilfe eilen. Doch er wurde enttäuscht. Auf das Schlimmste gefasst, umfasste er den Griff des Messers.

»Das sehe ich anders! Du hast mich vor den Rittern Ludwigs von Blois zum Gespött gemacht. Wegen dir, dieser armseligen Gräfin und der kleinen Missgeburt an deiner Seite musste ich mein Zelt räumen und im Freien nächtigen. Gesindel wie ihr lebt für gewöhnlich in der Gosse. Hast du geglaubt, dieser Frevel bliebe ungesühnt? Zu Hause in Reims schlachte ich deinesgleichen ab wie eine Sau«, erwiderte er und zog sein Schwert aus der Scheide. Offensichtlich beabsichtigte er, seinen Worten Taten folgen zu lassen.

In Marie stieg die Wut hoch. »Missgeburt hat mich noch keiner genannt.« Ehe sich Matthias versah, sprang sie alle Furcht vergessend nach vorn und warf den Stein nach ihm. Aber der vom Rachedurst beseelte Unhold beachtete ihre Worte nicht und wich dem Kiesel aus. Dann stieß er sie zur Seite. Einer Puppe gleich flog sie durch die Luft und fiel unsanft aufs Pflaster. Ein klagender Aufschrei folgte.

»Jetzt bist du an der Reihe. Mach deinen Frieden mit Gott«, rief Gottfried und holte mit dem Schwert aus, um Matthias zu enthaupten.

Der Schmied erinnerte sich an einen Trick, den Akito ihm vorgeführt hatte. Schnell duckte er sich und die Klinge verfehlte ihr Ziel. Er machte einen Ausfallschritt nach vorn und stieß sein Messer in die Verschnürung der Harnischplatten des Ritters – ein schmaler, schutzloser Spalt, der unterhalb der Achsel lag. Der Stich brachte den mordlüsternen Mann zu Fall. Wie ein gefällter Baum stürzte er zu Boden und rührte sich nicht mehr. Vermutlich hatte Matthias sein Herz verletzt. Dessen Spießgeselle zeigte sich verblüfft. Mit diesem Ausgang hatte er nicht gerechnet. Panisch nahm er Reißaus. Leise murmelte Matthias ein Gebet.

Inzwischen hatte sich Marie wieder aufgerappelt und rieb sich den Schmutz vom Kleid. »Wieso bittest du für ihn um Vergebung? Er war ein böser Mensch und hat es nicht besser verdient. Mag er für ewig in der Hölle schmoren«, knurrte sie zornig ohne ein Gefühl des Mitleids.

Ihre Worte machten ihn betroffen. Die Tage des Schreckens waren an ihrer Seele nicht spurlos vorübergegangen.

Nachdenklich schob Matthias das Messer unter das Wams. »Ich bin nicht glücklich über seinen Tod«, gestand er ihr. »Ich fühle wieder die Leere, die mich erfüllt hat, als wir im Boot nach Venedig segelten.« Girolamo kam ihm in den Sinn. »Wieder habe ich gegen das fünfte Gebot verstoßen. Ich weiß, es war Notwehr. Trotzdem liegt er schwer auf meinem Seelenheil. Aber dich und Isabeau in Sicherheit zu wiegen, ist mir wichtiger. Ich hoffe, Gott verzeiht mir. Und wenn nicht ... soll mich der Teufel holen.« Er reichte ihr die Hand. »Jetzt komm. Lass uns verschwinden, bevor sich der zweite Spitzbube die Sache anders überlegt und wiederkehrt.«

Den Leichnam ließen sie in der Gasse zurück. Sie hätten ihn wegen seiner Schwere ohnehin nicht von der Stelle bewegen können.

Im Bukoleonpalast erfuhr Isabeau, dass beide nur knapp einem Mordanschlag entgangen waren, dessen Urheber Gottfried von Reims hieß. Der Schreck stand ihr ins Gesicht geschrieben. Sorgenvoll drückte sie ihre Gefährten an ihre Brust. Sie schworen, Stillschweigen über dessen unrühmliches Ende zu bewahren.

Als Marie eingeschlummert war, berichtete Matthias von Maries unbedarften Worten über den toten Gottfried. »Ich glaube, das maßlose Leid, das die Bürger der Stadt von den Kreuzzüglern erfahren mussten, hat ihr kindliches Gemüt krank gemacht. Es erstickte das christliche Mitgefühl für den verstorbenen Ritter.«

»An keinem von uns ging das Elend spurlos vorüber«, erwiderte sie. »Aber unsere Liebe und Fürsorge, die wir ihr entgegenbringen, werden ihren inneren Zwiespalt heilen.«

Er nickte zustimmend und sagte: »Ich mach mir auch Sorgen um unser Leben. Robert von Cléry kann uns nicht gegen alle Gefahren beschützen und mein Messer gehört eher in die Küche als unters Wams. Sobald ich mein eigenes Tachi in den Händen halte, lerne ich bei Akito, es in der Yamatotradition zu gebrauchen. Dieser Kampfstil ist in unserer Welt unbekannt. Das bringt Vorteile, die ich nutzen will. So kann ich dich und Isabeau besser beschützen.«

Wortlos lächelte sie und küsste ihm die Wange.

Verregnete, kühle Tage folgten. Menschen sah man nur wenige auf den Straßen. Es hatte den Anschein, die Stadt fiele in Froststarre. Dann setzte ein Südwind ein und verscheuchte die dunklen Wolken hinaus aufs Meer. Mit ihm kehrten die Wärme und das Leben in die Stadt zurück.

Am 9. Mai 1204 wurde Balduin von Flandern und Hennegau zum neuen Kaiser gewählt mit allem Land östlich des Flusses Evros und des Propontis. Sehr zum Ärger des Grafen Bonifatius von Montferrat, der sich selbst große Aussichten auf den Thron gemacht hatte. Zum Ausgleich bekam er alle griechischen Provinzen zugesprochen. Die Republik Venedig erhielt Kreta, Rhodos und einige Inseln im Ägäischen Meer. Die Zerschlagung des Byzantinischen Reiches hatte begonnen, so wie es Robert von Cléry vorausgesagt hatte.

Bis Ende Mai arbeitete Akito an Matthias' Tachi. Am ersten Tag des neuen Monats überreichte er es ihm säuberlich in ein weißes Tuch gewickelt. Voller Neugier schlug Matthias den Stoff zurück, denn er war bei den letzten Verrichtungen nicht zugegen gewesen. Im geheimen Kämmerlein hatte der Meister sein Werk vollendet.

Das Tachi war ein Wunder der Vollkommenheit. Er zog es aus der Scheide und wog es in der Hand. Mit zweieinhalb Pfund Gewicht war es gegenüber den robusten Schwertern der abendländischen Ritter federleicht. Die sanft gebogene und einschneidige Klinge maß etwa zweieinhalb Fuß bis zur Parierscheibe. Jetzt verstand Matthias auch den Sinn der Einkäufe auf dem Markt und reichte ihm die Waffe zurück.

»Der Griff besteht aus Nussbaumholz«, verriet Akito. »Er ist mit Rochenhaut und Seidenbändern ummantelt. Sag, ist er nicht eine Augenweide?«

»In der Tat. Er ist wunderschön«, staunte Matthias. Mit einer Länge von einem Fuß bot er Platz für beide Hände und garantierte einen festen, rutschsicheren Halt.

»Da in Konstantinopel keine Magnolienbäume wachsen, musste ich die Scheide ebenfalls aus Nussbaum anfertigen. Keine Angst, sie erfüllt ihren Zweck.«

Neugierig nahm Matthias sie in Augenschein. Sie wurde durch eine bronzene Klingenführung am oberen und ein Stück Rinderhorn als Verschluss am unteren Ende vervollständigt. Ihre Oberfläche war mit einer scharlachroten Farbschicht übermalt. Matthias roch daran.

»Sie besteht aus Leinöl gemischt mit *Zinnober*. Die Griechen nennen es Drachenblut. Da es im Byzantinischen Reich keine *Lackbäume* gibt wie in Hinomoto, musste ich auf diesen Ersatzstoff zurückgreifen. Er erfüllt seinen Zweck«, erklärte er.

Das schmückende Wehrgehänge, das die Scheide mit dem Gürtel verband, war eine filigrane Arbeit und begeisterte Matthias. Sie setzte sich aus silbernen Metallbeschlägen, Lederschnüren und Seidenkordeln zusammen.

Gleichwohl hinterließ bei ihm die Klinge den größten Eindruck. Den Anfang machte die mit feinen Silbereinlagen geschmückte Parierscheibe unterhalb des Griffes. Vorsichtig befühlte er sie mit den Fingern.

»Sie verhindert, dass du beim Zustechen mit der Hand auf die Schneide rutschst und dich verletzt«, kam er der Frage von Matthias zuvor. »Ihr folgen auf beiden Seiten der Klinge zwei Drachenköpfe, die ich mit einem Stichel eingehämmert habe.« Akito schwenkte die Waffe langsam von einer Seite auf die andere. Markant zeichnete sich im Licht auf dem matt glänzenden Jadestahl eine Vielzahl unregelmäßiger Linien ab. Ein Muster, das die unzähligen Faltungen des Metalls widerspiegelte.

Als Matthias mit dem Daumen die Schärfe der Waffe prüfen wollte, hob Akito warnend die Hand und nahm einen Apfel. Aus geringer Höhe ließ er ihn auf die Schneide fallen. Sie durchdrang die Frucht wie Butter und teilte sie in zwei Hälften.

Staunend wurden Matthias' Augen ganz groß. »Die Messer und Sensen, die ich für die Bauern zu Hause in Wartenbach geschmiedet habe, waren dagegen stumpfer Tand«, sagte er ehrfürchtig. Das Tachi war eine starke, eine mächtige Waffe, die in der falschen Hand viel Unheil anrichten konnte. Es war mit nichts zu vergleichen, was ihm jemals zu Augen gekommen war. »Ich danke dir für das Geschenk und verspreche, es nur zum Schutz einzusetzen. Um nicht zu versagen, bitte ich dich, mich in die Kampfkunst in der Yamatotradition zu unterweisen.«

Akito nickte zustimmend. »Ein vernünftiger Entschluss, der dich viel Ausdauer und Schweiß kosten wird. Und bedenke: Ich werde ein strenger Lehrer sein.« Und so übte er mit ihm in den Monaten, die folgten, die Handhabe der Klinge und die Schrittfolge bei Abwehr und Angriff. Dabei erwies sich Akito nicht nur als kritisch, sondern vor allem auch geduldig.

Am Ende des Sommers erhielt Isabeau eine Nachricht von Robert von Cléry. Der Ritter war mit seinem Bruder Alleaume seinem Lehnsherrn Peter von Amiens und Bonifatius von Montferrat in die griechischen Provinzen gefolgt, wo der Graf sein eigenes Königreich gründen wollte. Die Schriftrolle sah abgegriffen aus und musste Wochen unterwegs gewesen sein.

»Oh Gott, hör nur«, sagte Isabeau zu Matthias. »Er schreibt, Bonifatius habe Thrakien, Mazedonien und Thessalien erobert und Saloniki zu seiner Hauptstadt gemacht. Die alten Statthalter hätte er töten lassen oder vertrieben. Er legt den Bewohnern hohe Steuern auf. Wer nicht zahlt, vermodert im Kerker. Mit dem Geld will er mehr Söldner anwerben, die er für die Belagerung Adrianopels braucht.«

»Das passt zu dem üblen Gierschlund. Gott möge ihm und Amiens die Pest an den Hals schicken«, erwiderte Matthias angewidert. »Aber warte mal? Adrianopel gehört doch zu Balduins Ländereien.«

»Das stimmt. Robert berichtet, der neue Kaiser sei in Saloniki einmarschiert, weil ihm Bonifatius zu mächtig wird. Der marschiere nun nach Adrianopel, um sich zu rächen«, erklärte sie ihm.

Er schüttelte den Kopf. »Hört dieser Irrsinn denn nie auf? Auch im Osten riecht es nach Krieg, hat mir Akito heute nach den Fechtübungen enthüllt. Die noch von Murtzuphlos eingesetzten Statthalter verweigern Balduin die Treue. Und dann sagte er, er beabsichtige, sich im Herbst uns anzuschließen, um nach Hinomoto zurückkehren. Er sei im Herbst des Lebens und wolle in heimischer Erde begraben werden.«

Sie blickte auf. »Vermutlich befürchtet er neue Verwüstungen in der Stadt. Er sieht hier keine Zukunft mehr für sich.«

»Du hast sicherlich recht. Was schreibt Robert sonst noch?«, fragte er.

»Amiens ist an einer Seuche gestorben. Er denkt, es sei die Strafe für seine Habsucht nach Gold.«

Matthias konnte sich das Lachen nicht verkneifen. »Manchmal hört Gott eben doch zu. Und das, bevor man es ausspricht. Marie hat sich geirrt.«

Sie schaute ihn wehmütig an.

»Was bedrückt dich?«, fragte er.

»Robert will nach Frankreich zurückkehren. Da sein Lehnsherr tot ist, endet sein Treueschwur. Er sehnt sich nach seinem Zuhause und wünscht uns Glück auf unserem Weg ins Heilige Land.«

Er verstand sie nur zu gut. Zuhause – ein magisches Wort, das sehnsüchtige Gefühle hervorrief. »Ich bin da zu Hause, wo du bist und Marie. An dem Tag, an dem wir Graf Lothar finden, können wir heimkehren.« Er wollte ihr Mut machen.

Sie nickte stumm.

Dass ihm vor dem Wiedersehen bange war, verschwieg er Isabeau. Er müsste den vertrauten Umgang mit ihr aufgeben. Und das würde ihn zutiefst schmerzen.

Die letzte Arbeit in der Schmiede galt Maries mysteriösem Tantō. Als Akito es ihr zu Allerheiligen in die Hand drückte, fielen ihr vor Erstaunen beinahe die Augen aus dem Kopf – es war ein kurzer, einschneidiger Dolch. Die Klinge war zur Spitze hin leicht gebogen und kürzer als einen halben Fuß. Wie beim Tachi bestand der Griff aus Nussbaum, jedoch ohne Seidenkordeln und Rochenhaut. Das brachte die feine Maserung des polierten Holzes detailreich zur Geltung.

Glückstrahlend versuchte Marie, wie Matthias einige Monate zuvor, die Schärfe der Schneide mit dem Daumen zu prüfen. Aber Akito hielt sie davon ab. »Das lass lieber bleiben. Kein abendländisches Messer kann es mit einem Tantō aufnehmen. Nur die Dolche der Sarazenen reichen an seine Härte heran, da es aus Damaszenerstahl besteht. Er ist dem Jadestahl nicht unähnlich.« Er schob das edle Stück in eine lederne Scheide, die es eng umschloss, und befestigte diese mit zwei angenähten Riemen an Maries linkem Unterarm. So konnte sie die Klinge mit der rechten Hand rasch aus ihrem Ärmel ziehen, wenn die Not es erforderte. »Geh klug mit der Waffe um. Nutze sie nur, wenn dein Leben in Gefahr ist«, riet er ihr.

»Habt ihr es schon gehört? Der geflohene Kaiser Alexios Murtzuphlos wurde heute gefangen genommen!« Isabeau stürmte außer Atem in die Schmiede.

»Beruhige dich, wir wissen es schon. Ein Kunde hat es Akito berichtet.« Er reichte ihr einen Becher mit Wasser. »Angeblich habe sein Schwiegervater ihn an Balduin ausgeliefert und zuvor seine Augen mit glühendem Eisen blenden lassen.«

»Wie schrecklich. Was wird mit ihm geschehen?«, fragte Marie.

Akito strich ihr sanft über den Haarschopf. »Merke dir eins, meine Kleine: Die größte Angst hegt ein Despot stets gegen andere Despoten. Solange Murtzuphlos lebt, ist er eine Gefahr für den neuen Kaiser. Gelingt es ihm, zu fliehen, könnte er ein neues Heer um sich scharen und gegen Balduin zu Felde ziehen. Daher glaube ich, dass seine Tage gezählt sind. Balduin wird ihn zur Abschreckung öffentlich meucheln lassen. Das ist höhere Politik, behaupten die einen. Ich sage, es ist eines Ritters nicht würdig.« Er holte tief Luft und seufzte: »Ich hoffe, wir haben die Stadt bis dahin verlassen. Sollte es zu Unruhen kommen, ist es besser, wir befinden uns bereits jenseits des Propontis.«

Der neue Machthaber ließ ihren Vermutungen Taten folgen und legte die Hinrichtung auf den 11. November fest.

Von seinem Hab und Gut hatte Akito das meiste verkauft. Sein Haus und die Werkstatt übernahm ein fränkischer Handwerker, erfuhr Matthias. Der Erlös war kein Vermögen, für die Rückkehr in seine Heimat reichte es aber allemal. Zusammen hatten sie die wenigen Erinnerungsstücke, die Akito behalten wollte, in eine Kiste gelegt.

Die Wegzehrung für die beschwerliche Reise, die mit dem Übersetzen nach Bithynien in einem Handelsschiff beginnen würde, verteilten sie auf vier Kamele. Die Tiere hatten sie gemeinschaftlich erworben.

Am Martinstag gegen Mittag brachen sie auf. Auf dem Weg zum Hafen passierten sie das Forum des Theodosius. Einen Ort, den sie zuletzt im April am Tag ihrer Ankunft besichtigt hatten, und der heute von Kaiser Balduin zum Schauplatz der Hinrichtung des Alexios Murtzuphlos bestimmt worden war. Aufgrund der vielen Schaulustigen kamen sie nur langsam voran. Sie machten wenig Anstalten, beiseite zu treten. Es war das größte Forum der Stadt. Gebäude mit vorgelagerten Säulenkolonnaden aus Marmor begrenzten es von drei Seiten. An der vierten schloss sich unmittelbar ein Triumphbogen an. Auf ihm thronten die Statuen von Theodosius' Söhnen Arkadius und Honorius. In der Mitte des Forums ragte die begehbare Gedenksäule ihres Vaters in den Himmel empor.

Der Blick auf das Geschehen vom Rücken des Kamels bot Matthias freie Sicht. Nichts entging seinen Augen. Anders als die Kreuzfahrer schienen die Stadtbewohner über die Tötung des gestürzten Kaisers nicht begeistert zu sein. Er gewann vielmehr den Eindruck, sie wären mit Gewalt hierher gedrängt worden, um sie auf Neue zu demütigen. Stumm blickten sie zu Boden, als die Prozedur ihren Anfang nahm. Allein die Ritter samt ihrem Gefolge stimmten Jubel an, als die Wächter den Gefangenen vor Balduin zerrten und mit Schlägen vor dessen Füßen auf die Knie zwangen. Durch die Misshandlungen, die er hatte erdulden müssen, war seine einstmals prächtige Kleidung zerrissen und blutdurchtränkt.

Der neue Herrscher stand hochmütig auf einer eilends errichteten Empore neben der Säule des Theodosius. Laut verkündete er den Richterspruch: »Alexios Dukas, genannt Murtzuphlos, Ihr seid unzähliger Verbrechen überführt: darunter Mord, Raub und Gotteslästerung. Dafür kann es nur eine Strafe geben.«

»Tod ... Tod ... Tod ...«, grölten die Kreuzfahrer.

Beschwichtigend erhob Balduin die Arme und gebot Ruhe. »Ihr habt unrechtmäßig den Thron an Euch gerissen«, fuhr er fort. »Kaiser Isaak und sein Sohn starben durch Eure Hand. Beide waren Verbündete im Kreuzzug gegen die Heiden. Darauf steht der Tod. Wenn Ihr noch etwas zu sagen habt, tut es jetzt.«

Murtzuphlos blickte mit seinen glanzlosen Augen, die das glühende Schwert seines Schwiegervaters mit Blindheit geschlagen hatte, ziellos umher. Schließlich stieß er laut seine letzten Worte aus der Kehle. »Euer Kampf gegen die Heiden ist auf einer Lüge begründet. Ihr selbst lästert Gott, weil Ihr nie die Absicht hattet, für ihn gegen die Heiden zu ziehen. Und ja, ich habe beide getötet, weil sie das Reich an Euch und die Venezianer verschachert haben.« Abfälliges Geschrei einzelner Ritter unterbrach ihn. »Sie verdienten ihr unrühmliches Ende«, fuhr er fort. »Dass ich nach dem Thron griff, ist mein angestammtes Recht als Byzantiner, um unser Land vor der Fremdherrschaft zu bewahren. Ihr werft mir den Mord an zwei Verrätern vor und wollt mich dafür hinrichten. Ihr aber habt Tausende Opfer auf dem Gewissen.« Wieder kam es zu Tumulten. Manche forderten, ihm sofort die Zunge herauszuschneiden. »Ja, schneidet mir die Zunge heraus!«, rief er. »Gott weiß um die Verbrechen, die Ihr und Eure Vasallen in Konstantinopel verübt habt. Für den Frevel habt ihr hundertfach den Tod verdient. Wenn ich heute sterbe, folgen mir tausend Jahre Geschichte ins Grab. Euer Reich wird nicht so lange bestehen«, endete er.

Ohne eine Regung hatte Balduin dessen Anschuldigungen vernommen. Mit einem Wink gab er den Befehl zur Vollstreckung des Urteils.

Die Wächter schleiften den Gefangenen zur Säule und stießen ihn die Treppe hinauf. Nach einer Weile erschienen sie oben auf der Brüstung unterhalb der Statue des Theodosius. Marie, die mit Matthias auf einem Tier saß, wandte sich ab und drückte ihren Kopf an seine Brust, um dem Anblick des Todes zu entgehen. Willenlos ließ sich Murtzuphlos über das Geländer stoßen. Im Beifallssturm der Kreuzfahrer stürzte er hundertdreißig Fuß in die Tiefe. Der Aufprall seines Leibes war entsetzlich. Zerschmettert und blutüberströmt lag er auf dem Boden. Nicht einer der Bewohner Konstantinopels verfiel in

Jubel. Sie hatten dem Geschehen mit gesenktem Kopf beigewohnt. Matthias ahnte, dass für sie ein Zeitalter zu Ende ging, in der die Stadt eine halbe Ewigkeit Pracht und Herrlichkeit vereinigt hatte. Was sollte noch folgen, wenn nicht der Untergang?

Am frühen Abend bestieg ihre kleine Karawane das Schiff. Es hielt Kurs auf Nicomedia, einen Ort in Bithynien, wo Asien seinen Anfang nahm. Die Gräuel der letzten Monate ließen sie hinter sich zurück.

Mattias grübelte, wie er zukünftigen Gefahren noch besser begegnen konnte. Zumindest hatte er jetzt das beste Schwert der Welt und wollte die Übungen mit Akito weiterführen. *Aber wird das genügen?* Er nahm sich vor, auf der Hut zu sein, denn das Unwägbare im Leben war wie ein fallendes Blatt im Wind.

Kapitel 10

Der Weg der Toten

Majestätisch erhob sich die Sonne über den Horizont, als sie den Boden Bithyniens betraten. Eine frische Brise wehte vom Meer kommend landeinwärts. Im Hafen von Nicomedia schaukelten auf sanften Wellen die Fischerboote. Die Stadt war recht ansehnlich und noch immer ein bedeutender Handelspunkt. Sie hatte ihr Goldenes Zeitalter allerdings längst hinter sich gelassen. Nur die zerfallenden Prachtbauten der römischen Cäsaren, an denen sie mit ihren Kamelen vorüberzogen, zeugten noch von einer Ära unermesslichen Reichtums.

Hinter der Stadtmauer erwartete sie eine bezaubernde Landschaft. Bewaldete Hügel und sanfte Berge zogen sich bis zum Horizont. Sie folgten dem Pfad, den Akito einschlug. Er war ihn vor vielen Jahren schon einmal gegangen. Er führte durch grüne Täler, in denen die Bewohner die letzte Ernte des Jahres einbrachten. Der Winter stand vor der Tür, der sich nahe der Küste angenehm mild ankündigte.

Nachdenklich ritt Matthias neben Isabeau. Endlich zeigte sie für ihn wieder mehr Interesse. Natürlich konnte er ihr nicht die alleinige Schuld geben. Er hatte oft in Akitos Schmiede gearbeitet und von ihm gelernt, was ihm jetzt von Nutzen war. Anderseits hatte sie in Konstantinopel oft mit ihresgleichen Umgang gesucht, was, wie er sich eingestand, für alle vorteilhaft gewesen war. Besonders mit Robert von Cléry hatte sie viel Zeit verbracht, bis er mit seinem Bruder und seinem Lehnsherrn die Stadt verlassen musste. Mehr als einmal war Matthias der Eifersucht erlegen. Sie hatte sich in sein

Fleisch gebohrt wie ein Stachel. Gegen das quälende Gefühl war kein Kraut gewachsen. Jedes Mal hatte er darum kämpfen müssen, dass es nicht aus ihm herausbrach. Er liebte Isabeau mit jeder Faser seines Leibes und litt entsetzlich, wenn ein anderer Mann ihr Augenmerk erregte. Allerdings hatte sich Robert als ehrsamer Ritter erwiesen, der sie höflich und mit Anstand behandelt hatte. Das war aber nur die halbe Wahrheit. Er hatte entsetzliche Angst vor dem Tag, an dem Isabeau vor ihren Gemahl treten würde. Sie ließ ihn manchmal nicht schlafen und wurde immer schlimmer, je näher sie dem Ziel kamen. Was würde aus ihm werden, wenn sie auf Graf Lothar träfen und heimkehrten? Müsste er für ihn wieder Gitter schmieden und würde er Isabeau, außer sonntags in der Kirche, nie mehr sehen? Fragen, die er sich nicht beantworten konnte.

Auch Marie war ihm ans Herz gewachsen, die sich mutig zeigte, wenn die kleine Gemeinschaft in Gefahr geriet. Sie war nicht auf den Mund gefallen. Mit Worten wusste sie sich gut zu wehren. Sie saß auf ihrem Kamel und blickte neugierig auf die unbekannte Welt herab. Nichts entging ihren wachen Augen. Wie seiner verstorbenen Tochter Agnes brachte er auch ihr väterliche Liebe entgegen. Er spürte, wie ihn ein wohliger Schauer des Glücks durchlief, wenn beide ihm ein Lächeln schenkten. Die beiden waren seine Familie geworden, mit dem freundlichen Akito an ihrer Seite. Im Moment dieser Erkenntnis durchströmte ihn tiefe Dankbarkeit und er pries Gott für das Geschenk. Sollten es die Umstände erfordern, würde er mit ihnen bis zum Jüngsten Tag ins Ungewisse reiten.

In einem Dorf kauften sie Obst und mehrere Ziegenbälge, die sie mit Wasser füllten. Dazu noch Dörrfleisch und getrocknete Weinbeeren. Für Letztere zeigte Marie eine Vorliebe, schmeckten sie doch herrlich süß. Die Nacht verbrachten sie geschützt vor wilden Tieren im Hof eines gastfreundlichen Bauern. Am Morgen setzten sie die Reise fort. Wieder durchquerten sie fruchtbare, mit Rebstöcken bepflanzte Landschaften, die zum Verweilen einluden. Dessen ungeachtet verzichteten sie auf eine Rast und erreichten am Mittag die Stadtmauern Nicaeas.

Der Wächter am Tor musterte die Ankömmlinge argwöhnisch. »Was ist euer Begehr?«, fragte er.

»Wir sind auf der Durchreise und möchten in der Stadt unsere Wegzehrung auffrischen. Unser Ziel ist Antiochia«, antwortete Akito.

»Dann seht euch bloß vor. Wenn ihr die Ruinen von Dorylaeum erreicht habt, befindet ihr euch auf dem Boden des Sultanats der Seldschuken. Dort ist es sehr gefährlich. Christenmenschen ziehen die heidnischen Strolche bei lebendigem Leib das Fell über die Ohren. Allerdings schaut ihr nicht wie Christen aus.« Er sah sie prüfend an und lief argwöhnisch um ihre Kamele herum. »Vielleicht seid ihr in Wahrheit Spione des Sultans, die unsere Schwachstellen auskundschaften sollen. Ich warne euch. Darauf steht der Tod am Galgen.« Er pikste Matthias mit der Spitze der Lanze in den Oberschenkel.

»Lass den Unsinn«, erwiderte er und stieß sie weg. »Wir sind Pilger und führen nichts Böses im Schilde. Im Heiligen Land wollen wir um die Vergebung unserer Sünden bitten.« Letzteres war nicht mal gelogen. Dazu bekreuzigte er sich und murmelte ein Vaterunser.

Nach kurzem Zögern winkte der Wächter die Karawane durch. Offensichtlich hatte ihn das Gebet überzeugt, keine Moslems vor sich zu haben.

Die ansehnliche Stadt besaß eine prächtige Kirche, die denselben Namen trug wie jene in Konstantinopel: Hagia Sophia. Der große Platz, der sie umschloss, war sogar gepflastert. Vor einem Wirtshaus machten sie Halt, banden ihre Kamele an einen Pfahl und ließen sich an einem Tisch nieder.

Der Wirt brachte ihnen Wein und Wasser. Dazu einen Kessel Suppe, die nicht übel schmeckte. »Woher kommt ihr? Aus dem Osten oder aus dem Westen?«, fragte er beiläufig.

»Aus Konstantinopel«, sagte Matthias.

»Oh! ... Dann seid auf der Hut. Die Brüder *Laskaris* lassen jeden Ankömmling ergreifen, um nützliche Hinweise über Balduins Kriegspläne aus ihnen heraus zu prügeln. Einige Widerspenstige sollen die Verhöre nicht überlebt haben«, warnte der Wirt.

»Die Brüder Laskaris? Wer sind diese Leute?«, wollte Isabeau wissen.

»*Theodoros* und *Konstantinos* Laskaris sind Edelleute aus Konstantinopel. Sie sind mit der abgesetzten Kaiserfamilie verwandt. Beide mussten vor den Franken fliehen«, berichtete er. »Sie vertrieben den Statthalter, den noch der alte Isaak eingesetzt hatte, und rissen die Macht an sich. Seit einem halben Jahr herrschen sie über die Stadt. Man munkelt, sie wollen ein eigenes Reich gründen mit Nicaea als Königsstadt.«

»Es ist sicherer, die Nacht jenseits der Stadtmauer zu verbringen«, schlug Matthias vor. Was der Wirt gesagt hatte, beunruhigte ihn.

Die anderen willigten ein. Sie bezahlten die Rechnung, stiegen auf ihre Kamele und kehrten Nicaea den Rücken. Erst als sie die umliegenden Wälder erreichten, fühlten sie sich sicher und schlugen ein Lager auf. Im Freien zu nächtigen war allemal besser, als im Kerker zu schmachten. Womöglich wären sie dem Henker übereignet worden, wenn sie das Missfallen der Brüder Laskaris erregt hätten.

Zwei Tage wanderten sie über staubige Pfade. Nur wenige Menschen begegneten ihnen. Die Landschaft war einsam und veränderte sich stetig, je weiter sie in das anatolische Hochland vordrangen. Die Hügel und Täler verloren ihr Grün. Karge, baumlose Steppe verdrängte die Gräser. Zerklüftete Berge und Flüsse, die sich tief in die Erde gegraben hatten, prägten die Landschaft und nachts wurde es empfindlich kalt. Zumindest gab es reichlich Wasser. Ihre Ziegenbälge fanden stets frischen Inhalt.

Schließlich stießen sie auf eine Karawanserei. Sie war von einer wehrhaften Mauer aus stachligem Gestrüpp umgeben. Eine breite Pforte aus Zedernholz mit eisernen Beschlägen führte in den Innenhof. Ihn umgaben ringsum Ställe für das Vieh. Über ihnen befanden sich die Unterkünfte für die Reisenden. Außerdem gab es vielerlei Werkstätten, eine Badestube und ein Gasthaus, in dem Essen gekocht und Tee aufgebrüht wurde. Am Lagerfeuer in der Mitte des Hofes sangen und spielten Musikanten. Deren Melodien hörten sich fremdartig an.

Die Kamele stellten sie im Stall unter und versorgten sie mit Futter. Danach ließen sie sich am wärmenden Feuer nieder.

Wohlwollend nahmen die anderen Reisenden die Neuankömmlinge in ihrer Mitte auf. Sie tranken heißen Tee und aßen Ziegenfleisch, eingerollt in frisches Fladenbrot. Das Mahl schmeckte in der Würze völlig anders als in Nicaea und offenbarte, dass sie die unsichtbare Grenze zwischen dem Morgen- und dem Abendland überschritten hatten. Akito erklärte ihnen, dass die Moslems beim Kochen Spezereien verwendeten, die es selbst in Konstantinopel nicht oft zu kaufen gab. Der Duft von Kardamom, Nelke, Zimt und Muskatnuss war betörend und voller Geheimnisse. Zusammen mit dem Klang der Trommeln, Flöten und der schwermütigen Rabāb, einer einseitigen Laute, die mit einem Bogen gestrichen wurde, schwebten sie auf einer Wolke der Harmonie. Ihre panische Flucht aus Nicaea war vergessen.

Sie beschlossen, ein Badehaus aufzusuchen. Es war für Männer und Frauen streng unterteilt. Während sich Isabeau und Marie nach rechts wandten, folgten Matthias und Akito dem Einweiser nach links. Dort begannen sie sich zu entkleiden und wickelten sich die Tücher, die er ihnen anbot, um die Lenden. Nach einer Weile hörten sie nebenan Maries begeistertes Quieken, gefolgt von Isabeaus Lachen, da sie nur eine dünne Wand voneinander trennte. Die feuchte Luft roch angenehm nach Jasminöl. Mitten im Raum befand sich eine ebenflächige Empore aus poliertem Stein. Auf ihr legten sich Matthias und Akito nieder. Sie strahlte eine wohlige Wärme aus. Das bewirkten brennende Holzscheite in einem Kellerraum unter ihrem Sockel, erklärte der Einweiser bereitwillig.

Nach der Ruhepause begannen sie ihren Leib von oben bis unten einzuseifen und den Schaum mit einem Handschuh aus Ziegenhaar auf der Haut zu verreiben. Zum Schluss spülten sie ihn mit kaltem Wasser ab. Waren sie zuvor von der Hitze schläfrig geworden, wurden sie danach durch den kühlen Guss wieder hellwach.

Als sich die Nacht über das Land senkte, suchten sie ihre Unterkunft auf. Akito zog es vor, bei den Tieren zu schlafen. Er meinte, eine Karawanserei sei zwar sicher, dennoch wollte er Dieben keine Gelegenheit bieten, ihre Tiere zu stehlen.

Marie schlief bereits eingehüllt in eine Decke auf einer eigenen Liege. Auch Matthias war schnell ins Land der Träume entschwunden.

Nur Isabeau war noch wach und ließ den zu Ende gehenden Tag an ihren Augen vorüberziehen. Ihr Blick fiel letztlich auf Matthias, der neben ihr ausgestreckt auf der Liege schlummerte. Gleichmäßig hob und senkte sich seine Brust. Seine kräftigen Arme hielt er hinter dem Kopf verschränkt. Die brennende Kerze auf dem Tisch offenbarte in seinem Gesicht Frieden und Gelöstheit. *Du bist ein guter Mensch, der bereitwillig nach Melisandes Tod ihren Platz eingenommen hat, um mich vor den Übeln der Welt zu beschützen,* dachte sie. Dass er sie abgöttisch liebte, eine verheiratete Frau, war ihr bewusst. Gedankenversunken ließ sie sich treiben und strich ihm zärtlich über das noch feuchte Haar. Seine Haut duftete nach der Seife aus dem Badehaus.

Plötzlich spürte sie das Verlangen, ihm nahe zu sein, sich ihm hinzugeben mit Leib und Seele. Ein ungeahntes und verlockendes Gefühl, das ihr Herz schneller schlagen ließ. Ihr ganzer Körper fieberte. Sie verlor die Kontrolle und war bestürzt. Derartiges war ihr bisher nicht in den Sinn gekommen und sie versuchte wieder vernünftig zu werden. Sie war vermählt mit einem Grafen und erwog, mit Matthias Ehebruch zu begehen. Wie konnte sie derart Sündhaftes in Betracht ziehen? Weil sie ihn liebte, gestand sie sich ein. Auch ihrem Gatten Lothar war sie zugetan. Aber diese Liebe war völlig andersartig. Sie fußte allein auf Respekt und Dankbarkeit. Lothar war gerecht und gütig, aber auch ein frommer Mensch, welcher der Liebe zu Gott einen höheren Stand beimaß als der zu einer Frau. Was sie ersehnte, konnte er ihr nicht geben, denn ihre Sehnsucht nach Matthias entsprang ihrem Herzen. Eine Einsicht, die sie glücklich und traurig zugleich machte. Sie schwor, ihrem Ehemann treu zu bleiben. So schmerzlich das auch war. Alles andere wäre vor Gott eine Sünde. Sollte er jedoch eines Tages vor ihr das Zeitliche segnen, wäre sie wieder frei. Was würde sie dann tun? Matthias in die Arme schließen, so er noch gewillt war, allen Anfeindungen des Adels zum Trotz? Sie müsste ein neues Leben beginnen und auf alles verzichten, was sie von einer gemeinen Frau unterschied. War sie dazu bereit? Der Schritt beängstigte sie. Endlich schlummerte sie ein. Der Lichtschein der heruntergebrannten Kerze erlosch und erfüllte den Raum mit Finsternis.

Am nächsten Morgen brachen sie beizeiten auf. Ihre Reise führte durch eine öde, trockene Gegend. Um die Mittagszeit trafen sie auf einen einsamen Wanderer. Der bereits in die Jahre gekommene, beleibte Mann saß auf einem klapprigen Maultier und war nach Iconium unterwegs. Er hörte auf den Namen Yusuf und konnte sich gut mit ihnen verständigen. Während der gemeinsamen Weiterreise berichtete er von erstaunlichen Dingen.

»Schon heute Abend werden wir Dorylaeum erreichen. Es liegt auf dem Weg der Toten. Dort leben nur wenige Einwohner, die ein kümmerliches Dasein fristen. Manche munkeln, es läge ein Fluch auf der Stadt«, sagte er hinter vorgehaltener Hand. Dabei entblößten seine Lippen beim Sprechen zwei Zahnlücken, wodurch sein Aussehen etwas seltsam wirkte.

Matthias wurde hellhörig. Er witterte Gefahr. Der verwunschene Ort und die Toten verhießen ihm nichts Gutes. »Was hat es mit deinen Worten auf sich? Wäre es nicht besser, den Ort zu umgehen?«, fragte er argwöhnisch.

»Ihr müsst euch nicht ängstigen«, versicherte Yusuf. »Der Weg der Toten markiert bloß den Marsch zweier Heere durch Anatolien. Und was den Fluch betrifft, so beruht er auf einer langen Dürrezeit, in deren Folge ein benachbarter See ausgetrocknet ist. Bis heute hat er nie wieder Wasser geführt.«

Im Schein der niedrigen Nachmittagssonne erreichten sie eine Senke, die sich zwischen sanften Hügeln bis nach Dorylaeum hinzog.

»Was liegt dort im Staub vergraben?«, fragte Marie und zeigte auf eine Stelle, die sich voraus am Wegrand befand.

Der sandige Boden gab etwas Graues, von der Sonne Gebleichtes preis, das nur zu einem Teil aus dem Erdreich herausragte. Unmittelbar darauf erkannten sie, dass das gesamte Gebiet mit ähnlichen Gebilden bedeckt war. Ein paar Schritte weiter offenbarte sich das Rätsel.

»Oh Gott!«, rief Isabeau entsetzt. »Es sind menschliche Knochen?«

»Nicht nur. Manche stammen auch von Pferden, Kamelen und Ochsen. Aber du hast schon recht. Die meisten Gebeine, an denen hier der Wind nagt, rühren von gefallenen Rittern und Seldschuken her«, sagte Yusuf.

»Was ist hier passiert?«, wollte Matthias erschüttert wissen.

»Eine blutige Schlacht hat an dieser Stelle stattgefunden. Das geschah vor über hundert Jahren.«

Isabeau kam ins Grübeln. »Mein Vater hat mir, als er noch lebte, von einem Kreuzzug berichtet. *Papst Urban* wollte das Heilige Land den Seldschuken entreißen. Einer meiner Ahnen hatte sogar an diesem Kreuzzug teilgenommen. Was wir hier sehen, könnten die Überreste eines der Heere von damals sein.«

Mitfühlend drückte Marie ihre Hand. »Ich hoffe, dass wir nicht über sein Grab reiten und seine Ruhe stören.«

Sie schüttelte den Kopf. »Keine Sorge, mein Schäfchen. Er hatte Glück und kehrte unversehrt nach Hause zurück. Gleichwohl als ein anderer Mensch. Er hatte Grauenvolles erlebt. Viele seiner Weggefährten zogen allerdings ein bitteres Los. Sie sahen ihre Heimat niemals wieder.«

Mit Schaudern ritten sie schwankend auf ihren Kamelen an unzähligen, vom Sand blank geschliffenen Schädeln und Skelettteilen vorüber. Mitunter steckten in ihnen Reste von Schwertern und Speerspitzen, die mit der Zeit der Rost zerfressen hatte. Ein Anblick, der ihnen das Grauen des Krieges vor Augen führte.

»Warum hat niemand die Toten begraben?«, fragte Matthias betroffen.

Yusuf kannte die Antwort. »Die Kreuzzügler siegten in der Schlacht und hielten sich in Dorylaeum nicht lange auf. Nur die gefallenen Ritter erhielten ein Begräbnis. Die Überlebenden marschierten nach Kleinarmenien. Tausende gingen unterwegs zugrunde an Krankheiten, Hitze und Wassermangel. So steht es in den Büchern geschrieben.«

»Was für ein Irrsinn. Und die Menschen sind seither nicht schlauer geworden.« Matthias fand keine anderen Worte dafür.

Yusuf nickte. »Da stimme ich dir zu. Nicht weit von hier existiert ein zweites Schlachtfeld. Dort siegten ein halbes Jahrhundert später die Seldschuken über ein anderes Heer der Kreuzritter. Da bleichen nicht weniger Knochen in der Sonne als hier. Ein Kinderlied besingt einen König, der *Konrad* hieß. Er soll die Streitmacht angeführt haben ... *Und der Glanz des Goldes schläferte sie ein, bis sie erwachten in ihrer Pein. Und Schaitan, der da hieß Hunger und Pest, fraß ihre Seelen und die Tiere den Rest*«, heulte er eines Wolfes würdig.

»Zwei Schlachten vor den Toren ein und derselben Stadt? Kein Wunder, dass sie verflucht ist. Die gefallenen Menschen den Geiern zum Fraß zu überlassen ist unchristlich. Ich hoffe, der Teufel hat alle geholt«, ereiferte sich Matthias.

Endlich ließen sie den Todesacker hinter sich und ritten in Dorylaeum ein. Der Ort war ebenso öde wie die Landschaft, die ihn umgab. Nichtsdestotrotz blieben sie einen weiteren Tag, um Kräfte für die Weiterreise nach Iconium zu sammeln.

Fast eine Woche ritten sie, ohne auf eine Menschenseele zu stoßen. In den Nächten war es weiterhin kühl. Einmal hatte es sogar geschneit. Am Tag wärmte zumindest die Sonne, die ab und zu zwischen den Wolken hervorlugte, ihre klammen Glieder. Das Hochland wurde immer trostloser. Karg bewachsene Ebenen, auf denen kein Baum wuchs, erstreckten sich, soweit das Auge blickte. Manchmal wand sich ein Fluss oder Bach durch die Ödnis, wo sie das Trinkwasser auffrischten. Es gab wenige Stellen, an denen mehr spross als dorniges Gestrüpp. Es war die einzige Nahrung, die die Natur für ein nächtliches Lagerfeuer preisgab.

Wenn Yusuf recht hatte, würden sie in Iconium am nächsten Tag vor Anbruch des Abends eintreffen. Noch einmal mussten sie im Freien nächtigen. Rechtzeitig vor Sonnenuntergang schlugen sie ein Lager auf und fingen Fische in einem Fluss, dessen reißende Strömung durch ein enges Tal führte.

Um Brennmaterial zu sammeln, teilten sie sich auf und stiegen die Hänge eines Hügels nach oben, wo die verdorrten Dornenbüsche auf sie warteten. Nach einer Weile, die Dämmerung war bereits hereingebrochen, kehrten sie zum Lager zurück und blieben wie angewurzelt stehen. Ein Kamel war verschwunden. Auch Yusuf tauchte nicht wieder auf. Sie begaben sich auf die Suche, da sie ein Unglück befürchteten.

Plötzlich fiel Matthias der Grund für sein Fernbleiben wie Schuppen von den Augen. Er hatte sich heimlich weggestohlen und eins der Kamele mitgenommen. »Dieser Hundsfott hat uns beraubt. Den schnappe ich mir«, schimpfte er wütend.

Akito schüttelte den Kopf. »Halte ein. Das macht keinen Sinn. Es wird bald dunkel. Du wirst ihn nicht finden.«

Matthias sah ein, dass er recht hatte, und ließ von seinem Vorhaben ab. Es war zu gewagt und gefährlich. Schlimmstenfalls verliefe er sich und fände die anderen nicht wieder.

»Weshalb hat er sich nicht aller Kamele bemächtigt?«, rätselte Marie. »Das ist strohdumm und gibt uns die Möglichkeit, ihn einzuholen.«

»Vermutlich reichte die Zeit nicht aus, weil Akito sämtlichen Tieren Beinfesseln angelegt hatte, damit sie nicht wegrennen, wenn sie nahende Raubtiere wittern. Wenigstens ist nichts von unserem Hab und Gut abhandengekommen«, sagte Isabeau versöhnlich.

»Stimmt nicht ganz«, stellte Matthias grimmig fest. »Unsere Fische haben sich gleichfalls in Luft aufgelöst. Die Zeit hatte er übrig. Sollte ich den Langfinger in Iconium erwischen, klopfe ich ihm die Flöhe aus dem Pelz.«

Trotz des Ärgers forderte der Hunger seinen Tribut. Zum Abendessen gab es stattdessen Dörrfleisch, Fladenbrot und das frische Wasser aus dem Fluss. In der Nacht blieb es weitgehend still. Nur einmal heulte ein Schakal.

Am nächsten Tag folgten sie dem Flusslauf nach Südwesten. Marie und Isabeau teilten sich ein Kamel. Akito bildete die Nachhut. Matthias preschte voran und drängte zur Eile. Er hatte mächtige Wut im Bauch.

Am Nachmittag standen sie vor der mächtigen Wehrmauer Iconiums. Diese war berühmt, sollte sie doch einhundert Wehrtürme besitzen. Die Stadt, erbaut auf einer Hochebene, war von hohen, schneebedeckten Bergen umgeben.

»Es hat sich nicht viel verändert, seit ich das letzte Mal hier war«, sagte Akito, als sie durch die belebten Straßen zogen.

Auf den Märkten blühte der Handel. Das Angebot war üppig und erlesen. Pelze und Seidentücher gingen über die Ladentische. Ebenso

Edelsteine oder Gold und Silberschmuck. An anderer Stelle verrieten balsamische Düfte, die betörend in der Luft lagen, den Verkauf von Moschus, Weihrauch und orientalischen Gewürzen. Neben Zucker, Getreide und Früchten fanden auch Pferde, Kamele und Ziegen ihre Käufer. Selbst Sklaven fanden reißenden Absatz. Ihr Anblick war elendig und das Schicksal, das auf sie harrte, die Hölle auf Erden. Das Weinen der Kinder und Klagen der Mütter und Väter, wenn die Familien getrennt wurden, rührten Isabeau und Marie zu Tränen.

»Wir können ihnen nicht helfen, ohne uns selbst in Gefahr zu bringen und wie sie zu enden«, erwiderte Akito mitfühlend, als er in ihre traurigen Augen blickte. Wortlos nickten sie. Doch den Rest des Tages blieben sie verschlossen.

Eine Herberge gleich neben dem Markt mit Ställen zum Unterbringen des Viehs bot ihnen eine günstige Übernachtung. Am Abend beim Essen suchten sie das Gespräch mit dem Wirt. Die Auskünfte, die er bereitwillig gab, waren aufschlussreich. »In Iconium lebt es sich gut. Das war nicht immer so.« Er strich sich das Haar aus der Stirn und schien sich an etwas zu erinnern. »Vor 15 Jahren tobte vor unseren Toren eine blutige Schlacht. Damals siegte das Heer eines rotbärtigen abendländischen Königs über die Streitmacht des Sultans *Kilidsch Arslan*. 70.000 tote Seldschuken bedeckten die Ebene. Da sein Blutdurst nicht gestillt war, ließ er die Stadt plündern und viele Bewohner abschlachten. Er hinterließ eine Spur der Verwüstung. Noch heute erinnern wir uns mit Schaudern daran.«

»Von Zerstörungen habe ich nichts bemerkt«, sagte Isabeau.

»Iconium kam über die Jahre zu Wohlstand. Die abgebrannten Häuser wurden erneuert und die Wehrmauer mit Türmen verstärkt. Seit die Handelswege wieder sicher sind, bieten Kaufleute aus vielen Ländern ihre Waren auf unseren Märkten an. Das sprudelt Steuergelder in die Kassen«, versicherte er.

»Abscheulicherweise auch mit dem Verkauf von Sklaven. Wer sind die armen Geschöpfe?«, fragte Isabeau entrüstet.

Das Gesicht des Wirts verdüsterte sich. »Es sind Schuldner, Kriegsgefangene und verschleppte Nomaden, die den Häschern in die Fänge gerieten. Der Sultan *Kai Chosrau* sieht darüber hinweg, weil er an dem Geschäft mitverdient. Obwohl seine Mutter und seine

Gemahlin byzantinischer Herkunft sind, befinden sich unter den Gefangenen auch ab und zu Abendländer.« Argwöhnisch beobachtete er die anderen Gäste. »Seid vorsichtig in dem, was ihr sagt und tut«, riet er hinter vorgehaltener Hand.

Nach einer Woche Wanderung durch die Ödnis Anatoliens tat ein warmes Bad und ein weiches Bett ihren Gliedern gut. Die Herberge bot beides. Vom Schlafen auf dem mitunter harten Boden hatten sie schon blaue Flecken bekommen.

Gleich nach dem Morgenmahl gingen Isabeau und Matthias auf den Markt, um Einkäufe zu tätigen. Akito und Marie hingegen versorgten die Kamele mit Wasser und Futter. Als das Mädchen aus dem Stall trat, um am Brunnen den Eimer zu füllen, glaubte sie, ihren Augen nicht zu trauen. Sie fühlte, wie ihr kleines Herz in der Brust zu rasen begann. Schnell verbarg sie sich hinter einem Holzpfosten.

»Vor wem versteckst du dich?«, fragte Akito erstaunt.

Sie blickte ihn mit starren Augen an. »Auf der Straße steht Yusuf. Er verkauft gerade unser Kamel an einen Viehhändler.«

Neugierig spähte Akito um die Ecke. Sein Gesicht wurde zornesrot. »Er ist es. Du hast dich nicht getäuscht. Geh in unser Gemach und bleibe dort, bis Isabeau und Matthias zurückkehren. Sage ihnen, dass ich Yusuf folge und unser Kamel hole.«

Sie nickte gehorsam und verschwand in der Herberge.

Derweil hatte Yusuf sein Geld erhalten und ging mit zufriedener Miene seiner Wege. Er bemerkte nicht, dass ein Schatten ihm folgte.

Der Markt war überfüllt mit Menschen. Laut priesen die Kaufleute ihre Waren an, bestrebt, die anderen ihrer Zunft zu übertönen. Auf dem Weg zur Herberge trafen Isabeau und Matthias wieder auf den Sklavenhändler. Die Gefangenen rührten die junge Frau erneut zu Tränen, was Matthias nicht verborgen blieb. Der Käfig, in den man die Sklaven gepfercht hatte, stank nach faulem Stroh und Exkrementen. Bewacht wurden sie von zwei grobschlächtigen, mit Krummsäbeln bewaffneten Hünen, die nur Beschimpfungen für sie übrighatten. Der Händler mühte sich, seine Ware den herumstehenden Gaffern schmackhaft zu machen. Aber seine Worte blieben wirkungslos.

Niemand zeigte Interesse an einem Kauf, da die kräftigen Männer schon am Tag zuvor den Besitzer gewechselt hatten. Übrig geblieben waren nur Mütter mit Kleinkindern und Alte.

Isabeau und Matthias umfassten die Gitterstäbe und blickten in ein Dutzend ausgemergelte Gesichter, in denen Hoffnungslosigkeit geschrieben stand.

»Kauft ... Kauft ... Ich mache euch einen guten Preis«, rief ihnen der Händler zu. Er witterte ein gutes Geschäft.

Angewidert wandten sie sich ab. Sie hörten noch, wie er die Sklaven schmähte, sie sollten die Kunden anlächeln und nicht mit trostlosen Mienen verschrecken. Zu Tode prügeln würde er sie, wenn er sie morgen nicht loswürde. Matthias beschloss, in der Nacht etwas dagegen zu unternehmen. Er fürchtete, Isabeaus mitfühlende Seele nähme sonst Schaden.

In ihrem Gemach richtete Marie aus, was ihr Akito aufgetragen hatte. Dass er sich Yusuf greifen würde, erfüllte Matthias mit Genugtuung. Schade nur, dass er selbst nicht dabei war, da er den Langfinger gern eigenhändig verbläut hätte.

Heimlich schlich Matthias aus der Herberge. Über dem Marktplatz lagen Stille und die Finsternis des nächtlichen Sternenhimmels. Nur der Mond spendete spärliches Licht. Ein kalter Wind strich ihm um die Nase. Fröstelnd zog er die Kapuze über den Kopf und hielt Ausschau nach den zwei Aufpassern, die den Sklavenkäfig bewachten. Sie schliefen geschützt in einer Ecke, wo der Wind ihnen nicht ins Gesicht wehte.

Vorsichtig, mitunter kurz innehaltend, um zu lauschen, ob er unbemerkt blieb, kroch er am Boden bis zu Käfigtür. Am Ziel angekommen, versuchte er mit einem langen, an beiden Enden gekrümmten Nagel, das Spannfederschloss zu öffnen. Schon am Tag war es ihm in die Augen gefallen. Für einen Schmied bedeutete es kein allzu großes Hindernis.

Eine Frau, die erwachte, schreckte auf.

»Pst. Sei leise«, flüsterte Matthias. »Ich will euch helfen.«

Offenbar begriff sie, was er vorhatte, da sie die anderen aufweckte, ohne Lärm zu machen.

Bereits beim ersten Versuch gelang es ihm, die Spannfeder mit dem Nagel zusammenzudrücken und die beiden Teile des Schlosses auseinanderziehen. Geräuschlos entfernte er die Kette von der Tür und öffnete sie.

Nacheinander entschlüpften die Gefangenen ihrem Gefängnis. Manche Mütter hielten ihren Kindern vorsorglich die Münder zu. Für Dankbarkeit blieb keine Zeit. Alle verschwanden in der Dunkelheit.

Gerade wollte Matthias das Weite suchen, als er jemanden in seinem Rücken spürte. Schweiß trat ihm auf die Stirn. Er spürte den Atem des Angreifers im Nacken. Blitzschnell zog er sein Messer und wandte sich um. Aber zwei starke Hände hinderten ihn, zuzustechen.

»Halte ein, mein Freund«, hörte er eine vertraute Stimme raunen. Ihm fiel ein Stein vom Herzen. Es war Akito. Der Schein des Mondes erhellte sein Gesicht. »Ich habe geahnt, dass du die Sklaven freilassen würdest. Du hast es Isabeau und Marie zuliebe getan. Stimmts?«, sprach er leise.

Matthias nickte.

»Warte einen Augenblick«, murmelte Akito und verschwand in einer Gasse. Dann kehrte er zurück. Über seinen Schultern trug er eine reglose Gestalt, die er in den Käfig legte. »Es ist Yusuf. Ich habe ihn in seinem Haus geschnappt. Seiner Frau, die ein lästerndes Weib sei, wie ihre Nachbarn behaupten, habe ich eine Nachricht hinterlassen, wo sie ihn finden kann. Das wird ein Spaß, wenn sie ihn hinter Gittern wiedersieht«, raunte er vergnügt.

Matthias verschloss die Tür und folgte Akito zur Herberge. Niemand hatte sie bei ihrem Tun bemerkt. Mit dem Gefühl, etwas Gutes getan zu haben, schlief er zufrieden ein.

Am Morgen weckte sie wildes Geschrei. Neugierig blickte Isabeau durch eine Luke zum Marktplatz hinunter. Dort ließ der Sklavenhändler seine Wut an den Wächtern aus. Alle Gefangenen waren aus dem Käfig entflohen und dafür ein Mann eingesperrt, den er nicht kannte.

»Du hast es getan. Du hast sie freigelassen. Ein Gerechter bist du, der im irdischen Jammertal wandelt, um Gottes Gebot der Barmherzigkeit zu vollbringen. Jede Frau könnte sich glücklich schätzen, dich zum Mann zu haben«, jauchzte sie und umarmte ihn.

Für einen Moment war Matthias versucht, sie auf den Mund zu küssen. Aber sie kam ihm zuvor und legte ihm ihre Finger auf die Lippen, die sich so sehr nach den ihren sehnten. Sie schmiegte sich fest an seine Brust und hauchte ihm ins Ohr: »Irgendwann Matthias ... Irgendwann einmal.« Schließlich gab sie ihn wieder frei und begann mit Marie die Sachen zu packen.

Aufgewühlt suchte er mit Akito den Stall auf, um die Kamele zu füttern und Vorkehrungen für ihre Weiterreise zu treffen. Genüsslich soffen die Tiere einen Wasserbottich nach dem anderen leer und kauten das duftende Heu. Uneins mit sich berichtete Matthias von Isabeaus nebulösen Worten, die sie ihm ins Ohr geflüstert hatte. Um Akitos Mundwinkel zeigte sich ein breites Lächeln. »Ich weiß schon seit Monaten, dass sie dich liebt. Unglücklicherweise ist sie bereits vermählt. Sie lebt mit einem Zwiespalt, der sie quält. Ihre flüsternden Worte verraten mir, dass sie erhofft, eines fernen Tages doch noch die Deine zu werden.«

An die Aussicht, dereinst mit ihr eine Familie gründen zu dürfen, klammerte er sich mit ganzer Seele. Und sollte er zwanzig Jahre warten müssen, er würde sie deswegen nicht weniger lieben als heute. Ein vages Gefühl, das ihm etwas Trost spendete.

Wieder drang vom Marktplatz lautes Gezeter an ihre Ohren. Eine Frau, offenbar Yusufs Gemahlin, war vor dem Käfig aufgetaucht und maßregelte ihren Ehegatten.

»Wo treibst du dich herum? Und wieso bist du in einem Käfig eingesperrt? Erst hieß es, du trittst eine Erbschaft in Nicaea an. Aber wiedergekommen bist du mit nichts Weiterem als einem stinkenden Kamel. Wo ist das Vieh überhaupt? Hast du es verkauft und das Geld versoffen oder beim Würfelspiel verloren?« Sie ereiferte sich, dass der arme Yusuf überhaupt nicht zu Wort kam.

»Wenn du deinen Mann freikaufen willst, so wisse, er ist nicht billig. Letzte Nacht hat er trunken alle meine Sklaven freigelassen und im Käfig seinen Rausch ausgeschlafen. Er war nicht bei Sinnen. Fünf *Dirham* in Silber und er gehört dir. Andernfalls zerre ich ihn vor den Richter«, hörten sie den Händler drohen.

Doch die Frau wies mit einer ablehnenden Geste das Angebot von sich. »Was soll ich mit einem Narren anfangen? Behalte ihn.«

»Vier. Das ist mein letztes Angebot«, begann er zu feilschen.

»Äh!«, rief sie und hielt sich die Hand ans rechte Ohr. Schließlich wandte sie sich ab.

»Zwei Dirham«, rief er ihr hinterher.

Yusuf, der seinen Mund gehalten hatte, um seine Gemahlin nicht noch mehr zu reizen, glotzte verdattert durch die Gitterstäbe. »Aber Jasmina, du kannst mich doch hier nicht sitzen lassen. Jemand hat mich reingelegt«, jammerte er.

»Diesen Trunkenbold will ich nicht geschenkt haben. Soll der Richter ihm ruhig vom Henker die Hände abhacken lassen. Dann ist er wertlos und zu nichts mehr nützlich. Es ist die gerechte Strafe für seine sündigen Verfehlungen«, meinte sie gleichgültig und schritt unbeirrt weiter.

»Bei Allah, einen Silberdirham!«, brüllte der Händler über den Markt.

Abrupt wandte sie sich um und kehrte zurück. »Einverstanden. Einen Dirham. Und glaube mir, du hast ein gutes Geschäft gemacht«, erwiderte sie grinsend und drückte ihm die Münze in die Hand.

Zerknirscht ließ der Händler die Wächter den Käfig öffnen und Jasmina nahm ihren verwirrten Gemahl in Empfang. »Wenn wir zu Hause sind, setzt es was«, sagte sie bissig. Danach wandte sie sich um und ging. Yusuf folgte ihr beschämt mit hängenden Schultern.

Matthias konnte sich das Lachen nicht verkneifen, als Akito ironisch sagte: »Wer weiß, ob er im Käfig nicht besser aufgehoben wäre als in den Fängen seiner erbosten Frau.«

Der Tag begann so vortrefflich, wie der vorherige aufgehört hatte. Schließlich besuchten sie den Viehhändler, um von Yusufs Geld das gestohlene Kamel zurückzukaufen.

Ihre Reise führte sie nun durch den ungastlichsten Teil Anatoliens. Vertrocknete Steppen wechselten sich ab mit tristen baumlosen Hügelketten ohne menschliche Siedlungen. Die Sicht wurde immer schlechter. Böige kalte Nordostwinde wirbelten unablässig Staub in die Luft, der ihnen in die Augen stach, zwischen den Zähnen knirschte und das Atmen erschwerte. Die Tücher vor ihren Gesichtern hielten ihn nicht davon ab, in ihre Münder vorzudringen.

Am fünften Tag ließ der Sturm endlich nach und die Luft erfüllte sich mit Reinheit und Licht. In der Ferne nahmen sie ein mächtiges, mit Eis und Schnee bedecktes Gebirge wahr.

»Diese Berge können wir nicht überwinden. Sie sind zu hoch. Auf den Gipfeln lauert der Tod auf uns«, sagte Marie ängstlich.

»Hab keine Furcht, mein Kind. Es gibt einen Pass, der sich zwischen ihnen hindurch windet. Die Menschen nutzen ihn seit Tausenden Jahren. Kaufleute sind auf ihm gefahren, Heere auf ihm marschiert. Auch ich bin auf ihm gegangen. Die *Kilikische Pforte* nennt er sich«, beruhigte Akito das Mädchen. »Wenn wir bis zum Abend nach Osten weiterreiten, stoßen wir auf eine Höhlenstadt. Dort nimmt der Pass seinen Anfang. Schon einmal bin ich dort zu Gast gewesen. Die Bewohner des Ortes werden uns auch diesmal ein Lager für die Nacht sicher nicht verweigern.«

Sie legten eine Rast ein. Während Isabeau ein einfaches Mittagsmahl zubereitete, vollzogen Akito und Matthias mit hölzernen Schwertern in den Händen ihre täglichen Kampfübungen. Marie, die im Schneidersitz auf einem großen Stein hockte, beobachtete die beiden Männer. »Du musst deine Deckung besser beachten und lass mich nicht aus den Augen«, hörte sie Akito sagen. »Schlag zu … Halt! Der Schritt war zu kurz. Du hättest mich nicht getroffen. Ich sagte, behalte mich im Blickfeld, du aber schaust nach deiner Waffe. Das musst du nicht. Sie ist dein verlängerter Arm. Das muss dir in Fleisch und Blut übergehen. Ich hätte dich von hinten leicht erstechen können. Das muss besser werden«, rügte er.

Marie verlor sich in Gedanken. Seit langem fragte sie sich, was aus ihr werden würde, wenn Isabeau im Heiligen Land auf ihren Gemahl träfe. Sie erinnerte sich an die Floßfahrt auf der Donau. Isabeau hatte zu ihr gesagt, sie werde ab sofort für sie sorgen. Sie beide und Matthias wären jetzt eine Familie. Anfangs wollte sie es nicht glauben. In ihrem Leben hatte sie nur kurz die Liebe einer Mutter erfahren und nach deren Tod wurde sie nur noch getreten und verspottet. Später fand sie Gefallen an dem Zusammenleben mit den beiden. Sie fühlte sich geborgen und geachtet. Nun quälte sie die Furcht, sie könne alles wieder verlieren, von Tag zu Tag mehr. Auf Girolamos Boot hatte sie diese zum ersten Mal gespürt. Was, wenn Graf Lothar sie nicht ausstehen konnte und wegschickte? Das würde sie sehr schmerzen. Bliebe noch Matthias. Sie wusste von seiner Liebe zu Isabeau. Sie erkannte es daran, wie er sie anschaute und behandelte. Ob ihn die gleichen Ängste plagten? Er war so, wie sie sich einen Vater vorstellte, denn sie hatte den eigenen ja nie kennengelernt. Diese Hoffnung blieb ihr. Es war eine halbe Hoffnung, aber besser als keine. Wenn sie Isabeau, zurück in Schwaben, nur ab und zu sehen durfte, wäre es ein Glück für sie und sie betete zu Christus, er möge es ihr gewähren. Kein Geld erbat sie, keinen Besitz, nur ein bisschen Liebe.

»Hervorragend! Endlich hast du's begriffen!«, hörte Marie Akito rufen. »Er rieb sich den Arm. »Der Schlag hat gesessen. Aus dir wird ein großartiger Kämpfer.« Dann schlug er Matthias anerkennend auf die Schulter.

Allmählich veränderte sich die Landschaft. Sie wurde zunehmend feuchter und fruchtbarer. Bäume, Sträucher, wohlriechende Kräuter und saftiges Gras sprossen aus dem Boden. Wilde Ziegen weideten sich an ihnen. Seit Langem flogen wieder Vögel am Himmel. Die Nähe des Gebirges mit seinem Wasser machte es möglich.

Am Nachmittag passierten sie ein weitläufiges Tal mit einem See. Hinter ihm folgte eine seltsam aussehende Felsformation. Sie schimmerte in einem grauen Farbton, der manchmal auch in Braun und Rot wechselte. Regen und Wind hatten das Gestein über Äonen ausgewaschen und abgeschliffen. Ungezählte Höhlen, von kräftigen Händen hineingetrieben, durchlöcherten es wie Käse. Auf den ersten Blick bevölkerten die Behausungen nur Eidechsen, Mäuse und Stacheltiere. Aber keine einzige Menschenseele, anders als Akito vorausgesagt hatte.

»Es ist so still wie auf einem Friedhof. Wo sind die Bewohner geblieben?«, fragte ihn Marie verwundert.

Ratlos zuckte er die Schultern. »Ich kann es mir nicht erklären. Als ich vor vielen Jahren hier vorbeizog, existierte ein blühendes Gemeinwesen, das vom Handel lebte. Karawanen mit Spezereien aus Antiochia hielten hier ebenso Einzug wie Kaufleute mit Waren aus Nicaea und Konstantinopel. Womöglich hat ein Krieg die Stadt ausgelöscht.«

Sie begannen mit Eifer, die Höhlen zu erforschen, um Aufschluss über das Schicksal der Menschen zu erlangen. Bald darauf machten sie eine beängstigende Entdeckung. Sie fanden unzählige in Lumpen gehüllte Skelette. Sie zeugten von einem grauenvollen Ereignis. Alle, Männer, Frauen und Kinder waren verstorben. Und das bereits vor Monaten.

»Ist euch aufgefallen, dass die Gebeine keinerlei Spuren von Schwerthieben, Streitäxten oder Pfeilspitzen aufweisen? Ein Krieg hat hier nicht stattgefunden.« Matthias blickte die anderen betroffen an. »Als ob sie alle der giftige Atem der Hölle angehaucht hätte.« Marie ergriff bei seinen Worten ängstlich Isabeaus Hand.

Sie suchten die nähere Umgebung ab und schauten hinter jeden Busch und unter jeden Stein. Plötzlich rief Akito: »Kommt rasch zu mir. Ich glaube, ich habe des Rätsels Lösung gefunden.« Schnell liefen sie zu ihm und standen plötzlich am Rande einer ausgehobenen Grube. Ihr Inhalt erschütterte sie. Am Grund lagen zuhauf verkohlte Reste von Leichnamen. »Sie haben die Toten verbrannt«, sagte er. »Doch das half ihnen nicht und das Sterben ging weiter. Da in den Höhlen niemand die Toten begraben hat, müssen die letzten Überlebenden den Ort überstürzt verlassen haben.«

»Was könnte der Grund für ihre Flucht gewesen sein?«, fragte Matthias die anderen.

»Dafür gibt es nur eine Erklärung: eine unheilbare Seuche. Womöglich der Schwarze Tod«, vermutete Akito.

»Ich habe Menschen leiden sehen, die von ihm befallen waren«, erinnerte sich Isabeau. »Sie verbrennen förmlich am Fieber und ihre Leiber bedecken Beulen, aus denen unablässig Eiter fließt, wenn diese geöffnet werden. Kein Medikus kennt ein Mittel gegen diese Krankheit und kein Gelehrter vermag zu sagen, wo die Quelle des Übels entspringt.«

Akito sah sie durchdringend an. »Ein Mongole hat mir einmal berichtet, der Schwarze Tod käme aus den heißen Steppen Asiens. Sein Hunger nach Menschen bliebe ungestillt, solange sie dicht beieinander leben. So schnell, wie er aufträte, verschwände er auch wieder. Manche orakeln, die Karawanen und Schiffe der Händler und die Heere der Könige trügen ihn von Ort zu Ort. Er sei eine Strafe der Götter für die Gier der Menschen nach Macht und Reichtum, anstatt ihnen in den Tempeln zu huldigen.«

»Und wieso müssen dann auch arme Menschen sterben? Das ist ungerecht, denn Sie besitzen beides nicht«, sagte Marie.

Darauf wussten sie keine Antwort.

Schweigend nahmen sie am abendlichen Lagerfeuer ihre Mahlzeit ein. Das Schicksal der Höhlenstadt ließ sie nicht unberührt. »Wie schwach wir Menschen doch sind. Das sollten wir nicht vergessen, wenn wir über das Gebirge ziehen. Wir sind dem Himmel näher als der Erde«, warnte Isabeau.

Grübelnd kaute Marie auf einem Kanten Brot und einem Stück Dörrfleisch. Plötzlich schoss ihr ein Gedanke durch den Kopf. »Meine Mutter und die Kirche haben mich gelehrt, dass es nur einen Gott im Himmel gibt. Du aber sprachst vorhin von vielen. Also bist du ein Ketzer«, sagte sie arglos zu Akito.

Er schmunzelte und schüttelte den Kopf. »Für Mohammedaner, Christen und Juden trifft das zu. Sie beten zu Allah, Christus oder Jahwe. Mein Volk dagegen verehrt zahllose Götter. Sie tragen viele Namen und sind das Sinnbild der Sonne und des Mondes. Sie verkörpern Hagel, Regen und Sturm ebenso wie Sintfluten oder Dürre. Auch in Tieren finden sie sich wieder, ja selbst in der Gemütsregung des Menschen. Furcht und Freude, Leid und Liebe sind Geister, die in ihm stecken und Einfluss auf sein Handeln nehmen. Das kann zum Guten oder zum Schlechten geschehen. Letztendlich ist ein jeder seines Schicksals Schmied«, erklärte er ihr seine Religion näher.

Sie zog die Nase kraus. »Ich hoffe auf ihren Schutz, wenn wir die *Kilikische Pforte* passieren. Wer weiß, ob uns nicht ein Unwetter erwartet oder Räuber.«

»Ach Marie«, meinte er lächelnd. »Darauf dürfen wir nicht bauen. Die Götter meiner Heimat sind mitunter launisch. Daher sollten wir uns besser auf uns selbst verlassen. Hab keine Furcht. Zusammen überwinden wir die Berge, ohne Schaden zu nehmen.«

Isabeau und Matthias hatten das Gespräch der beiden neugierig verfolgt. Akitos Glaube allerdings blieb ihnen so fremd wie das Land, in dem er geboren war.

»Zwei Tagesmärsche benötigen wir durch das Gebirge, dann werden wir das Meer erblicken«, versprach er, bevor er sich zur Ruhe legte und die Felldecke über den Kopf zog.

Die anderen taten es ihm gleich, nicht ohne dem Lagerfeuer neue Nahrung zu geben, um Bären und Schakale fernzuhalten.

Der Pass führte entlang eines alten Flusslaufes, der sich seit Anbeginn der Zeit tief in das Gebirge hineingefressen hatte. Ihn säumten steile bewaldete Hänge, die sich manchmal zu kolossalen Felswänden auftürmten. Der stetig nach Süden führende Pfad war für die Kamele breit genug. Für Gespanne war ein Durchkommen eher schwierig. In den Fluss gestürzte, zerborstene Fuhrwerke und Gebeine verendeter Zugtiere zeugten von einer Vielzahl von Unglücken, die sich über die Jahrhunderte ereignet hatten.

Am zweiten Abend nach ihrem Aufbruch aus der Höhlenstadt trafen sie auf eine heruntergekommene Siedlung, in der wenige Menschen lebten. Ein römischer Meilenstein am Rande des Ortes berichtete von besseren Tagen. So verriet er, dass ein Kaiser namens *Caracalla* den Pass ausgebessert und verbreitert hatte. Unter der Krone eines großen Baumes schlugen sie ihr Lager auf.

Ein alter Mann aus dem Ort gesellte sich zu ihnen. »Wohin wollt ihr?«, fragte er in der Sprache der Byzantiner.

»Nach Tarsos«, antwortete Matthias. »Ist es noch weit?«

Er schüttelte den Kopf. »Wenn ihr morgen bei Sonnenaufgang weiterzieht, werdet ihr, so Gott will, noch vor Anbruch der Nacht dort sein. Nicht viele Reisende wagen es derzeit, diesen Weg zu wählen.«

»Aus welchem Grund? Ich hörte, es sei eine alte Handelsstraße«, wunderte sich Isabeau.

»Im vergangenen Jahr suchte uns eine schlimme Seuche heim. Zudem treibt auf dem Pass seit Längerem eine Räuberbande ihr Unwesen. Das hat sich herumgesprochen. Kaufleute meiden ihn. Ohne Handel siecht unsere Stadt dahin wie ein morscher Baum und eine Rettung ist nicht in Aussicht.«

Akito runzelte die Stirn. »Nach Hörensagen besitzt Kleinarmenien einen fähigen Herrscher. Warum ist er nicht in der Lage, das Gesindel zu vertreiben?«

Der alte Mann machte eine abfällige Geste. »König *Leo* plagen andere Sorgen. Er hadert mit seinem angetrauten Weib, das ihm keinen Erben gebiert. Man munkelt, er wolle sie wieder loswerden und schaue sich bereits nach Ersatz um. Da bleibt keine Zeit für die Nöte des Volkes. Wenige Stunden südlich von hier thront auf einem Felsen die Burg *Lambron.* Seit Jahrhunderten dient sie dem Schutz der Pilger und Händler, welche die Kilikische Pforte passieren. Die Wächter von Lambron gelten als königstreu. Ich vermute allerdings, dass sie in Wahrheit mit den Strauchdieben gemeinsame Sache machen. Haltet euch also besser von der Festung fern, wenn ihr bei bester Gesundheit bleiben wollt.«

Am Abend wollte ihnen das Mahl nicht richtig schmecken. Der Hinweis auf die vermeintliche Räuberburg verhieß nichts Gutes und lag ihnen schwer im Magen. Diesmal war es Marie, die mit kindlichem Gutglauben versuchte, ihnen Mut zu machen. »Wir binden den Kamelen einfach die Mäuler zu und schleichen uns an den Halunken vorbei. Ihr werdet sehen, niemand wird uns bemerken«, versicherte sie.

Sie waren so weit gekommen. Das Ende ihrer Wanderung im Kerker der Burg Lambron zu finden und womöglich als Sklaven verkauft oder gar getötet zu werden, durfte nicht geschehen. In der Hoffnung, mit Gottes Hilfe zum rechten Zeitpunkt das Richtige zu tun, schliefen sie ein.

In der Morgenröte zogen sie weiter. Anfangs verlief der Pfad ebenerdig. Später führte er stetig bergab. Ein sicheres Zeichen, dass der Pass sich seinem Ende näherte. Mit einem Mal tat sich das Gebirge vor ihnen auf. Die schroffen Felswände gaben die Sicht auf eine weite, fruchtbare Ebene frei, begrenzt vom Meer, das sich bis zum Horizont erstreckte. Ein Anblick, der sie die Macht Gottes erahnen ließ. Schweigend hielten sie inne, um sich an seiner Schöpferkraft zu erfreuen. Plötzlich durchdrang ein entsetzlicher Schrei die Stille.

Akito wandte sich an Isabeau und Marie. »Bleibt bei den Tieren und verhaltet euch ruhig. Matthias und ich gehen zu Fuß ein Stück voraus und schauen nach, was dort vor sich geht. Womöglich erwartet uns ein Hinterhalt«, gebot er ihnen. Der Ernst in seinen Worten ließ keinen Widerspruch zu. Wortlos nickten sie.

Die Männer stiegen von ihren Kamelen. Akito schob eine merkwürdige Waffe unter seinen Gürtel, die Matthias zuvor bei ihm nie bemerkt hatte. »Nimm dein Tachi in die Hand. Jetzt kannst du den Göttern beweisen, was du bei mir gelernt hast«, sagte er mit besorgter Miene.

Matthias nahm den Rat ernst und folgte ihm auf den Fuß. Wenig später erblickten sie rechts des Wegs, keine fünfhundert Fuß entfernt, die Festung Lambron. Zwei hohe Türme prägten ihre Erscheinung. Auf dem Gipfel einer Anhöhe erbaut, überragte sie die Baumkronen des umliegenden Waldes. Deutlich fiel ihnen eine Karawane bepackter Maultiere ins Auge, die in das geöffnete Burgtor hineinritt.

Links des Passes breitete sich eine Senke aus, die zu drei Viertel von steilen Felswänden umsäumt war. Nur über den mit Sträuchern bewachsenen Hang, der vor ihren Füßen sanft abfiel, war sie erreichbar. Was hinter dem Gestrüpp geschah, war so abscheulich, dass sie für einen Moment erstarrten.

Drei Kerle, mit Schlapphüten auf dem Kopf und Schwertern in den Händen, führten zwei gefesselte Männer, die vermutlich Kaufleute waren, zum Eingang einer Höhle. Obwohl sie auf die Knie niederfielen und um Erbarmen bettelten, erhielten sie kein Gehör. Brutal schnitten die Räuber dem ersten die Kehle durch und warfen den Leichnam in das dunkle Loch. Dann nahmen sie sich den zweiten vor, der am Boden liegend vor Angst zitterte.

Wie ein wilder Eber sprang Akito auf und rannte den Hang hinunter. Matthias folgte ihm ohne zu zögern und zog das Tachi aus der Scheide.

Überrascht wandten sich die Mörder um. Anfangs nahmen sie die Gefahr noch ernst. Dann begannen sie zu lachen. Wahrscheinlich sahen sie in ihnen Bauern, die wirkungslose Waffen in den Händen hielten.

Akito wirbelte zwei mit einer Kette verbundene Hölzer, die mit Eisendornen beschlagen waren, blitzschnell durch die Luft. Sie ähnelten einem doppelten Dreschflegel, den er geschickt als

Schlagwaffe nutzte. Dem Ersten, der versuchte, ihm ein Schwert in die Brust zu rammen, schlug er den Schädel ein. Dem Speerstoß des Zweiten wich er geschickt aus und stand mit einer Körperdrehung plötzlich hinter dem Bösewicht. Gnadenlos schlang er ihm die Kette um den Hals. Das alles geschah in einem kurzen Augenblick und wirkte wie ein Tanz. Dem Mann quollen die Augen aus den Höhlen, als Akito ihn zu erwürgen begann.

Das Röcheln des Sterbenden versetzte den Dritten in Panik. Er wollte fliehen und ging mit dem Schwert auf Matthias los, der den Weg zum Hang versperrte, und ihm vermutlich ungefährlicher erschien. Aber der hob gefasst sein Tachi über den Kopf, beugte die Knie und machte einen Ausfallschritt zur Seite. Flugs hieb er ihm mit Schwung die Klinge auf den ungeschützten Bauch. Der Schnitt war lang und tief. Der Räuber ließ die Waffe fallen und drückte die Hände auf die klaffende Wunde, aus der seine Innereien herausquollen. Stöhnend fiel er zu Boden und wand sich sterbend in Krämpfen. Schließlich rührte er sich nicht mehr.

Der gerettete Mann warf sich vor ihnen auf die Füße. Seine Dankesworte verrieten, dass er ein byzantinischer Kaufmann war.

Matthias, der Wirklichkeit völlig entrückt, nahm ihn erst wahr, nachdem Akito ihn am Arm gerüttelt hatte. Der blutige Kampf beherrschte noch immer sein Denken und Fühlen. Wieder hatte er ein Leben genommen. Diesmal, um ein anderes zu retten. Es beschwichtigte seine Gewissensbisse, dennoch blieb ein Zweifel.

»Wie lautet dein Name?«, fragte Akito den Byzantiner.

»Nikephoros Argyros«, erwiderte er.

»Und wie bist du in die Fänge dieser Mörderbande geraten?«

Er hielt seine Freudentränen zurück und berichtete über sein Unglück. »Wir waren auf dem Weg nach Tarsos. Kurz nach Sonnenaufgang fielen sie über uns her. Sie müssen uns aufgelauert haben. Sicher treiben Späher auf dem Pass ihr Unwesen. Einige der Strolche haben sich unsere Ware unter den Nagel gerissen und sind mit ihr zur Burg hinaufgeritten. Mein Hab und Gut sehe ich niemals wieder und mein Begleiter ist tot.«

»Nimm dir die Pferde der Räuber, denn sie schmoren in der Hölle. Du kannst uns gern nach Tarsos begleiten. Beschwere dich bei *König*

Leo über das diebische Gesindel auf der Festung. Vielleicht bekommst du dein Eigentum zurück«, schlug ihm Matthias vor.

Akito nickte zustimmend.

Nikephoros reichte ihnen die Hand. »Danke für das Angebot. Ich nehme es an. Nur eine Bitte habe ich auf dem Herzen. Ich möchte meinen Gefährten nicht zurücklassen. Er hat es nicht verdient, in dem Loch zu verfaulen. Er soll in Tarsos ein christliches Begräbnis erhalten. Das bin ich ihm schuldig.«

Die beiden hatten nichts einzuwenden und empfanden es als eine Geste des Respekts.

In der Höhle fiel das Atmen schwer. Der Geruch verwesender Leichen lag in der Luft. Im fahlen Lichtschein, nur wenige Fuß vom Eingang entfernt, entdeckte Nikephoros den Freund über anderen Opfern ausgestreckt, die bereits vor Wochen den Tod gefunden hatten. Eiligen Schrittes trugen sie seinen Leib ans Tageslicht und banden ihn auf ein Pferd. Zusammen ritten sie zu Isabeau und Marie zurück. Beide wunderten sich über den neuen Begleiter. Ihr Misstrauen war zunächst groß. Akitos Bericht über das blutige Geschehen nahe der Burg gab ihnen jedoch die Gewissheit, dass von Nikephoros keine Gefahr ausging.

Stunden später lag die Burg Lambron weit zurück. Die kilikische Ebene und das Meer begrüßten sie mit Sonnenschein und lauer Luft. Matthias wurde bewusst, welches Glück sie gehabt hatten. Wären sie heute Morgen nur eine Stunde früher aufgebrochen, hätte der Überfall sie treffen können statt Nikephoros und seinen Reisegefährten. Dann würden jetzt ihre aufgeschlitzten Leiber in der Höhle liegen. Er sandte ein Stoßgebet zum Himmel. Isabeau gesellte sich zu ihm. Einmütig liefen ihre Kamele nebeneinander. Sie beugte sich zu ihm herüber und drückte fest seine Hand. Offensichtlich gingen ihr dieselben Gedanken durch den Kopf. Ihre Augen drückten Wärme und Verständnis aus. Er war froh, wieder bei ihr zu sein.

»Ich erkenne die Umrisse einer Stadt. Sie liegt direkt am Meer«, rief Marie, die vorausritt, überschwänglich.

»Tarsos! Heute Nacht schlafen wir in weichen Betten«, versprach Akito.

Am Abend erreichten sie die Stadt. Eine Herberge, unweit der Stadtmauer, lud zum Verweilen ein. Was würden sie hier finden? Sie hofften auf Seelenfrieden und Frohsinn, denn beide waren ihnen in den letzten Tagen verloren gegangen.

Kapitel 11

Die Bettelmönche und der auferstandene Apostel

Tarsos hatte schon lange an Bedeutung verloren. Mit 15.000 Bewohnern lebten hier weniger Menschen als in Iconium. Auf den Märkten war die Auswahl an Waren überschaubar. Teure Gewürze oder Seide suchte man hier vergebens. Dafür boten die Händler heimisches Obst und Gemüse sowie Fisch und Getreide in Fülle an. Nachdem sich Nikephoros von ihnen verabschiedet hatte, kauften sie ausreichend Wegzehrung, um für die Strecke bis Antiochia gewappnet zu sein.

Unterwegs zur Herberge kam Isabeau ein Gedanke. »Ich möchte in einer Kirche ein Dankgebet sprechen. Durch Gottes Vorsehung sind wir noch am Leben. Die Reise durch Anatolien hätte schlimm für uns enden können, allein wenn ich an die Räuberbande zurückdenke«, sagte sie zu den anderen.

Matthias hieß ihr Vorhaben gut und bot an, sie zu begleiten, während Akito und Marie sich um das Verstauen der Vorräte kümmerten. Ein Tuchhändler gab ihnen den Rat, die Pauluskapelle zu besuchen, die nur wenige Fuß entfernt lag. Das Gebäude war recht unscheinbar und in einem Stil erbaut, der an die ältesten Kirchen in Konstantinopel erinnerte. Im Inneren bot sich dem Auge ein schlichter Anblick. Der Altar, zwei Holztafeln mit den Bildnissen der Heiligen Paulus und Petrus, ein bronzenes Taufbecken sowie mehrere wurmstichige Sitzbänke machten die gesamte Einrichtung aus.

»Gott mit euch«, begrüßte sie ein alter weißbärtiger Mann im Priestergewand gütig lächelnd. »Wenn ihr den Schutz eines Heiligen sucht, seid ihr am rechten Fleck. Die Kirche stammt aus der Zeit der römischen Cäsaren und wurde dem Apostel Paulus geweiht.«

»Hab Dank für die freundliche Begrüßung. Wir sind auf dem Weg ins Heilige Land und bedürfen dem Zuspruch des Herrn, weil schlimme Dinge unseren Weg gekreuzt haben«, sagte Isabeau.

»Dann werde ich euch allein lassen.« Er lief zum Eingangsportal, wo eine Gruppe von Mönchen der Kapelle ihre Aufwartung machte.

Sie ließen sich auf einer Bank nieder und falteten die Hände zum Gebet. Beide zollten mit leisen Worten dem Herrn seinen Dank. Plötzlich vernahmen sie hinter sich lautes Gezeter. Der Priester und die Mönche waren in Streit geraten. Deren Aufzug hatte sein Missfallen erregt und er forderte sie auf, sich zu reinigen, bevor sie zum Altar des Herrn traten. Um ihren Verdruss zu äußern, näherten sich Isabeau und Matthias den Störenfrieden, die lange Krummstäbe und Geißelruten bei sich trugen. »Im Haus Gottes sollte man seine Stimme in Demut erheben, um die Gebete anderer nicht zu stören. Männer, die ihr Leben dem Herrn weihen, sollten das wissen und beherzigen«, belehrte Isabeau die Ankömmlinge.

»Wer glaubst du, wer du bist?«, tönte einer der Mönche. Der Mann war mager und schon betagt. Seine Kutte sah wie die der anderen arg verschlissen aus. An den Füßen trug er Sandalen mit durchgelaufenen Sohlen, die schmutzverkrustete Füße preisgaben. An ihnen klebte wortwörtlich der Staub der Straßen. Sie waren wohl seit mindestens einem Monat nicht mehr mit Wasser in Berührung gekommen. »Ich bin Bechtold von Kehl, Vorsteher der Abtei in Kehl. Von einer Dirne lasse ich mich nicht maßregeln. Mach also den Weg frei, sonst bekommst du meinen Knüppel zu spüren«, beschimpfte er sie und verzog grimmig sein hohlwangiges Gesicht.

»Du vergisst dich. Vor dir steht keine Dirne. Ich bin Isabeau von Lunéville, Gräfin von Wartenstein«, rief sie zornig und ärgerte sich im selben Augenblick, ihre wahre Herkunft offenbart zu haben.

Er stutzte, dann schien ihm die Eingebung zu kommen. »Da schau einer an. Ich hörte in Straßburg von dir. Auch in Schwaben fiel dein Name. Dort pfeifen die Spatzen von den Dächern, dass du mit einem Schmied Ehebruch begangen hast und mit ihm geflohen bist. Dein Schwager Rudolf lässt im Elsass und in Lothringen nach dir suchen. Wenn er wüsste, dass du hier bist – dich an den Haaren zurückschleppen und aufhängen würde er dich. Übrigens, den

Grafentitel trägt jetzt dein Schwager aufgrund deiner fleischlichen Sünden.«

In Tarsos auf einen Elsässer zu treffen hatte Isabeau nicht erwartet. Dass jemand so schlecht über sie redete, versetzte ihrem Herzen einen Stich. Der hasserfüllte Blick des Abtes ließ sie frösteln.

Nicht aber Matthias. Der holte mit dem Arm aus und verpasste ihm eine kräftige Ohrfeige. »Verruchter! Wenn du noch einmal Lügen über meine Herrin verbreitest, schneide ich dir deine lästernde Zunge aus dem Maul«, drohte er aufgebracht.

Die Wucht des Schlages ließ Bechtold von Kehl straucheln. Auf seiner Wange zeichnete sich deutlich eine Hand ab. »Das wirst du bereuen, du elender Wurm. Alle Welt wird erfahren, dass ihr euch hier verkrochen habt«, schwor er, bevor er sich mit seinem Gefolge entfernte.

Unterdessen hatte der Lärm vor der Kirche Marie und Akito herbeigelockt, die das Geschehen von der Herberge aus beobachtet hatten.

Isabeau fühlte Angst, aber auch Genugtuung. Dass Matthias für ihre Würde eingetreten war, wärmte ihre Seele.

»Mach dir keine Sorgen«, beruhigte er sie »Ein Bote braucht viele Monate bis nach Hause und Rudolf dieselbe Zeit zurück. Da geht ein Jahr vorbei. Außerdem wird er die beschwerliche Reise für uns nicht auf sich nehmen. Was würde aus der Grafschaft werden?«

»Und wenn er hier Anhänger hat, von denen wir nichts wissen?«

Matthias winkte ab. »Das wäre ein großer Zufall. Außerdem sind wir Graf Lothar nicht mehr fern.«

»Was begehrten die Mönche? Sicherlich kamen sie nicht zum Beten hierher?«, fragte sie den Priester.

»In der Tat. Sie hatten anderes im Sinn und waren nicht zum ersten Mal hier. Tief in ihrem Schoß birgt die Kirche ein Relikt aus heidnischer Zeit. Die fanatischen Mönche sehen in ihm ein Teufelswerk, das nach ihrer Meinung vernichtet werden muss. Ist das zu glauben? Sie legen das Evangelium in einer Weise aus, die uns hier im Osten vollkommen fremd ist. Bei unserem ersten Aufeinandertreffen hatten sie behauptet, ihre Abtei sei abgebrannt. Es sei die gerechte Strafe des Allmächtigen gewesen, weil sie sich der Fleischeslust und Völlerei hingegeben hatten. Jetzt waschen sie ihre Sünden mit Armut und Selbstgeißelung rein und fordern zudem, jeder müsse arm sein. Ihre Pilgerreise führt sie nach Jerusalem, wo sie die Erlösung zu finden hoffen«, wusste er zu berichten.

»Teufelswerk im Haus des Herrn? Das verstehe ich nicht«, sagte Matthias irritiert.

»Kommt, ich zeige euch, woran die Mönche Anstoß nehmen.« Er geleitete beide zusammen mit Marie und Akito hinter den Altar.

Über enge Stufen, die steil nach unten führten, erreichten sie die Krypta. Wenige Kerzen spendeten ein trübes Licht im Raum. Er erinnerte mehr an eine kärgliche Höhle als an einen würdevollen Ort, der zum Aufbewahren der Reliquien von Heiligen und Märtyrern gedacht war. Ihnen bot sich der Anblick eines kunstvoll gefertigten Sarkophags aus weißem Marmor.

»Schaut her! Dies ist die Grabstätte des römischen Cäsaren Julian. Sein Tod liegt Jahrhunderte zurück. Er war vom christlichen Glauben abgefallen, weswegen er den schmachvollen Namen Apostata erhielt. ›*Gott ist es, der die Herrschaft dem Apostaten Julian verlieh, dessen Berufung infolge seiner Herrschsucht um den Erfolg gebracht wurde, durch seine gotteslästerliche und fluchwürdige Abkehr*‹ [5], schmähte ihn seinerzeit der heilige *Augustinus*. Für Bechtold von Kehl und seine Brüder ist er das Sinnbild des Antichristen. Ein Tyrann, der vom Teufel besessen war. Er fordert, das Grabmal zu zerstören, obwohl es schon lange seine Gebeine nicht mehr enthält«, erklärte der Priester kopfschüttelnd.

»Wohin sind sie verschwunden?«, fragte Matthias verwundert. »In die Hölle?«

Der Priester lachte. »Nichts dergleichen. Er war der Neffe von *Konstantin dem Großen* und ein fehlgeleiteter Mensch, der dem Christentum den Kampf ansagte, nachdem sein Onkel verstorben war. Er fiel in einer Schlacht gegen die Perser in Mesopotamien. Die Strafe für seine Blasphemie. Auf dem Rückmarsch nach Rom ließen die geschlagenen Legionen Julians Gebeine in der Krypta zurück. Doch hier blieben sie nicht lange. Ein anderer Kaiser, diesmal ein byzantinischer, überführte sie nach Konstantinopel.«

Tollwütiges Geschrei erfüllte plötzlich die Gruft. Gestalten mit Eisenstangen und Beilen in den Händen drangen herein. Es war Bechtold von Kehl mit seinen Bettelmönchen. Sie stießen den Priester beiseite und schlugen hasserfüllt auf den Sarkophag ein.

Matthias hatte sein Schwert und sein Messer nicht bei sich. Er hatte beide gut versteckt draußen bei den Kamelen zurückgelassen. Seine Waffen in die Kirche mitzubringen, wäre eine Sünde gewesen. Akito griff nach seinem verborgenen Dolch. Er fühlte sich an christliche Vorschriften nicht gebunden. Beide stellten sich vor Isabeau und Marie, die vor Schreck hinter dem Sarkophag Schutz gesucht hatten.

Der war inzwischen in viele Stücke zerfallen. Nun, da ihre zerstörerische Tat vollbracht war, knieten die Mönche nieder, priesen den Allmächtigen und verfluchten Satan. Sie hatten sich bloß zum Schein zurückgezogen und sie glauben lassen, sie wären weitergezogen.

»Unselige Strolche! Was habt ihr getan?«, rief der Priester fassungslos. Auch Isabeau und Matthias blickten mit Unverständnis auf das sinnlose Werk der fanatischen Mönche.

»Das einzige Richtige«, erwiderte der Abt. »Der Altar des Antichristen liegt nun in Scherben und wird der Vergessenheit anheimfallen. Gott will es so.« Zufrieden stieg er mit seinem Gefolge die Treppe nach oben. Psalmen singend verließen sie die Kirche.

Matthias wollte ihnen folgen, doch Isabeau hielt ihn zurück und riet: »Lass es bleiben. Das hat keinen Zweck. Sie sind verblendet. Eine andere Sprache als die der Dummheit kennen sie nicht. Sie würden es nicht begreifen.«

»Es liegt nicht in meiner Absicht mit ihnen Worte zu wechseln. Ich will ihnen die Knochen verbläuen. Diese Sprache verstehen sie bestimmt«, entgegnete er und ballte die Fäuste.

»Halte ein, mein Sohn«, mahnte der Priester. »Diese Mönche sind gefährlich. Im Denken ebenso wie im Handeln. Ich bin überzeugt, sie schrecken nicht vor Mord zurück, um ihre Ziele durchzusetzen. Fordere also nicht dein Schicksal heraus, sondern ziehe in Frieden nach Jerusalem weiter.«

»Ein vernünftiger Vorschlag. Lass uns morgen die Stadt verlassen. Wenn wir Antiochia erreicht haben, sind wir sicher. Mein Gemahl wird uns jeden Widersacher vom Hals schaffen«, beschwor sie ihn, sein Vorhaben aufzugeben.

Matthias willigte schließlich ein.

Sie sagten dem Priester Lebewohl und kehrten zur Karawanserei zurück.

Das Geschehen in der Krypta und die Schmähungen, die Bechtold von Kehl gegen Isabeau ausgestoßen hatte, überzeugten auch Akito und Marie davon, dass Tarsus kein Ort war, an dem es sich lohnen würde, länger zu verweilen.

Am Abend des neuen Tages erblickten sie in der Ferne Mopsuestia. Ohne eine Rast einzulegen, zogen sie an der Stadt vorüber und schlugen ihr Nachtlager am Ufer des Flusses Pyramus auf. Hier begegneten sie einem Mann, der sich entgegen aller Vernunft ein feuchtes Tuch um den Kopf gewickelt hatte. Als Schutz vor der prallen Sonne konnte es nicht infrage kommen, denn die war schon untergegangen. Er war schon sehr alt. In seinem ausgemergelten Gesicht zeigten sich tiefe Falten, gezeichnet von einem entbehrungsreichen Leben. Über seinem schmächtigen Leib trug er eine löchrige Tunika. Schuhe besaß er nicht und war deshalb gezwungen, barfuß zu laufen. Ein langer Stock, auf den er sich stützte, gab ihm Halt.

»Seid ihr Brüder und Schwestern im Glauben, so sagt mir, wohin führt euer Weg?«, fragte er neugierig.

»Nach Antiochia und von dort weiter nach Jerusalem. Ich will eine Haarsträhne meiner verstorbenen Tochter an der Stelle vergraben, an der Christus für die Sünden der Menschen sein Leben hingab«, erwiderte Matthias.

»Ein Vorhaben, das mein Wohlgefallen findet«, bekundete der Greis lächelnd.

»Wer bist du, alter Mann? Reist du allein?«, fragte Isabeau. »Das ist nicht ungefährlich. Die Welt ist voller Irrer. Wir haben es erlebt.«

»Mein Name ist Paulus und ich verkünde Gottes Wort im irdischen Jammertal. Manche sagen mir nach, ich sei ein Apostel. Dabei bin ich nur sein geringster Knecht, der den Heiden den Weg zum wahren Glauben weisen will. Ich habe keine Angst, allein zu reisen, wandere ich doch auf dem rechten Pfad. Daran kann mich nicht einmal der widerwärtige *Nero* hindern. In meinen jungen Jahren handelte ich wie er. Ich verfolgte die Christen mit aller Härte und ohne Nachsicht. Dann erschien mir der wiederauferstandene Jesus und nahm mir das Augenlicht. Erst als ich mich taufen ließ, gab er es mir zurück. Ich Narr musste erst blind werden, um die Wahrheit zu erkennen.«

Sie blickten einander betreten an. Der Greis war ohne Zweifel vom Schwachsinn befallen. Sein wirres Gerede verriet, dass er sich für den Heiligen Paulus hielt, der im alten Rom den Märtyrertod erlitten haben sollte.

Auf Akitos fragende Augen reagierte Matthias mit einer unmissverständlichen Geste, die Isabeau mit einem Kopfschütteln missbilligte. »Mach dich nicht über ihn lustig. Der alte Mann ist krank. Wir sollten ihm helfen«, murmelte sie, worauf Marie ihn an die Hand nahm und fragte, ob er etwas trinken wolle.

Dankend nahm er das Angebot an und ließ sich nieder. Das Wasser trank er in einem Zug aus. Auch beim Essen hielt er sich nicht zurück, anscheinend war er ausgehungert wie ein Wolf.

»Wie kannst du der Apostel Paulus sein? Er starb vor über tausend Jahren. Das Reich der römischen Cäsaren ist längst untergegangen«, sagte Isabeau, die das Rätsel ergründen wollte.

»Rom ist gefallen? Du musst dich irren, denn Nero hat mich enthaupten lassen. Dass ich weiter unter den Lebenden wandle, verdanke ich allein dem Allmächtigen. Er hat mich in seiner Weisheit wiederauferstehen lassen. Eines Morgens erwachte ich aus dem tödlichen Schlaf und hörte seine Worte. ›Ziehe durch das Land und überbringe den Heiden die frohe Botschaft.‹

Für Matthias stand endgültig fest, dass der Alte den Verstand verloren hatte.

Isabeau vermutete dasselbe. Paulus tat ihr leid. »Du kannst uns gern nach Antiochia begleiten. Bei uns findest du Schutz und Nahrung«, bot sie ihm an. Sie wusste, er benötigte dringend die Hilfe eines Medikus, der ihn von seiner Krankheit erlöste, sofern das überhaupt möglich war.

»Ich danke dir für das Angebot und nehme es bereitwillig an«, willigte er ein und wickelte sich das Tuch vom Kopf. Dann erhob er sich, tauchte das Leinen ins Flusswasser und kehrte zu ihnen zurück.

»Schaut, er hat eine blutende Wunde am Hinterkopf«, rief Marie überrascht.

Mit seiner Erlaubnis untersuchte Isabeau die Verletzung näher. »Sie rührt von einem Schlag her. Er hat ihn schwer getroffen. Vielleicht ist das der Grund für sein merkwürdiges Verhalten.«

»Wer hat dir das angetan?«, fragte Akito mitfühlend.

Im gleichen Moment vernahmen sie, wie ein Fuhrwerk oberhalb vom Flussufer auf der Straße vorbeizog. Zu ihrem Schrecken sahen sie hinter dem Kutschbock Bechtold von Kehl mit seinem Gefolge sitzen. Glücklicherweise entdeckte er sie nicht. Ein neuer Streit mit ihnen hätte die Folge sein können, wenn nicht gar Schlimmeres.

Paulus zeigte mit dem Finger auf sie. »Diesen Mönchen bin ich heute Morgen schon einmal begegnet. Sie liefen halb nackt auf der Straße und geißelten sich selbst mit einer Knute. Das Blut lief ihnen bis zu den Waden hinunter. Ich predigte ihnen das Evangelium, um den Schmerz zu lindern, der auf ihren Seelen lastet. Doch sie nannten mich einen Aufschneider und schlugen mich. Sie führen Gottes Wort im Munde, handeln ihm aber zuwider. Der wahre Sinn des Evangeliums bleibt ihnen verschlossen, wodurch ihre Selbstkasteiung zur Heuchelei verkommt.«

»Wir halten uns von ihnen fern«, versprach Isabeau. »Jetzt versorge ich deine Wunde, wenn du es mir erlaubst. Habe keine Sorge, ich kenne mich damit aus.«

Paulus hatte Vertrauen gefasst und stimmte zu. Mit stoischer Ruhe ließ er die Prozedur über sich ergehen.

Nach drei Tagen Marsch die Küste entlang lagerten sie am Ufer des Orontes, nur wenige Stunden von Antiochia entfernt. Isabeau überkam ein Gefühl der Zuversicht, würde sie doch, so Gott wollte, noch heute ihrem Gemahl in die Arme fallen. Während des Morgenmahls war sie ausgelassen und froh gestimmt. Schon bald waren sie in Sicherheit und die Mühe und die Entbehrungen der langen Reise nicht umsonst gewesen.

»Du sagtest gestern, du befändest dich auf der Suche nach deinem Gatten. Warum hat er dich zu Hause allein zurückgelassen?«, fragte Paulus mit vollem Mund. Sein Hunger schien unstillbar zu sein.

»Lothar ist ein frommer Mensch. Er zog ins Heilige Land, um die Gabe Gottes zu empfangen. Der Bischof von Passau, Wolfger von Erla, meinte zu mir, dies sei der Glaube. Aber den besitzt mein Ehemann bereits. Das verwirrt mich«, offenbarte Isabeau.

Paulus berührte ihre Schulter und sah sie durchdringend an. »Höre, mein Kind. Der Glaube ist nur der Weg, an dessen Ende die Errettung unserer Seelen wartet. Sie ist das Geschenk, mit der uns der Allmächtige bedacht hat: die Erlösung von all unseren Sünden.« Dann blickte er mit erhobenen Armen zum Himmel empor und fügte hinzu: »Trotz ihrer Unvollkommenheit liebt er seine Schöpfung.«

Der letzte Satz von Paulus ließ Matthias aufhorchen. »Die Prediger lehren uns, dass Gott den Menschen nach seinem Angesicht erschuf. Wenn das der Wahrheit entspräche, müsste er selbst fehlbar sein«, zog er den Schluss. Isabeau und Marie blickten ihn entgeistert an. Abrupt wurde ihm klar, wie provokant seine Äußerung war. Über Gott zu lästern galt schließlich als schweres Vergehen.

Aber Paulus lächelte nur und erwiderte: »Auch Jesus Christus hat mehrmals gezweifelt. So verurteile ihn nicht, sondern siehe, er hat sein Leben am Kreuz für uns hingegeben und ist zu seinem Vater aufgefahren. Der Makel in uns allen weckt das Bestreben, Gottes Schöpfung zu vollenden.«

»Warte mal. Das würde ja bedeuten, dass es in meiner eigenen Hand liegt, was ich aus mir und meinem Leben mache«, stellte er fest.

Paulus nickte. »Die Jünger Jesu waren einfache Menschen. Christus sprach nicht über ein Reich, das kommen würde, in dem die Starken die Schwachen unterdrücken, sondern er predigte über Liebe und Nächstenliebe. Ein Reich, das in uns sei.«

Isabeau blickte Matthias vielsagend an. »Demnach ist dein Dasein als Höriger nicht gottgegeben, wie Adel und Klerus immer behaupten.«

»Du bist auf einem guten Weg, dein eigener Herr zu werden«, sagte Akito zu Matthias. »Prüfe dich und du wirst bemerken, wie stark du geworden bist. Nicht nur mit den Händen, sondern vor allem mit deinem Geist.« Er hob die Arme. »Siehe, verschmelzen dein Körper und deine Seele mit den Elementen der Natur und den himmlischen Mächten, bist du fähig, Großes zu leisten. Im Gleichgewicht des Seins kannst du Gutes tun. Für dich und andere. Du begreifst, welche Dinge wirklich im Leben wichtig sind.« Er nahm die Finger zu Hilfe und zählte sie ab. »Aufrechtes Handeln, dem Menschen wohlgesinnt, und Mut. Auch Treue, Ehre und die Liebe zur Wahrheit will ich nicht vergessen. Zuletzt die Höflichkeit. Sie ist die Würze für ein gutes Gespräch und zeugt von Respekt dem anderen gegenüber.«

Mit offenen Mündern hatten sie still seinen Worten gelauscht. Erst Marie brach das Schweigen. »Eigenartig ... Das hört sich beinahe so an wie die Regeln, mit denen sich die Ritter oft brüsten. Nur halten die sich nicht daran.« Sie hob den Finger, als wäre ihr noch etwas eingefallen. »Jetzt weiß ich, was du meinst, Akito. Sie sind nicht im Gleichgewicht, sondern wackeln durch ihr Leben.«

Er nickte lächelnd und meinte: »Einfacher hätte ich es nicht erklären können.«

Die Erkenntnisse, die er aus Paulus' und Akitos Worten zog, wühlten Matthias auf und er beschloss, in ihrem Sinne zu handeln. Wohin würde es ihn bringen? Er hoffte, noch enger zu Isabeau, trotz Lothars Nähe. Selbstbewusstsein regte sich in seinem Innersten. Es fühlte sich unsagbar gut an.

Nachdem die Sonne den Osthimmel erklommen hatte, drängte Akito zur Eile. Der theologische Disput der anderen hatte ihn wenig interessiert, denn ihm war es wichtiger, vor dem Abend in Antiochia zu sein.

Am Nachmittag tauchten am Horizont die schützenden Mauern der Stadt auf. Der angestimmte Jubel erstarb schnell auf ihren Lippen, als sie zu einer Gruppe von Pilgern aufschlossen, die denselben Weg hatte. Unbehagen überfiel sie, da es sich um die tollwütigen Bettelmönche handelte. Sogar ihre Kamele tänzelten unruhig auf der Stelle und bewegten sich keinen Schritt mehr. Sie verweigerten den Gehorsam, weil sie fühlten, dass Ärger bevorstand.

»Was müssen meine Augen sehen? Wieso ist der Gotteslästerer am Leben? Überlasst ihn uns und geht eurer Wege. Wir machen ihm den Garaus«, forderte Bechtold von Kehl. Drohend hob sein Gefolge die Krummstäbe in die Höhe.

Sie waren sich einig, Paulus nicht im Stich zu lassen, und banden die Tiere an einem Baum fest. Vehement lehnte Isabeau das Ansinnen der Mönche ab. »Das werden wir nicht zulassen. Er steht unter unserem Schutz«, entgegnete sie ohne Scheu.

»Ein falscher Apostel, der unter der Obhut einer Hure steht. Ein feines Paar gebt ihr ab. Wir sollten beide mit einem Strick um den Hals tanzen lassen«, rief der Abt wiehernd, worauf die Mönche laut zu lachen begannen.

»Versucht es. Wer sie anfasst, wird es bereuen«, warnte Matthias und zog sein Tachi aus der Scheide. Auch Akito und Marie legten Hand an ihre Waffen.

Dennoch schien dem fanatischen Abt und seinen Spießgesellen jede Vernunft abhandengekommen zu sein. Beseelt vom Hass rannten sie wutschnaubend mit ihren erhobenen Krummstäben auf sie zu. Im Kampfgetümmel versuchte Matthias, stets ein Auge auf Marie und Isabeau zu haben, die wiederum auf Paulus achteten. Daher beschränkte er sich darauf, die Stockhiebe der Gegner bloß abzuwehren. Diese glaubten, es sei Schwäche und schnitten verhöhnende Fratzen. Sie rollten mit den Augen und streckten ihnen die Zungen heraus, um ihnen Angst zu machen. Einmal passte Matthias nicht auf und wurde in den Arm gebissen. Er musste dem Mann mehrfach das Griffende des Tachis ins Gesicht schlagen, bevor er davon abließ.

Akito teilte derbere Hiebe aus. Seine Schlaghölzer zwangen die Angreifer zum Rückzug. Doch sie formierten sich neu und drängten abermals vor. Einem gelang es, zwischen ihm und Matthias durchzubrechen. Sofort versuchte er, Paulus den Knüppel auf den Kopf zu hämmern. Er verfehlte ihn um Haaresbreite, weil er im gleichen Augenblick Bekanntschaft mit Maries Tantō schloss. Beherzt hatte sie zugestochen und ihn am Oberschenkel verletzt. Laut jammernd sank er zu Boden und umklammerte sein verletztes Bein. Unbeeindruckt von dessen Wehgeschrei wichen die Mönche keinen Fuß zurück.

Für die Verteidiger wurde die Lage langsam bedenklich. Gegen den Feind nur Widerstand zu leisten, würde auf Dauer nicht reichen, um ihre Leben zu schützen. Akito rief: »Schlag richtig zu.« Matthias begriff. Es bedurfte eines abschreckenden Zeichens. Nach einem gezielten Hieb mit dem Schwert fiel der erste Mönch zu Boden und blieb tot liegen. Dem zweiten zertrümmerte Akito die Schädeldecke.

Erst jetzt begriffen die Tobsüchtigen, dass sie dem Gegner nicht gewachsen waren. Wüste Flüche ausstoßend, zogen sich die Mönche zurück.

»Wehe euch Ketzern. Eines Tages werden wir uns wiedersehen«, versprach Bechtold von Kehl Unheil verkündend.

Während die Mönche ihre Leichen bargen, zog Matthias mit seinen Gefährten in Antiochia ein. Er war wütend auf Bechtold, der ihn gezwungen hatte, mit dem Tachi tödliche Hiebe auszuteilen. Auch bei Marie und Isabeau hinterließ der Kampf Spuren in der Seele. Mit stumpfblickenden Augen hüllten sie sich den Rest des Weges in Schweigen.

Kapitel 12

Die düstere Wahrheit hinter dem Schleier

Am Tag darauf gaben Matthias und Isabeau Paulus in die Obhut eines Hospitals, das den Johannitern unterstand – ein Ritterorden, der sich dem Schutz der Pilger und der Pflege Kranker und Bedürftiger verschrieben hatte. Hier, so erhofften sie, würde der verwirrte Greis die nötige Hilfe erhalten, um zu gesunden. Isabeau hatte mit dem Säubern und Verbinden der Kopfwunde das ihr Mögliche getan. Dennoch bedurfte sie weiterer Fürsorge.

»Was sehen meine Augen? Thomas von Brienne! Ich glaubte, er sei tot. Wo ist euch der Herumtreiber über den Weg gelaufen?«, begrüßte sie ein hagerer Mann. Er trug ein schwarzes Ordenskleid mit einem weißen, achtspitzigen Kreuz.

»Ihr kennt ihn?«, fragte Isabeau verblüfft.

»Und ob. Früher war er mein Ordensbruder. Doch verratet mir, wer ihr seid. Ihr stammt nicht aus dieser Gegend.«

»Wir sind Pilger auf der Reise nach Jerusalem und suchen die Nähe Gottes, um uns von unseren Sünden zu reinigen. Unterwegs trafen wir auf deinen Freund. Er lag verletzt am Ufer eines Flusses«, sagte Matthias. Er hoffte auf keine unangenehmen Fragen, die ihre Herkunft betrafen.

»Eine Pilgerreise zeugt von Gottesfürchtigkeit. Frommen Christenmenschen steht unsere Pforte immer offen. Tretet ein und überlasst mir den armen Thomas, damit seine Wunde behandelt werden kann«, erwiderte er. »Übrigens, mein Name ist Balduin von Gent. Ich diene meinem Orden seit fünfundzwanzig Jahren und habe dem weltlichen Leben entsagt, um den Bedürftigen beizustehen.«

Im Krankensaal, der mit Notleidenden jedes Alters belegt war, betteten sie den Verletzten auf eine Liege. Willenlos ließ er es geschehen und schaute nur lächelnd um sich. Ob er sich an sein früheres Leben erinnerte, blieb sein Geheimnis.

»Warum hat er den Johanniterorden verlassen?«, fragte Isabeau.

Balduins Miene verdüsterte sich. »Über ein Jahr ist es her, da geriet er in Streit mit *Bohemund von Antiochia*. Er warf dem Fürsten vor, ein schlechter Herrscher zu sein, und forderte von ihm, abzudanken und Gott um Vergebung zu bitten. In der Nacht darauf überfielen Raufbolde den armen Thomas und schlugen ihn nieder. Ich bin mir ziemlich sicher, dass sie im Auftrag Bohemunds handelten, aus Rache für die Demütigung.«

»Bestimmt ging es ihm sehr schlecht.« Matthias erinnerte sich an die Knüppel der Mönche und die Spuren, die sie hinterließen.

»Wochenlang lag er ohnmächtig auf dem Krankenlager. Dann erwachte er plötzlich, nannte sich fortan Paulus und verließ die Stadt, um in der Levante die Heiden zu bekehren. Offenbar hatte er bei der Keilerei einen Schlag auf den Kopf bekommen und den Verstand verloren. Aber er war glücklich über die Aufgabe, die ihm sein Wahnsinn eingeflüstert hatte. Er ist bei uns gut aufgehoben. Macht euch keine Sorgen«, versicherte er und winkte einen Pfleger zu sich, der sich um ihn kümmern sollte.

Für das Wohlergehen des greisen Mannes war gesorgt. Eine andere Sache lag Isabeau noch auf dem Herzen. »Könnt Ihr mir sagen, wo ich den Grafen von Leicester finde? Er soll sich hier in der Stadt aufhalten.«

»*Simon von Montford*? Aber natürlich, mein Kind. Er bewohnt ein prächtiges Domizil am Marktplatz. Seine Gefolgsleute beschützen die Wege durch das Heilige Land.«

Isabeau und Matthias bedankten sich bei Balduin und lenkten ihre Schritte zu dem besagten Ort. Der Wohnsitz des Grafen war nicht zu übersehen. Seine Größe glich der eines Palastes mit einem ausladenden Hof und zahlreichen Pferdeställen.

Anfangs verwehrte man ihnen den Zutritt. Die beiden Wachposten vor dem Portal vermuteten in ihnen herrenloses Gesindel, das um Geld oder Essen betteln wollte. Es war Isabeaus höfischer Rede zu verdanken, die Zweifel in ihnen säte, Tagediebe vor sich zu haben. Einer von ihnen führte sie schließlich zu Simon von Montford.

Der Graf, der gerade im Begriff war, seinem Schreiber einen Brief zu diktieren, hob den Kopf. Ungehalten prüfte er mit stechenden Augen die Ankömmlinge. Er war Mitte vierzig und immer noch rüstig. Graues schulterlanges Haar und ein Vollbart, der ihm bis zum Adamsapfel reichte, umrahmten ein Gesicht, das streng und unerbittlich ausschaute.

»Was soll die Störung? Weshalb führst du diese Habenichtse zu mir? Schick sie zurück auf die Straße«, rügte er den Wachposten.

»Sire, die junge Frau behauptet, eine Gräfin zu sein. Sie sucht ihren Ehemann und beteuert, er stände in Euren Diensten«, rechtfertigte er sein Handeln.

»Ich bin Isabeau von Lunéville. Graf Lothar von Wartenstein ist mein Gatte. Ihr müsst ihn kennen. Der ehrenwerte Ritter Robert von Cléry war der Überzeugung, dass Lothar an Eurer Seite ins Heilige Land weiterzog, nachdem Ihr Euch nahe der Stadt Zara vom christlichen Heer getrennt hattet.« Isabeau versuchte, ihn für sich einzunehmen, und hatte ihre Worte daher wohlgewählt.

Montfort war verblüfft. »In der Tat. Er ist mein treuer Gefolgsmann. Aber er hält sich nicht in Antiochia auf, sondern weiter unten im Süden. Er befehligt einhundert bewaffnete Reiter. Ich gab ihm die Order, den Pilgerweg zwischen Tripolis und Jerusalem zu beschützen. Die Überfälle der Sarazenen auf wehrlose Reisende häufen sich, weshalb ich ihnen mit allen Mitteln Einhalt gebieten muss. Sein Quartier hat Lothar in Akkon aufgeschlagen, nahe dem Nordtor. Sucht ihn im Viertel der Kreuzfahrer.« Er hielt kurz inne und dachte nach. »Wo habt Ihr Robert getroffen?«

»In Konstantinopel«, erwiderte sie. »Er diente Peter von Amiens, bis der letzten Sommer an einer Krankheit verstarb. Robert von Cléry hat deshalb die Heimreise nach Frankreich angetreten.«

Er rümpfte die Nase. »Robert ist ein mutiger Mann. Daran gibt es nichts zu deuteln. Leider fehlt ihm das Verständnis für die notwendigen Dinge, die getan werden müssen. Seine ewigen Schuldgefühle machen ihn im Kampf gegen den Feind zu einer Gefahr für die eigenen Leute. Er ist in Frankreich sicherlich besser aufgehoben.«

Isabeau fiel ein Stein vom Herzen. Lothar lebte und sorgte für die Sicherheit der Menschen, die durch die Levante reisten. Genauso hatte sie ihn in Erinnerung – mutig und ehrenhaft. Sie wandte sich zum Gehen. »Ich werde morgen früh Antiochia verlassen und nach Akkon weiterreiten. Mein Gemahl muss zu Hause in Schwaben vor Herzog Philipp treten und seine Rechte geltend machen. Unsere Besitztümer schweben in großer Gefahr.«

Missbilligend schüttelte Montfort den Kopf. »Das ist keine gute Idee. Die Wege sind unsicher. Wenn Ihr den Sarazenen in die Hände fallt, werdet Ihr als Sklavin nach Damaskus verkauft. Ich kann keine Ritter zu Eurem Schutz abstellen. Wartet besser in meinem Haus. Ende des Jahres kehrt Lothar von seiner Mission zurück.«

Doch sie schlug das Angebot aus und bedankte sich bei ihm. Matthias folgte ihr und hegte Zweifel, ob ihre Entscheidung richtig war. Bis Jahresende verblieben nur wenige Wochen. Er verzichtete darauf, sie vom Gegenteil zu überzeugen. Ihre Ungeduld und der Hass gegen Rudolf trieben sie immer weiter vorwärts. Reden hätte nichts genützt.

Am Abend saßen sie in der Herberge mit Akito ein letztes Mal beisammen und riefen sich die Abenteuer in Erinnerung, die sie auf der gemeinsamen Reise erlebt hatten. Bei Fladenbrot, Hammelfleisch und reichlich Wein erwiesen sich die beiden Männer als talentierte Komödianten, die das Gehabe des glücklosen Diebes Yusuf und seiner listigen Frau Jasmina zum Besten gaben. Als Matthias Yusufs jammervolle Worte im Sklavenkäfig nachahmte, ›Aber Jasmina, du kannst mich doch hier nicht sitzen lassen!‹, brachen alle in schallendes Gelächter aus.

Wehmütig sagten sie spät in der Nacht Akito Lebewohl. Besonders Matthias litt darunter, hatten sie doch viel Zeit miteinander verbracht. »Willst du es dir nicht doch überlegen und mit uns kommen? Nicht nur ich wäre darüber erfreut«, sagte er traurig.

»Ich bleibe dabei. Im Gedanken werde ich immer bei dir sein. Und immer, wenn du dein Tachi aus der Scheide ziehst, blickst du in meine Seele«, erwiderte er.

Zu stark war die Sehnsucht in ihm gewachsen, heimzukehren. Bereits bei Sonnenaufgang würde er Antiochia verlassen, um sich einer Karawane anzuschließen, die nach Isfahan unterwegs war. Zwei Kamele, die sein Hab und Gut trugen, würden ihn begleiten. Eine letzte Umarmung besiegelte den schmerzvollen Abschied.

Die Abreise aus Antiochia fiel ihnen nicht schwer, war die Stadt doch wortwörtlich vom Fleisch gefallen. Der Wirt in der Herberge hatte ihnen von einem goldenen Zeitalter in heidnischer Zeit berichtet. Selbst Jerusalem wäre damals gegen ihre Pracht und Größe verblasst. Ein schweres Erdbeben hätte dem ein Ende gesetzt. Wie Nicomedia war sie einer Katastrophe anheimgefallen, von der sie sich niemals erholt hatte.

Ihr Blick richtete sich nach Süden, wo in der Ferne das Heilige Land wartete. Einst hatte es geheißen, Milch und Honig würden dort fließen. Diese Zeit war lange vergangen. Die schrecklichen Bilder am Wegesrand ließen darüber keinen Zweifel aufkommen.

Nach fast einer Woche, vorbei an gebrandschatzten Dörfern und verwesten Leichnamen, erreichten sie Tripolis, das auf einer schmalen Landzunge erbaut war, die wie eine Nadel ins Meer hineinstach. Vor den Stadtmauern nächtigten sie in einer Karawanserei. Den Ort selbst nahmen sie nicht in Augenschein. Nach drei Tagesmärschen tauchten am Horizont endlich die Mauern von Akkon auf, der neuen Hauptstadt des Königreichs Jerusalem, nachdem die Heilige Stadt 1187 an die Sarazenen verloren gegangen war.

Am Abend ritten sie durch das Nordtor in den Ort und erkundigten sich bei den Wächtern nach dem Quartier Graf Lothars. Nach einem kurzen Ritt durch enge Gassen trafen sie nahe dem Marktplatz auf sein Domizil. Das Wappen der Wartensteiner, ein Bär und ein Adler im grünen und roten Feld, zierten den Bogen über dem Eingangsportal. Jeder sollte wissen, wer der Herr des Hauses war.

Isabeau klopfte das Herz bis zum Hals. In wenigen Augenblicken würde sie ihrem Gatten gegenüberstehen, ihn küssen, innig umarmen und den Verrat seines Bruders offenlegen. Sicherlich würde er über Rudolfs Schandtaten tief enttäuscht sein und auf Rache sinnen.

Der Wachposten vor dem Eingang streckte ihnen drohend die Lanze entgegen und versuchte, sie zu verscheuchen, als sie ihn ansprachen. Vermutlich sah er in ihnen aufdringliche Bittsteller. Aber Isabeau ließ nicht locker. »Ich bin die Gräfin von Wartenstein. Führe mich sofort zu meinem Gatten oder du wirst es bereuen.«

Der ungehobelte Kerl grinste frech. »Heute hat er schon eine Prinzessin im Bett. Gut möglich, dass er in dieser Nacht zwei Huren beackern will.« Über seinen Witz lachend, winkte er einen Pagen zu sich und erteilte ihm den Auftrag, die Frau zu Graf Lothar zu führen. »Halt! Ihr wartet hier solange!«, befahl er ihren Gefährten schroff, als diese beabsichtigten, den beiden zu folgen.

Matthias und Marie schauten Isabeau bange an, worauf sie beide zu beruhigen versuchte. »Tut, was er sagt. Es wird sich alles regeln.«

Sie folgte dem Pagen. Unterwegs gingen ihr die Worte des Wächters nicht aus dem Sinn. Huren, die in Lothars Haus ein- und ausgingen? War das zu glauben? Das konnte nur ein schlechter Scherz sein, denn sie kannte ihn als frommen Menschen, der die eheliche Treue als ritterliche Tugend verstand.

Am Ende eines Wehrganges, unmittelbar vor Lothars Schlafgemach, trafen sie auf einen Mann im Abendgewand. Er stand vor einem offenen Fenster und kehrte ihnen den Rücken zu. Offenbar nahm er die Besucher am Tor in Augenschein. Plötzlich wandte er sich um und über Isabeaus Lippen kam ein Schrei der Freude. »Dem Herrgott sei Dank! Arno von Rain! Welch Glück, Euch zu treffen!«, rief sie überschwänglich – es war Lothars Schildknappe.

Sein betroffenes aschfahles Gesicht irritierte sie jedoch. Wiedersehensfreude fühlte sich anders an.

»Wie kommt Ihr hierher? ... Das ist Teufelswerk«, stammelte er entgeistert und postierte sich vor dem Eingang zum Schlafgemach.

»Das ist eine lange Geschichte, die ich später gern preisgeben werde. Doch zuvor muss ich mit Lothar sprechen«, erwiderte sie. Dann schob sie ihn beiseite und öffnete die Tür. Arglos betrat sie den Raum.

»Halt! Wartet!«, rief ihr Arno noch hinterher. Aber es war zu spät.

Mit schnellen Schritten stand sie vor der Bettstatt und erschrak. Die Laute, die sie hinter dem seidenen Vorhang vernahm, waren nicht das vertraute Schnarchen ihres Gatten. Sollte der Wächter am Tor die Wahrheit gesagt haben? Mit sich selbst ringend trat sie hinter den Schleier. Was ihre Augen erblickten, überraschte sie und erregte für einen Moment ihre Neugier. Schweißbedeckt rekelten sich vor ihr ein Mann und eine Frau unverhüllt im Liebesspiel. Ihr Schoss empfing mit heftigen Stößen seine Männlichkeit. Er hatte Isabeau seinen Rücken zugewandt und bemerkte ihre Gegenwart nicht. Erst ein empörter Schrei von ihr beendete das Schäferstündchen. »Lothar!«, rief sie fassungslos, worauf der Mann von seiner Gespielin abließ und sich überrascht umblickte.

Isabeau verschlug es sie Sprache, denn der Nackte im Bett war nicht ihr Gemahl, sondern Bertram von Olm, dessen engster Gefolgsmann.

Der reagierte erbost, als er Isabeau wiedererkannte. »Wie kommt sie hierher? Und warum hast du sie hereingelassen? Dich Trottel zum Ritter zu schlagen war der größte Fehler meines Lebens. Du bist zu nichts zu gebrauchen«, beschimpfte er Arno.

Dessen Gesicht verfinsterte sich. Mit dem Finger tippte er sich an die Stirn. »Deine voreiligen Worte zeugen von einem kurzen Gedächtnis. Hätte ich Simon von Montford nicht bezeugt, du wärst der Graf von Wartenstein, würdest du ihm bis heute als gemeiner Vasall dienen und zum Anführer einer Hundertschaft hätte er dich nie ernannt. Für dich den Grafentitel, für mich die Schwertleite, so hatten wir den Handel ausgemacht«, flüsterte ihm Arno, für Isabeau kaum hörbar, verächtlich zu.

»Was wird hier gespielt? Wo ist Lothar?«, fragte Isabeau verwirrt. Sie hatte von dem Gemurmel nicht viel verstanden, ahnte jedoch Schreckliches.

Bertram von Olm schenkte ihr schweigend einen mitleidlosen Blick. In seinem Kopf schien er abzuwägen, was er jetzt tun sollte. »Der ist schon lange tot. Er starb am Tag, an dem wir nach Ulm aufbrachen, um uns dem Kreuzzug anzuschließen«, erwiderte er mit gefühlloser Stimme. Dann schlug er ihr ins Gesicht.

Unter ihr begann der Boden zu wanken. Die Gesichter von Arno und Bertram verschwammen zu Fratzen. Dann kam die Finsternis über sie.

Als Isabeau aus der Ohnmacht erwachte, fand sie sich in einer kleinen Kammer wieder. Sie hatte keine Fenster und besaß eine Schlafstatt, deren Decke mit Stroh gefüllt war. Vermutlich gehörte sie einem Bediensteten. Sie erhob sich, lief zur Tür und drückte die Klinke. Sie war abgeschlossen.

Plötzlich hörte sie das kratzende Geräusch eines Schlüssels im Schloss und erschrak. Sie erwartete Schlimmes und rannte zum Bett zurück.

Knarrend öffnete sich die Tür. Bertram von Olm trat ein und schloss sie wieder. Er war nur mit einer Tunika bekleidet. Lüstern wanderte sein Blick über ihren Leib. Sein Begehren war leicht zu erraten.

»Wagt es nicht, mich anzufassen!«, drohte Isabeau. »Ihr würdet keine Freude dabei empfinden.«

Er lachte lauthals. »Ich glaube, Ihr wisst überhaupt nicht, wovon Ihr sprecht. Während meines Stelldicheins mit Ottilia stieg Euch vor Scham die Röte in die Wangen. Sie verrät allzu leicht, dass Euch die Freuden der fleischlichen Lust noch immer unbekannt sind. Rudolf hatte also recht«, erwiderte er.

»Rudolf? Recht? Womit?«

»Dass Ihr die Ehe mit Lothar nie vollzogen habt. Er war mehr Mönch als Mann. Euer Schwager strebte danach, sich den Grafentitel anzueignen, indem er Euch zum Weibe nehmen wollte. Dabei stand ihm der Bruder im Weg. Herzog Philipp hätte der Verbindung seinen Segen gegeben und Ihr hättet auf der Burg weiter die Herrin spielen können wie bisher. Stattdessen seid Ihr aus Schwaben geflohen, um einen Geist zu suchen«, spottete er den Kopf schüttelnd.

Mit einem Mal wurde ihr bewusst, dass sie einer Intrige zum Opfer gefallen waren. Tränen traten ihr in die Augen. »Lothar kann nicht tot sein. Ich habe ihn nach Ulm davonreiten sehen«, sagte sie schluchzend.

»Ihr habt Euch von einem Trugbild täuschen lassen. Ich war derjenige, der mit Lothars Rüstung am Leib und seinem Pferd unter dem Sattel neben Arno her ritt. Zu der Zeit verfaulte Euer Gemahl bereits mit einem Dolch im Rücken im untersten Verlies der Burg.«

»Habt Ihr ihn getötet?«, rief sie hasserfüllt. Bertram, so schien es ihr, weidete sich an ihrem Schmerz.

»Bei Gott, ich habe ihn nicht angerührt. Es war Rudolf, der ihn beim Ankleiden in der Rüstkammer hinterrücks erstach. Er hasste Lothar wegen seiner Milde und seiner Frömmigkeit. Ein Hanswurst in Rüstung, stichelte er immer hinter dessen Rücken. Während er starb, rief er Euren Namen. Rudolf hielt ihm die Hand vor den Mund, damit sein Geschrei nicht an Eure Ohren drang. Der Grafentitel war ihm wichtiger als das Leben seines Bruders. Auch gegenüber seinem Vater Albrecht hegte er Groll. Warum kann ich nicht sagen. Die Lösung verbirgt sich in einem düsteren Geheimnis, dass er mir nicht anvertraut hat. Nur der alte Konrad, der Anführer der Burgwache, kennt die Wahrheit. Im Weinrausch lallte er einmal von lasterhaften Begierden und Bluttaten, die den Wartensteinern anhaften sollen. Scheusale, die mit Sünden befleckt sind. Was er damit andeuten wollte, blieb mir ein Rätsel. Eure Ehe mit Lothar ruhte auf einem wurmstichigen Fundament. Es ist schon lange zusammengebrochen. Ihr habt es nur nicht gewusst.« Seine Augen labten sich an ihrer Pein.

»Und was war der Preis für Euren Verrat?« Tränen liefen ihr über die Wangen.

Ihr Weinen reizte ihn, mehr zu verraten. Er wollte sich an ihrer Verletzlichkeit ergötzen. »Ich musste ihm schwören, über den Mord den Mantel des Schweigens zu hüllen. Dafür nahm er das Leben meiner kleinen Schwester Mathilde als Pfand.« Er kicherte hämisch. Sein Gesicht wirkte verschlagen. »Das glaubte er zumindest, dieser Trottel!«, kam es ihm über die Lippen. Dann besann er sich eines anderen. »Sei's drum. Dafür gestattete er mir, mich in der Levante als Graf von Wartenstein auszugeben, um mir ein Auskommen zu sichern. Die einzige Bedingung, die er stellte, war, niemals nach Schwaben zurückzukehren. Lothars Ahnenbrief, den er mir aushändigte, und Arnos Meineid halfen, dass mir Simon von Montford vertraute und mich in seine Dienste nahm.«

Isabeau war entsetzt über seine Beichte. »Wagt es nicht, Euch zu rechtfertigen!«, rief sie wütend. »Eure Schuld wiegt ebenso schwer wie die von Rudolf. Ihr wart Lothar zur Treue verpflichtet und habt ihn im Stich gelassen. Wenn ich ein Mann wäre, würde ich Euch töten. Doch ich bin nur eine schwache Frau.« Sie rieb sich die Tränen aus den Augen und erhob sich vom Bett, um die Kammer zu verlassen.

»Wohin wollt Ihr?«, fragte Bertram von Olm mit einem hinterlistigen Grinsen.

»Nach Jerusalem, um am Grab Christi Trost zu finden«, rief sie verzweifelt.

»Ihr geht nirgendwohin. Ich verliere meinen Kopf, wenn Ihr mich verratet, wovon ich ausgehen muss. Es gibt nur eine Lösung für mein Problem: Entweder ich töte Euch oder ich mache Euch zu meiner Sklavin, die ich tief unten im Keller vor aller Welt versteckte und besuche, wenn mir danach ist.« Er schnappte sie grob am Handgelenk, zerrte sie zurück ins Bett und warf sich mit seinem Leib auf sie. Brutal riss er ihr das Kleid vom Leib.

Isabeau schrie und wehrte sich mit allen Kräften, als er begann, ihre Brüste zu küssen, und versuchte, mit der Hand nach ihrem Schoß zu tasten. In ihrer Not biss sie ihn ins Ohr. Er schrie und schlug ihr ins Gesicht. Etwas zerbrach in ihr. Erstarrt ließ sie alles willenlos mit sich geschehen. Als er in sie drang, war ihr, als bohre sich ein Holzpflock in ihr Innerstes. Sie presste vor Schmerz ihre Lippen aufeinander. Er stöhnte laut und ließ von ihr ab. Sie spürte die Nässe in ihrem Schoß und ekelte sich vor sich selbst.

Abermals kratzte ein Schlüssel im Schloss. Jemand betrat, ein Öllämpchen in der Hand, das Gemach und beugte den Kopf über das Bett. Sah im Schein der hellen Flamme Isabeaus geschundenes Gesicht, sah ihre vom Weinen geröteten Augen und ihr blutbesudeltes, zerrissenes Kleid. Es war Matthias.

Zeit, darüber nachzudenken, was hier vorgefallen war, blieb ihm nicht, da sein Begleiter, der an der Tür wartete, zur Eile mahnte. Er winkte ihn zu sich, drückte ihm das Licht in die Hand und hob Isabeau aus dem Bett. Über mehrere Treppen und lange Korridore trug er sie aus dem nächtlichen Haus. Keine Regung, keinen Laut gab sie unterwegs von sich. Fast befürchtete er, sie sei gestorben. Schließlich erreichten sie den Hof und an seiner Rückseite eine kleine Pforte. Der andere, der ihm den Weg gezeigt hatte, hielt erwartungsvoll die Hand auf, bevor er gewillt war, sie zu öffnen.

»Nehmt. Es ist die vereinbarte Summe«, flüsterte Matthias und drückte ihm einen prallen Lederbeutel in die Hand. Unbemerkt für die Wachen am Portal verließ er mit seinem kostbaren Schatz den düsteren Ort.

Hinter der Pforte am Ende der Gasse wartete Marie, die vor Freude in Tränen ausbrach. Umgehend kehrten sie in die Herberge zurück, in der sie für eine Nacht ein Obdach gefunden hatten. Matthias bettete Isabeau behutsam auf eine Liege aus zusammengenagelten Brettern, die mit Schaffellen bedeckt war, und holte eine Schüssel mit frischem Wasser. Mit einem Tuch begann Marie, ihr das Blut von der Haut zu waschen. Das kühle Nass ließ Isabeaus Körper erschauern. Sie war hellwach, sprach aber nicht mit ihnen. Wortlos schaute sie zur Decke. Etwas stimmte nicht mit ihr.

Matthias versuchte, ihr zu erklären, was geschehen war. »Wir haben am Tor stundenlang auf dich gewartet. Aber du kehrtest nicht zurück. Die Wachposten behaupteten, Graf Lothar hätte dich empfangen und wir sollten verschwinden. Das kam mir merkwürdig vor. Später tauchten am Eingang zwei Männer auf, die den Wächtern Befehle erteilten. Ich habe die beiden sofort wiedererkannt. Ihre Namen lauten Bertram von Olm und Arno von Rain. Als Gefolgsleute Graf Lothars sind sie des Öfteren durch Wartenbach geritten. Ersterer trat vor der Wache als dein Gemahl auf. Da wurde mir klar, hier stinkt etwas gewaltig zum Himmel. Ich spürte, dass du in großer Gefahr warst. Ein Bediensteter, den ich bestach, ließ mich in der Nacht ins Haus.« Er strich sich fahrig durch die Haare. »Leider kostete uns dessen Hilfe unser gesamtes Geld. 30 Solidi hat mir der Gauner abgeknöpft. Aber du bist jede Münze wert. Lieber sterbe ich an Hunger und Krankheit, als ohne dich leben zu müssen.«

Endlich öffnete sie den Mund. »Lothar ist tot. Rudolf hat ihn ermordet. Bertram wusste davon. Und er hat mich geschändet, mich zur Hure gemacht. Auch Arno ist ein Verräter. Ich habe alles verloren: meinen Ehemann, meinen Besitz und meine Ehre«, erwiderte sie, ohne ihm einen Blick zu schenken oder auf seinen Bericht einzugehen.

Tröstend wollte er sie in die Arme nehmen, doch sie stieß ihn angewidert von sich. »Fass mich nie wieder an. Männer sind Tiere«, schrie sie hysterisch.

Fassungslos wich Matthias zurück. So erzürnt hatte er Isabeau noch nie erlebt. Abscheu stand in ihren Augen. Der traf ihn schmerzvoll in der Seele, denn er befürchtete, Isabeau durch Bertrams Untat für immer verloren zu haben. Abgrundtiefer Hass nahm von ihm Besitz und weckte seine dunkelsten Dämonen. Sie zeigten ihm die blutbesudelten Gesichter der Leben, die er bereits genommen hatte, und lockten ihn, es wieder zu tun. »Das werden mir die Schurken büßen!«, rief er verbittert, griff nach dem Tachi und rannte aus dem Gemach.

»Was hast du getan?«, schalt Marie weinend Isabeau. »Er wollte dir nur sein Mitgefühl zeigen.«

Mit einem Mal drang ihr ins Bewusstsein, was sie Matthias vorgeworfen hatte und fühlte sich elender als zuvor. »Verzeih mir, Marie. Ich war nicht bei Sinnen«, sagte sie und zog das Mädchen an ihre Brust. Eng umschlungen hielten sie einander in den Armen.

In der Morgendämmerung kehrte Matthias zurück. Schweigend legte er seine Kleider ab und warf sich auf sein Lager.

Am späten Vormittag brachen sie zum Osttor auf. Von dort führte eine Straße nach Jerusalem. Dort wollte Matthias noch eine Sache erledigen, die ihm wichtig war. An einem Brunnen nahe der Stadtmauer füllten sie noch einmal ihre Wasservorräte auf. Währenddessen hörten sie den neusten Klatsch, der durch die Gassen eilte.

»Habt ihr schon gehört? Graf Lothar und sein erster Ritter sind letzte Nacht getötet worden. Jemand hat sie regelrecht geschlachtet«, raunte eine Frau hinter vorgehaltener Hand.

»Das geschieht den Scheusalen ganz recht. Anstatt die Händler und Pilger vor den Sarazenen zu beschützen, haben sie diese ausgeraubt und erschlagen. Es ist die gerechte Strafe für ihre Missetaten«, meinte eine andere mitleidlos.

Eine Dritte nickte beipflichtend. »Den Ritter fand man aufgeschlitzt in seinem Gedärm liegend. Und das schwarze Herz des wollüstigen Grafen wurde von einem Schwert durchbohrt, erzählt man sich. Außerdem soll ihm sein Henker das Gemächt abgeschnitten und ins Maul hineingestopft haben. Die Rachegelüste eines gehörnten Ehemanns können mitunter einschneidend sein«, erwiderte sie kichernd.

Was Isabeau hörte, ließ sie nicht unberührt. Das unrühmliche Ende der beiden Verräter freute und bestürzte sie zugleich. Vergangene Nacht war Matthias erst früh in die Herberge zurückgekehrt. Wo war er die Stunden zuvor gewesen? Sie hatte wach gelegen, aber nicht gewagt, ihn anzusprechen, als er sich auszog und zur Ruhe legte. Gleich nach dem Morgenmahl, so wusste sie, hatte er gründlich sein Schwert gesäubert. Blut hatte daran geklebt. Hatte er ihre befleckte Ehre gerächt? Aufgewühlt suchte sie seinen Blick. Aber er zeigte keine Regung. Stoisch verstaute er die Ziegenbälge mit dem kostbaren Nass auf den Kamelen, die vor ihm auf dem Boden hockten. Sie beschloss, ihn nicht zu bedrängen und zu warten, bis er sich selbst öffnete. Sie verließen Akkon und folgten der alten Römerstraße nach Süden.

Kapitel 13

Jerusalem und der rätselhafte Sarazene

Das Heilige Land empfing sie nicht mit Glanz und Glorienschein. Der Weg zog sich durch eine karge, von unzähligen Kriegen gezeichnete Landschaft, die im Westen vom Meer und im Osten von einem Gebirge begrenzt wurde. Dörfer mit ärmlichen Lehmhütten prägten das Bild, die zumeist von Moslems bewohnt wurden. Sie nahmen keinen Anstoß an ihnen und ließen sie unbehelligt weiterziehen.

Am Abend erreichten sie einen Ort, von dessen einstiger Existenz nur Ruinen zeugten. Umgestürzte Säulen einer Kolonnade und Überbleibsel eines römischen Theaters lagen zwischen Bäumen und dichtem Gestrüpp verborgen. Unweit der Trümmer rückte ein Dorf mit einer Kirche in ihr Blickfeld. Das Gotteshaus musste erst in jüngerer Zeit erbaut worden sein, da es sich in gutem Zustand befand. Sie beschlossen, vor dessen Eingangsportal zu lagern, und entfachten ein Feuer. Sein heller Schein lockte einen Anwohner aus seiner Behausung. Arglos näherte er sich den Reisenden. Er war in den mittleren Jahren, hager und trug die Haare bis zur Schulter. Offenbar lockte ihn ihre Kleidung, die sich von den Einheimischen abhob, zu ihnen.

»Wohin des Weges?«, fragte er neugierig auf Fränkisch.

»Wir sind Pilger und reisen nach Jerusalem«, erwiderte Isabeau.

»Dann habt ihr euer Ziel bald vor Augen. In zwei Tagen werdet ihr dort sein«, stellte er ihnen in Aussicht.

»Du bist nicht von hier. Deine Haut ist nicht so dunkel wie die der Moslems«, sagte Isabeau.

»Ich kam zu Ostern aus Frankreich, um im Heiligen Land Buße zu tun, wie ihr. Jetzt harre ich aus, bis der Frühling kommt, um nach Lyon zurückzukehren.«

»Kann man als Pilger ungestört reisen? Man hört anderswo schlimme Dinge über die Sarazenen«, sagte Isabeau.

»Die Leute im Dorf beten zu Allah und sind sehr gastfreundlich. Sie sind uns Christen nicht feindlich gesinnt. Dennoch solltet ihr euch vorsehen. Banden von religiösen Eiferern ziehen mordend durch das Land und brechen den Frieden, den Sultan *Saladin* und König Löwenherz einst ausgehandelt hatten«, antwortete er. Seine Augen blieben auf dem Tachi hängen, welches Matthias trug, und er runzelte die Stirn. »Dass ihr Pilger seid, möchte ich bezweifeln. Darum gebe ich euch einen guten Rat: Verbergt eure Klingen vor den Blicken der muslimischen Stadtwache. Christen ist das Betreten Jerusalems mit einer Waffe verboten. Ein Verstoß gegen diese Regel könnte euch den Kopf kosten.«

»Hab Dank für die Warnung. Wir werden sie beherzigen«, antwortete Matthias.

Es waren die ersten Worte, die er heute von sich gegeben hatte. Isabeau fühlte seinen inneren Hader. Wenn wir Jerusalem erreicht haben, rede ich mit ihm, dachte sie.

»Ich wünsche euch eine geruhsame Nacht. Ihr habt euch einen guten Platz zum Schlafen ausgesucht. Im Schoß der Kirche verbirgt sich das Grab Johannes des Täufers. Sein Geist wird über euch wachen.« Lächelnd wandte sich der Franzose um und ging.

»Wie heißt diese Stadt?«, rief ihm Isabeau verblüfft hinterher.

»Sebaste!«, rief er von Weitem und verschwand aus ihren Augen.

Wie es der Franke vorausgesagt hatte, standen sie zwei Tage später vor den Mauern Jerusalems. Es war der vierundzwanzigste Dezember 1204. Hierherzufinden war nicht schwer gewesen. Viele Menschen hatten denselben Weg eingeschlagen, um die Geburt Christi zu feiern. Sie waren dem Strom der Pilger einfach gefolgt.

Staunend verweilten sie auf einer Anhöhe westlich der Stadt und sahen im Licht der versinkenden Sonne die Stadt erglühen. Einem Heiligenschein gleich leuchtete diese mit all ihren Kuppeln, Türmen und Minaretten. Ein Anblick, an dem Gott und Allah gleichermaßen ihre Freude gehabt hätten. Demut erfasste sie. Hier war Jesus gewandelt und hatte die Menschheit von ihren Sünden erlöst.

Die Warnung des Mannes in Sebaste nahmen sie nicht auf die leichte Schulter. Bevor sie weiterzogen, wickelten Matthias und Marie ihre Waffen in ein Tuch und vergruben das Bündel inmitten eines Olivenhains, der von sanften Hügeln umgeben war. Die Stelle markierten sie mit einem Stein, der auffällig gefärbt war. Später würden sie zurückkommen und das Versteck leicht wiederfinden können.

Beeindruckt passierten sie das Davidstor und tauchten in die Straßen und Gassen ein, die von Pilgerströmen erfüllt waren. Zahllose Sprachen drangen an ihre Ohren. Betört vom Duft des Weihrauchs, den viele in kleinen Gefäßen an einer Kette schwenkend verbrannten, verfielen sie in Euphorie. Viele sangen und priesen die Ankunft des Heilands in biblischer Zeit.

Der unstillbare Drang, den Ort aufzusuchen, an dem er gestorben und wieder auferstanden war, erfasste nun auch Matthias, Isabeau und Marie. Doch wohin sollten sie sich wenden? Sie wussten es nicht. Und so folgten sie den feiernden Massen, darauf vertrauend, den richtigen Weg eingeschlagen zu haben.

Der Sog der Menschen führte sie zu einer Kirche. Hier war ein Vorbeikommen nicht mehr möglich. Sie banden die Kamele an einem Baum am Straßenrand fest und erkundigten sich bei einem Mönch nach der Stätte, an der Christus am Kreuz gestorben war.

Er blickte sie verwundert an. »Ihr müsst von weither kommen, dass ihr mir diese Frage stellt. Ihr steht genau davor.«

»Die Kirche markiert den Punkt?« Matthias zweifelte. »Die Priester in unserer Heimat berichten immer von einem Hügel, den sie Golgatha nennen. Niemals von einem Gotteshaus.«

»Ursprünglich war Golgatha ein Steinbruch auf einer Anhöhe. Später ließ die Mutter des Cäsaren Konstantin dort eine Basilika errichten: die Grabeskirche«, sagte er. »Seht euch um, alle warten auf Einlass, um an der Ruhestätte Jesu Christi beten zu dürfen. Ihr werdet morgen wiederkommen müssen.« Das Portal der Kirche wurde geschlossen, als sich die Dunkelheit über die Stadt legte. Erst nach

Sonnenaufgang würde es sich für die Gläubigen wieder öffnen. Und so waren sie gezwungen, bis zum kommenden Morgen auszuharren.

Die Pilgerschlange war lang, der Andrang so groß, dass Stunden vergingen, bis sie eingelassen wurden. Unzählige Kerzen und Öllampen beleuchteten eine aus dem Boden ragenden Felskuppe, auf der die Römer Jesus gekreuzigt hatten. In einer unscheinbaren Höhle, unter der großen Kirchenkuppel gelegen, befand sich seine Grabstätte. Schlichtheit hatte den Leichnam des Gottessohnes umgeben, bevor er zum Himmel aufgefahren war.

»Hier ist der Nabel der Welt. Gedenkt dem mit Ehrfurcht«, mahnte sie ein hiesiger Mönch.

Demütig sanken sie auf die Knie. Matthias betete ein Vaterunser. Während ihm die Worte über die Lippen kamen, glaubte er, den Heiligen Geist zu spüren, der ihm das Herz erleichtern wollte und sagte, rede mit ihr und deine Seele wird heilen. Er blickte zu Isabeau, die ihre Augen, wie Marie, geschlossen hielt. Ihre Mienen wirkten gelöst. Ein Gefühl, das offenbar alle Besucher ergriff, da in ihren Gesichtern der gleiche Ausdruck zu erkennen war – Seelenfrieden.

Matthias griff nach dem Amulett, das ihm um den Hals hing und Agnes' Locke barg. Wie versprochen wollte er sie der geweihten Erde übergeben. Am besten gleich neben der Felskuppe. Danach würde er mit Isabeau sprechen, wie es ihm der Heilige Geist zugeflüstert hatte.

Als er begann, mit der Hand ein Loch zu graben, eilte ein Mönch auf ihn zu und verwehrte es ihm. »Nimm die Gabe wieder an dich. Sie könnte mit Sünde befleckt sein und den Ort entweihen«, tadelte er.

Enttäuscht musste er sein Vorhaben aufgeben. Und noch länger zu verweilen, wurde ihm nicht gestattet. Die nächsten Pilger drängelten bereits hinter ihm. Er war gezwungen, weiterzugehen. Uneins mit sich selbst verließ er die Grabeskirche. Isabeau und Marie, die sich an den Händen hielten, folgten ihm.

Nachdenklich band er die Kamele vom Baum los. »Was kann ich tun?«, fragte er sie verzweifelt. »Ich hatte es versprochen.«

»Wir werden eine andere Stelle finden. Die Grabeskirche ist bestimmt nicht der einzige geheiligte Ort in Jerusalem«, versuchte

Isabeau ihn zu trösten und drückte zärtlich seine Hand. *Hoffentlich weist er mich nicht ab.* Ich könnte es nicht ertragen, dachte sie mit klopfendem Herzen. Seit ihrem abweisenden Gebaren in Akkon hatten sie beide nur das Nötigste miteinander gesprochen. Dabei hatte sie ihm gar nicht wehtun wollen. Vielmehr hatte sie ihren Schmerz über die Schändung ihres Leibes und den Verlust ihrer Ehre herausgeschrien und er, so glaubte sie, habe sie missverstanden. Suchte er die Schuld bei sich oder stieß sie ihn ab, weil ein anderer ihren Körper missbraucht hatte? Auch Bertrams und Arnos Tod beantwortete diese Fragen nicht. Sie blickte ihn an. Plötzlich wurde ihr warm ums Herz. Er nickte zustimmend. Dankbarkeit las sie in seinen traurigen Augen. Ein Stein fiel ihr vom Herzen. Seine Liebe zu ihr war nicht erloschen.

In den letzten Tagen hatte Marie unter der Wortkargheit der beiden gelitten. Hatte sie doch befürchtet, ihre Familie bräche auseinander. Und das trotz Graf Lothars Tod. Jetzt schöpfte sie neue Hoffnung, dass die zwei wieder zueinanderfinden würden. »Ich habe eine Idee. Suchen wir nach einem ortskundigen Menschen. Möglicherweise weiß er, wo das Amulett gut aufgehoben ist«, schlug sie vor.

Sie ritten durch die Stadt und hielten Ausschau nach einem Helfer in der Not. Seit Saladin diese 1187 zurückerobert hatte, stand sie wieder unter muslimischer Herrschaft. Auf dem Tempelberg ragte auf der Kuppel des Felsendoms nicht mehr das Kreuz zum Himmel empor, sondern der islamische Halbmond.

Ein weißbärtiger Greis, der ihnen zuwinkte, erregte ihr Interesse. Er hockte im Schneidersitz auf einem Kissen hinter einem Tisch, der mit Rohrfedern und leeren Papierseiten gefüllt war. Vermutlich ein schreibkundiger Mann, der seine Dienste anbot. Aber er war Mohammedaner. Sie bezweifelten, dass er ihnen nützlich sein konnte. Dennoch stiegen sie von den Kamelen und traten näher.

»Seid ihr Juden oder Christen?«, fragte er neugierig.

»Wir glauben an den einen Gott, seinen Sohn Jesus Christus und den Heiligen Geist. Was willst du von uns?«, erwiderte Matthias mit Stolz in der Stimme.

Er lächelte verschmitzt. »Dass ihr in unserer Stadt wandeln dürft, verdankt ihr dem Wohlwollen des weisen Saladin. Allah beschütze seine Seele im Paradies. Sein Gesetz erlaubt auch den Ungläubigen, die sich Christen nennen, die heiligen Stätten zu ehren, die Jesus geweiht sind«, sagte er ihnen. »Ich winkte euch zu, weil mich das Gefühl beschlich, ihr hättet euch im Gewühl der Menschen verlaufen. Sucht ihr nach einer Unterkunft? Sprecht, wie kann ich euch dienlich sein?«

»Wir suchen einen Ort, der mit dem Leidensweg Jesu eng verbunden ist. Mein Gefährte möchte dort eine Locke seiner verstorbenen Tochter hinterlassen, damit sie unserem Erlöser näher ist und Einlass ins Himmelreich erfährt. Leider wurde es ihm in der Grabeskirche verwehrt. Da du ein Moslem bist, glaube ich allerdings nicht, dass du uns behilflich sein kannst«, antwortete Isabeau.

Er schmunzelte aufs Neue. »Ich bete zu Allah und doch gedenke ich Jesus Christus mit Ehrfurcht, denn er war ein Prophet. Im Koran steht geschrieben, dass Maria einen Jungen gebar, der als Gottgesandter unter den Menschen wandelte. ›*Und er wird in der Wiege und im Mannesalter zu den Kindern Israels sprechen und einer der Rechtschaffenen sein. Er wird den Menschen die Schrift, die Weisheit, die Thora und das Evangelium lehren. Er wird Blinde wieder sehend und Tote wieder lebendig machen, bevor Allah ihn zu sich ruft*‹, zitierte er eine Sure aus dem heiligen Buch. »Ihr seht also, er ist mir nicht unbekannt. Kommt, setzt euch zu mir. Auf Augenhöhe spricht es sich angenehmer.«

Sie folgten seiner Bitte, da seine Kenntnisse sie erstaunten.

Isabeau senkte beschämt den Blick. »Verzeih mir meine unbedarften Worte, aber ich kenne die Gleichnisse nicht, die unsere Religionen verbinden.«

»Ich bin nicht beleidigt. Unwissen ist keine Tugend, andererseits auch kein Verbrechen«, beschwichtigte er. »Aus alter Zeit ist überliefert, dass es zahlreiche Orte gab, an denen er sich gezeigt haben soll. Einer von ihnen gilt nicht weniger heilig als sein Grabmal: Es ist der Ölberg.«

»Vollbrachte er dort ein Wunder?«, fragte Matthias, begierig auf die Antwort.

»Oh ja. Den Schriften der ersten Christen zufolge sein letztes auf Erden«, antwortete er bereitwillig. »Jesus kam mit seinen Jüngern den Ölberg heruntergestiegen und zog mit ihnen in Jerusalem ein. Eines Abends nächtigte er im Garten Gethsemane, der sich am Fuß des Ölbergs befand. Hier nahmen ihn die Häscher der Tempelpriester gefangen, nachdem einer seiner Jünger ihn verraten hatte.«

»Ich weiß, wen du meinst«, kam es Isabeau verblüfft über die Lippen. »Er hieß Judas Iskariot. Meine Amme erzählte mir von ihm. Er verriet den Menschen, den er am meisten liebte.«

Er war über den Namen nicht erstaunt, also kannte er ihn. »Der Legende nach soll Jesus nach der Kreuzigung oben vom Gipfel des Ölbergs ein letztes Mal auf Jerusalem herabgeblickt haben. An der Stelle steht heute eine Kapelle. Im Inneren findest du im Felsgestein die Fußabdrücke, die er hinterließ, bevor er zum Himmel aufgestiegen sein soll. Wenn dieses Wunder auf Wahrheit beruht, ist es ein würdiger Platz für das Andenken an deine Tochter«, sagte er zu Matthias.

»Ist es weit bis dorthin?« Er war ganz aufgeregt. Der Ort schien angemessen.

»Reite mit deinen Gefährten zum Osttor und verlasst Jerusalem. Der Ölberg liegt nahe der Stadtmauer. Ihr könnt ihn nicht übersehen«, riet er.

Sie bedankten sich bei dem greisen Mann und machten sich auf den Weg. Er war gesäumt von Häuserschluchten, Palästen, wehrhaften Mauern, Händlern, Pilgern, Bettlern und sarazenischen Waffenträgern, die für Ordnung und Sicherheit sorgten. Das quirlige Miteinander der Menschen verschiedener Kulturen täuschte nicht darüber hinweg, dass die religiösen Vorurteile den Hass unter ihnen weiter nährten. Vorsicht war daher geboten, um niemanden gegen sich aufzubringen.

Sie ließen das Osttor hinter sich und erklommen den Ölberg, der mit zahllosen alten Olivenbäumen bewachsen war. Manche hatten sicher bereits zu Jesu Zeiten hier gestanden, so knorrig waren ihre Stämme, so ausladend ihre Kronen. Der steile Anstieg war für die Kamele mühsam. Schaum stand ihnen vor den Mäulern. Doch sie bockten nicht und setzen stoisch einen Huf vor den anderen. Als sie den Gipfel erreichten, neigte sich die Sonne dem Untergang zu. Der Ausblick auf die Stadt war atemberaubend. Sie sahen den Tempelberg im gleißenden Licht, auf dem bis zur Herrschaft der Römer ein jüdisches Heiligtum gestanden hatte. Später war auf dessen Trümmern eine Moschee mit einer riesigen Kuppel erbaut worden. Sie ragte hoch in den Himmel empor.

Hier oben auf dem Ölberg zeugten die Ruinen eines zerstörten Klosters von kriegerischen Ereignissen, die weit in der Vergangenheit lagen. Regen und Wind hatten an ihnen gerüttelt und genagt und diese weiter verfallen lassen. Ihnen schloss sich die kleine Himmelfahrtskapelle an, deren Errichtung deutlich jüngeren Ursprungs war. Das achteckige Bauwerk mit der schmucklosen Kuppel war kein Augenschmaus. Im Inneren, das in seiner Schlichtheit dem Äußeren nicht nachstand, weilten wenige Besucher. Es war ein trostloser, leerer Raum mit felsigem Boden. Sockelplatten aus Marmor umrahmten eine Stelle, die den rechten Fußabdruck des Erlösers zeigen sollte. Den Linken, so raunte ein Mönch zu ihnen, hätten die Moslems gestohlen und in einer Moschee am Tempelberg versteckt.

»Das unförmige Gebilde soll ein Fußabdruck von Jesus sein?« Isabeau bezweifelte das.

»Und selbst wenn es eine Spur ist, für einen Menschen ist sie viel zu groß«, stimme Matthias ihr zu.

»Jesus muss ein Riese gewesen sein«, scherzte Marie und stellte zum Vergleich ihr Füßchen hinein.

Sie lachten über ihre Worte.

»Er war in jeglicher Hinsicht ein großer Mann«, meinte Isabeau zu ihr.

Die kurze Dämmerung neigte sich dem Ende, als sie die Kapelle verließen. Am wolkenlosen Himmel begannen die ersten Sterne zu funkeln. Schweigend hockten sie sich ins Gras, während unten im Tal sanft das Horn eines Schäfers erschallte. Sein friedsamer Ruf rührte ihre Seelen.

Gedankenversunken grub Matthias mit den Händen ein Loch in den Boden und legte das Amulett mit der Haarlocke hinein. Darüber schob er einen flachen Stein und bedeckte ihn mit lockerer Erde. Ein kleiner Hügel, zum Gedenken an Agnes und die Erfüllung seines Schwurs.

Isabeau nahm sich ein Herz und umarmte Matthias. »Verzeih mir bitte. Es lag nicht in meiner Absicht, dich zu verletzen. Ich war verbittert und zornig, weil ich mich gegen Bertram nicht wehren konnte. Ich bin nur ein schwaches Mädchen. Du trägst keine Schuld an dem, was mir widerfahren ist.«

Auf seinem Gesicht lag ein Schatten. Etwas quälte ihn. Er strich ihr zart über das Haar und streichelte ihre Wange. »Du irrst dich. An deinem Leid trage ich großen Anteil und ich kann mich nicht von ihm freisprechen. Melisande hatte ich den Eid geleistet, dich immer zu beschützen. Hätte ich nicht die Torheit begangen, vor dem Eingang des Hauses auf dich zu warten, wäre dir die Schmach erspart geblieben. Es tat mir so weh, zu sehen, wie Bertram dich erniedrigt und dir Schmerz zugefügt hat. Ich schwöre dir, das wird nicht wieder geschehen. Selbst wenn du es von mir verlangen solltest, lasse ich dich nie wieder allein. Ihre Schandtaten habe ich Bertram und Arno teuer bezahlen lassen. Ich war getrieben, so zu handeln, weil ich dich mehr liebe als mein Leben. Der Gedanke, sie könnten dir noch einmal Leid antun, war für mich unerträglich. Ob dich ihr Tod tröstet, weiß ich nicht. Gott möge mir vergeben, aber mich erfüllt er mit Genugtuung.« Er hatte sich den Verdruss über sein Versagen von der Seele geredet. Seine Worte verdeutlichten, dass er keine andere Wahl gehabt hatte.

Isabeau sah ihn bestürzt an. »Ich hatte ja keine Ahnung, was in dir vorgeht. Und ich hatte geglaubt, du verschmähst mich, weil Bertram meine Ehre befleckt hat.«

»Für mich bist du nicht befleckt«, sagte er sanft. »Er hat sich zwar an deinem Leib vergangen, aber deine Seele ist rein. Du konntest ihn nicht davon abhalten. Bist du deswegen wertlos? Manche mögen das denken. Ich aber nicht.«

Sie nahm seine Hände in die ihren. »Gewähre mir eine Bitte: Gib mir etwas Zeit, um meinen inneren Frieden zu finden. Was Bertram mir antat, lässt mich noch nicht los.«

Er nickte verstehend und sprach: »Du bist kein Mädchen mehr. Du bist auch nicht schwach. Du bist eine starke Frau und wunderschön.«

Sie warf sich an seine Brust und suchte seine Lippen. Als beide sich zum Kuss fanden, verloren sie sich in einem Gefühl endlosen Glückes.

Für Marie ging ein Herzenswunsch in Erfüllung. »Und, war das so schwer?«, fragte sie schulmeisterlich. Ungestüm fiel sie beiden um den Hals und jauchzte vor Freude. Die Eintracht ihrer kleinen Gemeinschaft lebte mehr denn je.

Die Nacht verbrachten sie auf dem Ölberg und berieten, was sie als Nächstes tun sollten.

»Graf Lothar ist tot. Es gibt keinen Grund, länger im Heiligen Land zu verweilen. Wir sollten eine baldige Abreise ins Auge fassen«, sagte Matthias.

»Nach Schwaben können wir nicht zurückkehren«, gab Isabeau zu bedenken. »Dort erwartet uns ein unwürdiges Leben, wenn nicht gar der Galgen. Was soll aus Marie werden? Die Zeugen von Rudolfs Verbrechen leben nicht mehr. Ich kann ihn vor Philipp von Schwaben nicht ohne Beweis des Mordes beschuldigen. Er würde mir nicht glauben. Einer Edelfrau, die mit einem Schmied davonlief.« Sie lächelte ihn liebevoll an. »Da wäre nur Konrad.«

»Konrad, der Anführer der Burgwache? Was ist mit ihm?«, fragte Matthias erstaunt.

»Bertram nannte seinen Namen im Zusammenhang mit Rudolfs Gründen, die ihn zum Mord an seinem Bruder trieben«, antwortete sie. »Er besäße Kenntnisse über entsetzliche Bluttaten, die bis in die Zeit seines Vater Albrecht zurückführen würden. Zudem beabsichtigte Lothar hierher zu reisen, um Gott um Vergebung zu bitten, für eine alte Schuld. Vielleicht hängt beides miteinander zusammen?«

»Ich nehme mir Konrad vor. Er wird ausspucken, was er weiß,« erwiderte er entschlossen.

Sie schüttelte den Kopf. »Das wird er niemals tun. Selbst wenn du ihm mit dem Tode drohst. Er ist ihm in allen Dingen ergeben.« Sie hielt kurz inne. »Außerdem ist die Grafschaft für mich sowieso verloren, es sei denn, ich weise Philipp einen adligen Gemahl vor und reinige mit stichhaltigen Beweisen vor ihm meine befleckte Ehre. Zumindest Ersteres kommt für mich nicht infrage, denn ich liebe dich.« Ihr weicher Mund berührte seine Lippen.

Marie hatte ihrem Gespräch schweigend zugehört. »Dann lasst uns doch an einem anderen Ort zusammenleben. Die Welt ist so riesengroß. Da wird doch ein Fleckchen zum Glücklichsein für uns abfallen. Wie wäre es mit Venedig?«

Matthias lachte. »Nicolo würde es freuen.«

Venedig, dachte Isabeau. *Darüber sollten wir nachdenken.*

Früh morgens aßen sie die letzten Vorräte auf. Um keinen Hunger leiden zu müssen, bot Matthias ihnen an, sich eine Arbeit zu suchen. Zudem benötigten sie Geldmittel für die Reise, wohin immer sie auch führen würde.

Ihr Rückweg führte nicht durch die Stadt. Sie mieden den Moloch und ritten entlang der Stadtmauer bis zum Davidstor. Nach kurzer Zeit erreichten sie den Olivenhain. Die Markierung des Verstecks fiel ihnen rasch ins Auge. Der auffällige Stein war nicht zu übersehen.

Sie stiegen von den Kamelen ab und Matthias kniete sich auf den Boden, um sein Schwert und Maries Messer vom Erdreich freizulegen. Plötzlich nahm er hinter sich eine Bewegung wahr und hörte Isabeau und Marie schreien. Ein Schlag traf ihn auf den Kopf und er verlor das Bewusstsein.

Als er aus der Ohnmacht erwachte, war er an Händen und Füßen gefesselt. Er hob den Kopf und fühlte einen stechenden Schmerz über dem Genick. Vor ihm standen, wie aus der Hölle emporgestiegen, Bechtold von Kehl und seine irrsinnigen Bettelmönche. Bestimmt hatten sie sich hinter einem der umliegenden Hügel versteckt, bevor sie ihn niederschlugen. Er machte sich große Vorwürfe und schalt sich einen Narren. Wegen seiner Achtlosigkeit waren sie in eine Falle getappt.

Isabeau, von den Eiferern umringt, war nur fünf Schritte von ihm entfernt. Sie beschimpften sie als Hure Satans und spuckten ihr ins Gesicht.

Wutentbrannt versuchte er, sich aufzubäumen, doch seine Fesseln hinderten ihn daran. Noch vor wenigen Stunden hatte er ihr hochtrabend seinen Schutz bekundet und nun war er nicht einmal in der Lage, aus eigener Kraft aufzustehen.

Neben ihm hockte Marie und schluchzte leise. Die Hände waren ihr vor der Brust zusammengebunden. Tränen rannen ihr über die Wangen. Erst jetzt spürte er, dass etwas Hartes unter seinem Rücken lag. Es war der Gesteinsbrocken, unter dem sich ihre Waffen verbargen. Hoffnung keimte in ihm auf. Unauffällig rollte er sich zur Seite. »Greif unter den Stein, such nach dem Tantō und zerschneide meine Fessel. Gib acht, die Mönche dürfen nichts bemerken«, raunte er ihr zu.

Mit Bedacht begann sie ihr Werk.

Währenddessen geriet Isabeau in Bedrängnis. »Jetzt holen wir nach, was wir vor Antiochia versäumt haben. Diese Frau hat einen Gotteslästerer beschützt. Sie ist eine Ketzerin. Hängt die Nichtswürdige«, befahl der Abt.

Die Bettelmönche machten sich bereit, Isabeau aufzuknüpfen. Sie zerrten sie zum nächststehenden Baum, unter dem sie einen tief liegenden Ast suchten. Zur selben Zeit suchte Marie unter dem Stein nach dem Messer. Matthias, der das Gefühl hatte, dies dauere schon eine halbe Ewigkeit, zitterte vor Angst um Isabeau.

Plötzlich schauten sich die Mönche ratlos an. »Wir können sie nicht hängen. Das ist unmöglich«, meinte einer von ihnen.

»Wieso?«, fragte Bechtold gereizt.

»Wir haben keinen Strick zur Hand.«

Er baute sich vor ihnen auf und stemmte die Arme in die Hüften. »Hat euch Gott mit Blindheit geschlagen? Nehmt die Kordel von Ewalds Kutte. So fett, wie er ist, scheint sie mir lang genug zu sein, um die Hexe zum Teufel zu schicken.«

Verärgert über die Stichelei verzog Ewald den Mund und löste die Schnur von seinem Gewand. Er warf ein Ende über den Ast, knüpfte aus dem anderen eine Schlinge und legte sie Isabeau um den Hals.

Die sträubte sich heftig dagegen, aber erfolglos. »Verflucht sollt ihr sein«, rief sie verzweifelt.

Bechtold lachte höhnisch. »Verworfene, die sich einem Schmied hingegeben hat. Bereue deine Sünden. Dich hinzurichten ist ein gottgefälliges Werk. Vollstreckt das Urteil. Der Allmächtige wird uns das Paradies zuteilwerden lassen. Hosianna … Gelobt sei der Herr!«, rief er ekstatisch und hob die Hände zum Himmel, als die Mönche die Frau hochzogen.

Isabeau röchelte. Ihr Gesicht wurde aschfahl, als sie keine Luft mehr bekam. Vergeblich suchten ihre Füße Halt, während ihr Leib sich in Krämpfen schüttelte.

Endlich hielt Marie das Tantō in den Händen und versuchte mit ihren gebundenen Händen fieberhaft, Matthias' Fesseln zu lösen. Der befürchtete, Isabeau zu verlieren, und schrie seinen ganzen Schmerz aus der Seele. Da geschah es – die Kordel riss und der Leib der jungen Frau fiel unsanft zu Boden.

»Zum Teufel! Zieht sie wieder hoch!«, rief Bechtold außer sich.

Die Mönche schauten ihn unsicher an. »Das ist ein Omen. Offenbar hält Gott sie für unschuldig«, sagte einer von ihnen. Die anderen pflichteten ihm bei.

»Das ist Hexerei«, beharrte Bechtold von Kehl. »Tötet das Hurenstück! Und wenn wir mit ihr fertig sind, kommen die anderen zwei an die Reihe.«

Endlich war es Marie gelungen, die Fesseln an Matthias Händen und Füßen durchzuschneiden. Er streifte sie ab, tastete nach dem Tachi in der Erde und bekam es zu fassen. Rasch wickelte er es aus. Jede Sekunde zählte. Dann sprang er auf und stürmte auf den Abt zu, um ihm den Schädel zu spalten. Doch der Verruchte sackte, bevor er ihn erreichen konnte, auf die Knie. Getroffen von einem Pfeil, der sein dunkles Herz durchbohrt hatte. Die Mönche suchten ihr Heil in der Flucht und nahmen Reißaus. Matthias' Wut indes war nicht gestillt. Mit einem einzigen Hieb trennte er Bechtold das Haupt vom zuckenden Rumpf. Es rollte Marie vor die Füße, die angewidert zurückwich.

Dann hockte er sich neben Isabeau und entfernte die Schlinge von ihrem Hals, der von blutunterlaufenen Würgemalen gezeichnet war. Sie schlug die Augen auf und rang keuchend nach Luft. Welch ein Glück, sie war noch am Leben. Als er sie in den Armen hielt, klammerte sie sich an seine Schultern. Ihm Dank zu zollen, vermochte sie nicht. Sie brachte keinen Laut über die Lippen, da ihre Zunge wie gelähmt war.

Inzwischen hatte sich eine Reiterschar dem Olivenhain genähert. Es waren Sarazenen. Einer von ihnen musste den Pfeil auf Bechtold abgeschossen haben. Schützend stellte sich Matthias mit erhobenem Tachi vor seine Gefährtinnen.

Die Reiter näherten sich und senkten ihre Waffen. »Habt keine Sorge. Keinem wird ein Leid geschehen. Ihr seid meine Gäste«, beruhigte sie der Anführer. Er trug einen weißen Turban und sein Gesicht bedeckte bis unter die Augen ein Tuch, das ihn vor Staub schützte. »In meinem Dorf gibt es einen Medikus. Er wird Isabeaus Wunde behandeln«, fügte er freundlich hinzu.

Dass er ihre Sprache so gut beherrschte, verblüffte sie.

Bechtolds Mönche hatten zwar Fersengeld gegeben, waren allerdings nicht weit gekommen und wurden rasch wieder eingefangen. Die Sarazenen zeigten ihnen gegenüber kein Mitleid. »Euch wird dieselbe Ehre zuteil, die ihr euren Gefangenen angedacht hattet«, sprach der Anführer sein Urteil über sie. Kurz darauf hingen sie am gleichen Ast wie Isabeau vor ihnen. Diesmal riss keine Kordel.

Am frühen Abend erreichten sie eine Siedlung. Ihr Gastgeber führte sie in das größte und prächtigste Haus des Dorfes. Es war das einzige mit zwei Stockwerken und verglasten Erkerfenstern. Es offenbarte, dass der Besitzer kein armer Mann war. Eine hohe, wehrhafte Mauer mit einem breiten Tor umschloss das Anwesen, in dem Palmen und Feigenbäume um einen mit Seerosen bedeckten Teich wuchsen und reichlich Schatten spendeten.

Auffällig war, dass sich im vorderen Bereich des Gebäudes lediglich Männer und Kinder aufhielten. Die den Frauen vorbehaltenen Gemächer lagen vermutlich abgetrennt im Hintergrund oder oben im zweiten Stock. Das Zusammenleben zwischen Mann und Frau in den Familien der Sarazenen hatte ihnen Akito einmal genau erklärt, dennoch war es ihnen fremd geblieben.

Der Hausherr gab einige Anweisungen an sein Gesinde, worauf sich eine Tür öffnete und zwei lächelnde Mädchen eintraten. Sie nahmen Isabeau und Marie bei der Hand und führten sie hinaus. Matthias' besorgter Blick bewog den Sarazenen, ihn zu beruhigen. »Fürchte nicht um sie. Meine Töchter werden sie baden und in neue Gewänder kleiden. Außerdem wird mein Leibarzt nach ihnen sehen. Sein Handwerk versteht er wie kein anderer.« Noch immer hatte er den Schleier nicht abgelegt. »Abdul! Komm zu mir!«, rief er. Ein dunkelhäutiger Diener trat zu ihm und deutete eine Verbeugung an.

Flüsternd gab ihm der Hausherr einen Auftrag. Dann wandte er sich an Matthias. »Folge Abdul und nimm ein heißes Bad. Du stinkst wie ein Haufen Mist.« Er lachte schallend über seine Bemerkung. »Deine verschlissenen Sachen brauchst du nicht wieder anzulegen. Du erhältst neue von mir. Später treffen wir uns wieder, um zünftig zu speisen. Ich habe selten Gäste im Haus und bin sicher, dass wir uns viel zu erzählen haben«, fügte er geheimnisvoll hinzu.

Matthias tappte über das Wesen seines mysteriösen Retters im Dunkeln. Grübelnd folgte er dem Diener.

Isabeau hatte das warme Bad genossen, denn ihr letztes lag lange zurück. Umso mehr musste der Sarazene Anstoß an ihnen genommen haben, sonst hätte er sie nicht seinen Töchtern überantwortet, um sie vom Kopf bis zu den Zehen abschrubben zu lassen. Während die beiden Mädchen Marie in einem Holzzuber mit Schwamm und Seife wuschen, begann der Medikus Isabeaus Würgemale zu behandeln. Auch er war ihrer Sprache mächtig, wenngleich nicht in dem gleichen Maße wie sein Gebieter.

Die Schlinge der Kordel hatte auf ihrem Hals einen blutunterlaufenen Striemen hinterlassen und die Haut aufgeschürft. Behutsam trug der heilkundige Mann eine rötliche Paste auf. Anfangs brannte die Winde empfindlich. Der Schmerz ließ aber rasch nach. Ein schützender Balsam entfaltete seine Wirkung.

»Woraus besteht die Salbe?«, fragte Isabeau beinahe flüsternd. Ihre Stimme klang heiser. Die Schwellung ihrer Zunge war noch nicht ganz zurückgegangen.

»Palmöl mit Bienenwachs und Safranblüte. Gut für die Haut. Heilt Haut. Dazu trinken Tee mit Honig viermal am Tag. Gut für Stimme. Heilt Stimme«, stammelte er mühevoll und reichte ihr einen silbernen Becher, aus dem es dampfte. »Vorsicht, heiß, sonst verbrennen Mund«, warnte er.

Sie bedankte sich und schlürfte den Tee in kleinen Schlucken. Er war süß, aromatisch und linderte die lästigen Stiche im Rachen. Obwohl sie erst vor wenigen Stunden dem Tode entronnen war, fühlte sie wieder Hoffnung aufkeimen. Kaum war der Arzt gegangen, kramte sie in den Erinnerungen des Tages. Wer war der Sarazene, der sich wie ein Schutzengel ihrem Schicksal angenommen hatte? Plötzlich traf sie die Erkenntnis wie ein Blitzschlag. Warum war ihr das nicht eher aufgefallen? Nach ihrer Rettung im Olivenhain hatte er sie eindeutig beim Namen genannt. ›In meinem Dorf gibt es einen Medikus. Er wird Isabeaus Wunde behandeln‹, hatte er gesagt. Der Mann gab ihr Rätsel auf und sie hoffte auf deren baldige Auflösung.

Die Nacht brach an, als sie ihr Gemach verließen, um am vereinbarten Abendmahl teilzunehmen. Abdul, der dunkelhäutige Diener, führte sie in einen Raum, der vom Licht zahlloser Öllampen und Kerzen erhellt wurde. Farbenprächtige Teppiche und seidene Sitzpolster bedeckten den Boden. Eine üppig gefüllte Tafel bildete den Mittelpunkt. Als besondere Ehre wies Abdul ihnen Plätze neben dem Hausherrn zu. Der hatte das Gesicht zur anderen Seite gewandt und war in ein Gespräch mit einem anderen Gast vertieft.

»Verzeiht, dass wir stören. Aber Isabeau, Marie und ich möchten uns für die Rettung bedanken, die uns durch Euch zuteilwurde. Womit hatten wir diese Gnade verdient?«, fragte Matthias. Er wollte endlich wissen, wem sie ihr Leben zu verdanken hatten.

Der Hausherr wandte sich um. »Man erntet, was man sät«, antwortete er und schenkte ihnen ein Lächeln.

Ihnen verschlug es die Sprache, denn ihr Retter und freundlicher Gastgeber war kein anderer als Tariq – der geschmähte und misshandelte Rudersklave von der San Marco.

Freudestrahlend fielen sie ihm in die Arme. Mit diesem Wiedersehen hatte keiner von ihnen gerechnet.

»Auf der Galeere habt ihr mir das Leben gerettet und ich versprach, es euch mit Gleichem zu vergelten, so Gott will. Dass euch der Tod erspart geblieben ist, war eine Vorsehung. Ich verfolgte eine Diebesbande, die letzte Nacht im Dorf die Kornspeicher geplündert hat. In Jerusalem haben wir sie erwischt, als sie gerade die Säcke verkaufen wollten. Das ist ihnen schlecht bekommen. Auf dem Rückweg zum Dorf fielen mir die Mönche auf. Sie kamen mir sonderbar vor und ich ritt mit meinen Gefährten neugierig näher. Als ich Isabeau, Marie und dich erkannte und begriff, was euch bevorstand, musste ich eingreifen. Ich preise Allah, dass er mir die Gnade erwiesen hat, meinen Schwur einzulösen. Echte Freunde erkennt man erst, wenn das Schicksal einen am härtesten trifft. Ihr seid meine Freunde und werdet es für immer bleiben«, sprach er feierlich und forderte die Gäste auf, beim Mal herzhaft zuzugreifen.

»Tariq, mein Freund, du beschämst uns«, gestand Matthias. »Als wir dieses Land betraten, hatten wir wenig Vertrauen zu deinen Mitmenschen. In Antiochia hörten wir schlimme Dinge über sie. Dass uns Sarazenen vor dem Tod bewahrten, damit haben wir am wenigsten gerechnet.«

Isabeau stimmte ihm zu. »Ihr seid freundliche Menschen. Und deine Familie wächst mir jetzt schon ans Herz.«

In Tariqs Gesicht stand der Schalk geschrieben. »Bei Allah, werdet nicht zu vertrauensselig. Auch unter uns gibt es Spitzbuben«, warnte er und lachte lauthals.

Das Essen war vielfältig und bestand aus gebratenem Wild und Geflügel, gekochtem Hammelfleisch verfeinert mit Gemüse, gedämpftem Weizengrieß und frisch gebackenem Fladenbrot. Dazu tranken sie heißen Tee und kühles Wasser. Nach den Tagen des Mangels war es für sie ein willkommener Genuss.

Der Abend wurde lang und erfüllt von ihren Erlebnissen und Abenteuern. So erfuhr Tariq, wie sie den Untergang der San Marco überlebt hatten und anschließend von Konstantinopel bis Jerusalem gewandert waren. Sie dagegen erhielten Kenntnis von seiner Flucht. Ein Fischer hatte ihn aus dem Propontis gezogen und nahe Nicomedia an Land gesetzt. Im Hafen war er auf ein arabisches Handelsschiff gestoßen, auf dem er als Seemann angeheuert hatte. Die Reise war entlang der Küste verlaufen und hatte ihn schließlich bis Askalon geführt, einer bedeutenden Stadt im Süden der Levante. Von dort war er letztlich nach Hause gewandert.

»Ich bin der Verwalter des Dorfes und unterstehe dem Emir von Damaskus. Ich beschütze die Menschen und spreche Recht bei Streitigkeiten. Sie vertrauen mir. Ihr habt nichts zu befürchten, solange ihr unter uns verweilt«, versicherte Tariq ihnen.

»Wir danken dir für die Gastfreundschaft, aber wir haben beschlossen, nach Venedig zurückzukehren. Allerdings wählen wir diesmal den Seeweg. Sobald wir über die nötigen Geldmittel verfügen, brechen wir auf. Einstweilen würde ich mich im Dorf gern nützlich machen. Ich bin ein Schmied und kein schlechter«, erwiderte Matthias offenherzig.

»Dein Angebot nehme ich an. Arbeit ist genügend vorhanden. Die Rückreise solltet ihr erst im kommenden Frühjahr antreten, wenn sich die Winterstürme gelegt haben. Von Askalon segeln Handelsschiffe auch nach Venedig«, sagte er.

Sie willigten ein und freuten sich auf die Zeit, in der sie wieder ein Dach über dem Kopf haben würden.

Matthias und Isabeau hatten ein Zimmer für sich allein. Der Sarazene hatte es ihnen gern gewährt. Er wusste, dass beide zusammengehörten, und nahm keinen Anstoß daran. Die kleine Marie hatte Tariq bei seinen Töchtern untergebracht. Die Mädchen hatten sich schnell angefreundet. Der Raum, den Matthias und Isabeau bezogen hatten, war fürstlich eingerichtet mit Teppichen, Wandbehängen, Schränken, Sitzpolstern und einer weichen Schlafstatt mit seidenen Kissen. Grazile silberne Öllämpchen spendeten ein angenehmes Licht. Der Reichtum ihres Gastgebers verblüffte sie. Welch ein Gegensatz zu dem bettelarmen und gedemütigten Galeerensklaven, als den sie ihn im vergangenen Jahr kennengelernt hatten. Sie schliefen wie auf Wolken und Isabeau konnte die Ruhe finden, um ihre Seele zu heilen.

Zwei Wochen waren inzwischen vergangen und der Januar 1205 hielt Einzug. Sie hatten sich eingelebt und waren ein Teil von Tariqs Familie geworden. Heute hatte er mit ihnen einen Ausritt gemacht und ihnen das umliegende Land und die Menschen, die dort lebten, gezeigt. Es waren Ackerbauern und Viehzüchter mit ihren Dörfern, die wie alle nur friedlich leben wollten. Nirgends erhob jemand ein böses Wort gegen sie. Stets begegnete man ihnen mit Freundlichkeit. Erst am Abend kehrten sie heim. Matthias und Isabeau wuschen sich den Staub der Straßen vom Leib und nahmen mit Tariq das Abendmahl ein, bevor sie sich zurückzogen. Endlich waren sie allein. Schweigend standen beide vor einem geöffneten Erkerfenster und blickten versunken hinunter auf den Teich, in dem sich die Sichel des Mondes widerspiegelte.

Sie wandte sich zu ihm und lehnte ihren Kopf an seine Brust. »Ich war dem Tode nahe, als mich die Schlinge zu erdrosseln drohte«, bekannte sie. »Möchtest du wissen, wie er sich anfühlt?«

Er wusste nicht, was er darauf antworten sollte und nickte bloß.

Die Arme um seine Schultern legend, schmiegte sie sich eng an ihn. »Ich erlitt furchtbare Qualen, die endlos erschienen. Dann wurde mir schwarz vor Augen. Die Schmerzen erstarben und ich empfand grenzenlose Leere. Sie war still, finster und eiskalt. Kein strahlendes Licht, welches mich führte, kein Himmelstor, das sich mir auftat. Ein Ort, jenseits von Gottes Schöpfung, wo weder Freud noch Leid, Liebe oder Hass existieren. Friedlich und doch unendlich einsam. Dass der Tod mich wieder freigab, ist ein Wunder. Ein Geschenk, das ich nutzen möchte, um meinem Leben einen neuen Sinn zu geben.« Ihre Augen bekamen einen feuchten Glanz. »Ich entsage all dem, was mein Dasein von Geburt an bestimmt hat. Ich bekenne mich allein zu dir und bedauere nichts, egal was später sein wird«, hauchte sie ihm ins Ohr und ließ ihr Kleid zu Boden fallen.

Sie stand vor ihm, wie Gott sie erschaffen hatte. Wunderschön und elfengleich. Ein Anblick, der ihm den Atem stocken ließ und lang gehegte Sehnsüchte in ihm weckte. Er streifte sein Gewand ab und fiel ihr in die Arme. Beide sanken auf das seidene Lager. Voller Verlangen berührten sich ihre Münder. Leidenschaft ergriff Isabeau, als er ihren Leib zu liebkosen begann und mit zärtlichen Küssen bedeckte. Miteinander verschmolzen, wanden sie sich in Verzückung. Schmerz und Abscheu, wie bei Bertram von Olm, verspürte Isabeau nicht. Nur Glückseligkeit. Ihre Lippen verließ ein verhaltener Schrei und für wenige Augenblicke erstarrte ihr Körper im Rausch der Sinne. Sie hörte ihn stöhnen, trunken vor Lust und süchtig nach ihr. Ein warmer Schwall ergoss sich in ihren Schoß. Sie bereute nichts, liebte sie ihn doch mit ganzer Seele.

Kapitel 14

Meuterei auf der Seeschwalbe

Als sich der Winter übers Land legte, wurde es kühl. An der Küste regnete es oft und im Hochland gab es frostige Nächte. Mitunter lag Schnee auf den Hängen des Judäischen Gebirges, das sich östlich des Dorfes erstreckte. Die Zeit verfloss. Ein Tag folgte dem anderen in stetigem Gleichklang. Friedvoll und behütet durch Tariqs Schutz. Der verlockende Gedanke, für immer zu bleiben, kam ihnen in den Sinn. Wohl wissend, dass die Ruhe in der Levante trügerisch war, blieben sie bei ihrem anfänglichen Entschluss, nach Venedig zurückzukehren. Marie hatte sich durchgesetzt, oder vielmehr Matthias und Isabeau nicht dagegengesprochen, denn ihnen hatte die Idee gefallen.

Um sich das Geld für die Überfahrt nach Italien zu verdienen, verdingte sich Matthias in der Dorfschmiede und stellte dort seine Fähigkeiten unter Beweis. Auch Isabeau und Marie waren nicht untätig. Sie gingen Tariqs Frau und ihren Töchtern bei der Arbeit zur Hand, obwohl niemand es von ihnen verlangte. Beide verstanden es als freundliche Geste für das tägliche Essen und das Dach über dem Kopf. Im Februar feierten sie Maries elften Geburtstag und vier Wochen später verriet Isabeau Matthias, dass sie ein Kind von ihm erwarte. Glücklich berichtete er Tariq von dem süßen Geheimnis und teilte ihm mit, dass die Zeit ihres Aufbruchs bald bevorstand.

Am letzten Märztag sagen sie ihrem Gastgeber Lebewohl. Er umarmte sie und wünschte ihnen Allahs Segen auf dem Weg. Dankend verließen sie das Dorf und ritten nach Süden. Zwei Tage später erreichten sie die Hafenstadt Askalon, wo sie ihre Kamele verkauften und in einer Herberge ein Obdach fanden.

Am Abend suchten sie am Hafen ein Wirtshaus auf. Sie aßen und tranken und kamen mit einem Seemann ins Gespräch. Er war um die fünfzig und behauptete, der Kapitän eines Handelsschiffes zu sein. Strähnige Haare fielen ihm vom Haupt und dunkle Bartstoppeln umrahmten sein Gesicht. Sie verdeckten dürftig eine blau unterlaufene Narbe auf der Wange. Wenn er den Mund auftat, wehte ihnen durch die vielen Zahnlücken eine steife Brise entgegen, die übel nach abgestandenem Wein und Knoblauch roch. Er war sicher keine Person, der man bedenkenlos Vertrauen entgegenbringen konnte, indes der Einzige, dessen Worte sie verstanden.

»Du redest beinahe wie ein Venezianer. Wohin führt dich deine Reise?«, fragte Isabeau.

»Igitt! Dass du mich mit diesen Raubrittern gleichsetzt, finde ich beleidigend. Ich bin Pisaner von Geburt und schlage, so wahr ich Gasparone Francetti heiße, jedem Gondoliere den Schädel ein, sobald er meinen Kurs kreuzt«, protestierte er mit grimmig rollenden Augen.

»Er nimmt den Mund sehr voll. Gib dich nicht mit ihm ab. Bestimmt ist er ein Aufschneider, dem der Wein zu Kopf steigt«, meinte Matthias.

Der Mann blies empört die Backen auf. »Was heißt hier Aufschneider? Ich fahre seit dreißig Jahren zur See und mein Schiff, die Seeschwalbe, findet sicher in jeden Hafen. Wer auf ihren Planken steht, braucht sich nicht zu sorgen. Sie bricht jede Welle und trotzt jedem Sturm. Wer das infrage stellt, bekommt meine Faust zu spüren.« Er rülpste laut.

»Der Saufkopf ist peinlich. Lass uns nach einem anderen Kapitän Ausschau halten«, schlug Matthias vor. Er war es leid, dem Gezeter Francettis weiter sein Ohr zu leihen.

Doch Isabeau ließ nicht locker. »Wo ankert die Seeschwalbe und was hat sie geladen?«

»Sie liegt fast vor der Haustür. Keine hundert Fuß von hier. Aber die Ladung ist noch nicht vollständig. Allein von Maismehl, Datteln und Tongeschirr wird man nicht reich«, sagte er. »Morgen trifft eine Karawane mit Seide und Damast ein. Auch Gewürze, Myrrhe und Weihrauch führt sie mit sich. Das sind die Dinge, für die es sich lohnt, die Gefahren einer weiten Seereise auf sich zu nehmen. Zuhause in Pisa finden sie reißenden Absatz.«

»Willst du dir fünf Golddenare dazuverdienen?«

Grübelnd ließ er seinen Blick über sie schweifen. Dann grinste er verschlagen. »Ihr tragt arabische Gewänder. Vermutlich ist er ein Sklave und du und das Kind seid aus einem Harem entwischt. Damit verdoppelt sich der Preis, weil ich bestraft werden könnte, wenn ich euch bei der Flucht helfe. Das macht zwölf Denare. Außerdem müsst ihr auf dem Schiff mit anpacken, sonst verdreifacht sich die Summe.«

»Kannst du nicht rechnen?«, empörte sich Isabeau. »Wenn ich fünf Denare verdopple, komme ich auf zehn. Jeweils vier für uns und zwei für das Mädchen.« Sie war bereit zu feilschen wie ein Marktweib.

»Ausnahmen gibt es nicht. Entweder die Kleine bezahlt voll oder sie bleibt hier zurück«, meinte er stur.

Langsam wurde Isabeau ungehalten. »Sie ist ein Kind. Die Speisung und ein Schlafplatz müssen bei ihr geringer bemessen sein. Zwei Denare sind daher völlig ausreichend.« Sie blieb hartnäckig.

»Ihre Gestalt ist zwergenhaft und schwächlich. Was passiert, wenn sie bei hohem Seegang ins Meer fällt? Das Risiko kann ich nicht eingehen. Ist ihre Größe unter vier Fuß, kommt sie nicht an Bord. Es sei denn, ihr zahlt vier Denare für sie.«

»Keine Sorge, sie wächst schon noch, falls wir die Fahrt auf deiner Nussschale überleben«, entgegnete Isabeau missgelaunt ob seiner üblen Nachrede. Am liebsten hätte sie dem ungehobelten Kerl eine Ohrfeige verpasst.

Der tat erstaunt. »Oho ... Sie wächst noch? Hoffentlich auf der Brust. Da fehlt es ihr am meisten«, prustete er.

Marie sprang empört auf. »Du Halsabschneider. Für mich dieselbe Summe zu verlangen ist Wucher! Gott wird dich in die Hölle schicken.«

»Weißt du was? Das ist mir egal. Gott hat sich mein ganzes Leben lang nicht um mich gekümmert. Warum also sollte er es jetzt tun? Wegen dir vorlautem Balg? Ich sag dir was: Wer auf das Deck der Seeschwalbe seine Füße setzen will, muss arbeiten können wie ein Mann.«

Sie verzog entrüstet den Mund. Ihre Augen versprühten Zornesblitze. »Wir bezahlen die zwölf Denare, du Gierhals. Ich werde dir beweisen, dass ich meinen Mann stehen kann wie jeder andere auf dem Schiff, auch wenn ich nur eine Hand zur Verfügung habe«, warf sie ihm trotzig an den Kopf.

Die Resolutheit, mit der Marie auftrat, verblüffte selbst Isabeau und Matthias. Sie hatte mit der hilflosen Waise aus Regensburg nicht mehr viel gemein.

Das Gebaren des Mädchens beeindruckte auch Francetti. »Meine Nussschale ist übrigens ein zuverlässiges Schiff. Ehe ihr euch verseht, geht ihr im Hafen von Pisa an Land. Abgemacht?«, fragte er und streckte Matthias und Isabeau die Hand entgegen.

Widerwillig schlugen sie ein, verloren sie doch beinahe den gesamten Lohn, den Matthias während des Winters verdient hatte. Allein die Aussicht, schnell nach Pisa zu gelangen, tröstete sie über den Verlust hinweg, da Venedig nur wenige Reisetage entfernt lag.

»Jetzt schaut nicht so unglücklich drein«, versuchte er, sie aufzuheitern. »Das Mädchen ist nicht auf den Kopf gefallen. Wenn sie wirklich zupacken kann, bin ich gern bereit, zwei Golddenare an euch zurückzuzahlen. Kommt morgen um die Mittagsstunde wieder hierher. Sobald meine fehlende Ware verstaut ist, legen wir ab.«

Das Angebot, für Maries Mithilfe Geld erstattet zu bekommen, hatten sie nicht erwartet. Ihre Mienen hellten sich ein wenig auf. Vermutlich war Francetti nicht ganz so herzlos, wie sie anfangs gedacht hatten.

Vor fünf Tagen hatte die Seeschwalbe in Askalon abgelegt. Die vom kräftigen Ostwind aufgeblähten Lateinersegel trieben den Zweimaster stetig nach Nordwest. Gottes Segen vorausgesetzt, würden sie übermorgen auf die Küste der Insel *Creta* treffen.

Mit neunzig Fuß Länge und dreißig Fuß Breite war das Schiff kleiner als eine Galeere und lag weniger tief im Wasser. Eigentlich handelte es sich um einen Lastenkahn mit einer Klappe am Bug zum Be- und Entladen in flacherem Wasser. Vermutlich hatte die Seeschwalbe früher einmal Vieh befördert. Ihnen war aufgefallen, dass unter Deck der Geruch der Tiere noch immer in der Luft lag.

Bisher verlief die Reise ereignislos. Abgesehen von Marie, die darauf bestand, dass in der Hafenkneipe ausgesprochene Gelöbnis einzulösen. Regelmäßig ging sie dem Koch zur Hand oder stand dem Kalfatmeister Bartholomäus zur Seite. Der alte Seebär schickte sie meist mit dem vierzehnjährigen Schiffsjungen Paulo hinunter in den Schiffsrumpf, um nach undichten Stellen zu suchen und diese abzudichten. So geschah es auch heute im Heckbereich.

»Halt die Lampe höher. Ich sehe nichts«, sagte der Junge zu ihr und strich sich eine Strähne der schulterlangen schwarzen Haare hinters Ohr. Seine andere Hand glitt sanft über die Spanten des Schiffsrumpfes nahe dem Achtersteven, an dem außenseitig das Ruderblatt befestigt war. »Ich hab's gefunden. Hier ist die Stelle.« Er hielt Marie seine Finger vor die Augen. Kleine Tröpfchen klebten an ihnen.

Sie leuchtete nach unten. Auf dem Boden zeichnete sich ein feuchter Fleck ab. Offenbar drang hier schon länger Wasser durch die Bordwand und floss hinab in die Bilge, direkt über dem Kiel, wo es sich ansammelte.

»Ist es schlimm?«, fragte sie.

Er schüttelte den Kopf. »Das ist gar nichts. Letztes Jahr streiften wir vor Zypern eine Klippe. Sie riss uns ein Loch von fast zehn Fuß Länge in die Spanten. Damals habe ich gezittert vor Angst. Zum Glück war der alte Bartholomäus zur Stelle. Er kennt sich in dem Handwerk aus wie kein anderer an Bord. Für mich ist der Kalfatmeister der wichtigste Mann auf einem Schiff. Der Kapitän mag ein Narr sein und der Steuermann ein blindes Huhn, wenn sich beide im Sturm verirren. Das bedeutet nicht gleich den Untergang. Sollte allerdings der Rumpf schweren Schaden nehmen, würde die Seeschwalbe unweigerlich in den Fluten versinken und wir alle mit ihr. Aber mach dir keine Sorgen. Sollte ich versagen, bringt es Bartholomäus ins Lot. Er hat bis heute jedes Missgeschick von uns abgewendet.« Paulo hielt kurz inne. Dann besann er sich eines anderen. »Ich rede zu viel. Wir müssen uns sputen. Wenn das Pech kalt wird und nicht mehr richtig klebt, gibt er mir eins hinter die Ohren. Reich mir das Werg herüber. Ich will es in die undichte Fuge einlegen.« Ungeduldig verfolgte er ihr Tun.

Marie wühlte in der Kalfatkiste und drückte ihm ein dickes Knäuel aus feinen Hanffasern in die Hand.

Er schnitt das nötige Stück ab und stopfte es in das Leck. Anschließend setzte er das Schöreisen an, welches entfernt an eine stumpfe Axt erinnerte, und schlug mithilfe eines Holzhammers das Werg in die Fuge hinein. Zuletzt trieb er mehrere Sinteln ins Holz – Klammern aus Metall, welche die Nahtstelle verschlossen.

»Vor deinen Füßen liegt ein *Dweiel*«, meinte er zu ihr.

»Ein Dweiel?« Sie blickte ratlos zu Boden.

»Der Stock mit dem Fetzen Stoff an der Spitze. Gib ihn mir.«

»Sieht komisch aus. Was willst du damit?« Sie drückte ihm das Ding in die Hand.

»Du hältst schon wieder die Lampe zu tief«, knurrte er. »Ich schmiere damit das heiße Pech über die Naht. So hält sie länger«, fügte er hinzu und tauchte den Lappen in die schwarze Masse. Als er mit der Arbeit fertig war, warf er die Werkzeuge lustlos in die Kiste. »Wollen wir noch stöbern gehen? Bartholomäus erwartet uns noch nicht zurück«, schlug er vor.

»Stöbern? Nach was?«

Er nahm ihr die Lampe aus der Hand und zog sie mit sich fort. Über eine schmale Treppe erreichten sie den Speicher.

Marie staunte. Er quoll über von Kisten, Ballen, tönernen Krügen und Fässern. Ein aromatischer, würziger Duft lag in der Luft. Er kitzelte in ihrer Nase. »Was lagert hier?«, fragte sie.

»Wertvolle, rare Güter. Zuhause in Pisa sind sie ein Vermögen wert.« Er öffnete den Verschluss eines Kruges und schob den Arm durch den engen Hals. Heraus zog er eine Handvoll unansehnlicher, bräunlich gefärbter Früchte in einer klebrigen Masse, die an getrocknete Pflaumen erinnerten.

»Igitt! Was hältst du da in den Fingern?«, rief sie angeekelt.

»Pst! Schrei nicht so. Wenn uns der Kapitän hier unten erwischt, enden wir als Haiköder. Das sind in Honig eingelegte Datteln. Koste davon.«

Sie wollte gar nicht wissen, was es mit dem Haiköder auf sich hatte, und nahm widerwillig eine von ihnen in den Mund. Nach dem Kauen fuhr sie mit der Zunge über ihre Lippen. »Lecker. Das schmeckt ja zuckersüß«, meinte sie genüsslich. Sie spuckte den Kern aus und versuchte nun ebenfalls in den Krug zu greifen, um an das verführerische Naschwerk zu gelangen.

Aber Paulo hielt sie davon ab und löschte das Licht. »Still! Jemand nähert sich. Ich höre Stimmen. Wir müssen uns verstecken«, flüsterte er überrascht.

Rasch zogen sie sich zurück und verkrochen sich zwischen den zahlreichen Stoffballen.

Ein Licht durchdrang die Finsternis. Zwei Männer betraten den Speicher. Der helle Schein der Lampe, die sie mitführten, warf von ihnen lange Schatten an die Wand.

»Der Bootsmann und der Segelmacher«, flüsterte Paulo bestürzt und drückte vorsorglich seine Hand auf Maries Mund.

»Keiner da. Die Luft ist rein«, hörten sie den einen sagen.

»Wo befindet sich die Spezerei?«, fragte der andere.

»Gleich neben den Ballen mit der Seide.«

Schaudernd zogen die Kinder die Köpfe ein. Unweit von ihnen bemächtigte sich der Bootsmann eines Fasses. Geübt entfernte er den Deckel. Paulo und Marie hörten, wie er zu Boden fiel.

»Da steckt ein Sack aus Leinen drin. Ich hoffe, sein Inhalt stellt uns zufrieden«, meinte der Segelmacher skeptisch.

»Hab Geduld. Den Tipp gab mir Ascanios. Er kennt jede Ware, die hier lagert«, erwiderte der Bootsmann und öffnete die Schlaufe des Verschlusses. Er griff in den Sack hinein, nahm die Hand voll Körner und ließ sie zurück ins Fass rieseln. Ein aromatischer Geruch breitete sich aus. »Das ist indischer Pfeffer. Er verwandelt jedes Gericht in einen Götterschmaus. Seitdem die Sarazenen alle Straßen in der Levante kontrollieren, halten sie das Monopol im Handel und bestimmen den Verkaufspreis«, erklärte er.

Die würzige Wolke erreichte Marie und kribbelte ihr in der Nase. Nur mit Mühe unterdrückte sie einen Niesanfall, der zu ihrer Entdeckung geführt hätte.

»Was ist der Pfeffer wert?«, fragte der Segelmacher.

»Wenn er in Indien seine Reise beginnt, eine viertel *Unze* Silber pro Pfund. In Alexandria und Askalon steigt der Wert bereits auf eine Halbe und im Hafen von Pisa streichst du von den Händlern eine ganze Unze ein. Das zahlen sie, ohne mit der Wimper zu zucken, denn auf den Märkten Italiens verlangen sie das Doppelte«, behauptete der Bootsmann.

Der Segelmacher staunte. »Wie viel Pfeffer birgt das Fass?«

»Hundert Pfund.«

»Mein Gott, das sind ja ...«

»Fette zweihundert Unzen mit einem Wert von 3300 *Silberdenaren*«, fiel der andere ihm ins Wort.

»Ein schönes Sümmchen. Davon könnte ich mir fünfzig Rinder kaufen.«

»Oder hundertfünfzig Schweine. Was für ein Festessen. Hier gibt es allerdings noch mehr zu holen. Dabei denke ich an Seide und Weihrauch«, lockte der Bootsmann mit weiteren Schätzen.

»Ein lohnendes Geschäft. Aber wie schmuggeln wir die Ware vom Schiff, ohne dass Francetti es bemerkt?«, fragte der Segelmacher von der Gier gepackt.

»Vor *Chandakas* ankern wir einen Tag, um frisches Wasser zu fassen. In der Nacht beladen wir das Beiboot und verschwinden an Land. Seit letztem Jahr laufen wieder venezianische Schiffe den Hafen an. Mit den Kaufleuten kommen wir rasch ins Geschäft. Danach können wir uns zur Ruhe setzen«, erklärte der Bootsmann seinen Plan.

Sie besiegelten den Pakt, verschlossen das Fass und verschwanden.

Marie und Paulo fiel eine Last von den Schultern. Vor Angst hatten sie kaum zu atmen gewagt. Im Dunkeln krochen sie zwischen den Stoffballen hervor und entfachten die Flamme in der Lampe.

»Hast du das gehört? Sie wollen den Kapitän bestehlen. Ich mag ihn zwar nicht besonders, denke jedoch, dass wir ihm melden sollten, was die beiden planen«, schlug sie vor.

Kopfschüttelnd fasste Paulo sie bei den Schultern. »Du wirst den Mund halten. Wir haben nichts gesehen und nichts gehört. Wenn er herausbekommt, dass wir im Speicher gestöbert haben, ist der Teufel los. Ich habe keine Lust auf Prügel«, beschwor er sie.

»Wenn wir nichts sagen, missbrauchen wir sein Vertrauen in uns«, gab sie zu bedenken und hatte dabei die Reiberei im Kopf, die sie mit dem Kapitän in der Hafenschenke geführt hatte.

»Das juckt mich nicht. Mauro, der Segelmacher, ist ein schmieriger Langfinger und Flavio, der Bootsmann, ist ein Leuteschinder. Ich bin heilfroh, wenn beide vom Schiff verschwinden. Außerdem ist Francetti laufend betrunken. Der bekommt von der Sache gar nichts mit«, erwiderte er gleichgültig.

»Also gut. Dir zuliebe schweige ich. Hoffentlich muss ich es nicht bereuen.«

»Schwöre es«, forderte er.

»Ich schwöre«, sagte sie nach kurzem Zögern.

Über die Treppe kehrten sie zurück zum Heck und stiegen durch eine Luke an Deck. Die kühle, salzige Luft war erfrischend und verscheuchte den schweren Duft der orientalischen Spezereien aus ihren Nasen.

Zwei Tage später tauchte am Horizont eine Landmasse auf: die Insel Creta. Der Steuermann Ascanios, ein zwielichtiger Fettwanst, hielt auf das Gestade zu und segelte bis zum späten Nachmittag die buchtenreiche Küste entlang nach Westen. Eine grüne von Gebirgen durchzogene Landschaft zog an ihnen vorüber.

»Mach dir keine Hoffnung, nur Männer dürfen das Ruder bedienen«, sagte er zu Marie, die in seiner Nähe stand und ihn neugierig bei der Arbeit beobachtete.

»Warum bloß Männer?«, fragte sie.

»Weil ein Weib am Steuerrad Unglück bringt«, behauptete er.

Sie blickte ihn ratlos an. »Das verstehe ich nicht.«

»Eine Frau könnte sich als *Sirene* entpuppen, die unser Schiff an einer Klippe zerschellen lassen will, um unsere Seelen dem Teufel auszuliefern«, antwortete er mit verkniffenen Augen.

»Ich bin keine Sirene, was immer das ist«, erwiderte sie grantig.

»Natürlich nicht. Du hast ja keinen Fischschwanz, sondern zwei Beine«, rief er und lachte sie lauthals aus.

Beleidigt wandte sie sich ab und stieg die Treppe zum Deck hinunter, wo sie Paulo erspähte.

»Halt dich lieber von Ascanios fern. Mit ihm ist nicht zu spaßen. Ehe du dich versiehst, lässt er die Peitsche auf deinem Rücken tanzen«, warnte er sie und zeigte auf eine Bucht, in der eine Stadt im Licht der untergehenden Sonne glänzte. »Schau! Der Hafen von Chandakas.«

Eine Stunde später fiel der Anker auf Grund. Der Kapitän gab dem Bootsmann die Order, am nächsten Morgen die Wasservorräte zu ergänzen. Er wollte aus gutem Grund beizeiten weitersegeln. Bekanntlich trieben auf Creta genuesische Piraten ihr Unwesen. Mordlustige Gesellen, die sowohl Venedig als auch Pisa nicht wohlgesonnen waren.

Schnell setzte die Nacht ein. Die Sterne am Firmament boten dem Auge die einzigen Lichtpunkte, da die Stadt in völliger Finsternis lag. Keine Fackel, keine Öllampe beleuchtete ihre Gassen und Wege.

Marie stieg müde unter Deck. Sie fiel auf ihre Strohmatte und gähnte. An das Geschehen im Speicher zwei Tage zuvor dachte sie längst nicht mehr. Als Isabeau und Matthias sich zu ihr gesellten, war sie bereits in tiefen Schlaf gefallen.

In der Frühe wurden sie von heftigem Geschrei geweckt. Der Kapitän tobte, als ihm der Steuermann den Verlust eines der beiden Beiboote meldete.

»Flavio! ... Flavio! ... Verdammt, wo steckt der Kerl wieder?«, rief Francetti verärgert.

»Heute habe ich ihn noch nicht zu Gesicht bekommen«, sagte Ascanios beiläufig.

»Lass die Mannschaft auf dem Deck antreten und durchzählen. Er kann doch nicht vom Schiff gefallen sein«, befahl er ihm.

Die Zählung ergab zweiunddreißig Besatzungsmitglieder. Isabeau, Matthias und Marie inbegriffen.

»Auch der Segelmacher fehlt«, meldete der Steuermann kleinlaut.

Francetti wirkte beunruhigt. Argwöhnisch stieg er hinunter in den Speicher. Eine Weile geschah nichts. Dann hörten sie plötzlich eine wütende Schimpftirade nach oben dringen. Wieder auf

Deck ließ er seinem Unmut freien Lauf. »Die Ratten haben mich bestohlen. Eins von den Pfefferfässern ist verschwunden. Auch Seide und Weihrauch fehlt. Das werden sie mir büßen. Ascanios! Wähle fünf zuverlässige Männer aus. Wir verfolgen die Langfinger. Wenn sie uns in die Hände fallen, lasse ich beide das Schiff von außen kalfatern, bis ihnen die Haut vom Leibe pellt.« Sein Entschluss stand fest. Er würde sie wie räudige Hunde ersäufen. Sein Gesicht verwandelte sich in eine furchterregende Grimasse, in der jeder Funke von Barmherzigkeit erloschen war.

Der Steuermann lief die Reihen ab und tippte zielsicher fünf Männern auf die Brust. Offensichtlich kannte er die Mannschaft der Seeschwalbe wie kein anderer.

Bewaffnet mit Schwertern und Entermessern bestiegen der Kapitän und sein Gefolge das verbliebene Beiboot und ruderten zur Hafenmauer.

Eine Weile gafften ihnen die anderen nach, dann hörten sie Ascanios' Stimme rufen: »Was steht ihr hier herum? Macht euch an die Arbeit, sonst setzt es Hiebe!« Die Männer zeigten Gehorsam, hielt doch der Steuermann das Heft des Handelns in der Hand, wenn der Kapitän nicht an Bord weilte.

Am Mittag hielt ein Transportkahn längsseits, der mit vier Insulanern bemannt war. Sie verkauften dem Steuermann mehrere Fässer mit frischem Wasser. Den unverschämten Preis zahlte er, ohne zu murren, obwohl es keinen Grund zur Eile gab. Der Rest des Tages verlief eintönig. Francetti und seine Begleiter blieben dem Hafen fern, was nicht verwunderlich war, da der Vorsprung der Diebe viele Stunden betrug. Mithilfe Einheimischer konnten sie bereits weit ins Landesinnere geflohen sein, was die Suche erschweren würde. Mit einer Rückkehr der Verfolger rechnete heute niemand mehr.

Als die Dämmerung einsetzte, verschwand die Mannschaft unter Deck. Nur Ascanios blieb wach und hielt Wache. Sich mit den Armen auf das *Schanzkleid* stützend, blickte er stoisch zum Ufer. Auch Isabeau, Matthias und Marie zog es zu ihrem Schlafquartier. Der leichte Wellengang versprach sanfte Träume.

Bei Sonnenaufgang betrat Marie das Deck und traute ihren Augen nicht. Die Stadt Chandakas, ja die gesamte Insel war spurlos verschwunden. Die Seeschwalbe befand sich auf hoher See. Wie war das möglich? Offenbar hatte sie in der Nacht den Hafen verlassen. War der Kapitän mit seinen Männern ohne ihr Wissen an Bord gestiegen? Verwirrt lief sie nach unten, zu Matthias und Isabeau, die noch auf ihrem Lager schlummerten, um sie zu wecken.

Auch sie fanden keine Erklärung, vermuteten aber, dass die geruhsame Zeit auf dem Schiff vorüber war.

»Irgendetwas geht vor. Was auch passiert, wir sind Reisende und halten uns aus den Zwistigkeiten der Mannschaft heraus«, sagte Matthias besorgt zu ihnen.

Er sollte recht behalten. Wenig später befahl der Steuermann die gesamte Besatzung aufs Deck. Alle rieben sich verwundert die Augen. Ausgenommen die acht Seeleute, die sich bis an die Zähne bewaffnet auf der Steuerbrücke um Ascanios geschart hatten. Vom Kapitän und seinem Gefolge fehlte jede Spur.

»Hört! Die Zeit Gasparone Francettis ist vorüber. Mit seinem Landgang in Chandakas hat er sich selbst entthront. Vergangene Nacht haben ich und meine Getreuen das Kommando übernommen. Das Schiff ist unser. Wer mich als Kapitän anerkennt und meine Anweisungen befolgt, den soll es nicht reuen«, rief er den Seeleuten zu.

Der Kalfatmeister trat einen Schritt nach vorn und sprach aus, was für alle offensichtlich war. »Das ist Meuterei. Darauf steht der Galgen.«

Ascanios lächelte kalt und sagte zu einem seiner Mitstreiter: »Enzio. Zeig ihm, was ich von seinem Starrsinn halte.«

Der stämmige Glatzkopf schien nur darauf gewartet zu haben. Er stieg von der Brücke, stellte sich vor den ahnungslosen Bartholomäus und hieb ihm brutal sein Entermesser in die Brust.

Fassungslos schaute die Mannschaft dem Geschehen zu. Der Kalfatmeister stöhnte, hielt sich beide Hände vor die Wunde und wankte zur Seite. Schließlich fiel er zu Boden. Ein blutiges Rinnsal suchte seinen Weg über die Deckplanken. Ein letztes Mal hob er den Kopf, dann sank er zurück und rührte sich nicht mehr.

Wütend sprang Paulo dem Mörder an die Kehle und rief: »Du Bastard! Was hat er dir getan?«

Unbeeindruckt stach dieser mit dem Messer nach dem Jungen und stieß ihn wie eine Strohpuppe von sich.

Paulo taumelte und fiel über den Leichnam.

Sofort wollte Marie ihm zu Hilfe eilen, aber Matthias hielt sie zurück. Eisernen Klammern gleich umschlossen seine kräftigen Hände ihren schmalen Leib.

»Möchte sich noch jemand kritisch zu meiner Beförderung äußern?«, fragte Ascanios einschüchternd.

Niemand wagte es, die Stimme zu erheben.

»Leiht mir eure Ohren. Im Speicher der Seeschwalbe lagern Kostbarkeiten, die ich in Genua zu Geld machen will, um Waffen zu kaufen. Außerdem bin ich bereit, jedem, der mir die Treue schwört, einhundert Denare in Silber auszuzahlen«, gab er kund.

Überraschtes Gemurmel ging durch die Menge.

»Wie ihr wisst, bin ich Byzantiner«, setzte er seine Rede fort. »Die Venezianer sind meine Erzfeinde. Ihnen gilt mein ganzer Hass. Fortan soll die Seeschwalbe ihre Handelsschiffe aufbringen. Die erbeuteten Waren werden uns alle steinreich machen.«

Marie, Isabeau und Matthias waren entsetzt vom Wankelmut der Mannschaft, stimmte sie doch ein Freudengeheul an und versicherte Ascanios die Gefolgschaft.

Das Mädchen riss sich von Matthias los und rannte zu Paulo. »Ist es schlimm?«, fragte sie.

»Bloß ein Kratzer am Arm«, meinte er und rappelte sich auf.

Der Steuermann beobachtete, wie besorgt Marie um den Schiffsjungen war. Augenscheinlich verband die beiden eine Freundschaft. Ein widerwärtiges Grinsen lief ihm über das Gesicht. »Nehmt Paulo gefangen. Er hat sich gegen uns aufgelehnt. Heute Mittag wird er zur Strafe für zwei Stunden den Haiköder spielen«, sagte er zynisch.

Der Schrecken lag in Maries Gesicht. Jetzt konnte sich Matthias nicht länger zurückhalten und setzte sich für Paulo ein. »Verschone ihn. Er ist noch ein Kind und war Bartholomäus zugetan. Der Alte war wie ein Vater für ihn. Wer bessert die Schäden an den Bordwänden aus, wenn du ihn tötest? Das Schiff ist in großer Gefahr, wenn der Rumpf Schaden nimmt.«

Doch Ascanios ließ sich nicht umstimmen. Das Gefühl der Macht benebelte offenbar seinen Verstand. »Das Urteil ist gefällt. Am Mittag wird sich sein Schicksal entscheiden. Vielleicht hat er Glück und überlebt«, bestimmte er.

Unbemerkt von allen anderen schob Marie etwas in Paulos Hosentasche. Der schaute sie verwundert an, bevor er unter Deck geführt wurde.

Matthias nahm Isabeau und Marie in die Arme und drückte beide an seine Brust. »Vertrauen wir auf Gott. Im Moment können wir nichts tun. Ascanios ist mit seinen Handlangern in der Überzahl und der Rest der Mannschaft hat sich kaufen lassen.«

»Auf Gott ist nicht immer Verlass«, sagte Marie wütend. »Manchmal muss man selber handeln, wenn man das Böse bekämpfen will.« Dann lief sie weg.

»Wie hat sie das gemeint?«, fragte Isabeau Matthias. Doch der zuckte nur die Schultern.

Der Himmel hatte sich mit dunklen Wolken zugezogen, als Paulo mit gefesselten Händen an Deck geführt wurde. Allen war befohlen worden, der Vollstreckung des Urteils beizuwohnen. Isabeau betete zum Allmächtigen, er möge Blitze auf die Meuterer herab schleudern.

Auch Matthias litt und war hin- und hergerissen. Er hätte sein Schwert holen können, das er unter seinem Nachtlager verwahrte, um dem Jungen beizustehen. Bestimmt würde er einige der Aufrührer überwältigen. Doch niemals alle. Sein Tod wäre die Folge und gewiss auch der seiner beiden Schutzbefohlenen. Ohnmächtig schaute er der Bestrafung zu. Eine Zwangslage, die ihn schmerzte.

Isabeau und Marie liefen die Tränen über die Wangen, als Paulos Peiniger das Ende eines fünfzig Fuß langen Seiles um dessen Brust knoteten und das andere am Schanzkleid des Hecks befestigten. Allein mit den Füßen strampelnd war es ihm kaum möglich, den Kopf ständig über Wasser zu halten.

Schließlich stießen sie den Jungen über Bord. Kopfüber fiel er ins Meer. Trotz der langsamen Fahrt spannte sich das Seil nur einen Augenblick später und Paulo wirbelte nicht weit vom Ruderblatt entfernt durch die See. Irgendwie gelang es ihm, sich auf den Rücken zu drehen. Das war schlau, da ihm die Gischt des Fahrwassers nicht ins Gesicht spritzte und so das Atmen erleichterte. Manchmal verschwand er in einer Welle, wenn die Seeschwalbe gegen sie ankämpfte und zur Seite rollte. Momente, in denen Matthias befürchtete, er tauche nicht mehr auf. Aber dann kam sein Kopf wieder zum Vorschein und er war heilfroh.

Eine Weile schauten die Meuterer dem Geschehen gespannt zu, bis es ihnen zu langweilig wurde. Nur Marie, Isabeau und Matthias wandten ihren Blick nicht ab. Das Mädchen war in Gedanken ganz nah bei Paulo. Sie fühlte seinen Kampf ums Überleben mit jeder Faser ihres Leibes.

Binnen kurzen frischte der Wind auf und es begann zu regnen. Die Sicht verschlechterte sich noch mehr, als Nebel aufstieg und das Schiff in einen dicken Dunst einhüllte. In der Folge war der Junge in der wogenden See nicht mehr zu erkennen.

Als die Zeit abgelaufen war, gab Ascanios den Befehl, ihn an Bord zu holen. Verblüfft stellten sie fest, dass er nicht mehr am Seil hing. Es war nicht gerissen, vielmehr wie mit einem glatten Schnitt gekappt.

Enzio untersuchte das Tauende und bekreuzigte sich. »Ein Haifisch hat ihn erwischt. Gott sei seiner Seele gnädig«, sprach er.

Todunglücklich stieg Marie unter Deck. Isabeau und Matthias folgten ihr, um ihr Trost zu spenden. Paulos tragisches Schicksal versetzte sie in eine unheilvolle Stimmung. Sie fühlten sich an die Zeit auf der San Marco erinnert. Die Reise war eine Heimsuchung allen Übels.

Tagelang passierte nichts. Lediglich der Wind nahm immer mehr an Kraft zu. Ein Unwetter kam auf. Es trieb die Seeschwalbe nach Nordwesten, der Küste des Königreichs Sizilien entgegen. Derweil ging auf dem Schiff jeder seiner Arbeit nach. Paulos Verhängnis war in den Gedanken der Meuterer ausgelöscht. Keiner verlor ein Wort über ihn, brachte es doch Unglück, über einen toten Seemann zu sprechen. Die Furcht, sein Geist könne auf der Seeschwalbe wandeln, spukte in ihren Köpfen.

In der Nacht rissen Marie merkwürdige Geräusche aus dem Schlaf, die der heulende Sturm nicht zu übertönen vermochte. Irgendwas war dumpf zu Boden gefallen. Sie rieb sich die müden Augen und erhob sich von ihrer Schlafstatt. Mit unsicheren Füßen stieg sie die Treppe zum Deck hinauf und spähte vorsichtig aus der Luke. Das Wenige, was sie in der Finsternis wahrnahm, ließ sie schaudern. Unterhalb der Steuerbrücke lag ein regloser Körper und stöhnte. Vermutlich ein betrunkener Seemann. Plötzlich verstummte er. Eine dunkle Gestalt beugte sich über ihn. Offenbar untersuchte sie dessen Leib auf Lebenszeichen. Kurz darauf ergoss sich von Backbord eine Welle über die Planken und rollte die Seeschwalbe zur Seite, bis die nächste Woge von Steuerbord kommend sie wieder ins Lot brachte. Das rätselhafte Wesen richtete sich auf und schwankte zum Vorschiff, wo Marie es letztlich aus ihren Augen verlor. Der Rudergänger und sein Gehilfe auf der Brücke hatten von dem Geschehen nichts bemerkt.

Die gruselige Szene entfachte Maries Fantasie. Hatte hier ein Geist Rache genommen, weil ihm ein anderer im Leben ein Leid angetan hatte? Sie wagte es nicht, dies näher zu ergründen, und stieg die Leiter wieder nach unten. Zurück auf ihrem Lager begann sie zu grübeln. Sollte sie Matthias und Isabeau aufwecken und ihnen erzählen, was sie beobachtet hatte? Sie beschloss, es nicht zu tun. Vielleicht würde sich die Sache am Morgen von allein aufklären.

Lautes Gezänk schreckte sie auf. Ausgelöst hatte es Ascanios, dem der heftige Wellengang in der Frühe einen Leichnam vor die Füße gerollt hatte. Er schalt die Männer am Ruder, nicht bemerkt zu haben, was zu ihren Füßen passiert war. Ja, er hielt ihnen sogar vor, während der Wachschicht geschlafen zu haben, was als schweres Vergehen galt, brachte es doch Schiff und Mannschaft in Gefahr.

»Was ist denn passiert?«, fragte Matthias einen der gaffenden Seeleute.

»Jemand ist erstochen worden«, erhielt er zur Antwort.

Matthias erkannte den Toten wieder. Es handelte sich um Enzio, den Mörder von Bartholomäus. Dem Anschein nach war, anders als von Marie befürchtet, auf Gottes Strafe doch Verlass. Das Mädchen, das mit Isabeau neben dem Mastbaum stand, nahm das blutige Ende des Mörders mit versteinertem Gesicht zur Kenntnis. Matthias spürte, dass sie für ihn kein Mitleid empfand.

»Ich vermute, die Mordtat war die Folge eines Streits. Die Männer würfeln zu viel und dann bekommen sie sich in die Haare«, sagte Matthias zu Ascanios.

Der dachte in dieselbe Richtung. »Ohne Zweifel die einfachste Erklärung«, meinte er zustimmend und seufzte. »Er war mein treuester Gefolgsmann. Ohne ihn wäre die Seeschwalbe nicht in meiner Hand. Er fuhr mit Francetti länger zur See, als ich es tat, und kannte die Mannschaft bis ins letzte Glied. Sein Tod ist ein Verlust für mich.« Unversehens hielt er inne und schaute Matthias argwöhnisch an. Vielleicht bereute er seine Offenheit.

Die unerwartete Redseligkeit des Meuterers bot Matthias die Möglichkeit, dessen Vertrauen zu gewinnen, um ihn von feindseligen Handlungen abzuhalten. »Deine Fehde mit dem Kapitän geht mich und meine Gefährtinnen nichts an. Wir gehören nicht zur Mannschaft. In Genua verlassen wir das Schiff und kehren nicht zurück«, versicherte er. »Dennoch wüsste ich gern, wie du es geschafft hast, dass dir Francetti auf den Leim gegangen ist. Als Kapitän war er ein Versager, ständig betrunken und kein gutes Vorbild für die Mannschaft.« Ganz bewusst versuchte er, ihn bei seiner Eitelkeit zu packen. »Es war richtig von dir, das Ruder auf der Brücke zu übernehmen«, täuschte er ihm eine Billigung des Aufstands vor.

Ascanios grinste und sprach: »Wer sagt dir, ich würde euch in Genua von Bord gehen lassen?«

Die Antwort verschlug Matthias die Sprache. Ihm wurde siedend heiß, obwohl die Seeluft kühl war.

Lachend schlug ihm Ascanios auf die Schulter. »Keine Angst. Mein Groll gilt allein den Venezianern und ihren Verbündeten, die mein Land plündern. In Genua könnt ihr an Land gehen. Niemand wird euch aufhalten. Und was Francetti angeht, so war sein Sturz von langer Hand vorbereitet. Ich wusste, dass seinen Stolz nichts mehr verletzt, als verraten und bestohlen zu werden. Daher vertraute ich Flavio an, wo er im Stauraum die Pfefferkörner finden konnte und dass diese von den Händlern in Chandakas mit Gold aufgewogen würden. Er ist, ebenso wie Mauro, ein kleiner Spitzbube ohne Visionen im

Leben, wie ich sie habe. Francettis Hetzjagd nach den beiden war nur folgerichtig. Klugerweise habe ich seine treuesten Anhänger mit an Land geschickt. Das machte die Übernahme des Schiffes zu einem leichten Unterfangen«, vertraute er ihm an.

Die Offenheit des anderen gab Matthias im Moment ein Gefühl der Sicherheit. Dennoch mahnte er sich zur Vorsicht. Ein Mensch, der für seine Ziele über Leichen ging, handelte alles andere als redlich und blieb unberechenbar. Zum Glück hatte er kein Wort über Venedig verloren. Trotz aller Bedenken waren im Augenblick die Fronten zwischen ihnen geklärt. Italien schien greifbar nahe zu sein.

Der Sturm erreichte seinen Höhepunkt. Allerdings hatte sich die Seeschwalbe bisher als solide gebautes Schiff unter Beweis gestellt, das jeder Windbö und jeder Welle getrotzt hatte.

Isabeau, die nicht schlafen konnte, hörte die Regentropfen auf die Planken des Decks prasseln. Es war nach Mitternacht, als sie einen gellenden Schrei vernahm. Auch Marie wurde hellwach. Erschrocken weckten sie Matthias.

»Bleibt hier, ich schaue nach dem Rechten«, beruhigte er sie und griff nach der Öllampe, die neben ihnen an der Wand hing. Dann wankte er, mit den Füßen dem Schlingern des Schiffes folgend, zur Treppe, die nach oben führte.

Auch andere waren durch den Lärm aufgeschreckt und rieten ihm, lieber unten zu bleiben, wenn ihm sein Leben lieb sei.

»Habt ihr die Hosen voll? Was soll mir passieren?«, fragte er in die ängstlichen Augen der Seemänner blickend.

»Ein ruheloser Geist treibt sein Unwesen an Bord. Er wird dir ein Messer in den Leib rammen und dir die Seele aussaugen, so wie er es mit Enzio getan hat«, warnte einer von ihnen.

Isabeau und Marie sahen sich unschlüssig an, als sie die Worte hörten.

»Ein Geist? So ein Unsinn. Die Klinge stieß ihm ein Mensch ins Herz. Enzio hat beim Würfeln falschgespielt und in der Nacht die

Rache des Betrogenen zu spüren bekommen. Ascanios denkt das ebenfalls«, erwiderte Matthias.

»Glaube mir. Es ist der Geist von Bartholomäus oder der von Paulo. Er rechnet mit seinen Mördern ab. Du solltest dich ihm nicht in den Weg stellen. Es könnte dein Ende sein.«

Die eindringliche Warnung verunsicherte Matthias. Was, wenn die Männer recht behielten? Mit einem Lebenden konnte er sich messen. Auf sein Schwert war Verlass. Aber mit einem Toten? Andererseits wollte er sich keine Blöße geben. Sich selbst Mut zusprechend, drückte er dem Erstbesten die Lampe in die Hand und zwängte sich an den anderen vorbei. Dann kletterte er die Stufen nach oben.

Vorsichtig hob der den Kopf aus der Luke. Der stürmische Wind zerzauste ihm die Haare. Regen peitschte ihm ins Antlitz. Auf der Brücke stand die Nachtwache am Ruder, die den Wetterunbilden schutzlos ausgeliefert war. Matthias erkannte sie in der Finsternis nicht, spürte aber durch das Korrigieren des Kurses im Kampf gegen die Elemente ihre Gegenwart.

Eine Weile geschah nichts. Nur der Wind peitschte ihm um die Ohren, während die Gischt der Wellen in breiter Front über die Bordwand spritzte. Dann zerriss ein Blitz die Schwärze des Firmaments. Er tauchte alles um ihn herum für einen Augenblick in blendende Helle. Matthias traute seinen Augen nicht, denn diese gab eine Gestalt preis, die einen menschlichen Leib über das Schanzkleid zerrte und in die See stürzen ließ. Dem Grauen über den gespenstigen Vorgang folgte ein Donnerschlag. Völlig aufgelöst stürzte Matthias die Treppe hinunter und hatte Glück, dass er sich nicht die Beine brach.

Sofort richteten sich die fragenden Blicke der Seeleute auf ihn.

Isabeau stellte ihn zur Rede. »Was geht auf dem Deck vor?«

»Ich habe den Geist gesehen«, erwiderte Matthias. »Die Seeleute haben recht gehabt. Es ist Paulo.«

Während sich alle bekreuzigten, huschte ein Lächeln über Maries Gesicht.

Am Morgen danach, es war der sechzehnte April, begann die Katastrophe. Der Vordermast brach und fiel samt Segel und Takelage ins Meer. Die Mannschaft sah sich wegen des Sturms gezwungen, alle

Taue zu kappen, um das Schiff vor dem Kentern zu bewahren. Ein hoher Preis, der für die Sicherheit der Mannschaft und die Ladung gezahlt werden musste. Zu allem Übel fehlte von Ascanios jede Spur. Manche sprachen offen aus, Paulos Geist hätte ihn erdolcht und über Bord gestoßen, wegen der Morde an dem alten Bartholomäus und seiner eigenen Person. Alle hofften, dass die Rachsucht des toten Schiffsjungen gestillt war und seine Seele endlich Ruhe fand.

Das Kommando auf der Brücke übernahm der Steuermannsgehilfe. Allerdings waren seine Fähigkeiten in Zweifel zu ziehen, da er sich mit der Funktionsweise des Lotes und des Astrolabiums nicht auskannte. Einen sicheren Hafen zu finden, war alles, was jetzt noch zählte. Ein Unglück schien bloß eine Frage der Zeit zu sein.

Gegen Abend geschah das Unvermeidliche. Das verbliebene Lateinersegel des hinteren Mastes riss von den Haltetauen und flatterte wie eine Fahne im Wind. Allein mit dem Ruder war der starken Strömung nicht beizukommen. Hilflos ausgeliefert näherte sich das Schiff der klippenreichen Küste. Der tobende Sturm tat sein Übriges. Er brachte die Seeschwalbe in eine gefährliche Schieflage. Noch einmal richtete sie sich auf, dann gab es einen gewaltigen Stoß, wie bei einem Beben. Berstende Spanten verkündeten das jähe Ende der Reise. Der Rumpf war auf eine Felsklippe aufgelaufen.

Isabeau, Matthias und Marie erlebten das Unglück unter Deck. Schnell stand ihnen das Wasser, das durch die aufgerissene Beplankung ungehindert eindrang, bis zur Brust. Sie hielten ihre wenigen Habseligkeiten über den Kopf und kletterten nach oben auf die Brücke. »Dem Herrgott sei Dank, das Schicksal meint es gut mit uns! Das Schiff rührt sich nicht mehr vom Fleck!«, rief Matthias, dessen Stimme im Geheul des Windes fast unterging. Es saß auf dem Riff fest wie ein Korken auf der Flasche. Sie mussten nur das Ende des Sturms abwarten und anschließend an Land schwimmen, welches zum Greifen nahe lag.

Die Nacht verbrachten sie gemeinsam mit der Mannschaft unter den Resten des gerissenen Segels. Wind und Regen leisteten ihnen Gesellschaft. Keiner traute sich, nach unten in den Schiffsbauch zu klettern, um einen Teil der Ladung zu retten. Es wäre ein tödliches

Unterfangen gewesen, denn mit jeder anschlagenden Woge nagten die Felsen mehr am Kiel der Seeschwalbe. Ein Hexenkessel, in dem man zermalmt werden konnte.

An Morgen schlug das Wetter um. Die Sturmfront zog nach Westen weiter und das Meer begann sich zu beruhigen. Langsam schob sich die Sonne zwischen den Wolken hervor.

Es war Zeit, aufzubrechen, bevor das Wrack ganz auseinanderfiel. Aus Angst, sich an verborgenen Klippen zu verletzen, wagte keiner, ins Wasser zu springen. An einem Tau seilten sich die Schiffbrüchigen ab und schwammen bis zur Küste.

Matthias, Isabeau und Marie klammerten sich, wie nach dem Unglück der San Marco, an eine leere Kiste und betraten bald darauf erleichtert das Land. Sie dankten Gott für die glückliche Fügung. Anders als die Seeleute schlugen sie am Ufer kein Lager auf, sondern lenkten ihre Schritte ins Landesinnere. Sie suchten Abstand von den anderen, konnten sie doch nicht voraussehen, ob auf festem Boden Gefahr von ihnen ausging.

Später fielen sie müde ins Gras und versuchten, sich zu orientieren. Das Gebiet bis zur Küste, das sich südöstlich von ihnen erstreckte, fiel zum Meer hin sanft ab und war mit dunklen Gesteinsbrocken bedeckt, die aus dem Boden zu wachsen schienen. Im Gegensatz dazu erhob sich südwestlich ein gewaltiger Berg. Sein Gipfel war mit Schnee bedeckt und schien bis in den Himmel zu reichen.

Der Hunger meldete sich. Seit gestern hatten sie nichts mehr gegessen. Weit und breit war keine Siedlung zu entdecken. Wohin sollten sie sich wenden, um Nahrung aufzutreiben?

Unerwartet tauchte in der Ferne eine Gestalt auf, die sich rasch näherte.

»Wer kann das sein?«, fragte Isabeau beunruhigt.

Argwöhnisch legte Matthias die Hand an den Griff des Tachis, welches er zur Warnung für mögliche Angreifer sichtbar am Gürtel trug. Hatte einer der Meuterer sie verfolgt? Lauerten andere bereits hinter dem nächsten Felsvorsprung?

»Ihr müsst nach Norden wandern! Dort liegt die Stadt Messina!«, rief ihnen der Unbekannte von weitem zu, als kenne er ihre Gedanken.

»Jesus Christus steh uns bei! Die Toten steigen aus ihren Gräbern«, beschwor Matthias den Allmächtigen und zog das Schwert aus der Scheide.

»Halte ein. Ich bin kein Geist. Ich lebe und bin aus Fleisch und Blut!«, versicherte er.

»Paulo!«, erhob Marie ihre Stimme und rannte freudetrunken auf ihn zu.

Kapitel 15

Der kindliche König

In der Nacht lagerten sie unter einem sternreichen Himmel. Auch die letzten Regenwolken hatten sich verzogen. Dürstend und hungernd lauschten sie Paulos Worten, mit denen er seine wundersame Rettung schilderte.

Dankbar gab er Marie das Tantō zurück, das sie ihm auf der Seeschwalbe heimlich zugesteckt hatte, und mit dem es ihm gelungen war, seine Hände von der Fessel zu befreien. Das lange Tau, an dem er gehangen hatte, war zugleich sein Rettungsanker gewesen. Er hatte es fertiggebracht, sich zum Schiff heranzuziehen und über das Ruder an Bord zu klettern. Im Speicher versteckt hatte er sich tagsüber von Datteln ernährt. Nur nachts, wenn alle geschlafen hatten, war er an Deck gestiegen und hatte den Kopf in eins der Wasserfässer gesteckt, um seinen Durst zu stillen.

Nachdem das Schiff auf dem Riff zerschellt war, hatte er sich unbemerkt von den anderen als Letzter an Land gerettet und war ihnen bis hierher gefolgt. Marie verdankte er sein Leben. Eine Schuld, die er ihr schwor, einzulösen, wenn der Zeitpunkt käme. Über Enzios und Ascanios gewaltsamen Tod verlor er kein Wort. Sie fragten ihn auch nicht danach. Er hätte jeden Grund besessen, die beiden in die Hölle zu schicken.

Nach Sonnenaufgang zogen sie nach Nordosten weiter. Die karge Landschaft vollzog einen allmählichen Wandel. Es wurde grüner. Saftiges Gras bedeckte den Boden. Später nahm ein dichter Pinienwald sie auf. An einem Bach löschten sie ihren Durst. Nach kurzer Rast führte sie das Rinnsal zu einem Hohlweg, der sich durch ein felsiges Gelände schlängelte. Abfließendes Regenwasser hatte ihn über lange Zeit aus dem Boden gewaschen.

Warnend hob Matthias die Hand, denn er hatte verdächtige Laute gehört. Sofort blieben die anderen stehen. Vorsichtig schlich er zur nächsten Biegung und lugte um die Ecke. Was er sah, berührte ihn. Ein Knabe in edlen Kleidern im Alter von zehn oder elf Jahren stand mit dem Rücken an einer Felswand. Seine bräunliche Hautfarbe stand auffällig im Gegensatz zu seinem rötlichen Haarschopf. Vor ihm lagen mehrere Leichname. Vermutlich seine Begleiter, die versucht hatten, ihn zu beschützen. Zwei Schwertspitzen waren auf seine Brust gerichtet. Waffen, die zwei Männern gehörten, welche ihre Gesichter hinter Stoffmasken verbargen. »Mach deinen Frieden mit Gott«, grollte einer von ihnen, bereit ihm den tödlichen Stoß zu versetzen.

Der Junge fiel auf die Knie und faltete die Hände. »Oh Herr, nimm meine Seele in deine Obhut und strafe diejenigen, die meinen Tod zu verantworten haben«, betete er und senkte den Kopf. Er wirkte gefasst. Beinahe hätte man meinen können, er durchlebe diesen Moment nicht zum ersten Mal.

Matthias ließ das Schicksal des Kindes nicht unberührt und umfasste mit der Hand den Griff seines Tachis. Wieder spürte er, wie die Macht dieser Waffe von ihm Besitz nahm. Er war sich seiner Sache sicher. Anders als auf der Seeschwalbe war heute das Kräfteverhältnis ausgewogener. Er war den beiden Wegelagerern ebenbürtig, wenn nicht sogar überlegen. »Um dieses Land ist es schlecht bestellt, wenn wehrhafte Männer hilflose Knaben überfallen«, rief Matthias ihnen entgegen.

Überrascht wandten sie sich um, fanden aber schnell ihre Fassung zurück. »Halte dich heraus, ungläubiger Bastard, und zieh deiner Wege. Diese Rechnung wird allein von Christenmenschen beglichen«, äußerte einer von ihnen verächtlich.

»Wahre Christenmenschen bringen keine Kinder um. Ihr seid des Teufels«, erwiderte er und zog sein Tachi aus der Scheide.

Sie lachten über seine ungewöhnlich geformte Waffe.

»Mit deinem dünnen Sensenblatt jagst du uns keine Angst ein«, meinte der andere höhnisch lachend und stürzte sich mit erhobenem

Schwert auf Matthias, der rasch zur Seite sprang und nur einen Hieb setzte.

Dumpf schlug der Leib des Mannes auf den Boden. Sein Haupt rollte bis zu seinem Spießgesellen, wobei es die Stoffmaske verlor. Die Augen des Toten glotzten ihn starr an. ›Flieh!‹, schienen sie ihn zu warnen, was er nicht tat. Verbissen klammerte er sich an den Knaben und hielt ihm die Waffe an den Hals. »Der Junge muss sterben. Ihr könnt ihn nicht retten«, sagte er unnachgiebig.

Bedächtigen Schrittes näherte sich Matthias dem Unhold. »Lass den Jungen frei und du kannst gehen, wohin du willst. Niemand wird dich verfolgen.« Er hoffte, der andere würde darauf eingehen.

»Dein Angebot kann ich nicht annehmen. Ich bin gezwungen, ihm das Leben zu nehmen, andernfalls verliere ich meines«, erwiderte er und setzte ihm die Klinge an die Kehle.

»Wenn du ihm ein Haar krümmst, töte ich dich auf jeden Fall. Was würdest du dadurch gewinnen?«

»Womöglich ein schnelles und schmerzloses Ende. Mir droht Schlimmeres, wenn ich meine Mission nicht erfülle«, behauptete er.

Unterdessen hatte sich Marie von allen unbemerkt davongeschlichen und eine Wand des Hohlweges erklommen. Sie stand im Rücken des Schurken und warf ihm von oben gezielt einen Stein auf den Kopf.

Er verlor das Schwert aus den Händen, sank stöhnend vor die Füße des Knaben und verlor die Besinnung.

Rasch sprang Matthias hinzu und fesselte ihm die Hände auf den Rücken. Paulo riss ihm die Maske vom Kopf. Der Ohnmächtige war, wie sein Kumpan, im mittleren Alter. Seine einfache Kleidung verriet einen niederen Stand. Offenbar war er ein gedungener Bösewicht, der mit Mordaufträgen sein Leben fristete.

Der Knabe hatte die Wendung seines Schicksals unverletzt überstanden und dankte Matthias für die Rettung. »Es ist sehr ungewöhnlich, dass ein Moslem sein Leben für ein Christenkind riskiert. Gleichwohl stehe ich tief in deiner Schuld und werde dich gebührend belohnen«, versprach er in einem Italienisch, das dem der Venezianer nahekam.

»Das ist ein Irrtum. Ich bin kein Moslem, sondern ein Schmied aus Schwaben, der mit seinen Gefährtinnen durch die Welt reist, um das Glück zu finden. Leider beherrsche ich deine Sprache nicht so gut wie meine eigene«, erwiderte er.

»Du kommst aus Schwaben? Dort herrscht mein Onkel Philipp. Leider durfte ich ihn nie besuchen. Doch ich kann noch hoffen. Eine Wahrsagerin auf dem Markt von Palermo hat mir aus der Hand gelesen, ich würde als Jüngling in sein Land Einzug halten und seinen ärgsten Feind bezwingen«, verkündete er auf Deutsch, was alle in Erstaunen versetzte.

Isabeau machte sich Sorgen um den Jungen und griff ihm mit der Hand an die Stirn. »Fiebern tut er nicht. Möglicherweise hat sein Geist Schaden genommen«, sagte sie ratlos zu den anderen.

Plötzlich überfiel Matthias ein unruhiges Gefühl. Sie standen wie Zielscheiben im Hohlweg. Es war gescheiter, bald von hier zu verschwinden. Doch zuvor lobte er Marie. »Was du getan hast, war mutig und schlau. Dennoch bitte ich dich, mir das nächste Mal vorher zu sagen, was du im Sinne hast. Ich möchte nicht, dass dir Schlimmes geschieht. Jetzt komm herunter, wir müssen weiterziehen. Wer weiß, vielleicht treiben sich noch mehr Wegelagerer in der Gegend herum.«

Gehorsam sprang das Mädchen in Paulos erhobene Arme. Während Matthias den Gefangenen mit ein paar Maulschellen zur Besinnung brachte und ihm dabei half, auf ein Pferd zu steigen, kümmerte sich Isabeau um den Knaben. Er löcherte sie mit unzähligen Fragen. Die Leichen zu begraben waren sie nicht in der Lage, denn der felsige Grund ließ dies nicht zu. Wilde Tiere würden sich folglich an ihnen guttun. Ein kurzes Gebet für die Erlösung ihrer armen Seelen war alles, was sie tun konnten. Matthias sah in den Gesichtern Isabeaus und Maries das schlechte Gewissen. Wahrscheinlich fühlten sie sich an die Schlachtfelder in Dorylaeum erinnert.

Nach einer Weile öffnete sich der Pinienwald und sie stießen auf einen breiten Pfad. Tiefe Spuren im feuchten Boden bewiesen, dass ihn nicht allein Wanderer nutzten, sondern auch Fuhrwerke. Isabeau begann dem Knaben unterwegs den Verlauf ihrer waghalsigen Reise zu schildern. Gespannt hing er an ihren Lippen und bestürmte sie, als ihre Geschichte mit dem Schiffbruch vor der Küste geendet hatte, wiederum mit Fragen. Die fremden Länder, unbekannten Völker und zahlreichen Abenteuer, die sie ihm malerisch beschrieben hatte, zogen ihn in ihren Bann. Eine bedrohliche Staubwolke am Horizont ließ sie verstummen. Eine Schar Reiter näherte sich. Misstrauisch legte Matthias Hand an sein Schwert.

Der Knabe beruhigte ihn. »Hab keine Sorge, das ist *Wilhelm von Capparone*. Ich bin das Mündel des Papstes *Innozenz* und der Throninhaber des Königreichs Sizilien. Er wacht in dessen Auftrag über mein Leben und noch mehr über mein Land und seine Reichtümer. Solange ich nicht volljährig bin, muss ich ihn ertragen, da er nicht nur mein Beschützer ist, sondern ebenso der Kerkermeister meiner Träume.«

Der Junge, der vorgab, der König dieses Landes zu sein, gab ihnen Rätsel auf. Seine Sprachgewandtheit zeugte von einer hohen Reife. Sicher genoss er bei viel belesenen Magistern ein lehrreiches Studium. Wissen, das dem einfachen Volk vorenthalten blieb, weil es nicht bezahlbar war.

Die ankommende Reiterschar bildete mit gezogenen Schwertern einen Kreis um sie. Ein dürrer, sehniger Mann mit stechenden Habichtsaugen saß vom Pferd ab und eilte zu dem Knaben. »*Federico*, Königliche Hoheit, warum habt Ihr das Lager verlassen und wer sind diese Leute? Sie schauen wie Ungläubige aus. Den ganzen Tag haben wir nach Euch gesucht und das Schlimmste befürchtet«, sprach er und behielt Matthias argwöhnisch im Auge, weil der noch immer die Hand an der Waffe hielt.

»Ihr macht Euch zu Unrecht Sorgen, Großkapitän. Sie sind keine Moslems, auch wenn ihre Kleidung anderes spricht. Es sind Schiffbrüchige aus Schwaben, die mir in den Wäldern das Leben gerettet haben. Ein Zufall hatte sie zu mir geführt, als ich in einen Hinterhalt geriet. Wegelagerer hatten sich mir in den Weg gestellt und meine Begleiter niedergestochen. Einer der Halunken fiel durch das Schwert dieses Mannes«, berichtete er und wies auf Matthias. »Den anderen konnte er mithilfe seiner Freunde überwältigen und fesseln«, fuhr er fort und zeigte auf ihn. »Verzeiht, dass ich Euch Ungemach bereitet habe. Ich hatte im Sinn gehabt, den Gipfel des Feuerbergs zu erklimmen, um seine Geheimnisse zu ergründen.«

»Den Ätna? Gott bewahre uns!« Wilhelm von Capparone hob die Arme und schickte ein kurzes Stoßgebet zum Himmel. »Ihr seid das Mündel des Papstes und ich trage die Bürde der Verantwortung, sollte Euch ein Unglück geschehen.«

»Befürchtet Ihr, er spräche einen Bann gegen Euch aus, so wie er es schon einmal tat? Er muss es ja nicht erfahren, wenn Ihr mir ein wenig mehr Freiheit gewährt«, schlug Federico diplomatisch vor.

Capparone winkte knurrig ab. »Ich muss Euch noch besser im Auge behalten, sonst verliere ich meinen Verstand«, erwiderte er kopfschüttelnd und gab die Order zum Aufbruch. »Ergreift den Gefangenen. Er wird uns über seine Absichten viel verraten, wenn ich ihm ein glühendes Eisen in den Wanst bohre. Und gebt dem König ein Pferd. Wir reiten nach Messina.«

Federico zog verdutzt die Augenbrauen nach oben. »Was wird aus meinen Rettern?«, fragte er.

»Was soll aus ihnen werden? Sie gehen ihren Weg und wir den unseren«, antwortete Capparone gleichgültig.

Das Gesicht des kindlichen Königs wurde zornesrot. Herausfordernd setzte er sich auf den Boden und verschränkte seine Arme vor der Brust. »Ich bleibe hier sitzen, bis Ihr einwilligt, dass sie uns begleiten dürfen. Sie haben eine Belohnung verdient«, meinte er trotzig.

Auf eine lässige Geste Capparones hin trugen sich zwei Reiter mit der Absicht, abzusteigen, um ihn auf ein Pferd zu setzen.

»Wer es wagt, mich anzufassen, Gott ist mein Zeuge, den töte ich. Wenn nicht heute, dann an dem Tag, an dem ich kein Mündel mehr bin«, warnte er sie.

Unentschlossen blickten die beiden auf ihren Anführer.

Der willigte letztendlich ein. »Also gut. Wie Ihr wollt. Sie kommen mit uns. Aber sie müssen Schritt halten. Wir dürfen keine Zeit verlieren. Morgen müsst Ihr Gregor von Salerno empfangen, den päpstlichen Legaten.«

Die Schiffbrüchigen schlossen sich dem Gefolge des Königs von Sizilien an. »Wohin reiten wir?«, fragte Matthias.

»Nach Messina«, antwortete Federico. »Die Stadt befindet sich nicht weit von hier an der Nordostküste der Insel.«

Gottlob, dachte Matthias. Die kommende Nacht würde ihnen wieder ein Dach über dem Kopf bescheren.

Am Abend setzten sie ihre ersten Schritte in die altehrwürdige Stadt. Messina war ein Ort mit einer wechselvollen Geschichte. Zahlreiche Festungen und Paläste prägten ihr Bild. Die Araber und nach ihnen auch die Normannen hatten sie errichtet. Sie hatten über die Insel geherrscht, bevor sie den Staufern durch eine Heirat in die Hände fiel. Als ein Juwel galt die Marienkathedrale in der Nähe des Hafens. Achtlos zog der Tross an ihr vorüber und hielt vor einem prächtigen Palazzo, in dem Federico die kommenden Tage Hof halten würde.

Nach dem Abendmahl durften Matthias, Isabeau, Marie und Paulo im Beisein zweier Wachposten den König in seinem Gemach besuchen. In diesem waren die Wände mit edlem Holz vertäfelt und mit farbenfrohen Wandteppichen behangen, die von heldenhaften Rittern und ihren Ruhmestaten kündeten. An der Decke hing ein riesiger Leuchter, der, mit Dutzenden Kerzen bestückt, helles Licht spendete. Federico, der in einem monströsen Lehnstuhl saß, forderte sie auf, Platz zu nehmen. Ungezwungen ließen sie sich auf den weichen Polstern nieder, die zu seinen Füßen lagen.

»Eigentlich befindet sich mein Amtssitz in Palermo. Es liegt sechs Reisetage westlich von Messina«, erklärte er. »Da der Legat aus Rom nicht gewillt ist, für ein kleines Kind, wie er mir unverhohlen schrieb, die ganze Insel zu durchqueren, bin ich gezwungen, ihn hier zu empfangen. Wilhelm von Capparone hält daran fest. Er ist Innozenz hörig, solange er seine lukrative Stellung an meiner Seite behält. Dieser nimmersatte Aufpasser streicht einen dicken Jahressalär ein«, sagte er. »Außerdem bedroht *Walter von Brienne*, der Herzog von Tarent, die Stadt Sarno in Kampanien, nachdem er bereits im letzten Jahr *Apulien* meinem Reich entrissen hat. Capparone will den Papst dazu bewegen, dem Herzog die Gunst zu entziehen, aufgrund der Gräueltaten, die dessen Heer an der Landbevölkerung begangen hat. Aber das ist bloß ein Vorwand. Die Bauern sind ihm vollkommen egal. Hauptsache, Brienne fällt in Ungnade und wird geschwächt.«

»Der päpstliche Legat ist also ein Faulpelz und Euer Aufpasser ein intriganter Raffzahn. Königliche Hoheit, verzeiht. Ihr bedürft dringend besseren Umgangs«, scherzte Isabeau.

Federico lachte. »Das hast du treffend auf den Punkt gebracht. Aber bitte lass uns reden, wie gescheite Leute es tun. Ich lege keinen

Wert auf Titel und höfisches Gehabe. Nur König zu sein ist öde und mitunter erdrückend. Ein ungebundenes Leben auf dem Rücken eines Pferdes mit einem Falken auf dem Arm erscheint mir erstrebenswerter. Die Vögel am Himmel sind die Einzigen, die wirklich frei sind. Sie fliegen, wohin es sie gelüstet. Kein Papst, kein Legat und kein Großkapitän kann sie aufhalten.«

»Fürwahr, König zu sein ist eine große Bürde«, meinte Isabeau kopfnickend. »Indes bedenke, welche Möglichkeiten dir deine Stellung eröffnet, um Gutes für dein Volk zu tun. Gib ihm die Luft zum Atmen und erdrücke es nicht mit Steuern, so wird es dich lieben, sagte mein Vater einmal zu mir.«

Federico schaute sie verblüfft an. »Dein Vater scheint mir ein weiser Mann zu sein. Er würde sich mit Magister Leonardo sicher gut verstehen, da er mir täglich Ähnliches ins Gewissen redet. Er ist mein Lehrer für Mathematik, Philosophie und Rhetorik.

Sie blickte ihn traurig an. »Er ist, wie meine Mutter, seit vielen Jahren tot. Aus diesem Grund möchte ich dir einen guten Rat geben. Vertraue nicht denen, die dir nur nach dem Munde reden und schenke nicht jenen Gehör, die Ränke schmieden. Sie werden dich ins Unglück stürzen und dir das Beil in den Nacken setzen, sobald sich die Gelegenheit ergibt.«

»Ich verstehe, worauf du hinauswillst«, erwiderte er. »Dass deine Familie einer Intrige zum Opfer fiel, tut mir sehr leid. Auch die Meinigen weilen nicht mehr unter den Lebenden. Übrigens, der Gefangene, der mir die Kehle aufschneiden wollte, ist ein bezahlter Attentäter aus Genua. Capparone kennt keine Nachsicht. Er hat die Wahrheit aus ihm herausgeprügelt. Die Stadt ist mir nicht wohlgesonnen, weil der gierige Aufpasser für viel Geld in meinem Namen ein Handelsabkommen mit Pisa geschlossen hat.« Sein Gesicht wurde finster und verdeutlichte, dass er wenig Verständnis für Capparones unersättliches Treiben zeigte. »Seit dem Tag, an dem mich meine Mutter auf dem Marktplatz von *Jesi* gebar, um vor den Augen aller Einwohner meine königliche Herkunft zu beurkunden, muss ich mich gegen Feinde wehren. Sie sprechen mir das Recht ab, über Sizilien zu herrschen, indem sie die Lüge verbreiten, ich sei nicht der Sohn des Kaisers Heinrich, sondern der untergeschobene Bastard eines

Metzgers. Diese Verleumder sähen mich viel lieber im Grab verrotten als auf dem Thron in Palermo sitzen.« Nachdenklich blickte er ins prasselnde Kaminfeuer. Die züngelnden Flammen spiegelten sich in seinen Augäpfeln wider.

»Für dein Alter bist du ein scharfsinniger Knabe, wenn ich das sagen darf«, bemerkte Matthias berührt. »Ich hoffe, du kannst dich gegen deine Widersacher behaupten und ein gerechter König werden.«

»Das ist mein Ziel. Leonardo betont stets, Wissen sei eine Waffe. Daher hat er mich Arabisch gelehrt. Nur in dieser Sprache eröffnen sich heute noch umfassend die Gedanken eines Euklid, Archimedes oder Aristoteles dem menschlichen Geist. Willst du die Welt im Innersten verstehen, musst du ihre Werke studieren, hat er mir nahegebracht.«

Marie rückte nah zu Federico heran und fragte: »Du hast behauptet, Wilhelm von Capparone sei der Kerkermeister deiner Träume. Wie hast du das gemeint? Ziemt es sich nicht für einen König, zu träumen?«

Er lachte fröhlich und schüttelte den Kopf. »Das war nur eine Metapher. Immer, wenn ich ihm einen Vorschlag unterbreite, was ich im Reich verbessern will, lehnt er ihn ab und betitelt ihn als Kinderei. Wieder sperrt er einen meiner Träume ins Verlies ein, denke ich mir dann verzweifelt.«

»Was würdest du anders machen wollen?«, fragte Paulo.

»Vieles«, erwiderte er. »Die Verwaltung bedarf umfassender Reformen, um bestechlichen Beamten das Handwerk legen zu können. Die Steuereinnahmen dürfen nicht mehr veruntreut und verschwendet werden. Ich brauche das Geld. Sizilien ist ein trockenes Land. In den wenigen Flussläufen sammelt sich Unrat und keinen kümmert es. Er vergiftet das Wasser und ist für die schlimmen Krankheiten verantwortlich, die uns plagen, behauptet Leonardo und ich glaube ihm. Man kann nicht für jedes Übel den Leibhaftigen verantwortlich machen. Hier muss ein Gesetz erlassen werden, das allen verbietet, das Wasser zu verschmutzen. Ein weiteres Problem sind die vielen Scharlatane in meinem Land, die sich als Medizi ausgeben und Kranken eher schaden, als zu helfen. Auch hier bedarf es einer

Regelung, die diesem Umtreiben endlich Einhalt gebietet. Besonders liegt mir am Herzen, meinen Königshof zu einem Hort des Wissens zu erheben, an dem die weisesten Gelehrten die Geheimnisse zwischen Himmel und Erde ergründen, ohne Angst vor dem mahnenden Zeigefinger des Klerus haben zu müssen.« Er hatte sich in Euphorie gesprochen. Seine Augen glänzten, als würden sie sein vollkommenes Reich bereits erschauen. »Schon übermorgen muss ich mit meinem Gefolge nach Palermo zurückkehren. Uns bleibt also nicht viel Zeit. Sagt, welche Absichten verfolgt ihr?«, sagte er nach einer Weile des Schweigens.

»Zunächst reisen wir nach Pisa weiter, wo Paulo zu Hause ist. Danach ziehen wir nach Venedig. Freunde werden uns helfen, in der Stadt heimisch zu werden.«

Federico staunte. Vermutlich hatte er etwas anderes erwartet. »Ihr kehrt nicht heim nach Schwaben?«, fragte er.

»Daheim haben wir keine Zukunft«, erwiderte Matthias vage. Er glaubte, die Einzelheiten verschweigen zu müssen.

»Was es auch sein mag, was euch bedroht, offenbart es mir. Ihr müsst nichts befürchten. Mit meinem Onkel Philipp verbindet mich nichts. Für ihn bin ich nur ein unbequemer Nebenbuhler, der ihm irgendwann den Königs- oder gar Kaiserthron streitig machen kann, falls sein Rivale Otto von Braunschweig nicht schneller ist«, versicherte er mit einem hintergründigen Lächeln.

In bildhaften Worten berichtete Isabeau von Rudolfs Verrat, der Ermordung ihres Ehemanns und schilderte das Leid, das Matthias ertragen musste, nachdem er seine Tochter Agnes verloren hatte. »Auf unserer Flucht habe ich ihn lieben gelernt. Ich trage sein Kind in meinem Schoß. Zuhause in Schwaben, wo mich der Adel kennt, würde uns niemand als Paar akzeptieren. Er ist ein Schmied und ich eine Edelfrau. Wo sollten wir zusammenleben, ohne angefeindet zu werden? Daher habe ich meinem Stand für immer entsagt und verzichte auf mein Erbe, um bei ihm bleiben zu können«, endete sie.

»Du besitzt Mut und bist eine Kämpferin. In meinem Umfeld gibt es keine Frau deines Schlages. Für deine Liebe zu Matthias opferst du dein altes Leben, um es gegen die Ungewissheit eines neuen zu tauschen. Leonardo meint immer: ›Schlägst du ein Tor zu, so öffnet sich ein anderes. Du musst nur die Kraft aufbringen, es zu durchschreiten.‹ Fürwahr, meine Freunde, euch soll geholfen werden. Morgen, nach meinem Treffen mit dem päpstlichen Legaten, treffen wir uns wieder. Dann teile ich euch meinen Entschluss mit«, verkündete er und lächelte zufrieden.

Am späten Abend lagen Isabeau und Matthias auf ihrer Schlafstatt und hielten sich in den Armen. Ein Kerzenleuchter spendete gedämpftes Licht. Sanft strich seine Hand über ihre seidige Haut. Verlangen überkam beide und sie liebten sich voller Hingabe.

»Ach Matthias«, hauchte sie. »Was soll ich nur tun?«

In ihren Worten lag Wehmut. »Was bedrückt dich?«, fragte er.

»Ich sorge mich um unsere Zukunft.«

Ihre Worte verblüfften ihn. »Isabeau, meine Blume, fürchte nicht die Tage, die noch kommen, denn du bist nicht allein. Verlierst du den Halt, stütze ich dich. Bist du traurig, bringe ich dich zum Lachen. Fühlst du dich verloren, schenke ich dir Wärme und Geborgenheit. Und steht dir das Glück in den Augen geschrieben, ist es meiner Müh schönster Lohn.« Der einfühlsame Blick seiner Augen zeigte, wie ernst er es mit seinen Worten meinte.

Sie bedeckte sein Gesicht mit Küssen. »Dass du für immer zu mir stehst, daran zweifle ich nicht. Es ist eine andere Last, die meine Seele quält. Wir sind vor Gott nicht Mann und Frau. Ich teile mein Bett in Sünde mit dir und kann dennoch nichts anderes tun. Ich habe Angst, dass die Menschen uns verdammen«, erwiderte sie hin- und hergerissen.

Zärtlich streichelte er ihren Bauch, in dem merklich die Frucht ihrer Liebe reifte. »Du bist nicht die Sünde, Isabeau. Du bist die Quelle des Lebens. Gott verzeiht. Verblendete Menschen nicht. Das hast du selber einmal gesagt. Wenn du mich wirklich zum Ehemann willst, willige ich ein. Das ist schon lange mein innigster Wunsch. Aber ich möchte es in Rom tun.«

Sie nickte zustimmend und zog seinen Kopf an ihre weiche Brust. Jetzt war ihr leicht um Herz.

Ein Gefühl des Glücks durchströmte beide und sie begannen sich den Tag ihrer Vermählung in einer römischen Kirche in den buntesten

Farben auszumalen. Jenseits aller Standesschranken gäben sie sich das Jawort und Marie würde ihre Zeugin sein.

Dem Schlaf noch fern dachte Matthias über Federico nach. Der junge König beeindruckte ihn. »Was hältst du von unserem jungen Gastgeber?«, fragte Matthias nach einer Weile.

»Federico ist ein außergewöhnliches Kind. Ehrlich gesagt ist er mir beinahe unheimlich«, verriet sie ihm. »Er spricht mehrere Sprachen und ist für sein Alter gescheit wie ein hochbetagter Magister. Wenn er redet, höre ich nicht das Kind in ihm, sondern einen erwachsenen Mann. Entweder wird aus ihm der weiseste und gerechteste Herrscher, den die Welt je sah, oder der blutrünstigste Tyrann.«

»Letzteres mag ich nicht glauben«, entgegnete er. »Offensichtlich hat er einen hervorragenden Lehrer, den er selbst oft zitiert. Wie du, mein Herz, verlor er früh seine Familie und musste sich allein durchs Leben schlagen. Tag für Tag muss er sich gegen machtgierige Emporkömmlinge und Ränkeschmiede behaupten. Das ist eine schwere Bürde für einen Knaben in seinem Alter. Übrigens, auch du bist außergewöhnlich ... Aber unheimlich...?« Er tat, als grüble er über ein schweres Problem. Dann lachte er. »Niemals. Du bist liebenswert und das Schönste, was mir je begegnet ist. Dass ich dich aus dem Burgverlies befreien durfte, war ein Geschenk. Ich habe dich nicht verdient, doch ich bin froh, dass du bei mir bist. Und was Federico betrifft, Genie oder Tyrann, er wird seinen Weg finden. Wenn das Gute in ihm überwiegt, wird sein Reich erblühen«, sagte er und küsste sie.

»Du verdienst mich nicht? Du bist ein Dummkopf!«, antwortete sie befreit. Ihre Wehmut war endgültig verflogen. »Wir lieben uns. Alles andere ist nicht von Belang.«

Am folgenden Tag war ihre Geduld gefragt. Der Empfang des Legaten aus Rom würde laut Leonardo bis zum Abend andauern. Die freie Zeit vertrieben sie sich derweil am Hafen. Von dort war Kalabrien mit bloßem Auge zu erkennen. Es lag auf der östlichen Seite der Seestraße von Messina, welche Sizilien und Italien voneinander trennte. Auf den Märkten der Stadt, die Waren aus vielen Ländern feilboten, lockte so manche Spezerei zum Kauf. Leider hatten sie kein Geld übrig und ihnen wurde klar, dass die Weiterreise nach Venedig kein leichtes Unterfangen werden würde. Am späten Nachmittag kehrten sie zum Palazzo zurück. Später sprach Leonardo vor und führte sie zu Federico.

Das Gemach, das sie betraten, war kleiner als das am Abend zuvor, allerdings ebenso üppig ausgestattet. Auch hier schmückten Wandteppiche die Wände und auf dem Holzboden, den bunte Teppiche aus dem Morgenland bedeckten, stand Gestühl aus schwerer Eiche. Auf der Tafel hatte der kindliche König sizilianischen Wein und wohlriechende Speisen auftischen lassen. Dazu loderten im Kamin die Flammen eines wärmenden Feuers, da die Aprilabende an der Küste noch immer die Kühle der Meeresluft verströmten. Der Anblick hatte etwas Feierliches an sich.

Federico trug eine gegürtete zinnoberrote Tunika mit silberfarbenen Borten an den Säumen. Den Halsausschnitt des Gewandes schmückte eine bronzene Fibel. Eine grazile Krone aus Gold zierte sein Haupt. Freudig forderte er seine Gäste auf, Platz zu nehmen und zuzugreifen. Nach dem Mahl gesellte sich ein Geistlicher hinzu. In der einen Hand hielt er ein Schwert und in der anderen ein Dokument.

»Das ist mein Beichtvater Albertus. Er ist eine gute Seele, die mein Herz immer wieder zum Leben erweckt, wenn es unter den Maßregelungen Capparones zu verkümmern droht.«

»Die bestellte Urkunde habe ich angefertigt und ist bereit für die Signatur«, teilte der Mönch mit und breitete ein Blatt Pergament aus feinster Lammhaut auf dem Tisch aus. Ein Siegel an einer Seidenschnur schmückte es am unteren Ende.

Nachdem Federico sie durchgelesen hatte, unterschrieb er sie mit seinen Titeln und Namen. Würdevoll stellte er sich vor seine Gäste und sprach feierlich: »Euch verdanke ich mein Leben. Ich stehe tief in eurer Schuld. Wäre es nach dem selbstsüchtigen Wilhelm von Capparone gegangen, würdet ihr ohne Anerkennung bereits euerer Wege gegangen sein. Ich dagegen bin ein König, Kind und Enkel eines Kaisers, und weiß eine Heldentat zu würdigen. Ein jeder von euch erhält zum Lohn ein Pferd, einen Beutel mit fünfzig *Goldtari* und neue Gewänder.« Ihre erstaunten Blicke fasste er falsch auf.

»Ich weiß, das ist eine gering bemessene Summe für die Rettung des sizilianischen Regenten. Gott sei's geklagt, ich habe nicht mehr verfügbar. Mein gieriger Kerkermeister sitzt mit seinem Hintern auf allen Truhen«, sagte er um Verständnis bittend.

»Du missverstehst uns, Federico. Das ist sehr viel Geld. Damit haben wir nicht gerechnet«, entgegnete Isabeau. »Wir wissen deine Geste zu schätzen. Sie hilft ungemein, schnell an unser Ziel zu gelangen.«

»Ach ja, Venedig«, erinnerte sich der Knabe. »Warum bleibt ihr nicht einfach bei mir? In Sizilien gibt es keinen Winter. Meine Bauern sind mit reichen Ernten gesegnet, wenn der Regen nicht ausbleibt. Das Leben könnte anderswo schlechter sein.«

»Dein Angebot ist sehr verlockend. Fast möchte ich es annehmen«, gab Isabeau unverblümt zu.

»Vergesst meine Worte. Sie waren unbedacht und eigennützig«, erwiderte er beschämt. »Es ist klüger, wenn ihr Sizilien morgen verlasst. Abgesehen von Paulo, der aus Pisa stammt, ist hier keiner von euch sicher. Capparone sieht in euch ernsthafte Gegner, die Einfluss auf mich nehmen und seine Stellung untergraben könnten. Skrupel, vermeintliche Gegner zu töten, hat er nicht. Drei Jahre muss ich ihn noch ertragen, dann endet die Vormundschaft des Papstes über mich und damit auch die Machtbefugnisse meines Peinigers. Abgesehen davon möchte ich jetzt eine wichtige Zeremonie abhalten. Diese muss im Verborgenen getan werden, da Capparone sie aus Neid verhindern würde. Zum einen ist er ein Heerführer, der nie eine heldenhafte Tat vollbracht hat, was ihn zeit seines Lebens wurmt. Zum anderem ist er hochmütig und verachtet die einfachen Menschen, wie es Marie und Matthias sind.«

»Wir werden deinen Rat befolgen und weiterziehen. Bis dahin kannst du auf uns zählen. Was hast du nun vor?«, wollte Matthias wissen.

Der Blick des jungen Königs wurde ernst. Ein Moment, der ihn wieder viele Jahre älter erscheinen ließ. »Hört meinen Entschluss: Ich wahre Isabeaus Anrecht auf die Grafschaft Wartenstein, ohne dass sie ihrem Schwager oder einem anderen gierigen Edelmann das Jawort geben muss. Was ihr daraus macht, liegt in euren Händen.«

Isabeau war wie betäubt. Auch Paulo und Marie begriffen nicht, was Federico im Sinn hatte.

»Wie sollen wir das zuwege bringen, wenn sie mich zum Gemahl nimmt? Ich bin ein Schmied und nicht von adligem Geblüt. Ihresgleichen werden sie bis aufs Blut demütigen und ausstoßen. Nicht Titel und Land werden ihr Lohn sein, vielmehr Schmach und Leid«, hielt ihm Matthias betrübt entgegen.

»Hadere nicht mit dem Schicksal, denn für euch öffnet sich ein anderes Tor. Tritt vor und knie nieder«, befahl Federico.

Erstaunt tat er, was der König von ihm forderte, und senkte ergeben sein Haupt.

Albertus reichte dem Jungen das Schwert, das dieser bedeutsam erhob. »Ich, Friedrich, aus dem Geschlecht der Staufer, von Gottes Gnaden König von Sizilien, erhebe dich in den Ritterstand. Sei tugendhaft und redlich und versündige dich nicht. Deinem Lehnsherrn sei ein treuer Knecht. Tritt stets für die Wahrheit ein und bekämpfe die Lüge. Und fürchte dich nicht vor einem ehrbaren Tod, denn dieser führt ins Himmelreich«, verkündete er würdevoll. Dann berührte er mit der Spitze der Klinge sanft die rechte Schulter des Schmiedes und rief: »Zu Gottes und Marias Ehr, diesen Schlag und keinen mehr! Nun steh auf als Ritter und führe fortan den Namen Matthias von Messina.«

Wie vom Donner gerührt nahm er das unterzeichnete Dokument entgegen.

»In der Urkunde sind dein Name und dein neuer Stand beglaubigt. Sie ist mit dem königlichen Reichssiegel Siziliens versehen und von Albertus als Vertreter des Klerus gesegnet worden. Setze dieses Dokument klug ein. Es kann dir weitere Türen öffnen«, legte er ihm nahe. Schließlich überreichte er ihm zusätzlich ein Paar Sporen, einen Harnisch samt Helm, das Schwert, mit dem er den Schlag auf die Schulter erhalten hatte, und ein *Normannenschild* mit leerem Feld, die er vor Capparone versteckt in einer Truhe verwahrt hatte. »Als Begründer eines neuen adligen Geschlechts musst du es mit einem eigenen Wappen füllen. Wähle die Symbolik mit Bedacht. Sie sollte nicht nur deine menschlichen Vorzüge hervorheben, sondern auch deine Seele widerspiegeln«, riet er ihm.

»Ich schulde dir meinen Dank«, versicherte Matthias, der glaubte zu träumen. »Aber verstößt der Aufstieg eines niederen Mannes in den Adel nicht gegen die von Gott gegebene Ordnung?«, fragte er unsicher.

»Zu allen Zeiten wurden Männer zu Rittern geweiht, auch ohne edle Geburt«, mischte sich Leonardo in das Zwiegespräch ein. »Sei es für die gezeigte Tapferkeit im Kampf oder für den Schutz von Wehrlosen. Was kann ein Mensch mehr tun, als sich zu opfern für das Leben eines anderen?«, betonte er. »Auch du hast Mut bewiesen und unerschrocken ein Kind vor dem Tode bewahrt. Zweifle also nicht an deiner Ritterlichkeit. Sie ist längst ein Teil von dir. Du bist dir dessen nur nicht bewusst.«

»Jetzt begebt euch zur Ruhe und schlaft in Frieden«, riet Federico. »Morgen könnt ihr euch dem Legaten Gregor von Salerno anschließen. Er und sein Gefolge setzen mit einem Schiff nach Kalabrien über. Unter seinem Schutz kommt ihr sicher bis nach Rom. Ich bin traurig, dass ihr gehen müsst. Gleichwohl freue ich mich schon auf den Tag, an dem wir uns in Schwaben wiedersehen. Die Seherin in Palermo hat es mir vorausgesagt. Und ich glaube daran.« Damit beendete er die Zusammenkunft. Nur Paulo blieb zurück. Die beiden wollten unter vier Augen etwas besprechen.

In der Nacht lagen Matthias und Isabeau lange wach. Die Ereignisse hatten sich seit dem Schiffbruch überschlagen und eine unerwartete Wendung genommen. Konfuse, kaum fassbare Gedanken schossen ihnen durch den Kopf. Bilder von gewagten Plänen entstanden vor ihren Augen, deren Gefahren und Tragweiten sie nicht abschätzen konnten. Und dennoch, Isabeaus Erbe war noch nicht verloren. Matthias schwor, das Seinige zu tun, um es ihr in die Hände zu legen. Und Rudolf, ihren verhassten Schwager, würde er von den Zinnen des Bergfrieds in die Tiefe stürzen, so wie dieser es mit Melisande getan hatte.

Früh vor dem Aufbruch gab es noch einmal Tränen. Paulo rang nach den richtigen Worten. Sie auszusprechen fiel ihm nicht leicht. »Verzeiht mir, ich werde nicht mit euch ziehen. Ich folge dem König nach Palermo. In der Stadt leben seit dem Vertrag mit Pisa etliche Landsleute von mir. Unter ihnen gibt es keinen, dem Federico bedingungslos vertrauen kann. Daher braucht er mich. Ich will ihm eine Stütze sein. Auch gegen Wilhelm von Capparone. Zum Dank hat er mir angeboten, an den Lehrstunden bei Magister Leonardo teilzunehmen. Er wird mir vieles beibringen.«

Natürlich billigten Isabeau und Matthias seine Entscheidung. Marie nicht. Sie schlug ihm mit der Faust immer wieder gegen die Brust und weinte bitterlich. Er wehrte sich nicht und ließ es zu, bis sie sich wieder beruhigte.

»Ich werde dich nicht vergessen. Wenn Federico dereinst nach Norden zieht, werde ich ihn begleiten. Dann treffen wir uns wieder«, versprach er und umarmte sie zum Abschied.

Später auf dem Schiff, das sie zur nahen Küste Kalabriens brachte, gesellte sich Isabeau zu Marie. Sie stand am Heck und blickte sehnsüchtig nach Sizilien zurück. Hoffte sie ein letztes Mal, Paulo zu entdecken, der ihnen vom Hafen aus zugewinkt hatte, bis seine Gestalt mit dem Horizont verschmolzen war?

»Es tut so weh«, schluchzte sie und fasste sich ans Herz.

»Du musst es akzeptieren«, sagte Isabeau behutsam zu ihr. »Jeder ist seines Glückes Schmied. Es ist seine Entscheidung. Dafür darfst du ihm nicht böse sein.«

»Ich bin ihm nicht böse. Ich habe ihn liebgewonnen. Er fehlt mir.«

»Ich weiß.«

Kapitel 16

Omnia vincit amor

Die Reise durch das gebirgige Kalabrien, das zum Königreich Sizilien gehörte, verlief ohne Zwischenfälle. Die Berghänge und die Täler waren mit Buchen- und Pinienwäldern bewachsen. Zahlreiche Flüsse kreuzten ihren Weg, die kristallklares Wasser führten. Der Wind wehte stetig von Süden. Es wurde täglich wärmer. Ohne Rast passierte der Tross die Städte Vibo Valentia, Nicastro, Cosenza und Scalea. Nachts fanden sie stets ein Obdach in einem Kastell oder klösterlichen Anwesen.

Nach mehr als einer Woche trafen sie in Salerno ein, der Geburtsstadt des Legaten. Bisher hatte der hohe Kirchenmann, der die Fahrt nach Rom in einer Kutsche vorzog, kein Wort an seine neuen Begleiter gerichtet. Erst am nächsten Tag, als sie am Fuß des Vesuvs Neapel erreichten, wandte er sich an den Anführer seiner Leibwache und trug ihm auf, den Mann mit der Frau und dem Kind an der Seite abends zu ihm zu führen. Das Kastell, in dem sie für die Nacht unterkamen, lag auf einer Halbinsel nahe dem Hafen. Die Stadt und die Festung unterstanden dem sizilianischen König, da die Grenze zum Kirchenstaat des Papstes einen Reisetag nördlicher verlief.

In Gregor von Salernos Gemächern durften Isabeau, Matthias und Marie am Abendmahl teilnehmen. Das Essen, bestehend aus Eiern, gebratenem Fleisch, Brot und Wein war üppig und mundete, was die Stimmung anhob.

»Bruder Albrecht hatte mich gebeten, Euch und Euren Begleiterinnen Schutz in meinem Gefolge zu gewähren. Ich habe Euch in den letzten Tagen beobachtet. Schlau bin ich aus Euch nicht geworden.

Ihr kleidet Euch standesgemäß und tragt bestimmt reichlich Geld in den Taschen, aber Euer Gebaren gleicht mehr dem eines Bauern. Gleichwohl hattet Ihr Umgang mit König Friedrich und Wilhelm von Capparone, was Euch wiederum auszeichnet. Wie lautet Euer Name?«, fragte er und strich sich mit der Hand das Fett von den Lippen.

»Matthias von Messina«, erwiderte dieser.

»Von Messina ...? Nie gehört von Eurem Geschlecht. Wohl niederer Adel? Wer ist Euer Lehnsherr?« Er schien gelangweilt.

Verbissen suchte Matthias nach einer passenden Antwort, die sich nicht auf Federico bezog.

»Der deutsche König Philipp«, eilte ihm Isabeau zu Hilfe. »Wir haben auf Sizilien seinen königlichen Neffen besucht. Jetzt ziehen wir nach Rom, um uns dort zu vermählen. In der Heiligen Stadt das Sakrament der Ehe zu empfangen, ist unser innigster Wunsch. Anschließend kehren wir auf unsere Besitztümer zurück.«

»Und Ihr seid?«

»Isabeau von Lunéville.«

»Isabeau? Nun gut, mein Kind. Fürsten, die sich König nennen, gibt es nördlich der Alpen zwei an der Zahl. Ich hoffe für Euch, Ihr setzt auf den Richtigen. Für die Eheschließung in Rom eine Kapelle zu finden, ist kein schweres Unterfangen. Es existieren derer Hunderte«, erwiderte er und gähnte laut. Ein untrügliches Zeichen, dass die Audienz für heute beendet war.

Nach vier Tagen Marsch auf der Via Appia, einer mit uralten Zypressen und Pinien gesäumten Römerstraße, hielten sie Einzug in Rom. Sie tauchten ein in einen Ort, den die Prediger zu Haus in Schwaben als ein Wunder der Ewigkeit bezeichneten. Ihre Ernüchterung war indessen groß, da ihr Anblick anderes vermittelte. Anstatt eines endlosen Straßen- und Häusermeeres erwartete sie unmittelbar hinter der mächtigen Stadtmauer des Cäsaren *Aurelian* nur braches Land. Es war, wohin das Auge auch blickte, mit wuchernden Beerensträuchern und dichtem Gestrüpp bewachsen. Die Überbleibsel der Menschen, die hier vor Äonen gelebt hatten, waren darunter nur zu erahnen.

Später ritten sie an einer Ruine vorüber, deren Reste so hoch ragten, dass ihnen der Wildwuchs nichts anhaben konnte.

»Wurde das Bauwerk in einem Krieg zerstört?«, fragte Matthias Septimius, den Anführer der Leibwache des Legaten.

Er wiegte skeptisch den Kopf. »Wenn ja, muss er vor langer Zeit stattgefunden haben. Alte Quellen berichten, es sei das Badehaus eines heidnischen Kaisers gewesen. Wahrscheinlicher ist, dass es einem Erdbeben zum Opfer fiel oder dem Zorn Gottes.«

Ungezählte zerfallene Häuser und Monumente säumten von nun an ihren Weg und erinnerten an die einst monströse Stadt der Cäsaren und deren Dekadenz.

»Tausend mal tausend Menschen sollen früher in Rom gewohnt haben. Heute ist nur ein Bruchteil von ihnen übriggeblieben. Man findet ihre Siedlungen an beiden Ufern des Tibers«, wusste Septimius zu berichten.

»Warum haben die anderen die Stadt verlassen?«, fragte Marie verwundert.

»Die einen gingen aus Scham über die gottlose Lebensweise der Kaiser. Die anderen flohen vor den Goten und Vandalen, die der Allmächtige wie eine biblische Plage über sie kommen ließ«, rief Gregor von Salerno aus der Kutsche zu ihnen herüber.

Der Tross erklomm einen lang gestreckten Hügel, der den Namen Caelius trug. Auf ihm thronte der Lateranpalast. Er war seit der frühen Christenheit der Amtssitz der Päpste und war ein Sammelsurium von Kapellen, Wohnräumen, Audienzsälen und Kreuzgängen, die von der apostolischen Wache beaufsichtigt wurden.

Am Ziel angekommen, wurden Matthias, Isabeau und Marie aufgefordert, von den Pferden zu steigen. Seltsamerweise entließ man sie nicht aus dem Gefolge.

»Ihr dürft mich begleiten und Papst Innozenz die Aufwartung machen. Es wäre möglich, dass er Fragen an euch hat«, sprach Gregor von Salerno in einem Ton, der keine Widerrede zuließ.

Sie sahen sich unschlüssig an. Was führte der Mann im Schilde? Vorsicht war geboten.

Zuerst sprach er allein bei Innozenz vor. Vermutlich hatte er ihm Dinge zu berichten, die nicht für jedermanns Ohren bestimmt waren. Zwei Stunden mussten sie sich gedulden, bis ein Prälat des Papstes sie in den Audienzsaal führte.

Der Raum war opulent und prachtvoll ausgestattet. Lange Säulen und Bögen aus Porphyr stützten das Gewölbe über ihnen und den Fußboden bedeckte weißer polierter Marmor. Glanz und Schönheit, welche dem Amt des Stellvertreters Christi auf Erden angemessen erschienen.

Auf einer Empore im Hintergrund saß Innozenz auf seinem päpstlichen Thron. Er war im Gespräch mit dem Legaten und winkte die Neuankömmlinge zu sich. Mit gesenkten Häuptern knieten sie zu seinen Füßen nieder. In sein Angesicht zu blicken, wagten sie nicht, nahmen sie doch an, der Allmächtige selbst schaue durch dessen Augen auf sie herab.

»Wenn Ihr ein Ritter seid, dann spottet nicht über meine von Gott verliehene Erhabenheit. Schaut mir in die Augen. Ich muss wissen, wen ich vor mir habe. Arglist ist ein übler Wesenszug, der sich im Antlitz verbirgt«, wies er Matthias hochtrabend zurecht.

Willfährig hob er den Kopf, wie Innozenz verlangt hatte, und staunte. Er hatte sich immer eingebildet, der Papst sei ein alter weißhaariger Greis. Der Mann indes, der ihm gegenübersaß, war weit jünger, von schmaler Statur, mit glatt rasiertem Gesicht und voller Hochmut. Letzteres Merkmal war mit den Geboten des Herrn eigentlich unvereinbar, da die Heilige Schrift es zu den sieben Todsünden zählte. Als er die wahre Natur von Innozenz erkannte, schmolz seine Ehrfurcht vor ihm wie Eis in der Sonne, da dieser nicht anders auftrat als die Adligen zu Haus: eitel und selbstsüchtig.

»Gregor von Salerno erhielt von mir die Order, Friedrich in naher Zukunft eine Heirat nahezulegen. Und zwar mit einer Prinzessin aus dem Königreich *Aragon*, um in Sizilien den Einfluss der Venezianer und Genuesen einzudämmen. Hierfür müssen langwierige Verhandlungen vorausgehen und reichlich Geldmittel fließen. Unerklärlicherweise ist er ohne eine Zusage zurückgekehrt. Friedrich ist der Sache ausgewichen. Er ist mein Mündel. Mit dem vierzehnten Lebensjahr könnte ich eine Heirat über seinen Kopf bestimmen. Mir wäre es allerdings lieber, er stimmt freiwillig zu.

Wie ist Eure Ansicht in dieser Angelegenheit? Was kann ihn abgehalten haben, der Verbindung zuzustimmen?«, fragte Innozenz listig und ließ Matthias bei der Antwort keinen Moment unbeobachtet.

»Das weiß ich nicht zu sagen. Ich war bei der Audienz nicht anwesend, Eure Heiligkeit«, erwiderte er.

»Mir geht es nicht um die Zusammenkunft. Ich will ergründen, ob Friedrichs Berater einen schlechten Einfluss auf ihn nehmen, der ihn vom Heiligen Stuhl in Rom abrücken lässt«, stellte er richtig.

Matthias glaubte, nicht recht zu hören. Der Papst hatte im Sinn, ihn als Spion zu missbrauchen. Damit eröffnete sich ihm die einmalige Gelegenheit, Federico einen Dienst zu erweisen, indem er Innozenz einen Grund bot, dessen ungeliebten Kerkermeister loszuwerden. »In der Tat, Eure Heiligkeit, es gibt im Umfeld des Königs einen Mann, der seine Macht klug für seine eigenen Zwecke zu gebrauchen weiß: Wilhelm von Capparone. Der König hat mir offenbart, dass dieser seit einiger Zeit die Nähe zu den Pisanern sucht. Erst vor Kurzem ist er ein gewinnbringendes Bündnis mit ihnen eingegangen. Zahlreiche Umschlagplätze und Warenspeicher werden seitdem auf der Insel eröffnet. Jetzt tummeln sich nicht nur Handelsschiffe in den sizilianischen Häfen, sondern auch Kriegsgaleeren vor den Küsten, welche die gierigen Genuesen fernhalten sollen«, verriet er, was zwar übertrieben, aber nicht gelogen war.

Innozenz runzelte die Stirn. Sorgenfalten zogen sich um seine Mundwinkel. »Zwistigkeiten zwischen Pisanern und Genuesen, die womöglich in einem Krieg enden, kann ich im Königreich Sizilien nicht dulden. Das stört mein Vorhaben, Friedrich vorteilhaft zu verheiraten. Was weißt du noch zu berichten?«

»König Friedrich vermutet, dass Wilhelm von Capparone Geld veruntreut. Um es vertuschen zu können, hindere er ihn, die Schatzkammer zu betreten. Niemand, außer dem Großkapitän selbst darf die Truhen öffnen«, enthüllte Matthias nur allzu gern.

»Der gottlose Bastard!«, schimpfte Innozenz wütend und ließ seinem Unmut freien Lauf. »Schon einmal hat er mein Vertrauen missbraucht. Zu schnell habe ich ihm seinen Verrat verziehen. Und so lohnt er meine Nachsicht.« Er winkte Gregor von Salerno zu sich. »Setzt Euch sofort mit *Walter von Pagliara* in Verbindung. Er soll

Capparones Machenschaften ein Ende setzen und ihn unschädlich machen.«

»Wie Eure Heiligkeit wünscht. Ich werde mich morgen auf den Weg begeben«, versprach er und verließ den Saal.

»Ihr habt mir einen großen Dienst erwiesen«, sagte der Papst wohlwollend zu Matthias. »Wenn Ihr Wünsche hegt, äußert sie.«

Er dachte nicht lange nach. »Ich möchte eine altehrwürdige Kirche aufsuchen, in der ich mit Isabeau von Lunéville das heilige Sakrament der Ehe eingehen kann«, antwortete er und wies auf die junge Frau zu seiner linken. »Außerdem benötige ich einen Goldschmied, der mir zwei Ringe anfertigen kann, und suche einen gefahrlosen Weg nach Schwaben.«

Innozenz beugte sich nach vorn. »Euer Begehren ist leicht zu erfüllen. Reitet auf der Via Labicana, die Straße, die nach Sant'Angelo führt, und fragt nach Vinicio Perugio. Seine Werkstatt findet Ihr am Ufer des Tibers. Er ist ein Meister der Goldschmiedekunst. Auf dem Weg zu ihm stoßt Ihr auf die Kirche San Clemente. Sie ist ein erhabener Ort für eine Vermählung. Und was Eure Rückkehr nach Hause betrifft, so kann auch hier geholfen werden. In fünf Tagen bricht der Legat *Pierre von Castelnau* zu einer Reise auf, die ihn zu Philipp von Schwaben führt. Ihr dürft Euch seinem Gefolge anschließen. Allerdings muss er unterwegs der Stadt Assisi einen Besuch abstatten, um ein spirituelles Mysterium aufzuklären. Haltet Euch rechtzeitig bereit und Ihr bekommt ein sicheres Geleit bis zum Bodensee«, bot er an und gab ihnen das Zeichen, sich entfernen zu dürfen.

Sie erhoben sich, um der Aufforderung nachzukommen. Matthias war geneigt, Innozenz den zugeschriebenen Hochmut wieder abzusprechen. Für einen kurzen Moment war er sogar versucht, ihn um Hilfe zu bitten den Anspruch Isabeaus auf die Grafschaft Wartenstein zu unterstützen. Ihm schwebte eine Besiegelung ihres Erbrechts vor, beim Aufeinandertreffen von Pierre von Castelnau und Philipp von Schwaben. Welch abenteuerliche Vorstellung. Schnell gestand er sich ein, mit einem unbarmherzigen Machtmenschen gesprochen zu haben, der ohne Skrupel den Befehl erteilt hatte, Capparone das Licht auszublasen. Seine Aussagen über ihn waren dem Papst von Nutzen und der zeigte sich lediglich erkenntlich. Nicht mehr und nicht weniger. Unversehens konnte sein Ersuchen ins Gegenteilige umschlagen, sollte Innozenz andere Pläne verfolgen. Wie hatte der Priester in Tarsos gesagt? ›Fordere nicht dein Schicksal heraus, sondern ziehe in Frieden weiter.‹ Weise Worte, an die er sich rechtzeitig erinnert hatte.

In einem Seitenflügel des Lateranpalastes wies man ihnen ein Gemach zu, in dem sie bis zur Abreise nächtigen konnten. Die mühsame Suche nach einer Unterkunft blieb ihnen somit erspart und sie besaßen genügend Zeit, um sich einer anderen wichtigen Sache zu widmen: ihrer Vermählung.

Dem Rat des Papstes folgend, brach Matthias mit Isabeau und Marie am frühen Morgen zur Kirche San Clemente auf, um das Aufgebot zu bestellen. Im Anschluss planten sie, in den Stadtteil Sant'Angelo zu reiten, um den Goldschmied zu treffen, der ihnen die Ringe anfertigen sollte. Am Rande des Weges begegneten ihnen erstaunliche, zugleich aber auch verstörende Dinge. Septimius, der Anführer der Wache des Legaten Gregor von Salerno, hatte nicht übertrieben. Die Einöde zwischen den römischen Hügeln bot einen beängstigenden Anblick. Wie am Tag zuvor ragten lediglich kärgliche Reste von einstmals üppigen Bauwerken aus dem Gestrüpp heraus. Ruinen, soweit das Auge sehen konnte – zerstört, zerfallen, vom Wind verweht.

Nach einer Weile stießen sie auf die einsam stehende Kirche, hinter der sich am Horizont im morgendlichen Dunst ein gewaltiges Bauwerk erhob. Teilweise verdeckt von hohen Pinien gab es zunächst Rätsel auf.

An San Clemente grenzten die ersten von Bauern bewirtschafteten Felder. Sie markierten den Beginn des gegenwärtigen Roms, das zur Zeit der Cäsaren bis zur Aurelianischen Mauer, noch hinter dem Lateranpalast, bewohnt gewesen war.

Das Innere der Basilika war ein Augenschmaus. Kunst und Architektur feierten hier ein Fest der Sinne. Verschwenderisch hatten die Erbauer die schönsten und edelsten Materialien eingesetzt. »Ein

Meisterwerk«, kam es Isabeau über die Lippen. Matthias und Marie blieben die Münder offen stehen vor Staunen.

Zwei Reihen von je acht Säulen, gekrönt von ionischen Kapitellen, stützten die runden Arkaden, die den Kirchenraum in ein Hauptschiff und zwei Seitenschiffe unterteilten. Überwältigend waren die Intarsienarbeiten im Marmorfußboden des Innenraums. Den Gipfel der Schönheit erklomm die Apsiskalotte – die Halbkuppel einer Nische, die hinter dem Altar lag. Golden, grün und blau leuchtende ländliche Mosaike mit Bildern von rankenden Pflanzen, Menschen, Tieren und Fabelwesen schmückten sie. Ein Kruzifix, umgeben von zwölf Tauben als Sinnbild der Apostel, bildete den göttlichen Mittelpunkt.

Demütig fielen sie auf die Knie und sprachen ein Vaterunser.

»Euer Gebet hat mich sehr berührt«, sprach eine Stimme hinter ihnen. »Hier, so fühlte ich, suchen reine Herzen die Erquickung am Tisch des Herrn. Nicht viele Gläubige finden den Weg hierher. Sie suchen eher in den Kirchen von Trastevere oder Sant'Angelo den Trost des Allmächtigen. Umso mehr freue ich mich, dass ihr San Clemente aufwartet.«

Ein gutmütiges und freundliches Augenpaar in einem faltigen Gesicht blickte sie an. Es gehörte einem alten grauhaarigen Mönch von eher kleinem Wuchs, der eine einfache Kutte trug.

»Ich bin Zosimus, der Abt der Kirche«, stellte er sich vor.

»Ehrwürdiger Vater, wir sind gekommen, um das Sakrament der Ehe zu empfangen. Ich bin ein Ritter. Mein Name ist Matthias von Messina und der meiner Auserwählten Isabeau von Lunéville. Marie soll Zeugin unseres Gelöbnisses sein«, eröffnete er dem Abt und zeigte auf das Kind.

»Euer Aufgebot ist überschaubar«, meinte er lächelnd. »Gleichwohl schmälert es nicht die Heiligkeit eures Ansinnens«, fügte er schnell hinzu, als sich Matthias und Isabeau unsicher in die Augen schauten. »Zudem verleiht diese Kirche eurer Heirat einen feierlichen Rahmen, da sie etwas Besonderes ist. Sie birgt in ihrem Schoß die Gebeine von Märtyrern und Heiligen, trotzte in der Cäsarenzeit der heidnischen Anbetung des *Mithras* und ist nach der Brandschatzung durch die Normannen phönixgleich neu aus ihren Trümmern erwachsen. Sie spiegelt das Leben mit allen Höhen und Tiefen wider und wird euch die Kraft verleihen, euren Eid vor Gott niemals zu brechen«, versicherte er und breitete einladend beide Arme aus.

»Wann dürfen wir uns wieder einfinden?«, fragte Isabeau.

»In drei Tagen ist Sonntag. Kommt zur Mittagsstunde. Bis dahin habe ich alles vorbereitet«, sagte Zosimus. Es schien ihn zu freuen, die Zeremonie ausrichten zu dürfen. Offensichtlich war es für ihn eine willkommene Abwechslung in dem wenig besuchten Gotteshaus.

Sie verließen San Clemente und ritten auf der Via Labicana nach Nordwesten. Zahlreiche Felder und Olivenhaine zogen an ihnen vorüber, bis die Bäume den Blick auf ein ovales, stark zerfallenes Monument freigaben, das in seiner Größe denen Konstantinopels gleichkam. Tief beeindruckt stiegen sie von den Pferden, um sich das Gemäuer näher anzuschauen. Es musste sich um ein Theater oder um eine Kampfarena gehandelt haben. Die endlosen Sitzreihen für Abertausende Besucher sprachen dafür.

Später passierten sie in einer weit auslaufenden Senke, zwischen drei markanten Hügeln gelegen, abermals ein Ruinenfeld. Es war im Ausmaß gewaltiger als alle, die sie zuvor gesehen hatten. Ein Fuhrmann, der ihnen mit einem Ochsengespann entgegenfuhr, erteilte ihnen bereitwillig Auskunft. Demnach handelte es sich um das Herz des früheren Roms: das Forum Romanum. Ein Gebiet, das die Säulenhallen, Paläste und Triumphbögen der untergegangenen Cäsaren umfasste, welche seit Jahrhunderten dem Verfall anheimfielen. Mitunter als Steinbruch genutzt, dienten die Kalk-, Granit- und Marmorblöcke heute zum Errichten neuer Bauwerke.

Nach einer Weile erreichten sie den Stadtteil Sant'Angelo, einen Wirrwarr von Straßen und Plätzen. Sie fragten nach dem Goldschmiedemeister Perugio. Man schickte sie in eine Gasse unweit des Flusses, wo ein großes Schild an der Tür auf seine Werkstatt hinwies.

Das Innere hatte mit einer Schmiede, wie Matthias sie kannte, wenig zu tun. Zwar loderte ein Schmiedefeuer und es gab einen Amboss, doch damit fanden die Gemeinsamkeiten bereits ihr Ende. Die herumliegenden Hämmer und Meißel, die ihm ins Auge fielen, waren Miniaturausgaben seiner eigenen Werkzeuge. Dazu lagerten in Regalen unterschiedliche Sandgussformen, Stichel und Feilen sowie verschiedenartige Schmelztiegel aus gebranntem Ton. Ein Schrank aus Eiche mit einem dicken Schloss an der Tür verbarg vermutlich die kostbaren Früchte seines Schaffens.

Meister Perugio, der an der Verzierung eines silbernen Leuchters arbeitete, unterbrach sein Tun und hob den Kopf. Auch seine Gesellen beäugten neugierig die Besucher. »Was begehrt ihr von mir?«, fragte er.

»Wir möchten zwei goldene Ringe in Auftrag geben für unsere Vermählung am kommenden Sonntag«, erwiderte Isabeau. »Ich hoffe, du hast genügend Zeit übrig, sonst müssten wir uns anderweitig umschauen.«

Er musterte die drei nachdenklich von oben bis unten. »Zwei Ringe wollt ihr also? ... Soso ... Und golden müssen sie sein? Ihr stammt nicht aus Rom. Wisset, dass der Goldpreis enorm angestiegen ist, seitdem Venedig alles an sich rafft. Ich möchte euch nicht die Hochzeit vermiesen, aber das wird nicht billig werden. Wie arme Leute schaut ihr nicht aus, dennoch hege ich Zweifel, ob ihr meine Arbeit bezahlen könnt«, gab er ihnen zu verstehen.

»Habt keine Sorge. Das Gold tragen wir bei uns«, versicherte ihm Matthias und zog einen Geldbeutel unter dem Wams hervor.

Die anfängliche bedenkliche Miene Perugios hellte sich auf.

»Wie viel Gold benötigt ihr?«, fragte Matthias.

»Für beide Ringe zusammen, meinen Arbeitslohn eingeschlossen, ungefähr eine Unze. Aber zeigt mir zuerst das Metall, bevor wir eure Fingergröße messen«, schlug er vor. »Ich möchte erst prüfen, was es wert ist. Oft strecken es Betrüger mit Silber oder Kupfer.«

Zwanglos öffnete Matthias den Beutel und schüttete den Inhalt auf den Tisch.

»Oh!«, rief Perugio überschwänglich. »Sizilianische Tari. Diese Münzen sind von besonderer Güte. Gebt mir dreißig von ihnen und ich fertige euch zwei Ringe an, die eure Herzen zum Glühen bringen«, versprach er vollmundig.

Sie waren einverstanden. Mit mehreren Mustern aus Holz, die sie über den Finger streiften, bestimmte der Meister den Durchmesser der Schmuckstücke und versicherte, diese in zwei Tagen fertigzustellen.

Matthias und Marie hatten die Werkstatt bereits verlassen, als Isabeau auf halbem Weg zurückkehrte und Perugio einen Zettel aus Pergament in die Hand drückte. »Kannst du lesen, was ich geschrieben habe?«, fragte sie.

Er nickte und lächelte hintergründig.

»Präge die Worte auf die Innenseite der Ringe ein.«

»Ich werde es tun«, versicherte er.

Es war Sonntag und die Mittagstunde rückte immer näher. Freudestrahlend ritt Matthias neben Marie und der Frau seines Herzens zu der Kirche, die ihm sein größtes Glück bescheren sollte. Isabeau sah betörend schön aus. Ihr Gewand umschmeichelte ihren sinnlichen Leib, der sich am Bauch zu wölben begann. Das lange Haar wallte ihr über die Schultern bis hinunter zum Rücken. Zwei schmale an den Seiten geflochtene Zöpfe hatte sie kunstfertig hinter dem Kopf mit einer schmückenden Lederschnur zusammengebunden. Sie hielten ihre ungezähmten Strähnen, mit denen der laue Frühlingswind spielte, im Zaum. Hinzu kam ein Kranz aus bunten Blüten, den Marie am Morgen geknüpft hatte. Er zierte ihr anmutiges Haupt. Isabeaus leuchtende Augen gaben Matthias das Gefühl, heute ginge ihr größter Wunsch in Erfüllung. Er empfand ebenso. Was er sich seit ihrer Befreiung aus dem Kerker vor beinahe anderthalb Jahren so sehr erhofft hatte, fand endlich seine Erfüllung.

Vor San Clemente angekommen half er ihr vom Pferd. Gemeinsam mit Marie an der Seite schritten sie ins Innere, wo der Abt bereits auf sie wartete. Neben ihm standen zwei Ministranten, die ihn bei der Zeremonie hilfreich unterstützten. Der Altar war reich geschmückt mit Myrtenzweigen, Blumen und brennenden Kerzen. Davor lagen zwei seidene Kissen für den Kniefall des Brautpaares, um dem Herrn Ehrfurcht zu zollen.

»Tretet näher, meine Kinder. Kniet vor Gott und betet mit mir«, begrüßte sie Zosimus mit ausgebreiteten Armen. Er begann auf Latein die Kyrie zu zitieren, um für das junge Paar beim Allmächtigen Fürbitte zu leisten, in die Matthias, Isabeau und Marie mit *Herr erbarme dich unser* einstimmten. In Anschluss predigte er Verse aus dem Neuen Testament und die Messdiener trugen Antwortgesänge vor. Feierlich wandte er sich an die Brautleute. »Meine Lieben. Ihr seid in dieser Stunde nicht allein, auch wenn die Bänke in meiner Kirche leer sind. Gott ist bei euch. Er ist die Liebe und die Vergebung. Er heiligt euren Bund, den ihr vor seinem Altar ablegt, und macht ihn unauflöslich.«

Es folgte die Frage nach dem freien Willen, die Ehe einzugehen. Dann segnete Zosimus die Ringe, die ihm Marie übergeben hatte. Schließlich kam aus seinem Munde der Satz, auf den Matthias so sehnsuchtsvoll gewartet hatte: »Matthias von Messina. Im Angesicht Gottes frage ich dich: Willst du Isabeau von Lunéville zu deiner Frau nehmen, ihr bis zum Tode die Treue halten, sie lieben, achten und ehren?«

Immerfort hatte er in den vergangenen Tagen die Szenerie im Gedanken durchgespielt. Ein entschiedenes und unwiderrufliches: »Ja ich will« wollte er vor dem Altar erschallen lassen. Doch nun war er so aufgeregt, dass seine Antwort eher einem heißeren Krächzen gleichkam.

Schmunzelnd wollte Zosimus an Isabeau dieselben Sätze richten, aber sie kam ihm, von ihrer Ungeduld getrieben, zuvor. »Ja! Und immer wieder ja!«, rief sie freudetrunken. »Und so wähle ich dich, Matthias, der du der Schmied meines Glücks und der Ritter meines Herzens bist, zum Manne«, fügte sie hinzu.

Auf Zosimus' Geheiß tauschten beide die Ringe aus. »Du darfst die Braut jetzt küssen«, raunte er anschließend, als Matthias zögerte.

Von Leidenschaft erfüllt fand er ihren verlockenden Mund. Doch nicht nur ihre Lippen verschmolzen, so fühlte er, sondern auch ihre Seelen.

Am Ende der Zeremonie sprach der Abt ein Vaterunser und hielt segnend die Hand über das Brautpaar.

Sie bedankten sich bei ihm, entrichteten eine Spende für die Armen Roms und schritten hinaus ins Freie. Die Welt erschien ihnen auf einmal in anderen Farben. Selbst Marie war der Meinung, sie hätten ein anderes Portal durchquert als bei ihrer Ankunft.

»Omnia vincit amor. Was bedeuten diese Worte? Du hast sie von Meister Perugio in die Ringe prägen lassen«, fragte Matthias.

Isabeau lächelte hintergründig und zog ihn am Schopf nahe zu sich heran. »Die Liebe besiegt alles«, hauchte sie ihm ins Ohr.

Kapitel 17

Gottes minderer Knecht

Seit Tagen ritten sie auf der Via Flaminia, einer Römerstraße, die von Rom zum Adriatischen Meer führte. Nicht ein Wölkchen verdeckte den azurblauen Himmel. *Umbriens* bergige Landschaft leuchtete in der wärmenden Frühlingssonne in einem bunten Farbenspiel. Die laue Luft in den grünen Tälern war erfüllt vom Wohlgeruch der Blumen und Kräuter, die bis zum Wegesrand erblühten. All dies tat Leib und Seele wohl und vermittelte ihnen ein Gefühl der Unbeschwertheit.

Im Verlauf der Reise freundete sich Matthias mit dem Schreiber des Legaten an. Prospero Spinola, wie er hieß, gewann sein Vertrauen. Er fragte ihn in vielen Dingen um Rat und berichtete ihm von den Wirrungen seines Lebens. Der alte Mann mit den krausen Haaren war eine Frohnatur. Nichts trübte seine gute Laune. Er ging Pierre von Castelnau zur Hand, wenn es erforderlich war, Erlasse zu formulieren oder Briefe aufzusetzen. Aber seine Fähigkeiten begrenzten sich nicht allein auf den Gebrauch von Tinte und Federkiel. Als Mathematiker und Philosoph war er gebildet. Zudem widmete er sich der altertümlichen Dichtkunst, weswegen er auf den Marktplätzen der Städte, an denen sie des Öfteren vorüberkamen, nach alten Schriftrollen stöberte. Häufig waren auf ihnen die Texte griechischer und römischer Autoren niedergeschrieben, mit denen die Händler nichts anzufangen wussten und als Einwickelpapier nutzten.

Am Abend legten sie in der Stadt Foligno eine Rast ein. In einem Gasthaus, nahe der Kathedrale San Feliciano gelegen, bezogen sie bezahlbare Unterkünfte. Ein Goldtari öffnete ihnen die Tür zu einer

Kammer, die einfach, aber sauber war. Pierre von Castelnau und Prospero Spinola waren besser dran. Der grauhaarige, untersetzte Würdenträger und sein Schreiber mussten selbst nichts berappen und nächtigten auf Rechnung der römischen Kurie. Die Männer der Leibwache dagegen mussten aus Platzgründen mit dem Pferdestall vorliebnehmen. Kurz nach dem Abendmahl verließ der Legat die Tafelrunde und zog sich in sein Gemach zurück.

»Die Strapazen der Reise müssen ihn arg mitgenommen haben, wenn er so früh zu Bett geht«, meinte Matthias verwundert.

Prospero grinste verschlagen. »Ich glaube kaum, dass er seine Kammer zum Schlafen aufsucht. Hast du nicht das Häschen gesehen, das ihm nachfolgte? Er ist ein geiler Bock, der den Preis für sein ausschweifendes Leben aus der Kasse des Papstes begleicht. Diener des Herrn solcherart gibt es unter dem Dach des Lateranpalastes reichlich«, flüsterte er unverblümt.

»Er bricht sein Gelübde? So ein Heuchler«, sagte Isabeau missbilligend.

»Pst! Nicht so laut!«, zischte Prospero und blicke scheu um sich.

»Viele Priester handeln so. Zuhause in Regensburg schleichen sie jeder Dirne hinterher«, meinte Marie vorwitzig.

»Sei still und steck deine Nase in den Milchtopf«, ermahnte sie Prospero. »Wir halten uns im Herzogtum Spoleto auf, das mit der Kurie in Rom eng verbandelt ist. Deine Worte in die falschen Ohren und du endest auf dem Scheiterhaufen.«

Knurrig schwieg Marie und kaute auf einem Kanten Brot.

»Die Kleine hat völlig recht. Den einfachen Menschen gaukeln sie Frömmigkeit vor. Dabei saufen, fressen und huren sie ohne Unterlass«, hielt Matthias erbost fest.

»Solcherart Worte dürfen Castelnau nicht zu Ohren kommen. Lauscher lauern überall«, warnte Prospero abermals.

Matthias schüttelte angewidert den Kopf. »Er hat vor Gott den Zölibat abgelegt. Demzufolge weiß er ganz genau, dass sein Handeln gegen die Gebote der Kirche verstößt«, sagte er mit verhaltener Stimme.

»Der Mann ist nicht fähig, seine Verfehlungen zu erkennen. Hierzu bedarf es der göttlichen Gabe. Mit dieser ist sein Hirn nicht gesegnet. Vermutlich war seine Geburt als Mensch ein Irrtum und er sollte ursprünglich als Karnickel auf die Welt kommen. Nicht umsonst ist ihm die Häsin bereitwillig hinterher gehoppelt.« Prospero machte sich hinter vorgehaltener Hand über Castelnau lustig. Die Vorwürfe der anderen über den Legaten weckten den Spötter in ihm.

Marie prustete und verschluckte sich beinahe an der Milch im Becher.

»Die Gabe Gottes?«, fragte Isabeau verblüfft. »Mein erster Gemahl, der nicht mehr lebt, war auf der Suche nach ihr. Er wollte ihr Wesen ergründen. Ein Bischof aus Passau, den wir auf unserer Reise kennenlernten, vertrat die Ansicht, sie sei der Glaube an Gott. Andererseits versicherte mir ein Wanderprediger aus Tarsos, die Errettung von unseren Sünden sei die richtige Lösung. Was von beidem ist nun wahr?«

Wieder schweiften seine Augen zu den Nachbartischen, bevor er antwortete. »Für engstirnige Kleriker wie Castelnau macht das keinen Unterschied. Für diese sind beide Auslegungen mit den Lehren der Kirche vereinbar. Ich aber sage euch, es ist der Verstand, mit dem uns der Allmächtige gesegnet hat.« Er tippte sich mit dem Zeigefinger an die Stirn. »Ein Geschenk, das uns von Tieren unterscheidet. Ein Hund bleibt immer ein Hund. Er dient seinem Herrn bis zum Tod. Bei uns Menschen ist das anders. Jesus spricht: ›Entscheide dich.‹ Er fordert nicht, ihm aufzuwarten oder seinem Weg zu folgen. Er lässt uns die Wahl, unser Leben selbst zu bestimmen. Diese kann gut oder schlecht getroffen sein und zum Vorteil oder Nachteil gereichen. In jedem Fall lenkt sie unser aller Geschick. Ob am Tag des Jüngsten Gerichts deine Seele errettet wird, Isabeau, liegt allein im Wert deines Handelns. Hast du Liebe empfunden? Warst du aufrichtig und barmherzig? Wenn ja, bist du würdig, ins Himmelreich einzuziehen.«

Matthias, der zugehört hatte, war hin- und hergerissen. »Obwohl sich deine Rede ketzerisch anhört, finde ich Gefallen an ihr. Aber sag mir: Was bedeutet das für mich?«, rätselte er.

Prospero legte ihm den Arm über die Schulter. »Ein Knecht muss nicht immer ein Knecht bleiben. Das Schicksal ist nicht vorbestimmt. Du hast mir in den letzten Tagen deine Lebensgeschichte anvertraut, die lange Zeit vom Schmerz über den Verlust deiner

Tochter, von Todessehnsüchten und Zweifeln geprägt war. Trotz dieser Last hast du dich den Prüfungen des Lebens gestellt. Hast dich entschieden, Isabeau und Marie auf der langen Wanderung vor Unbill zu bewahren, ohne dich selbst zu schonen. Sieh dich an, Matthias. Schau, was aus dir geworden ist. Du bist durch die halbe Welt gereist. Dabei hat sich dir die Schöpfung in einem Ausmaß offenbart, das anderen verschlossen bleibt. Als einfacher Schmied geboren bist du heute ein Edelmann und hältst schützend dein Schwert über deine Lieben. Gottes Gabe hat dich geleitet und zu dem gemacht, was du bist. Sie ist Quelle deines Denkens und Handelns«, sagte er und gab ihm einen freundlichen Klaps auf den Rücken.

In der Nacht wachte Matthias auf und erhob sich von der Schlafstatt. Mit leisen Schritten, um Isabeau nicht aufzuwecken, lief er zum offenen Fenster, durch das die Mondsichel ihren Schein warf.

Seine Gedanken weilten zu Hause in Wartenbach. Was würden sie im Dorf erzählen, über ihn denken, wenn sie erführen, dass er dem Ritterstand angehörte? Möglicherweise fielen sie vor ihm auf die Knie, den Blick gesenkt, schweigend auf seine Befehle wartend, so wie er es vor Graf Lothar getan hatte. Für Matthias wäre das nicht von Belang. Er war kein eitler, hoffärtiger Mensch. Wenn die Grafschaft an Isabeau zurückfallen sollte, und dafür würde er bis aufs Blut kämpfen, nähme er mehr Rücksicht auf die Dorfbewohner als alle Edlen von Wartenstein vor ihm. Mehr Schutz vor Raubrittern und weniger Steuern würde er ihnen gewähren und nicht mit Willkür herrschen, so wie es der widerwärtige Albrecht, der verstorbene Vater von Lothar und Rudolf, getan hatte.

Zu Albrechts Lebzeiten war sein eigener Vater heimgegangen. Matthias hatte ihn nie kennengelernt, weil er starb, als seine Mutter mit ihm schwanger war. Bis heute gab sein Tod ein Rätsel auf, weil die Dorfbewohner sich stets in Schweigen gehüllt hatten. Selbst seine Mutter hatte ihm nichts darüber preisgegeben, bis sie nach einem Unfall in seinen Armen verschied. Damals war er gerade zehn Jahre alt gewesen. Bauern hatten sie gefunden und nach Hause getragen. Konrad, der Anführer der Burgwache, hatte später gesagt, ein entlaufenes Pferd hätte sie auf dem Weg zum Feld niedergetrampelt. Die

Hufe des Tieres hatten ihr schwere Wunden zugefügt, von denen sie sich nicht wieder erholt hatte. Seitdem klangen ihre letzten Worte unvergessen in seinen Ohren. ›Weine nicht um mich, mein Sohn. Obwohl dem Samen des Bösen entsprungen, birgst du das Gute in dir. Wenn der Tag der Rache kommt, so fürchte dich nicht. Streite für dein Glück. Gott wird an deiner Seite stehen, bis du Gerechtigkeit erfährst ... ‹, hatte sie ihm mit dem letzten Atemzug zugeflüstert. Sie hatte ihm noch mehr offenbaren wollen, aber der Tod versiegelte ihre Lippen. Und so war ihm der Sinn ihres Vermächtnisses verschlossen geblieben. Nach ihrem Begräbnis hatte er Aufnahme bei dem gutmütigen Andreas gefunden. Allein wäre er sicher vor die Hunde gegangen. Die Erinnerungen an seine verstorbene Mutter und den ermordeten Besenbinder taten ihr Übriges. Tränen liefen ihm über die Wangen, die er mit den Händen abzuwischen versuchte.

»Kannst du nicht schlafen?«, fragte plötzlich Isabeau besorgt und zündete eine Kerze an. Sie erhob sich vom Lager, stellte sich hinter seinen Rücken und umarmte ihn. »Was raubt dir die Ruhe, mein Liebster?«

Er spürte ihre warmen weichen Brüste auf seiner nackten Haut. »Alte Geschichten bedrücken mich. Sie handeln von meinem Vater, der ungeklärt sein Leben verlor, bevor ich geboren wurde, und von meiner Mutter, die verstarb, als ich noch ein Kind war. Wenn wir wieder zu Hause sind, werde ich im Dorf Antworten einfordern. Ich habe ein Recht, zu wissen, weshalb sie zu Tode kamen«, sagte er und wandte sich um. Er schaute sie verliebt an. In ihren Augen spiegelte sich das Mondlicht. Die schmerzenden Erinnerungen traten ins Dunkel zurück. Wieder kam er zu dem Schluss, dass er der glücklichste Mann der Welt war.

Sie fuhr ihm mit den Fingern sanft durchs Haar: »Wir werden es gemeinsam tun, wenn die Zeit reif dafür ist. Jetzt vertreibe die Trübsal, die deine Seele plagt. Sag mir was Schönes. Es soll mein Herz erfreuen«, erwiderte sie lächelnd.

Er schmiegte sich an ihre Wange und flüsterte ihr ein Gedicht ins Ohr. »*Welch eine Nacht, ihr Götter und Göttinnen. Wie Rosen war das Bett. Da hingen wir zusammen im Feuer und wollten in*

Wonne zerrinnen. Und aus den Lippen flossen dort und hier, verirrend sich, unsre Seelen in unsre Seelen. Lebt wohl ihr Sorgen, wollt ihr mich noch quälen? Ich hab in diesen entzückenden Sekunden, wie man mit Wonne sterben kann, empfunden.« [3]

Isabeau war hingerissen und küsste ihn. »Solche bezaubernden Verse habe ich aus deinem Mund noch niemals vernommen. Wo hast du sie gehört?«, fragte sie erstaunt.

»Ich fand sie in einer von Prosperos altertümlichen Pergamentrollen. Er hat sie mir übersetzt. Da sie mich berührten, habe ich sie auswendig gelernt. Er meinte, sie würden von einem römischen Dichter stammen, der den Freitod vorgezogen hatte, um dem Tyrannen Nero nicht länger dienen zu müssen«, berichtete er.

»Er wusste seine Worte genau zu wählen. Sinnlicher lässt sich die Wonne der Liebe nicht schildern«, urteilte sie und zog ihn zurück ins Bett. »Lass uns schlafen. Vergiss nicht, wir müssen früh aufstehen. Castelnau will Foligno morgen beizeiten verlassen«, fügte sie hinzu und löschte die Kerze.

Am Tag darauf verließ der Tross die Via Flaminia, denn das Ziel lag abseits der Straße. Sie wandten sich nach Norden und zogen am Mittag in die Stadt Assisi ein.

Das kleine Städtchen lag an einem Hügel am Fuß des Monte Subasio, einem hohen Berg des Apenningebirges. Alle Häuser und Kirchen erstrahlten in einem Farbton, der von weißgrau bis rosarot reichte und auf den Baustoff zurückzuführen war, der am Monte Subasio in einem Steinbruch gewonnen wurde. Hier oben war der Frühling noch am Wirken. Aus dem Boden der umliegenden Landschaft sprossen saftiges Grün und bunte Blumen. Die Ölbäume, Eichen und Pappeln unterhalb der Nadelwälder schlugen frisches Blattwerk aus. Die Luft roch nach neuem Leben.

Vor der Basilika San Rufino, der Hauptkirche des Bistums Assisi, machten sie halt. Der Bischof samt seinem Gefolge empfing den hohen Würdenträger aus Rom mit allen Ehren und führten ihn ins Innere des Gotteshauses.

Prospero verzog verdrossen das Gesicht. »Der Bischof ist ein Geizhals«, sagte er zu Isabeau, Matthias und Marie verärgert. »Er gewährt seine Gastfreundschaft nur dem Legaten und mir. Selbst die Leibwache muss sich selbst beköstigen und bei den Pferden schlafen. Ihr müsst euch eine eigene Unterkunft suchen. Dabei helfe ich euch gern. Aber zuvor muss ich jemanden ausfindig machen, den Castelnau morgen sprechen will. Wenn ihr möchtet, könnt ihr mich begleiten«, bot er ihnen an.

Sie wussten, er sprach von dem spirituellen Mysterium, das Innozenz während der Audienz im Lateranpalast erwähnt hatte. Sie nahmen den Vorschlag an und streiften durch die engen Gassen Assisis.

Hin und wieder nannte Prospero vorbeigehenden Stadtbewohnern den Namen des gesuchten Mannes. Stets schüttelten sie bloß den Kopf. Erst ein alter dürrer Mann glaubte, ihn zu kennen.

»Wie hieß er gleich?«, fragte er nach und hielt sich die Hand hinters Ohr.

»*Franziskus*!«, erwiderte Prospero lauter.

»Ach ja ... Franziskus ... Ihr meint sicher den verrückten Giovanni Battista. Niemand in Assisi nennt ihn Franziskus, außer seinem Vater, dem Tuchhändler Pietro Bernardone. Der Arme hat nur Ärger mit seinem Sohn. Anstatt ihm im Geschäft zu helfen, verteilt er das Eigentum der Familie lieber an Bedürftige und verschreibt sich der Armut. Der Junge ist nicht ganz richtig im Kopf«, berichtete er und fügte spöttisch hinzu: »Neuerdings bettelt er bei den hiesigen Zimmerleuten und Steinmetzen um Baumaterialien, weil er sich in den Kopf gesetzt hat, die eingestürzte Kapelle San Damiano wieder aufzubauen. Nicht zu glauben, oder? Das Beste kommt allerdings noch.« Sein Lachen erinnerte an ein wieherndes Pferd und sie befürchteten bereits, er könne daran ersticken. »Stellt euch vor, Christus habe ihm befohlen, dies zu tun, behauptet er allen Ernstes. Wo hat man so etwas schon gehört? Ein untrügliches Zeichen, dass er jetzt völlig den Verstand verloren hat. Sucht den Irren bei der Ruine. Sie liegt am Ende der Straße inmitten eines Olivenbaumhains. Ihr könnt sie nicht verfehlen.«

Sie liefen die Gasse weiter hinunter. Noch immer hörten sie aus der Ferne das Gelächter des Greises an ihre Ohren dringen. Was, wenn der

Alte recht behielt? Dann würde der Disput, den Castelnau mit Franziskus führen wollte, von kurzer Dauer sein. Am Ende könnte er sogar der Gotteslästerung angeklagt werden.

Plötzlich tauchte hinter Bäumen die besagte Kirche auf. Sie war wirklich arg in Mitleidenschaft gezogen. Das Dach war zur Hälfte zerstört und die Außenwand an der Portalseite eingestürzt. Zahlreiche Büsche und Kletterpflanzen hatten von der Ruine Besitz genommen und rankten hinauf bis zum Kreuz auf der Turmspitze.

In der Kapelle hörten sie jemanden mit einer Säge arbeiten. Sie betraten das Innere und erblickten einen jungen Mann, der sich an einem langen Balken zu schaffen machte, der auf zwei Holzböcken ruhte.

»Bist du Franziskus Bernardone?«, fragte Prospero.

Der dunkelhaarige Mann war Anfang zwanzig und steckte in Kleidern, die diese Bezeichnung nicht verdienten. Löchrig und verschlissen hingen sie an seinem schmächtigen Leib. Erstaunt über den unverhofften Besuch hob er den Kopf. »Was ist euer Begehr?«, erwiderte er.

»Du bist aufgefordert, dich morgen in der zwölften Stunde in der Basilika San Rufino einzufinden, um einen Disput mit Pierre von Castelnau zu führen. Er handelt im Auftrag des Papstes«, eröffnete ihm Prospero.

Verblüfft legte Franziskus das Werkzeug zur Seite. »Was verspricht sich Seine Heiligkeit von dem Gespräch? Ich bin nur ein einfacher Mensch«, antwortete er stirnrunzelnd.

»Du hast vor dem Bischof bekundet, Jesus Christus habe mehrere Male zu dir gesprochen. Der Sache möchte der Legat auf den Grund gehen. Ein Wunder oder Scharlatanerie stehen im Raum. Ich rate dir ganz offen, bedenke genau, was du Pierre von Castelnau gegenüber äußerst. Unüberlegte Worte könnten den Kerker oder sogar den Tod für dich bedeuten. Gespräche mit Gott stehen nämlich nach Ansicht der Kurie allein Papst Innozenz zu. Eine Widerrufung deiner Aussage würde die Sache schnell und gütlich beenden. Sag einfach, du hättest schlecht geträumt«, sagte er ihm augenzwinkernd.

»Ich werde nichts zurücknehmen, weil ich die Wahrheit gesagt habe. Würde ich die Worte des Heilands leugnen, so wäre dies sündhaft«, erwiderte er und hockte sich auf den Balken.

Ohne Bedenken setzte sich Marie neben ihn und fragte: »Was hat der Erlöser von dir gewollt?«

Er stupste ihr mit dem Finger auf die Nase. »Er sprach mir ins Gewissen.«

»Ein Gewissen dürfte für Castelnau ein Buch mit sieben Siegeln sein. Ich habe nicht den Eindruck, dass er eins besitzt. Mit ihm darüber zu diskutieren dürfte schwierig werden«, bemerkte Matthias spöttisch und lachte lauthals. Er verstummte erst, als Isabeau ihm einen tadelnden Blick zuwarf.

»Berichte uns, was dir widerfahren ist«, bat sie. »Lass uns teilhaben an den Wundern, die sich dir offenbarten.«

»Setzt euch. So redet es sich ungezwungener«, willigte er ein.

Sie ließen sich im weichen Gras nieder, von dem auf dem Boden des verwüsteten Kirchenraumes reichlich wuchs.

»Ihr müsst zuvor wissen, dass ich früher ein gottloses Leben führte. Prasserei, Trunksucht und Dirnen bestimmten mein Leben. Im Krieg zog ich gegen die Stadt Perugia und vergoss das Blut vieler Christenmenschen. Man nahm mich gefangen und kerkerte mich ein. Das Lösegeld meines Vaters bewahrte mich vor dem Schicksal im Gefängnis am Fieber zu sterben.« Sichtlich aufgewühlt sprang er vom Balken und schritt unruhig hin und her. Plötzlich blieb er abrupt stehen, als wäre ihm etwas eingefallen, was er vor langer Zeit vergessen hatte. »Noch kein Jahr ist es her, da zog ich erneut in den Kampf. Ich strebte danach, ein Ritter zu werden. Im Heer des Herzogs von Brienne, der in Apulien gegen König Friedrich von Sizilien stritt, hoffte ich, mir meine Sporen zu verdienen.«

Erneut lief er auf und ab, bevor er weitersprach. »Auf dem Weg zum Heerlager überfiel mich nahe der Stadt Spoleto plötzlich die Müdigkeit. Unter der Krone einer hohen Eiche stieg ich vom Pferd und legte mich zur Ruhe. Schnell schlief ich ein. Was dann geschah, veränderte mein Leben.« Wieder verstummte er.

»Nun sprich schon. Was ist passiert?«, platzte Marie heraus. Sie konnte ihre Neugier nicht länger ertragen.

»Jesus Christus sprach zu mir im Traum und ließ mich abwägen, ob mir der Herr oder der Knecht ein gottgefälligeres Leben geben könne. Ich erwiderte ihm, dass es der Herr sei. Missbilligend stellte er mich zur Rede, aus welchem Grund ich dann bereitwillig dem Knecht dienen wolle und nicht dem Herrn. Da ging mir ein Licht auf. Ich fragte ihn, was ich nun tun solle, woraufhin er mir befahl, in meine Heimat zurückzukehren, wo mein Schicksal sich erfüllen würde«, gestand er und schwieg.

»Ja und? War das alles?« Matthias blies enttäuscht die Backen auf. »Wenn sich mir die Gelegenheit geboten hätte, mit Jesus zu sprechen, wären mir andere Fragen eingefallen«, meckerte er.

Franziskus schaute ihn beleidigt an. »Andere Fragen? Welche denn?«

»Ganz einfach: Warum gibt es auf Erden Arme und Reiche und blutige Kriege, für die immer die Schwachen und Wehrlosen bezahlen müssen? Weshalb muss ich von meiner harten Arbeit den Zehnten an die Kirche zahlen? Müsste diese nicht bettelarm sein? Wozu sollte Gott Geld brauchen? Gibt es die Hölle wirklich oder ist sie nur eine Lügengeschichte, die uns die Priester weismachen, um den Menschen Angst einzujagen …«

Wenn Isabeau sich nicht zu Wort gemeldet hätte, wäre die Liste von Matthias endlos gewesen. »Ich hätte ihn gefragt, was ich tun muss, damit es mir und meiner Familie gut geht, ohne dass es dafür einem anderen schlechter geht.«

Alle blickten sie betroffen an, für dieses schwer einzulösende und doch zutiefst menschliche Bestreben.

Schließlich tat auch Marie kund, was sie bewegte. »Aus welchem Grund ist der Himmel blau? Weswegen fallen alle Dinge immer nach unten und woher kommt die Luft, die wir atmen?« Für einen Moment hielt sie inne und fügte leise hinzu: »Du hast mich vor dem Beil des Henkers nicht bewahrt. Wog meine Sünde so schwer, dass ich zur Sühne meine Hand opfern musste?« Ihre Augen wurden feucht. Tränen rannen ihr über die Wangen. Die Erinnerung an das Geschehen in Regensburg riss bei ihr alte Wunden auf.

Tröstend nahm Isabeau sie in die Arme.

Prospero griff sich an die Stirn. »Wie töricht von dir«, tadelte er Franziskus. »Damit hast du vielleicht die einmalige Möglichkeit verpasst, ein helles Leuchten in das Dunkel des menschlichen Daseins zu bringen.«

Grübelnd kratzte sich Franziskus am Kopf. »Verzeiht. Solcherart Fragen sind mir nicht in den Sinn gekommen. Die unbegreiflichen Wunder, die ich durchlebe, lähmen zuweilen meinen Willen und meinen Verstand. Christus befielt mir und ich gehorche. Ich stelle seine Wünsche nicht infrage. Ich führe sie aus. Er allein weiß, wofür sie gut sind.«

Noch einmal kamen Prospero Zweifel. »Du bist ganz sicher, dir die Gespräche mit Gott nicht eingebildet zu haben? Manchmal trübt zu viel Wein den Verstand. Oder tischst du Lügen auf, um uns zu täuschen, des Vorteils willen?«

Entrüstet über den Verdacht schüttelte er den Kopf: »Ich trinke nicht. Wenn ich die Unwahrheit verbreite, um Gewinn aus ihr zu ziehen, weshalb lebe ich dann in Armut und bin das Gespött der Stadt? Christus sprach: ›*Seht die Vögel am Himmel. Sie säen nicht, sie ernten nicht und sammeln auch keine Vorräte in Scheunen; und der himmlische Vater ernährt sie doch.*‹[4] Ich bin mittellos. Nicht einmal die Kleider, die ich auf dem Leib trage, nenne ich mein Eigen. Glaubst du meinen Worten nicht, so glaube wenigstens deinen Augen«, sagte er feinsinnig.

»Dich zu beleidigen lag nicht in meiner Absicht. Ich wollte nur sichergehen, auf keinen Schwindler hereinzufallen«, bat Prospero um Verständnis. »Sei's drum, ich kehre jetzt zur Kirche zurück. Finde dich morgen zur zwölften Stunde pünktlich dort ein. Ich halte den Legaten derweil bei Laune.«

»Wir bleiben noch ein Weilchen. Vielleicht auch über Nacht, wenn Franziskus es uns gestattet«, erwiderte Isabeau auf Prosperos fragenden Blick, ob sie sich ihm anschlössen.

Er nickte zustimmend. »Wir sehen uns«, sagte er zum Abschied, hob die Hand zum Gruß und verschwand hinter den Bäumen.

»Manche Menschen meiden mich. Sie glauben, ich sei verrückt geworden«, unterbrach Franziskus die eingetretene Stille. »Andere wiederum schenken mir milde Gaben und abgetragene Kleidungsstücke. Für sie bin ich ein Auserwählter. Was stimmt, weiß nur Gott allein.« Seine Worte verdeutlichten, wie gespalten das Verhältnis der Bewohner Assisis zu Franziskus war. »Eines Tages werde ich einer bedeutenden, nie da gewesenen Sache den Boden bereiten, die den

Glauben erneuern wird. Ich sehe es deutlich vor mir und hoffe, der Herr wird mit mir zufrieden sein«, fügte er mit ernsten Worten hinzu.

Der Abend brach herein. Sie sammelten Holz für ein Feuer. Bald züngelten die Flammen unter einem alten Tontopf, in den Franziskus alle Speisen warf, die ihm seine Anhänger heute gespendet hatten. Ein altes Brot, das er noch zum Vorschein brachte, tauchte er ins Wasser eines nahen Baches und legte es für eine Weile in die Glut. Ein angenehmer Geruch wie in einer Backstube verbreitete sich und versetzte ihre Mägen in Aufruhr.

Nach dem Mahl ließen sie sich satt ins Gras fallen.

»Aus welchem Grund setzt du die Kapelle instand?«, fragte Matthias. »Es wird Monate dauern, bis der letzte Regen durchs Dach getropft ist.«

»Warum? Weil Christus es mir angetragen hat. Keine zwei Wochen ist es her, da betete ich vor dem Kreuz hinter dem Altar. Glaube mir, es war kein Traum. Ich war hellwach. Deutlich hörte ich ihn sprechen: ›Steh auf und bau mein Haus wieder auf, bevor es ganz und gar in Verfall gerät.‹ «

»Es fällt schwer, mir vorzustellen, dass Gott zu einem anderen spricht als dem Papst. Selbst bei ihm hege ich große Zweifel. In Rom haben wir ihn kennengelernt. Sein Auftreten war herrisch, herablassend und machthungrig«, sagte Isabeau.

»Drei Gründe mehr, weshalb er sich nur jenen zu erkennen gibt, die sich den wahren Lehren Christi verschreiben«, erwiderte er und nickte. Vermutlich fühlte er sich in seinem Handeln bestätigt.

Der Tag war lang gewesen. Marie gähnte und steckte die anderen an.

»Sucht euch einen Schlafplatz neben dem eingefallenen Portal. Dort wächst viel weiches Moos und durch das riesige Loch im Dach seht ihr über euch den Sternenhimmel funkeln. Ein wahrhaftiges Himmelbett, das zum Träumen einlädt«, schwärmte er.

Sie folgten seinem Rat und lagen zu dritt eng beieinander. Drei Schaffelle boten Schutz vor der Kühle.

»Seid gewiss«, murmelte Franziskus einschlummernd, »keiner wird unseren Schlaf stören. Die Vögel der Nacht werden über uns wachen.«

In der Kirche San Rufino hatten sich bereits viele Menschen eingefunden, als Franziskus durch das Portal schritt. Ein Moment, der dem Bischof und dem Legaten bewusst machte, dass der Einzelgänger trotz vieler Schmähungen Anhänger in der Stadt besaß. Mit Palmenwedeln in den Händen bereiteten ihm Männer und Frauen einen bejubelten Empfang. Anscheinend zollten sie ihm ihre Bewunderung für seine einfache, gottgefällige Lebensweise. Von anderen waren Schmährufe zu hören, die forderten, den Gotteslästerer dem Feuer zu übergeben.

Höflich erwies er den beiden Würdenträgern seine Verehrung, beugte sein Knie und küsste die Ringe an ihren Händen, die kirchlichen Insignien.

Matthias, Isabeau und Marie ließen sich neben Prospero auf einer Bank nieder und beobachteten neugierig das Geschehen.

»Bist du Giovanni Battista Bernardone, der sich selbst Franziskus nennt und als Einsiedler in einer verfallenen Kapelle lebt?«, fragte Castelnau mit strengem Blick.

»Der bin ich, hochwürdigster Legat.«

»Berichte mir von den Wundern, die dir angeblich widerfahren sind.«

Franziskus erhob sich und erzählte jedes Detail seiner Zwiegespräche, die der Allmächtige mit ihm in den letzten Jahren geführt hatte. Mehr als einmal blickten sich Bischof und Legat während seines Monologs verstört in die Augen.

Schließlich räusperte sich Castelnau unangenehm berührt und versuchte, die Absichten des jungen Mannes zu ergründen. »Wonach strebst du? Was ist dein Ziel? Wie lautet deine Maxime?«, fragte er. Argwöhnisch erwartete er die Antworten.

Mit stolzgeschwellter Brust legte er seine Zukunftsvision offen. »Ich will frei ohne die Bürde von Besitz leben und die Werke Gottes preisen. Und ich will einen Orden gründen. Den der minderen Brüder, die in Armut leben und das Evangelium predigen«, gab er mit leuchtenden Augen kund.

Seine Ambitionen mussten auf Pierre von Castelnau eine beunruhigende Wirkung haben. Franziskus hatte es zwar nicht so deutlich umschrieben, dennoch warb er im tieferen Sinne für eine Kirche ohne Eigentum. Eine Idee, die einem Umsturz gleichkäme. Sie würde die

Macht des Papsttums schwächen, wenn nicht sogar den Todesstoß versetzen. »Willst du damit andeuten, dass die Kirche arm sein muss? Selbst Jesus Christus und seine Jünger haben Geld besessen. So steht es in der Bibel, willst du das anzweifeln?«

»Ich leugne es nicht. Wenngleich ich die Worte anders deute als Ihr«, erwiderte er.

Castelnau war anzusehen, dass er innerlich frohlockte und glaubte, Franziskus in eine Falle gelockt zu haben. »Im Evangelium des Markus steht geschrieben, dass Christus in Kapernaum ein Haus besaß.«

»Das Buch des Herrn ist meine Speise, hochwürdigster Legat.« Franziskus hob die rechte Hand und legte sie auf die Brust. »Bei meinem Seelenheil, ich las sie öfter als mancher Diener der Kirche. Markus berichtet uns: ›Als Jesus wieder nach Kapernaum zurückkam, wurde bekannt, dass er wieder zu Hause war.‹ Ein Zuhause ist ein weitläufiger Begriff. Für Euch mag es ein Palast sein. Für mich ist es ein Platz, an dem ich mich heimisch fühle, und sei es nur eine Höhle, ein Schilfdach, das mich vor Regen schützt, oder eine Ruine, zu der mich der Herr ruft.«

Der Legat runzelte angesichts des versteckten Vorwurfs die Stirn. Warf Franziskus ihm vor, die Bibel nicht zu kennen? Das wäre unerhört. »Johannes berichtet, Jesus und seine Jünger hätten einen Geldbeutel besessen.« Gespannt wartete er auf die Antwort.

Zustimmend nickte Franziskus. »Laut dem Evangelium des Lukas enthielt er die Spenden ihrer Anhänger. Allerdings hatte ihnen der Herr geboten, Geld nicht zu mehren, sondern gleich an die Armen zu verteilen. Zuviel davon verleitet die Menschen zur Habsucht.« Er hob mahnend den Zeigefinger. »Bei Johannes erfahren wir, Judas habe das Geld der Jünger veruntreut. Den Verstand hatte es ihm vergiftet.« Franziskus blickte den Legaten selbstbewusst an. »Geld und Reichtum waren Jesus nicht wichtig. Wer ins Paradies einziehen will, den wird es wieder zu Boden ziehen. Jesus spricht im Evangelium des Matthäus: ›Wenn du vollkommen sein willst, geh hin, verkaufe deine Habe und gib das Geld den Armen; so wirst du einen bleibenden Schatz im Himmel haben. Eher geht ein Kamel durch ein Nadelöhr, als dass ein Reicher ins Reich Gottes einzieht.‹«

Pierre von Castelnau war außer sich. Den Verlauf des Disputs hatte er sich wohl anders vorgestellt. Sein Gesicht blickte finster. Franziskus' Worten zufolge käme er nicht ins Paradies, wenn er dem Reichtum nicht abschwöre. Jeder Hungerleider wäre besser dran. Was für eine Blasphemie. Eine arme Kirche könnte im Volk viele Anhänger finden. Auf seinem Gesicht spiegelte sich Angst wider, was nur verständlich war, da er doch fürchten musste, dass diese den Anspruch auf ihre Privilegien verlöre. Der Besitz großer Ländereien, die Eintreibung des Zehnten, die Macht Kaiser zu krönen und Kriege zu führen mit dem alleinigen Recht, im Namen Gottes zu sprechen, wären dann vorüber. Das durfte nicht geschehen. Was bliebe der Kurie, was bliebe ihm, außer dem Sturz in die Bedeutungslosigkeit? Plötzlich hellte sich die grimmige Miene des Legaten auf. Mit angehaltenem Atem warteten Matthias, Isabeau und Marie auf sein Urteil. Wie würde es angesichts der Bedrohung, die Franziskus darstellte, ausfallen?

Castelnau räusperte sich. »Die Erlaubnis, einen Mönchsorden zu gründen, zu predigen und mittellos zu leben, kann dir allein der Papst gewähren. Geh also nach Rom und trage dein Anliegen seiner Heiligkeit vor. Ich rate dir, deine Armutsregel nicht zu streng auszulegen, er ist kein Anhänger von Extremen. Außerdem gebe ich dir ein Schreiben mit auf den Weg, das dir die Türen öffnet.« Diesen Urteilsspruch verkündete er mit dem zufriedenen Gesicht eines Mannes, der sich einer unliebsamen Aufgabe entledigt hatte. Geschickt hatte er vermieden, selbst in Rom erscheinen zu müssen, und Franziskus war nun angehalten, seine Ansichten über die Erneuerung der Kirche Innozenz höchstselbst vorzutragen.

Der Abschied von Franziskus war für Matthias, Isabeau und Marie mit Wehmut verbunden. Hatten sie doch einen Menschen kennenlernen dürfen, für den das Leben mehr war als das Streben nach Macht und Besitz oder Speise und Trank. Obwohl sie seine Ansichten nicht in jedem Punkt teilten, zeigten sie Verständnis für seine Haltung. Sie umarmten ihn, dankten ihm für das Wenige, das er mit ihnen geteilt hatte, und wünschten ihm Glück für sein Vorhaben.

»Ich glaube an deine Wunder, Franziskus«, bekannte Marie. »Auch ich nahm letzte Nacht in der Kapelle eine Stimme wahr. Leider habe ich die Worte nicht verstanden.«

Lächelnd strich er ihr über den Haarschopf.

Als sie die Pferde sattelten, wandte sich Isabeau an die Kleine. »Ich muss dich leider enttäuschen, mein Lämmchen. Es war nicht der Allmächtige, den du in der Kirche gehört hast. Es war Matthias. Er redete im Schlaf.«

Kapitel 18

Auf dem Pfad der Könige und Kaiser

Die Pässe im Apennin waren schon seit Wochen schneefrei. Trotzdem kam der Tross in dem unzugänglichen Gebiet nur langsam voran. Sie ließen Perugia hinter sich und trafen in Arezzo ein, wo die Bürger mit dem Adel der Stadt einen blutigen Kampf ausfochten. Leichen fielen vor ihre Füße, die von der Wehrmauer heruntergeworfen wurden. Vermutlich, um einer Seuche vorzubeugen. Kreuz und quer, mitunter verschlungen, lagen Gemeine und Edelmänner im blutbesudelten Staub. Waren sie einander kurz zuvor noch an die Gurgel gesprungen, schwiegen ihre Münder nun gemeinsam im Tod. Ein verstörendes Bild der Stille. Um nicht in die Fehde hineingezogen zu werden, kehrten sie dem Ort den Rücken und zogen es vor, außerhalb Arezzos zu nächtigen.

Am vierten Tag erreichten sie Florenz. Eine Stadt, die wieder an Einfluss gewann, nachdem der Gotenkönig Totila sie vor vielen Jahrhunderten fast völlig zerstört hatte. Nach einer Nacht in einer Herberge brachen sie nach Bologna auf. Sie kamen von Südwesten und nutzten einen Pass, der Menschen und Pferden viel abverlangte. Die Kutsche des Legaten musste mitunter geschoben werden, da die Tiere die Steigungen allein nicht bewältigten. Nur durch die Hilfe der Leibwächter, die kräftig in die Speichen der Räder griffen, gelang es ihnen, weiterzukommen. Den in engen Kehren sich windenden Pfad umgaben dunkle Wälder. Immer wieder schweiften ihre Blicke misstrauisch über die dichten Baumreihen. Räuberbanden trieben hier oben ihr Unwesen. Oft gab es Überfälle, in denen die Reisenden ihr Hab und Gut, wenn nicht sogar ihr Leben verloren.

Heute ließen sich keine Wegelagerer blicken. Der bewaffnete Tross schreckte sie vermutlich ab.

Unbeschadet erreichten sie nach zwei Tagen die Passhöhe und begannen auf der Nordostseite mit dem Abstieg. Hier verlief der Pfad geradliniger, da die Hänge nicht so steil aufragten wie auf der gegenüberliegenden Bergseite. Der Wald tat sich auf und gab den Blick frei auf weitläufige Brachflächen – Rodungen, die von Köhlern herrührten und nun von Gräsern, Kräutern und Sträuchern erobert wurden.

»Da vorn liegt ein toter Fuchs«, rief Marie aufgeregt und trieb voller Neugier ihr Pferd an. Sie wollte unbedingt als Erste am Fundort sein.

»Mitsamt seinem Wurf«, fügte Prospero Spinola hinzu, der sogleich hinzukam. »Aber das ist kein Fuchs. Es ist eine Wölfin. Das Tier wurde von Hunden zerfleischt und die Welpen erschlagen. Bestimmt hat sich ein Schäfer für ein gerissenes Schaf gerächt.«

Plötzlich hörten sie ein leises Jaulen im hohen Gras.

Marie stieg vom Pferd, um dem Gewimmer auf den Grund zu gehen. Nur einen Augenblick später kehrte sie mit einem Jungtier zurück. »Eins scheint der Schäfer übersehen zu haben«, jubelte sie und drückte das kleine Fellknäuel liebevoll an ihre Brust.

»Schau, es ist noch zahnlos und höchstens sechs Wochen alt. Es zu töten, wäre ein Gnadenakt, da es ohne die Milch seiner Mutter sowieso zugrunde geht«, riet ihr Prospero, nachdem er das Häuflein Elend näher untersucht hatte.

Aber Marie, die über dessen Vorschlag die Nase rümpfte, lehnte das vehement ab. »Ich werde das Kleine aufpäppeln, bis es groß genug ist, um sich allein zu ernähren«, verkündete sie. Mütterlich begann sie, das Wölflein zu streicheln.

»Erschlage das Vieh, so lange dir die Zeit bleibt. Wenn es ausgewachsen ist, wird es über dich herfallen, sobald du ihm den Rücken zuwendest«, behauptete Castelnau aus seiner Kutsche heraus und gab das Zeichen zur Weiterfahrt.

Unbeeindruckt von den Worten hielt Marie an ihrem Vorhaben fest und bestieg ihr Pferd.

Isabeau, der imponierte, wie geschickt sie das mit einer Hand bewerkstelligte, reichte ihr das hilflose Wesen hoch und nickte ihr beipflichtend zu.

Nur Matthias hegte Zweifel. »Ich muss dem Legaten zustimmen«, warnte er. »In Schwaben sind Wölfe eine Plage und eine stetige Gefahr für Mensch und Vieh. Wie lange soll das mit den beiden gut gehen?«

Isabeau lächelte beschwichtigend. »Lass ihr den Willen. Glaube mir, es wird ihr guttun, wenn sie ein Geschöpf umsorgt, das mehr des Schutzes bedarf als sie selbst.«

Er willigte schließlich ein und gab Marie den Hinweis, das Wölflein mit Milch und Haferbrei zu füttern, bis ihm die Zähne wüchsen.

Von dem Erlebnis mit der gemeuchelten Wolfsfamilie abgesehen, verlief die weitere Reise ohne neue Aufregungen. Zwei Tage später erreichten sie Bologna, wo sie nur eine Nacht verweilten. Der unwegsame Apennin lag hinter ihnen und es begrüßten sie die Ebenen der Romagna. Auf der Via Emilia kamen sie rascher voran. Die gepflasterte Römerstraße führte sie unaufhörlich nach Nordwesten bis zur Stadt Piacenza, wo sie am achtundzwanzigsten Mai abends einzogen.

Am nächsten Morgen, es war Pfingstsonntag, besuchten sie den Gottesdienst in der Basilika Sant'Antonino. Der Bischof zelebrierte die Messe und lobpreiste die Erfüllung der Gläubigen mit dem Heiligen Geist. Anschließend zog er sich mit Pierre von Castelnau und Prospero Spinola zurück. Was sie besprachen, blieb ihr Geheimnis. Lediglich eine Neuigkeit kam Isabeau und Matthias zu Ohren: Die Reiseroute würde sich ändern.

Hatte der Legat vor der Reise noch erwogen, über Frankreich nach Schwaben zu ziehen, so wählte er jetzt den Septimerpass über die Alpen. Der Grund waren blutige Scharmützel zwischen den Parteigängern des Papstes und des Heiligen Römischen Reiches in der westlichen Lombardei und der Stadt Genua. Ein Marsch durch das Gebiet erschien daher nicht ratsam. Geräten sie in die Fänge der Feinde Roms, wartete auf alle der Kerker.

Am Pfingstmontag brachen sie nach Mailand auf. Es gehörte, wie Piacenza, zum lombardischen Städtebund und war kein stauferfreundliches Gebiet. Zum Glück gab es hier keine Unruhen. Die Reise verlief ohne Zwischenfälle. Bereits nach zwei Tagen erreichten sie ihr Ziel.

Diesmal nahm Castelnau mit einer Herberge am Marktplatz vorlieb. Die Kirchen in der Stadt boten aufgrund ihrer geringen Größe für ihn und seine Leibwächter nicht ausreichend Platz. Auch Matthias und die seinen fanden dort eine Unterkunft. Federicos großzügiges Geldgeschenk bescherte ihnen nicht zum ersten Mal eine saubere und trockene Unterkunft.

Bevor sie sich zur Ruhe legten, nahmen Matthias, Isabeau und Marie in der Schenke ein Abendmahl ein. Prospero sprach unterdessen mit einheimischen Gästen am Nachbartisch, da er von Castelnau einen Auftrag erhalten hatte – die Suche nach einem Führer über den Septimerpass. Der war zwar hinreichend begehbar, dennoch schien ein erfahrener Mann an der Spitze ratsam zu sein. Jemand, der die Gefahren links und rechts des Weges kannte und vorbereitet war. Zudem musste Castelnau in der Stadt *Chum* am Fuß der Alpen seine geliebte Kutsche zurücklassen und sich mit einem Pferd begnügen. Der schmale Pfad über die Berggipfel war für ein Gefährt dieser Größe nicht befahrbar.

Ein Mann namens Remigio wurde auf die Fragen Prosperos aufmerksam. »Ihr sucht einen Begleiter über den Septimer?«

»In der Tat. Kennst du jemanden, der genügend Erfahrung besitzt?«, wollte Prospero von ihm wissen.

»Und ob. Er hält sich in Chum auf. Fragt in der Schenke zum wilden Ochsen nach Salvatore. Bis zur Stadt *Curia* kann er euch sicher geleiten. Fürsten, ja, Könige hat er bereits über die Alpen geführt«, sagte er.

Matthias, Isabeau und Prospero wechselten vielsagende Blicke und zeigten sich erleichtert.

»Wie lange dauert der Marsch über den Septimer?«, fragte Isabeau.

»Über den Pass selbst nur wenige Stunden. Allerdings nehmen der Aufstieg ab Chum und der Abstieg bis Curia viel Zeit in Anspruch. Je nach Witterung müsst ihr mit sechs bis sieben Tagesreisen rechnen. Bis Feldkirch sind es noch mal zwei. Von dort ist es nicht weit bis zum Bodensee«, versicherte er und drückte Prospero einen bronzenen Anhänger in die Hand, der einen Adler darstellte. »Übergebt ihn Salvatore, dann weiß er Bescheid, dass ich euch geschickt habe«, empfahl er und verschwand unter den anderen Gästen.

Matthias ergriff seinen Trinkbecher und kippte sich den letzten Schluck Wein in die Kehle. Wehmut stand in seinen Augen zu lesen.

»Geht es dir nicht gut?« Marie, die gerade versuchte, dem Wolfsjungen eine Schale mit Milch einzuflößen, schaute ihn besorgt an.

»Die Heimat rückt näher und drückt auf mein Gemüt«, sagte er.

Anteilnehmend führte Isabeau seine Hand auf ihren Unterleib. »Du kehrst nicht allein nach Schwaben zurück, mein Liebster. Wir sind bei dir.«

Chum empfing Castelnaus Gefolge bereits am nächsten Abend. Die Bürger der Stadt hoben die Hüte zum Gruß, als das Kutschgespann mit dem Wappen der römischen Kurie an ihnen vorbeifuhr. Demnach waren sie dem Papst nicht feindlich gesinnt.

Vor der prächtigen Kirche San Fedele stoppte der Tross. Leutselig ließ sich der Legat von dem fußfälligen Abt und seinen Brüdern ins Innere führen. Derweil begaben sich die anderen auf die Suche nach dem Bergführer.

Im Gasthof zum wilden Ochsen ging es hoch her. Viele Gäste waren zugegen. Einige kamen von jenseits des Gebirges und feierten ihre unversehrte Ankunft. Mit hochtrabenden Worten schilderten sie ihre Abenteuer im Gebirge, wenn man sie denn glauben wollte.

Prospero und Matthias setzten sich an einen freien Tisch. Auch Isabeau und Marie kamen hinzu und wurden von den Zechern der Nachbarbank missbilligend begafft. Abfälliges Genörgel drang an ihre Ohren.

»Schafft den Wolf hier raus, sonst steche ich ihm die Augen aus!«, rief ein angetrunkener Viehhirte zu ihnen herüber und zückte sogleich ein spitzes Messer.

Marie warf ihm einen Zornesblick zu und drohte: »Das wagst du ja doch nicht, du Hohlkopf. Vorher schneide ich dir die Nase ab.«

Dem blieb fast die Spucke weg. Empört über ihre freche Antwort erhob er sich und baute sich vor ihr auf: »Du kleines Miststück. Jetzt gibt's Senge.«

Erschrocken rief sie Matthias um Hilfe.

Der sprang blitzschnell auf und stellte sich zwischen sie und den aufdringlichen Kerl. Seine Mundwinkel verzogen sich zu einem spöttischen Grinsen. »Das ist dein Messer? Was schneidest du mit der Pike? Möhren und Rübchen?«, machte er sich über ihn lustig. Er griff unter den Tisch und brachte das Schwert zum Vorschein, das ihm Federico in Messina als Symbol der Ritterwürde übergeben hatte. Ganz langsam zog er es aus der Scheide. »Das hier ist mein Messer. Mit ihm lassen sich wunderbar Köpfe abschneiden. Möchtest du mit ihm Bekanntschaft schließen?«, fragte er drohend den streitsüchtigen Mann und holte zum Schlag aus.

Aschfahl im Gesicht steckte der Störenfried die Klinge unter das Wams und setzte sich still zurück auf seinen Platz.

Matthias blickte neugierig in die Gesichter der Gäste und stellte fest, dass ihr Tisch ihre ganze Aufmerksamkeit gewonnen hatte. »Hört mich an! Wir suchen einen Mann namens Salvatore«, rief er in die Runde.

»Ho!«, rief jemand aus der hintersten Ecke. Ein älterer sehniger Mann mit langen strähnigen Haaren stieg über mehrere Bänke und setzte sich neben sie.

»Salvatore?«

»Der bin ich.«

»Remigio schickt uns«, sprach Matthias.

Prospero drückte ihm den bronzenen Adler in die Hand. »Komm, iss und trink mit uns«, schlug er ihm vor, um dessen Vertrauen zu gewinnen, und bestellte beim Wirt Fleisch, Brot, Milch und Wein.

Der andere ließ sich nicht lange bitten und langte kräftig zu, als das Mahl auf dem Tisch stand. »Ich kann mir schon denken, warum du mit mir sprechen willst«, nuschelte er mit vollem Mund. »Du möchtest mit deinem Gefolge den Septimer überqueren, um auf die Nordseite der Alpen zu gelangen. Und ich soll euch führen. Was ist euer Ziel? Nürnberg, Augsburg, Aachen?«

»Zuerst Konstanz, später Köln«, antwortete Prospero.

»Wie viele seid ihr?«

»Wir vier, der Legat des Papstes und zwölf Berittene unter Waffen. Dein Lohn wird mit fünfzig Silberdenaren üppig ausfallen«, lockte Prospero mit einem scheinbar guten Angebot.

Salvatore grinste verschlagen. »Für die paar Kröten bekomme ich heutzutage nicht mal eine Kuh. Wir leben in schlechten Zeiten. Für den Krieg im Osten kaufen die Venezianer alles auf, was Federn oder vier Beine hat. Die Preise klettern ohne Unterlass.«

Prospero holte tief Luft und gab nach. »Nun sag schon, was du haben willst«, knurrte er.

»Einhundert Silberdenare.«

Prospero lief der Kopf rot an. »Einhundert? Bist du vom Teufel gebissen? Die Summe zahlt dir niemand. Ich biete dir sechzig.«

»Neunzig«, kam er ihm entgegen.

»Fünfundsiebzig oder wir suchen uns einen anderen Führer. Das ist mein letztes Angebot.« Er überlegte bereits, ob er das Geschäft platzen lassen sollte. Sein hartnäckiges Feilschen zeigte jedoch eine überraschende Wende.

»Abgemacht«, willigte Salvatore knirschend ein und zog ein beleidigtes Gesicht. »Als ich in jungen Jahren König Barbarossa über den Pass geführt habe, hat er mich mit Gold überschüttet. Ein guter Bergführer ist heute nur noch so viel wert wie ein Schweinetreiber«, beschwerte er sich und stopfte das restliche Essen in sich hinein. Nach dem letzten Schluck Wein rülpste er laut und sagte: »Findet euch morgen früh in der sechsten Stunde vor der Kirche San Fedele ein. Von dort brechen wir auf. Für Mensch und Tier wird der Aufstieg beschwerlich. Daher gebe ich euch den Rat, die Rüstungen abzulegen, sonst kommt ihr mit den Pferden keine fünf Fuß über die Berge. Die Steigung bis zum Dorf *Cassache*, wo der Septimer seinen Anfang nimmt, ist für die Tiere auch ohne Reiter schon eine Qual.« Dann erhob er sich und verschwand in die Ecke, aus der er gekommen war.

»Er muss ein zuverlässiger Bergführer sein. Wie sonst hätte ihn ein König mit Gold belohnen können?«, hielt Marie beeindruckt fest.

»Glaube mir, mein Vögelein. Der Kerl ist ein Aufschneider. Seine Worte waren gelogen, um den Wert seiner Arbeit in einem helleren

Licht erscheinen zu lassen«, deutete Isabeau an. »Ich weiß aus sicherer Quelle, dass der Rotbart zeit seines Lebens ein richtiger Geizhals gewesen ist. Einen gemeinen Mann aus dem Volk hätte er niemals mit Goldstücken bedacht.«

Prospero und Matthias nickten beipflichtend.

»Lüge hin oder her, Hauptsache er macht seine Arbeit gut und wir kommen sicher über den Pass«, sagte Marie und kraulte das dunkle Pelzknäuel. »Ich werde ihn Alexander nennen«, fügte sie hinzu.

»So, wie den Eroberer Persiens? Das solltest du nicht tun«, meinte Isabeau hintergründig lächelnd.

»Wieso?«

Auch Matthias grinste. »Weil dein Alexander ein Mädchen ist«, verriet er.

Sie stutzte. »Dann soll sie Ada heißen.«

»Ein vortrefflicher Name. Er bedeutet die Edle«, erklärte Isabeau. »Und wenn ich mir dein Wölflein anschaue, hättest du keinen Besseren finden können.«

Pünktlich zur sechsten Stunde setzten sie die Reise fort. Die Kutsche ließen sie in Chum zurück. Sie würde erst auf dem Rückmarsch wieder gebraucht werden.

Zu Anfang verlief der Weg am Fuß der Alpen nahezu ebenerdig. Pflastersteine, abgeschliffen in über tausend Jahren von ungezählten Huftritten und genagelten Schuhsohlen, gaben ihm sein Gepräge. Ehemals von den Cäsaren angelegt, bot er auf dem ersten Abschnitt nicht nur genügend Platz für Pferd und Reiter, sondern auch für die entgegenkommenden Pilger und Wandersleute.

Im Verlauf des Tages ritten sie am Ufer eines Sees entlang, der kristallklares Schmelzwasser barg, das ihm die Gebirgsbäche zuführten. Er streckte sich wie ein langer Finger zwischen die waldreiche Berglandschaft und war reich an Getier. Am Abend verzehrten sie am lodernden Lagerfeuer gebratene Fische. Zuhauf hatten diese an den ausgeworfenen Angelhaken angebissen.

Am nächsten Morgen wurde es ernst. Den See hinter sich lassend wurde der Pfad so schmal, dass sie nur hintereinander reiten konnten.

Mühevoll bewegte sich der Tross weit auseinandergezogen aufwärts bis zur Stadt *Clavenna*, wo sie bei Anbruch der Dämmerung eintrafen.

Ein Lager zum Schlafen fanden sie in der Scheune eines Viehhirten, der für einige Silbermünzen bereitwillig das Tor öffnete. Vermutlich diente der Schober in den warmen Monaten ausschließlich als Obdach für Reisende und Pilger, denn er barg keinen einzigen Strohhalm.

In der Frühe zog überraschend Regen auf. Es nieselte aus dichten Wolken, die der kräftige Südwind an den Rand des Gebirges drängte. Ihre Kleider waren schnell durchnässt, was keinen abhielt, den eingeschlagenen Pfad fortzusetzen. Steile Stege führten zu einer Burg mit einer Kirche, mehreren Hütten und einer Zollstation. Das Geschlecht der Herren von Castelmur, wie der Ort hieß, verwaltete das Anwesen für den Bischof von Chur. Die Grenze zum Bistum war auffällig markiert durch zwei angestaute Gebirgsbäche. Selbstredend erhielt der Legat mit seinem Gefolge als Bevollmächtigter des Papstes einen freien Durchzug.

Die wehrhafte Veste und die Kapelle hinter sich lassend tauchten sie ein in dichte Wälder. Wie eine Schlange wand sich der Weg durch die Schluchten und über die Hänge der immer höher aufragenden Berge. Nebel hüllte Menschen und Pferde ein. Die Kleider klebten ihnen am Leib wie eine zweite Haut.

Nach einer Weile stieg der Pfad jäh an. Alle waren gezwungen, abzusitzen. Die Tiere konnten die Last der Reiter und des Gepäcks nicht mehr bewältigen. Zu Fuß wurde die Kletterei so mühsam, dass viele nach wenigen Schritten auf der Stelle verharrten, um wieder zu Atem zu kommen.

»Zusammenbleiben! Hier treiben Bären und Wölfe ihr Unwesen. Weiter oben auf dem Bergkamm ist ein Hohlweg. Dort sind wir sicherer«, mahnte Salvatore zur Vorsicht.

Die Warnung zeigte Wirkung. Der Tross schloss sich wieder zusammen, da Angriffe von Raubtieren so leichter abzuwehren waren.

Sie hatten den Beginn des Hohlwegs fast erreicht, als Matthias auf dem nassen Boden ins Straucheln kam. Er rutschte auf dem Rücken und Hosenboden den glitschigen Abhang hinunter bis zu einem schroffen Felsen, vor dem er benommen liegen blieb.

Marie, die das Wolfsjunge fest in den Armen hielt, entfuhr ein Schrei. »Was ist mit ihm?«

»Warte hier auf mich und rühre dich nicht von der Stelle«, sagte Isabeau. »Ich gehe zurück zu Matthias und helfe ihm.« Unverzüglich stieg sie den abschüssigen Weg wieder nach unten. Sie machte sich ernste Sorgen um sein Wohlergehen. Ihr Pferd blieb stur auf der Stelle stehen und äugte ihr verwundert nach, nachdem sie die Zügel losgelassen hatte. Das Tier hatte keine Lust auf einen zweiten kräftezehrenden Aufstieg.

Wieder bei Sinnen beugte sich Matthias über das Gestein und erstarrte. Der harte Aufprall hatte ihm vermutlich das Leben gerettet, denn unter ihm breitete sich ein Abgrund aus, in den er fünfzig Fuß tief gefallen wäre. Und nicht das allein ließ ihn schaudern. Am Grunde des Schlunds lagen zahlreiche tote Menschen – Männer, Frauen, Kinder. Süßlicher Verwesungsgeruch lag in der Luft.

Isabeau, die hinzukam, suchte ihn nach Verletzungen ab. »Du hast mir einen gewaltigen Schreck eingejagt. Für einen Moment befürchtete ich das Schlimmste.« Ihr Gesicht war aschfahl. »Hast du Schmerzen?«, fragte sie und drückte ihn fest an sich.

Er spürte ihr Herz in der Brust schlagen. »Keine Sorge, ich bin in Ordnung. Die bedauernswerten Geschöpfe dort unten allerdings nicht«, erwiderte er und deutete mit der Hand hinter den Felsen.

Sie sah nichts ahnend in den Abgrund. Schaudernd wich sie zurück.

»Wieso sind sie alle an derselben Stelle verunglückt?«, fragte sich Matthias. Ein beunruhigender Gedanke nahm von ihm Besitz. Manche Leichname waren bereits skelettiert, andere von Tieren angefressen und einige sogar unversehrt. Sie hatten demzufolge zu verschiedenen Zeitenpunkten den Tod gefunden – vor Monaten, Wochen, Tagen. Er bemerkte, dass sich in mehrere Leiber Pfeile gebohrt hatten. Argwohn überfiel ihn. »Hier treiben keine Wölfe oder Bären ihr Unwesen, sondern eine Räuberbande. Sie überwältigt ahnungslose Reisende, meuchelt sie und wirft ihre Leichen in die Schlucht, um ihr widerwärtiges Tun verborgen zu halten. Zurück bleibt ein von Kampf- und Mordspuren gereinigter Pfad für den nächsten Beutezug. Wir befinden uns in großer Gefahr. Wir müssen die anderen warnen«, sagte er beunruhigt.

Plötzlich hörten sie einen lauten Schrei. Es kam ohne Zweifel von Marie. Sie richteten ihre Augen auf die Höhe des Berges, wo das Mädchen eben noch auf sie gewartet hatte. Sie war verschwunden, genauso wie die Pferde. War sie in den Hohlweg hineingelaufen?

Auch Pierre von Castelnau, Prospero Spinola und die Reiter der Leibwache waren längst dort verschwunden. Schreie kämpfender Männer drangen an ihre Ohren. Waren sie in einen Überfall geraten?

»Ich werde nachschauen, was dort passiert. Du wartest hier solange. Wenn ich dir ein Zeichen gebe, darfst du mir folgen«, bestimmte Matthias. Zur Sicherheit nahm er sein Tachi mit, das er neben Federicos Schwert in ein Tuch eingewickelt an der Flanke des Pferdes verwahrte. In der Enge des Hohlwegs, so versprach er sich, würde dessen Gebrauch wirkungsvoller sein. Flugs eilte er den Hang hinauf.

Am Ziel angekommen bot sich ihm ein erschütterndes Bild. Die Leibwächter, die Salvatores Rat gefolgt waren und ihre Rüstungen abgelegt hatten, waren von Pfeilen durchbohrt worden. Ihrer sechs lagen tot im Morast. Die anderen stellten sich mit ihren Pferden schützend vor Castelnau und Spinola. Verbissen wehrten sie die Angriffe der Räuber ab. Ein gutes Dutzend bedrängte sie von beiden Seiten des Hohlwegs. Schon spannten einige erneut die Bögen, um ihre todbringenden Geschosse auf die Verteidiger zu schleudern.

Sein Blick suchte Marie. Zwei Sekunden später atmete er erleichtert auf. Sie kauerte versteckt hinter einem Felsblock und hielt ihr kleines Tantō in der Hand. Ihre Augen zeigten keine Spur von Angst. Entschlossen wollte sie ihr junges Leben verteidigen.

Matthias überlegte nicht lange. Keiner der Verbrecher bemerkte die Gefahr im Rücken. Beherzt stürmte er nach vorn und setzte mit gezielten Hieben die Bogenschützen außer Gefecht. Wie Getreidehalme nach dem Schnitt fielen sie zu Boden. Tiefe Wunden, sogar abgetrennte Gliedmaßen, hatte ihnen das scharfe Tachi zugefügt. Diejenigen, die nicht sofort der Tod erlöste, wanden sich vor Schmerzen hilflos im Dreck. Unter ihnen befand sich auch Salvatore, was Matthias erschütterte. Der rührige Bergführer offenbarte sich nun als Köder, den Remigio in Mailand ausgeworfen hatte und den sie allzu leichtgläubig geschluckt hatten. Wie oft das Spiel der Bande erfolgreich verlaufen war, konnte Matthias nur vermuten. Die Leichname in der Schlucht gaben indes ein deutliches Bild ab: in diesem Jahr zumindest mehrere Male. Diesmal allerdings hatte sich das Blatt gewendet.

Als die Strauchdiebe die Bedrohung erkannten, überfiel sie die Furcht vor einer Niederlage und deren Folgen. Von Panik ergriffen wichen sie vor den Leibwächtern zurück. Einige rannten in Richtung Chur auf und davon. Andere versuchten in ihrer Not die Felswände, die sich links und rechts des Hohlweges erhoben, zu erklimmen, da Matthias ihnen mit erhobener Klinge den Rückzug versperrte. Jetzt hielten die Schwerter von Castelnaus Männern reiche Ernte. Schonungslos bohrten sich diese in die Leiber der Fliehenden, die wie tote Insekten herabfielen.

Das blutige Scharmützel war vorbei. Der Legat wandte sich lobend an Matthias. »Ihr habt tapfer gehandelt. Ich stehe in Eurer Schuld.« Seine Rache an den am Leben gebliebenen Bösewichtern erfolgte unmittelbar. Nacheinander, um sich an ihrer Furcht zu weiden, ließ er jeden erstechen.

Als Salvatore an die Reihe kam, zeigte er auf eine Wunde am Oberschenkel. »Vergebt mir, Herr. Die Armut trieb mich zu dieser Tat«, flehte er um Mitleid.

»Abgelehnt«, erwiderte der Legat unnachgiebig.

»Gewährt mir ein gerechtes Verfahren vor einem Gericht«, versuchte er das Unvermeidliche hinauszuzögern.

Castelnau ließ sich von Prospero ein Messer reichen und sagte kaltherzig: »Das Tribunal hält dich für schuldig und verurteilt dich zum Tode.« Dann rammte er dem hinterlistigen Bergführer die Klinge in den Hals bis zum Heft. »Das Urteil ist vollstreckt«, fügte er mit knappen Worten hinzu.

Während Salvatore röchelnd starb, wurde Matthias bewusst, dass Castelnau ein erbarmungsloser Mensch war, der auch gern selbst Hand anlegte, um einen Verbrecher zu bestrafen. Der Gedanke, er könnte diesem Mann einmal auf Gedeih und Verderb ausgeliefert sein, ließ ihn frösteln. Er wandte sich von der grausamen Szenerie ab und kehrte dem Hohlweg den Rücken, um Isabeau das vereinbarte Zeichen zu geben. Mühsam erklomm sie die steile Anhöhe. Der Anblick der vielen Toten bestürzte sie. Dann rügte sie Maries Eigensinn: »Warum bist du nicht wie vereinbart an der Stelle geblieben, an der ich dich alleingelassen habe?« Sie schloss sie in die Arme. »Du hättest sterben können. Tu das nicht wieder.«

»Verzeih«, erwiderte sie bedrückt. »Es war die Neugier, die mich dazu verleitet hat.«

Bevor der Tross weiterzog, ließ Prospero die gefallenen Leibwächter auf den Pferden festbinden, die ihnen verblieben waren. In der Stadt Cassache würden sie in geweihter Erde ihre letzte Ruhe finden. Die Leichen der Wegelagerer und die Tierkadaver ließen sie einfach liegen, als Festmahl für die Raubtiere.

Am Tag darauf beerdigten sie die Gefallenen auf dem Friedhof von Cassache und Pierre von Castelnau hielt eine kurze Grabrede.

Isabeau hätte sich einen ehrenhafteren Abschied gewünscht, denn er fiel recht nüchtern aus. »Sie haben gegenüber dem Papst und der Kirche ihre Pflicht erfüllt. Gott wird sich ihrer Seelen annehmen. Asche zu Asche, Staub zu Staub. Mögen sie in Frieden ruhen«, hörte sie den Legaten sagen. Dann mahnte er bereits zum Aufbruch. Einen verstorbenen Hund zu verscharren wäre ihrer Ansicht nach weitaus würdevoller verlaufen.

Bevor der Totengräber nach der Schaufel griff, um die Gruben zuzuschütten, warf Marie ihre gepflückten Wiesenblumen auf die starren Leiber. Ein Anblick, der Isabeau zu Tränen rührte, da die Leibwächter für ihre Treue und den gezeigten Mut Besseres verdienten als Castelnau ihnen zugestand. Den Pass würden sie jetzt ohne Bergführer überqueren. Bedenken zeigte der Legat keine, hatten ihm doch die Leute von Cassache versichert, das Schwerste läge hinter ihnen. Auf der anderen Seite ginge der Abstieg leichter vonstatten.

Hinter Cassache begann der Septimer. Er führte sie über den Bergkamm zu einem Ort, den die alten Römer Stabulum Bivio genannt hatten. Die Einheimischen hießen ihn Stall an der Wegscheide, was darauf hindeutete, dass schon zu grauer Vorzeit Menschen dort ansässig gewesen waren, die Viehzucht betrieben hatten. Dennoch würden Stunden vergehen, bis sie ihn erreichten.

Beim Aufstieg schien ihnen die Sonne ins Gesicht. Die Wolkendecke lag weit unter ihnen. Sie hatte Cassache verschluckt. Schritt für Schritt erklommen sie den steil hinaufführenden Pass. Das kostete viel Ausdauer und Kraft, denn die Luft wurde in dieser Höhe dünner und jeder Atemzug beschwerlicher. Hier oben wuchs kein Baum mehr. Grüne Wiesen und bizarre Felsen prägten das Bild unter einem blauen Himmel, der dunkler wirkte als in den Tiefen der Täler.

Der Kamm des Berges rückte näher und sie erreichten die Stelle der höchsten Erhebung. Isabeau, die kurz zuvor noch geglaubt hatte, auf der anderen Seite läge der Bodensee zum Greifen nahe, sah sich eines anderen belehrt. Der unerwartete Anblick betrübte sie aber nicht, vielmehr empfand sie Ehrfurcht vor der Größe des Schöpfers. Ein Augenblick grenzenloser Freiheit, jenseits von allem Leid und aller Mühsal, streifte ihr Gemüt, denn das Gebirge erstreckte sich so weit, wie ihre Augen zu schauen vermochten. Gipfel an Gipfel, manche schroff oder eisbedeckt, ragten zum Horizont empor, die niederwärts in sattgrüne Hänge überliefen. Sie verloren sich, für Isabeau nicht zu erschauen, in engen, bewaldeten Tälern, durch die reißende Bäche flossen. Sie führten das Wasser schmelzender Gletscher mit sich und suchten ungestüm den Weg in die großen Flüsse Bayerns, Schwabens und Ostarrîchis.

Von nun an ging es stetig abwärts. Zudem war der Pfad leicht zu begehen, da der Hang auf dieser Seite des Berges ein geringeres Gefälle aufwies. Später ritten sie durch eine Schlucht, die ein Gebirgsbach teilte. Sie überquerten eine steinerne Brücke, die vor Äonen ein römischer Cäsar erbaut hatte, um seinen Legionen den Weg nach Norden zu bahnen. Hier legten sie eine kurze Rast ein und erfrischten sich mit dem klaren Wasser, das die Sonne den Eispanzern der Gipfel entrissen hatte. Auch die Pferde kamen nicht zu kurz und labten sich an dem kühlen Nass.

Eine Stunde später trafen sie auf den Stall an der Wegscheide. Die Siedlung bot ihnen die Gelegenheit, etwas Warmes zu essen.

Freigiebig verteilten die Bergbauern aus einem großen Kessel einen nahrhaften Brei. Dazu gab es grobes Brot und jede Menge Käse. Isabeau und Marie glaubten, in ihrem Leben nie etwas Leckereres verspeist zu haben, worauf die Einheimischen versicherten, das Mahl sei nichts Besonderes. Es läge vielmehr an der Höhe und der sauberen Bergluft, dass es ihnen so gut schmecke.

Sie bedankten sich und Matthias zeigte sich beim Begleichen der Rechnung großzügig, worüber sie sich sehr freuten. Castelnau hatte über den Bauernfraß, wie er ihn betitelt hatte, bloß die Nase gerümpft und es mit seinen Leibwächtern vorgezogen, auf dem Trockenfleisch zu kauen, das sie als Wegzehrung mitführten. Sein Hochmut hatte ihn nicht erkennen lassen, was ihm entgangen war.

Am Nachmittag zogen sie in das Dorf *Marmels* ein. Es besaß eine Herberge, in der sie über Nacht blieben. Wieder mussten die Leibwächter des Legaten mit dem Viehstall vorliebnehmen, da die Unterkünfte im Haus nicht ausreichten. Sie nahmen es leicht, entzündeten im Hof ein Lagerfeuer und sangen bei Wein und Brot wehmütige Lieder, bis die Sonne hinter den Berggipfeln verschwand.

Isabeau, Matthias und Marie mussten sich eine Kammer teilen. Die schmale Liegestatt bot nicht allen Platz, weshalb Matthias, in eine Decke aus Schafwolle eingerollt, mit dem Boden vorliebnahm. Ruhelos wegen der unbequemen Lage wälzte er sich hin und her.

Beim Erwachen tat ihm der Rücken weh. Erst Isabeaus sanfte Hände, die mit geübten Griffen, die sie von Akito gelernt hatte, die schmerzenden Stellen rieben und drückten, linderten die Pein und hinterließen ein wohliges Gefühl von Wärme auf seiner Haut.

Nach dem Morgenmahl brach der Tross nach Chur auf, eine Stadt, die drei Tagesreisen entfernt lag. Immer tiefer, hinunter in die Täler, führte der Weg, der hier mehr an Breite gewann. Grüne Weiden umsäumten ihn, auf denen Ziegen und Rinder grasten. Gelassen käuend verfolgten ihre Augen die vorbeiziehenden Reiter. Das Ochsengespann eines Kaufmanns fuhr ihnen entgegen, welcher die einsam gelegenen Gehöfte der Bergbauern mit dem Nötigsten versorgte. Die Nächte, die folgten, verbrachten sie unter dem freien Sternenhimmel. Der sanfte laue Wind, der nach Blumen und Heu duftete, lockte alle in einen wohltuenden Schlaf.

Am Vormittag des nächsten Tages stießen sie auf einen Fluss. Es war der Rhein. Hier am Oberlauf war seine Natur beengt und ungebändigt, bevor sein Wasser auf der Nordseite des Gebirges als breiter Strom in den Bodensee floss. Seinem Lauf folgend erreichten sie vor Sonnenuntergang Chur.

Der Bischof *Reinher von Thurn* lud den Legaten und seine Begleiter zu einem üppigen Abendmahl ein und lenkte sein Interesse auf die päpstliche Politik. »Mir kam zu Ohren, seine Heiligkeit habe den Erzbischof von Köln durch die Bischöfe von Mainz und Cambrai exkommunizieren lassen, weil er Philipp von Schwaben in Aachen zum zweiten Male zum König gekrönt hat. Innozenz soll ihm eine Frist der Besinnung gewährt haben, um sein Tun zu widerrufen: vier Wochen.« Neugierig beobachtete er aus den Augenwinkeln seinen hohen Gast. »Die Zeit ist um und er hat sich ihm vermutlich nicht erklärt, sonst befändet Ihr Euch nicht auf dem Weg nach Norden. Sicherlich werdet Ihr ihn des Amtes entheben. Innozenz wird bei dem Staufer allerdings auf Stein beißen, falls er ihn auffordern sollte, die Königswürde wieder abzulegen und *Adolf von Köln* fallen zu lassen«, sagte er unverblümt. Der feiste Bischof gab einem Diener zum wiederholten Male das Zeichen, Castelnaus leeres Glas zu füllen. Er hoffte, Einzelheiten seiner Mission zu erfahren, die ihm womöglich von Nutzen waren.

Sein ausgiebiger Zuspruch zum Wein ließ Castelnau den Köder schlucken. »Fürwahr. Seine Unverfrorenheit fordert Sühne. Es ist nicht das erste Mal, dass er sich herausnimmt, was ihm nicht zusteht«, erwiderte er mit schwerer Zunge. »Auch Otto von Braunschweig hatte er vor Jahren auf den Thron verholfen. Als Ergebnis haben wir Chaos im Heiligen Römischen Reich. Die Krönung des rechtmäßigen Königs wollte der Papst selbst vornehmen. Adolf wusste, dass Philipp nicht dafür infrage kam. Die Konsequenzen seines Ungehorsams wird er jetzt in aller Tragweite zu spüren bekommen.«

»Demnach ist es wahr? Der Kölner Intrigant wird seine Pfründe verlieren und in Zukunft an den Kirchenpforten betteln gehen?«, bohrte Reinher von Thurn weiter in der Wunde. »Gibt es schon einen Nachfolger?«

»Möglicherweise hat nicht nur er sein Amt verspielt, wenn Innozenz erfährt, wie schlecht es um das Bistum Chur bestellt ist«, antwortete Castelnau missgünstig auf dessen Nachfrage. Sein Argwohn ließ trotz des Schwipses durchblicken, dass er bemerkt hatte, was der Bischof mit seinen Fragen bezweckte.

Reinher von Thurn tat erstaunt. »Was werft Ihr mir vor?«

»Die Sicherheit auf Euren Straßen lässt sehr zu wünschen übrig.« Er wies auf Matthias. »Diesem tapferen Ritter ist es zu verdanken, dass ich heute neben Euch sitze, nachdem wir auf dem Weg zum Septimer unter die Räuber fielen. Sechs meiner Leibwächter bezahlten den Überfall mit dem Leben.«

Der Bischof war bestürzt. »Ich werde sofort bewaffnete Reiter losschicken, die für Ordnung sorgen werden«, versprach er reumütig.

Der Legat winkte unwirsch ab. »Spart Euch die Mühe. Dafür haben wir bereits gesorgt. Die Wegelagerer sind tot. Ihre Kadaver haben wir an Ort und Stelle liegengelassen, zur Abschreckung für Nachahmer«, verkündete er mit einem teuflischen Grinsen.

»Wer ist der aufrechte Mann?«, fragte der Bischof, um von dem Übel des Anschlags abzulenken.

»Sein Name lautet Matthias von Messina. Er ist ein Vasall des Königs von Sizilien.« Er griff wieder zum Glas und stürzte den Inhalt die Kehle hinunter.

»Und das Weib an seiner Seite?«

»Isabeau von Lunéville. Sie ist seine Gemahlin.« Castelnau rülpste.

Der Bischof runzelte die Stirn. »Lunéville? Vor Jahren hörte ich, eine Lunéville sei mit dem Grafen Lothar von Wartenstein verehelicht«, meinte er nachdenklich.

»Er ist tot. Ermordet von seinem Bruder Rudolf, um sich den Titel anzueignen«, mischte sich Isabeau in das Gespräch der beiden ein.

»Welch widerwärtige Tat. Und nun wollt Ihr Euch an ihm rächen und den Titel zurückgewinnen«, kam dem Bischof über die Lippen. Er war neugierig auf ihre Pläne.

»Mit Verlaub, Hochwürden. Mir geht es nicht um Rachegelüste, sondern um Gerechtigkeit. Und was die Ländereien anbelangt, so habe ich Anspruch auf sie. Nach einer Zeit der Trauer habe ich mich wieder vermählt. Matthias von Messina ist ein angesehener Ritter und Gefolgsmann des Königs von Sizilien. Tugendhaft und gottesfürchtig«, erwiderte sie energisch.

Der Bischof und der Legat schmunzelten über ihre Beherztheit.

»Was mich anbelangt, habt Ihr mich überzeugt«, meinte Reinher von Thurn. »Um Philipp von Schwaben für Euer Vorhaben zu gewinnen, bedarf es allerdings anderer Mittel als nur Worte.« Er hob grinsend die Hand und rieb den Zeigefinger am Daumen.

Matthias konnte mit der Geste nichts anfangen. »Welche denn?«, fragte er befremdet. »Was kann maßgebender sein, als Recht und Gesetz Genüge zu tun?«

»Gold natürlich«, meinte der Bischof und lachte über so viel Unkenntnis.

»Unsere Geldmittel sind begrenzt. Dennoch werden wir Philipp unser Anliegen vortragen. Alles Weitere liegt in Gottes Hand«, sagte Matthias unwillig und haderte innerlich mit der Gier des Schwabenkönigs. Ein Aufgeben kam für ihn nicht infrage. Er warf Isabeau und Marie einen kämpferischen Blick zu.

In Feldkirch, zwei Tage später, erwartete sie ein beschaulich liegender Ort in einer Talsenke zwischen waldreichen Hügeln und Bergen. An einem Hang oberhalb der Siedlung erhob sich eine Burg. Sie gehörte *Hugo von Tübingen,* der Castelnau und seinem Gefolge bereitwillig Unterkünfte gewährte.

Der Graf, ein Schwabe von Geburt, war ein zuvorkommender Mann und bot seinen Gästen an, was Keller und Speisekammer hergaben. Neben Wein stand auch würziges Bier auf der Tafel. Wildschwein vom Spieß, dunkles gesäuertes Brot, Backhühnchen, gegartes Gemüse und frisches Obst bereicherten das Angebot an Speisen. Hugo, ein gestandener Mann im mittleren Alter, war leicht untersetzt und eine Frohnatur. Wenn er lachte, zogen sich seine Mundwinkel weit auseinander und gaben einige Zahnlücken preis. Er war ein Mensch, der sein Leben genoss und auf Äußerlichkeiten wenig Wert legte. Das heutige Festmahl schien, nach dem ausgelassenen Gebaren der Mägde und Diener zu urteilen, nicht das erste des laufenden Monats zu sein.

»Philipp von Schwaben und Adolf von Köln verweilen zurzeit am Bodensee. Der Staufer hält bei *Diethelm von Krenkingen*, dem Bischof von Konstanz, Hof. Er ist sein engster Vertrauter, seit er mit Otto von Braunschweig um die Königswürde ringt«, wusste Hugo zu berichten.

Castelnau, der seit Beginn des Mahls reichlich dem Bier zusprach, strich sich den Schaum von den Lippen. »Adolf hält sich in Konstanz auf? Das trifft sich gut«, lallte er und rülpste laut.

»Was für ein Mensch ist Philipp?«, wollte Matthias wissen.

Hugo zog verwundert die Augenbrauen hoch. Das Stück Fleisch, das er gerade zum Mund führen wollte, landete wieder auf dem Teller. »Warum fragt Ihr mich das?«

»Ich und meine Gemahlin tragen uns mit der Absicht, ihm unsere Aufwartung zu machen.«

»Nun gut, Ihr seid ein Ritter. Trotzdem werdet Ihr Geduld aufbringen müssen, bis er bereit ist, Euch zu empfangen. Der Staufer ist ein zwielichtiges Wesen.« Er streckte die Arme auseinander, als wollte er die halbe bewohnte Welt umfassen. »Die Schlange der Bittsteller ist so lang. Täglich sprechen Adlige bei ihm vor, um ihre Wünsche und Absichten zu äußern. Wenn sie ihm von Nutzen sind, erfüllt er sie hin und wieder sogar. Er ist ein eitler Pfau, wie alle Fürsten, und hört gern Lobhudeleien in den Ohren klingen. Heuchler haben bei ihm mehr Glück auf Gehör als Ehrenmänner. Zudem ist er seit der Fehde mit Otto noch machtgieriger geworden. Erwartet also nicht zu viel von ihm«, sagte er.

Nachdenklich schüttelte Matthias den Kopf und fuhr sich mit der Hand durch den Haarschopf. Seine Antwort machte ihr Vorhaben nicht leichter. »Ich bin kein Mensch mehr, der zu Kreuze kriecht. Auch Heuchelei ist mir zuwider. Derartiges werde ich nicht tun. Das verbietet mir mein Ehrgefühl. Nur die Wahrheit wird er aus meinem Munde erfahren. Und wenn er nicht gewillt ist, mich und meine Frau anzuhören, regle ich das Problem auf meine Weise.« In seine Stirn gruben sich Zornesfalten, die erst ein Händedruck Isabeaus wieder glättete.

»Fürwahr, trotzt Euren Widersachern und jagt sie zur Hölle. Darauf ein Prost«, brabbelte Castelnau und leerte seinen Humpen in einem Zug. Prospero musste ihn festhalten, sonst wäre er unter den Tisch gerutscht.

»Mit Verlaub, wenn ich fragen darf, wie stellt sich Euer Problem dar?«, fragte Hugo, der für Castelnaus Rausch nur ein Grinsen übrighatte.

Da Matthias schwieg, erhob Isabeau ihre Stimme. »Die Sache ist schwierig.« Für einen Augenblick wog sie ab, ob sie dem Grafen offenbaren sollte, was ihnen auf der Seele brannte. Sein breites Lächeln über die Zahnlücken hinweg überzeugte sie, dass er nichts Böses im Schilde führte. Dennoch beschloss sie, von sich selbst abzulenken. Sie blickte zu Castelnau, aber der war in seinem Dusel bereits eingenickt. »In einem Satz lässt sich das nicht erklären«, sagte sie und feuchtete mit einem Schluck Wein ihre Kehle an. »Es liegt jetzt mehr als drei Jahre zurück, da zog ein gottesfürchtiger Ritter ins Heilige Land, um für die Christenheit zu streiten. Achtzehn Monate später musste sich seine Gemahlin, die eine enge Vertraute von mir ist, gegen ihren Schwager erwehren. Der Ruchlose hatte seinen Bruder für tot erklären lassen und wollte sie zwingen, ihn zu ehelichen. Da sie seinem Ansinnen widersprach, ließ er sie in den Kerker ihrer Burg werfen. Ein treuer Schmied, der von ihrer Not hörte, befreite sie und begleitete sie auf der Flucht ins Ungewisse ...«

Hugo blies verdutzt die Backen auf. »Diese Geschichte habe ich schon einmal gehört. Sie war auf den Marktplätzen und in den Wirtshäusern von Schwaben und Bayern Stadtgespräch. Dort beschrieb man die Ereignisse jedoch ganz anders. So hätte sich die Edelfrau dem Schmied hingegeben und wäre anschließend mit ihm geflohen, nachdem sie erfahren hatte, dass ihr für die Untreue an ihrem Gatten der Tod drohte.«

Erbost sprang Isabeau auf. »Das ist eine Lüge!«, rief sie zornesrot.

»Beruhige dich, meine Blume. Ich bin sicher, er wollte dich nicht beleidigen«, versuchte Matthias, sie zu beschwichtigen, und zog sie zurück auf die Bank.

Überrascht schlug sich Hugo an die Stirn. »In Gottes Namen, jetzt verstehe ich es. In Eurer Rede spracht Ihr über Euch selbst. Ihr seid diese Gräfin oder vielmehr seid es einmal gewesen. Und der

Mann an Eurer Seite ist der Schmied, der Eurer Gefangenschaft ein Ende setzte. Habt keine Furcht. Berichtet mir, was wirklich geschah.«

Bildhaft schilderte sie die Mordtat des schurkischen Rudolf und ihre Reise mit Matthias und Marie ins Heilige Land. Auch die Rettung Friedrichs von Sizilien und die Überquerung der Alpen, die sie bis nach Feldkirch geführt hatte, ließ sie nicht aus. Sie endete mit dem Wunsch nach Gerechtigkeit, den ihr Philipp erfüllen sollte.

Hugo leerte seinen Humpen und schlug das Gefäß so laut auf die Tafel, dass Castelnau erschrocken aus dem Schlummer fuhr. »Wohlan«, sprach er und gab dem Mundschenk das Zeichen, nachzufüllen. »Ihr seid eine mutige Frau und verdient meinen Respekt. Dennoch möchte ich Euch den Rat geben, Vorsicht walten zu lassen. Seitdem Philipp von Schwaben Eurem Schwager die Grafschaft als Lehen überlassen hat, hört man bloß Schlechtes von ihm. Er soll sie arg heruntergewirtschaftet haben und seine Bauern misshandeln.« Er hielt inne und wies dem Diener an, auch Castelnau nachzuschenken, als der sich über die Leere in seinem Trinkgefäß beschwerte. »Vergangenes Jahr lief mir Rudolf in Tübingen über den Weg. Philipp versammelte dort seine Gefolgsleute«, fuhr er fort. »Sie mussten ihm für den Kampf gegen Otto von Braunschweig abermals den Treueschwur leisten, nachdem einige zuvor die Seite gewechselt hatten. Ein junges Mädchen, offensichtlich aus guter Familie, begleitete ihn. Sie hieß Mathilde. Ihr Gesicht war von blauen Flecken übersät. Auf meine Frage, ob sie krank sei, behauptete er, sie sei vom Pferd gefallen, was ich nicht glaubte. Ich war mir sicher, dass er sie regelmäßig schlug. Mein Weib würde mich zum Teufel jagen, wenn ich ihr so etwas antäte«, erzählte er.

»Die Ärmste«, bemerkte Matthias. Er schüttelte mitfühlend den Kopf. »Vielleicht können wir auch ihrem Schicksal eine Wende zum Guten geben.«

»Einen Empfang an Philipps Hof natürlich vorausgesetzt.«

Isabeau stellte den Weinbecher auf der Tafel ab. »Das wurde bereits geregelt. Wir werden Castelnaus Gesandtschaft angehören, wenn er vor Philipp tritt. Das hat er uns versprochen, nachdem ihn Matthias im Gebirge aus der Gewalt einer Räuberbande befreit hat.«

»Ihr zeigt Talent im Menschenretten. Erst Friedrich von Sizilien, wie mir Eure Gemahlin verriet, und nun auch den päpstlichen Legaten. Kein Wunder, dass Ihr die Schwertleite erhalten habt. Für einen Mann Eurer Geburt eine seltene Ehre«, sagte Hugo anerkennend.

»Ein Hoch auf meinen Retter. Den letzten tugendhaften Ritter, der im irdischen Jammertal wandelt«, rief Castelnau in einem kurzen Moment der Erleuchtung und sank mit dem Kopf auf die Tischplatte.

»Das sind wohlwollende Worte. Die meisten Edelleute würden die Nase über mich rümpfen, wenn sie wüssten, wer ich früher einmal war«, erwiderte Matthias und lächelte vielsagend über den geistigen Zustand des Kirchenmannes.

Eine Sichtweise, die Hugo nachvollziehen konnte. »Die Geringeren werden von den Adligen verachtet, dabei vergessen sie, aus welchen Löchern ihre eigenen Vorfahren einst gekrochen kamen«, erwiderte er frei heraus. »Die Adelslinie der Grafen von Tübingen bildet keine Ausnahme. Unser Wappen ist besudelt mit dem Blut eines Unschuldigen. Der Begründer unseres Geschlechts vollstreckte vor langer Zeit ein rechtswidriges Todesurteil. Nach ihm suchte ein Enkel Versöhnung durch eine Heirat mit einer Nachkommin des Hingerichteten. Ungeachtet dessen bleibt die Mordtat als Makel für immer an uns haften, was mir zuwider ist. Meine Mutter ist eine Gräfin von Bregenz. Am Tag, an dem ich ihr Erbe antrete, werde ich ein neues Geschlecht gründen und mich Hugo von Montford nennen. Natürlich der Erste seines Namens, nach der Burg, die ich gerade erbauen lasse. Sie wird mein Stammsitz werden. Ihr seht also, auch ich schäme mich der sündhaften Taten meiner Sippe. Nur trage ich die Nase nicht so hoch.« Er zwinkerte mit den Augen und setzte den Becher an den Mund.

»Dafür wünsche ich Euch Gottes Segen. Ihr seid ein Mensch, der Eurem Stand zur Ehre gereicht«, erwiderte Matthias und rieb sich die Augen. Der Genuss des starken Bieres machte ihn langsam schläfrig.

Hugo legte ihm freundlich die Hand auf die Schulter und bedankte sich bei ihm. »Eins müsst Ihr mir noch verraten. Ich sah Euren Schild, als Ihr in den Burghof eingeritten seid. Er zeigt ein leeres Feld, keine Farben, keine Symbole, die Euren Adelsstand offenbaren«, rätselte er und kratzte sich am Kinn.

»Mit der Leere verhält es sich wie mit meinem Schicksal. Es ist noch nicht bestimmt. Erst wenn Rudolf vor Isabeau und mir im Staub liegt und für seinen Brudermord bezahlt, wird es sich erfüllen. Dann wird mein Schild preisgeben, wer ich bin und wo mein Platz in der Welt ist«, verkündete er und prostete ihm zu.

Der Abend endete ausgelassen und ihr Gastgeber war ein Mann, den sie in guter Erinnerung behalten würden. Ob der arme Prospero ebenso darüber dachte, schien fraglich. Er musste den sturzbetrunkenen Castelnau bis in seine Kammer führen und entkleiden. Satt und todmüde zogen sich auch Isabeau, Matthias und Marie von der Tafelrunde zurück und suchten ihr Schlafgemach auf. In der Nacht drang durch das offene Fenster das Bellen eines Fuchses herein. Aber da waren sie längst eingeschlummert. Nur die kleine Wölfin, die neben Marie auf dem Bett kauerte, hob die Ohren und lauschte den Stimmen der Nacht.

Nachdem sie Feldkirch beim ersten Hahnenschrei verlassen hatten, lichtete sich am Nachmittag der Wald. Er gab den Blick auf ein weitläufiges Gewässer frei: den Bodensee. Hier lagerten sie und verbrachten die laue Nacht unter freiem Himmel.

Als die Sonne sich über den Horizont erhob und ihre warmen Strahlen über das Land ergoss, spürte Matthias, dass er der Heimat nahe war. Sie lockte ihn mit Erinnerungen aus seiner Kindheit, die er glaubte, schon lange vergessen zu haben. Die Luft war rein und erfüllt vom Duft des Heus und der Blumen auf den Wiesen und Feldern.

Früh setzten sie die Reise fort. Die Bauern, denen sie unterwegs begegneten, unterbrachen auf den Feldern und Wiesen ihre Arbeit. Mit Ehrfurcht nahmen sie die Kappen vom Kopf, um dem Legaten des Papstes zu huldigen.

Den ganzen Tag folgten sie einer viel befahrenen Straße entlang des Ufers nach Nordwesten. Sie führte schließlich in eine Stadt mit einem Hafen: Konstanz. Den Mittelpunkt des Ortes markierte eine Kathedrale. Hier residierte der Bischof der hiesigen Diözese,

Diethelm von Krenkingen. Er war ein blasser und kränklicher Mann im vorgerückten Alter, dem der Tod bereits im Gesicht stand.

Castelnau, der bei ihm vorsprach, erhielt die Kunde, Philipp befände sich auf der Jagd und kehre erst am nächsten Tag zurück. Als er hörte, dass Adolf schon vor zwei Wochen Konstanz verlassen habe und nach Köln heimgereist sei, konnte er seinen Ärger nur schwer unterdrücken. Außerdem kränkte es ihn, dass ihm eine Unterkunft im bischöflichen Sitz vorenthalten wurde. Diethelm schob den Grund vor, es gäbe durch Philipps Gefolge erhebliche Platzprobleme. Das kam ihm fadenscheinig vor. Ein Schlag ins Gesicht, den er als Angriff auf die Autorität des Papstes wertete. Lauthals machte er seinem Unmut Luft. Isabeau, die etwas abseits stand, trieb seine Wortwahl die Schamesröte ins Gesicht. Marie bekam die vulgären Ergüsse nicht mit. Unbekümmert tollte sie mit der jungen Wölfin vor dem Eingang des Gotteshauses herum.

So blieb nur die Hoffnung, in einer Herberge unterzukommen. Im angrenzenden Stadtviertel Niederburg, das an den südlichen Seerhein grenzte, empfing sie ein Gewirr enger, verwinkelter Gassen mit Häusern, Speichern und Spelunken, die sie unbeachtet ließen. Erst nahe dem Ufer fiel ihnen ein Gasthaus in die Augen, das ansehnlich ausschaute. Mit sauberen Gemächern und einem Nebengelass zum Unterbringen der Pferde lud es zum Verweilen ein.

Am Abend saßen sie gemeinsam beim Mahl. Selbst Castelnau gesellte sich an ihren Tisch. Das erste Mal, seit sie Rom verlassen hatten. Er quetschte sich zwischen Prospero und Matthias auf einen freien Schemel und prostete Isabeau freundlich zu. Offenbar hatte er endgültig Vertrauen zu ihnen gefasst.

Marie teilte ihr Essen wie immer mit Ada. Diese verschlang mit Wonne das in Milch eingebrockte zerbröselte Brot. »Ihr seid ein hochgestellter Mann. Trotzdem hat Euch der Bischof kein Bett gewährt. Warum zeigt er keine Ehrfurcht vor Eurem Amt? Immerhin seid Ihr der päpstliche Legat«, fragte sie ohne Scheu.

Er blickte sie verblüfft an und schien sich zu fragen, wie ein Mädchen ihres Alters auf solche Fragen kam. »Das ist höhere Politik. Du bist zu jung, um das zu verstehen«, erwiderte er unwirsch, worauf Prospero schadenfroh griente.

»Marie spricht einen wichtigen Punkt an.« Isabeau schlug in dieselbe Kerbe. »Welchen Einfluss besitzt Diethelm von Krenkingen auf Philipp? Ist er ein Freund oder Feind von Recht und Gesetz?« Sie hatte dabei die Bestrafung Rudolfs im Kopf.

Castelnau schaute sie durchdringend an, bevor er antwortete. »Von Adolf von Köln weiß ich, dass er durchtrieben und gewissenlos ist. Mal Otto von Braunschweig, mal Philipp von Schwaben zugetan. Ein Mensch, der die Seiten wechselt wie andere die Tunika. Hauptsache, die Geldbörse ist gefüllt. Diethelm dagegen lässt sich schwer durchschauen. Er scheint mir schwer krank zu sein. Ungeachtet dessen verhält er sich mir gegenüber ungebührlich. Vertrauen tue ich ihm nicht.« Seine Hand griff nach einem Hühnerschenkel. Genüsslich begann er die braungebrannte Kruste abzuknabbern.

Derweil hatte Matthias ein Gespräch mit dem Nachbartisch begonnen. Dort saßen drei Kaufleute aus Reutlingen, die mit Holzkohle handelten. Sie wussten düstere Dinge zu berichten.

»Das Wartensteiner Land ist dem Siechtum anheimgefallen. Graf Rudolf weiß nicht gut zu wirtschaften. Die Dörfer entvölkern, weil er seine Bauern bis aufs Blut knechtet. Immer mehr fliehen in ihrer Not. Die er aufgreift, lässt er einsperren. Nur wenige harren aus, auf bessere Tage hoffend«, berichtete einer von ihnen.

»Für seinen ausschweifenden Lebenswandel erdrückt er seine Untertanen mit hohen Abgaben. Wer sich auflehnt, endet am Galgen oder stirbt des Hungers im Verlies der Burg. Einmal hat er sich sogar von Philipps ärgstem Feind Otto kaufen lassen. Später kehrte er reumütig zu dem Staufer zurück. Verziehen haben soll er ihm den Verrat aber nicht. Man munkelt, seine Stellung an Philipps Hof sei nicht unumstritten«, fügte ein anderer hinzu.

Matthias horchte auf. Diese Nachricht konnte für Isabeau von Gewicht sein. In seinem Gemüt wuchs die Zuversicht. Rudolfs Verrat könnte für sie von Vorteil sein und Philipp dazu bewegen, ihr Ersuchen zu billigen. »Ich hörte, in Rudolfs Gefolgschaft befände sich ein junges Mädchen von Adel. Wisst ihr etwas über ihr Schicksal?«, fragte er.

Die Kaufleute sahen einander nachdenklich an.

»Ach ja, jetzt entsinne ich mich«, meinte der Dritte. »Das liegt schon eine Weile zurück. Sie traf einige Wochen, nachdem die Witwe

Lothars verschwunden war, auf seiner Burg ein. Damals war sie erst dreizehn Jahre alt und sollte Rudolfs Gemahlin werden. Angeblich war sie die jüngste Schwester von Lothars engstem Vertrauten Bertram von Olm. Meines Wissens ist es aber niemals zu einer Heirat gekommen. Ihre Spur verliert sich seit Langem im Nebel.« Sein Mienenspiel ließ erkennen, dass er sie für tot hielt.

»Hast du gehört, was die Männer erzählt haben?«, wandte sich Matthias an Isabeau.

»Das habe ich«, erwiderte sie. »Sollte mir Philipp die Grafschaft übereignen, werden wir einen Scherbenhaufen übernehmen. Aber das nehme ich gern in Kauf. Es liegt an uns, die Trümmer zu beseitigen und das Lehen wieder erblühen zu lassen. Wirst du mir bei dieser Aufgabe beistehen?« Ihr Lächeln war entwaffnend.

Seine Lippen suchten ihren sinnlichen Mund. Er küsste sie innig. »Daran solltest du nie zweifeln.«

Kapitel 19

Die Würfel fallen

Am vierzehnten Juni 1205 kehrte Philipp mit seinem Gefolge von der Jagd zurück. Der bunte Zug der Schützen, Treiber und Trophäenträger war lang und machte erst vor der Kathedrale halt. Zahlreich bedeckten die getöteten Wildschweine, Hirsche, Rehe und Hasen den Platz vor der Kirche. Diethelm von Krenkingen musterte den üppigen Fang und sparte nicht mit Lob über die Treffsicherheit der Schützen. Gekonnt überspielte er die Krankheit, an der er litt. Nur das aufgesetzte Lächeln verriet seine quälenden Schmerzen.

Neben Castelnau und Prospero verfolgten auch Marie, Matthias und Isabeau das Spektakel und waren gebannt von dem Anblick.

Letztere studierte neugierig den Staufer. Philipp war noch keine dreißig. Er hatte das Gewand eines Königs mit den Kleidern eines Waidmanns getauscht und trug eine Armbrust über der Schulter. Sie verhüllten einen Leib, der in der Blüte seines Lebens stand. Das bartlose, beinahe noch jugendliche Antlitz versprühte Stolz über den erfolgreichen Ausgang der Jagd. Nur eine Sache stieß sie ab: seine kalt blickenden Augen. In ihnen stand unnachgiebige Härte und das Bewusstsein absoluter Macht geschrieben.

Auf sein Zeichen begannen die Treiber sämtliche Tiere aufzubrechen und in Stücke zu zerlegen. Berge abgezogener Felle, Pfützen gefüllt mit Blut und unappetitliches Gekröse verteilten sich auf dem Boden. Fast hätte man meinen können, ein heidnisches Opfer würde dem Allmächtigen vor der Kathedrale dargebracht.

Den ganzen Nachmittag warteten Castelnau und Prospero auf ihre Vorlassung. Das gab dem Groll des Legaten über die Missachtung der

Stimme des Papstes weiteren Vorschub. Erst am späten Abend zeigte sich der Staufer endlich bereit, die Gesandtschaft zu empfangen. Unter ihr schritten auch Isabeau, Matthias und Marie in das Gotteshaus.

In einem Nebengelass, hinter der Sakristei, hielt der umstrittene König Hof. An seiner Seite saß Diethelm von Krenkingen, der mit einem Hustenanfall zu kämpfen hatte und sich ein Tuch vor den Mund hielt.

Philipp schaute die Gäste auf deren Gruß nur stumm und gleichgültig an. Keine Gemütsregung ließ er nach außen dringen.

Verwirrt blickte Castelnau durch den Raum, denn eine Sitzgelegenheit suchte er vergebens. Sollte er vor beiden stehen? Eine weitere Demütigung, die sein Blut zum Kochen brachte, denn dies kam einem Tribunal gleich. »Ihr beleidigt mit Eurem Verhalten die römische Kurie. Sie ist nicht wie einer Eurer Diener, der vor Euch strammstehen muss. Seine Heiligkeit ist zutiefst erzürnt über Euch, Herzog Philipp. Innozenz vertraute auf Eure Ehre und Loyalität. Beides habt Ihr weggeworfen wie einen alten Mantel.«

»König des Heiligen Römischen Reiches!«, verbesserte er den Legaten und lächelte hochmütig.

»Ein Titel, der Euch nicht zusteht und zum zweiten Male zu Unrecht verliehen wurde. Allein Innozenz ist es vorbehalten, den neuen König zu krönen. Fortan entzieht er Euch seine Gunst und unterstützt Otto von Braunschweigs Absichten.«

Philipp lachte höhnisch. »Was schert mich der Papst. Er hat mich mehrfach verraten, um sich zu bereichern und mich zu schwächen. Jetzt nehme ich mein Schicksal selber in die Hand. Der Allmächtige hilft dem Tüchtigen. Ich verstehe das als göttliche Wiedergutmachung«, erwiderte er, amüsiert über seine eigenen Worte.

»Ihr solltet Gott nicht versuchen. Er hat mit dem Frevel, der begangen wurde, nichts zu tun. Vielmehr ist ein Bischof dafür verantwortlich. Adolf von Köln stellt sich gegen Rom, um Vorteile daraus zu ziehen. Von der Sünde der Habgier beseelt, wird er sein Amt verlieren, weil er von Euch bestochen wurde«, hielt ihm Castelnau vorwurfsvoll entgegen.

Philipp plusterte sich auf wie ein Truthahn. »Seine Heiligkeit ist noch mehr hinter dem Geld her als der Teufel. Er ist ein Verschwender.

Ohne Skrupel plündert er für seine politischen Ambitionen den Kirchenstaat aus. Er muss Otto abschwören, wenn der Frieden mit Rom bewahrt werden soll.« Offen trug er seine Arroganz zur Schau und bemerkte nicht, wie Diethelm von Krenkingen die Blässe ins Gesicht stieg und ihn bestürzt anstarrte.

Castelnau war sich bewusst, dass der Staufer nicht die Absicht besaß, mit einem Heer über die Alpen zu ziehen, um dem Papst die Stirn zu bieten. Von einem Ansinnen dieser Tragweite hätte sein engster Berater sicherlich gewusst. Philipps Worte waren in zorniger Erregung ausgesprochen und nur eine leere Drohung.

Matthias, der während der Reise das Wesen des Legaten kennengelernt hatte, konnte sich denken, was jetzt kommen würde: Dem hochnäsigen Palaver des aufgeblasenen Möchtegernkönigs würde dieser jetzt ein Ende setzen und ihm einen Denkzettel verpassen, den er nicht vergaß.

»Reich mir das päpstliche Schreiben«, forderte Castelnau Prospero auf.

Wortlos übergab er ihm eine Pergamentrolle mit einem bleiernen Siegel.

»Was ich in meinen Händen halte, ist ein Erlass seiner Heiligkeit!«, verkündete Castelnau mit erhobener Stimme. »Innozenz ordnet hiermit die Neuwahl des Bischofs von Köln an. Adolf muss weichen. Am neunzehnten Tag dieses Monats werden die Erzbischöfe von Mainz und Cambrai ihn des Amtes entheben. Gleich morgen reise ich nach Köln, um die Wahl zu beaufsichtigen. Aber das ist nur der Anfang. Noch weitere Günstlinge von Euch, die der Christenheit Schaden zufügen, wird der Papst unschädlich machen. Die verlustigen Ämter werden an Getreue Otto von Braunschweigs übergehen. Eure Macht wird mehr und mehr schwinden, Philipp. Macht Euch nicht zu viele Feinde, denn es wird Euer Verderben sein.«

Empört sprang Philipp auf. »Der Papst droht mir? In meinem Palast? Das wird er bereuen.«

»In Eurem Palast? Mit Verlaub, das ist Blasphemie, Philipp von Schwaben. Dies ist noch immer ein Haus Gottes.«

Den Vorwurf des Sakrilegs überging der Staufer geflissentlich. »Mit Otto setzt er auf den falschen Fürsten. Der Welfe wird scheitern, das ist gewiss. Und was die Zukunft Adolfs betrifft, so seid getrost, dass er sich Rom nicht beugen wird. Der Empfang ist beendet.«

Isabeau sah Castelnau fassungslos an. »Was wird aus meinem Anliegen, das ich bei Philipp anbringen wollte?« Tränen standen ihr in den Augen.

Der Legat zuckte bedauernd mit den Schultern. Mitfühlend drückte Prospero ihr die Hand, bevor er ihm zum Ausgang folgte.

»Habt Ihr etwas vorzubringen?«, fragte Diethelm von Krenkingen hüstelnd.

Sie schöpfte Hoffnung und fiel auf die Knie. »Hochwürdigster Bischof, bitte hört mich an, denn mir wurde großes Unrecht angetan.« Ausführlich schilderte sie ihre Herkunft, den Mord an Lothar von Wartenstein, ihre Flucht mit Matthias und die unrechtmäßige Übereignung der Grafschaft an Rudolf.

Der Bischof hörte aufmerksam zu. Die Mimik in seinem Gesicht verriet, dass er ihrem Schicksal Verständnis entgegenbrachte. »Erhebt Euch bitte. Rudolf von Wartenstein ist mir nicht unbekannt. Er ist ein Übel im schwäbischen Land. Man munkelt, er ließe seine Widersacher in ihren Kerkern verhungern und werfe ihre sterblichen Überreste Hunden zum Fraß vor. Beweisen lässt sich das allerdings nicht«, sagte er bedauernd.

»Ein Grund mehr, ihm den Grafentitel abzuerkennen«, rief Matthias dazwischen.

»Ist er der Schmied, mit dem Ihr geflohen seid?«

»In der Tat, hochwürdigster Bischof. Aber Matthias ist längst kein Schmied mehr. König Friedrich von Sizilien schlug ihn zum Ritter, weil er ihm das Leben gerettet hat. Außerdem ist er mein Gemahl. Und das Mädchen, das neben ihm steht, ist unsere Schutzbefohlene«, erklärte sie.

Der Bischof winkte Matthias müde zu sich. »So leid es mir tut, ich muss Euch enttäuschen. Philipp wird einer Absetzung Rudolfs nicht zustimmen. Er kann es sich nicht leisten, seine Edelleute zu verunsichern, indem er einem von ihnen Hab und Gut entreißt. Auch nicht, wenn derjenige ein gottloses Scheusal ist. Er muss befürchten, dass andere Adlige aus Furcht, es könnte ihnen ebenso ergehen, zu Otto von Braunschweig überlaufen. Das würde seine Machtposition schwächen«, sagte er zu ihrem Leidwesen und erlitt einen Hustenanfall. Ein Tuch, das er sich vor dem Mund hielt, zeigte bald darauf blutige Flecken.

»Ihr seid sehr krank«, stellte Isabeau fest.

»Ja, das bin ich«, gab er zu. »Seit Monaten leide ich an blutigem Auswurf und Atemnot. Das Stechen in der Brust macht mir das Leben zu Qual.«

»Ich kenne das Übel. Man nennt es die *Weiße Pest*. Regelt Euren Nachlass, denn Ihr werdet bald sterben«, riet ihm Isabeau schonungslos.

Sein Gesicht zeigte keine Regung. Offensichtlich war er sich seines bevorstehenden Todes schon längst bewusst. »Es ist die Strafe Gottes für meine Missetaten. Wie viel Zeit bleibt mir noch?«

»Wenn Ihr Euch schont, vielleicht ein Jahr«, schätzte sie.

»Ein ganzes Jahr? Das ist mehr, als ich erwarten darf. Ich werde mein Amt niederlegen, mich in ein Kloster zurückziehen und die Zeit, die mir bleibt, allein der Rettung meiner sündhaften Seele weihen«, sagte er mit heiserer Stimme.

Niedergeschlagen wandten sich Isabeau, Matthias und Marie zum Ausgang.

»Wartet!«, hielt Diethelm von Krenkingen sie zurück.

Überrascht blieben sie stehen.

»Es gibt eine Möglichkeit, Euer Vorhaben umzusetzen. Es ist von Alters her ein ungeschriebenes Gesetz«, deutete er an. »Erobert die Burg Eures verstorbenen Gemahls im Handstreich und jagt Rudolf zum Teufel. Durch Eure neuerliche Heirat mit Ritter Matthias gewinnt Ihr damit die Grafschaft zurück und Philipp wahrt sein Gesicht. Allerdings könnt Ihr nicht auf dessen Hilfe hoffen. Ihr seid auf Euch allein gestellt.« Mühevoll erhob er sich von seinem Stuhl. »Nun geht. Ich kann nichts weiter für Euch tun«, sagte er und verließ erschöpft den Raum.

Mit einem abenteuerlichen Plan im Kopf kehrten sie ins Gasthaus zurück. Hier trafen sie auf Prospero mit einem Becher Wein in der Hand und nahmen an seinem Tisch Platz.

»Wir begleiten dich noch ein Stück des Wegs«, eröffnete ihm Matthias.

»Gewährt euch Philipp von Schwaben Hilfe?«, fragte er neugierig.

Isabeau schüttelte den Kopf. »Er hat sich nicht mehr blicken lassen, nachdem ihr gegangen seid. Wie ein kleines bockiges Kind hat er sich benommen«, meinte sie spöttisch.

»Dafür hat uns der Bischof einen Weg gezeigt, wie wir unser Ziel erreichen können«, verriet Matthias.

»Wie sieht der aus?«

»Wir stürmen die Burg Wartenstein«, kam es Isabeau tollkühn über die Lippen.

Prospero glotzte verdutzt. Dann lachte er, wurde aber schnell wieder ernst. »Das ist verrückt. Ihr seid nicht bei Sinnen. Wie wollt ihr das ohne ein bewaffnetes Gefolge bewerkstelligen?«

Sie blickten ihn schweigend an.

Schnell verstand er ihre stumme Bitte. »Das könnt ihr vergessen. Auf Beistand von Castelnau und seinen Leibwächtern dürft ihr nicht hoffen. Der Legat hält sich aus weltlichen Dingen heraus. Seine Pflicht ist es, die Order des Papstes umzusetzen. Die Wahl des neuen Bischofs von Köln, der Roms Interessen vertritt, ist sein alleiniges Bestreben. Es sei denn, ihr nennt tausend Goldtari euer Eigen. Für das gleiche Geld könnt ihr aber ebenso Söldner anwerben«, rechnete er ihnen vor.

»So viel Gold besitzen wir nicht. Demnach müssen wir uns einen anderen Plan überlegen. Auf jeden Fall benötigen wir den Beistand der Wartenbacher. Ohne die Bauern werden wir scheitern«, gab Matthias zu bedenken.

Prospero kratzte sich am Kopf. »Erwarte nicht zu viel von den Dorfbewohnern. Ein Graf wird lediglich durch einen anderen Grafen ersetzt. Für sie ändert sich also nichts. Weshalb sollten sie dir helfen?«, sagte er zweifelnd.

»Du unterschätzt diese Menschen womöglich«, gab Isabeau zu bedenken. »Immerhin hat Matthias früher zu ihnen gehört.«

»Warum bestechen wir nicht einfach die Burgwache? Dafür bin ich gern bereit mein Gold zu opfern«, schlug Marie unerwartet vor. »Philipp von Schwaben macht das doch auch, wie ihr gehört habt.«

Verblüfft schauten sie auf das Mädchen.

»Schlau wie ein Fuchs. Du hast es faustdick hinter den Ohren.« Matthias war voll des Lobes. »Warum ist keiner von uns auf den Gedanken gekommen?«

Der Stolz über ihren Einfall stand ihr ins Gesicht geschrieben. Zufrieden mit sich und der Welt kraulte sie Ada das Fell. Die Wölfin war jetzt zehn Wochen alt und hatte sich wider Erwarten prächtig entwickelt.

»Wir müssen jeden Schritt, den wir tun, zuvor genau abwägen. Ein Fehler kann alles zunichtemachen. Das Schicksal wird uns kein zweites Mal zulächeln«, warnte Isabeau.

Nachts wälzte sich Matthias unruhig auf seinem Lager. Er konnte nicht einschlafen. Zu viel Unwägbares ging ihm durch den Kopf. Was, wenn sich die Burgwache Rudolf gegenüber loyal zeigte und das Gold ausschlug oder ihn die Bauern im Stich ließen? Wie auch immer, Aufstieg oder Fall, es würde sich bald entscheiden.

Im Rücken spürte er Isabeaus fülligen warmen Bauch. Sie war jetzt im fünften Monat schwanger und schöner denn je. Ein Gefühl des Verlangens durchströmte seinen Leib und verscheuchte die quälenden Gedanken. Sanft streichelte er ihre weiche Haut und bedeckte sie mit zahllosen Küssen, bis sie erwachte. Sie liebten sich voller Hingabe. Ein Glücksgefühl, das endlich den erhofften Schlaf schenkte.

Vier Tage später, nahe der Stadt Tübingen, trennten sich Isabeau, Matthias und Marie vom Tross. Pierre von Castelnau gab ihnen seinen Segen mit auf den Weg. Sie hatten ihn als widersprüchlichen Machtmenschen der Kirche kennengelernt, der Geld verprasste, mit Huren schlief, seine Feinde gnadenlos tötete und doch zu Respekt und Dank fähig war, als ihn Matthias im Gebirge vor dem Tod bewahrt hatte.

Auch Prospero Spinola wünschte ihnen Erfolg und den Beistand Gottes für ihr Unterfangen und versprach, sich ihrer stets in Liebe zu erinnern.

Während die Gesandtschaft des Papstes nach Köln weiterzog, lenkten sie ihre Pferde nach Westen, wo sich die Berge des Schwarzwaldes am Horizont erhoben.

Der Tag war jung und sie hofften, noch vor Einbruch der Nacht in Wartenbach einzutreffen. Aber je näher das Ziel rückte, umso stärker erfasste Isabeau und Matthias ein Gefühl der Ungewissheit. Die Furcht zu scheitern erfüllte zunehmend ihre Herzen.

Marie spürte ihre innere Zerrissenheit. Unbekümmert sprach sie aus, was sie bewegte. »Wenn wir auf die Burg verzichten, haben wir immer noch einander. Das ist mehr, als manch anderer besitzt. Ich bin dazu bereit, wenn ihr es erwägt.«

Wie recht sie doch hatte. Besonnener wäre, mit dem zufrieden zu sein, was sie besaßen und glücklich zu leben. Doch der Stachel des Hasses gegen Rudolf saß bei Isabeau und Matthias tiefer als die Vernunft. Zudem wollten sie den Bauern helfen und die Grafschaft nicht gänzlich verkommen lassen.

Am Nachmittag erreichten sie das kleine Städtchen Nagold. Vor einem Gasthof machten sie halt. Die Tiere stellten sie im zugehörigen Stall unter und versorgten sie mit dem vom Wirt bereitgestellten Wasser und Heu.

Das Mahl in der Schenke war einfach, aber schmeckte und war den Preis wert. Schnell kamen sie mit dem Inhaber ins Gespräch, der die fremden Gäste anfangs argwöhnisch beäugt hatte.

»Was gibt es Neues aus dem Wartensteiner Land zu berichten?«, erkundigte sich Matthias. »Wir sind seit Langem nicht mehr hier gewesen.«

»Herrgott hilf«, seufzte der Wirt und blickte zur Decke. »Es ist eine Schande, wie die Grafschaft zerfällt. Erst kamen die Horden des Braunschweigers, um zu rauben und zu morden. Dann folgte auf den seligen Lothar dessen jüngerer Bruder auf den Grafenthron. Der ist noch schlimmer als Ottos Halsabschneider. Auf seiner Burg vergeht kein Tag, ohne dass das Blut Unschuldiger vergossen wird. Man munkelt, er stände mit dem Teufel im Bunde, weil er trotz seiner Verbrechen noch immer die Macht innehat. Die maßlosen Abgaben, die er einfordert, sind schlecht für den Handel. Nur wenige Bauern aus dem Wartensteinischen Land verkaufen noch Fleisch und Gemüse auf unseren Märkten. Der Mangel wirkt sich auch auf mein Geschäft aus. Mehr als dünne Krautsuppe kann ich den Gästen nicht auf den Tisch stellen.« Wieder seufzte er und fügte flehentlich hinzu: »Ach, wenn der Allmächtige uns nur einen Racheengel schicken würde.«

»Gott hilft nur den Tüchtigen. Die Menschen müssen ihr Schicksal selbst in die Hand nehmen, um ihre Not zu lindern«, sagte Isabeau kämpferisch.

»Derlei sind nicht viele zu finden. Sie fliehen lieber nach Lothringen oder nach Bayern«, antwortete der Wirt bedauernd.

Seine Rede machte deutlich, dass sie nur auf sich zählen konnten. Prospero Spinola, der Menschenkenner, hatte ihnen das in Konstanz bereits vorausgesagt.

Die Abendsonne stand tief über dem Schwarzwald, als sie auf einer Anhöhe Halt machten. Ihr Blick fiel hinunter in ein Tal. Es war für Matthias Teil seines früheren Lebens gewesen. In der Mitte lag Wartenbach, mit allen schönen und schlechten Erinnerungen. Sie überschwemmten sein Bewusstsein wie eine Flut und ergriffen von seiner Seele Besitz. Tränen rannen ihm übers Gesicht, einem Mann, der sich gegen alle Widrigkeiten behauptet und die halbe Welt bereist hatte. Über dem Dorf erhob sich auf einem Berg die Burg. Sie war der Preis, den es für Isabeau, Marie und sein ungeborenes Kind zu gewinnen galt, nach beinahe zwei Jahren der Selbstfindung.

Isabeau schloss ihn in die Arme. »Ich verstehe die Gefühle, die du empfindest. Mir geht es ebenso, mein Liebster«, versicherte sie ihm.

Er küsste ihre Lippen. »Wenn die Sonne versunken ist, reiten wir ins Dorf. Nahe dem Friedhof steht eine Hütte. Sie gehört Hartwig. Er ist ein Mönch. Auf ihn können wir zählen, sofern Gott ihn noch nicht zu sich berufen hat.«

Seit ihrer Ankunft in Mailand hatte er sich nicht mehr den Bart geschoren. Er strich sich zufrieden über die dicht gewachsenen Stoppeln auf seinen Wangen. Das kann mir nützlich sein, dachte er. Keiner brauchte zu wissen, wer er war. Dass ihn jemand erkannte, war kaum zu befürchten. Und wenn doch, wer sollte ihm gefährlich werden? Er war ein Ritter. Seine Erhebung in den Adelsstand trug die Unterschrift von König Friedrich, dessen Vasall er war. Selbst Rudolf waren

Grenzen auferlegt. Und Marie, die Ada an ihre Brust gedrückt hielt wie einen kleinen Säugling, war kein einheimisches Kind. Keiner würde sich an ihr stoßen. Bei Isabeau verhielt sich das anders. Ihre Wiederkehr könnte Aufsehen erregen. Obgleich sie eine Edelfrau war und seine Gemahlin, wollte er sie keiner unnötigen Gefahr aussetzen. Besser, sie bliebe vorerst unerkannt im Hintergrund.

»Verhülle dein Gesicht, bevor wir uns dem Dorf nähern«, bat er sie.

Ohne Widerworte kam sie seiner Bitte nach.

Als die Dämmerung einsetzte, trieben sie die Pferde an und ritten hinunter ins Tal. Bewohnern begegneten sie nicht. Der Ort erschien im letzten Licht des Tages wie ausgestorben. Einige Gebäude hatten Wind und Wetter zerstört, andere waren abgebrannt. Er spürte einen Stich im Herzen. Auch seine Schmiede zählte zu ihnen. Nur ein Schutthaufen zeugte von ihrer früheren Existenz.

Die Hütte des Mönchs lag im Dunkel. Nichts rührte sich, als sie die Pferde am Gatter festbanden. Vermutlich hatte er sich bereits zur Ruhe gelegt. Matthias, der es zumindest hoffte, klopfte an die Tür. Es dauerte eine Weile, bis sie sich knarrend öffnete.

Ein weißhaariger Mann mit einer Öllampe in der Hand erschien und blickte sie sorgenvoll an.

»Erkennst du mich nicht?«, fragte Matthias. »Habe ich mich so verändert?«

»Wer bist du und wer sind die Frau und das Mädchen? Warum stört ihr mich zu nachtschlafender Zeit?«, erwiderte er unsicher. Seine Augen, in denen sich der Schein der Lampe widerspiegelte, blickten verständnislos in ihre Gesichter.

»Ich bin Matthias, der Schmied.«

»Matthias?« In seine starren Gesichtszüge kam Leben. »Der Allmächtige sei gepriesen. Du hast nach Hause gefunden, nach so langer Zeit«, rief er freudig aus und nahm ihn in die Arme.

»Dürfen wir eintreten? Es gibt Wichtiges zu besprechen«, drängte Matthias zur Eile.

Hartwig schlug sich an die Stirn. »Natürlich. Kommt herein. Wie unhöflich von mir, euch vor der Tür stehenzulassen«, sagte er kopfschüttelnd und führte sie ins Innere.

»Wie du siehst, bin ich nicht allein zurückgekehrt. Die junge Frau ist Isabeau von Lunéville. Die rechtmäßige Gräfin von Wartenstein. Sie ist meine Gemahlin und in guter Hoffnung. Neben ihr steht Marie. Das Mädchen ist eine Waise und begleitete uns auf der Flucht, nachdem wir sie vor dem Tode bewahrt haben«, stellte er die beiden vor.

Hartwig blickte ihr scheu ins Antlitz. »So seht Ihr also aus. Ich weiß von Eurer Vermählung mit Graf Lothar, habe Euch aber niemals zu Gesicht bekommen. Das ist so lang schon her. Später hörte ich von seinem Tod. Nun seid Ihr die Frau eines Schmiedes. Welch unbegreifliche Wendung.«

Die Behausung war bescheiden eingerichtet. Eine Truhe, eine Liegestatt, ein wurmstichiger Tisch mit mehreren Schemeln war alles, was der Mönch an Hausrat besaß. Die Kutte aus Leinen, die er auf dem Leib trug, war alt und verschlissen. Ein bronzenes Kreuz, das er an einer Kette um den Hals trug, war sein wertvollster Besitz.

»Nehmt bitte Platz. Leider kann ich nur Brot und Wasser anbieten«, sagte er bekümmert.

Matthias legte seine Hand auf Hartwigs Schulter. »Mein Freund, wir sind nicht zum Essen gekommen. Wir benötigen deine Hilfe.«

»Was immer ihr wollt, es ist bereits gewährt«, versprach er ihnen.

»Höre uns zuvor besser an. Womöglich änderst du dann deine Meinung noch«, warnte Isabeau.

»Dann sprecht aus, was Ihr begehrt, edle Frau von Lunéville.«

Für einen Augenblick hielt sie inne und lauschte dem Klang seiner Worte nach. So formell hatte sie lange niemand mehr angesprochen. Dann fasste sie sich ein Herz. »Rudolf von Wartenstein ist Lothars Mörder. Zu Unrecht hat er dessen Erbe angetreten. Das wollen wir nicht kampflos hinnehmen. Matthias und ich werden um die Grafschaft streiten.«

»In Gottes Namen, wie soll das vonstattengehen?«, fragte Hartwig bestürzt. Er schien einiges erwartet zu haben, aber nicht so etwas.

»Wir nehmen die Burg im Handstreich ein und setzen Rudolf im Kerker fest«, verkündete Matthias zu dessen Entsetzen.

»Du törichter Junge«, schimpfte er. »Die Burgwache umfasst zwölf Mann. Sie ist bis an die Zähne bewaffnet und wird vom alten

Konrad geführt. Du kommst nicht einmal in die Nähe von Graf Rudolf. Ihr werdet alle sterben«, warnte er. »Ich gebe zu, ich wäre glücklich, wenn diesem Satan das Handwerk gelegt würde. Aber das Risiko ist zu hoch«, fügte er hinzu.

Die Schelte wollte Matthias nicht auf sich sitzenlassen. »Sei beruhigt, vorerst planen wir keinen offenen Kampf mit der Wache. Die Burg kann auch mit List in unseren Besitz gelangen. Kennst du Konrads Männer näher? Sind sie unzufrieden oder gar bestechlich?«, fragte er.

Hartwig strich sich das schüttere weiße Haar aus dem Gesicht. »Es sind üble Kerle. Für eine Handvoll Gold ihren Herrn zu verraten, traue ich jedem von ihnen zu. Ungeachtet dessen ist es gefährlich, sich mit ihnen einzulassen. Du kannst ihnen nicht trauen«, gab er zu bedenken. »Wenn du dein Schicksal trotzdem herausfordern willst, versuche es in der Dorfschenke. Einer von ihnen, Hinrich mit Namen, treibt sich dort öfters herum, um zu würfeln und sich volllaufen zu lassen. Versuch bei ihm dein Glück. Aber sieh dich vor. Der neue Wirt, Pächter der Spelunke von Rudolfs Gnaden, ist ein gieriger Halunke. Es würde mich nicht wundern, wenn er mehr auf deine Rechnung schreibt, als du getrunken hast.«

»Ich werde deinen Rat beherzigen«, versprach er und fügte hinzu: »Meine Seele bedrückt noch etwas anderes.« Fieberhaft suchte er nach den richtigen Worten. »Seit meinen Kindheitstagen plagt mich das Ungewisse, das den Tod meines Vaters und meiner Mutter umgibt. Andreas wusste um das Geschehen, hat sich mir aber niemals offenbart. Er ist auch dein Freund gewesen. Sprich, hat er bis zu seiner Ermordung jemals etwas darüber erwähnt?«

Hartwig wand sich um die Antwort. Seine Mimik ließ erahnen, dass ihm das Thema unangenehm war. »Lass die Toten ruhen. Zu viele Jahre sind seitdem vergangen. Nur neues Leid könntest du erfahren.«

Er ließ nicht locker und flehte ihn an: »Beim Allmächtigen, sag, was du weißt.«

Endlich gab der Mönch seinem Drängen nach. »Was er mir preisgab, wird dir Kummer bereiten. Deinen Vater hat der verstorbene Albrecht auf dem Gewissen. Am Tag der Hochzeit deiner Eltern erregte er den Unwillen des alten Grafen. Aus welchem Grund weiß ich nicht zu sagen. Dein Vater rannte vor der Trauung wütend zur Burg hinauf und nannte ihn einen Barbaren, der ewig in der Hölle schmoren sollte. Als Antwort erhielt er von Albrecht einen Schlag mit der Streitaxt, der ihm das Haupt zertrümmerte. Deine Mutter blieb somit unverheiratet und vergoss bittere Tränen. Nur deine Geburt spendete ihr Trost. Dennoch fand sie ihren Frohsinn nicht wieder. Du bist ein uneheliches Kind, Matthias. Manche Menschen können grausam sein. Selbst einem unschuldigen Kinde gegenüber. Trag es Andreas nicht nach, dass er sich in Schweigen hüllte. Ich weiß, er wollte dich damit beschützen«, erzählte der Mönch.

»Er wollte mich schützen? Vor wem?«

»Das kann ich dir nicht beantworten. Er hat es mir nicht verraten.«

Hartwigs Worte halfen nicht bei der Auflösung der mysteriösen Ereignisse. Das enttäuschte ihn. »Und meine Mutter? Als ich zehn Jahre alt war, trugen Bauern sie schwer verletzt ins Haus. Später kam Konrad zu mir geritten und behauptete, ein entlaufenes Pferd habe sie auf dem Weg zum Feld niedergetrampelt.«

»Ich kann nichts anderes behaupten. Genauso hat es sich abgespielt. Der Reiter, den der Gaul zuvor abgeworfen hatte, lag mit zertrümmerten Gliedern tot auf dem Pfad, der hinauf zur Burg führt«, berichtete er.

»Sie starb in meinen Armen und flüsterte mir rätselhafte Worte zu«, fuhr Matthias fort. »Worte über Rache und Gerechtigkeit, für die ich streiten solle.«

Der Mönch drückte ihm mitfühlend die Hände. »Im Augenblick des Todes geschehen zwischen Himmel und Erde oft Dinge, die wir nicht erklären können. Vielleicht sah sie beim Übergang in die andere Welt das Bruchstück einer fernen Zeit. Nur der Allmächtige vermag zu sagen, was sie dir in ihrer letzten Stunde anvertrauen wollte«, tröstete er ihn mit einem gequälten Lächeln.

Matthias nickte betrübt. »Belassen wir es dabei. Kannst du uns für die Nacht ein Obdach gewähren?«, fragte er.

»Bleibt solange, wie ihr wollt. Gräfin Isabeau und das Kind können auf meiner Liege schlafen. Wir zwei müssen allerdings mit dem Fußboden vorliebnehmen«, willigte er ohne Umschweife ein. »Was hast du morgen vor?«

»Als Erstes möchte ich die Gräber meiner Familie besuchen. Danach werde ich der Dorfschenke einen Besuch abstatten«, sagte er und prüfte den Boden zu seinen Füßen. Er verließ die Hütte, um die Schaffelle zu holen, die er auf seinem Pferd mitführte. Sie sorgten in der Nacht zumindest ein bisschen für Behaglichkeit.

Bereits in den frühen Morgenstunden war die Wärme zu spüren, die der neue Tag bringen würde. Die Luft duftete nach Sommerblumen und Heu. Wolkenlos zeigte sich der Junihimmel über den Bergen des Schwarzwaldes. Nur über Wartenbach, am Grunde der Talsenke, breitete sich eine dünne Nebeldecke aus, die von der Sonne bald getilgt werden würde.

Das Gräberfeld auf dem Friedhof war gewachsen, seitdem Matthias aus dem Dorf geflüchtet war. Mit Hunger und Krankheit war der Tod einhergekommen. Auch die Überfälle der Gefolgsleute Otto von Braunschweigs und Graf Rudolfs brutale Knechtschaft hatten dazu beigetragen, das Elend der Bauern zu vergrößern.

Unter der alten Eiche, vor der Matthias niederkniete, markierten drei einfache Holzkreuze die Ruhestätten seiner ersten Frau und seiner beiden Kinder. In tiefer Trauer gedachte er ihrer. »Mein liebes Kind«, wandte er sich an Agnes. »In der langen Zeit, in der ich fortgewesen bin, begann dein Antlitz zu verblassen und ich fürchtete schon, ich könne es vergessen. Aber nun sehe ich es deutlicher vor mir denn je. Auf einem Hügel vor den Toren Jerusalems, wo Jesus Christus für die Sünden der Menschen sein Leben hingab und auferstand, habe ich für deine Seele Fürbitte geleistet. Eine Haarlocke von dir ist dem Erlöser ganz nahe. Ich vergrub sie in der geheiligten Erde, die sein Blut tränkte. Meine Liebe wird dir immer folgen, wo auch immer du wandelst. Grüße deine liebe Mutter und deinen Bruder von mir. Ich schließe beide in meine Gebete ein. Eines Tages, so Gott will, sehen wir uns alle wieder«, flüsterte er in sich versunken.

Marie, die mit Ada neben ihm stand, verfolgte das Geschehen stillschweigend. Als Matthias sich erhob, legte sie kleine Sträußchen mit Wiesenblumen auf die Gräber, wofür er ihr sehr dankbar war.

»Jetzt laufe zurück zu Hartwig. In die Dorfschenke gehe ich lieber allein. Später erzähle ich dir und Isabeau, ob ich erfolgreich war«, versprach er.

»Warum darf ich nicht mitkommen? Auf unserer Reise bin ich in jeder Spelunke dabei gewesen«, sträubte sie sich. »Man trifft viele Menschen. Schlaue Leute, die von wundersamen Dingen berichten, und auch wirres Zeug redende Hohlköpfe, die man zum Spaß necken kann. Das ist ein spannendes Abenteuer.« Sie und Ada blickten ihn von unten bettelnd mit großen Augen an.

»Soso. Zum Spaß necken. So wie in Chum?« Er sah sie vorwurfsvoll an und seufzte: »Marie, ich kann hier nicht im Gasthof mit gezogenem Schwert auftreten, um dir Prügel zu ersparen, die du möglicherweise verdient hast, weil du einen Gast Hohlkopf genannt hast. Man kennt mich hier. Ich möchte keine Aufmerksamkeit erregen, bevor wir nicht die Burg in der Hand halten. Verstehst du, was ich damit sagen will?«

Einwilligend nickte sie. Vor sich hin murmelnd begab sie sich mit Ada auf den Rückweg zur Hütte des Mönchs.

Unterdessen lief Matthias durch das Dorf. Die Gesichter der Bewohner, denen er begegnete, sagten ihm nichts. Vermutlich waren die Alteingesessenen sämtlich geflohen oder bereits verstorben. Die Eindrücke, die er am Schauplatz seiner Kindheit und Jugend sammelte, fühlten sich fremd an. Als wäre alles, was ihn umgab, ein Traumland. Seine Schmiede gab es nicht mehr. Die Hütte von Andreas war zu Hälfte eingestürzt. Irgendjemand nutzte sie als Hühnerstall. Gackernd stoben die Tiere auseinander, als er vorüberschritt. Selbst der Bach sah anders aus als zuvor. Vermutlich hatte es ein Hochwasser gegeben, denn der Unrat, der sich immer in ihm gesammelt hatte, lag weit vom Ufer entfernt und zog sich zwei Linien gleich durch den gesamten Ort. Sein Leben hatte sich inzwischen grundlegend verändert und natürlich auch seine Seele. Er musste sich erst wieder an seine alte Umgebung gewöhnen.

Die Schenke, die einer baufälligen Scheune ähnelte, war wie leergefegt. Der Wirt, ein ungepflegter Fettwanst, begrüßte ihn mit schmierigen Worten. »Es ist für mich eine Freude, dass Ihr mein Gasthaus beehrt. Es gehört Euch vom Keller bis zum Dach. Was darf ich Euch anbieten? Bier, Wein, Fleisch oder Zuckerwerk? Ich habe alles im Angebot, was das Herz begehrt«, versprach er dienstbeflissen, denn das Aussehen der Kleidung, die Matthias trug, hob ihn vermutlich von den Gästen ab, die sonst ihren Fuß hereinsetzten.

Die reiche Auswahl an Genüssen verwunderte Matthias, sprach doch jeder von der Armut dieses Landstrichs. »Nicht viel los heute«, meinte er lapidar.

»Die Bauerntölpel lassen sich bei mir nicht blicken. Sie sind so mittellos wie der Bettelmönch am anderen Ende des Dorfes. Aber ab und zu verirrt sich einer von Graf Rudolfs Männern in meine Schenke. Dann rollen die Silberpfennige über den Tisch. Er bezahlt seine Wachleute üppig, um sich ihre Treue zu sichern. Wir leben in unsicheren Zeiten. Ein Teil ihres Soldes fließt in meine Kasse. Sie fressen reichlich und saufen tun sie noch mehr.« Er grinste verschlagen. Wahrscheinlich über deren Dummheit, wenn er sie im Rausch betrog. »Ihr kommt von weit her? Was führt Euch nach Wartenbach?«, fragte er.

»Mir kam zu Ohren, man könne hier zur Kurzweil ein gutes Spiel machen. Wann klappern wieder die Würfel im Becher?«, fragte Matthias beiläufig.

Der Wirt witterte ein gutes Geschäft. »Findet Euch morgen Abend wieder ein, wenn der Hinrich seinen Durst löschen kommt. Er ist die rechte Hand von Konrad, dem Anführer der Wache. Für ein Würfelspiel ist er immer zu haben, falls sich der Einsatz lohnt. Für Kupfergeld rührt er keine Hand. Es muss schon Silber sein. Noch ein Rat, edler Herr: Seht Euch vor, er hat noch nie verloren.« Abermals grinste er. Diesmal bis über die Mundwinkel. Seine braunen Zähne wurden sichtbar. Die drei, die er noch besaß.

Matthias setzte eine spöttische Miene auf. »Glaubst du, ich wäre ein Narr? Ich würfle, seitdem ich auf zwei Beinen stehen kann. Er wird gegen mich seine erste Niederlage einstecken. Und jetzt bring mir Fleisch und Bier.« Ganz bewusst warf einen sizilianischen Tari auf den Tisch.

Dem Wirt fielen beinahe die Augen aus den Höhlen. »Gold!«, rief er verblüfft. »Der Hinrich wird sich zum Würfeln nicht lange bitten lassen. Und wenn Ihr Euch nicht in Acht nehmt, zieht er Euch nicht nur das Hemd, sondern auch die Hosen aus«, prophezeite er großspurig.

Matthias grinste. »Fortunas Lächeln kann trügerisch sein«, meinte er schleierhaft.

Am folgenden Tag rollten abends die Würfel. In der Schenke saßen wenige Gäste. Hinrich, ein großer gedrungener Mann mittleren Alters, war Matthias unbekannt. Offensichtlich war er nach seiner Flucht mit Isabeau zur Burgwache gestoßen. Der Kerl hatte schon mehrere Male hintereinander gewonnen und Matthias war ganz sicher, dass es hier nicht mit rechten Dingen zuging. Die Würfel waren entweder verhext oder gezinkt. Doch das war ihm egal. Das Spiel war nur Mittel zum Zweck, da er nur eines im Sinn hatte: Hinrich auszuhorchen und die Treue der Wächter zum Burgherrn zu ergründen. Nebenbei sorgte er dafür, dass ihm der Wirt reichlich Bier nachschenkte, um ihm die Zunge zu lockern.

Abermals krachte Hinrich den Becher auf den Tisch und hob ihn seitlich nach oben an. »Wieder Elf. Du hattest nur Zehn. Das Goldstück gehört mir«, jubelte er lallend.

»Klebt mir das Pech an den Händen?«, erwiderte Matthias Missmut vortäuschend und drückte ihm den Tari in die Hand. Der letzte Wurf überzeugte ihn endgültig, dass Hinrich betrog. Beim Anheben des Bechers hatte er mit dem Rand einen Würfel berührt, worauf dieser auf eine andere Seite gekippt war, die ihm mehr Augen geschenkt hatte. »Eigentlich musst du dein Glück nicht herausfordern. Der Wirt hat behauptet, Graf Rudolf wäre sehr freigiebig und bezahle seine Burgwache königlich. Einem solchen Gönner die ewige Treue zu schwören, fällt bestimmt nicht schwer«, stellte Matthias in den Raum und wartete gespannt auf die Antwort des anderen.

Der enorme Biergenuss Hinrichs zeigte Wirkung. »Fürwahr, einen besseren Herrn können wir uns nicht wünschen. Er ist die Muttersau und wir saugen an seinen Zitzen wie die Ferkel. Kein Adliger umsorgt seine Wache mehr als er. Möge er hundert Jahre alt werden. Und natürlich auch die einfältigen Bauern, die er dafür schröpft«, lallte er und lachte schallend.

Matthias, der sich beim Trinken zurückhielt, hätte ihm für das widerwärtige Geschwätz am liebsten die Faust ins Gesicht gestoßen. Es zeigte ihm, dass er für sein Vorhaben nicht auf die Wächter zählen konnte. Dennoch musste er seinen Zorn im Zaum halten, wenn er mehr erfahren wollte. »Wovor hat er Angst, dass er seine Wächter über die Maßen entlohnen muss?«, fragte er und schüttelte den Würfelbecher. Laut prallte er auf die Tischplatte. »Nur Acht«, stellte Matthias enttäuscht fest.

Hinrich blickte ihn triumphierend an und rülpste. »Acht schaffe ich spielend«, versicherte er und fügte hinzu: »Offenbar gibt es dunkle Geheimnisse in der Familie Wartenstein. Außerdem ist er bei Philipp von Schwaben unbeliebt wegen seines Wankelmuts.« Er hielt inne und musste aufstoßen. Eine übelriechende Wolke schlug Matthias entgegen. »Schon einmal hat er ihn im Stich gelassen und für Otto von Braunschweig gekämpft. Oder war es ein anderer?« Er griff sich konfus an die Stirn, dann schüttelte den Kopf. »Nein. Es muss der Otto gewesen sein. Womöglich glaubt er, Philipp wolle von ihm für seinen Verrat das Lehen wieder einfordern. Erst neulich machte Kuno, einer der Torwächter, im Suff eine unbedachte Bemerkung zu unserem Anführer Konrad, worauf der ihm die Zunge herausschnitt und ihn zum Teufel schickte.« Wieder schlug der Becher auf den Tisch. »Neun!«, rief er überschwänglich und stürzte sich einen weiteren Humpen mit Bier in die Kehle.

»Wirt! Noch eine Runde!«, rief Matthias, da sein Wissensdurst ungestillt war. Noch fehlten wichtige Informationen. Eine Sache brannte ihm besonders unter den Nägeln. »Die Burg ist uneinnehmbar. Das Torhaus besitzt zudem ein eisernes Fallgitter und die Mauern sind mächtig und hochgebaut. Kein Angreifer kann sie überwinden. Was also fürchtet er?«

Hinrich war nun ziemlich hinüber. Aus dem Mund floss ihm der Sabber und die Augen schauten blutunterlaufen aus. Des Geradesitzens nicht mehr fähig, kippte er nach vorn auf den Tisch und legte seinen Kopf auf die Arme. Stammelnd kam ihm die Antwort über die Lippen. »Rudolfs Angst vor eindringenden Feinden ist groß. Ebenso die, dass es Gefangenen gelingt, aus dem Kerker zu entfliehen. Einmal ist es einer Frau geglückt. Das wird nicht wieder geschehen. Der Weg, den sie einschlug, ist für immer versperrt. Doch sprecht, woher wisst Ihr das alles, wenn Ihr doch fremd hier seid ...«

Als Hinrich verstummte und zu schnarchen begann, erhob sich Matthias und drückte dem Gastwirt zum Abschied ein Goldstück in die Hand. »Du hattest recht. Er gewinnt immer«, sagte er. Den Enttäuschten spielend verließ er die Schenke. Was er von dem Wächter erfahren hatte, war aufschlussreich. Es würde für den Erfolg seines Vorhabens hilfreich sein. Dass nach Hinrichs Worten der Tunnel zum Kerker nicht mehr begehbar war, bereitete ihm allerdings Kopfzerbrechen. Eine Behauptung, die es nachzuprüfen galt. Sollte sich diese als wahr erweisen, wäre er gezwungen, eine andere Lösung zu finden.

Kapitel 20

Schuld und Sühne

Um niemanden aufzuwecken, hatte sich Matthias in der Nacht leise in Hartwigs Hütte geschlichen. Jetzt, da der Morgen angebrochen war, saßen sie beisammen und löffelten Haferbrei. Alle Augen ruhten auf ihm, begierig zu erfahren, was sich in der Schenke zugetragen hatte.

»Acht sizilianische Tari habe ich verloren. Ein kleines Vermögen. Ich trauere ihnen nicht nach, denn ihr Verlust bewahrt uns davor, einen tödlichen Fehler zu begehen«, begann er zu erzählen.

»Sprich nicht in Rätseln. Sag uns offen, was du meinst«, bat Isabeau.

Er blickte zu Marie, die sich gerade den Holzlöffel in den Mund schob. »So gut wie deine Idee ist, mein Kind, wir können sie nicht umsetzen. Die Wache wird sich von uns nicht bestechen lassen. Sie lebt in der Burg in Saus und Braus. Eine Fettlebe, die von den Dorfbewohnern bezahlt wird«, knurrte er vergrämt.

»Uns bleibt noch der Fluchtstollen, durch den du Isabeau befreit hast«, rief sie ihm in Erinnerung.

»In der Tat«, schloss sich Isabeau Marie an. »Er half uns schon einmal. Warum sollte er es nicht wieder tun?«

Er schüttelte den Kopf. »Im Rausch verriet mir der Wächter, er sei nicht mehr nutzbar. Rudolf hätte ihn nach unserer Flucht versperren lassen. Im Suff redet man oft wirres Zeug, deshalb möchte ich seine Worte auf ihren Wahrheitsgehalt prüfen. Heute Nacht breche ich auf und nehme mein altes Werkzeug mit. Marie begleitet mich«, weihte er die anderen in seine Absichten ein.

»Ihr wollt hineinkriechen? Und wenn er abgeriegelt ist? Was sollen wir dann tun? Welche andere Möglichkeit bleibt uns?«, fragte Hartwig ratlos.

»Darauf habe ich bis jetzt keine Antwort gefunden«, erwiderte Matthias mit einem Schulterzucken.

Marie war von der Idee begeistert. Isabeau dagegen hatte Bedenken. Ihr wäre es lieber, sie bliebe bei ihr.

Er versuchte, ihren Zweifel zu zerstreuen. »Es ist vernünftiger, wenn sie mitkommt. Du musst dich schonen. Außerdem ist der Stollen eng, wenn du dich erinnerst. Für die Kleine stellt das kein Problem dar. Sie ist flink und behände wie ein Eichhörnchen. Ich pass auf sie auf. Mach dir keine Sorgen«, beruhigte er sie.

»Und ich werde im Dorf solange meine Ohren spitzen. Vielleicht kennt jemand einen anderen Weg in die Burg«, bot Hartwig seine Hilfe an.

Dankbar drückte Matthias dem Mönch die Hand und sagte feierlich: »Eines möchte ich dir versprechen, mein alter Freund. Sollte es uns gelingen, für Isabeau die Burg in Besitz zu nehmen und Rudolf das Handwerk zu legen, werde ich dir eine Kapelle aus Stein errichten. Dann musst du nicht mehr unter den Wipfeln der Bäume predigen.«

Hartwig zeigte sich hocherfreut. »Die Absicht, eine Kapelle zu bauen, zeugt von deiner Glaubensstärke. Aber bitte, mein Sohn, tu es nicht für mich, sondern für Gott.«

Nach Mitternacht schlichen Matthias und Marie aus dem Dorf. Am Fuß des Hügels verließen sie den Pfad, der zur Burg führte, und liefen, verdeckt durch Bäume und Sträucher, bis zur südlichen Wehrmauer. Dass jemand sie bemerken könnte, war unwahrscheinlich. Nur die Sterne und die schmale Sichel des Mondes leuchteten am Himmel. Ihr Licht ließ im Dunkel nur schemenhaft die Umrisse des Geländes erkennen. Dennoch fand sich Matthias zurecht. Er kannte hier jeden Baum und jeden Stein. Einmal flog schimpfend ein aufgescheuchtes Käuzchen über ihre Köpfe hinweg. Die Laute der Nacht begleiteten sie auf ihrem abenteuerlichen Vorhaben.

Mit Bedacht krochen sie den Hang hinauf. Vor ihnen lag die Burg zum Greifen nahe. Ihre Kontur zeichnete sich vor den Sternen ab, die sie verdeckte. Von den Zinnen des Wehrgangs vernahmen sie keine verdächtigen Laute. Vermutlich befand sich der Wachposten gerade an einem anderen Ort oder schlief in irgendeiner Ecke. Eilends verließen sie den Schutz der Büsche und rannten zur Mauer. Schwer atmend drückten sie ihre Leiber an das Gestein. Bloß ein paar Schritte entfernt ertasteten sie den Eingang zum Stollen, der zum Entwässern des Gewölbes diente, zu dem auch der Kerker gehörte. Stümperhaft war er mit einem klobigen Feldstein versperrt, den sie zusammen zur Seite rollten. Vermutlich hatte er nur zum Verstecken des Eingangs gedient. Bei jedem anderen hätte er wohl seine Aufgabe erfüllt. Aber Matthias war bereits einmal hier gewesen und wusste demzufolge, was sich hinter ihm verbarg. Das Innere des Fluchttunnels sah unverändert aus. Nichts deutete auf ein weiteres Hemmnis hin.

Matthias hängte den Beutel mit dem Werkzeug über seine Schulter und kroch in den gähnenden Schlund hinein. Mit Zunder, Feuerstein und einem Schlageisen entfachte er die Flamme einer kleinen Öllampe. »Folge mir und sieh dich vor, dass du dir nicht den Kopf stößt«, flüsterte er Marie zu und begann, tiefer in den Schacht vorzudringen. Das Mädchen folgte ihm, bis ihnen vermauerte Backsteine den Weg versperrten. »Verdammt«, flüsterte Matthias. »Ich hoffte, wir kommen ungehindert ans Ziel und nun das.« Einer inneren Stimme folgend prüfte er die Härte des Mörtels. Der erwies sich als minderwertig, denn er fing an zu bröckeln, als er mit den Fingernägeln an ihm kratzte. »Greif in den Beutel mit dem Werkzeug und reich mir den Hammer. Ich komme mit der Hand nicht an ihn heran. Es ist zu eng«, raunte er Marie zu.

Er spürte, wie sie über seine ausgestreckten Beine kroch und mühsam nach ihm suchte. Ihr Atem ging schnell. Hörbar rang sie nach Luft. Endlich hatte sie ihn gefunden und schob ihn über seine Schulter nach vorn. Die Kleine war tapfer und schlau. Nie kam ein Murren über ihre Lippen. Sie war ein echter Schatz. Dessen wurde er sich wieder einmal bewusst.

Er pickte mit dem spitzen Ende in den Fugen und lockerte die Ziegel. Einen nach dem anderen zog er aus der Mauer heraus und verteilte sie links und rechts der Tunnelwände. »Zum Teufel nochmal«, raunte er verärgert. Ein Eisengitter wurde sichtbar. Er rüttelte mit aller Kraft an den daumendicken Streben. Der Versuch, sie zu lockern, scheiterte. Zu fest waren sie im Gemäuer verankert. Selbst mit einer Säge oder Feile war ihnen durch den Platzmangel nicht beizukommen.

»Wer ist da?«, hörten beide eine schwache Stimme fragen, die ohne Zweifel von einem Mädchen stammte. Sie drang von jenseits des Gitters an ihre Ohren.

Er hob den Kopf und stieß beinahe an die Decke. »Bist du eine Gefangene? Wie ist dein Name?«

»Mathilde«, klang es wimmernd aus dem Dunkel zurück.

»Hast du gehört? Das ist ein Wunder. Sie lebt noch«, rief Marie hinter ihm.

»Sei bitte leise«, beschwor er sie. »Unterirdische Stollen und Gewölbe tragen den Schall weiter, als uns lieb sein kann. Niemand von der Wache darf uns hören, sonst ist alles verloren. Auch Mathilde.« Er hielt die Öllampe zwischen die Streben und versuchte, ins Innere des Kerkers zu schauen, was sich als zwecklos erwies. Das schwache Licht gab ihm keine Einzelheiten preis. »Sitzt du allein im Kerker?«

»Nein, wir sind mehr als ein Dutzend«, raunte eine Männerstimme. »Der Graf hat uns alle einsperren lassen, weil wir mit den Abgaben im Rückstand liegen. Er ist unersättlich und verlangt jedes Jahr mehr. Die Ernten auf unseren Feldern können seine Gier nicht mehr decken. Jetzt hungern unsere Familien genauso wie wir.«

Die elendsvolle Lage der Dorfbewohner schürte abermals seine Wut. Das musste ein Ende haben. »Verzagt nicht. Haltet durch. Wir werden euch befreien, sobald wir einen Weg gefunden haben. Das kann leider mehrere Tage dauern. Verliert nicht den Mut. Wir kommen wieder«, versicherte er den Gefangenen.

Sie traten den Rückweg an. Der offenbarte sich als mühevoller Kraftakt, da er sie zwang, mit den Füßen voran zum Ausgang zu kriechen. Gefühlt benötigten sie für die Strecke die doppelte Zeit. Sie entstiegen der stickigen Luft des Schlunds und streckten ihre Glieder. Dann blickten sie hoch zu den Zinnen des Wehrgangs. Auch jetzt rührte sich dort nichts. Schnell verschwanden sie zwischen den Sträuchern und schlichen zurück auf den Pfad, der zum Dorf führte.

»Ist dir schon eingefallen, wie wir die armen Menschen befreien können?«, fragte Marie unverhofft.

»Wenn ich das nur wüsste. Gott hilf, mein Kopf ist völlig leer«, erwiderte er niedergeschlagen. »Was meinst du? War es falsch von mir, ihnen Hoffnung zu geben?«

Marie, die neben ihm lief, hielt seine Hand fest umschlossen. »Die Hoffnung hält sie für eine Weile am Leben. Das verschafft uns Zeit«, sagte sie.

»Du hast recht. Wir müssen nichts überstürzen. Vielleicht findet Hartwig eine Lösung«, sagte er hoffnungsvoll und fügte hinzu. »Obwohl noch ein Kind, bist du sehr gescheit. Und der Mut, den du aufbringst, ist ohnegleichen. Ich bin stolz auf dich.«

Sie riss sich von ihm los und boxte ihm die Faust vor die Brust. »Ein Kind bin ich schon längst nicht mehr. Der Rest mag stimmen«, erwiderte sie schnippisch und kicherte.

Nachdem Matthias und Marie ihr nächtliches Abenteuer mit Isabeau geteilt hatten, befielen sie Zweifel. Keine Wache, die sich bestechen ließ, kein Tunnel, der in die Burg führte. Die Köpfe hatten sie sich zerbrochen, um einen Ausweg aus dem Dilemma zu finden. Es war zum Verzweifeln. Wochen mochten vergehen, bis sich eine andere Lösung auftat.

Gegen Mittag stürzte Hartwig in die Hütte. Er war völlig außer Atem, so rasch hatten ihn seine alten Füße hierhergetragen. Hinter seinem Rücken tauchten zwei Jünglinge auf, die etwa sechzehn Jahre alt waren. Schüchtern schauten sie dem Mönch über die Schulter.

»Das Schicksal ist eurem Vorhaben gewogen«, japste Hartwig.

»Was ist geschehen?«, fragte Isabeau mit klopfendem Herzen.

»Zwei gewichtige Dinge sind zutage getreten«, antwortete er. »Zum einen ist Rudolf heute mit vier Männern zur Jagd ausgeritten und wird erst morgen Abend zurückkehren.«

»Demzufolge befinden sich nur sieben Wächter auf der Burg, wenn ich den vertriebenen Kuno abziehe«, stellte Matthias überrascht fest.

»Zu ihnen gehört Konrad. Er ist trotz seines hohen Alters der gefährlichste Kämpfer unter ihnen«, warnte Hartwig.

»Und was hat es mit dem anderen Umstand auf sich?«, wollte Isabeau wissen.

»Es führt noch ein zweiter Weg ins Innere der Burg. Aus dem Gedächtnis des Dorfes war er längst entschwunden. Nur Götz, Frieder und ihr Vater, der in Rudolfs Kerker schmachtet, wissen von ihm. Sie hoffen, ihn mit unserer Hilfe befreien zu können«, eröffnete er ihnen.

Mit einem Mal war die Zuversicht wieder da. Die Möglichkeit, Rudolf unschädlich zu machen, schien spürbar nahe.

»Tretet vor. Habt keine Scheu«, forderte Matthias die Jünglinge auf.

Schüchtern, ihre Kappen in den Händen haltend, traten sie ein und erstarrten vor Erstaunen, als sie im Hintergrund Isabeau wahrnahmen. Ehrerbietig fielen sie vor ihr auf die Knie.

»Oh Herrin. Wir ahnten nicht, dass Ihr zurückgekehrt seid. Wir stehen Euch gern zu Diensten«, stammelten sie mit gesenkten Köpfen.

Wohlwollend berührte sie die Schultern der Jungen. »Erhebt euch. Ihr müsst vor mir nicht knien«, gebot sie ihnen lächelnd. »Öffnet eure Herzen und wir retten euren Vater gemeinsam vor dem Tod«, versprach sie ihnen.

Frieder, schmal von Gestalt, fuhr sich durch das schüttere blonde Haar, bevor er den Mund öffnete. »Ich kenne dich. Du bist Matthias. Wir wähnten dich tot. Deine Hütte und die Schmiede hat Graf Rudolf niederreißen lassen. Zur Mahnung an alle Dorfbewohner, es nie wieder zu wagen, sich gegen ihn zu erheben«, sagte er.

»Hab Dank, dass du mich aufgeklärt hast«, erwiderte Matthias berührt. »Jetzt sprich über die zweite Sache.«

»Ihr müsst wissen, dass bereits unsere Vorväter heimlich in der Erde nach Erz gruben. Die Arbeit war zu allen Zeiten schwer, gefährlich und die Ausbeute gering. Stets schwebte die Furcht über unserer Familie, von den Grafen entdeckt zu werden. Das Schürfen hat uns nicht reich gemacht, nur den Hunger geschmälert«, berichtete er von seinen Ahnen mit einem ängstlichen Seitenblick zu Isabeau, die ihm aber mit einem Lächeln bedeutete, weiterzusprechen.

»Noch vor zweihundert Jahren wurde unter dem Berg, der sich hinter der Burg erhebt, Silbererz abgebaut. Das Bergwerk gehörte dem Herzog von Schwaben. Das war weit vor der Zeit der Wartensteiner Grafen«, wusste Götz zu berichten, der im Gesicht genauso hager ausschaute wie sein Bruder. »Als die Erträge des Erzes schwanden, schloss der Besitzer die Grube und sie geriet ins Vergessen. Nur in unserer Familie blieb das Wissen über sie bewahrt«, fuhr er fort.

Grübelnd kraulte sich Matthias die Bartstoppeln an der Wange. »Das hört sich sehr spannend an, aber wie kommt ihr auf die Idee, dadurch gäbe es eine zweite Verbindung zur Burg?«

Frieder wollte ihm antworten, aber Götz kam ihm zuvor. »Der Herzog von Schwaben soll ein argwöhnischer Mensch gewesen sein, der niemandem über den Weg traute. Vielleicht war das der Grund, warum er vom Gewölbe der Burg bis zur Grube einen Tunnel graben ließ, um die Bergmänner bei der Arbeit überwachen zu können. Später ordnete sein Nachfolger an, ihn wieder zuzumauern. Lasst uns das Glück beim Schopfe fassen und das Hindernis niederreißen. Das dafür nötige Werkzeug haben wir bereits vor Ort gebracht. In einer Stunde könnten wir dort sein«, schlug er vor.

Der Augenblick schien günstig zu sein. Rudolf war auf der Jagd und ein Teil seiner Wachleute begleitete ihn. Isabeau vertrat die Ansicht, nicht lange zu zögern. »Ich stimme Götz zu. Nutzen wir die Gunst der Stunde. Statten wir dem Bergwerk einen Besuch ab.«

»Halte ein, mein Schatz. Nicht so schnell. Das alles will gut überlegt sein«, bremste Matthias ihre Ungeduld. »Wir müssen uns aufteilen. Götz, Frieder und ich steigen hinunter ins Bergwerk und nutzen den Tunnel, um in das Gewölbe der Burg zu gelangen. Mit Gottes Hilfe befreien wir die Gefangenen und überwältigen ihre Bewacher. Derer dürften es nicht mehr als zwei sein. Die anderen fünf halten sich ohne Zweifel im Torhaus und auf den Wehrgängen auf. Sobald die Sonne an den Berggipfeln kratzt, benötigen wir geistlichen Beistand.« Seine Augen ruhten auf Hartwig. »Du musst die Wächter am Tor ablenken. In der Regel sind es zwei Mann. Mach ordentlich Spektakel. Frag, wie es um die Bauern bestellt ist und ob du für sie Speisen abgeben darfst. Immerhin bist du ein Mönch, der sich um die Errettung ihrer Seelen sorgt.«

Einem Geistesblitz folgend griff er in seinen Geldbeutel und drückte Hartwig mehrere Münzen in die Hand. »Wenn sie sich weigern, biete ihnen Geld an. Locke sie mit dem Gold aus dem Torhaus und verwickele sie in ein Gespräch. Derweil schleichen wir uns leise von hinten heran und setzen sie außer Gefecht. Gelingt uns der Streich, gehört das Fallgitter uns und wir bestimmen, wer es passieren darf und wer nicht. Wenn die Sonne hinter dem Schwarzwald versunken ist, hat sich unser Schicksal entschieden. Herrscht im Burghof Totenstille, kannst du dir sicher sein, dass wir versagt haben«, schlug er tollkühn vor. In seinen Augen brannte ein Feuer, das nur Rudolfs Niederlage zu löschen vermochte.

»Draußen vor der Tür steht ein Beutel mit Messern und Sicheln«, verkündete Götz zur Freude von Matthias.

»Großartig. Mit ihnen bewaffnen wir die Gefangenen. Sie werden sie dankbar annehmen.« Der Weitblick der Jungs freute ihn.

Alle zeigten Zuversicht. Der Plan war vielversprechend. Nur Isabeau schaute verwundert in die Runde und fragte: »Was ist mit mir? Was werde ich beitragen?«

Matthias nahm sie in die Arme. »Bitte verstehe. Ins Bergwerk kannst du nicht mitkommen und die Wachen auf der Burg kennen dich. Du bleibst mit Marie hier in der Hütte. Sollte Gefahr drohen, versteckt euch in Hartwigs Heuschober oder im Ziegenstall. Ich könnte es nicht ertragen, wenn euch beiden etwas zustieße. Mit Gottes Hilfe ist morgen Abend der Sieg unser«, appellierte er an ihre Vernunft.

Nach anfänglichem Sträuben fügte sie sich und streichelte ihm die bärtigen Wangen. »Geh, mein Liebster, und befreie die armen Menschen aus ihrem Elend. Aber sei vorsichtig und setze dein Leben nicht unnötig aufs Spiel. Kehre gesund zu mir zurück. Auf die Burg kann ich verzichten, auf dich nicht«, beschwor sie ihn.

Zwischen dem Hügel, auf dem die Burg thronte, und dem dahinter emporragenden Berg wuchs ein dichter Wald. Er verbarg ihr geheimes Tun wie ein schützender Schild. Uralte Tannen, riesengleich, ließen die Bläue des Himmels nur erahnen, denn nicht einmal die Strahlen der Sonne vermochten ihre Wipfel zu durchdringen. Genauso wenig wie die Blicke der Wächter von den Zinnen der Wehrgänge.

Bevor sie aufbrachen, hatte er nachgedacht, welche Waffe er mitführen sollte. Wieder einmal hatte er sich gegen das Ritterschwert, den Helm und den Harnisch entschieden und dem Tachi den Vorzug gegeben. Es war der Verzicht auf ehernen Schutz, dafür gewann er aber an Leichtigkeit und Schnelle sowie das Unwägbare der fremdländischen Klinge.

An einem Bächlein legten sie eine kurze Rast ein und stillten ihren Durst. Das Wasser war kalt und kristallklar. Es belebte die Sinne und verscheuchte für einen Augenblick die Hitze des frühen Nachmittags.

»Wie weit ist es noch?«, fragte Matthias.

Götz zeigte auf eine Felsformation, die sich unweit von ihnen auftürmte.

Hinter ausgedehnten dornenbewehrten Brombeersträuchern, hohen Farnen und viel Gestrüpp lag der Eingang zum Bergwerk verborgen. Niemals wäre es Matthias in den Sinn gekommen, seinen Fuß hierher zu setzen, mochten hier doch giftige Schlangen eine Zuflucht vor Wieseln und Raubvögeln suchen oder sogar ein Bär auf der Lauer liegen.

Das mannshohe dunkle Loch, das hinter dem Grünzeug zum Vorschein kam, sah nicht einladend aus. Taubes Geröll, Abraum ohne Erzgehalt, verteilte sich zu ihren Füßen. Ein großer Teil stammte von Götz und Frieders Familie.

Sie entfachten ihre Fackeln und traten in die gähnende Finsternis, die sie mit kühler und feuchter Luft empfing. Zumindest Ersteres empfanden sie angenehm. Anfangs verlief der Stollen ebenerdig und geradeaus. Die Wände bestanden aus rauem Sandstein. Zahllose Hammerschläge und Meißelstiche zeichneten sich auf der Oberfläche ab – Spuren harter Arbeit, die die Bergleute hinterlassen hatten.

Nach einer Weile teilte sich der Tunnel. Die beiden Jungen wählten einen Weg, der abwärts führte. Nun änderte der Sandstein mit jedem Schritt, den sie weiter in die Tiefe setzten, seine gelbbraune Färbung in einen rötlichen Ton. Er endete, wie mit einem Strich gezogen, auf einer Gesteinsschicht völlig anderer Prägung. Diese wies auffallend hellere und dunklere Schattierungen auf, die an Granit erinnerten. Unruhig flackerten die Fackeln. Eine Folge der Zugluft, die hier herrschte.

»Hier unten beginnt der wahre Berg. Schau, was er in sich birgt«, sagte Götz und hielt die Fackel nahe an die Felswand.

Matthias staunte mit offenem Munde. Funkelnde, zartgrüne Kristalle wuchsen auf dem Gestein.

»Für Schmuckstücke sind sie nicht zu gebrauchen, weil sie leicht zerbrechen. Dennoch sind sie wunderschön«, bemerkte Frieder hinter ihm.

Während sie ihre Wanderung fortsetzten, wurde es im Stollen immer feuchter. Er schien das Wasser regelrecht auszuschwitzen. Bereits nach wenigen Schritten kam Matthias aufgrund des glitschigen Bodens ins Rutschen. Geistesgegenwärtig hielt Götz ihn am Arm fest und verhinderte Schlimmeres.

Zum wiederholten Male teilte sich der Tunnel und sie lenkten ihre Schritte weiter in die Tiefe. Schließlich versperrte ihnen eine Mauer den Weg. Zwei rostige Spitzhacken lehnten an ihr. Das nötige Werkzeug, von dem die Brüder gesprochen hatten.

»Wir sind am Ziel. Von der anderen Seite gelangt man bis zum Gewölbe der Burg«, versicherte Frieder.

Unter den wuchtigen Schlägen der beiden Jungen brach das Hindernis in sich zusammen. Ausgedünstete Salze hatten den Mörtel weich und brüchig gemacht. Zufrieden mit ihrer Arbeit ließen sie die Hacken auf den Boden fallen und stiegen über den Schutthaufen. Matthias folgte ihnen.

Der Stollen war niedrig. Mitunter gingen sie gebückt, um sich ihre Köpfe nicht an den scharfkantigen Felszacken zu verletzen. Nach dreihundert Fuß erreichten sie den Endpunkt. Von hier führte eine Treppe aus Granitstufen bis zur Decke, wo ihnen eine glatt behauene Steinplatte ins Auge fiel.

Matthias versuchte sie anzuheben, was fehlschlug. Wahrscheinlich war sie vor zweihundert Jahren das letzte Mal bewegt worden. Jetzt schien sie mit dem Felsgestein fest verwachsen zu sein. Erst als Götz sich neben ihn stellte und sie zusammen Hand anlegten, gab sie ihren Widerstand auf. Mit einem grollenden Geräusch hoben sie das Ungetüm aus der Verankerung und schoben es zur Seite. Dunkelheit umfing sie. Kein Geräusch drang an ihre Ohren. Niemand befand sich in dem Raum. Beherzt richtete Matthias sich auf und rammte sich sogleich schmerzhaft die Stirn. Woran erkannte er nicht. Am Boden entlang kriechend schaffte er es, dem Loch zu entfliehen. Götz, der ihm nachfolgte, überreichte ihm die Fackeln. Lodernd enthüllten die Flammen ihren Aufenthaltsort – es war eine Waffenkammer. Vermutlich dieselbe, in der Rudolf seinen Bruder Lothar hinterrücks erstochen hatte. Schnell löste sich auf, an was er sich gestoßen hatte. Ein Wandgestell, in dem Kriegsgeräte lagerten, war die Ursache gewesen. Es stand haargenau über dem Zugang zum Stollen. Kein Wunder, dass er den Wartensteinern verborgen geblieben war.

Sie deuteten es als wohlwollendes Zeichen. Harnische, Helme, Bögen, Pfeile, Schwerter, selbst Lanzen fanden sie hier.

Frieder, der als letzter folgte, entnahm dem Sack die Messer und Sicheln und füllte ihn mit Schwertern und Dolchen. Zuletzt hängte er sich eine leichte Armbrust über die Schulter und versorgte sich mit den nötigen Bolzen. Götz griff nach einem Bogen und einem Köcher mit Pfeilen. Ihre geübten Handgriffe verrieten Matthias, dass sie sich mit deren Funktion bestens auskannten. Er fragte sie nicht, wieso. Er wusste, wo sie ihre Kenntnisse erworben hatten – im Wald, auf der Jagd nach Kleinwild, um den Hunger zu stillen, worauf harte Strafen standen.

Sie löschten die Fackeln bis auf eine, um die Hände für den bevorstehenden Kampf freizuhaben. Vorsichtig öffneten sie die Tür. Draußen war alles ruhig. Das düstere Licht einer qualmenden Öllampe schien ihnen entgegen. Sie hing an der Decke eines Laufgangs, der auf einer Seite über eine Treppe weiter nach unten führte. Sie folgten dem Weg in der Hoffnung, er führe sie in den Kerker.

Sie wurden nicht enttäuscht. Vor einer schweren Tür aus Eichenholz mit eisernen Beschlägen saß ein Wächter auf einem Schemel. Er lehnte mit dem Rücken an der Wand und döste vor sich hin. Vor ihm stand ein Tisch mit einer dicken Kerze, wie man sie auch für die Altarleuchter in den Kirchen benutzte. Sie spendete nur ein spärliches Licht.

Matthias zog sanft das Tachi aus der Scheide und stieß den Schlafenden mit der Klingenspitze an, aber er wachte nicht auf. Erst als

Frieder den Sack auf dem Boden abstellte und ihn versehentlich umkippte, öffnete er die Augen und fuhr durch das laute Geschepper erschrocken hoch. Entgeistert schaute er in ihre Gesichter.

»Ergib dich«, riet ihm Matthias.

Endlich verstand er, was vorging. »Hundesöhne!«, rief er und griff nach seinem Schwert.

Entschlossen wollte ihm Matthias einen tödlichen Hieb versetzen, doch Frieder kam ihm zuvor und schoss seine Armbrust ab. Der Bolzen traf ihn in die Kehle. Röchelnd fiel er zu Boden und starb vor ihren Augen. Mitleidlos hatte der Junge dem Mann den Garaus gemacht. Wie viel Leid musste er erfahren haben, um dazu fähig zu sein?

»Noch sechs. Er hat es verdient«, meinte Götz mitleidlos, als habe er Matthias' Gedanken erraten, und nahm dem Toten die Schlüssel ab. Quietschend öffnete sich die Pforte zum Verlies. Ein warmer und feuchter Gestank, getragen von Blut, Schweiß und Exkrementen, schlug ihnen entgegen. Das Höllenloch zu betreten kostete sie Überwindung.

Den ausgedehnten Kerker hatte Matthias nicht genau in Erinnerung. Er war in mehrere Zellen unterteilt. Die Gitter, die diese verschlossen, waren auf jeden Fall neu. Sicherlich, um weiteren Ausbrechern die Flucht zu erschweren. Mit der Fackel entfachten sie die Kienhölzer in den Wandhalterungen. Als sich die Gefangenen an den Lichtschein gewöhnt hatten, nahmen sie die Hände von den Augen. Hoffnung glühte in ihnen auf.

»Wie versprochen sind wir gekommen, um euch die Freiheit zu schenken«, verkündete Matthias.

Sofort erhob sich ein freudiges Gemurmel.

»Götz, Frieder, seid ihr das?«, fragte eine Stimme hinter ihnen. Ein älterer Mann streckte die Hände durch die Streben, die beide sofort ergriffen.

»Dem Herrn sei Dank. Vater, du lebst. Warte, gleich schließen wir dich in die Arme«, erwiderten sie voller Freude, ihn am Leben zu sehen.

»Götz! Geh zurück zur Tür und halt die Augen offen. Sag uns Bescheid, wenn Gefahr droht«, befahl ihm Matthias.

Er nickte nur und eilte zum Eingang des Kerkers.

Endlich öffneten sich die Gitter. Jedem Gefangenen, der es verlangte, drückte Frieder eine Waffe in die Hand. Der Sack war schnell leer. Bis auf eine Ausnahme hatte Rudolf lediglich Männer eingesperrt. Erst in der hintersten Zelle fanden sie eine dunkelhaarige Frau, die fast noch ein Kind war. Abgemagert und verschmutzt, mit einem zerrissenen Kleid am Leib, bot sie ein Bild des Elends.

»Ich bin Mathilde«, sprach sie mit schwacher Stimme.

Er reichte ihr die Hand und half ihr aus dem Loch heraus. »Wir sprechen später über dich. Anderes hat jetzt Vorrang. Komm und halte dich immer hinter mir, dann wird dir nichts geschehen«, riet er ihr. Dann wandte er sich an die Bauern. »Von der Wache sind sechs wehrfähige Männer übrig geblieben. Unser Ziel ist es, die Burg einzunehmen. Können wir auf eure Hilfe zählen?«, fragte er sie.

»Ich schließe mich an«, versicherte der Vater von Götz und Frieder. »Schlagen wir sie tot, die Menschenschinder.« Ein Aufruf, in den alle einstimmten.

Begeistert von ihrem Mut leistete Matthias im Stillen Abbitte, denn Prospero Spinolas missfällige Meinung über das wankelmütige menschliche Wesen stimmte nicht in jeder Hinsicht. Eine geknechtete Kreatur war sehr wohl bereit, aufzubegehren. Mit dem Rücken zur Wand und dem Tod vor Augen blieb ihr keine andere Wahl.

Im Gänsemarsch verließen sie den Kerker und drangen weiter in das Gewölbe vor. Es endete im Keller des Bergfrieds, in dem zahlreiche Wein- und Bierfässer lagerten. Über eine schmale Treppe gelangten sie ins angrenzende Gesindehaus. Unvermittelt standen sie in der Garküche. Die Mägde, die mit dem Zubereiten des Abendmahls beschäftigt waren, erhoben beim Anblick der Männer erschrocken die Schöpflöffel. Schüsseln und Töpfe fielen scheppernd zu Boden. Ein Huhn, das für eine Suppe gerade sein Leben lassen sollte, flüchtete gackernd durch die offene Tür auf den Burghof.

»Keine Angst, ihr habt nichts von uns zu befürchten«, versuchte Matthias die Frauen zu beruhigen.

»Ihr seid aus dem Dorf. Ich erkenne euch wieder. Auch du kommst mir bekannt vor. Stammst du von hier?«, fragte eine von ihnen.

»Ich bin Matthias, der Schmied«, erwiderte er.

»Ich entsinne mich. Als ich dich das letzte Mal sah, hattest du einen Strick um den Hals und standst auf wackligen Füßen. Jetzt dagegen ... herrjemine«, rief sie dreist mit den Augen rollend aus und fügte beflissen hinzu: »Falls ihr die Wächter sucht, zwei sind am Tor, drei auf den Zinnen und Konrad liegt krank im Bett. Der siebte weilt sicher schon in der Hölle, sonst wärt ihr nicht hier.«

Dankbar für den Hinweis ließ er sich erklären, wo Konrads Gemach zu finden war. Mit ihm als Faustpfand konnte der Kampf schneller vorbei sein als gedacht. Schließlich übergab er den Mägden die halb verhungerte Mathilde. »Das Mädchen bleibt besser bei euch. Und gebt ihr etwas zu essen«, schärfte er ihnen ein.

Sie zeigten sich hilfsbereit. »Wir dachten, sie sei längst tot. Der Graf wollte sie ursprünglich zur Frau nehmen. Später hat er sie verstoßen, nachdem herauskam, dass sie das Kind einer Bäuerin ist und nicht wie geglaubt die Schwester Bertrams von Olm«, vertrauten sie ihm an.

Ihre Enthüllung verwunderte Matthias in keiner Weise. Bereits in Akkon hatte ihm Bertrams seltsame Beichte über den Pakt mit Rudolf und seine Geißel Mathilde das Gefühl gegeben, er habe diesen hinters Licht geführt.

Neben der Garküche und dem Badehaus, das die Männer schnell durchquert hatten, folgte der Palas – ein langes wuchtiges Bauwerk mit Wohnräumen, der Kemenate und dem Rittersaal. Im untersten Stockwerk lag Konrads Kammer. Mit einem heftigen Fußtritt stieß Matthias die Tür auf. Das Tachi ausgestreckt, trat er in den Raum, während die anderen draußen warteten.

Der alte Mann lag auf seiner Schlafstatt. Mit weit aufgerissenen Augen starrte er auf den unerwarteten Besucher. »Wer bist du? Was willst du?«, rief er verstört.

»Gerechtigkeit«, erwiderte Matthias und setzte ihm die Spitze des Tachi an die Kehle. »Kennst du mich noch?«, fragte er herausfordernd.

Nach einer Weile zuckten Konrads Mundwinkel verräterisch und seine Hand begann langsam nach dem Griff seines Schwertes zu suchen, das nicht weit von ihm an der Wand lehnte.

»Denke nicht einmal daran«, warnte Matthias.

»Du hättest niemals zurückkehren dürfen, dummer Bauernlümmel«, sagte er herablassend.

»Die Zeiten ändern sich. Früher war ich ein Schmied, der sich auf der Flucht befand. Heute bin ich ein Ritter und Isabeau von Lunéville ist meine angetraute Frau. Ich fordere für sie die Grafschaft zurück und die Bestrafung von Lothars und Melisandes Mörder: Rudolf. Du kommst mit mir und wirst deine Männer auf den Zinnen und im Torhaus zur Aufgabe zwingen, sonst wird Blut fließen.« Um ihm Angst zu machen, holte er mit dem Tachi zum Schlag aus.

Konrad richtete sich von seinem Lager auf und schüttelte den Kopf. Anscheinend war es ihm egal, was mit seinen Untergebenen passieren würde. »Du irrst. Ich werde dir nicht helfen, die Burg einzunehmen und ich werde dich nicht dabei unterstützen, dass Rudolf sein Lehen verliert an eine gefallene Edelfrau, die es mit einem Schmied treibt«, erwiderte er.

»Hast du so viel Angst vor ihm?«, fragte Matthias verächtlich. Er hätte ihm für die Schmähung am liebsten die Faust ins Gesicht gedrückt.

»Angst? Nein.« Er lachte schallend. »Wer richtet sein Schwert schon gegen das eigene Blut? Er ist mein Sohn.«

Sein Geständnis traf Matthias wie ein Blitz aus heiterem Himmel. »Er ist dein Sohn? Das ist unmöglich!«

Konrad verzog spöttisch den Mund. »Albrecht, der alte Graf, war hinter den Röcken her wie die Pfaffen. Seine Gemahlin Luise wusste von dem Treiben. Um sich an seiner Untreue zu rächen, bot sie mir bereitwillig ihren Schoß an und ich schwängerte sie. Neun Monate später gebar sie Rudolf, bevor sie im Kindbett verstarb. Albrecht hat einen Kuckuck großgezogen und es nie erfahren. Selbst der einfältige Lothar, der stets die Sünden seines Vaters beweint hat, bemerkte nicht, dass sein Bruder ganz anders war als er. Diesen Schwächling aus dem Weg zu räumen war nur folgerichtig. Nur ein starker und strenger Burgherr darf über die Grafschaft herrschen. Und dieser Mann ist mein Sohn«, rief er furchtlos in Erwartung seines Endes.

Von dem Geständnis hin- und hergerissen suchte Matthias nach der richtigen Entscheidung. »Einen Wehrlosen kann ich nicht töten. Noch dazu, wenn er krank ist und im Fieber liegt. Bindet ihm die

Hände und knebelt ihn, dann sperrt ihn ins Verlies«, befahl er Götz und Frieder.

Deren Vater blickte ihn verständnislos an. »Du kannst es nicht? Ich schon. Tritt zur Seite«, sagte er aufgebracht und stieß Konrad kaltblütig einen Dolch in die Brust. Um die Last der Sünde zu teilen, rammten auch seine Jungen ihm ein Messer in den Leib. Die anderen nahmen die Bluttat ohne Bedauern zur Kenntnis. Das Leid, das sie im Kerker erfahren hatten, erstickte es.

Sterbend sank der Greis auf sein Lager und röchelte blutspuckend: »Deine Mutter ...«

Wie vom Donner gerührt starrte Matthias in das bleiche Gesicht des Toten, um dessen Mundwinkel sich ein boshaftes Lächeln gegraben hatte. Und er fragte sich, was dieser ihm mit dem letzten Atemzug über seine Mutter hatte verraten wollen. Leider würde er es wohl nie erfahren. Die Gnadenlosigkeit der Gefangenen verstand er. Billigen konnte er sie nicht. »Wir müssen weiter«, sagte er beiläufig und verließ die Kammer. Die anderen folgten ihm.

Die Wächter auf der Wehrmauer sammelten sich und griffen sofort an, als sie die Gefahr erkannten. Die abgeschossenen Bolzen aus ihren Armbrüsten trafen drei Bauern tödlich, was die Wut der Überlebenden anstachelte. Ihre Waffen neu zu laden oder ihre Schwerter zu ziehen, schafften die Wächter nicht mehr. Der Hass der gepeinigten Seelen kam über sie wie eine Flut, die sie mitriss und zu Boden warf. Das Blut floss in Strömen, als ihre Leiber regelrecht zerhackt wurden. Selbst Matthias war von dem Strudel der Gewalt mitgezogen worden. Er hätte ihn nicht aufhalten können. Warum auch?

Den Torwächtern oben auf der Schildmauer waren die Schreie der Sterbenden nicht verborgen geblieben. Erregt gestikulierend beratschlagten sie, was sie tun sollten.

Die Bauern rannten sofort los, um ihrer habhaft zu werden. Aber ihr Eifer blieb ohne Erfolg, da sich beide ins Torhaus zurückzogen und den Zugang verschlossen.

»Öffnet und wir werden euch kein Haar krümmen«, versprach ihnen Matthias.

»Wir haben gesehen, wie ihr die anderen abgeschlachtet habt. Wir trauen euch nicht«, drang es durch die dicke Eichenpforte.

»Sie haben uns angegriffen. Wir waren gezwungen, uns zu wehren. Legt die Waffen nieder und euch wird nichts geschehen«, versuchte er es von Neuem.

Doch sie blieben stur und antworteten nicht mehr.

»Schlagen wir die Tür ein«, riet Frieder.

»Das ist verschwendete Zeit. Hinter ihr folgt ein Fallgitter. Ich weiß es, weil ich es selbst geschmiedet habe. Torhäuser sind die Schwachstellen in einer Burg und werden besonders gesichert«, erklärte er.

»Legen wir Feuer und räuchern sie aus«, schlug Götz vor.

Kopfschüttelnd lehnte Matthias ab. »Wir haben den Wind nicht im Rücken. Der Rauch entwickelt im Gebäude nicht die richtige Wirkung, weil der wenige Qualm, der eindringen kann, durch die Schießscharten schnell wieder abzieht. Außerdem könnte das Dach Feuer fangen und auf die angrenzenden Gebäude übergreifen, was verheerend wäre. Warten wir besser auf Hartwig. Womöglich kann er die Wächter überreden, den Widerstand aufzugeben.« Der Gedanke an ihn machte ihm bewusst, dass er im Zeitplan weit voraus lag. Das Glück war ihnen bisher hold gewesen, trotz der Verluste, die sie erlitten hatten. Die Sonne würde erst in einigen Stunden untergehen und der Mönch demzufolge nicht eher vor dem Tor eintreffen. Dank den zu allem entschlossenen Bauern hatte sein Plan eine Wucht entwickelt, mit der er nicht gerechnet hatte. Auch Götz und Frieder hatten ihn nicht enttäuscht. Beiden gab er den Auftrag, die Gefallenen in der Burgkapelle aufzubahren. Für alle anderen hieß es abwarten.

Im Schein der letzten Sonnenstrahlen erschien Hartwig vor dem Tor. Seine Hände umklammerten die Streben des Fallgitters. Er war überrascht, als Matthias vor ihm erschien. »Teufel noch mal, dich habe ich hier nicht erwartet. Was ist geschehen?«, fragte er verdutzt.

»Obwohl wir drei Tote beklagen müssen, verlief unser Vorhaben leichter als gedacht. Auf den Wehrgängen haben wir alle Wächter unschädlich gemacht. Nur im Torhaus befinden sich noch zwei«, klärte er ihn auf und zeigte mit dem Finger nach oben. »Sie haben sich verschanzt und weigern sich, mit uns zu reden. Sprich du mit ihnen. Wenn sie sich ergeben, gewähren wir freien Abzug.«

Auch auf Hartwigs Rufe antworteten sie nicht. Die Metzelei auf dem Wehrgang musste sie in Angst und Schrecken versetzt haben.

Inzwischen setzte die Dämmerung ein und Matthias gab dem Mönch den Rat, ins Dorf zurückzukehren, um auf Isabeau und Marie achtzugeben. Seine kleine Streitmacht stand weiter zu ihm und wollte am kommenden Tag aus einem halben Sieg einen ganzen machen. In der Waffenkammer bewehrten sich die Bauern für den letzten Kampf mit Lanzen, Harnischen und Helmen, um diesmal für Pfeile und Bolzen besser gerüstet zu sein.

Matthias grübelte, was bei Rudolfs Ankunft passieren würde. Zweifellos zögen die Torwächter das Fallgitter hoch, um ihn und sein Gefolge in die Burg zu lassen. Dann wären sie wieder zu siebent, was bedeutete, er selbst käme fast auf die doppelte Anzahl an Kämpfern. Ein annehmbares Verhältnis, wenn man deren Unerfahrenheit bedachte. Trotz des Vorteils musste er mit weiteren Opfern rechnen, die ihm auf der Seele lägen. Allerdings bot sich eine zweite Möglichkeit an, Rudolf zu besiegen. Sie setzte dessen Zustimmung voraus und forderte weniger Blutvergießen. Sie würde seine letzte Option sein.

Am Nachmittag des neuen Tages erreichte Rudolf mit seinen Gefolgsleuten die Burg. Zu ihnen gehörte ein zweispänniges Fuhrwerk mit einem Verdeck, wie es Kaufleute nutzten. Das Jubelgeschrei der Torwächter ließ nicht lange auf sich warten. Das Fallgitter hob sich und einer brüllte: »Seht Euch vor, Graf Rudolf! Die Gefangenen haben sich befreit und alle erschlagen. Sie lauern Euch auf.«

»Keine Sorge, ich bin bestens vorbereitet«, erwiderte er selbstbewusst. »Mit dem Gesindel machen wir nicht viel Federlesens.«

Aus einem Versteck beobachtete Matthias seinen Widersacher. Seelenruhig saß dieser auf seinem Pferd. Ein befremdliches Grinsen lag auf seinem Gesicht, als ob er sich seiner Sache todsicher wäre.

»Zeig dich, Schmied! Ich weiß, dass du hier bist!«, rief er.

»Woher weiß er, dass du hier bist?«, fragte Frieder bestürzt. »Ob dich jemand verraten hat?«

Die Muskeln im Matthias' Gesicht zuckten. »Ein Judas findet sich überall. Egal, es gibt jetzt kein Zurück mehr.« Selbstbewusst trat er vor und zeigte sich seinem Todfeind von Angesicht zu Angesicht. »Die Burg Wartenstein ist mein«, verkündete er mit Stolz in der Stimme.

»Du vergreifst dich an meinem Hab und Gut, du räuberischer Lump? Weißt du nicht mehr, wo dein Platz ist?«, geiferte Rudolf hasserfüllt.

»Der Räuber bist du und ein Mörder dazu! Heute ist der Tag, an dem du für deine Verbrechen sühnen wirst!«, rief er ihm entschlossen entgegen.

Rudolf war augenscheinlich geblendet von seiner Arroganz. In der Welt, in der er lebte, war es wohl nicht vorstellbar, dass ein Höriger einen Edlen besiegte. »Ein Haufen Bauern ist kein Gegner für uns. Vorwärts! Macht sie alle nieder!«, befahl er seinen Gefolgsleuten siegesgewiss.

Mit gezückten Schwertern rückten sie in die Burg vor. Das Fuhrwerk, auf dem sie vermutlich das geschossene Wild mit sich führten, folgte ihnen. Laut schreiend stürmten die beiden Wächter aus dem Torhaus und rannten hinunter in den Hof.

Sofort sahen sich die Verteidiger von Berittenen und Fußleuten umzingelt, die versuchten, ihnen todbringende Schwertschläge zuzufügen. Diese blieben jedoch wirkungslos, weil ihnen die Bauern mit Lanzen zu Leibe rückten. Die Pfeile und Bolzen von Götz und Frieder sorgten für zusätzliches Chaos, da die Jäger nur unzureichend gepanzert waren. Bereits nach kurzer Zeit lagen drei Wächter und zwei Pferde regungslos am Boden in ihrem Blut.

Um Rudolfs Sache stand es schlecht. Matthias' Kämpfer schlugen nicht blind drauf los, sondern verfolgten eine Taktik, die Erfolg versprach. Eine Tatsache, die Rudolf ohne Zweifel nicht erkannte. Als ein weiterer Wächter verletzt auf die Knie fiel, sah Matthias den Moment gekommen, dem Geplänkel ein Ende zu setzen. »Haltet ein und lasst die Waffen fallen«, forderte er.

Dennoch gab sich Rudolf nicht geschlagen. Er sprang vom Pferd und kletterte auf das Fuhrwerk. Ruppig stieß er Hinrich, der auf dem Bock stand und die Zügel hielt, zur Seite und verschwand im Inneren.

Als er wieder hervortrat, blieb Matthias beinahe das Herz stehen. Der Unhold hielt Isabeau umklammert und drückte ihr den Dolch an die Kehle. Das stellte sich nur als halbes Übel heraus, denn auch die freudlosen Gesichter von Marie und Hartwig tauchten auf. Letzterer zeigte Spuren von Gewalt im Gesicht. Seine Lieben waren Rudolf auf Gedeih und Verderb ausgeliefert.

»Stellt sofort den Kampf ein!«, befahl Matthias seinen Mitstreitern und meinte allen voran Marie, die nach dem Messer unter dem Ärmel ihres Kleides tastete. Sie beabsichtigte vermutlich, die Gunst des Augenblicks zu nutzen, um es dem Unhold in den Rücken zu stechen. Das Risiko, dass Isabeau dabei Schaden nähme, war ihm zu hoch.

Rudolf stieg mit den Geiseln vom Wagen, umringt von den Gefolgsleuten, die ihm verblieben waren. »Das Spiel ist noch nicht verloren«, tönte er. »Als ich heute nach der Jagd an der Dorfschenke Halt machte, hatte mir der Gastwirt einiges zu erzählen. Er ist mein Auge und Ohr im Dorf und hält mich über alle Vorgänge auf dem Laufenden. Von einem vermögenden Gast und einem meiner Wächter war die Rede, der sich von ihm hat aushorchen lassen.« Sein eiskalter Blick streifte Hinrich. »Es war nicht schlau, mit deinem Gold herumzuwerfen. So etwas spricht sich schnell herum. Auch, dass der edle Spender dem Dorfpfaffen einen Besuch abgestattet hat. Natürlich ging ich der Sache auf den Grund. Da sich Hartwig in Schweigen hüllte, war ich gezwungen, grob zu werden. Umso mehr staunte ich, als aus dem Ziegenstall meine untreue Schwägerin und ein Mädchen mit einem Wolfsjungen gekrochen kamen. Das räudige Vieh hatte Glück und entkam meinem Schwert. Wie du dich bestimmt erinnern wirst, hatte Isabeau schon immer ein offenes Herz für Habenichtse. Sie konnte Hartwigs Wehgeschrei einfach nicht ertragen. Und dass sich das treulose Weib von einem Schmied schwängern ließ, ist der größte Frevel. Sie ist eine Schande für unseren Stand«, spottete er.

Jetzt wurde ihm bewusst, weshalb der Wirt so unverblümt über seine Gäste und die Burgwache gesprochen hatte. Um ihn für sich einzunehmen und selbst auszuhorchen. In der Schenke um Gold zu spielen war sicher ein Wagnis gewesen, hatte er doch geahnt, dass der Wirt ein schwatzhafter Mensch war. Dass er aber Rudolf in

Wartenbach als Spion diente, hatte er nicht erwartet. Anderseits, was hätte er denn anderes tun können? Hinrich hätte an ein paar lausigen Kupferstücken kein Interesse gezeigt. Wären Götz und Frieder doch nur einen Tag eher aufgetaucht, dann befänden sie sich jetzt nicht in dieser bedrohlichen Lage. Seine Sorge um das Wohl der Geiseln war groß. Er machte sich Vorwürfe und schlug Rudolf einen Handel vor. »Lass sie frei und wir einigen uns friedlich«, bot er ihm an, um Zeit zu gewinnen.

Rudolf grinste hämisch. »Ich glaube kaum, dass du in der Position bist, einem Grafen Forderungen zu stellen. Du schuldest mir Gehorsam. Fall auf die Knie, du elender Wurm.« Sein Gesicht zeigte die ganze Verachtung, die er für Matthias übrig hatte. »Wenn du nicht willst, dass sie sterben, dann rate den Bauern, die Waffen fallen zu lassen und in den Kerker zurückzukehren, bis sie ihre Steuerschulden beglichen haben. Dafür darfst du mit dem Mönchlein und dem Mädchen samt ihrem Wildfang, der uns folgt, seit wir das Dorf verlassen haben, deines Weges ziehen. Isabeau indes bleibt bei mir und das Kind, das sie erwartet, erziehe ich zu einem treuen Untertanen.« Höhnisch fügte er hinzu: »Du kannst nicht gegen mich gewinnen, weil du nicht bereit bist, das Äußerste zu wagen.«

Das Maß war voll. Dem Spuk musste Matthias jetzt ein Ende setzen. Im blieb als letztes Mittel, was er zuvor bereits erwogen hatte. Das Höchste, was er für die Geiseln einzusetzen vermochte: sein Leben im Kampf Mann gegen Mann. »Ich unterwerfe mich Gottes Urteil. Ich fordere einen Zweikampf zwischen Graf Rudolf von Wartenstein und mir, Matthias von Messina, Ritter und Gefolgsmann König Friedrichs von Sizilien. Der Allmächtige soll entscheiden, wer Burg und Land sein Eigen nennen darf. Ihr alle seht, ich bin zum Äußersten bereit«, rief er Freunden und Feinden gleichermaßen zu. Dann zog er das Pergament aus Lammhaut unter seinem Wams hervor, das seinen Rang und seinen Namen auswies. Er hielt es jedem Wächter vor die Augen, wohl wissend, dass keiner von ihnen des Lesens mächtig war. Doch die grazile, geschwungene Schrift und das königliche Siegel beeindruckten sie und taten ihr Übriges.

Nicht nur Isabeau trat nach dem Ruf eines Gottesurteils die Blässe ins Gesicht, sondern auch Rudolf. Vermutlich stellte er sich die Frage, wie es einem Schmied gelungen war, die Schwertleite zu empfangen. Dem Aufruf, einen Zweikampf auszufechten, gab er nicht nach. »Auf so etwas lasse ich mich nicht ein. Das Dokument ist eine Fälschung. Verschwinde, wenn du nicht willst, dass Isabeau und deinem Kind etwas geschieht«, warnte er. Sein Dolch lag wieder gefährlich an ihrer Kehle.

Von tiefem Hass beseelt, stellte sich Matthias zwischen die Fronten. Nun war er Rudolf ganz nah. Ihm fiel auf, wie sehr dieser in der vergangenen Zeit gealtert war. Sein langes Haar war von grauen Strähnen durchzogen und sein gerötetes Gesicht zeugte von übermäßigem Wein- und Biergenuss. »Wenn du ihr ein Leid zufügst, stirbst du auf jeden Fall. Ehrlos wird dich der Tod ereilen, so wie es Konrad geschah. Mit seinem letzten Atemzug hat er mir verraten, dass du nicht Albrechts Sohn bist, sondern seiner.« Er genoss die Bestürzung, die er in Rudolfs Augen las. »Solltest du aber dem Zweikampf zustimmen, bleibt dir zumindest die Möglichkeit, mich zu besiegen, und keiner wird dich anrühren. Falle ich, war es Gottes Wille«, stellte er ihn vor die Wahl.

Isabeau vergoss bittere Tränen. Immer wieder schüttelte sie den Kopf und rief verzweifelt: »Nein! ... Im Namen Christi! ... Nein! So darf es nicht enden!«

Die Antwort Rudolfs ließ auf sich warten. Offenbar schockierte ihn die Aufdeckung seiner wahren Herkunft immer noch.

»Dieser Jämmerling verkriecht sich hinter einer wehrlosen Frau!«, rief Matthias dessen Gefolgsleuten anprangernd zu. »Erkennt ihr nicht sein niederträchtiges Wesen? Wollt ihr einem Feigling dienen? Habt ihr keine Ehre im Leib?«

Seine aufrüttelnden Worte blieben nicht wirkungslos. Erstaunlicherweise war es Hinrich, der zuerst die Waffe sinken ließ. »Das Gottesurteil soll entscheiden, wer zukünftig der Herr auf der Burg ist«, sprach er entschieden und forderte die anderen auf, es ihm gleichzutun. Nacheinander warfen sie ihre Schwerter auf den Boden.

Rudolf schien bewusst zu werden, dass er dem Zweikampf nicht mehr ausweichen konnte, und gab Isabeau frei. »Wähle deine Waffe«, stimmte er zähneknirschend zu.

Schnell eilte sie zu Matthias und drückte ihren zitternden Leib an seine Brust. Er fühlte, wie ihr Herz wild schlug. »Gott wird uns beistehen, meine Blume. Das Recht ist auf unserer Seite«, versuchte er, sie zu beruhigen. Dann teilte er dem Widersacher seine Entscheidung mit: »Ich schenke meinem Tachi das Vertrauen. Ohne Schild und ohne Harnisch werde ich dir gegenübertreten.«

Der amüsierte sich über die grazile, gebogene Klinge. »Ein Wurstmesser?« Er lachte. »So sei es. Ich nehme meinen *Zweihänder*. Er hat mich gegen aufsässige Bauern niemals im Stich gelassen und wird dir den Kopf spalten bis hinunter zum Nabel«, prophezeite er und hob das Schwert drohend in die Höhe.

Bestürzt wandte sich Marie an Hartwig. »Ich fürchte, dass Matthias unterliegt und stirbt. Können wir irgendetwas tun?«, fragte sie bange.

»Uns sind die Hände gebunden. Sie werden kämpfen, bis Gott einen Sieger erwählt, der den anderen tötet«, erwiderte er ernsthaft und strich ihr mitfühlend übers Haar.

Seine Worte machten sie traurig und sie betete zum Allmächtigen, Matthias nicht im Stich zu lassen.

Inzwischen waren auch die Mägde herbeigeeilt. Das blutige Gefecht am Tor hatte sie anfangs zurückgehalten, die Garküche zu verlassen. Jetzt, nachdem ihre Angst verflogen war, hatte sie die Neugier erfasst. Auch Mathilde befand sich unter ihnen und fing an zu weinen, als sie ihren Peiniger wiedersah.

Nachdem sich die Gegner aufgestellt hatten, schickte Hartwig ein Stoßgebet zum Himmel. »Oh Herr, lass deine Weisheit sprechen. Hier stehen zwei Edle, die Anspruch auf die Burg und die Grafschaft erheben. Da es nur einen geben kann, führe du die Waffe desjenigen, der würdig ist, den Sieg zu erringen«, rief er und trat zurück.

Nach einer Weile des gegenseitigen Belauerns setzte Rudolf zum Angriff an. Doch Matthias war auf der Hut. Leichtfüßig und Finten setzend umkreiste er mit dem Tachi den Gegner, der immer wieder Hiebe mit dem Zweihänder setzte, aber stets ins Leere traf. Er hoffte ihn mit dieser Taktik langsam zu ermüden, da dessen Waffe länger und mit dem weitläufigeren Griff viel schwerer war.

Rudolf, der augenscheinlich erkannte, dass er mit seinem Vorpreschen keinen Erfolg verbuchte, änderte seine Strategie und begann Matthias an die Burgmauer zu drängen. Der nahm das Hindernis im Rücken zu spät wahr und versuchte mit einem Sprung zur Seite Rudolfs Schlag zu entgehen. Das gelang ihm nicht. Im Fallen traf ihn dessen Schwert auf den Kopf. Zum Glück mit dem breiten Blatt, sonst hätte es ihm den Schädel gespalten. Dennoch trug er von der Wucht des Aufpralls eine Platzwunde davon, die stark blutete. Während die Frauen entsetzt schrien, erhob er sich mühsam vom Boden, wobei er sich mit der Hand abstützen musste. Bevor Rudolf zum tödlichen Hieb ansetzte, schnellte seine andere Hand nach vorn und stieß ihm die Klinge in die Brust. Die Spitze traf ihn unter dem Schlüsselbein und trat an der Schulter wieder heraus. Als Matthias das Tachi zurückzog, fiel Rudolf kraftlos auf die Knie. Mit Mühe umklammerte er den Zweihänder. Obwohl die Wunde nicht lebensbedrohend ausschaute, erhob er sich nicht. Ahnte er, der Kampfkunst des Schmiedes nicht gewachsen zu sein? Wollte er sich dem Gottesurteil fügen? Matthias stand wieder auf den Beinen und reckte das Tachi in die Höhe, um ihm den letzten Streich zu versetzen.

»Willst du nicht wissen, wer deine Mutter ermordet hat, bevor du mich tötest?«, kam ihm Rudolf zuvor.

Verblüfft ließ Matthias die Waffe sinken. »Sie wurde ermordet? Dein Vater Konrad behauptete in meiner Kindheit, ein scheuendes Pferd habe sie niedergetrampelt. Im Sterben nahm er ein letztes Mal ihren Namen in den Mund«, erwiderte er.

Konrads Ende schien Rudolf nicht sonderlich zu berühren. »Der alte Narr hat dir meine wahre Herkunft verraten. Gut, dass du ihn ins Jenseits befördert hast. Was deine Mutter betrifft, so hat er gelogen. Im Täuschen war er stets ein Meister. Vor allem, wenn es um die Wahrung meiner Rechte gegenüber den Wartensteinern ging. Du ahnungsloser Bauernlümmel hast es nie erfahren: Du und ich sind vom selben Schlag«, stöhnte er unter Schmerzen und rang sich ein gequältes Lachen ab.

»Ich verstehe nicht, was du andeuten willst«, meinte Matthias verwirrt.

»Du bist wie ich ein Bastard. Nicht der uneheliche Sohn eines Hörigen aus dem Dorf, sondern der des Grafen Albrecht. Er nahm deine Mutter mit Gewalt am Vorabend ihrer Vermählung. Dem wütenden Schmied, der sie ehelichen wollte, schlug er am Morgen danach den Schädel ein. Nach deiner Geburt zwang er sie, ein Schweigegelöbnis abzulegen, da seine Gemahlin Luise von deiner Existenz nichts erfahren sollte. Mein Vater war Zeuge der Ereignisse. Wir beide sind Lothars Halbbrüder«, ächzte er im vollen Ernst.

Seine Worte zeichneten das düstere Bild eines bestialischen Verbrechens, von dem Matthias glaubte, dass es der Wahrheit entsprach. Diese brachte bitter ans Tageslicht, was seine sterbende Mutter gemeint hatte, als sie sagte, er sei dem Samen des Bösen entsprungen. Es schmerzte ihn, das Kind eines brutalen Vergewaltigers zu sein. Und er verstand, was sie versucht hatte, ihm nahe zu bringen: einen Mitanspruch auf das Erbe der Wartensteiner. Ohne ein Gefühl des Mitleids blickte er Rudolf, der zu seinen Füßen kniete, in die Augen. »Dennoch sind wir nicht vom gleichen Blut. Das macht es mir leichter, dich in die Hölle zu schicken. Sag mir schnell, wer der Mörder meiner Mutter war, dann erlöse ich dich von deiner Pein«, forderte er und erhob erneut die Klinge.

»Als Albrecht starb, fühlte sich deine Mutter nicht mehr an den Eid gebunden. Gleich am nächsten Tag machte sie sich auf den Weg, um Lothar die Wahrheit über deine Herkunft preiszugeben. Das konnte mein Vater natürlich nicht zulassen, also hat er sie unterwegs zur Burg abgefangen und von den Hufen seines Pferdes niedertrampeln lassen. Zur selben Zeit entdeckten Bauern nicht weit von ihr einen leblosen Reiter. Offenbar hatte ihn sein Gaul abgeworfen und die Frau im Galopp überrannt, erzählten sie später im Dorf. Eine gut eingefädelte List, die mein Vater ausgeheckt hatte, um selber nicht in Verdacht zu geraten. Der Mann, dem er dafür das Genick brach, zählte zu seiner Wachmannschaft.«

Bestürzt hielt Matthias inne und ließ Rudolf für einen Moment aus den Augen. »So ein Scheusal. Er sei verflucht. Möge seine Seele der ewigen Verdammnis anheimfallen …« Während er noch fluchte, sprang der andere plötzlich vom Boden auf, ließ den schweren Zweihänder fallen und rannte auf die Mädchen zu. Unterwegs zog er einen verborgenen Dolch aus seinem Wams. Seine Schwäche hatte er bloß vorgegaukelt. Vor Angst begannen sie zu kreischen. Überrascht von dessen Schnelle konnte Matthias nicht verhindern, dass der Unhold Marie ergriff. Einen Arm um ihre Schultern geschlungen und mit dem anderen die Klinge an ihre Kehle gedrückt, zog er sich mit ihr in den Bergfried zurück.

Matthias, der ihnen folgte, schmähte ihn ehrlos und verlangte, das Mädchen freizugeben. Aber Rudolf beachtete seine Worte nicht. Er mied den Weg ins dunkle Gewölbe und stieg mit ihr die Stufen bis zur Spitze hinauf, wo der Wind toste.

Matthias erschienen die Stufen endlos. Oben angekommen sah er, wie sich Rudolf mit dem Rücken zur Brustwehr zwischen zwei Zinnen postierte. Vor ihm stand Marie mit der Schneide des Dolches am Hals.

»Keinen Schritt weiter, oder ich schneide ihr den Kopf ab. Ich habe nichts mehr zu verlieren. Frage dich also nicht, ob ich wirklich dazu fähig bin«, drohte er.

Neben Matthias tauchte plötzlich Isabeau auf. Sie musste die Treppen schnell wie ein Wiesel erklommen haben, da sie nach Luft rang. Ihre Hände beschwörend auf Rudolf gerichtet, fiel sie vor ihm auf die Knie. »Halte ein. Du hast gewonnen«, keuchte sie. »Bitte tu Marie kein Leid an. Bei Gott, ich schwöre dir, die Grafschaft soll ewig dir gehören und wir werden die Burg auf der Stelle verlassen. Du wirst uns niemals wiedersehen«, flehte sie ihn an. Ihre traurigen Augen richteten sich auf Matthias und hofften auf dessen Zustimmung.

Auch ihm war das Mädchen ans Herz gewachsen. Sie war Teil seines Lebens geworden. Daher stellte er Isabeaus Entschluss nicht infrage. Zum Zeichen seiner Billigung legte er sein Tachi auf den Boden.

Rudolfs verblüffte Gesichtszüge offenbarten, dass er mit diesem Ausgang des Geschehens nicht mehr gerechnet hatte.

Anders Marie. Sie bäumte sich auf und zog das Messer aus der Scheide, das an altbewährter Stelle ruhte. Mit sicherem Griff stieß sie Rudolf die Klinge ins Bein und rief: »Das hätte ich gern früher getan, du Scheusal, nur hatte ich keine Gelegenheit dazu.«

Überrascht ließ er das Mädchen los und griff sich an den Oberschenkel, wo ein blutiger Strom der Wunde entsprang. Rasch hatte sich zu seinen Füßen eine rote Lache gebildet, die an Größe zunahm. Sein Gesicht wurde aschfahl. Der Dolch entglitt seinen Händen und fiel klirrend zu Boden. Während Marie Aufnahme in Isabeaus Armen fand, kippte Rudolfs Leib hinterrücks über die schmale Brüstung und stürzte den Bergfried hinunter. Betroffen blickten sie in den Abgrund. Rudolfs Leib lag zerschmettert am Grund. Es war die Sühne für seine Schuld an Lothars und Melisandes Ermordung sowie zahlreicher anderer Verbrechen.

Matthias schüttelte den Kopf. »Was hast du dir dabei gedacht? Deine Waghalsigkeit hätte leicht deinen Tod bedeuten können«, tadelte er sie und drückte sie fest an seine Brust.

Marie hatte nicht verstanden, warum Isabeau und Matthias auf den Besitz der Ländereien verzichten wollten. Dem Reichtum entsagten, für sie, eine kleine Diebin aus Regensburg. Nach all dem, was beide für sie Gutes getan hatten, durfte sie das nicht zulassen. Akito war ihr in den Sinn gekommen und hatte sie daran erinnert, was sie bei ihm gelernt hatte: Die Kunst, sich trotz Bedrängnis mit dem Tantō zu wehren.

Ihre Antwort kam frei heraus. »Seit der Abreise aus Messina beseelte euch der Wunsch, Rudolf zu bestrafen und die Grafschaft euer Eigen zu nennen. Er bestimmte jeden Tag euer Hoffen und Handeln. Ich wollte, dass euer Traum wahr wird. Darum habe ich mich Rudolf widersetzt. Ihr dagegen wart bereit, für mich auf beides zu verzichten. Wieso? Ich bin nur ein einfaches Mädchen.«

Mütterlich streichelte Isabeau Marie übers Haar und gab ihr einen Kuss auf die Stirn. »Oft erkennt der Mensch erst im Angesicht des Todes, was wirklich wichtig ist im Leben«, bekannte sie. »Mein Zicklein, glaube mir, du bedeutest mir mehr als alle Titel und Ländereien der Welt. Und Matthias empfindet ebenso.«

»Ohne dich wären diese Dinge nutzlos«, gestand er ihr. »Hättest du den Tod gefunden, würde uns dein Verlust zutiefst schmerzen, denn du bist Teil unserer Familie.«

In der Zuversicht, nichts und niemand könne sie jemals auseinanderbringen, fielen sie einander in die Arme.

Der September war angebrochen. Auf der Spitze des Burgfrieds wehte das Banner mit dem Wappen des neuen Grafen von Wartenstein. Es zeigte einen geflügelten Greif im blauen Feld – Sinnbild für Stärke, Wachsamkeit und besonnenes Handeln. Im Burghof wurde zünftig gefeiert, da Philipp von Schwaben Isabeaus Anspruch auf die Grafschaft besiegelt hatte und Matthias als ihr Gemahl jetzt die Amtsgeschäfte übernahm. Das ganze Dorf war eingeladen und die Tafel reich gedeckt.

Hartwig hielt zu Anfang einen Gottesdienst unter freiem Himmel ab und lobte den Herrgott für die glückliche Fügung, die Isabeau, Marie und Matthias nach Wartenbach geführt hatte. Er dankte für die Erlösung von Rudolfs tyrannischer Herrschaft und nicht zuletzt für die Kapelle, die bald gebaut werden würde.

Musikanten spielten auf und die Dorfbewohner vergnügten sich bei Tanz und Gesang oder lauschten den Worten des neuen Burgherrn und seiner Gemahlin, die von ihrer Flucht und den Abenteuern auf ihrer Reise berichteten.

Ada, die inzwischen beträchtlich gewachsen war, jagte mit Marie über den Hof. Sie hörte ihr aufs Wort und kläffte jeden an, den sie nicht kannte und der dem Mädchen zu nahetrat. An ihrer Seite sah man stets Mathilde. Die beiden waren Freundinnen geworden.

Die Brüder Götz und Frieder traten vor Matthias. Auch ihr Vater gesellte sich zu ihnen. »Du musst es ihm jetzt sagen. Die Grube ist schließlich sein Eigentum. Außerdem hat er uns alle aus dem Elend erlöst«, mahnten sie.

Verwundert wanderten Matthias' Augen von einem zum anderen und blieben letztlich auf dem alten Mann haften.

Dieser rang sich endlich durch, ein weiteres Familiengeheimnis offenzulegen. »Im letzten Winter stießen wir tief im Berg auf einen Stollen, der eingestürzt war. Wahrscheinlich schon vor vielen Jahren. Mehrere Wochen lang haben wir uns die Mühe gemacht, das Geröll beiseite zu räumen, bis wir bemerkten, dass dessen Silbergehalt enorm anstieg. Das herabgefallene Gestein hatte im Inneren des Tunnels eine Erzader freigelegt. Ihr Abbau lohnt sich«, verriet er. »Deine Erlaubnis vorausgesetzt, würden wir gern weiter schürfen«, fügte er hoffnungsvoll hinzu.

»Dein erstes Urteil ist gefragt. Entscheide weise«, flüsterte Isabeau Matthias ins Ohr.

»Bedenkt, der nächste Winter kommt bestimmt. Solange ihr die Bestellung eurer Felder nicht vernachlässigt und pünktlich die Ernte einfahrt, erlaube ich euch, weiter in der Mine zu arbeiten. Auch allen anderen Dorfbewohnern gewähre ich dieses Privileg. Einen Teil des Erlöses aus dem Erzverkauf behalte ich als Pacht ein. Zum einen, um die Burg instand zu halten und zum anderen, um das Dorf bei einer Missernte vor einer Hungersnot schützen zu können«, verkündete er.

Damit waren sie zufrieden und versprachen, die Bedingungen zu erfüllen.

»Klug gesprochen«, würdigte Isabeau den Entschluss ihres Gemahls und legte plötzlich die Hände auf ihre Leibesfrucht.

Matthias standen Sorgenfalten im Gesicht.

»Hab keine Angst«, beruhigte sie ihn. »Unser Kind möchte gern mitfeiern. Es hat mir seinen Unmut durch einen Fußtritt mitgeteilt.«

Neugierig tastete er ihren Bauch ab. Dann schüttelte er den Kopf. »Ich merke nichts«, meinte er enttäuscht.

Sie nahm seine Hand und führte sie behutsam auf eine bestimmte Stelle.

Jetzt spürte er das heranwachsende Leben in ihrem Schoß. Ein Gefühl ergriff ihn, das unbeschreiblich war. »Wenn es ein Junge wird, soll er Andreas heißen, wie der Mann, der mir ein Freund und Vater war«, meinte er zu ihr.

Sie nickte zustimmend. »Und wenn es ein Mädchen wird?«

»Ich weiß es nicht. Sag du es mir«, erwiderte er.

»Irene«, entschied sie. »Das war der Name meiner Mutter.«

»So sei es«, willigte er ein.

Sie schenkte ihm ein betörendes Lächeln. Dann suchten ihre Augen den blauen Himmel ab, an dem kleine Wölkchen dahinzogen, und blieben zwischen ihnen gefangen.

»Worüber grübelst du?«, fragte er.

Ihr Blick streifte sein Antlitz. »Ich denke an die vielen Menschen, denen wir auf unserer Reise begegnet sind. Den guten Seelen, den Wankelmütigen wie den Bösewichten. Akito kommt mir in den Sinn, von dem ich hoffe, dass er gesund in sein Heimatland zurückgekehrt ist. Auch Nicolo Spiro, den freundlichen Schmied in Venedig, möchte ich nicht vergessen. Den armen Vico, der mit der San Marco unterging, schließe ich in meine Gebete ein. Ebenso Robert von Cléry, der uns in Konstantinopel eine uneigennützige Stütze war. Und Tariq, dem mutigen Araber, der uns vor dem Tod bewahrt hat, wünsche ich ein langes Leben. Der grimmige Bechtold und Bertram von Olm hingegen mögen für ihre Verbrechen auf ewig in der Hölle schmoren. Habe ich jemanden vergessen? Ach ja, den klugen Federico, von dem ich mir wünsche, ihn einmal wiederzusehen.«

»Was ist mit Lothar? Sein Geist hat dich bis Akkon begleitet«, rief er ihr ins Gedächtnis.

Sie fuhr sich mit der Hand durchs Haar, das ihr der Sommerwind zerzaust hatte. »Um Lothar trauere ich. Er war ein tugendhafter Ritter«, bezeugte sie. »Er wollte die Seele eures Vaters vor der ewigen Verdammnis bewahren, indem er in der Ferne nach der Gabe Gottes suchte. Dabei ist sie so nahe.«

Ihre Bemerkung brachte Matthias zum Grübeln. »Für Wolfger von Erla war es der Glaube an Jesus Christus, für den Wanderprediger Paulus die Erlösung von den Sünden und für Prospero Spinola der menschliche Verstand. Nach den vielen Abenteuern, die wir auf unserer Reise überstanden haben, neige ich zu Letzterem. Wie ist deine Ansicht? Welche Möglichkeit trifft zu?«

»Vielleicht alle. Vielleicht keine. Möglicherweise versteht jeder etwas anderes darunter. Für mich ist es die Liebe. Sie ist das Maß aller Dinge. Ein Leuchtfeuer in der Finsternis irdischer Niedertracht. Die Gabe, anderen Menschen Zuneigung zu schenken statt Hass und Gewalt ist wahrlich ein göttliches Geschenk.«

»Wie recht du doch hast«, stimmte er zu und küsste ihren sinnlichen Mund.

Sie umfasste sein Haupt und strich ihm sanft durchs Haar. »Sei ehrlich zu mir. Bist du glücklich, mich zur Frau zu haben?«, fragte sie ihn. Ihr verliebter Blick ließ seinen Atem stocken.

»Mehr, als du erahnen kannst«, hauchte er ihr ins Ohr und nahm sie zärtlich in die Arme. »Als meine Tochter Agnes im Sterben lag, meinte Melisande tröstend zu mir, das Leben sei wie eine geworfene Münze. Solange sie falle, bliebe das Schicksal unbestimmt. Meine liegt längst auf dem Boden und fiel auf die richtige Seite. Sie trägt dein Antlitz. Du bist meine Bestimmung. Im Leben wie im Tod.«

Epilog

Herzogtum Schwaben

Oktober 1212

Der Herbst war ins Land gezogen. Dennoch war es mild für die Jahreszeit. Die Strahlen der Sonne stachen wie riesige Nadeln durch die bunten Baumkronen und hinterließen auf dem Waldboden helle Flecken. Der Geruch feuchter Erde, gepaart mit dem Duft von Kräutern, lag in der Luft. Zwei kleine Kinder bahnten sich ihren Weg durch das Unterholz. Schon von Weitem entdeckten sie die Pilze.

»Ich sehe einen«, rief der etwa siebenjährige Junge. Seine kleinen Füße trugen ihn flink zu seinem Fund.

»Ich auch. Und da ist noch einer«, jubelte das Mädchen, das zwei Jahre jünger sein mochte.

Eine Frau schloss zu ihnen auf. Sie war sehr jung und ihr Leib gertenschlank. Ein französischer Zopf hielt ihr schulterlanges Haar im Zaum. »Die beiden musst du wegwerfen, Irene. Sie schmecken fade und du bekommst Bauchweh, wenn du sie verzehrst«, warnte sie.

Enttäuscht nahm sie ihre Beute wieder aus dem Korb und warf sie ins Moos. »Dabei sehen sie so schön aus«, nörgelte sie.

»Nicht alle Pilze, die schön aussehen, kann man essen. Gott erschuf sie, damit sich die Menschen an ihnen erfreuen«, erwiderte sie.

Nicht weit von ihnen entfernt erklang plötzlich ein Hornsignal.

Die Frau stutzte und nahm die Kinder fürsorglich zur Seite. »Irgendjemand treibt sich hier herum. Der Lärm vergrämt das Wild. Unsere Jäger können es demzufolge nicht sein. Wie ärgerlich. Es wäre schlauer gewesen, Ada mitzunehmen«, sagte sie besorgt.

»Wer kommt sonst dafür infrage? Der Wächter auf dem Burgfried?«, fragte der Junge und zog die Stirn kraus.

»Hast du es schon vergessen, Andreas? Neuerdings treiben wieder Räuber in Schwaben ihr Unwesen«, rief sie ihm in Erinnerung.

»Nicht in unseren Wäldern. Vater hat sie im Frühjahr alle zurück ins Fränkische vertrieben«, entgegnete er.

»Diesmal dringen sie aus dem Lothringischen ein. Sie überqueren auf Flößen den Rhein, um bei uns zu plündern. Das Ufer des Flusses ist lang und das Reich schwach, seitdem es Kaiser Otto regiert. Das wissen die Strauchdiebe. Lasst uns nach Hause zurückkehren.«

Die Kinder gehorchten ohne Widerspruch. Der Pfad, den sie wählten, würde an einer Weggabelung enden, die entweder hinauf zur Burg oder nach Wartenbach führte. Auf halber Strecke erreichten sie einen Bach, den sie überqueren mussten. Das sanfte Plätschern des Wassers weckte in ihnen das Bedürfnis, zu trinken. Sie hockten sich ans Ufer und stillten ihren Durst.

Irene, die sich als Erste wieder erhob, schrie erschrocken auf. »Ein Räuber! Sie sind schon da!«, rief sie entsetzt.

Auch die Frau und der Junge sprangen auf. Auf der anderen Seite des Baches, keine drei Schritte entfernt, stand ein junger Mann mit dunklen Haaren und einer Kappe auf dem Haupt, die mit Falkenfedern geschmückt war. Ein Wegelagerer aus Lothringen konnte er nicht sein, da er vornehm gekleidet war und ein Schwert am Gürtel trug. Außerdem verriet ihn seine bräunliche Haut als Südländer. Als einen Vasallen Kaiser Ottos schloss ihn das aus. Jenseits der Alpen hatte dieser kaum Anhänger, nachdem Papst Innozenz den Kirchenbann über ihn ausgesprochen hatte. Im Lächeln des Fremden lag etwas Vertrauenerweckendes. Andererseits konnte auch böser Wille dahinterstecken.

»Habt keine Angst. Ich hörte eure Stimmen aus dem Wald dringen und ging ihnen nach. Ich möchte nur eine Auskunft von euch. Mein König und sein Gefolge stehen unweit von hier an einem Scheideweg. Unser Ziel ist die Burg Wartenstein. Wir möchten Graf Matthias und Gräfin Isabeau mit einem Besuch beehren. Welche Richtung müssen wir einschlagen?«, fragte er. Da er keine Antwort erhielt und ihm nur Argwohn entgegenschlug, trat er ans Ufer und streckte ihnen bereitwillig seine Arme entgegen. »Darf ich dir und den Kindern über den Bach helfen?«

»Bleibt auf Eurer Seite. Ich kenne die Absichten Eures Königs nicht. Und ich kenne Euch nicht. Es gibt zu viel List und Tücke in diesem Land«, warnte die Frau und zückte ein Messer.

Der Mann stutzte, denn aus dem linken Ärmel ihres Kleides schaute lediglich ein Armstumpf hervor. Sein Blick fiel auf die ungewöhnliche Waffe. »So etwas habe ich schon einmal in meiner Hand gehalten.«

Sie blickte ihn forschend an. »Ach ja, wo soll das gewesen sein?«

»Auf einem Schiff namens Seeschwalbe. Das liegt lange zurück. Es segelte von Askalon bis zur Küste Siziliens, an deren Klippen es zerschellte. Du hast es mir heimlich zugeschoben, bevor ich an ein Seil gebunden über Bord geworfen wurde. Das hat mir das Leben gerettet. Du ... Marie ... hast mir das Leben gerettet«, gab er sich zu erkennen und streckte wieder freudig seine Hände nach ihr aus.

Überrascht ließ sie das Messer fallen. »Herr im Himmel ... Paulo! Verzeih, dass ich dich nicht erkannte!«, rief sie und rannte durch das Wasser in seine Arme. »Ich habe dafür gebetet, dich eines Tages wiederzusehen«, gestand sie und bedeckte ihn mit Küssen.

Ihr warmherziges Wesen nahm ihn gefangen. »Du bist mutig und zudem wunderschön. Der Mann, der dich zur Frau genommen hat, darf sich glücklich schätzen«, sagte er gerührt.

»Ich bin nicht vermählt. Ich bin auch keinem versprochen«, versicherte sie und trocknete ihre Freudentränen.

Andreas hob das Tantō vom Boden auf und sprang mit seiner Schwester über den Bach. »Matthias und Isabeau sind unsere Eltern. Was willst du von ihnen?«

Marie kam Paulos Antwort zuvor. »Habt keine Sorge. Er ist ein Freund, an den ich mein Herz verloren habe. Damals waren wir noch Kinder. Als sich in Messina unsere Wege trennten, versprach er mir ein Wiedersehen, sobald der König von Sizilien nach Norden zieht«, bekannte sie unumwunden und schenkte Paulo ein Lächeln. »Demnach hast du Federico die Treue gehalten und die Prophezeiung der Seherin geht in Erfüllung.«

Ihre unverblümten Worte verblüfften ihn. Dass sie Liebe für ihn empfand, hatte er nicht geahnt. »Nur zum Teil«, entgegnete er berührt und streichelte sanft ihre Wange. »Erst wenn wir Kaiser Otto besiegen, wird sich das Orakel bewahrheiten. Wir werden auf lange Zeit hier verweilen. Der Kampf gegen den Welfen kann Jahre dauern und die Festigung des Reiches noch viel länger. Dafür benötigt Federico den Beistand der deutschen Fürsten und Grafen. Er hofft, auf Matthias zählen zu können.«

»Du redest nicht mehr wie ein Schiffsjunge. Und seit wann beherrschst du meine Sprache?« Sie war von ihm hingerissen.

»Marie, ich bin kein Kind mehr«, erwiderte er und lachte. »Meine Ausbildung habe ich Federico zu verdanken. Ich erhielt von ihm das Privileg, bei den angesehensten Magistern lernen zu dürfen. Zudem erhob er mich in den Ritterstand. Seitdem reite ich an seiner Seite und unterstütze ihn bei seinen Bemühungen, dem Land wieder Frieden und Einheit zu bringen. Es gibt Bestrebungen, ihn zum deutschen König zu krönen. Was denkst du? Wird Matthias ihm beistehen?« Er kratzte sich grübelnd am bartlosen Kinn.

»Ich kann natürlich nicht für ihn sprechen, aber sei dir der Hilfe seines Schwertes gewiss. Es gehört Federico, seitdem er ihn zum Ritter geschlagen hat«, versicherte sie.

»Für eine gute Sache setzt sich unser Vater immer ein«, sagte Andreas voller Stolz.

Irene nickte beipflichtend. »Und unsere Mutter ebenso«, fügte sie hinzu.

Er staunte über die beiden Kinder. Sie hatten das Herz am rechten Fleck. »Das sind gute Nachrichten. Sie gereichen euch allen zur Ehre. Kommt mit mir«, schlug er ihnen vor. »Last uns gemeinsam mit Federico in die Burg einziehen und Pläne schmieden. Großes steht für dieses Land und seine Menschen bevor, wenn sie gelingen.«

Ungezwungen ergriff Marie Paulos Hand. Andreas und Irene folgten ihnen. Sie verließen den Wald und trafen auf das Gefolge des Königs von Sizilien. Auf dem schmalen Weg zog es sich bis zum Horizont schier endlos hin, mit zahlreichem Fußvolk, Dutzenden Fuhrwerken, gepanzerten Reitern und Federico an der Spitze. Da wusste Marie, dass soeben ein neues Abenteuer seinen Anfang nahm.

ENDE

Nachwort zum historischen Hintergrund

Der Roman spielt im Hochmittelalter und handelt von der fiktiven Adelsfamilie der Wartensteiner Grafen in Schwaben. Das Schicksal verbindet die Gräfin Isabeau, die vor der Rache ihres Schwagers flüchten muss, mit einem Dorfschmied, um im Heiligen Land nach ihrem Ehemann zu suchen. Eine Zweckgemeinschaft dieser Art in der damaligen Zeit erscheint unwahrscheinlich. Berücksichtigt man Matthias' Werdegang an Isabeaus Seite, bleibt sie zumindest nicht undenkbar. Allein schon, wenn es um das nackte Überleben geht. Ich entschied mich, beiden eine Chance zu geben und zu schauen, wo ihre Reise hinführt.

Als »Deutscher Thronstreit« in die Geschichte eingegangen, ist es eine Zeit zahlreicher Konflikte im Heiligen Römischen Reich um die alleinige Königswürde. Die jahrelangen Kämpfe zwischen den beiden gekrönten Häuptern Philipp von Schwaben und Otto von Braunschweig und ihren Anhängern aus Adel und Klerus waren ein Fluch für die Menschen und forderten ihre Opfer. Viele Städte nutzten die Gunst der Stunde, um den zwei Rivalen Rechte und Privilegien abzuringen. Der Streit zwischen dem Staufer und dem Welfen um den Thron bildet jedoch nur einen Hintergrundrahmen der Erzählung.

Der Aufstieg Venedigs zur Supermacht am Mittelmeer, mitbegründet im Ausgang des Vierten Kreuzzuges, bildet eine weitere Randnotiz im Geschehen. Er gipfelte in der Eroberung Konstantinopels und der Zersplitterung des Byzantinischen Reiches. Die grausamen Verbrechen, die Christen an Christen begingen, und die maßlosen Plünderungen beschleunigten den Prozess der Entfremdung zwischen Ost- und Westkirche und wirken bis in die Gegenwart nach. Zugleich verschärfte es die Schwächung des Byzantinischen Reiches, welche bereits seit dem elften Jahrhundert einherging. Es begünstigte den Machtzuwachs der Seldschuken in Kleinasien und endete 1453 mit der Eroberung Konstantinopels durch die Osmanen. Damit wurde das Kapitel Byzanz im Buch der Geschichte endgültig zugeschlagen.

Auf ihrer Reise begegnen meine Romanhelden den verschiedensten Menschen in jener Zeit. Während der Schmied Matthias, Isabeau von Lunéville, Marie Hölzer und einige Nebenfiguren wie Akito und Paulo meiner Fantasie entsprungen sind, haben die meisten von mir genannten Mönche, Bischöfe, Ritter und Fürsten gelebt. So befand sich Wolfger von Erla, ein Gönner des fahrenden Sängers Walther von der Vogelweide, tatsächlich auf dem Weg nach Aquileia, um dort das Amt des Patriarchen anzutreten. In seinem Gefolge fanden sich meine Protagonisten gut aufgehoben, denn allein zu reisen, war beschwerlich, ja mitunter höchstgefährlich. Die zurückgelegten Entfernungen am Tag konnten für einen Fußwanderer dreißig Kilometer und für ein Pferdegespann durchaus das Doppelte betragen. Die Grenze setzte das Tageslicht. Nachts im Dunkeln war ein Weiterkommen eigentlich unmöglich. Schneller ging es auf dem Wasser, wenn der Wind kräftig wehte oder sich die Ruderer ordentlich ins Zeug legten. Für ein hochseefähiges Segelschiff waren bis zu zweihundert Kilometer am Tag, bei fünf Knoten in der Stunde, im Bereich des Möglichen. Eine Rudergaleere mit zusätzlichem Segelwerk legte nicht weniger Wegstrecke zurück. Meine Romanhelden haben sich natürlich an die Vorgaben gehalten. Die einzelnen Etappen entsprechen den damaligen Möglichkeiten.

Robert von Cléry wie auch Gottfried von Villehardouin nahmen am Vierten Kreuzzug teil. Beide hinterließen Chroniken, die auch von der Belagerung und Plünderung Konstantinopels berichten. Besonders Clérys Schilderungen beeindrucken, da sie die Ereignisse aus dem Blickwinkel eines einfachen Ritters beschreiben. Seine Worte berichten von dem Schicksal der Stadt und der Bewohner in schnörkelloser Weise, wie meine Protagonisten mit eigenen Augen sehen durften.

Der Doge Enrico Dandolo agierte als treibende Kraft in dem blutigen Kriegszug, dem die Schwächung seines Erzfeindes Byzanz besonders am Herzen lag. Er war trotz seines hohen Alters ein gewiefter Pragmatiker, der das Kreuzzugsheer nutzte, um die Seemacht am Bosporus auszulöschen und Venedig an deren Platz zu stellen.

Bonifatius von Montferrat und Balduin von Flandern, zwei weiteren Schlüsselfiguren, gelang es, rund um das Ägäische Meer eigene Reiche zu gründen, die allerdings nicht lange Bestand hatten. In der zweiten Hälfte des dreizehnten Jahrhunderts erfolgte eine Konsolidierung des Byzantinischen Reiches. Zu alter Größe und Stärke fand es nicht mehr zurück.

König Friedrich II., zum Zeitpunkt der Handlung noch ein Knabe, war bis zu seiner Volljährigkeit ein Mündel von Papst Innozenz III. und somit ein Spielball dessen politischer Interessen. Frühzeitig erhielt er eine umfassende Ausbildung und Erziehung, weshalb ich ihn als aufgewecktes und intelligentes Kind auftreten lasse, als meine Romanhelden Sizilien betreten und ihn aus der Bedrängnis retten. Einen Anschlag auf das Leben von »Federico« hat es wahrscheinlich nie gegeben. Aus dramaturgischen Gründen habe ich mir erlaubt, diesen Weg einzuschlagen. Ein genaues Porträt Friedrichs existiert nicht. Sein Charakter erscheint zwiespältig. Chronisten beschrieben ihn einerseits als gebildeten und allseits interessierten Menschen voller Liebenswürdigkeit und Frohsinn. Dem standen grausame Härte und Gefühlskälte entgegen. Ebenso hohe Intelligenz und nüchterner Verstand konträr zu Widerspruchsverweigerung und Starrsinn. Er beherrschte mehrere Sprachen, darunter Arabisch. An seinem Hof versammelte er viele Künstler und gründete die sizilianische Dichterschule. Sein Interesse an Naturwissenschaften war grenzenlos. Darunter Mathematik, Philosophie, Medizin und Geografie. Oft ließ er Experimente durchführen. Zu Friedrichs Umfeld gehörten angesehene Gelehrte, wie Leonardo »Fibonacci« da Pisa, ein bekannter Mathematiker seiner Zeit, und der Philosoph und Mediziner Michael Scotus. Auch als Autor machte Friedrich Furore. Als Anhänger der Beizjagd verfasste er ein Buch über die Zucht und Jagd mit Vögeln, die auf seinen Erfahrungen und Beobachtungen besonders mit Falken beruhen. In der Blüte des Lebens wurde er 1212 in

Mainz zum König gekrönt und setzte den Kampf seines 1208 ermordeten Onkels Philipp von Schwaben gegen Otto von Braunschweig siegreich fort. Der Lohn war 1215 eine zweite Krönung in Aachen sowie 1220 die Kaiserkrone. Schon zu Lebzeiten urteilen seine Mitmenschen geteilt über ihn. Die Bandbreite reicht von heroischer Verehrung bis zu abgrundtiefem Hass, der bei manchem Widersacher sogar in Bewunderung umschlug. Auch die moderne Geschichtswissenschaft ist zu keiner abschließenden Wertung über Friedrichs Person gekommen. Das wird sich kaum ändern, denn am letzten Stauferkaiser scheiden sich die Geister. Letztlich war er nur ein Mensch, geprägt von der Zeit, in der er lebte.

Der Roman endet mit Friedrichs Einzug auf deutschen Boden. Man kann also nur vermuten, wie es Isabeau, Matthias, Marie und den Kindern in den wirren Jahren, die folgen sollten, weiter erging. Wie ich sie kenne, konnten sie ihre verschworene Gemeinschaft am Leben erhalten und ihr Schicksal meistern. In diesem Sinne: Omnia vincit amor.

Tyron Tailor
2019

Ein Anliegen des Autors

Bitte besprechen Sie das Buch. Rezensionen sind wichtig. Sie kosten nichts, außer ein wenig Zeit. Sie mögen vielleicht der Meinung sein, das interessiert den Autor und andere Leser nicht, oder denken, es wäre wenig hilfreich, weil Sie es zuvor niemals getan haben. Scheuen Sie sich nicht, Ihre Meinung kundzutun. Sie ist willkommen, als Meinungsbarometer für andere Leser und als Feedback für den Autor.

Vielen Dank.

Quellenverzeichnis und Nachschlagewerke

[1] *Gedichte Walthers von der Vogelweide*, Bruno Obermann, Union Deutsche Verlagsgesellschaft Stuttgart Berlin Leipzig, 1890

[2] *Hexameter,* aus der Anthologia Graeca aus dem 5. Jahrhundert n. Ch.

[3] *Satyricon,* Gajus Petronius Arbiter, römischer Dichter im 1. Jahrhundert n. Ch.

[4] *Die Bibel*, Neues Testament, Buch Matthäus, Kapitel 6, Vers 26

[5] *De civitate Dei, 5. Buch, Kapitel 21*, Augustinus von Hippo, frei verwendetes Zitat

Chroniken des Vierten Kreuzzugs (1202 - 1204) – Die Augenzeugenberichte von Geoffroy de Villehardouin und Robert de Clari – Gerhard E. Sollbach, Centaurus Verlag und Media, 1998

The Capture of Constantinople – The Hystoria Constantinopolitana of Gunther of Paris – The „Hysteria Constantinopolitana" of Gunther of Pairis, Alfred J. Andrea, University of Pennsylvania Press, 1997

Friedrich II.: der Sizilianer auf dem Kaiserthron, Olaf B. Rader, H.C. Beck, 2010

Walther von der Vogelweide, Thoma Bein, Reclam, 1997

Philipp von Schwaben – Ein Staufer im Kampf um die Macht, Peter Csendes, Primus Verlag, 2003

Essen und Trinken im Mittelalter, Ernst Schubert, wbg Philipp von Zabern, 2016

Die Kranken im Mittelalter, Heinrich Schipperges, H. C. Beck, 1990

Konstantinopel – Geschichte und Archäologie, Peter Schreiner, H.C. Beck, 2015

Byzanz – Die erstaunliche Geschichte eines mittelalterlichen Imperiums, Judith Herrin, Reclam, 2013

Byzanz – Geschichte des oströmischen Reiches, Ralph-Johannes Lilie, H. C. Beck, 2014

Geschichte der Kreuzzüge, Steven Runciman, dtv, 2001

Mare Venetiarum – Die Ägäis im Mittelalter, Jörg-Dieter Brandes, Eudora Verlag, 2008

Venedig erobert die Welt – Die Dogen-Republik zwischen Macht und Intrige, Roger Crowley, Theiss, 2011

Geschichte Venedigs – Arne Karsten, H. C. Beck, 2012

Geschichte Österreichs in Daten – Von der Urzeit bis 1804, Isabella Ackerl, Marix Verlag, 2009

Innozenz III. und die deutsche Kirche während des Thronstreits von 1198 - 1208 – Richard Schwemer, Salzwasserverlag, 2011

Die Staufer – Herrscher und Reich, Knut Görich, H. C. Beck, 2011

Das Lehnswesen, Steffen Patzold, H. C. Beck, 2012

Personenregister

Adolf von Köln – **1157 †1220, Erzbischof von Köln*

Agnes von Frankreich (Anna) – **1171 †1240, Tochter von Ludwig VII., byzantinische Kaiserin*

Alexios V. Dukas Murtzuphlos – **1160 †1204, byzantinischer Kaiser*

Alexios III. Angelos Komnenos – **1160 †1211, byzantinischer Kaiser*

Alexios IV. Angelos – **1182 †1204, byzantinischer Kaiser, Sohn von Kaiser Isaak*

Alleaume von Cléry – *Mönch, Bruder von Robert de Cléry, Lebensdaten unbekannt*

Antoku – **1178 †1185, kindlicher Kaiser von Japan*

Arkadius – **377 †408, oströmischer Kaiser*

Augustinus von Hippo – **354 †430, bedeutender Theologe und Philosoph der Spätantike*

Aurelian – **214 †275, römischer Kaiser*

Balduin von Flandern und Hennegau – **1171 †1205, erster Kaiser des lateinischen Reiches*

Belisarius, Flavius – **505 †565, oströmischer Feldherr Kaiser Justinians*

Bohemund IV. von Antiochia – **1171 †1233, Fürst von Antiochia, Graf von Tripolis*

Bonifatius von Montferrat – **1150 †1207, Anführer des 4. Kreuzzuges, Markgraf*

Chandakas – *alter Name der Stadt Heraklion auf der Insel Kreta*

Caracalla – **188 †217, römischer Kaiser*

Creta – *Insel Kreta*

Diethelm von Krenkingen – **unbekannt †1206*

Eberhard – *von 1201-1217 Abt des Klosters Sankt Emmeram*

Ernst der Tapfere – **1027 †1075, Markgraf von Österreich*

Federico – *Friedrich II., * 1194 †1250, späterer Kaiser des Heiligen Römischen Reiches*

Eleonore von Aquitanien – **1122 †1204, zuerst Königin von Frankreich, später von England*

Emmeram – **unbekannt †652, Bischof, Heiliger und Märtyrer*

Enrico Dandolo – **1107 †1205, Doge von Venedig, Teilnehmer des 4. Kreuzzuges*

Franziskus – *Franz von Assisi, *1181 †1226, Ordensgründer und Heiliger*

Friedrich von Oberlothringen – **1143 †1207, jüngerer Bruder von Simon*

Gisela von Bayern – **984 †1060, Königin von Ungarn*

Gottfried von Villehardouin – **1160 †1213, französischer Ritter, Heerführer und Chronist*

Heinrich der Löwe – **1129 †1135, Herzog von Bayern*

Heinrich VI. – **1165 †1197, König und Kaiser des Heiligen Römischen Reiches*

Heinrich der Stolze – **1102 †1139, Herzog von Bayern und Sachsen*

Heinrich – *unbekannt *†1018, Markgraf von Österreich aus dem Geschlecht der Babenberger*

Hildegard von Bingen – **1098 †1179, Nonne und Universalgelehrte und Heilige*

Hugo – **unbekannt †1205, Graf von St. Pol, Teilnehmer des 4. Kreuzzuges*

Hugo III. von Tübingen – **unbekannt †1228, Graf von Bregenz und Montfort*

Innozenz III. – **1160 †1216, einer der bedeutendsten Päpste im Mittelalter*

Isaak II. Angelos – **1155 †1204, byzantinischer Kaiser*

Johannes der Täufer – ** unbekannt † um 30 n. Ch., jüdischer Prediger und Prophet*

Johann Ohneland – **1167 †1216, König von England*

Julian Apostata – **331 †363, römischer Kaiser*

Kai Chosrau – **1177 †1211, seldschukischer Sultan*

Kilidsch Arslan II. – **unbekannt †1192, seldschukischer Sultan*

Koloman – **unbekannt †1012, irischer Königssohn und Heiliger*

Konrad II. – **unbekannt †1203, Abt des Klosters Melk*

Konstantin der Große – **272 †337, römischer Kaiser*

Laskaris, Konstantinos – **1170 †1205, byzantinischer Kaiser*

Laskaris, Theodoros – **1174 †1222, byzantinischer Kaiser*

Leo II. – **unbekannt †1219, König von Kleinarmenien*

Leopold IV. – **1176 †1230, Herzog von Österreich*

Ludwig I. – **1173 †1231, Herzog von Bayern*

Ludwig – **1171 †1205, Graf von Blois, Chartres und Châteaudun*

Ludwig dem VII. –- **1120 †1180, König von Frankreich*

Margarethe von Ungarn – **1175 †1233, byzantinische Kaiserin*

Martin von Pairis – *von 1202-1204 Teilnehmer des 4. Kreuzzuges und berüchtigter Reliquienjäger*

Mithras – *römische Göttergestalt, Sol invictus, der unbesiegte Sonnengott, Ursprung persisch*

Nero – **37 †68, römischer Kaiser*

Otto von Braunschweig – **1175 †1218, Kaiser des Heiligen Römischen Reiches*

Alexander III. – **1100 †1181, Papst*

Urban II. – **1035 †1099, Papst*

Peter von Amiens – **unbekannt †1204, Ritter des 4. Kreuzzuges*

Philipp von Flandern – **unbekannt †1191, Graf, Ritter des 3. Kreuzzuges*

Philipp von Schwaben – **1177 †1208, römisch deutscher König*

Pierre von Castelnau – **unbekannt †1208, Zisterzienser, päpstlicher Legat. Märtyrer*

Pilgrim von Dornberg – **unbekannt †1204, Patriarch von Aquileia*

Reginald – *von 1204-1212 Abt des Klosters Melk*

Reinher von Thurn – **unbekannt †1209, Bischof von Chur*

Reinmar von Hagenau – *deutscher Minnesänger des 12. Jahrhunderts*

Richard Löwenherz – **1157 †1199, König von England*

Robert von Cléry – **1170 †1216, Ritter und Chronist des 4. Kreuzzuges*

Rotbart – *Kaiser Friedrich Barbarossa – *1122 †1190, Kaiser des Heiligen Römischen Reiches*

Saladin – **1137 †1193, Sultan von Ägypten und Syrien*

Sebastiano Ziani – **1102 †1178, Doge von Venedig*

Simon von Montford – **1160 †1218, Earl von Leicester, Herzog von Narbonne*

Simon von Oberlothringen – **1140 †1206, Herzog von Oberlothringen*

Stephan I. – **969 †1038, König von Ungarn*

Theodosius – **347 †395, Kaiser des Oströmischen Reiches*

Ulrich von Aquileia – **unbekannt †1182, Patriarch von Aquileia*

Walter III. von Brienne – **unbekannt †1205, Graf von Brienne und Lecce, Fürst von Tarent*

Walter von Pagliara – **unbekannt †1230, Bischof, Regent von Sizilien unter Friedrich II.*

Walther – **unbekannt †1247, von 1224-1247 Abt des Klosters Melk*

Walther von der Vogelweide – **1170 †1230, deutschsprachiger Lyriker des Mittelalters*

Wilhelm von Capparone – *1202-1206 Regent Siziliens unter Friedrich II.*

Wolfger von Erla – **1140 †1218, Bischof von Passau, Patriarch von Aquileia*

Sachwortverzeichnis

Akkon – *Hafenstadt in Galiläa*

Zweihänder – *Schwert ab dem 13. Jahrhundert mit verlängertem Griff und größerer Gesamtlänge*

Antoniusfeuer – *Mutterkornpilzvergiftung durch befallenes Getreide*

Apulien – *Region in Süditalien*

Aquitanien – *Region in Südwestfrankreich*

Aragon – *Königreich in Ostspanien*

Babenberger – österreichisches Markgrafen- und Herzoggeschlecht

Basilikazisterne – *auch Versunkener Palast genannt, ist eine spätantike Zisterne in Istanbul*

Blachernenpalast – *Palastviertel im Norden von Konstantinopel nahe dem Goldenen Horn*

Bukoleonpalast – *Palast in Konstantinopel am Ufer des Marmarameers*

Cannaregio – *Stadtviertel von Venedig*

Cassache – *heute Casaccia, Dorf im schweizerischen Graubünden*

Cellerar – *der zuständige Mönch für wirtschaftliche Belange benediktinischer Klöster*

Chum – *heute Como, italienische Stadt in der Lombardei*

Cividale – *italienische Stadt im Friaul*

Clavenna – *heute Ciavenna, italienische Stadt in der Lombardei*

Creta – *lateinischer Name von Kreta*

Dardanellen – *eine zur Türkei gehörende Meerenge zwischen der Ägäis und dem Marmarameer*

Dirham – *arabische Gold- und Silbermünze*

Dweiel – *Kalfatwerkzeug zum Verschmieren von Pech*

Epheser – *gemeint ist die christliche Gemeinde der Stadt Ephesos*

Fallsucht – *Epilepsie*

Franken – *Kreuzfahrer, die im östlichen Mittelmeer allgemein als Franken bezeichnet wurden*

Friaul – *Region in Nordosten Italiens*

Fuß – *alte Längeneinheit, je nach Land zwischen 28 - 32 cm*

Giovedi Grasso – *Teil des Karnevals in Venedig 6 Tage vor Aschermittwoch*

Goldenes Horn – *eine Bucht am Bosporus*

Goldsolidi – *Solidus, römisch-byzantinische Münze, die bis zum 14. Jahrhundert geprägt wurde*

Goldtari – *Münze in Süditalien und Sizilien sarazenischen Ursprungs*

Grado – *Stadt im Friaul an der Adria*

Griechisches Feuer – *byzantinische Brandwaffe aus Harz, Schwefel, Bitumen und Kalk*

Großer Kanal – *Canale Grande in Venedig*

Hagia Sophia – *byzantinische Kuppelbasilika, erbaut im 6. Jahrhundert*

Hindi – *Indien*

Hinomoto – *Japan*

Hospitalarius – *ein Geistlicher, der das Hospital in Klöstern betreut*

Jesi – *Stadt in der Region Ancona in Mittelitalien an der Adria*

Kalvarienberg – *die Hinrichtungsstätte Christi*

Kilikische Pforte – *Pass durch den Taurus zwischen Kilikien und dem Hochland von Anatolien*

Konstantinische Mauer – *zweite Stadtmauer Konstantinopels, erbaut um 324 nach Christus*

Lackbaum – *sein Saft wird seit Tausenden Jahren für die Herstellung von Chinalack verwendet*

Lambron – *Burg am Eingang zur Kilikischen Pforte im Taurusgebirge*

Mark – *mittelalterliches Gewichtsmaß von etwa 250 Gramm*

Marmels – *heute Marmorera, Gemeinde in Graubünden in der Schweiz*

Monte Cassino – *529 nach Christus errichtetes Gründungskloster der Benediktiner in Mittelitalien*

Mutterkraut – *bereits seit dem Altertum als Heilpflanze bekannt, deren Blüten ähneln der Kamille*

Normannenschild – *langer, sich nach unten verjüngender Schild mit runder Oberkante*

Ostarrîchi – *alter Name für Österreich*

Palatium Magnum – *Regierungssitz der byzantinischen Kaiser mit einer Fläche von 100.000 m²*

Pfund – *Gewichtseinheit, variierte im mittelalterlichen Europa von 327 bis 510 Gramm*

Propontis – *alte Bezeichnung für das Marmarameer*

Refektorium – *Speisesaal eines christlichen Klosters*

Schanzkleid – *Schutzvorrichtung, oberer Teil der Bordwand auf dem Deck eines Schiffes*

Severische Mauer – *erste Stadtmauer in Konstantinopel, erbaut um 196 nach Christus*

Silberdenar – *antike und mittelalterliche Münze, circa 1,67 Gramm Silbergehalt*

Silberpfennig – *mittelalterliche Silbermünze*

Sirene – *mythologisches Fabelwesen, halb Frau halb Fisch mit betörendem Gesang*

Sòngcháoreich – *China unter den Kaisern der Songdynastie*

Speik – *ist eine ölhaltige Pflanzenart aus der Gattung der Baldriangewächse*

Stäupen – *Strafe, bei welcher der Verurteilte am Pranger ausgepeitscht wurde*

Tachi – *einschneidiges, gebogenes, japanisches Schwert mit etwa 75 cm Klingenlänge*

Tantō – *kleiner japanischer Dolch mit Scheide*

Theodosianische Mauer – *dritte Stadtmauer in Konstantinopel, erbaut um 413 nach Christus*

Tonsur – *teilweise Entfernung des Kopfhaares aus religiösen Gründen*

Umbrien – *Region in Mittelitalien*

Unze – *im Mittelalter für gewöhnlich ein Sechzehntel eines Pfunds*

Via Egnatia – *altrömische Straße auf dem Balkan*

Weiße Pest – *alte Bezeichnung für Tuberkulose*

Wittelsbacher – *bayrisches Adelsgeschlecht*

Yamato – *historische Provinz in Mitteljapan*

Zeizemûre – *Zeiselmauer an der Donau in Niederösterreich*

Zinnober – *Cinnabarit, rotfarbenes, kristallisierendes Mineral*

FSC
www.fsc.org
MIX
Papier aus ver-
antwortungsvollen
Quellen
Paper from
responsible sources
FSC® C105338